O VÉU

O VÉU

um *thriller* de

LUIS EDUARDO MATTA

PRIMAVERA
EDITORIAL

À memória de meu tio José Kanan Matta, leiloeiro e grande entusiasta deste livro antes mesmo de ele começar a ser escrito, e que não teve a chance de vê-lo concluído.

Também a Neyde Bridi Nouh-Chaia, a Soraia Cals e ao ilustre dr. Adnan Mazarei, veterano professor iraniano que conheci em Genebra, com quem tive conversas enriquecedoras a respeito do Irã contemporâneo, nos cafés e nas alamedas de Plainpalais.

"O Ontem já preparou este Hoje de loucura.
O Amanhã Desespero ou Calma ou Triunfo esconde?
Bebe! Não sabes de onde vens e porventura
Saberás por que vais e saberás para onde?"

— Omar Khayyam
Rubaiyat

"Para cada crime expiado na cadeia, dez mil são cometidos impensadamente por aqueles que condenam."

– Henry Miller
Pesadelo Refrigerado

PRÓLOGO

Jeddah, Arábia Saudita
Julho de 2005

O apartamento, luxuoso, ficava no décimo terceiro andar de um moderno arranha-céu na Corniche, a extensa avenida litorânea de Jeddah. Das janelas, fechadas naquele fim de tarde por causa do calor de 45ºC do verão saudita, descortinava-se a imensidão do mar Vermelho que, naquele horário, fazia jus ao nome, pois o sol poente, em sua lenta aterrissagem, tingia as águas de tons avermelhados, conferindo à paisagem calorenta um aspecto romântico e, ao mesmo tempo, melancólico.

Para Amir Shariati, aquele apartamento pareceu ser o esconderijo perfeito, desde que se vira forçado a fugir às pressas de Londres oito meses atrás, após a frustrada tentativa da polícia britânica de capturá-lo e, com toda a certeza, assassiná-lo. Fora por pouco. O Ocidente já não era um lugar seguro para alguém como ele viver ou, nem ao menos, circular, ainda que por breves períodos. A Arábia Saudita e sua metrópole mais cosmopolita pareceram-lhe, então, o porto seguro; o local de onde, de forma insuspeita, poderia comandar seus negócios e a organização que dirigia.

Seu filho único, Arsalan, que estudava em Londres, viera com ele para Jeddah e ainda não havia se habituado à vida na nova cidade. Arsalan parecia estranhar tudo e, habituado ao frio e à neblina da Inglaterra, não conseguia aclimatar-se ao calor impiedoso da Península Arábica. Nos meses mais quentes, Arsalan refugiava-se em seu quarto, com o ar-refrigerado ligado na potência máxima e passava horas navegando na internet, assistindo a filmes ou lendo. Não tinha amigos locais; suas amizades ficaram todas na Europa. Amir Shariati preocupava-se com o filho e receava que ele estivesse mergulhando numa depressão. Mas, por outro lado, não deixava de sentir certo alívio pelo fato de Arsalan não estar exposto nas ruas. Mesmo em Jeddah a segurança não era total. Mesmo Jeddah oferecia riscos. A guerra contra o terrorismo deflagrada após os atentados aos Estados Unidos em 11 de setembro de 2001 aproximou ainda mais os americanos dos sauditas. Amir Shariati sabia que havia agentes americanos circulando por Jeddah. Por isso, ele próprio também pouco saía.

Naquele domingo, dia 10 de julho, Shariati pensava que faltava pouco, muito pouco, para os agentes britânicos e americanos que estavam à sua cata perderem de vez qualquer pista sobre seu real paradeiro. Ele estava recostado na poltrona alta da sala refrigerada e contemplava em silêncio o mar reluzente, enquanto sorvia goles de um caríssimo uísque 21 anos — apesar de oficialmente proibido na Arábia Saudita, o álcool era amplamente consumido nas residências abastadas. Desde maio, homens de sua confiança estavam incumbidos de espalhar discretamente a notícia de que ele buscara refúgio no Iraque e que, provavelmente, havia morrido num dos quase diários ataques terroristas na Bagdá ocupada por forças anglo-americanas. E, agora, com as atenções desviadas para os violentos atentados ao sistema de transporte público de Londres na manhã do dia 7 — três dias atrás —, onde quatro homens-bomba detonaram mochilas com explosivos, matando mais de cinquenta pessoas e ferindo outras centenas, era ainda mais provável que Shariati fosse temporariamente esquecido.

Afinal, dessa vez, ele não estava envolvido nos ataques e não tardaria para algum outro grupo, provavelmente a Al-Qaeda, assumir sua autoria.

Assim que tivesse certeza de que o governo americano o considerava morto, Shariati relaxaria um pouco a guarda e, passados alguns meses, deixaria Jeddah rumo a alguma cidade no Irã, seu país natal, onde retomaria as atividades de sua organização — a Azadi —, que estava temporariamente adormecida desde que sofrera a tentativa de captura em Londres. Seu filho Arsalan seria o responsável por reunir novamente o grupo. Afinal, ele estava de posse dos documentos vitais da Azadi, os documentos que dariam a qualquer um o controle da organização. Shariati queria ver o filho no comando. Aos 66 anos, ele sentia-se cansado e debilitado pela grave enfermidade que consumia seu fígado aos poucos. Seu humor e sua disposição estavam dilacerados pelo consumo diário de uísque. Ele sabia que não duraria muito. Era hora de nomear um sucessor para levar adiante sua luta contra a arbitrariedade, a tirania e a devassidão dos ímpios cruzados e sionistas do Ocidente. Azadi, em persa, significava liberdade, e ele, Amir Shariati, era Abu al-Horiah, que, em árabe, quer dizer "o Pai da Liberdade". Esse era seu nome de guerra na organização, o nome pelo qual era mundialmente conhecido — e temido.

Amir Shariati estendeu o braço até o balde de gelo e colocou mais três pedras no copo, adicionando uma nova e generosa dose de Johnny Walker Blue Label. Não sabia que horas eram. Havia perdido a noção do tempo. Arsalan continuava trancado em seu quarto, provavelmente colado ao computador. Tomou um gole e sentiu o álcool queimar-lhe gostosamente a garganta. Ouviu, ao fundo, um rangido seguido do barulho de porta sendo fechada devagar.

— Arsalan? — Shariati chamou pelo filho. Sua voz estava pastosa, mas ele não se deu conta disso.

Como não houve resposta, Shariati insistiu, falando em persa:

— Arsalan *jan*? Saia um pouco desse quarto e venha se sentar aqui para ver o pôr do sol comigo! Venha ver que coisa linda...

Silêncio.

— Arsalan? — insistiu Abu al-Horiah.

Ele sentiu passos atrás de si. Inclinou-se para ver o filho e, ao virar a cabeça, dois tiros certeiros e silenciosos alvejaram-lhe a testa e o pescoço. O único barulho que se ouviu foi o do copo com uísque estilhaçando-se sobre o piso de mármore, enquanto Shariati desfalecia com a boca entreaberta e os olhos vidrados sobre o encosto da poltrona, praticamente na mesma posição em que estava instantes atrás.

No quarto, Arsalan também havia sido assassinado, dois minutos antes, por duas balas e, agora, jazia estendido sobre o chão. Seis homens vestidos com terno, dentre os quais os dois atiradores, levaram três horas vasculhando o apartamento. Eram dois agentes americanos, dois britânicos e dois policiais sauditas, que concluíam uma missão que havia sido planejada três semanas antes, quando, afinal, descobriram o novo esconderijo de Abu al-Horiah. Ao final da busca, quando já era noite fechada e o mar Vermelho estava mergulhado na escuridão, veio a frustração: os documentos da organização terrorista iraniana Azadi não estavam no apartamento. Mais do que isso: não havia nada ali dentro que fornecesse qualquer pista a respeito do grupo.

Essa certeza foi confirmada uma semana depois nos gabinetes da sede da CIA (Agência Central de Inteligência), em Langley, Estados Unidos. Uma vez concluídas as análises nos endereços de e-mail, computadores e linhas telefônicas do apartamento, incluindo os celulares, nada, absolutamente nada relacionado às atividades da Azadi havia sido localizado. O infame e sanguinário líder terrorista Abu al-Horiah, responsável pelo assassínio de milhares de pessoas em mais de quinze anos de atividades, e seu filho único estavam mortos, mas a Azadi sobrevivera. Restava a esperança de que, com a morte de seu líder e de seu descendente direto, ela estivesse irremediavelmente desbaratada e que seus membros jamais voltassem a se rearticular. Mas pairava ainda a forte suspeita de que a Azadi era financiada e treinada pelo Irã. Embora o governo iraniano negasse veementemente qualquer ligação com o grupo, a suspeita persistia, como uma sombra furtiva e ameaçadora pairando sobre o mundo. E, com ela, o risco de que o comando da Azadi já houvesse sido transferido para o coração político de Teerã.

No entanto, vários meses depois, quando o alerta do governo americano em relação à Azadi já havia baixado a níveis moderados, começou a circular o boato de que a organização tinha uma nova líder. Uma mulher de identidade e paradeiro desconhecidos, cujo apelido era Umm al-Hakika, ou "a Mãe da Verdade".

PARTE I

UM ANO E MEIO DEPOIS

-1-

Barra de Maricá, cerca de 60 quilômetros do Rio de Janeiro, Brasil
Dezembro de 2006

Araci Quintanilha sentiu uma onda quente de alívio envolver seu corpo quando, enfim, parou o carro diante do muro baixo da casa de Lourenço Monte Mor, de frente para a praia. Não estava habituada a dirigir pela estrada e sempre ficava estressada quando precisava fazer isso. Só mesmo o carinho por Lourenço, sobrinho a quem amava como a um filho, para forçá-la a enfrentar os sessenta quilômetros desde o Rio de Janeiro até o litoral de Maricá. Seu marido, o chef e restaurateur Bartô Saraiva, não pôde acompanhá-la, pois estava às voltas com os afazeres de seu restaurante, e o pai passara os últimos dias acamado, por conta de uma gripe forte e, quando Araci saíra de casa, ele preparava-se para receber os primeiros remédios do dia, das mãos da empregada.

A casa onde Lourenço estava morando temporariamente pertencia ao pai dele, Aníbal Monte Mor, cunhado de Araci. Aníbal fora casado com a única irmã de Araci, Iara, que falecera num acidente de automóvel quinze anos atrás. Era uma casa de praia, usada para férias e fins de semana, mas que Aníbal não visitava havia tempos. A construção, graciosa, tinha dois andares, telhado de telhas vermelhas, janelas altas de peroba e era rodeada por um pequeno terreno arenoso, pontilhado por fileiras de casuarinas e coqueiros. A praia, extensa e elegante, de areias alvíssimas e banhada por um mar escuro e bravio, estendia-se logo abaixo e estava quase vazia, apesar de ser verão. Isso porque uma cortina cinzenta recobria o céu e ventava tanto que as árvores chegavam a vergar, dando a impressão de que, a qualquer momento, se partiriam em duas.

Araci usava uma combinação informal de saia e blusa claras. A única extravagância parecia ser o vistoso colar de corais vermelhos que, supersticiosamente, considerava uma de suas "pedras da sorte". Ela desceu do carro e ficou olhando a praia por algum tempo. Aos 49 anos, alta, esguia e de cabelos castanhos compridos, batendo no ombro, Araci era uma renomada leiloeira de arte no Rio de Janeiro, titular da Casa Quintanilha de Leilões & Escritório de Arte, com sede num belíssimo palacete neoclássico em Botafogo. Em abril faria 50 anos e a chegada daquela idade fatídica, que era um verdadeiro divisor de águas na vida de todos, levou-a a um estado permanente de desassossego e reflexão. Era uma sensação semelhante, embora mais intensa e inquietante, da que sentira ao fazer 30 e 40 anos. Olhou para suas mãos e notou os sulcos, a pele já sem o viço de antigamente, as marcas do tempo. Eram, nitidamente, as mãos de uma mulher de 50 anos. Ela percebia o tempo voar e angustiava-se por sentir-se incapaz de acompanhá-lo na mesma velocidade, enquanto via, impotente, o corpo render-se à irreversível decadência imposta pelo avançar dos anos. Pensou em como estaria ao fazer 60 anos e percebeu que não demoraria para essa data chegar. Seria um pulo no escuro.

Afugentando aqueles pensamentos, ela apanhou as três sacolas com pacotes no banco de trás do carro e trancou-o em seguida. Eram os presentes de Natal para Lourenço. Araci não imaginava, é lógico, que aquele 25 de dezembro seria o último Natal que passaria com o sobrinho. Ela não podia prever que, dali a poucos meses, ele morreria tragicamente num incêndio que devastaria aquela mesma casa onde estava prestes a entrar.

Desde que voltara da Europa, onde estudara por pouco mais de cinco anos, Lourenço perdera o gosto pelas festividades natalinas e, já no ano passado, não fora à ceia da véspera de Natal no apartamento onde Araci, o marido e o pai moravam em Copacabana, preferindo ficar sozinho. O Natal era sempre celebrado lá. Aníbal e a segunda mulher, Isadora, costumavam ir, e Bartô encarregava-se, pessoalmente, de preparar a ceia, enquanto Araci cuidava da arrumação da árvore, da mesa e comprava os presentes. Eram noites sempre muito felizes, regadas a champanhe francesa, vinhos encorpados e um peru delicioso e levemente condimentado, um dos muitos segredos da culinária cinco estrelas de Bartô Saraiva.

Dessa vez, no entanto, Araci resolveu ir atrás do sobrinho. O Natal não era o mesmo sem ele, e Araci queria vê-lo, ainda que por poucos instantes, apenas para lhe dar um abraço e ver como ele estava.

A casa tinha uma campainha, mas ela estava enguiçada, como Araci pôde comprovar depois de apertá-la três vezes, sem que nada acontecesse. Ela, então, pôs-se a bater palmas, enquanto gritava:

— Ô, de casa! Tem alguém em casa?

Ela viu uma luz se acender numa das janelas do térreo e, logo, a porta da casa se abriu, e ela sorriu enquanto o rapaz magro e muito alto, de 26 anos, cabelos claros e compridos, presos num rabo de cavalo meio desajeitado, atravessava o terreno para abrir o portão.

Araci largou as sacolas e deu-lhe um demorado abraço e um beijo na bochecha.

— Meu querido, quantas saudades! Que bom vê-lo! Que bom vê-lo!

Lourenço retribuiu o abraço e o beijo.

— Feliz Natal, tia.

— Para você também, meu filho. Trouxe presentes. Um é meu, outro é de seu tio e outro, de seu avô. Eles mandaram beijos e abraços. Não puderam vir comigo.

— Puxa vida — ele encolheu os ombros, constrangido. — Não comprei presente nenhum.

— Só o fato de estar aqui com você já é o melhor presente que eu poderia receber.

Araci abaixou-se para pegar as sacolas, aproveitando para enxugar rapidamente os olhos molhados, tentando disfarçar a emoção daquele momento. Lourenço deu a mão a ela e os dois entraram na casa.

— Veio almoçar comigo? — perguntou Lourenço. — Preparei um peixe com arroz e uma salada.

Araci parou e examinou-o de cima abaixo.

— Você emagreceu... Anda alimentando-se direito? Quem está cozinhando para você?

Lourenço não conteve uma risadinha.

— Tia... Eu morei na Europa mais de cinco anos. Acha que não aprendi a me virar? A fazer minha própria comida?

— Você está tão abatido... — agora a preocupação de Araci era mais explícita. — Na última vez que eu te vi, você estava corado e... mais forte. É melhor voltar comigo para o Rio. A comida de seu tio te fará bem.

Lourenço olhou para ela hesitante, mordeu os lábios e baixou o rosto em seguida.

— Você sabe que eu não posso voltar.

— Por causa de seu pai?

Lourenço fez que sim com a cabeça.

— Aníbal não precisa saber. Você fica lá em casa em segredo. Fique, pelo menos, alguns dias. É o tempo de você se alimentar, descansar e ser examinado por um médico.

— Não posso! — dessa vez ele fora mais veemente.

Araci torceu a boca, resignada. O que Lourenço fizera fora realmente grave e demoraria para Aníbal perdoá-lo. Até Araci contorcia-se por dentro ao pensar que o rapaz que estava à sua frente, que ela vira nascer e crescer, fora capaz de trair o próprio pai de uma maneira tão... o termo era terrível, mas não havia outro... de uma maneira tão sórdida.

— Eu devia ter pensado duas vezes antes de ter me deixado levar daquela maneira — Lourenço falava com a cabeça baixa, os pés batendo no assoalho de cerâmica da sala da casa. — Papai tem todo o direito de me odiar.

— Ele não te odeia... Está apenas magoado.

— Neste momento, ele me odeia. Eu sei que ele me odeia — Lourenço passou nervosamente as mãos pelo cabelo. Começou a chorar — Eu tive um caso com a mulher dele. Com minha madrasta. Ele a adora. Como é que eu pude fazer isso? Como é que eu pude?

Araci manteve-se calada. Deixou que o sobrinho desabafasse.

— Mas foi ela quem me seduziu. Desde o dia em que pisei de novo naquela casa depois que voltei da Europa. Isadora é uma mulher bonita, é sensual e ainda moça. Ela é quase vinte anos mais jovem que o papai. Eu estava há algum tempo sem ficar com ninguém e acabei caindo direitinho no jogo de sedução dela.

Lourenço estava falando parcialmente a verdade. Ele, de fato, estivera em abstinência amorosa e sexual durante um período. Isso, porém, já tinha acabado. Antes mesmo do caso com a madrasta. Mas achava cedo para contar alguma coisa a Araci que, de pé diante dele, limitava-se a contemplar em silêncio o seu rosto angustiado, com um olhar que se pretendia vago e compreensivo.

— Mas eu terminei com ela, assim que papai descobriu tudo. Terminei com ela e vim para cá. Só saí para ir a Paris para aquela minha última exposição e voltei direto para esta casa. Pelo menos, tenho um lugar para ficar e para pintar sem ninguém a me incomodar — seus olhos, subitamente, irradiaram um brilho intenso. — A propósito, você quer ver minha última criação?

Araci sorriu, curiosa.

— É algum quadro especial?

— É, sim. Minha obra-prima. O trabalho de minha vida. Terminei de pintar há poucos dias. Mês que vem vou mandá-la para Paris com as outras. Avedikian vai expô-la na galeria em fevereiro e já se comprometeu a me mandar a passagem.

— Eu soube. Será uma mostra grande de seus trabalhos, não é?

— Muito grande — Lourenço falava com um entusiasmo quase infantil. — Causará impacto. Você vai ver só, tia. Aposto que, desta vez, meu nome se consolida de vez no mercado de arte.

— Avedikian é um marchand experiente — comentou Araci. — E acredita muito em seu trabalho. É uma pena que eu não possa comparecer. Fevereiro é sempre um mês agitadíssimo para mim, por conta da abertura da temporada de leilões da Casa Quintanilha, no começo de março. Do contrário, pode apostar que eu estaria lá para prestigiar você e assistir a seu sucesso.

Lourenço fez um gesto com a mão para a escada que levava ao segundo andar da casa.

— Não quer ver o quadro? — perguntou.

— A obra-prima? — Araci permitiu-se rir. — Você ainda pergunta?

Lourenço segurou delicadamente a mão da tia e eles subiram os estreitos degraus de madeira escura até o segundo andar. Ali, num dos quartos, o maior deles, que dava para a frente da casa — ou seja, para o mar —, Lourenço instalou seu ateliê de pintura.

A porta estava entreaberta. Araci entrou e precisou se controlar para não perder o ar por causa do forte cheiro de tinta.

Ela perscrutou o local com desaprovação. Estava uma completa bagunça. Telas, paletas, pincéis, lápis, tubos e pequenos frascos de tinta de várias cores achavam-se espalhados por toda parte. Uma infinidade de folhas de papel com esboços, pequenos ensaios e anotações estavam amontoados sobre uma mesa e dispersos aos montes pelo chão. Como alguém conseguia trabalhar num local assim, onde mal se enxergava o assoalho e, ainda por cima, com aquele cheiro nauseante?

Sem consultar Lourenço, Araci abriu a janela, que estava fechada, fazendo do quarto quase um *bunker*.

— O ar que vem do mar faz mal às pinturas — protestou Lourenço.

— Danem-se as pinturas — Araci ficou alguns instantes debruçada no peitoril, aspirando um pouco o ar puro, antes de voltar-se para o sobrinho. — Você não pode passar dias e dias trancado neste quarto com este cheiro. Isso faz mal. Destruirá seus pulmões.

— Minha saúde está ótima.

— Porque você só tem 26 anos. Mas, se continuar vivendo dessa maneira, talvez não esteja quando você tiver 50.

— Nem sei se vou chegar aos 50.

— Não diga asneiras — Araci reagiu com uma careta.

Fez-se silêncio. Ela notou os três cavaletes que estavam montados na sala. Um deles estava vazio, o segundo continha uma pintura inacabada, de cores dramáticas e contornos ainda indefinidos, e o terceiro estava coberto por um lençol vermelho. Foi para este que Araci apontou, ao perguntar:

— É esta? A obra-prima? O trabalho de sua vida?

Lourenço aproximou-se do cavalete e segurou o lençol.

— Feche os olhos — pediu.

Araci obedeceu. Ele puxou o lençol cuidadosamente, dobrou-o e colocou-o cuidadosamente sobre a mesa.

— Pode olhar — ele disse.

Araci abriu os olhos. Sua primeira reação foi de surpresa. A segunda, de choque. A terceira, de perplexidade. E a quarta, de pânico. Tudo junto, num espaço de tempo de menos de dez segundos.

— O que é isso, Lourenço? — Araci olhava fixamente para a tela, aturdida. — Como você conseguiu pintar... este quadro?

— Achava que eu não seria capaz?

— Não... não é isso — Araci chegou a gaguejar. Estava sem ar. — É que... minha nossa! A pintura parece viva — Araci sentia-se, agora, maravilhada. — Esse rosto parece estar-me olhando. Olhando através de mim, lendo meus pensamentos.

Araci deu três passos adiante, posicionando-se exatamente em frente ao quadro. Era uma pintura a óleo que retratava, em cores fortes e agressivas, uma mulher vestida com o véu islâmico. Um enigmático rosto feminino levemente desfigurado, cingido por uma capa preta, opressiva, que lhe cobria parte dos cabelos, deixando parcialmente à mostra o colo. Os mamilos, túrgidos e escuros, projetavam-se de seios inchados e aréolas dilatadas, num traçado sensualmente proibitivo. Os olhos da mulher, profundos e pungentes, pareciam hipnóticos. Num segundo plano, sobre um fundo vermelho, vislumbrava-se uma silhueta indefinida, que sugeria explicitamente um ato sexual. Era uma imagem, ao mesmo tempo, envolvente e ameaçadora que dava a real impressão de ter vida. Sua expressão, os traços do rosto, o próprio olhar mudavam sutilmente de acordo com o ângulo do qual eram observados. Araci afastou o rosto bruscamente. Estava perturbada.

— Cubra o quadro novamente, Lourenço. Por favor.

Sem compreender nada, Lourenço assentiu e tornou a estender o lençol vermelho sobre o quadro. Araci respirou fundo e, amparando-se na parede, dirigiu-se, meio trôpega, para a porta.

— Está sentindo alguma coisa, tia?

— Deve ser o cheiro da tinta. Vou descer e me sentar lá fora.

— Eu vou também. Dê-me só um minuto para eu fechar tudo aqui.

Araci desceu a escada e saiu novamente da casa, sentando-se numa das cadeiras brancas do pequeno jardim em frente à casa. O vento havia diminuído. Mas o céu estava mais escuro. Ela recostou-se e ficou ali, ouvindo o barulho das ondas arrebentando com força na praia, enquanto o rosto era acariciado pelo vento. Sentiu o corpo se acalmar. Quando abriu os olhos, Lourenço estava sentado a seu lado. Trouxera dois copos com suco de maracujá.

— São sucos naturais. Plantei maracujá e acerola no quintal.

Araci tomou um gole. O maracujá era calmante. Ela segurou a mão do sobrinho e disse:

— Quanto tempo você levou pintando aquele quadro?

Lourenço franziu a testa.

— Acho que um mês e meio — ele bebeu um pouco do suco. — Por quê?

— Porque é realmente um trabalho impecável. Não vê em que estado eu fiquei? Logo eu que já vi tantos e tantos quadros em minha vida...

Lourenço achou graça.

— Alguma moça serviu de modelo? — indagou Araci, curiosa. — Alguma muçulmana que você conheceu na Europa?

— Não.

— Então foi a Isadora?

— O que a faz pensar assim? — Lourenço reagiu indignado. — Ninguém serviu de modelo. Eu criei tudo de minha cabeça.

Araci terminou o suco e decidiu mudar de assunto:

— Como o quadro vai se chamar?

— *O Véu*.

— *O Véu*? Um véu... islâmico?

— Quem sabe?

Araci passou a mão carinhosamente no rosto do sobrinho

— Tome cuidado, meu filho. O mundo está um caos. Guerras,

atentados terroristas, intolerância, ódio. Não deixe que algum fanático interprete essa pintura de uma maneira errada...

— Fique tranquila. Eu nunca afirmei que a moça do quadro é uma muçulmana.

— Mas sugeriu. E qualquer pessoa minimamente informada vai deduzir que é uma muçulmana.

Lourenço aparentava, ao mesmo tempo, fastio com aquela conversa e indulgência por Araci estar tão visivelmente preocupada.

— Você está exagerando — ele desconversou.

— Então prometa para mim que, se alguém te acusar de ter retratado uma mulher muçulmana, você irá publicamente desmentir. Dizer que é apenas um véu. Um véu sem religião. Prometa para mim! Prometa!

Lourenço soltou o ar dos pulmões e levantou os braços, em sinal de rendição.

— Está bem. Eu prometo.

Os dois se abraçaram.

— Meu querido. Eu te adoro tanto. Nem sei o que seria de mim se te acontecer alguma coisa... — Araci reprimiu as lágrimas. — Por favor, volte comigo para o Rio. Estou te pedindo. Faça isso por mim, meu filho.

— Não!

— Pelo menos, por uns dias...

— Pela última vez, não, tia! Tenho de ficar aqui, pelo menos, até a viagem para Paris. Quando eu voltar, vou conversar com papai e tentar acertar minha situação com ele. Se ele me perdoar, aí, sim, pode ser que eu volte. Se bem que eu tenho gostado muito do sossego deste lugar.

Por um momento, ocorreu a Araci se Lourenço estaria aguardando alguma visita para os próximos dias. Uma visita secreta. Uma mulher, talvez. Desde o primeiro momento em que pisara na casa, ela percebera algo diferente nas atitudes do sobrinho. Havia um brilho anômalo em seus olhos. Certamente, alguma coisa estava acontecendo. Talvez alguma coisa boa. Quem sabe, depois da relação relâmpago com a madrasta, Lourenço não tivesse, afinal, encontrado um amor verdadeiro?

Foram horas agradáveis e inesquecíveis aquelas passadas na casa da praia. Apesar de o céu nublado ameaçar a todo momento, não choveu. A temperatura manteve-se amena e o vento fresco foi uma companhia constante. Eles almoçaram o peixe e a salada que Lourenço preparara e, às dezesseis horas, Araci despediu-se. Era uma segunda-feira e a estrada estaria movimentada por causa da volta do fim de semana prolongado. Ela e Lourenço trocaram um abraço longo e apertado. Araci entrou no carro e, no caminho de volta para o Rio, chorou ao volante. De emoção por ter estado com Lourenço e de tristeza por deixá-lo ali. Ela sentia que ele estava se desgarrando da família e que esse processo era irreversível. Como grãos de areia escorrendo pela mão, aos poucos, sem que nada pudesse ser feito para retê-los.

Araci pensou também no quadro. Ele era diferente de tudo o que Lourenço já havia pintado até hoje. Os olhos daquela pintura não lhe saíam da memória e pareciam persegui-la. Por muitas noites, a partir daquela tarde, Araci teria pesadelos com eles. Não seriam pesadelos vãos.

* * *

NA NOITE do dia 14 de junho de 2007, um incêndio misterioso devastou a casa na Barra de Maricá, matando Lourenço Monte Mor e destruindo grande parte de sua obra. Araci chorou por seis meses, chegando a adoecer por várias semanas. Os Quintanilha e os Monte Mor mergulharam num luto profundo e Aníbal passou a viver sob o peso da amargura de não ter feito as pazes com o filho, quando este o procurara e tentara se reconciliar.

A polícia nunca chegou a descobrir a real causa do incêndio e, sobretudo, se fora criminoso ou acidental. Vários indícios levavam a crer que havia sido um atentado. Isso porque logo depois de ser apresentado ao público pela primeira vez, em Paris, *O Véu* tornou-se alvo de virulenta polêmica entre religiosos, líderes islâmicos e extremistas que acusaram a obra de atentar contra a pureza da mulher muçulmana. Lourenço Monte Mor passou a ser considerado um inimigo do Islã, e sua cabeça foi pedida em vários protestos na Europa e no Oriente Médio. Deprimido e magoado com a reação altamente negativa a seu trabalho — que também foi atacado pela crítica europeia, que o desqualificou como apelativo, conservador, ridículo e medíocre — Lourenço retornou ao Brasil e isolou-se de vez na casa da praia. Começou a beber e a fumar muito, e a polícia sustentava, entre outras, a possibilidade de que uma brasa de cigarro houvesse deflagrado o incêndio, num momento em que Lourenço estivesse alcoolizado.

Para Araci, contudo, era difícil acreditar que um incêndio daquelas proporções, que engoliu a casa inteira, tivesse sido acidental. Para ela, a hipótese de um atentado executado por algum grupo extremista disposto a se vingar do pintor blasfemo era a mais provável. E, coincidência ou não, foi justamente nessa época que começaram a circular os rumores de que a Azadi, a organização terrorista que havia caído na obscuridade depois do assassinato de seu líder, em Jeddah, estava retornando às atividades, agora sob o comando de uma mulher: a perigosa e implacável Umm al-Hakika. E que poderia ter partido dela a ordem para acabar com Lourenço e sua obra.

Durante muito tempo pensou-se que *O Véu* tivesse se perdido no incêndio, mas, pouco antes de morrer, Lourenço havia mandado o quadro para Aníbal, que, por sua vez, confiou-o a Araci, que o escondeu providencialmente no fundo de um armário de seu apartamento, esquecendo-se de sua existência.

Somente muitos meses mais tarde, quando anunciou-se que o quadro seria leiloado pela Casa Quintanilha, foi que a opinião pública tomou conhecimento de que *O Véu* estava intacto. E foi também ali que teve início o calvário de Araci Quintanilha.

Ela não sabia que aquele quadro guardava um grande e terrível segredo, nem podia prever os perigos que o cercavam. Estava tudo muito além de sua imaginação.

PARTE II

Dois anos e meio depois

-1-

Rio de Janeiro, Brasil
Junho de 2009

Chovia forte desde o entardecer.

De repente, uma sucessão de lampejos encobertos pelo nevoeiro gelado clareou o topo do Corcovado, enquanto os estrondos dos trovões reverberavam no ar. A estátua resplandecente do Cristo Redentor surgiu momentaneamente por entre uma cortina densa de nuvens, parecendo debater-se na vã tentativa de permanecer heroicamente visível em meio à vastidão escura, mas o céu noturno não tardou a ocultá-la novamente, derrotando, assim, a última trincheira que ainda resistia à assustadora entrada antecipada do inverno úmido na cidade do Rio de Janeiro.

Era uma noite sombria de 8 de junho, a mais fria do ano até aquele momento. O mar estava em fúria e ameaçava repetidas vezes engolir a areia das praias. Um vendaval cortante e pegajoso, embalado pela chuva, alastrava-se pelas ruas encharcadas e melancólicas. O Rio de Janeiro, vazio, silencioso, parecia abandonado à própria sorte.

Mais um relâmpago riscou os céus. O ribombar do trovão ecoou com força e, como num milagre materializado pela pujança do impacto, a chuva subitamente diminuiu de intensidade.

A rua São Clemente encontrava-se deserta, salvo por raros automóveis que eventualmente passavam em alta velocidade sobre o asfalto molhado, quando o último grupo de convidados deixou a Casa Quintanilha de Leilões & Escritório de Arte. Eram dois casais que, provavelmente, haviam exagerado no vinho ou no champanhe. Contagiados pelas próprias risadas, eles desceram os degraus de mármore da escadaria principal e saíram para a rua, enquanto a porta se fechava atrás deles. Agora todo mundo havia ido embora. As janelas altas do imponente palacete do século XIX apagaram-se e somente os lampadários dispostos no jardim permaneceram acesos. Uma névoa incômoda, misturando o odor adocicado da maresia curtida e o aroma penetrante da relva molhada, vagava por sob as copas das árvores ao redor da casa, tornando a visão turva e embaçando os fechos fantasmagóricos de luz irradiados pelos postes e faróis em movimento.

Dois homens faziam a segurança da Casa Quintanilha, sendo que um deles passaria a noite diante de um monitor de computador ligado às câmeras que vigiavam o grande salão de leilões, onde os lotes que seriam postos à venda na manhã seguinte estavam expostos. Ele afastou a manga do casaco e, constatando vinte e dois minutos para as vinte e três horas no relógio de pulso, contornou uma última vez a casa, ouvindo o barulho da grama estalando sob seus pés. Observou com minúcia o terraço dos fundos, os vasos de plantas e arbustos floridos alinhados rentes à mureta sustentada por belos balaústres de mármore e, um pouco mais acima, as duas caixas d'água no telhado. Estava tudo tranquilo. A noite parecia que seria calma.

Perto dali, do lado oposto da rua, protegido pela grade dos portões que davam acesso aos jardins do Palácio São Clemente, sede do consulado de Portugal, um dos vigias da noite mantinha-se atento a um estranho vulto que estava de pé havia mais de meia hora na esquina com a rua Martins Ferreira, a poucos metros da Casa Quintanilha, com o olhar aparentemente perdido na penumbra. Era um homem branco, de meia-idade, corpulento, enfiado numa parca preta e puída de náilon acolchoado, com um guarda-chuva molhado e fechado pendurado num dos braços. Tinha o cabelo preto desgrenhado e um aspecto de desleixo. A todo momento ele conferia as horas e dava alguns poucos passos em círculo, demonstrando inquietação. Parecia esperar por alguém, ou por algo.

Vinte e duas horas e cinquenta e cinco minutos. Ainda de pé no mesmo lugar, o homem sacou um celular do bolso e pareceu dedilhar demoradamente as teclas, sem, contudo, fazer nenhuma ligação. O vigia chamou seu companheiro e comentou, apontando com o dedo:

— Aquele sujeito ali... Está vendo ele?

Após lançar um rápido olhar para a esquina, o colega respondeu com desinteresse:

— O que é que tem?

— Quando eu cheguei para meu turno há uma hora, ele já estava ali. Ainda tinha bastante gente na casa de leilões aí em frente... Não é esquisito?

O outro reparou melhor:

— Talvez ele tenha saído da casa de leilões e agora esteja esperando alguém.

— Que casa de leilões que nada, rapaz! Ficou doido? Olha só para ele. O cabelo todo desarrumado, a barba mal feita, um casaco velho... Se bobear, nem tomou banho hoje. Trabalho como vigia faz muito tempo. Sei que aí tem coisa. Só pode ter.

Mais alguns minutos se passaram. O homem olhou uma última vez o relógio de pulso e, sem mais nem menos, resolveu ir embora. Segurando o castão do guarda-chuva como uma bengala, ele atravessou a rua Martins Ferreira e foi caminhando calmamente pela calçada molhada da São Clemente.

Surpresos, os dois vigias entreabriram o portão e observaram o homem afastando-se em direção ao Humaitá. O mais desconfiado deles, num impulso, virou-se para o outro e declarou:

— Vou atrás dele. Segure as pontas aqui, que eu volto já.

E saiu para a rua, apertando o passo, sem dar tempo para argumentação. Ele havia acabado de desaparecer ao longe em meio à neblina, quando um estrondo aterrador quebrou o silêncio do bairro adormecido. O solo chegou a estremecer por um segundo. Imediatamente, as janelas dos edifícios à volta começaram a se alumiar uma a uma, e os moradores, apavorados, debruçaram-se esfogueados, na tentativa de descobrir o que acontecera. Não havia terminado. Ouviu-se um segundo estrépito, mais fraco, e em seguida, o som agudo e estridente de uma sirene espalhou-se pelo ar. O sistema de alarme da Casa Quintanilha tinha sido acionado. Dos jardins do consulado português foi possível divisar uma coluna rala de fumaça erguendo-se na cúpula esférica de uma das laterais do palacete.

Não demorou para viaturas da Polícia Militar, do Esquadrão Antibombas da Polícia Civil e do Corpo de Bombeiros aportarem ruidosamente no local, mas elas não foram mais rápidas do que um grupo de jornalistas que, a esta altura, sabe-se lá como, já havia transposto a grade que cercava o jardim da casa de leilões, sem encontrar reação dos seguranças, aparentemente atônitos e desorientados com a imprevisibilidade do ocorrido. Enquanto um princípio de incêndio no epicentro das duas explosões era rapidamente debelado, os fotógrafos pareciam mais interessados numa sequência impressionante de pichações, que manchavam a parede clara da fachada direita da mansão, com um vermelho forte, quase da cor do sangue.

* * *

O táxi parou suavemente diante do Centro Empresarial Rio, na praia de Botafogo, e Araci Quintanilha, vestindo um terninho preto de lã grossa, desceu primeiro, cobrindo os ombros com uma comprida e grossa pashimina vermelha para se proteger do vento. Da calçada, a leiloeira alta e elegante, hoje com 52 anos, forçou os olhos para observar a fachada envidraçada do restaurante Negresco. Uma porta de duas bandas de mogno com almofadas, ladeada por dois vasos com araucárias. Uma das vitrines da entrada exibia uma garrafa de vinho, uma ânfora de prata e duas taças de cristal lapidado rodeadas de pétalas de rosa. A outra, maior e mais alta, um galhardete anunciando a realização do Festival de Cozinha Medieval que terminaria naquela noite.

Araci soltou um suspiro de desânimo. Ela estava exausta e o dia seguinte seria uma verdadeira prova de fogo. Sair para jantar fora, ainda mais debaixo de chuva, era a última coisa que desejava para aquela noite. Mas ela não queria desapontar o marido. Bartolomeu Saraiva — mais conhecido como Bartô — além de chef e dono do restaurante era também o organizador do festival, cujos pratos incumbira-se de preparar pessoalmente todos os dias. Araci sabia que sua presença era importante para ele. Às voltas com os preparativos para o leilão na Casa Quintanilha, ela não compareceu à inauguração, foi postergando sua ida e, quando deu por si, só lhe restava o último dia. O que poderia fazer?

Araci esperou o pai pagar a corrida e descer do táxi para, gentilmente, oferecer-lhe o braço. Cada qual segurando um guarda-chuva fechado, subiram juntos os sete degraus de granito castanho que ligavam a calçada à comprida alameda ajardinada do centro empresarial, ornada de palmeiras imperiais, folhagens e árvores de copas generosas e floridas. Emílio Quintanilha já não conseguia disfarçar os demorados bocejos que, a cada passar de minuto, iam ficando mais sonoros e inconvenientes. Normalmente, ele já estaria dormindo naquele horário avançado. No entanto, ciente do estado de nervos de Araci, ele ofereceu-se para acompanhá-la por toda a noite, aonde quer que ela precisasse ir. Dali a menos de vinte e quatro horas, a filha comandaria o leilão mais insólito de sua vida. A missão era espinhosa. Ele próprio, um leiloeiro experiente de 80 anos, que fundara a Casa Quintanilha havia mais de cinquenta e a dirigira por quase quarenta, não conseguia mais esconder a expectativa que o consumia por dentro, chegando a se esquecer da última vez em que dormira tranquilo.

Araci e Emílio entraram no restaurante e Bartô acomodou-os logo numa mesa redonda a um canto discreto do salão. Ele tinha a mesma idade de Araci e era dois dedos mais baixo do que ela. Tinha uma calva insinuante, porém não acentuada, e um exótico bigode preto, farto e alongado, que considerava o ponto forte de sua fisionomia. Apesar da postura sempre ereta, sua barriga parecia inflar a cada mudança de estação, criando-lhe alguns desconfortos que, no entanto, não chegavam a encorajá-lo a enfrentar o suplício de uma dieta prolongada. Gostava de se vestir bem e possuía uma vasta coleção de gravatas-borboleta das mais variadas estampas, sempre tomando o cuidado de não repetir uma num intervalo inferior a três semanas. Gourmet excêntrico para uns, glutão bufo para outros, Bartô estava longe de ser uma unanimidade e costumava inspirar comentários maldosos entre pessoas que se esforçavam para compreender que atrativos um homenzinho sem graça como ele poderia ter para manter um bem-sucedido casamento de quase trinta anos com alguém como Araci Quintanilha, uma mulher vistosa e interessante, embora não propriamente bonita; ela tinha o nariz proeminente e ligeiramente adunco, desproporcional ao rosto fino, e uma postura involuntariamente altiva, o que lhe valeu a injusta fama de antipática, coisa que, definitivamente, nunca fora.

Araci olhou ao redor. O ambiente no salão era cálido e festivo, completamente isolado da friagem e do chuvisco do lado de fora. Peças madrigalescas do século XIII ressonavam pelo salão, executadas pelo conjunto carioca Atempo, especializado em música antiga. Nas paredes viam-se reproduções de pinturas de artistas célebres da Idade Média como o famoso *As Bodas de Arnolfini*, de Van Eyck, e *Carlos VII, rei da França*, de Jean Fouquet. Na mesa do bufê, os clientes eram servidos por um homem vestido com os mesmos trajes do rei retratado por Fouquet: uma roupa de veludo vermelha pregueada e um chapéu azul com listras douradas em zigue-zague. Os pratos, preparados por Bartô, incluíam carnes de javali, faisão, coelho e perdiz e sobremesas à base de frutas europeias.

Araci saboreou uma generosa porção de faisão com mostarda e molho de figos e cerejas, receita de Taillevent, que fora, provavelmente, o cozinheiro mais célebre do século XIV. Emílio, atendendo a recomendações médicas, ignorou o bufê e mandou vir um peru simples acompanhado de salada verde. Depois, fez Bartô sentar-se a seu lado na mesa e confidenciou-lhe com alguma malícia:

— Você me perdoe a franqueza, Bartô, mas eu ainda não entendi direito o objetivo deste festival. O que você pensou que estava fazendo quando decidiu espalhar réplicas de quadros pré-renascentistas pelo salão? Acha, sinceramente, que alguma daquelas pessoas servindo-se ali no bufê é capaz de dizer quem foi Van Eyck? E esta comida? As pessoas hoje em dia nem têm ideia do que foi a Idade Média. Você não precisava ter caprichado tanto na seleção do menu. Bastavam uns pratos mais básicos e todo mundo ficaria satisfeito. A cultura dessa gente é superficial demais. Para elas, seu festival é mais uma oportunidade para aparecer socialmente, conversar futilidades e só.

Araci terminou de mastigar o último pedaço de faisão, olhando estupefata para o pai que se portava como um adolescente provocador.

— E daí, papai? — ela tomou a palavra, em tom desafiador, enquanto enxugava a boca com o guardanapo de tecido.

— Contanto que paguem a conta e não saiam por aí falando mal da comida, elas podem conversar o que quiserem. Se as pessoas não possuem seu brilhante senso estético, o problema não é nosso.

Ignorando a argumentação da filha, Emílio puxou Bartô um pouco mais para perto e apontou com o indicador para o rapaz fantasiado que servia sorridente o bufê:

— E tem outra coisa: você precisa aprofundar mais seus estudos sobre o Medievo. Jean Fouquet pintou aquele quadro em 1445, portanto, apenas oito anos antes da data considerada o marco do fim da Idade Média. O próprio Fouquet viveu por muitos anos mais e só faleceu em 1480. Expor uma obra datada do último decênio de uma era iniciada quase mil anos antes para festejar sua culinária é um absurdo tão gritante como promover um festival de gastronomia do século XX e decorar as paredes com obras de 1999.

— Papai, será que você pode fazer o favor de parar de ser tão implicante? — protestou Araci. Ela sabia que Emílio, mais uma vez, estava apenas praticando um de seus hobbies favoritos: puxar polêmica de graça com Bartô, sem a intenção de ofendê-lo. Mas, como sempre acontecia quando ele se empolgava com as próprias palavras, era preciso que alguém interviesse para contê-lo.

Araci tomou um gole de vinho e, olhando nos olhos de Emílio, disparou:

— Eu não consigo te entender. Não foi você mesmo que acabou de dizer que as pessoas hoje em dia não dão nenhum valor à cultura e que Bartô perdeu o tempo dele ao caprichar na organização do festival? Então, para que se preocupar com esses detalhes, se ninguém sabe quem foi Fouquet? Por sua lógica, Bartô podia ter pendurado um quadro de Portinari que não faria a menor diferença. Afinal, ninguém entende de nada mesmo, não é?

Emílio deu de ombros, olhando-os zombeteiramente:

— Eu fiz apenas um comentário. Vocês se levam muito a sério.

— Foram vários comentários. E todos eles inconvenientes — declarou Araci, dando uma piscadela. — Brincadeira tem hora e já estamos todos suficientemente nervosos hoje.

— Não precisa engrossar, meu bem. Seu pai só estava tentando ser divertido. Ele sabe que o humor é o melhor remédio para quem está ansioso, não é, sr. Emílio? — Bartô soltou uma gargalhada estridente e deu dois tapinhas de leve nas costas do sogro, que, em resposta, apenas entreabriu uma careta amarela de ofensa fingida.

Nisso, Bartô olhou para o lado e avistou o gerente do restaurante gesticulando para ele no outro lado do salão, com o telefone numa das mãos.

— Acho que estão me chamando ao telefone. Esperem aqui que eu volto já.

Araci observou o marido afastar-se e passou ansiosamente a mão pelos cabelos compridos. Recostou-se na cadeira, deixando-se envolver pela música e o burburinho do restaurante, as vozes misturadas, difusas, o tilintar de talheres e copos, as risadas forçadamente baixas, freadas pela etiqueta. Chegou até a tirar os sapatos de salto, cruzando os pés, doloridos em razão das muitas horas em que ficara de pé na Casa Quintanilha, displicentemente sob a toalha da mesa. Pela primeira vez no dia, conseguiu esquecer o próprio medo.

— Telefonema a essa hora da noite? — resmungou Emílio. — Será que é alguma coisa séria?

As palavras do pai surtiram imediato efeito em Araci que, de repente, captou o que o pai estava pensando. Ela mal teve tempo de refletir a respeito, pois naquele mesmo instante Bartô voltou à mesa. Araci levantou o rosto e surpreendeu o marido olhando para ela com uma expressão alarmada. A tensão nele era, simplesmente, indisfarçável.

— Quem era? — perguntou Araci.

Bartô ficou em silêncio por um momento, antes de responder:

— Um policial.

Araci arregalou os olhos, fitando-o em suspense:

— Um policial? O que um policial queria com você a essa hora?

— Parece que... — ele pigarreou — parece que aconteceu alguma coisa na Casa Quintanilha.

Araci pôs-se de pé num pulo, levando as mãos ao rosto.

— A polícia está lá, apenas aguardando uma autorização sua para realizar uma vistoria interna — complementou Bartô. — Pelo telefone só deu para saber que ocorreram duas pequenas explosões no telhado e que a casa está cercada.

Araci lançou um olhar de desespero para Emílio, cuja expressão perplexa, porém controlada, parecia corresponder perfeitamente ao pavor que se ia apoderando dele.

— Duas explosões?! Ai, meu Deus... Papai! Sofremos um atentado — descontrolou-se ela, segurando os ombros de Emílio. — Um atentado! Justo na véspera desse maldito leilão que há semanas vem nos torturando. Vocês entendem o que isso significa, não é? Aquilo que a gente mais temia pode estar começando a se tornar realidade.

Emílio levantou-se e pegou nas mãos dela, que estavam geladas.

— Nada de pânico ainda, minha filha. Vamos ouvir, primeiro, o que a polícia tem a dizer.

Araci não tinha nenhuma dúvida do que havia acontecido. Ela olhou o relógio. Vinte para a meia-noite. Por um instante, pensou em desistir de tudo. Era o que teria feito ali mesmo, caso já não fosse tarde demais para voltar atrás.

— Vamos para lá agora — disse Bartô. — Meu carro está na garagem.

* * *

Aquele fora o último dos seis dias em que a Casa Quintanilha esteve aberta para o público interessado em conferir de perto os trabalhos que iriam a leilão na noite seguinte, todos expostos no grande salão do primeiro andar. Entre óleos, aquarelas, águas fortes, esculturas em mármore e bronze, litogravuras, xilogravuras e gravuras em metal, o catálogo reunia renomados artistas como Iberê Camargo, Oswaldo Goeldi, Bruno Giorgi, José Pedrosa, José Pancetti, Samson Flexor, Ivan Serpa, Djanira, Luiz Áquila, Daniel Senise, Elias Maleh, Anna Bella Geiger, Ana Durães e Lourenço Monte Mor. A exposição que, tradicionalmente, antecedia os dias de pregão, foi encerrada às vinte e uma horas com um caprichado coquetel oferecido por Araci e Emílio a cento e trinta convidados, entre marchands, colecionadores, estudiosos, jornalistas e alguns amigos.

O magnífico palacete em estilo neoclássico europeu que abrigava a Casa Quintanilha possuía mil e seiscentos metros quadrados distribuídos em dois andares e já era, por si só, uma atração. Sua decoração era inspirada numa visão romântica e mitificada da gênese brasileira, representada por elementos folclóricos que enalteciam o exotismo, a exuberância tropical e as riquezas naturais do país. A começar pelo símbolo da empresa, reproduzido numa ostentosa estatueta de bronze, isolada sobre um pedestal de mármore no vestíbulo da entrada: um indígena de cocar, agachado, de perfil e com um arco e flecha em uma das mãos.

A alegoria também compunha — ainda que oferecendo uma perspectiva bastante inusitada para a caracterização de um silvícola — um amplo e colorido vitral *art nouveau* de seis metros de comprimento por cinco de altura no fundo do grande salão, onde era montada a tribuna de jacarandá da qual Araci Quintanilha comandava os pregões. O vitral retratava com requinte uma mulher de pele clara e feições ibéricas, envergando uma veste branca e um cocar de penas amarelas, sentada soberana num trono de mármore, com a mão direita pousada sobre um globo, rodeada pela mata tropical e por exemplares da fauna brasileira, como o tucano, a arara e o jacaré do Pantanal. Encomendado por Emílio Quintanilha, amante da cultura indígena, a um grupo de jovens estudantes da Academia Nacional de Belas Artes, por diversas vezes, esteve no cerne de debates afiados entre críticos de arte e frequentadores dos leilões. Os admiradores da obra costumavam ressaltar sua "vibrante simbologia", enquanto os detratores, em maior número, torciam-lhe solenemente o nariz, abismados com sua exagerada profusão de cores, seu traçado "inegavelmente *naïf*" e, principalmente, sua temática, que muitos desqualificavam como "patriotada brega", "pajelança ridícula" e outros impropérios. Os mais ferozes estendiam as críticas à própria família Quintanilha, sobretudo depois que Araci, no começo de 2004, comandou um leilão vestindo um terninho verde-escuro e com uma echarpe amarela cingindo os ombros. Uma colunista social tachou-a maldosamente de "leiloeira canarinho", apelido que ainda hoje era pronunciado, sempre pelas suas costas e em tom pejorativo.

Por todo o casarão, o piso de marchetaria exibia mosaicos com uma ampla variedade de madeiras nativas da Amazônia e da Mata Atlântica, como o mogno, que também estava presente nos lambris que revestiam as paredes, nos rodapés e nos batentes e alisares das portas. A mobília, clássica e pesada, era composta, na maioria, por peças dos séculos XVIII e XIX. Os tapetes revezavam-se entre persas e arraiolos e seis vistosos lustres em alabastro com pingentes de cristal compunham o teto. Nos cômodos ao redor do grande salão, pesadas cortinas de veludo verde-musgo, encimadas por bandôs amarelos ornavam as altas janelas de pinho-de-riga. Antúrios e costelas-de-adão de folhas largas e escuras brotavam de dois belos cachepôs de porcelana pintados com motivos tropicalistas, cada qual colocado a um lado do portal que dava acesso ao salão.

Quando Bartô embicou o carro diante do portão da Casa

Quintanilha, Araci vislumbrou, horrorizada, o verdadeiro exército de homens da polícia, dos bombeiros e da imprensa disperso pelo jardim e saltou imediatamente. Uma fumaça rala ainda se insinuava sobre a lateral direita da casa, espalhando pelo ar frio um odor acre de mato queimado. Um princípio de incêndio havia sido evitado. Provavelmente, o telhado encontrava-se recoberto de folhas caídas das árvores quando tudo começou. Uma mangueira comprida estava, agora, sendo recolhida por um dos bombeiros uniformizados.

Araci abriu, cautelosa, o portão de ferro e irrompeu no terreno com o coração disparado, ainda sem entender direito o que havia acontecido. Olhou para a entrada do palacete à sua frente que, felizmente, continuava fechada. Araci tinha por norma vetar o acesso de qualquer pessoa às suas dependências fora do horário comercial, quando a monitoração interna passava a ser feita por câmeras e por um sistema de alarme e sensores conectados a uma central de segurança que, ao menor sinal de irregularidades, acionava a polícia.

Fotógrafos continuavam a disparar freneticamente suas máquinas, riscando o gramado molhado com o espocar dos flashes. Araci esticou o olhar e reconheceu, em meio à multidão fardada, Nivaldo, o chefe da segurança da Casa Quintanilha, um homem moreno e grisalho de seus cinquenta e tantos anos e que há quase trinta trabalhava para a família.

— O que aconteceu? — perguntou Araci a ele.

Nivaldo não respondeu, preferindo fazer sinal para um policial alto e corpulento enfiado numa grossa japona preta. Seu rosto jovial contrastava com a calva extensa e lustrosa, que acabou revelada quando ele, ao se aproximar de Araci, retirou polidamente a boina que trazia sobre a cabeça.

— Muito prazer, dona Araci — ele sacou do bolso a carteira com suas credenciais, exibindo-a para Araci. — Sou o inspetor Túlio Filizola, da delegacia da rua Bambina.

Cumprimentaram-se. Araci observou mais uma vez o telhado,

agora sem mais sinais de fumaça, e olhou interrogativamente para o policial, que tomou a palavra:

— Aconteceram duas explosões no alto da casa, dona Araci. Um perito da polícia técnica encontrou amostras de explosivo plástico. Ao que parece, foram armadas duas bombas de pequeno porte sobre o telhado, conectadas a um detonador operado a distância por um celular comum. Pouco depois das vinte e três horas recebemos um alerta da central que faz a segurança da casa e viemos logo para cá. O fogo, felizmente, não se alastrou graças à chuva. As folhas sobre a casa estavam úmidas e algumas não tiveram combustão.

Araci desabafou ao policial:

— Eu só queria entender como alguém conseguiu armar duas bombas para explodir em meu telhado. Eu tenho seguranças trabalhando para mim dia e noite que teriam visto se alguém tentasse invadir o terreno — ela virou-se, então, para Nivaldo e o outro vigilante da Casa Quintanilha que permaneciam de pé, compenetrados, pouco atrás do inspetor, sem se dirigir a nenhum em particular: — Vocês notaram alguma coisa de anormal aqui esta noite?

Os dois menearam a cabeça enfaticamente.

— Têm certeza de que ninguém ficou na casa depois que eu e papai fomos embora após o coquetel?

Eles se entreolharam e Nivaldo respondeu:

— Certeza absoluta, senhora. Nem hoje, nem em dia nenhum.

Naquele instante, Bartô já tinha estacionado o carro nos fundos do terreno e caminhava a passos lentos ao lado do sogro, driblando as várias pessoas que se acotovelavam na fachada lateral da casa.

Bartô comentou com Emílio:

— O que esses jornalistas estão fazendo aqui? Como ficaram sabendo tão depressa?

— Alguém deve tê-los avisado.

— O que será que eles tanto fotografam?

Aproximaram-se um pouco mais. Um grupo de policiais havia conseguido afastar parte dos repórteres e confiná-los a um canto do terreno de onde, esperava-se, eles decidissem ir embora por livre iniciativa. Em silêncio, Bartô e Emílio puseram seus óculos e vasculharam as pichações na base da fachada lateral da casa. Os olhos deles tornaram-se ainda mais tensos, denunciando um misto de pânico, confusão e incredulidade. Durante alguns instantes, ali ficaram, tentando decifrar os rabiscos em vermelho, sangrando o branco imaculado da parede como uma chaga recém-aberta.

Escoltada pelo inspetor e, um pouco mais atrás, pelos vigilantes, Araci foi andando devagar na direção deles. Ao virar-se para observar as inscrições na parede, estremeceu alarmada, contraindo os olhos, como se, inconscientemente, já soubesse que teria de enfrentar aquela situação.

A um observador incauto, aqueles rabiscos ilegíveis, à primeira vista, não passariam de símbolos de alguma das gangues de jovens transviados que infestavam a cidade, emporcalhando e depredando prédios e monumentos. Araci, porém, nem chegou a considerar tal possibilidade. Tudo aquilo fazia um sinistro sentido. Ela lançou um olhar cauteloso para o pai e o marido, que retribuíram numa concordância silenciosa.

Eram, aparentemente, duas inscrições, separadas entre si por uma distância pequena. A tinta vermelha parecia ter sido escolhida de propósito. E tudo indicava que os traços, em caracteres árabes bem definidos, haviam sido feitos por alguém que não tinha pressa.

— Olhe para isso, papai! — murmurou Araci, apavorada. — Não lhe diz nada?

Absorvido pelos próprios pensamentos, Emílio não registrou a frase.

— Não é apenas mais um ato de vandalismo — completou ela. — É um aviso muito claro que só pode ter um significado. Chegou a nossa vez.

Emílio expeliu o ar pelas narinas, tentando manter-se sob controle. Haveria realmente alguma ameaça contida naquilo? Ele recuou dois passos e percorreu novamente a parede com os olhos, numa tentativa urgente de extrair um mísero sentido daqueles traços ilegíveis, grafados numa sequência que sugeria alguma conexão entre eles:

کینه‌جویی و آزادی

Araci reparou que as primeiras letras — que na escrita árabe, feita da direita para a esquerda, eram as últimas — destacavam-se das demais por serem perceptivelmente maiores. Um detalhe previamente calculado, supôs. Ela olhou novamente para o telhado semidestruído, imaginando que estava diante de um inimigo destemido e hábil, capaz de burlar qualquer esquema de segurança para agir impunemente. Nada, portanto, impediria que ele entrasse na casa e se apropriasse de algum objeto de valor, sem que ninguém desse por sua presença. Ou, o que era pior, ele ainda poderia estar lá dentro, apenas à espera de uma oportunidade para se lançar contra ela e consumar seu plano de vingança.

Seguida por Bartô e dois homens da polícia armados com pistolas, Araci subiu a escadaria da entrada da casa. Emílio e o inspetor Filizola ficaram no jardim. Com os joelhos vergando de medo, ela girou as quatro chaves que mantinham a porta lacrada como um cofre. No vestíbulo, digitou uma sequência de números num dispositivo eletrônico, desativando o sistema de segurança. Depois, perscrutou atentamente o salão, tentando detectar alguma mudança perceptível na arrumação das peças ou a presença de algum objeto ou sinal estranho pelo chão ou nas paredes. Os pesados catálogos do leilão continuavam empilhados da mesma maneira sobre a mesa e ainda era possível sentir o aroma do coquetel no ar.

Ela foi avançando devagar salão adentro, envolvida por um silêncio opressivo, suavizado pelo ruído sibilante da própria respiração e pelo som dos passos no assoalho encerado, e virou à direita no corredor. Empurrou lentamente uma porta e entrou na sala dos computadores, onde uma das janelas achava-se precariamente fechada por causa de uma ferrugem precoce na cremona. Seu conserto já devia ter sido providenciado há um bom tempo, mas, apesar do desleixo, a janela não dava sinais de haver sido forçada. Araci observou os aparelhos desligados, as impressoras, os arquivos intocados e a estante com livros e fichários placidamente enfileirados.

Pelo vidro embaçado da janela, viu as folhas de uma palmeira debatendo-se com o vento. Numa lufada mais forte, a ponta de uma delas lambeu o vidro e Araci levou um susto. Cautelosa, ela voltou para o corredor e foi se esgueirando para seu gabinete, temendo o que poderia encontrar por lá. Era, por várias razões, o cômodo mais exposto da casa. Não possuía janelas como os demais, e sim uma enorme vidraça que se abria para um terraço ajardinado de onde um fugitivo alcançaria com facilidade o terreno e, dali, o muro dos fundos. À medida que caminhava, seus passos ribombavam com mais intensidade na madeira do assoalho, amplificando a sensação de pânico. Ela atravessou a sala de sua secretária, conferindo a mesa, os telefones, o computador, a estante... Tudo estava no lugar.

Uma das bandas da porta do gabinete encontrava-se entreaberta. Araci engoliu em seco, a respiração retida. Deu mais dois passos à frente, mas teve medo de que o intruso pudesse estar escondido em sua sala e se apercebesse de sua presença. Ele só podia estar ali. Por mais que os seguranças afirmassem que nenhum estranho esteve na casa, as bombas e as pichações em árabe os desmentiam.

Havia alguém atrás daquela porta, ela sentia isso. E iria desmascarar o intruso agora.

Tateando com as mãos, apanhou um peso de mármore na mesa da secretária e manteve-o firme na mão direita. Avançou mais um pouco. Encostou a mão esquerda na banda entreaberta e esticou os olhos pela sala, cuja escuridão era atenuada pela escassa luminosidade noturna que se infiltrava através da vidraça. Vislumbrou sua mesa de trabalho, a silhueta do espaldar vazado da cadeira em estilo colonial, onde se sentava todos os dias, projetando-se contra a janela, e ouviu o tique-taque do relógio. Esticou a mão para acender a luz. Mas não localizou o interruptor.

Nesse momento, o pânico de Araci atingiu o ápice e, num gesto abrupto, ela empurrou a porta com o cotovelo, escancarando-a com violência, e lançou-se sobre a sala. Não teve tempo de raciocinar. Na escuridão, sentiu uma mão apertando seu braço. As pernas fraquejaram e ela soltou um grito abafado, deixando cair o peso no chão.

A luz da sala se acendeu e Bartô tomou-a nos braços:

— Minha nossa, Araci! O que há com você?

Completamente fora de si, Araci contemplou o marido à sua frente e, aliviada, agarrou-se a ele. Sua face estava lívida como cera, os lábios trêmulos e as mãos geladas. Amparada por Bartô, ela sentou-se e tentou recobrar a calma, antes de olhar à volta e constatar que estava tudo em ordem no escritório, exatamente como ela deixara horas atrás.

Bartô serviu um uísque a Araci e contou que ele e os policiais haviam vistoriado as demais dependências da casa, inclusive o térreo, onde ficavam a cozinha, os cofres e o depósito onde os lotes permaneciam acondicionados nos dias de pregão e não encontraram nenhuma anormalidade. Ele esperou-a terminar a bebida para dizer, calmamente:

— Os bombeiros já foram, e o inspetor destacou dois policiais para passarem a noite aqui. Não há mais nada a fazer por hoje.

Por que não fingimos que tudo não passou de um susto? Nada foi roubado, os lotes estão a salvo, ninguém se feriu... Amanhã cedo, chamamos uns operários para limpar a fachada e fazer um reparo emergencial no telhado.

Diante da imobilidade de Araci, Bartô insistiu:

— Vamos, querida. Você precisa dormir. Amanhã será um dia cheio.

Araci levou a mão à cabeça, que latejava de dor. Sentia-se extremamente cansada, não tinha forças sequer para se levantar dali, que dirá para argumentar.

— Como eu queria acreditar que tudo não passou de um susto... — ela ergueu melancolicamente os olhos para Bartô e complementou, com ênfase: — Mas eu tenho certeza de que isso é só o começo. Esse ataque não ocorreu à toa.

Bartô assentiu condescendente. Araci, então, levantou-se com relutância, e eles saíram do escritório. Ao passarem pelo grande salão em direção à saída, avistaram Emílio parado a pouca distância, o corpo imóvel, os olhos morbidamente esbugalhados, inteiramente absorvidos por um quadro, pendurado em destaque numa saliência na parede, em meio às dezenas de obras que iriam a leilão na noite seguinte.

Araci sentiu um súbito calafrio. O pai estava hipnotizado. A cabeça ereta, não esboçava movimento. Até a respiração dele parecia haver cessado.

Desvencilhando-se de Bartô, Araci aproximou-se com cautela de Emílio e, relutante, acabou fazendo o que não queria: ficar cara a cara com aquele quadro.

O Véu.

Araci fechou os olhos, sem conseguir evitar que uma opressiva sensação de pesar a envolvesse. Aquele rosto era inegavelmente sedutor; ele parecia vivo e atento a toda movimentação em torno de si. Os olhos eram grandes, fundos, faiscantes, dois perfeitos círculos verdes, atentos, onipresentes, sinistros, aterradores, que emanavam uma libidinagem feroz sem, contudo, disfarçar uma inegável e desconcertante expressão de agonia, quase uma súplica por piedade. A lenda em torno do quadro era vasta. Muitas pessoas desmaiaram ao vê-lo pela primeira vez; outras entraram num transe momentâneo. E as mortes trágicas a ele atribuídas deram-lhe a fama de amaldiçoado.

Recobrando a razão, Araci deitou suavemente as mãos sobre os ombros do pai e perguntou:

— Olhando de novo para esse quadro, papai?

Emílio olhou de esguelha para Araci e declarou:

— Você tem razão quando diz que há algum feitiço nessa pintura. Agora mesmo, eu estou sentindo uma agonia estranha, um mal-estar misturado com prazer... Será mesmo exagero acreditar que ela é amaldiçoada? Afinal, tanta coisa já aconteceu por causa desse quadro... Tanta morte, tanta desgraça...

Araci até hoje não se conformava com a morte de Lourenço Monte Mor, e o quadro trazia-lhe sempre a lembrança daquele sobrinho adorado, que fora o filho que ela nunca teve.

Seus olhos encheram-se de lágrimas, mas ela manteve o controle; em parte, auxiliada pelo uísque que tomara há pouco.

"Lourenço... Meu pobre Lourenço... Se fora tão jovem! A vida, às vezes, é injusta. E dura. Muito dura."

A despeito da morte precoce — ou, talvez, até auxiliado por ela — Lourenço Monte Mor consagrara-se como um controvertido artista plástico; precursor e único expoente de um movimento conhecido como hiper-realismo polifigurativo. *O Véu*, que ele tinha como sua obra-prima, despertou a ira de religiosos islâmicos que a consideraram, publicamente, uma das obras ocidentais mais ofensivas ao Islã em todos os tempos, por mostrar uma mulher muçulmana com exagerada sensualidade.

— O fascínio que o quadro exerce sobre as pessoas não seria o mesmo se não fosse o rastro de sangue que ele, supostamente, deixou — Araci olhou o pai de relance e voltou a se fixar nos olhos lúbricos da pintura. — Sua condenação pelos muçulmanos, os assassinatos em série, todos aqueles acontecimentos misteriosos... É bem verdade que a lenda que se formou em torno de Lourenço contribuiu para aumentar a curiosidade em torno da pintura. Nosso Lourenço teve a vida interrompida de uma maneira tão brusca, tão absurda, tão violenta como sua própria obra e acabou passando para a posteridade como um mito. Por isso, tanta comoção na sociedade e na imprensa em torno da venda desse quadro.

Essa única peça, o lote de número 122, há dias roubava as noites de sono de Araci. *O Véu* era a grande atração para o leilão da noite seguinte. A pintura estava estampada com todo seu agressivo carnaval de cores e sombras no miolo do luxuoso catálogo da Casa Quintanilha, acompanhada de um extenso artigo, com um apanhado da vida e da carreira de Lourenço Monte Mor.

A decisão de leiloar a obra partira do pai de Lourenço, o marchand Aníbal Monte Mor, dono da Pinacoteca Fluminense, uma das mais prestigiadas galerias de arte do Rio de Janeiro. Araci ainda não conseguia compreender por que ele resolvera livrar-se do quadro tão repentinamente. Para ela teria sido muito melhor — e, sobretudo, mais seguro — que todos continuassem a acreditar que o quadro havia sido destruído no incêndio que vitimou Lourenço. Mas ela aceitara o encargo e, se fizera isso, fora unicamente pela memória do sobrinho, como se aquele fosse um último presente seu a ele, um presente póstumo que Lourenço, onde quer que estivesse, saberia reconhecer. Agora, ela teria de arcar sozinha com as consequências, já que Aníbal não estava na cidade.

- 2 -

Araci teve um sono agitado naquela noite. Sonhou que estava sentada sozinha num banco, no centro de um parque arborizado e vazio. Não sabia bem o horário, mas parecia ser cedo, bem cedo. Uma corrente fria de ar soprava por entre as árvores e uma neblina melancólica pairava sobre o solo. Araci não tinha ideia do que estava fazendo ali, quando viu surgir, por entre a névoa, a figura esguia de Lourenço, caminhando calmamente na direção dela.

— Lourenço, meu querido! Que bom que você veio. — exclamou ela, fazendo sinal para o sobrinho se sentar a seu lado. — Estava me sentindo sozinha aqui.

— Já está amanhecendo, tia — Lourenço continuou de pé e disse, placidamente: — Logo estará claro. Você não ficará mais sozinha.

— Por que não veio mais me ver? Eu sinto tanto sua falta, meu filho... Todos os dias.

— Eu estou bem. Você é a única pessoa em quem eu confio. Por isso vim aqui te encontrar.

Lourenço parecia sorrir, mas Araci não tinha certeza. Ele também parecia tranquilo, até mesmo um pouco indiferente. Isso deixou Araci agoniada.

— Preciso que você volte, Lourenço. Volte, por favor!

— Não posso. Você sabe que eu não posso. Mas você venderá o quadro. O quadro que é minha obra-prima.

— Você quer que eu cancele a venda?

— Não. A hora chegou. Ele tem de seguir seu destino. Assim como eu segui o meu.

Araci olhou para o alto. O dia parecia mais claro agora, mas as nuvens corriam em revoada pelo céu. As folhas das árvores começaram a se agitar e a se desprender com fúria dos galhos. Quando percebeu, Lourenço havia lhe virado as costas e estava indo embora calmamente, com as mãos enfiadas no bolso. Ventava forte. Araci não conseguia se mover para ir atrás dele. Era como se estivesse acorrentada.

— Volte, Lourenço! Não me deixe aqui, sozinha! Volte!

Lourenço foi sumindo por entre a névoa e, de repente, tudo ficou escuro. A manhã transformou-se numa noite opressiva.

* * *

Quando Araci despertou, o coração trovejava em seu peito. Ela respirou fundo, virou-se para o lado e começou a chorar baixinho, com o rosto enfiado no travesseiro. Chorou de saudades e de medo, por longos e intermináveis minutos.

Demorou um pouco, mas ela conseguiu se recompor. Olhou para Bartô, que ressonava tranquilamente, com o rosto levemente pendido para o lado. Nem a eclosão de uma guerra seria capaz de acordá-lo naquele momento, pensou. Araci enxugou as lágrimas e espiou o relógio na mesinha de cabeceira. Passava um pouco das seis horas. Ela afastou o pesado cobertor, espreguiçou-se, sentindo os músculos tensos, enfiou-se num robe e sentou-se junto à janela de seu quarto, no sétimo andar de um austero e elegante edifício na rua Toneleros, em Copacabana. Pela vidraça embaçada e respingada pelas gotas da chuva que recomeçara a cair havia pouco, contemplou melancólica a escuridão úmida da rua. O tempo estava feio desde domingo e a meteorologia falava em mais frio e chuva até, pelo menos, o meio da semana.

Para ela, a chegada da primeira onda intensa de frio do ano justamente às vésperas do leilão não era uma coincidência. Araci sempre fora uma pessoa exageradamente supersticiosa e a cada ano essa característica parecia se acentuar mais. Ela nunca entrava ou saía de casa com o pé esquerdo, não pronunciava a palavra "azar" nem sob tortura, evitava fazer prognósticos favoráveis em público com medo de que não se concretizassem, recusava-se terminantemente a acender velas em casa por achar que elas atraíam espíritos e, como forma de captar boas energias e repelir as más, mantinha uma vasta coleção de cristais e pedras sobre a cômoda do quarto, os quais, pelo menos duas vezes por mês, ela, ritualisticamente, deixava por horas mergulhados numa bacia cheia de água com sal grosso, antes de colocá-los para secar ao ar livre. Araci precisava descobrir antes do cair da noite o próximo passo dos autores do atentado e se antecipar a fim de evitar que o resto da desgraça se consumasse.

Aníbal Monte Mor aproveitara a inauguração de uma exposição em Santiago de Compostela, na Espanha, e, estrategicamente, retirou-se da cidade uma semana atrás, sem marcar data para voltar. Araci não entendeu a razão. A razão alegada era a de que ele não queria estar no Rio de Janeiro quando aquele quadro, que simbolizava a morte de seu filho e a consequente ruína de sua vida, fosse exibido no leilão para uma plateia lotada. Mas, para isso, bastava ele não comparecer ao leilão. Não havia a necessidade de sair do país.

Mesmo assim, Araci não o culpava. Ela tinha consciência dos problemas emocionais que acompanhavam Aníbal desde a morte de Lourenço dois anos atrás, seguida do assassinato de sua segunda mulher, Isadora Bittencourt, um ano mais tarde. Desde então, ele transformara-se num homem fechado, taciturno, de modos excessivamente regrados, que usava uma aparente arrogância como mecanismo de defesa e autoafirmação. Deixou de sair à noite, afastou-se do contato com outras mulheres e passou a dedicar-se exclusivamente à sua galeria. Em um intervalo de poucos meses, ele perdera o filho, a mulher e o entusiasmo pela vida.

Araci conhecia muito bem toda essa história. Acompanhara como poucos a carreira de Lourenço Monte Mor e sua morte apoteótica, que encerrou de forma teatral uma vida permeada de mistérios. E ninguém fora mais atingido pelo rastro de destruição deixado pela obra de Lourenço do que Aníbal.

Livrar-se de *O Véu* em pregão era para ele como exorcizar um fantasma: o fantasma do filho e também o de sua mulher, que manteve um rápido, porém intenso, relacionamento amoroso com Lourenço, cuja carreira Aníbal ajudara, e muito, a alavancar.

* * *

LOURENÇO MONTE Mor tivera uma existência conturbada e sofrida. Foi um jovem sempre atormentado por conflitos internos e por uma incurável sensação de desamparo, sobretudo depois que sua mãe se fora de forma repentina, num dramático acidente automobilístico.

Sua única paixão na vida parece ter sido mesmo a pintura. Sua trajetória como artista plástico fora meteórica e arrebatadora. Ele estudara cinco anos no Royal College of Art, na Inglaterra, e regressou ao Brasil em 2005, já com o terreno pronto pelo pai para atrair a atenção dos mais diferentes segmentos das artes plásticas no Brasil, sendo, obviamente, muito mais invejado do que amado.

Excêntrico, enigmático, ensimesmado e criador de uma obra instigante e desconcertante, Lourenço Monte Mor viveu seus últimos meses praticamente recluso em seu ateliê na casa à beira da praia da Barra de Maricá, de onde praticamente não saía ou recebia visitas. Muitos de seus vizinhos sequer conheciam sua fisionomia, o que o ajudava a cultivar o anonimato, apesar de sua figura esguia, pálida e displicente destoar completamente do padrão de uma zona litorânea. De acordo com depoimentos dados por eles à polícia na época das investigações sobre sua morte, as janelas frontais da casa permaneciam fechadas todo o tempo, sendo que, durante as madrugadas, as frestas das venezianas de um dos cômodos do segundo andar deixavam entrever um pouco de luz. Certamente Lourenço varava noites inteiras ali, solitário, imerso em rigoroso silêncio, dando forma às suas controversas criações, cuja repercussão lhe custaria a vida.

Foi numa noite assim há dois anos que tudo aconteceu. Era alta madrugada. Uma brisa fria soprava no litoral. Sem que nenhum movimento anormal fosse notado, a carreira de Lourenço Monte Mor foi interrompida por um incêndio que devastou toda a casa. Após alguma investigação, a polícia arquivou o caso sem nunca ter chegado perto de uma elucidação. Como Lourenço passara a beber além da conta e vivia permanentemente alcoolizado, a probabilidade de ele, durante uma crise de embriaguez, ter ateado fogo na casa sem querer, com um único cigarro aceso, foi a versão que prevaleceu, sem contar as hipóteses de vazamento de gás e curto-circuito na rede elétrica, comuns quando o dono da casa não se cerca de certas precauções. E Lourenço era do tipo que nunca tomava precauções.

A suspeita de atentado, contudo, embora descartada pela polícia, nunca se dissipou. Desde que irrompeu na cena artística, Lourenço acumulou desafetos e inquisidores poderosos. Não foram poucos os artistas plásticos a denunciar publicamente a falta de originalidade de seu trabalho, aparentemente muito mais preocupado em fazer uma releitura de estilos figurativos gastos do que em criar uma linguagem própria, em sintonia com a produção artística de sua geração, que valorizava a experimentação, o conceitualismo e o desapego aos rigores acadêmicos. "Grafiteiro" foi um dos adjetivos mais usados para desqualificá-lo.

Havia também os estudiosos que, por várias vezes, o definiram como um charlatão *pop*, um produto da mídia, fabricado pelo pai marchand com o intuito de ofuscar aqueles com verdadeira vocação à arte. Para eles, o que Lourenço fazia era um trabalho claramente amadorístico que o marketing agressivo patrocinado por Aníbal em revistas especializadas, sobretudo a conceituada *Miramar* — publicada pela Pinacoteca Fluminense, em parceria com a editora Boavista, da qual o marchand era sócio —, se incumbia de apresentar ao público como resultado de elevadíssimo talento. Eles recusavam-se terminantemente a identificar no tal hiper-realismo polifigurativo um movimento pictórico consistente, alegando que ele nada mais era do que um somatório de trabalhos prontos, que Lourenço recortava e distribuía sobre uma tela branca como se fosse uma colagem, dando-lhe uma falsa aparência inovadora e desvinculada, que ostentava um acintoso rótulo de genialidade.

As acusações mais graves e sonoras, entretanto, vieram de mais longe, de gente dura, pragmática, alheia às intrigas do meio artístico. Quando a realização de uma exposição de seus trabalhos na Ruben Avedikian Galerie d'Art, em fevereiro de 2006, em Paris, ganhou destaque em jornais de grande circulação no Irã, na Jordânia e no Egito, Lourenço viu sua já claudicante autoconfiança esmorecer por completo, e ele, que nunca cultivou uma atração pelos holofotes, passou, de uma hora para outra, a temê-los mortalmente. Talvez já pressentindo o que lhe aconteceria quatro meses mais tarde.

Aparentemente, os jornalistas não gostaram de saber que a grande estrela da mostra parisiense era um quadro chamado *O Véu*, no qual uma mulher muçulmana vinha retratada de forma inadequada e ostensivamente despudorada. Mas, a julgar pelo tom sensacionalista com o qual o episódio foi tratado, o mais provável era que a real motivação tenha sido simplesmente a de publicar matérias que chamassem a atenção e, se possível, provocassem alguma comoção nos leitores mais religiosos, turbinando a venda de exemplares. Seja como for, o fato é que, por conta disso, o quadro de Lourenço converteu-se, da noite para o dia, no centro de uma caudalosa polêmica que, rapidamente, se espraiou pelo mundo muçulmano, deflagrando uma ruidosa onda de discussões e protestos inflamados.

No Egito e na Jordânia, sacerdotes ligados à Irmandade Muçulmana, uma organização islâmica fundamentalista, condenaram ferozmente a obra de Monte Mor, acusando-a de ser ofensivamente sacrílega e de fazer parte de uma grande campanha ocidental para desmoralizar o Islã. O mesmo ocorreu na Argélia e na Indonésia, onde líderes de grupos radicais chegaram a pedir a cabeça de Monte Mor. Já no Irã, apesar da forte repercussão na sociedade, a reação do governo e do clero xiita foi moderada, limitando-se a uma condenação protocolar dos motivos do quadro, feita através de um deputado linha-dura na tribuna do parlamento. A intenção fora muito mais a de dar uma resposta à opinião pública — em especial ao eleitorado conservador — do que demonizar o tal artista. Havia algum tempo, a ortodoxia islâmica vinha perdendo popularidade no Irã. O país modernizava-se gradativamente, graves questões internas exigiam atenção do governo, e a movimentação política e intelectual era intensa. A sociedade travava uma dura batalha com as forças conservadoras por uma abertura maior da sociedade e o fim do isolamento político ao qual o país se recolhera desde a Revolução Islâmica de 1979.

A essa altura, porém, já corriam, no Ocidente, especulações de que extremistas iranianos haviam decidido eliminar Lourenço Monte Mor e "seus aliados" por meio de células terroristas na Europa e na América do Sul. Seria uma ação sigilosa e profissional, executada de maneira a parecer um acidente. O governo iraniano não se envolveria, preservando, assim, sua reputação diante de uma comunidade internacional que ainda não havia se esquecido do drama de Salman Rushdie, o escritor anglo-indiano que, por satirizar passagens do Corão, o livro sagrado do Islã, em sua polêmica obra *Os Versículos Satânicos*, acabou condenado à morte por uma *fatwa* — decreto religioso, segundo as leis do islamismo — impetrada pelo então líder religioso supremo do Irã, o aiatolá Ruhollah Khomeini, fundador da República Islâmica e falecido em 1989. Além disso, levantamentos realizados por organizações internacionais davam conta de que, nos últimos anos, dezenas de intelectuais e jornalistas haviam sido assassinados, detidos ou achavam-se desaparecidos em inúmeros países muçulmanos, incluindo o Irã e muitos de seus vizinhos no Oriente Médio.

Lourenço não era muçulmano, não morava no Oriente Médio, nunca escrevera um livro e jamais usaria seu trabalho para atacar uma religião, ainda mais uma religião que demonstrava pouco conhecer. Mesmo assim, alguns meses depois da abertura da fatídica exposição em Paris, ele desapareceu consumido pelo incêndio que devastou a casa onde morava, qual um herege queimado vivo pelo obscurantismo medieval da Santa Inquisição. Foi mais ou menos nessa época que voltou a correr pelo mundo o nome de uma implacável organização extremista iraniana, que havia sido desbaratada depois do assassinato de seu líder, na Arábia Saudita, em 2005: a Azadi. Muita gente cogitou seriamente a possibilidade de ter sido a Azadi a mentora da morte de Lourenço, mas isso nunca ficou comprovado.

* * *

PARA ANÍBAL Monte Mor, o pior de tudo, pior até do que a própria traição da esposa, foi descobrir que fora ela a musa inspiradora de Lourenço para compor o rosto feminino de *O Véu*. Pelo menos, foi o que ela lhe dissera e ele acreditara.

Compromissos ligados a seu ofício de marchand, volta e meia, obrigavam-no a se ausentar do Rio de Janeiro, e Isadora teria aproveitado algumas dessas oportunidades para posar no estúdio de Lourenço, atravessando cálidas madrugadas entre pinceladas e sexo.

A dor dessa descoberta foi tão insuportavelmente intensa e lancinante, que Aníbal até hoje considerava um milagre ter sobrevivido a ela. Todos seus sonhos tinham ido por água abaixo pelas mãos das duas pessoas que mais amava. Desnorteado, ele chorou meses seguidos em silêncio, recolhido ao abrigo noturno de um quarto de hóspedes do apartamento que continuara a dividir com Isadora, embora nunca mais tivesse trocado uma só palavra com ela. Em pouco tempo, o marchand dinâmico e apaixonado pelo trabalho havia se transformado num homem sombrio, fechado, ansioso e defensivo, que sobrevivia à base de antidepressivos, calmantes e orações.

A convivência com a mulher embaixo do mesmo teto tornou-se um suplício, mas Aníbal achava melhor assim. Não queria separar-se. Não queria que as outras pessoas, os amigos, os figurões do meio artístico sequer suspeitassem do que acontecera entre ela e Lourenço. Apagar o passado tornou-se uma obsessão, mas era uma missão desde logo fadada ao fracasso. Além da mulher, a obra de Lourenço pairava sobre sua cabeça como uma maldição. Afora os quadros negociados em Paris e, hoje, pertencentes a coleções particulares, praticamente toda a obra do filho fora destruída no incêndio. Só sobrara *O Véu*, justamente a pintura mais agressiva e hedionda de todas. O quadro parecia simbolizar a desgraça de Aníbal, pois, além de ser a prova do caso amoroso entre Isadora e Lourenço, era uma lembrança vívida do filho, a obra-prima que este lhe confiara duas semanas antes de morrer quando viera ao Rio de Janeiro pedir perdão e tentar, em vão, fazer as pazes.

A dor, nesse caso, era em dobro, pois não só Aníbal perdera o filho, como perdera um talento que ajudara a projetar. Afinal, fora graças a Aníbal e à sua sociedade com o editor Reinaldo Camargo Branco na revista *Miramar* que Lourenço alcançara a projeção de que necessitava para, logo no início da carreira, conquistar um lugar ao sol numa seara tão competitiva e predatória como o mercado de arte.

Na época, Aníbal viu em Lourenço um artista promissor, com estilo próprio e uma sensibilidade que saltava aos olhos. Contudo, ele era suficientemente realista para saber que o filho jamais conseguiria se destacar sozinho num meio repleto de arrivistas e oportunistas, que se esmeravam em anarquizar cada vez mais os parâmetros estéticos da já combalida arte contemporânea, poluindo museus, galerias e grandes eventos com trabalhos grotescos e falsamente vanguardistas, monumentos ostensivos ao mau gosto e à falta de criatividade, criminosamente incensados e sustentados por um mercado insidioso e uma crítica tendenciosa e sectária. Lourenço precisava de um bom empurrão inicial. Uma vez tendo um nome consolidado, seu talento o conduziria sozinho.

O primeiro passo foi mandá-lo estudar no Royal College of Arts, em Londres, uma das mais prestigiadas escolas de arte da Europa. Alguns meses mais tarde, quando Lourenço lhe fez chegar seus primeiros trabalhos, Aníbal tratou de providenciar uma matéria de capa na *Miramar*, assinada pelo próprio Reinaldo Camargo Branco. Em seguida, alugou um espaço *cult* na cidade para apresentar a obra de Lourenço ao público: a escolha recaiu sobre um antigo sobrado na Lapa. A mostra teve uma incrível repercussão, muito graças à própria ausência de Lourenço, que continuava em Londres, e ajudou Aníbal a, por meio da *Miramar*, construir uma aura misteriosa em torno do jovem artista, recluso na Europa e alheio às badalações em torno de seu trabalho. Funcionou.

Quando Lourenço começou, efetivamente, a ganhar renome e tornou-se conhecido além do pequeno circuito dourado frequentado por Aníbal, deu-se início a busca por um marchand disposto a representar e comercializar seu trabalho. Embora a Pinacoteca Fluminense fosse uma opção viável, além da mais simples e natural, Aníbal temia que o mercado enxergasse nessa previsível aliança familiar uma evidência quase indestrutível de que Lourenço não tinha capacidade para alçar voos por conta própria. Era preciso encontrar um profissional competente e confiável que desse um bom suporte a Lourenço e, é claro, valorizasse seu trabalho.

Não foi uma tarefa simples. As primeiras galerias sondadas declinaram com cortesia, alegando já possuírem um catálogo satisfatório de artistas e pouca elasticidade para ampliá-lo. Era uma circunstância esperada. A maior parte delas representava trabalhos de conceitualistas, que viam em Lourenço um virtual inimigo, e a decisão de contratá-lo poderia criar um mal-estar generalizado.

Aníbal estava prestes a desistir quando recebeu, em seu escritório, inadvertidamente o convite para a inauguração de uma nova galeria no Rio de Janeiro. Ficava no subsolo do Cassino Atlântico, em Copacabana, e pertencia a ninguém menos do que Ruben Avedikian, um marchand armênio de 36 anos, proprietário de uma pequena, porém conceituada, galeria em Paris, especializada em artistas não europeus. Aníbal animou-se de imediato. Apaixonado pela história da arte e pelos grandes mestres pré-impressionistas, Avedikian afirmava odiar o legado nefasto dos urinóis de Marcel Duchamp e era impiedoso ao criticar o excesso de experimentalismos na arte contemporânea — que comparava a uma doença degenerativa —, atraindo a imediata antipatia de conceitualistas e instaladores, que se referiam a ele pejorativamente como "o abominável homem do Cáucaso".

O passado de Avedikian era conturbado. Ele abandonara a Armênia às vésperas de completar vinte e cinco anos e fora para Paris. Lá passou apertos nos primeiros meses até conhecer Laís Villa Verde, uma brasileira estudante de Belas Artes um ano mais jovem, com quem se casaria pouco tempo depois. Homem culto e muito íntegro, Avedikian não tardou a se entrosar com os amigos de Laís e arrumou um trabalho numa produtora de eventos culturais, que também organizava exposições de pintores na França. Com a morte do pai de Laís, que rompera relações com a filha desde que ela abandonara a faculdade de Direito no Rio de Janeiro para estudar Belas Artes, ela recebeu uma polpuda herança que permitiu ao casal abrir uma modesta galeria numa ruela do Marais, que menos de um ano depois o sucesso fez transferir para uma loja maior, localizada numa ponta do elegante Boulevard Haussmann, no cruzamento com a ainda mais elegante Rue du Faubourg Saint-Honoré.

Desde então — mais por vontade de Laís, a bem da verdade — as viagens do casal ao Brasil tornaram-se frequentes, e foi como forma de conciliar o trabalho durante essas temporadas, que podiam durar semanas, que Avedikian acabou decidindo abrir, no Rio de Janeiro, uma filial da galeria, cuja matriz parisiense sediaria, alguns anos mais tarde, a polêmica exposição onde apresentou-se *O Véu* ao público pela primeira vez.

Aníbal visitou-o na galeria no dia seguinte ao coquetel de inauguração, levando um portfólio com um apanhado dos trabalhos mais representativos de Lourenço. Avedikian examinou, gostou, pediu uma semana para pensar e depois ligou para Aníbal para comunicar que aceitava incluir Lourenço em seu catálogo, passando a representá-lo formalmente em todo o mundo. Dois meses depois, uma nova exposição do jovem pintor fora aberta na galeria carioca, com uma estupenda recepção para quatrocentos convidados. Lourenço continuava no exterior e, mais uma vez, não compareceu, aumentando ainda mais a curiosidade do mercado em torno dele. Paralelamente, a *Miramar* levava adiante seu engenhoso trabalho de marketing, de modo que, em dois anos, Lourenço já brilhava como a grande revelação da pintura brasileira das últimas temporadas. Meses mais tarde, suas obras somaram-se às de outros artistas do catálogo de Avedikian, para uma mostra coletiva na galeria de Paris.

Seu estilo fora difícil de ser definido numa primeira

análise, por mesclar uma influência figurativa notadamente conservadora com um impressionante e perturbador jogo de luzes, sombras e cores, que dava, mesmo à mais inocente paisagem rural, um contorno sinistro. Era indiscutível a existência de uma essência peculiar em seu trabalho. Mais do que simplesmente pintar, Lourenço parecia se entregar por inteiro aos seus quadros, lançando sobre eles uma torrente violenta de emoções, num verdadeiro exercício de catarse que, aos olhos de um observador mais sensível, chegava a ser hipnótica. A princípio, esse estilo recebeu, num artigo na *Miramar*, a denominação pomposa de "hiper-realismo pictórico catártico polifigurativo". Por fim, a difusão em larga escala de sua obra acabou, por iniciativa de Avedikian, abreviando-a apenas para "hiper-realismo polifigurativo".

Durante sua rápida e arrebatadora trajetória como pintor e, sobretudo, depois de sua morte, Lourenço tornou-se objeto de culto no restrito meio intelectual, que passou a nutrir um fascínio quase mórbido pela figura do pintor jovem, misterioso, sedutor, taciturno e recluso. Seu súbito desaparecimento foi um duro revés para Aníbal que, mesmo depois de descobrir o caso amoroso entre ele e Isadora, continuou mantendo um forte vínculo profissional e emocional com a obra, por cujo sucesso sentia-se quase tão responsável como o próprio artista. Na época, Aníbal estava mergulhado num vazio deprimente com a descoberta do adultério, e sua única fonte de ânimo era o talento artístico do filho, seus progressos consideráveis e a celeuma criada à sua volta pela mídia que, cada vez mais, o alçava à condição de ícone cult. Quando o filho se foi, o resto de seu mundo que ainda se mantinha de pé desmoronou.

Sete meses após a morte de Lourenço, um violento atentado à bomba destruiu a Ruben Avedikian Galerie d'Art, em Paris. Avedikian e mais cinco funcionários tiveram morte instantânea. Sua esposa, Laís Villa Verde, feriu-se gravemente e vive até hoje presa a uma cadeira de rodas, praticamente incomunicável, num apartamento numa área chique da capital francesa. O atentado fora atribuído a extremistas iranianos ligados à beligerante facção terrorista Azadi, hoje comandada pela misteriosa Umm al-Hakika.

Cinco meses mais tarde, Isadora Bittencourt fora abordada por assaltantes, quando saía, pela manhã, de carro da garagem do edifício onde morava com Aníbal, na rua Fonte da Saudade, e assassinada com três tiros na cabeça. Os ladrões fugiram sem levar nada. A polícia nunca chegou perto de esclarecer o crime.

Durante todo esse tempo, *O Véu* permaneceu incólume e invisível no fundo de um armário do apartamento de Araci. Aníbal confiara a ela a guarda da obra, por não querer tê-la por perto. Depois da série de mortes atribuídas ao quadro, a supersticiosa leiloeira ficou apavorada e quase o transferiu para um cofre de banco, mudando de ideia à última hora.

Naquela terça-feira, o quadro, enfim, seria vendido pela Casa Quintanilha sob uma nuvem de mistério e excitação no meio artístico e na imprensa cultural, que vinha relembrando morbidamente toda a história e a tragédia em torno da vida e da morte de Lourenço e suas nefastas consequências. Pelo menos, desta vez, Aníbal fora poupado pelos repórteres.

Araci saiu devagar do quarto e andou até o quarto que usava como escritório. O antigo relógio de pêndulo na parede marcava sete horas e cinco minutos. Ela, imersa em todas aquelas reminiscências, nem se dera conta da velocidade com a qual os minutos voaram. Foi quando, na penumbra do recinto tenuamente iluminado pela luminosidade fraca e cinzenta de uma manhã que mal havia despontado, notou a secretária eletrônica piscando sobre a escrivaninha. Ela aproximou-se cautelosa, acendeu o abajur e, após alguma relutância, pressionou o botão para ouvir a mensagem.

Um homem identificado apenas como Edson e que se dizia segurança do consulado de Portugal pediu desculpas pelo inconveniente da hora (a ligação, pelo registro na máquina, fora feita às duas da madrugada), disse que obteve o número dela na lista telefônica e contou rapidamente sobre uma perseguição que fizera a um tal "homem misterioso", que esteve de prontidão nas proximidades da Casa Quintanilha até momentos antes da explosão no telhado. Ele prometeu entrar novamente em contato ainda naquela manhã.

"Um homem misterioso...", pensou Araci. Ninguém ligaria para sua casa no meio da madrugada para fazer um comunicado desses sem um fundo de gravidade. Apreensiva, ela pôs-se a imaginar que outras surpresas aquele dia, que prometia ser longo e duro, lhe reservava.

- 3 -

Às cinco horas e vinte minutos daquele dia, o comandante do voo 442 da Air France anunciou pelos alto-falantes a aterrissagem, dali a instantes, no Aeroporto Internacional do Rio de Janeiro, depois de mais de onze longas horas de viagem desde Paris. De sua poltrona na classe executiva, o professor iraniano Mohsen Khajepour, 64 anos, acompanhado de seu assessor e advogado, o também iraniano dr. Gholam Mortezavi, observou desolado o pesado avião submergindo numa grossa camada de nuvens e abandonando de vez a luminosidade do sol nascente.

Era uma pena, pensou Khajepour. Ao decolar de Genebra, na Suíça, onde morava, rumo ao aeroporto Charles de Gaulle, em Paris, para fazer a conexão para o Rio de Janeiro, o tempo suavemente ensolarado era um convite para um passeio pelas margens do lago ou pelas antigas ladeiras ao redor da catedral de São Pedro, seu recanto predileto em Genebra. Khajepour esperava encontrar a mesma acolhida no Rio de Janeiro e, pelo visto, fora um erro não trazer um guarda-chuva na bagagem. Avisos não faltaram. Mais de uma pessoa, incluindo o dr. Gholam, o alertara para as repentinas variações climáticas e o mau tempo comuns no meio do ano naquela parte do Brasil.

O avião pousou em terra firme, e o habitual rebuliço formou-se entre os passageiros, ansiosos para deixar logo a aeronave. Khajepour e Gholam permaneceram placidamente sentados, enquanto observavam as pessoas, aflitas, apanhando bolsas e embrulhos nos compartimentos acima das poltronas. Lembravam os famintos na fila do pão como o próprio Khajepour tivera a infelicidade de testemunhar numa rápida visita a Bagdá em 2003, dois meses após a invasão norte-americana que pusera fim ao regime do ditador Saddam Hussein. Era como se o avião fosse decolar novamente dali a instantes e eles temessem não ter tempo de desembarcar. As pessoas pareciam raciocinar cada vez menos, preferindo agir de uma forma extremada, mesmo diante das situações mais elementares. E depois vinham se queixar de estresse.

Khajepour esperou a maior parte dos passageiros se retirar para, somente então, se levantar. Seguido de perto por Gholam, ele despediu-se afavelmente da tripulação, atravessou a porta côncava da aeronave e caminhou lentamente pela passarela, procurando guardar alguma distância da multidão que seguia à sua frente. Sua bagagem resumia-se a uma mala preta com rodinhas que dispensava os carrinhos do aeroporto e uma maleta executiva que trouxera consigo no avião, junto com um exemplar ligeiramente amarrotado da *Tribune de Genève*, um dos principais jornais de Genebra. A mala do dr. Gholam era maior e bem mais pesada, mas, por outro lado, sua bagagem de mão era composta apenas por uma pequena valise de lona, com espaço suficiente para um nécessaire com produtos de higiene, carteira, agenda, um livro e um estojo com cartelas de comprimidos.

Khajepour conferiu as horas: cinco horas e quarenta e cinco minutos. Seu anfitrião, o editor Reinaldo Camargo Branco, já devia estar à espera no saguão de desembarque há presumidamente quinze minutos, horário previsto de chegada do voo. Eles passaram pelo controle de passaportes e saíram para o comprido e espaçoso terminal de desembarque, que passava por obras de modernização. Olharam à frente e viram Reinaldo de pé, solitário, a poucos metros da saída, segurando uma folha de papel, onde estava escrito "Mohsen Khajepour", em caneta hidrográfica preta. Ele era um homem magro, de pele muito clara, óculos quadrados fashion e cabelos rigorosamente aparados nas bordas a fim de atenuar o impacto visual da calvície, que já se espraiara por praticamente todo o couro cabeludo.

Khajepour aproximou-se dele e, antes que pudesse dizer qualquer coisa, viu Reinaldo abrir um largo sorriso e estender-lhe a mão, fazendo uma inesperada saudação ensaiada em persa:

— *Salam, esmam Reinaldo Camargo Branco e! Khosh amadid, agha-ye Mohsen Khajepour!* (Olá, meu nome é Reinaldo Camargo Branco. Bem-vindo, sr. Mohsen Khajepour!)

Khajepour retribuiu no mesmo tom amistoso. Sentia-se feliz de finalmente poder conhecer pessoalmente alguém com quem só se comunicava por telefone e e-mails:

— *Motashakkeram, shoma kheili mehrabun hasfid!* (Obrigado, você é muito gentil!) — depois, mudando para o francês, estendeu a mão na direção de Gholam: — Apresento-lhe o dr. Gholam Mortezavi, meu assessor e advogado. Está acompanhando-me na viagem.

Gholam tinha o semblante fechado de alguém muito reservado, e Reinaldo foi estritamente formal ao cumprimentá-lo, com um ligeiro, porém polido, aperto de mão. O advogado era um homem baixo e corpulento, de pele azeitonada, que conservava os cabelos ralos tingidos de um preto brilhoso e cuja barba cerrada o obrigava a se barbear duas vezes ao dia. Tinha 56 anos, mas as olheiras profundas, os sulcos destacados no rosto, o olhar compenetrado e áspero e os grossos óculos de grau que não tirava do rosto faziam-no parecer uma década mais velho.

— Como foi a viagem? — perguntou Reinaldo.

— Muito tranquila — respondeu Khajepour. — Nenhuma

turbulência pelo caminho. O único contratempo, este, sim, inevitável, foi a conexão em Paris. Não consigo aceitar que uma cidade da importância de Genebra não possua um voo direto para o Brasil.

— E por que não fizeram a conexão em Zurique?

— O problema não era onde fazer a conexão. O problema era ter de fazer a maldita conexão — argumentou o professor, com bom humor. — Por mais próxima que ela seja, é sempre um transtorno.

— Ah...

Eles caminharam pelo terminal em direção à saída. Reinaldo ofereceu-se para empurrar o carrinho com a bagagem de Khajepour, que devia estar cansado em decorrência da longa viagem, mas este declinou educadamente.

Uma lufada gelada de vento soprou, quando a porta automática se abriu, e eles saíram para a friagem úmida do lado de fora. Ainda estava escuro. Gholam girou os olhos ao redor e perguntou a Reinaldo, enfim falando alguma coisa:

— Onde está seu carro?

— Vou levá-los de táxi para o hotel — respondeu Reinaldo, lentamente, sem olhar para ele. — Eu não dirijo, dr. Gholam.

Gholam balbuciou um resmungo abafado, que Reinaldo fingiu ignorar. Eles fizeram sinal para o primeiro táxi de luxo da fila em frente ao terminal. Guardaram as malas no bagageiro e sentaram-se: Khajepour e Gholam atrás e Reinaldo na frente com o motorista. Tomaram o caminho da zona sul da cidade.

Mohsen Khajepour era um homem corpulento, de pele muito clara, uma calva frontal saliente e o rosto emoldurado por uma bem cuidada barba grisalha já quase branca, cujos pelos fofos estavam alinhados como numa cerca viva rigorosamente podada. Usava ternos sóbrios e um indefectível par de óculos de lentes compridas, preso por uma correntinha prateada. Sereno, falava baixo com extrema naturalidade e costumava expressar suas opiniões com impressionante sagacidade, firmeza e docilidade. Isso tudo, somado a uma boa e articulada argumentação, tornavam-no irônico e sarcástico, muito além do tolerável por seus desafetos.

Teólogo, filósofo, historiador e mestre em teoria psicanalítica, Khajepour era professor da Universidade de Genebra e um dos intelectuais muçulmanos mais polêmicos na Europa e no Oriente Médio. Ao decidir deixar o Irã e se estabelecer na Suíça, por um lado amargou a dor de viver longe de seu país, por outro viu sua carreira acadêmica adquirir um vulto que seria impossível caso permanecesse em Teerã. Na Europa, ele encontrara o palanque e os instrumentos necessários para difundir suas ideias mundo afora. Ideias bastante controversas que tiveram uma ampla repercussão e quase atearam fogo ao já buliçoso ambiente acadêmico europeu.

A espinha dorsal do pensamento de Khajepour era a ideia de que o homem é um ser religioso por natureza e que, portanto, as sociedades e por conseguinte o Estado não podem prescindir da religião e, muito menos, pô-la à parte. Khajepour condenava o que chamava de "legado venenoso dos ideários iluminista e marxista" e pregava uma união "sadia" da religião com o Estado, apontando como uma das causas da decadência moral e humana das sociedades, em particular as do Ocidente, a secularização excessiva das nações, que alijaram a religião de seu lugar representativo dentro do Estado. A teoria, para muitos intelectuais, era estapafúrdia, anacrônica e inadmissível. Mas o embasamento que Khajepour dava a ela era tão competente, amparado por elementos históricos e reforçado pelos pontos fracos das próprias sociedades às quais ele se referia, que, mesmo aqueles que discordavam, respeitavam sua retórica e, ao rebaterem publicamente a tese, sempre o faziam de forma elegante e sem agressões pessoais, dando ao embate intelectual um nível elevado de discussão de ideias.

Muçulmano xiita, Khajepour alegava não ser, apesar de tudo, um adepto de regimes teocráticos como o de seu país natal, o Irã, comandado pelo clero xiita desde a Revolução

Islâmica de 1979. Sua meta, segundo ele, era o equilíbrio entre religião e Estado e não a religião comandando o Estado. Khajepour defendia a teoria de que a religião era o grande elemento estabilizador das sociedades e que, se não fosse ela, a humanidade já teria sucumbido à barbárie generalizada, o que levaria à sua consequente extinção. Ele afirmava preocupar-se permanentemente com os rumos que o mundo estava tomando em direção ao ceticismo e à apostasia e dizia que a humanidade corria perigo se os valores religiosos não fossem urgentemente resgatados e trazidos novamente para o seio das sociedades.

Essas e outras de suas ideias — como as que abordavam as relações entre religião e psicanálise — foram defendidas nos livros escritos pelo professor ao longo dos anos, que foram traduzidos para vários idiomas, atingindo enorme repercussão na Europa.

O Séquito do Marechal, lançado na França, em 1988, e no Brasil, sete anos depois, foi, sem dúvida, o mais polêmico. Graças a uma abordagem irônica e demolidora da secularização da Europa e ao questionamento explícito da negação da religião numa época em que o fervor religioso crescia no mundo islâmico, em particular no Oriente Médio, esse livro projetou Khajepour como um intelectual de ideias próprias e o alçou ao panteão dos grandes pensadores contemporâneos, ganhando adeptos e adversários ferrenhos.

Outras obras de destaque eram *Marche Silencieuse*, publicada na França em 2000 (não editada no Brasil), na qual o professor analisava o embate entre ciência e religião, afirmava que ambas se complementavam e expunha seus temores a respeito dos rumos que a sociedade ocidental estava tomando ao negar a importância da fé; e a última, *Le Grand Parjure*, que desde o lançamento na França e na Suíça, há seis meses, atingira a nada desprezível marca de cento e cinquenta mil exemplares vendidos em cinco idiomas.

O livro estava sendo publicado no Brasil pela editora

Boavista, de Reinaldo Camargo Branco, sob o título de *O Grande Perjúrio*, e os autógrafos aconteceriam na noite seguinte, durante a abertura de um ciclo de debates sobre o Irã que, por três dias, ocuparia o Salão de Conferências Gilberto Freyre, no Palácio Gustavo Capanema, antiga sede do Ministério da Educação, no centro do Rio de Janeiro. A ocasião era bastante oportuna, já que dali a quatro dias, na sexta-feira, 12 de junho, haveria eleições no Irã para a escolha do novo presidente, que governaria o país nos próximos quatro anos.

O táxi chegou ao Hotel Novo Mundo, em frente ao parque do Flamengo, debaixo de uma chuva fina. Khajepour e Gholam largaram as malas em seus respectivos quartos, mudaram de roupa e foram tomar o café da manhã com Reinaldo num dos restaurantes do hotel. Em seguida, Reinaldo levou-os para conhecer a sede da editora Boavista, no décimo sexto andar do Centro Empresarial Rio, na praia de Botafogo. Khajepour conferiu alguns exemplares da edição brasileira de seu livro, que estavam empilhados na mesa de Reinaldo, entreabriu um sorriso sereno de aprovação, e eles fizeram um brinde de boa sorte com refrigerante, em respeito ao dr. Gholam, que não bebia álcool. Ficaram lá toda a manhã. Quando o relógio marcou vinte para o meio-dia, Reinaldo convidou-os para almoçar num restaurante situado no térreo do centro empresarial: o Negresco, do premiado chef Bartô Saraiva.

Eles desceram pelo elevador e atravessaram a aprazível alameda arborizada que cruzava o complexo de dois edifícios, Reinaldo sempre na frente, Gholam sempre na retaguarda.

Bartô estava dando algumas instruções ao maître, quando eles entraram. O restaurante ainda se encontrava vazio.

Bartô apertou efusivamente a mão de Reinaldo:

— Sorte sua ter vindo tão cedo hoje. Sua mesa favorita, milagrosamente, está vaga.

A tal mesa favorita ficava junto à janela a um canto discreto do salão. Reinaldo gostava de se reunir ali com artistas plásticos, escritores e jornalistas freelances que visitavam a editora. Era um ótimo espaço para conversar sem ser ouvido e, de quebra, apreciar a agradável vista do trânsito e das copas grossas das árvores da movimentada praia de Botafogo.

Enquanto se encaminhavam para a mesa, Reinaldo fez as apresentações:

— Bartô, estes cavalheiros que me darão a honra de almoçar comigo hoje são dois intelectuais iranianos, residentes na Suíça — ele indicou com a mão: — O professor Mohsen Khajepour, da Universidade de Genebra, e seu amigo e advogado, o dr. Gholam Mortezavi.

Bartô cumprimentou-os com um sorriso cordial e, somente então, Khajepour notou-lhe o abatimento. Ele ostentava olheiras fundas o que, a julgar por seu tipo físico, pareciam anormais. Bartô serviu-os pessoalmente como costumava fazer com os clientes mais próximos. Ofereceu-lhes *hors d'oeuvre* por conta da casa e trouxe pessoalmente a carta de vinhos, fazendo suas sugestões.

Reinaldo pediu truta ao molho de amêndoas, com arroz de açafrão, abobrinha e castanha-do-pará. Já Khajepour optou por um cherne em crosta de pistache, com purê de mandioquinha e alho poró e salada de rúcula, pera e *pecorino*, opção também acatada por dr. Gholam. Para acompanhar, uma garrafa de vinho branco francês Chablis Grand Cru "Les Clos" e Soda Limonada diet, para o advogado. Bartô tomou nota e deixou-os conversando à vontade.

— Algum compromisso em sua agenda para esta tarde, professor? — perguntou Reinaldo, cruzando as mãos sobre a mesa. — Depois do almoço, eu posso levá-los para um passeio pela cidade. Acho que, apesar do mau tempo, não teremos chuva forte hoje.

— Por mim, não há problema — ele virou-se para Gholam, que apenas acenou discretamente com a cabeça, numa espécie de concordância silenciosa. — Se bem que eu preferiria visitar o Palácio Gustavo Capanema, para conhecer o salão de conferências, sentir o ambiente em que vou falar e autografar amanhã.

— Como quiser. Podemos ir no fim da tarde, depois que tiver terminado o expediente no palácio. Assim dá tempo também de vocês descansarem algumas horas.

Khajepour assentiu sem entusiasmo, concentrando-se nos talheres alinhados sobre a mesa. Sua fisionomia mantinha-se contraída, seus olhos estavam foscos e ele quase não sorrira desde que saíram do aeroporto. Não demonstrava grande entusiasmo com o lançamento do livro ou com a boa receptividade que certamente teria entre a intelectualidade local. Tampouco a repercussão de suas ideias num país como o Brasil parecia causar-lhe algum tipo de expectativa.

Ao longo de todo o almoço, ele e Gholam não trocaram mais do que dois ou três breves comentários com Reinaldo sobre a comida e a decoração do restaurante. E mesmo o saboroso prato preparado pela cozinha de Bartô Saraiva, apesar dos elogios de Khajepour, ficou pela metade.

Enfim, Reinaldo reuniu coragem e perguntou:

— Alguma coisa errada, professor?

Khajepour tomou um gole de vinho e ficou com a taça suspensa na mão. Seus olhos fixaram-se na toalha da mesa, à caça de alguma resposta.

— Não quero parecer intrometido — complementou Reinaldo —, mas dá para perceber que a longa viagem deixou-os exaustos. Não seria o caso de vocês passarem o resto do dia descansando no hotel? Podemos perfeitamente deixar para ir ao palácio amanhã cedo.

— Não, eu prefiro ir hoje mesmo. Mais para o fim da tarde, como o senhor propôs — argumentou Khajepour, pousando a taça sobre a mesa. — Se nós estamos abatidos, é por outra razão.

Reinaldo cruzou as mãos sobre a mesa, atento. Ao seu lado, aparentemente alheio à conversa, Gholam degustava lentamente seu prato, com o corpo levemente curvado para frente. Khajepour limpou a garganta sonoramente e perguntou:

— O senhor já ouviu falar da Azadi?

Reinaldo forçou a memória.

— É um nome vagamente familiar.

— A Azadi — explicou o professor —, era uma organização terrorista iraniana, muito atuante da segunda metade da década de 1980 até o início desta década. Seu líder, Amir Shariati, era conhecido como Abu al-Horiah que, em árabe, significa "o Pai da Liberdade". "Azadi", em persa, significa "liberdade".

Reinaldo ouvia atento. Aparentemente alheio à conversa, dr. Gholam continuava comendo.

— Abu al-Horiah e o filho dele foram assassinados na Arábia Saudita quatro anos atrás, numa operação liderada pelos americanos e britânicos. Com o cérebro da Azadi e seu sucessor direto eliminados, acreditava-se que a organização desapareceria. E durante algum tempo, acreditou-se mesmo nisso.

— Durante algum tempo? Isso significa que ela não desapareceu?

— Há indícios de que ela estivesse apenas adormecida. Como um vulcão que todos acreditavam extinto e que estava apenas inativo e, de repente, começa a dar sinais de que entrará novamente em erupção a qualquer momento.

O professor tomou um gole de água e prosseguiu:

— Não sei se o senhor sabe, mas os preparativos para nossa vinda ao Brasil coincidiram com um assassinato.

— Um assassinato?

— Sim. Aconteceu há vinte dias na Inglaterra. Veio à tona há duas semanas, discretamente. E agora está ganhando o mundo de forma avassaladora.

— Quem morreu?

— Nasser Shiravi. Um ex-membro da Azadi que se arrependeu dos anos de militância terrorista e mudou de lado recentemente, passando a fornecer informações ao serviço secreto britânico.

Ele parece que foi muito ligado a Abu al-Horiah e estava começando a escrever um livro em que contaria sua experiência na organização. O livro sairia em alguns meses e tudo indica que o assassinato foi uma represália da Azadi. Shiravi foi morto a tiros enquanto dormia em seu quarto. O apartamento onde morava foi completamente revirado, e muita coisa foi levada de lá, inclusive os arquivos do computador dele. A *Tribune de Genève* dedicou uma página inteira na seção internacional e um editorial à análise do caso. Eu mal consegui dormir no avião depois de ler a matéria. A brutalidade da morte de Shiravi me deixou chocado.

Khajepour parecia realmente alarmado. Reinaldo olhou de soslaio e notou quando dr. Gholam, silenciosamente, terminou de comer e acomodou os talheres sobre o prato, limpando a boca com o guardanapo de tecido.

— É, de fato, chocante — observou Reinaldo. — Mas por que estão achando que foi a Azadi que o matou? Não pode ter sido, simplesmente, um ou dois antigos membros do grupo querendo se vingar em nome da memória de Abu al-Horiah?

— Fundamentalmente, por uma razão. Uma razão que, na verdade, não passa ainda de especulação — disse Khajepour, deixando-se recostar na cadeira. — Os serviços de inteligência da Inglaterra e dos Estados Unidos, há quase dois anos, têm fortes suspeitas de que a Azadi mudou de comando logo após o assassinato de Abu al-Horiah. Desde aquela época, rumores dão conta de que o grupo tem uma nova líder: Umm al-Hakika, "a Mãe da Verdade". O serviço secreto britânico tem quase certeza de que ela está vivendo na Europa, seguindo, assim, os passos de Abu al-Horiah, que fez do continente sua base durante a maior parte do tempo em que foi o cabeça da Azadi. E, além do mais, se um ex-membro pretendia revelar publicamente detalhes sobre o grupo, me parece evidente que a Azadi era a maior interessada em seu silêncio.

Reinaldo acenou para o garçom e pediu três xícaras de café.

— E por que esse assunto o incomoda tanto? — ele indagou. — Ainda que a Azadi reapareça, ela será apenas mais uma das muitas organizações terroristas que infestam o mundo há décadas. Não creio que ela seja mais perigosa do que a Al-Qaeda, por exemplo.

Khajepour franziu o cenho:

— A Azadi pode não ser tão beligerante quanto a Al-Qaeda, mas é igualmente perigosa. É uma organização que age nas sombras, sem atrair para si muita publicidade. Tenho muito medo do que possa acontecer — a voz de Khajepour era dura e, ao fitar Reinaldo, este percebeu imediatamente que o professor estava realmente apreensivo. Mais do que isso. Estava tenso. Muito tenso.

Cinco minutos depois, Bartô voltou à mesa para oferecer a sobremesa e apresentar um sortido bufê de doces, tortas e frutas da estação. Reinaldo foi traduzindo os nomes dos pratos para Khajepour. O professor ainda estava em dúvida sobre o que escolher, quando o dr. Gholam, num gesto totalmente inusitado, tocou as costas de Bartô, que se achava de pé precisamente ao seu lado, e anunciou a Khajepour, em persa:

— Está vendo este homem que nos serviu tão bem aqui, professor? O senhor sabia que ele é casado com a mulher que, esta noite, vai leiloar o quadro da muçulmana com o véu?

Khajepour retesou-se, sério. Lançou um rápido e desconcertado olhar para Bartô que, sem compreender uma palavra, manteve-se no mesmo lugar, com os braços incomodamente cruzados para trás.

— Sabia, sim — disse Khajepour, num murmúrio desaprovador. — E prefiro não falar sobre isso agora. Se, evidentemente, o senhor não se importar, dr. Gholam.

Gholam limitou-se a acenar respeitosamente com a cabeça em resposta e Khajepour sentiu o coração, perturbado, acelerar.

"O quadro", pensou ele. "As próximas horas serão decisivas. Será que eu não estou arriscando-me demais?"

- 4 -

No meio da manhã, quando Reinaldo, Khajepour e Gholam ainda conversavam na editora Boavista, Araci já se encontrava a postos nos jardins da Casa Quintanilha, acompanhada de um mestre de obras e um operário, examinando a fachada lateral do palacete e calculando o trecho da parede que seria retocado com tinta, a fim de apagar as pichações feitas na noite anterior. Depois que o mestre de obras listou o que precisava ser comprado — duas latas de tinta acrílica branca, lixas, pincéis e três metros quadrados de lona preta para o telhado —, Araci ligou, do celular, para uma loja de material de construção na vizinha rua Voluntários da Pátria e fez a encomenda.

— O funcionário da loja garantiu que tudo será entregue em vinte minutos, no máximo — disse ela, ao desligar o telefone. — Vocês já sabem: este trabalho precisa estar concluído até o meio da tarde. Receberei muita gente aqui à noite e não quero que ninguém veja nem sombra daquelas coisas horrorosas pichadas ali na parede. O telhado deixarei para reparar outro dia, pois ainda preciso encomendar as chapas metálicas da cúpula danificada com a explosão. Por enquanto, basta colocar a lona lá em cima e prendê-la bem para não sair do lugar.

— Pode deixar, senhora — o mestre de obras levantou o polegar direito em sinal positivo. — Vai ser tranquilo... Duas demãos de tinta e a parede fica pronta. Só tem um problema: se chover vai demorar mais para secar.

Araci estendeu a palma da mão para frente e sentiu os primeiros pingos caindo.

— Bem, já está chovendo, não é? — ela disse, contrariada — Vou mandar estender agora mesmo uma tela a partir do telhado para vocês trabalharem sem se molhar demais. Quando o entregador chegar com as tintas e a lona, vocês digam a ele que amanhã eu mando alguém na loja pagar tudo.

Araci deixou-os no jardim e subiu a escada de volta ao palacete onde, no salão principal, reinava o alvoroço. Sentado numa cadeira, Emílio orientava um pelotão de musculosos rapazes incumbidos do transporte das poltronas do térreo ao grande salão do primeiro andar, ritual que se repetia a cada leilão. O térreo da Casa Quintanilha era uma área virtualmente isolada do restante da casa. Uma de suas funções era a de servir, nos intervalos entre os leilões, como depósito das pouco mais de trezentas poltronas destinadas à plateia nos pregões. Feitas em mogno talhado e forradas de veludo azul-escuro com tacheado, eram réplicas perfeitas de poltronas Luís XV. Quando não estavam sendo usadas, permaneciam embaladas em enormes sacos de plástico para protegê-las da violenta ação da maresia e da umidade. Foram encomendadas mais de trinta anos atrás a um conhecido marceneiro e estofador, ainda hoje com oficina no mesmo local, próximo ao Campo de São Cristóvão.

Aboletados em escadas, dois técnicos testavam as quatro caixas de som distribuídas em pontos estratégicos do salão, conectadas ao microfone de onde Araci comandaria o leilão. A etapa mais delicada havia sido cumprida pela manhã: a retirada dos lotes do salão para a sala vedada e climatizada, localizada exatamente abaixo do escritório de Araci. Cada peça deveria ser carregada lenta e cuidadosamente de maneira a não danificar sequer o plástico-bolha que as envolvia. Araci sempre pedia para os carregadores imaginarem ter em mãos uma bomba pronta a ir pelos ares ante a menor sacudidela. Durante esse tempo, todas as portas e janelas do palacete permaneciam trancadas, ninguém entrava ou saía. Uma vez concluído o transporte dos lotes, Araci ativava um dispositivo de alarme e lacrava a porta até meia hora antes da abertura do pregão, quando, então, as peças eram retiradas aos poucos e levadas escada acima até o salão sob a supervisão atenta de Nivaldo. O decano dos vigilantes era o encarregado da tarefa há mais de quinze anos.

Cansada, ainda em decorrência da confusa e estressante madrugada, Araci retirou-se para uma poltrona larga numa pequena sala contígua e espiou mais uma vez as reportagens estampadas com destaque nos jornais do dia sobre o atentado de ontem. As fotos dos policiais cercando a casa e das pichações em árabe estavam bem visíveis e coloridas. E as manchetes não economizavam no sensacionalismo:

EXPLOSÃO EM CASA DE LEILÕES LEVA PÂNICO À NOITE DE BOTAFOGO.
POLÍCIA DESCONFIA DE ATENTADO

....

TRADICIONAL CASA DE LEILÕES SOFRE ATAQUE À BOMBA NO RIO DE JANEIRO

....

PRINCÍPIO DE INCÊNDIO EM CASARÃO DA RUA SÃO CLEMENTE INTRIGA A POLÍCIA

....

Madrugada Tensa no Rio: Terroristas Árabes Invadem Casa de Leilões, Explodem uma Bomba e Picham Parede

Esta última, sem dúvida alguma, foi a mais ousada, a mais oportunista e, ironicamente, a que mais se aproximava do que parecia ser a verdade. Araci cruzou as mãos e comprimiu-as contra o rosto. Um escândalo dessa magnitude era tudo o que ela menos precisava num dia de leilão. Se, ao menos, Lourenço estivesse vivo, ele, com certeza, estaria ali com ela, como fizera em tantos leilões, antes de ir estudar na Europa. Lourenço, com certeza, olharia com desdém para os jornais e diria à tia, com aquele seu jeito sério e jovial, para não dar importância, pois, no dia seguinte, todo mundo já teria se esquecido daquelas manchetes, e aquelas folhas de jornal só serviriam para embrulhar peixe ou servir como banheiro de cachorro. Lourenço a abraçaria e transmitiria aquela energia que só os filhos sabem passar às mães. Araci fora, também, mãe de Lourenço, ela tinha íntima certeza disso e sofria com a ausência dele, com a mesma dor que Iara certamente teria sentido caso tivesse o infortúnio de estar viva para passar por aquilo. E, por uma ironia qualquer do destino, sua obra-prima seria leiloada hoje, por ela.

Araci podia ter proposto a Aníbal comprar o quadro e ficar com ele, como uma lembrança vívida do sobrinho, mas a verdade era que *O Véu* causava-lhe uma estranha repulsa. O quadro guardava uma energia ruim que Araci sentia, mas não conseguia explicar ou verbalizar. Nunca lhe agradara a ideia de tê-lo guardado em seu apartamento, e ela não pôde deixar de sentir algum alívio quando Aníbal anunciou que desejava vendê-lo.

Por Lourenço, e somente por ele, Araci aceitara a incumbência do leilão. Seria um último presente que daria ao sobrinho, e ela esperava que, de onde ele estivesse, ficasse satisfeito. Esperava que o quadro encontrasse um bom comprador, alguém que o tratasse com cuidado e carinho e soubesse vê-lo como a obra-prima que representara para Lourenço.

Araci viajava nos próprios pensamentos, ainda debruçada sobre os jornais na poltrona, quando Emílio apareceu. Ela despertou imediatamente e apontou, com desânimo, para os jornais:

— Está vendo só, papai? Os repórteres caíram em cima de nós como abutres. Mostraram tudo. Até as pichações.

— Prefiro nem ver — respondeu Emílio, fazendo um gesto com a mão. — Vim aqui para te avisar que tem um rapaz chamado Edson querendo falar com você. Ele está esperando no salão.

Araci instantaneamente lembrou-se do recado na secretária eletrônica de manhã cedo. O segurança do consulado português. Ela ficara ressabiada. Será que aquele homem estava falando a verdade ou era um golpista, querendo tirar proveito do atentado de ontem? De qualquer modo, não custaria ouvir o que ele tinha a dizer e, se continuasse desconfiada, bastaria atravessar a rua e pedir referências sobre ele no consulado.

Araci foi até o salão. Edson era um rapaz magro, claro, de cabelos muito crespos, a pele do rosto era marcada por acnes distribuídas, principalmente, pela testa. Eles se cumprimentaram e Araci sugeriu que conversassem em seu escritório, nos fundos da casa.

— Desculpe-me por aparecer sem avisar antes — disse Edson, entrando no escritório. — Mas eu sabia que a senhora estaria aqui hoje por causa do leilão.

— Sem problemas. Eu até agradeço por você ter vindo logo — respondeu Araci, fechando as duas bandas da porta do escritório e apontando uma das cadeiras em frente à escrivaninha para Edson. Os modos do rapaz eram de uma pessoa correta, e ela já se sentia menos desconfiada. — Recebi seu recado hoje cedo e fiquei curiosa para saber do que se trata.

O escritório possuía uma ampla porta envidraçada que se abria para um terraço ricamente florido e ajardinado. Entre os móveis, destacavam-se uma belíssima cristaleira estilo império, uma espaçosa escrivaninha em jacarandá com puxadores de bronze nas gavetas e cadeiras D. João V de espaldar de madeira trabalhada e vazada. Um vistoso relógio *art nouveau* em bronze e marfim encimados por uma escultura em bronze patinado de um indígena sobressaía sobre um antigo dunquerque francês. Ao lado da escrivaninha, uma estante de jacarandá achava-se repleta de livros de arte e luxuosos catálogos de exposições, leilões, museus e galerias de várias cidades do mundo. Araci apontou para a cristaleira e perguntou:

— Aceita uma bebida? Um licor?

Edson hesitou por instantes.

— Aceito, sim, senhora.

— De menta ou de jenipapo?

— Pode ser de jenipapo.

— Não está em seu horário de trabalho, está? — Araci indagou, zombeteiramente.

— Não, senhora. Meu turno só começa no fim da tarde.

Araci serviu dois pequenos cálices com a bebida, acondicionada numa licoreira de cristal lapidado e sentou-se.

— Não sei se eu entendi bem, mas você disse na mensagem que seguiu um tal... homem misterioso, que estava rondando aqui, a Casa Quintanilha, ontem à noite. Foi isso?

Edson acenou positivamente com a cabeça e contou, rapidamente, sobre o indivíduo que, por cerca de uma hora, permaneceu na esquina da São Clemente com a Martins Ferreira, aparentemente à espera de alguém que não apareceu. Num lugar, ele fez questão de frisar, onde não há um ponto de ônibus ou de táxi nem nada que justificasse a presença dele ali por tanto tempo, ainda mais num fim de noite frio e chuvoso.

— Quando eu já estava preparando-me para ligar para a polícia, ele, sem mais nem menos, foi embora a pé na direção do Humaitá. Achei aquilo estranho e fui atrás dele. Não deu nem cinco minutos e aconteceu a explosão.

— Ele viu você?

— Com certeza, não. Nem deu tempo. O cara não andou muito. Ele foi até um prédio no largo dos Leões e entrou na portaria usando uma chave. Eu fiquei do lado de fora observando e vi uma janela acendendo-se no quarto andar pouco depois de ele subir.

— Como era esse homem?

— Branco, meio cheio de corpo, cabelo escuro despenteado, barba malfeita... Deve ter uns cinquenta e tantos anos, sessenta, por aí. Estava usando um casaco grosso, preto e gasto e dava a impressão, pela aparência, de não ser muito chegado a banho.

Araci recostou-se na cadeira e cruzou as mãos, pensativa, sob o queixo:

— Você está realmente desconfiado de que ele tem alguma relação com o que aconteceu aqui? Só porque teve a má sorte de estar nas imediações da Casa Quintanilha justo na hora em que a bomba explodiu?

Edson aproveitou para tomar o licor e o fez num único gole, como se estivesse entornando uma dose de cachaça num balcão de botequim. Araci não pôde deixar de reprimir certo espanto.

— Não gosto de acusar os outros sem ter provas, dona — ele disse, recolocando o cálice na bandeja. — Mas acho que não custa tirar essa história a limpo. Eu sei onde é o prédio. Posso ir com a senhora até lá, se a senhora quiser. Se o cara for inocente, a senhora esquece o assunto.

Araci espiou o relógio. Vinte minutos para as onze horas. A casa estava um caos, os telefones não paravam de tocar, a comida e a bebida do coquetel de logo mais começaria a chegar às quatorze horas. Araci não achava correto se ausentar agora, jogando todo um mundo de tarefas nas costas de Emílio, que já a havia ajudado demais durante toda a manhã; mas ela ficara realmente intrigada com o relato de Edson. Caso não fosse até o tal edifício levantar informações, acabaria arrependendo-se. Sobretudo, se o atentado de ontem se transformasse em algo ainda mais sério, como ela temia.

Araci levantou-se, deu a volta pela mesa, pousando suas mãos geladas de medo sobre o espaldar da cadeira onde o vigia estava sentado e disse, afinal:

— Está certo. Mas temos de ir já, pois à tarde vai ser impossível para mim. E eu não vou poder demorar muito.

— Eu pensei que a senhora fosse preferir amanhã, mas para mim não tem problema — Edson levantou-se. — Se o cara tiver culpa no cartório, ele deve ter custado a pregar o olho a noite toda de tanta excitação e, talvez, ainda nem tenha acordado.

Eles saíram do escritório. Araci disse ao pai que iria sair e que voltaria logo. Com os guarda-chuvas abertos sob o chuvisco fino e tenaz, ela e Edson andaram o trecho final da São Clemente, atravessando, em seguida, o largo dos Leões, até o prédio indicado pelo vigia, vizinho a uma pequena loja onde Araci, frequentemente, encomendava molduras para alguns dos quadros que levava a leilão. Ela inclinou o guarda-chuva para o lado a fim de observar a fachada simples, porém graciosa, de quase dez andares e janelas pequenas, envidraçadas. Todas, sem exceção, achavam-se fechadas.

Ficaram algum tempo observando o prédio de pé em um conjunto de mesas e banquinhos de concreto, onde, nos dias de sol, os velhos das redondezas sentavam-se para jogar cartas e damas. Quando ainda estavam pensando numa forma de abordar o zelador e fazer-lhe perguntas que não despertassem desconfiança, um homem vestindo uma japona de couro e um gorro colorido de lã surgiu, exasperado, da esquina com a rua Marques, carregado de sacolas plásticas de supermercado. Araci e Edson viram quando o zelador, um senhor de pele escura e cabelos ralos, saiu da portaria especialmente para ajudá-lo a levar as compras até o elevador. Pela maneira cortês com que se trataram, era certo que o homem era um morador do edifício. Por um segundo, Araci teve a nítida impressão de já tê-lo visto antes.

Ela fez um gesto com o rosto na direção da portaria e perguntou a Edson, que estava um passo à sua frente:

— É esse o homem que você perseguiu ontem?

O vigia deu de ombros, em dúvida.

— Não deu para ver direito. Ele passou muito rápido. Ontem ele não usava gorro, mas... pode ser ele, sim.

Araci respirou fundo, mordendo os lábios, e disse:

— Faça o seguinte: fique aqui observando e tente identificar se a luz de algum apartamento vai se acender. Enquanto isso eu vou lá falar com o zelador.

A essa altura, o zelador já havia retornado ao seu posto, uma mesa ao lado do elevador, sobre a qual ficavam um telefone e um monitor de computador. Araci aproximou-se da grade que protegia a entrada e fez um sinal amistoso para ele vir falar com ela.

— Bom dia — sorriu Araci. — Eu moro aqui perto e tive a impressão de ter visto um homem muito parecido com um velho amigo meu entrando aqui no prédio. Ele estava usando um gorro, carregando sacolas...

O zelador olhou-a com surpresa:

— O seu Alejandro? Ele é seu amigo?

Araci atrapalhou-se com as palavras, mas felizmente o zelador emendou, poupando-a de responder.

— Não pode ser. Ele é estrangeiro, disse que chegou aqui faz pouco tempo.

— Então, eu me enganei. O senhor me desculpe. É que eu não vejo esse meu amigo faz muito tempo, pensei que pudesse ser ele... — Araci dissimulou um sorriso galhofeiro. — Bem, o senhor deve saber... Certas paixões febris da juventude a gente nunca esquece.

O porteiro riu com simpatia:

— Ah, sei, sim, senhora. E como sei! Puxa vida, minhas

paixões da juventude... — ele passou a falar baixo, como se temesse ser ouvido: — Mas, cá entre nós, acho meio difícil uma mulher fina como a senhora se interessar por um sujeito como o seu Alejandro. Ele é mal-educado e parece meio maluco. Alugou esse apartamento tem uns dois meses e já conseguiu que toda a vizinhança tomasse antipatia por ele. Ninguém vai com os cornos dele aqui.

— É mesmo? Por quê?

— Pelas coisas que ele faz. Pela maneira como ele se comporta. É um sujeito que a gente vê logo que se não cometeu um crime é só porque ainda não teve chance. Não fala com ninguém, fuma no elevador, ouve música alta até tarde da noite. Eu também não gosto dele e tenho até medo, sabia? Vai que ele está metido com tóxico, contrabando, jogo, sei lá mais o quê. A polícia descobre, dá uma batida no prédio, leva todo mundo para dar depoimento na delegacia e, se a gente fala a verdade, no dia seguinte, algum bandido da gangue dele vem aqui para se vingar. Essas coisas são perigosas, minha senhora.

Araci pensou por alguns segundos.

— O senhor sabe de onde ele veio?

— Parece que ele é de um país aqui perto. Chile, Colômbia, alguma coisa assim... Ele falou que trabalha para uma rede de lojas lá e que veio ao Rio a serviço. Acho que ele não deve ficar muito tempo mais aqui, porque o proprietário do apartamento me contou outro dia que o aluguel que eles combinaram é de três meses, e seu Alejandro já está aí há mais de dois...

Nesse momento, Araci levantou aleatoriamente os olhos e reparou numa pequena câmera de vídeo instalada ao lado da entrada. Ela devia estar ligada ao computador, cujo monitor repousava sobre a mesa da portaria. Com certeza, havia outras câmeras espalhadas pelo prédio.

— Existe alguma forma de eu entrar em contato com o proprietário do apartamento? — perguntou Araci. — Qual o nome dele?

— Onofre Lima. Espere um segundo que eu vou pegar o telefone dele para a senhora — o zelador entrou na portaria. Araci viu-o abrir uma gaveta na escrivaninha e escrever qualquer coisa num pedaço de papel. Ele retornou e entregou o papel a Araci: — O seu Onofre é dono de uma loja de ferragens na rua da Conceição e costuma ficar lá o dia inteiro. Liga para este telefone no horário comercial, que a senhora consegue falar com ele.

Araci conferiu a sequência de números anotada às pressas, guardou o papel na bolsa e despediu-se do zelador com um cordial aperto de mão. Havia parado de chover. Edson continuava na praça, de pé no mesmo lugar, com o olhar para o alto, e Araci atravessou a rua para se juntar novamente a ele.

— Fiquei aqui de olho, dona Araci, e vi uma janela acendendo assim que o cara subiu. A mesma janela de ontem à noite. É ele mesmo. O mesmo sujeito de ontem, só pode ser.

Araci olhou de relance para o prédio. De fato, uma janela no quarto andar estava parcialmente aberta e havia uma luz fraca por trás dela.

Eles tomaram lentamente o rumo de volta à rua São Clemente. Ela concentrou-se tentando recordar, em vão, quem era aquele homem. Ela não só tinha quase certeza de que estivera com ele, como também de que conversara com ele.

— Hoje o dia está muito confuso para mim, por causa do leilão — disse Araci, ao chegarem à entrada da Casa Quintanilha. — Passe, por favor, em meu escritório amanhã no começo da tarde para eu te dar uma gratificação. Você foi muito atencioso em perder uma manhã inteira de folga para ajudar uma pessoa estranha. Além disso, se esse caso for adiante, talvez eu precise novamente de sua colaboração.

Edson sorriu afavelmente:

— Pode deixar, dona Araci. Eu venho amanhã. Quem sabe, até lá, a senhora não descobriu mais alguma coisa?

Araci assentiu, contrariada.

— É... Quem sabe?

Ela entrou no casarão. Emílio continuava sentado orientando a colocação das fileiras de poltronas e da tribuna. O movimento estava ainda mais intenso do que quando Araci saíra, tanto que a chegada dela não foi notada por ninguém. Ela puxou o papel que o zelador lhe entregara e fechou-se no escritório.

Sentou-se à escrivaninha e, nervosa, fez a ligação para a tal loja de ferragens na rua da Conceição. Onofre Lima, felizmente, estava lá. Araci apresentou-se, mencionou o ocorrido na noite anterior e conseguiu assustar suficientemente o homem para fazê-lo liberar, sem nenhuma pressão, toda a ficha de seu exótico inquilino: chamava-se Alejandro Aguirre, tinha 60 anos, era chileno, estava no Rio de Janeiro há dois meses e meio e trabalhava para uma rede de supermercados em Santiago, chamada Constelación.

Uma simples pesquisa na internet provou que não existia nenhum supermercado no Chile ou em qualquer outro lugar com o nome de Constelación. Araci teve, então, a certeza inabalável de que havia realmente alguma coisa errada com aquele homem. Era meio-dia em ponto quando ela resolveu ligar para o inspetor Filizola, da delegacia de Botafogo. Faltavam nove horas para a abertura do leilão.

* * *

Às dezesseis horas e trinta minutos daquele dia, Mohsen Khajepour e Gholam Mortezavi encontraram-se com Reinaldo Camargo Branco para uma visita rápida ao salão de conferências do Palácio Gustavo Capanema, onde o professor falaria amanhã. Observado de perto pelo dr. Gholam e por um funcionário do palácio, Reinaldo vistoriou as instalações, conferiu os fios conectados aos microfones e às caixas acústicas, enquanto

Khajepour, demonstrando fadiga, preferiu apreciar o espaço sentado na primeira fileira da plateia.

Quando eles saíram, o céu estava escuro e o trânsito nas ruas circundantes, tumultuado por causa do rush vespertino. Ventava muito e o frio do anoitecer era cortante. Eles foram caminhando por entre os *pilotis* de mármore do térreo do palácio para tomar um táxi na avenida Graça Aranha.

Abatido, Khajepour pediu a Reinaldo que carregasse sua maleta com livros e papéis. O professor, agora, praticamente se arrastava, e cada passo dado parecia demandar um esforço enorme. Eles alcançaram o meio-fio, e Reinaldo tocou-lhe amigavelmente as costas, perguntando:

— Está sentindo alguma coisa, professor?

Khajepour tocou amigavelmente o braço de Reinaldo.

— Está tudo bem — ele expeliu o ar dos pulmões. — Um pouco de ansiedade, apenas.

— Se eu puder ajudar em alguma coisa...

— É que não gosto muito de falar em público, fora de minhas salas de aula. Sempre fico tenso nessas ocasiões. Mas isso passa. Não se preocupe.

Reinaldo desviou a atenção para dr. Gholam, que acabava de fazer sinal para um táxi vazio que avançava lentamente pela avenida, lutando contra o tráfego. Gholam abriu a porta para Khajepour e entrou em seguida. Reinaldo sentou-se ao lado do motorista. Khajepour recostou a cabeça e fechou os olhos, numa aparente tentativa de cochilo. Ele parecia mesmo tenso.

O táxi deu partida, sem que nenhum dos três percebesse os dois homens de pele clara e cabelos escuros, vestindo alinhados ternos pretos, que os espreitavam discretamente, a uma calculada distância desde que deixaram o hotel, ainda de tarde. Em silêncio, eles esperaram o carro com Khajepour sumir de vista e tomaram um segundo táxi, pedindo para descerem no Hotel Novo Mundo.

- 5 -

Araci debruçou-se um pouco mais sobre sua escrivaninha. Estreitou os olhos por trás dos óculos de leitura para tentar, mais uma vez em vão, identificar, pelo monitor conectado ao circuito interno de vídeo, as pessoas que não paravam de chegar ao grande salão da Casa Quintanilha. Passava um pouco das vinte horas. Bartô estava sentado ao seu lado, e ambos mantinham-se num silêncio aflitivo.

Ela virou-se rapidamente para a janela atrás de sua cadeira e avistou o pátio nos fundos do terreno, banhado pela luz espectral da noite chuvosa, já cheio de carros parados. O local só comportava vinte veículos e, a julgar pela afluência de público, muita gente teria de deixar seus carros nas redondezas. Com um clique no computador, Araci mudou o quadro e a imagem dos porteiros munidos de guarda-chuvas, protegendo da chuva os visitantes que desembarcavam na rua, entrou em foco no monitor. Ficou olhando por um momento e depois voltou à exibição do salão, onde o coquetel já estava sendo servido.

Esse coquetel já era uma tradição da Casa Quintanilha, e, desta vez, ela caprichou. Sobre uma vistosa mesa coberta por uma toalha de musselina, emoldurada por castiçais de prata, brilhavam diversos quitutes preparados pela equipe de Bartô, servidos por cinco garçons recrutados no restaurante. Entre os doces destacavam-se saborosos bons-bocados de coco — os preferidos de Araci — docinhos de mangostão e bombons de nozes; entre os salgados, risoles de palmito, tapas e pastéis de Catupiry, além dos festejados *blinis* servidos com pastinhas picantes à base de ervas e de peixe, cujas receitas exclusivas eram um dos grandes segredos da culinária de Bartô Saraiva. Para completar, vinho tinto uruguaio, uísque escocês, espumante nacional, água mineral gasosa San Pellegrino e refrigerante. Por conta do recolhimento de Araci no escritório, era Emílio quem, sozinho, fazia as vezes de anfitrião.

Cerca de trezentas e cinquenta pessoas eram aguardadas para o pregão, onde 160 lotes iriam à venda. Escaneando o monitor, Araci fez um cálculo rápido e constatou que o número de comensais no coquetel já devia estar próximo disso. A segurança no casarão havia sido reforçada por causa do temor de um novo atentado. Homens da polícia, muitos dos quais à paisana, achavam-se distribuídos pelo terreno e por todo o quarteirão. Câmeras instaladas em locais estratégicos registravam a movimentação em pontos do terreno considerados vulneráveis. O acesso ao interior da casa contava com o aparato de um detector de metais e explosivos, do tipo usado em aeroportos, alugado às pressas por Bartô, em uma empresa especializada em logística de segurança, o que não impediu, no entanto, que diversos repórteres e fotógrafos, muito acima do verificado usualmente, entrassem com suas vistosas câmeras, sem serem importunados.

Ouviram-se duas batidinhas rápidas na porta do escritório e ela se abriu revelando a cabeça grisalha de Nivaldo, o chefe da segurança, insinuando-se pela fresta.

— O inspetor Filizola, da polícia, acaba de chegar, dona Araci — anunciou ele. — Está aí fora.

Araci fez um gesto com a mão.

— Faça-o entrar. Depois, procure por papai e peça para ele vir aqui, por favor.

Ela levantou-se, ajeitando o terninho azul marinho, procurando algum mísero desalinho ou ruga no tecido. Bartô comentou:

— Esse inspetor é o mesmo que esteve aqui ontem à noite depois do atentado?

— O próprio. Falei com ele à tarde e ele me disse que passaria aqui hoje, caso tivesse novidades. Pelo visto, ele tem.

— Não acha um pouco precipitado colocar a polícia no caso? Que indícios concretos você tem de que esse Alejandro Aguirre pode estar mesmo envolvido com os incidentes de ontem?

— Por enquanto, conto apenas com minha intuição. Mas pode ficar tranquilo que a polícia ainda não entrou oficialmente no caso. Por enquanto, o inspetor Filizola está apenas fazendo uma sondagem prévia, em caráter informal, atendendo a um pedido meu. Se minhas suspeitas se confirmarem, aí, sim, talvez eu resolva partir para uma solução mais efetiva, antes que Alejandro tenha tempo de agir contra nós, se esta for, realmente, a intenção dele.

Nivaldo retornou abrindo a porta e o inspetor Filizola entrou. Ele cumprimentou Araci e Bartô e sentou-se, acomodando uma maleta de couro sobre o colo.

— Eu sei que a senhora está com pressa, dona Araci. Por isso vou ser bastante objetivo. A senhora tinha razão ao suspeitar desse Alejandro Aguirre. Existem mesmo fatos estranhos, eu diria até contraditórios, ligados a ele, que minha experiência como policial não me permite ignorar.

— O senhor falou com ele?

— Não. Mas estive, ao longo da tarde, com o vigia do consulado de Portugal, com o proprietário do apartamento alugado pelo Alejandro e com o zelador do prédio. Eles me confirmaram o que relataram à senhora e me forneceram mais algumas informações bastante interessantes. A que me chamou mais a atenção talvez explique o atentado. O vigia do consulado viu Alejandro fazer uma ligação pelo celular pouco antes de entrar no prédio. No mesmo momento em que ocorreu o atentado.

Araci e Bartô trocaram olhares de perplexidade.

— Vocês sabem que a bomba colocada aqui no telhado foi acionada por um celular conectado a um detonador — complementou o inspetor Filizola. — Alguém teve de fazer uma ligação para o aparelho para haver a explosão.

— O vigia não me contou nada sobre Alejandro ter um celular — Araci alteou uma sobrancelha. — Por quê?

— Talvez por achar que não era um dado assim tão relevante para a senhora. Ele não deve entender de explosivos. Outra informação importante, eu descobri na Polícia Federal: não há registro da passagem de nenhum Alejandro Aguirre pelos aeroportos brasileiros, seja num voo internacional seja num doméstico. Nos portos, a situação é a mesma. O trajeto do Chile até o Rio de Janeiro por terra é muito longo e cansativo, exige várias paradas e pernoites. Não é, definitivamente, a opção mais apropriada para um executivo viajando a trabalho. Se Alejandro Aguirre veio mesmo do Chile como afirmou, é praticamente certo que ele usou um avião. Nesse caso, ele entrou com um passaporte falso. A outra hipótese é a de ele ter vindo da Argentina, do Uruguai ou do Paraguai por terra.

— De qualquer forma, ele mentiu — concluiu Araci.

— Pode haver ainda uma terceira hipótese — declarou Bartô, falando finalmente. — A de ele ter vindo de avião de algum outro país. Afinal, se a rede de supermercados em que ele disse trabalhar não existe, nada garante que ele não tenha inventado também que é chileno. O próprio nome Alejandro Aguirre talvez seja falso.

— É verdade. Ele pode até ser árabe — arriscou Araci. — Isso explicaria aquelas pichações encontradas aqui ontem. Se bem que...

Araci parou de falar de repente e ficou caminhando pelo recinto, ensimesmada.

— Se bem que o quê? — o inspetor quebrou o silêncio.

— Eu não sei, inspetor, mas desde hoje à tarde uma coisa

não me sai da cabeça. O senhor conversou com o vigia do consulado e ele talvez tenha-lhe dito que nós vimos o Alejandro entrar afoito no edifício carregando sacolas com compras... Ele passou rápido, mas, naquele momento, eu tive quase certeza de já tê-lo visto antes. Mais do que isso: de ter conversado com ele. Se eu pudesse colocar as mãos numa foto dele, juro que seria capaz de me lembrar.

— Não seja por isso — o inspetor abriu a maleta e retirou um pen drive azul, erguendo-a na altura da testa — Veem isso aqui?

Araci e Bartô assentiram com a cabeça.

— O síndico do edifício me emprestou. Parece que houve uma tentativa de assalto lá no ano passado e os moradores, apavorados, decidiram aumentar a segurança. Gradearam a portaria e instalaram quatro pequeninas câmeras de vídeo em locais estratégicos: na entrada, na garagem e nos dois elevadores. Esse pen drive contém uma gravação de Alejandro entrando no elevador, onde dá para ver uma imagem bastante nítida do rosto dele — o inspetor estendeu o pequeno dispositivo para Araci: — Querem ver?

Araci lembrava-se de haver reparado numa câmera na portaria e num monitor de computador sobre a mesa do zelador. Ela conectou o pen drive a uma das entradas USB do computador e deu alguns cliques com o mouse, fazendo desaparecer as imagens do salão da Casa Quintanilha e abrindo, no lugar, uma segunda janela.

Uma imagem colorida surgiu no monitor. Ela era dividida em quatro pequenas telas retangulares, cada qual mostrando uma área diferente do edifício. A gravação já se encontrava mais ou menos no trecho que interessava e logo apareceu, numa das telas, a silhueta de Alejandro, usando um casaco e uma boina, subindo os degraus da portaria, acenando rapidamente para o zelador e encaminhando-se para tomar o elevador.

— Quando foi isso? — perguntou Araci.

— Segundo o porteiro, foi na quarta-feira passada.

O elevador chegou e as atenções se voltaram para a tela ao lado, que vigiava o elevador social. Alejandro entrou e, agora, sua figura era bem visível. Araci apoiou os cotovelos na mesa, cruzou as mãos sob o queixo e contraiu os olhos, atenta. Sentiu um arrepio quando Alejandro, inadvertidamente, tirou a boina e passou as mãos pelo cabelo, como se estivesse com calor. Por um segundo, ele ergueu a cabeça, recostando-a na parede do elevador, como se quisesse repousar as costas e, nesse momento, Araci fez um clique com o mouse, congelando a imagem.

Araci aproximou-se mais do monitor e fixou o olhar no homem de rosto largo, olhos escuros e barba por fazer. Sentiu os nervos se contorcerem num misto de alívio e assombro, quando a memória, afinal, deu mostras de não a haver traído.

— Meu Deus... É claro! Como eu posso ter me esquecido?

Ela virou-se para Bartô, enquanto apontava para a tela:

— Esse homem esteve aqui na Casa Quintanilha uns dois meses atrás. Acho que cheguei a te contar, Bartô. Ele disse que era espanhol da Catalunha, trabalhava como advogado na Suíça e me apresentou uma proposta de compra das obras de Lourenço Monte Mor que teriam sobrevivido ao incêndio na casa da praia, para a Coleção Von Kessel, em Genebra. Logicamente, ele devia achar que, se os trabalhos existiam, o proprietário era Aníbal, e achou que a Casa Quintanilha aceitaria intermediar o negócio. Como a única obra que eu tinha comigo era *O Véu*, e ela estava escondida, eu recusei a oferta na hora. Mesmo assim, o homem não desistiu e me deixou um cartão com o endereço do escritório dele, para o caso de eu mudar de ideia.

Um antigo porta-joias de prata entalhada, que ficava sobre a escrivaninha, guardava, de forma anárquica, os cartões de visita que Araci recebia todos os dias. Ela abriu-o e pôs-se a vasculhá-lo, exasperada.

— Coleção Von Kessel?! — espantou-se Bartô. — Do barão Von Kessel, um dos dez banqueiros mais ricos da Suíça? — ele olhou para a imagem congelada na tela do homem de aparência desleixada e decadente, custando a acreditar, e virou-se, em seguida, para Araci, que se mantinha concentrada na busca pelo cartão: — Não é possível que esse indivíduo deprimente tenha vindo aqui em nome do barão. Será que você não está fazendo confusão, querida?

— De jeito nenhum — respondeu ela, concentrada na busca. — É bem verdade que, quando esteve comigo, o aspecto dele era um pouco mais, digamos... civilizado. Estava bem vestido, barbeado, o cabelo cortado. No dia seguinte, papai telefonou para o marchand Ulrich Wachtel, dono da galeria em Genebra que administra a coleção do barão Von Kessel, relatou o que aconteceu, e Wachtel disse que nunca tinha ouvido falar nesse homem e que o barão não mandou ninguém ao Brasil para fazer negócio conosco.

Ela procurou um pouco mais e, enfim, encontrou o cartão, colocando imediatamente os óculos para ler o nome gravado nele:

— Aqui está: Jordi Rosselló i Sàbat. Foi com esta identidade que Alejandro se apresentou a mim.

O inspetor apanhou cuidadosamente o cartão da mão de Araci e examinou-o, ressabiado:

JORDI ROSSELLÓ I SÀBAT
Lawyer
34, Rue du Rhône
1204 Geneva - Switzerland

— Esse nome, com certeza, é falso — disse o inspetor, depois de refletir um pouco.

— Assim como Alejandro Aguirre deve ser também — completou Bartô.

Araci fechou o porta-joias e retirou os óculos fitando o inspetor.

— Então vocês concordam comigo que esse homem é um perigo? Que inventou mil histórias e nomes só para ficar incógnito na cidade e poder agir contra mim sem ser importunado?

— Ainda não temos certeza se ele, realmente, está envolvido no atentado de ontem, dona Araci — acautelou-se o inspetor. — Por enquanto, é só uma hipótese. Uma hipótese bastante provável, porém ainda uma hipótese.

— Como uma hipótese? — reagiu Araci. — O mesmo homem que, na noite do atentado, ficou por um tempo enorme parado ali na esquina, a ponto de chamar a atenção do vigia do consulado, esteve comigo nesta sala há dois meses, afirmando ter sido enviado por um marchand na Suíça que nunca ouviu falar dele. Para mim, que sou leiga, porém não estúpida, trata-se de uma soma de indícios mais do que comprometedores e só não vê quem não quer. Esse Alejandro, Jordi, ou outro nome qualquer que tenha, pode ser a face mais visível de alguma facção terrorista islâmica que veio para se vingar de mim por causa do leilão de hoje. Alguma coisa precisa ser feita, antes que ele volte a atacar.

— Dona Araci, as coisas não são assim. Existe uma série de procedimentos legais que precisam ser obedecidos.

Araci copiou o conteúdo do pen drive no disco rígido do computador e desconectou-o, devolvendo-o ao inspetor. Sua tensão começava a resvalar para o desespero.

— Preste atenção, inspetor: daqui a poucos instantes eu vou estar de pé na tribuna ali no salão, leiloando um quadro que foi condenado por várias importantes autoridades religiosas em todo o mundo muçulmano. Esse quadro causou a morte e a desgraça de várias pessoas, sendo que duas delas eram muito próximas de mim. Ontem à noite, alguém invadiu esta casa, explodiu uma bomba no telhado e pichou a parede do lado de fora com palavras em árabe que, com certeza, não eram elogios à minha pessoa. O senhor entende? Eu estou correndo perigo. O que aconteceu ontem foi apenas um aviso. Ninguém fura um esquema de segurança como o que temos aqui e arma uma bomba para explodir sem um propósito. A pessoa que fez isso vai tentar agir de novo e pode ser que, desta vez, eu seja o alvo.

— Por que, então, a senhora simplesmente não retira esse quadro do leilão?

Araci olhou confusa para o inspetor. Naquele momento, Emílio entrou no escritório, trazendo nas mãos uma folha de papel.

— Até que enfim, papai! — desabafou Araci, jogando os braços para o alto. — Faz mais de meia hora que eu pedi para te chamar. Por que demorou tanto?

Emílio cumprimentou o inspetor e acenou para Bartô antes de responder:

— Antes de mais nada, modere o tom de voz ao se dirigir ao seu pai. Eu não vim antes, minha filha, simplesmente porque estava recebendo as pessoas no salão. Alguém tinha que fazer isso; você e Bartô ficaram trancados aqui o tempo todo... — Emílio puxou uma cadeira em frente à mesa e sentou-se.

O inspetor aproveitou a deixa para guardar o pen drive de volta na maleta e se levantar.

— Acho que é melhor eu ir agora, dona Araci. A senhora estará ocupada a noite inteira e eu não vou ter mesmo muita serventia aqui. Amanhã, prosseguimos com as investigações. Quanto à segurança, não se preocupe. A polícia está aí fora, atenta a qualquer movimentação suspeita. O leilão vai transcorrer na mais perfeita ordem, eu garanto.

Araci acompanhou-o até a porta.

— Talvez o senhor possa fazer uma nova visita ao prédio e perguntar ao porteiro qual o melhor horário para encontrar o Alejandro, amanhã. Preciso esclarecer essa história, saber por que ele esteve aqui fazendo-se passar por um emissário do barão Von Kessel, com cartão impresso e tudo. É um bom motivo, concorda?

O inspetor apenas alteou uma sobrancelha.

— Pensarei nisso com carinho. Tenha uma boa noite, dona Araci.

Ela fechou a porta atrás dele. Bartô e Emílio conversavam baixo, com o ar preocupado, quando Araci retornou à sua cadeira.

— Sabe quem está aí no salão, minha filha? — perguntou Emílio. — Meu velho amigo, o professor Lacombe. Nós não nos víamos há mais de três anos e ficamos conversando por um tempo enorme. Ele leu os jornais de hoje, ficou chocado com as notícias do atentado e veio para nos prestar solidariedade.

— Muito gentil da parte dele — disse Araci, sem nenhum entusiasmo.

— Mais do que gentileza, ele trouxe isto para nós — Emílio sacudiu o papel que trazia nas mãos. — Como vocês sabem, o Lacombe é mestre em línguas e história do Oriente Médio. Estudou árabe clássico e moderno e fala fluentemente hebraico, aramaico, persa e diversos dialetos semíticos extintos. Ele viu as fotos publicadas com as pichações feitas ontem aqui e traduziu-as neste papel.

Araci e Bartô olharam-se em suspense. A fisionomia de Emílio manifestava agora uma grande preocupação. Ele disse:

— Eu ainda tinha alguma esperança de que aqueles garranchos não passassem de rabiscos sem qualquer significado, feitos por algum moleque sem nada entre as orelhas. Mas não — ele estendeu o papel a Araci que hesitava em segurá-lo. — Segundo o Lacombe, as pichações eram uma clara mensagem de ameaça e, diferentemente do que nós pensávamos, elas não foram feitas em árabe, mas em persa. A língua falada no Irã.

Com as mãos trêmulas, Araci abriu o papel e examinou-o. As palavras estavam anotadas à mão em letras grandes e bem definidas, de modo a não deixar dúvidas:

کینەجویی و ئازادی
Liberdade e vingança

Bartô correu os olhos pelo papel por sobre os ombros de Araci e depois disse a ela:

— Com certeza, outros especialistas devem ter sido consultados pela imprensa ao longo do dia de hoje e alguns jornais deverão mostrar em suas edições de amanhã o significado das pichações em novas reportagens sobre o atentado.

Araci sentia uma onda de frio nervoso subindo pelo corpo. Mais uma vez praguejou contra o destino. Não era possível que estivesse vivendo aquele pesadelo.

— Repare na sequência das palavras, Araci — disse-lhe seu pai. — Elas estão escritas da direita para a esquerda, como na grafia persa, e na mesma ordem em que foram encontradas pichadas ontem. Então devemos ler a mensagem como: "Vingança e Liberdade". Preste especial atenção à segunda palavra: "Liberdade". Em persa, "liberdade" é "azadi". Esse nome, "Azadi", não lhe diz nada?

Araci fez que não com a cabeça, largando o papel sobre a mesa. Não queria mais ver aquilo. Emílio completou:

— Azadi é o nome de uma organização extremista iraniana. Essa palavra pode ser, em nosso caso, mais do que um slogan clamando por liberdade. Pode ser uma assinatura. O próprio grupo, a própria Azadi, tomando para si a responsabilidade pelo atentado.

"Azadi", apavorou-se Araci. "Só me faltava essa." A confirmação dos temores de que um grupo terrorista muçulmano havia atacado sua casa era a última coisa que ela desejava ouvir naquele momento.

Ouviram alguém bater à porta. Era Nivaldo, novamente.

— Com sua licença, dona Araci — disse o chefe da segurança, entrando no escritório. — Faltam trinta minutos para o leilão, e eu preciso abrir o depósito para os rapazes começarem a retirar as peças.

Araci olhou no relógio. Faltavam, na verdade, trinta e cinco minutos. Ela deu de ombros e entregou as chaves do depósito a Nivaldo, pedindo a ele que se incumbisse de tudo.

Depois que o segurança saiu, ela virou-se para o pai e o marido, respirou fundo e declarou, com medo das próprias palavras:

— Rezem bastante, meus amores, para que Deus nos permita sobreviver às próximas horas. Sim, pois eu estou absolutamente certa de que alguma coisa vai acontecer aqui esta noite.

* * *

DIANTE DA tribuna alta de jacarandá com o logotipo da Casa Quintanilha — o indígena —, gravado em relevo em prata, todas as cerca de trezentas poltronas azuis encontravam-se ocupadas e outras tantas pessoas, dentre as quais alguns fotógrafos e jornalistas, aguardavam de pé o início do leilão.

Araci Quintanilha surgiu no grande salão segurando seu martelo de madeira trabalhada na mão direita e todos esticaram o pescoço a fim de observá-la galgar os três degraus até o estrado sobre o qual ficava a tribuna. Ela ajeitou o microfone e colocou seus óculos de leitura. Esperou haver silêncio na plateia e iniciou um breve discurso, forçando uma leve inflexão na voz, a fim de não deixar transparecer seu nervosismo:

— Bem, eu... — ela pigarreou discretamente. — Eu quero agradecer a presença de todos aqui nesta noite de abertura da 57ª temporada de inverno da Casa Quintanilha de Leilões & Escritório de Arte, o que sempre acontece no mês de junho — ela examinou um papel à sua frente, à procura de trechos assinalados de próprio punho com caneta fosforescente. Não queria se alongar num discurso que, salvo raras modificações decorrentes de alguma particularidade relacionada às peças, era praticamente o mesmo em toda abertura de temporada. — A Casa

Quintanilha, desde sua fundação, vem-se firmando ano após ano como endereço de leilões de obras assinadas por reputados artistas do Brasil e do exterior, nunca se furtando de oferecer aos licitantes total garantia de autenticidade e originalidade, garantia esta obtida após rigorosas análises efetuadas por peritos gabaritados de minha maior confiança. As obras que irão à venda hoje estiveram em exposição ao longo dos últimos seis dias e aos interessados foi concedido o direito de analisá-las cuidadosamente, inclusive mediante a presença de peritos de sua escolha. Portanto, caso pairem dúvidas ou reclamações quanto ao estado do lote de interesse, estas não poderão, em hipótese alguma, ser feitas após a adjudicação deste. Caberá, pois, ao arrematante recorrer ao anterior proprietário da obra em questão, estando a Casa Quintanilha isenta de quaisquer responsabilidades. Nós garantimos, contudo, a autenticidade de todas as peças à venda, conforme declarei há pouco. Serão, ao todo, cento e sessenta lotes apregoados entre óleos, gravuras, águas-fortes, esculturas e serigrafias, todas, sem exceção, assinadas por artistas nacionais.

Araci ergueu os olhos e dirigiu-se às pessoas sentadas:

— Suponho que os senhores receberam as fichas de controle numeradas. Assim que o último lance tiver sido dado, seguido da batida final do martelo, o arrematante deverá fornecer o número para que seja contabilizado por nossa mesa. Além disso, estaremos recebendo lances também por telefone e fax. Qualquer dúvida, os senhores podem se dirigir às moças de tailleur preto e crachá que estão aqui no salão. Elas irão atendê-los no que for necessário. Mais uma vez, obrigada.

Numa bancada, à direita da tribuna, três moças e um rapaz encontravam-se a postos para registrar os lances que seriam dados por telefone. Sentados em duas poltronas afastadas da plateia, Emílio e Bartô assistiam a tudo em silêncio e expectativa. Araci pressionou, sob a tribuna, um interruptor que fazia acender uma luz vermelha na sala no térreo onde os lotes, enfileirados, aguardavam o momento de serem levados ao salão. Dois rapazes de terno, então, surgiram, carregando uma pintura colorida, engastada numa pesada moldura de mogno, e pousaram-na sobre um cavalete tubular dourado, à esquerda da tribuna.

— Temos aqui o lote número 1; Cícero Dias; *Paisagem Pernambucana*; óleo sobre tela; 92 por 73 centímetros. Tenho uma base de cento e quarenta mil. Quem me dá mais?

Araci notou uma mulher loura, vestida com aprumo, porém exageradamente enfeitada com joias de ouro, levantar o dedo indicador na penúltima fila.

— Cento e cinquenta mil! Obrigada! — bradou Araci, enquanto via a mulher loura assentir com a cabeça.

Um senhor de terno à direita manifestou-se, com um discreto aceno de mão.

— Cento e sessenta mil! Eu ouvi alguém dar cento e setenta mil?

Um homem aparentando quarenta anos ergueu uma caneta.

— Obrigada! Tenho cento e setenta mil! Quem dá cento e oitenta?

Ela olhou para uma das moças que atendiam aos telefones e anunciou:

— Recebemos um lance de cento e noventa mil pelo telefone. Obrigada, Lúcia.

A mulher lá de trás tornou a levantar o indicador.

— Duzentos mil por este estupendo Cícero Dias! Obrigada! Alguém dá duzentos e dez? Eu ouvi duzentos e dez mil?

Outra oferta veio pelo telefone. Araci voltou-se para a plateia:

— Tenho duzentos e dez mil. Duzentos e vinte? Obrigada, cavalheiro.

O senhor de terno acabara de acenar novamente com a mão. A mulher loura ergueu o dedo com mais veemência.

— Duzentos e trinta mil! — Araci correu os olhos pelo salão e, como ninguém se manifestou, bradou: — Dou-lhe uma!

Ela bateu o martelo três vezes:

— Vendido o Cícero Dias por duzentos e trinta mil! — virou-se para a mulher loura: — Obrigada. A senhora já tem número?

Uma das moças de tailleur dirigiu-se à mulher e entregou uma ficha numerada, tomando nota de seus dados. Enquanto isso, Araci passava ao lote seguinte: um óleo de Manabu Mabe, de 1959, com base em cento e trinta mil. O primeiro lance de cento e quarenta mil fora dado pelo telefone. A tela acabou arrematada por cento e oitenta por um homem grisalho de terno cinza "espinha de peixe" sentado na quarta fila.

O Véu era o lote de número 122. Percebia-se uma ansiedade crescente no salão à medida que os lotes eram arrematados. Os segundos arrastavam-se como se fossem horas. O pavor fervilhava nos nervos de Araci, recobrindo-lhe as mãos geladas com um suor incômodo. Enquanto aguardava a chegada do próximo lote, ela esquadrinhou a plateia em busca de gestos ou expressões que denunciassem a iminência do inesperado. No entanto, tudo estava calmo. Calmo até demais. Não era, propriamente, um bom sinal.

* * *

Quando Araci bateu o martelo consumando a venda do lote de número 120, a garoa noturna aumentou subitamente de intensidade e evoluiu para uma chuva de verdade, enquanto uma incômoda neblina úmida precipitava-se sobre o solo, envolvendo as árvores no entorno da Casa Quintanilha e tornando o panorama ainda mais opressivo.

Sentindo a garganta seca, Araci pensou em beber um pouco da água do copo que repousava sobre a tribuna, mas desistiu ao perceber o tremor em suas mãos fora de controle; o copo estava cheio e a água fatalmente derramaria numa cena constrangedora.

Apenas uma peça, uma escultura de Bruno Giorgi, a separava do temido momento.

Precisava se controlar, mas não conseguia. A energia negativa e inescrutável que desde sempre acompanhara aquela pintura abjeta espalhava por onde passava um rastro desditoso de desgraça.

"Lourenço... Ah, Lourenço..."

O coração de Araci estava contraído de medo e comoção. Lourenço era um menino puro. Ingênuo a ponto de pintar um quadro como aquele, sem prever as consequências. Lourenço definitivamente não era, nunca fora um rapaz dissoluto, escravo das trevas do vício, da luxúria e refém de sua própria promiscuidade, como afirmaram muitas personalidades do meio muçulmano quando *O Véu* chegou a público pela primeira vez. Provavelmente ele, imerso na própria inocência, nem soubesse direito o que era o islamismo. O sobrinho fora acusado injustamente e condenado à revelia por uma opinião pública tendenciosa e cega pelo ódio, sem ter a chance de se defender dignamente, de mostrar ao mundo que era uma pessoa correta e que o quadro era não mais do que o fruto da mente criadora de um artista apaixonado pelo próprio ofício.

Os pensamentos de Araci voavam quando a escultura de Bruno Giorgi surgiu, empurrada sobre um carrinho de aço. O silêncio na plateia era absoluto. Os rostos refletiam aflita expectativa. O som de uma moeda caindo sobre o assoalho poderia ter o impacto de uma explosão.

Araci tomou o cuidado de firmar a voz ao anunciar ao microfone:

— Bruno Giorgi, escultura em mármore estatuário de Carrara, com assinatura na parte inferior, medindo 58 por 37 por 31 centímetros, datada de 1976. Tenho uma base de sessenta mil e uma confirmação de base de sessenta e cinco mil. Quem entre os presentes, dotado de sensibilidade e notável bom gosto, oferece setenta mil por esta obra de arte em pleno movimento, ao mesmo tempo leve e consistente?

A peça foi disputada vigorosamente por dois homens na plateia, que deviam representar interesses de colecionadores, uma vez que haviam arrematado, cada um, mais de dez lotes. Um terceiro gritava seus lances pelo telefone e foi este quem acabou levando a escultura por noventa e cinco mil.

Araci fez, então, vir a peça seguinte. E anunciou aos presentes o lote de número 122. Ela desviou os olhos para o público, a fim de não ver *O Véu* assomar no salão carregado por dois rapazes que, cuidadosamente, posicionaram o quadro sobre o cavalete ao lado da tribuna. Um burburinho anormal de vozes espalhou-se pela plateia. Araci soltou o ar dos pulmões, antes de recolocar os óculos para ler em voz alta:

— Lote 122; Lourenço Monte Mor; *O Véu*; óleo sobre tela, 85 por 60 centímetros, assinatura embaixo à direita. Foi exposta pela primeira vez na Ruben Avedikian Galerie d'Art, em Paris, e logo se tornou alvo de grande polêmica. O artista foi acusado de vilipêndio à religião e cultura maometanas e vários protestos contra sua obra se seguiram entre as comunidades muçulmanas na Europa, nas Américas e nos países de maioria islâmica.

Araci estava inteiramente concentrada na leitura e não percebeu que o vozerio aumentava no salão, os presentes se entreolhando e trocando comentários. Algumas pessoas chegaram a se levantar, enquanto o vento aumentava de intensidade, produzindo uivos do lado de fora e fazendo os galhos das árvores farfalhar ruidosamente.

— A passagem de Lourenço Monte Mor pela Terra foi curta e meteórica — prosseguiu Araci, absorta. — Nosso jovem e notável artista faleceu prematuramente num lamentável e gravíssimo acidente doméstico há exatos dois anos.

Assustados, Bartô e Emílio levantaram-se e dirigiram-se à tribuna. A inquietação no salão agora era enorme. Mais da metade das pessoas, agora, estava de pé. Araci continuava a ler o texto sem se dar conta de nada.

— Esta linda pintura, hoje apregoada, permaneceu por todo este período longe do alcance público e chegou a ser, erroneamente, considerada perdida — complementou ela.

— Recentemente seu proprietário, cuja identidade manterei em sigilo a seu pedido, manifestou disposição em desfazer-se dela e confiou à Casa Quintanilha de Leilões a enorme responsabilidade de promover sua venda, o que muito nos honrou. O valor inicial de *O Véu* está...

Bartô subiu à tribuna e segurou os ombros da mulher, interrompendo-a.

— Pare, Araci! Você não vê o que está acontecendo?

Araci fitou-o, sobressaltada.

— Olhe para o quadro — murmurou Bartô.

Aterrorizada, Araci virou-se lentamente, ouvindo seu próprio coração bater acelerado. O salão encontrava-se, agora, absorvido por um silêncio hospitalar. Ela viu-se dominada por um pânico insuportável quando seus olhos, finalmente, focalizaram o quadro exposto ao seu lado.

Aproximou-se hesitante do cavalete e contemplou a bela moldura de mogno, decorada com um imaculado *passe-partout* pérola, que ela mesma providenciara, envolvendo uma tela que jamais vira em toda sua vida. Uma pintura singela e melancólica em tons de um roxo leitoso e escorregadio, na qual se entrevia a silhueta disforme de um jovem rosto feminino recoberto por uma tênue bruma, como que emergindo timidamente de uma nebulosidade abstrata. Os olhos, duas grandes fendas escuras, transmitiam uma tristeza fria e contida.

"Onde está *O Véu*?"

Araci não entendia o que havia acontecido, mas preferiu acreditar que algum dos rapazes contratados para carregar as peças se enganara na hora de retirar o lote de número 122. Ela segurou com força a mão de Bartô e pediu, quase gaguejando, mas com a voz ainda sob algum controle:

— Por favor, querido, desça com os rapazes até o depósito, encontre *O Véu* e traga-o rápido para cá. Nunca vi este quadro antes, mas tenho certeza de que tudo não passa de um equívoco.

Bartô ficou preocupado com Araci. O rosto dela estava desfigurado pelo abatimento e pela tensão.

— Eu vi, Bartô... — disse Araci, num murmúrio. — Eu vi *O Véu* bem guardadinho lá no depósito, antes de trancar a porta. Não pode ter acontecido nada.

Bartô olhou para o lado, para a poltrona onde estava sentado com Emílio dois minutos atrás e constatou que o sogro não se encontrava mais lá. Atrás da tribuna, os rapazes deslocavam-se rapidamente para o térreo do casarão, onde ficava o depósito. Emílio já devia estar lá.

Bartô falou a Araci:

— Não saia daqui. Eu já volto.

Ele desceu do estrado e sumiu do salão. Araci, completamente constrangida, sem saber o que fazer, forçou um sorriso cortês para o público, que lentamente regressava aos seus lugares. O instinto dizia a ela que aquele era um momento de enorme perigo, mas ela não podia fazer nada para se defender, estava completamente exposta.

Olhou para os lados, aflita. Emílio, Bartô e os rapazes continuavam no depósito. Quanto tempo havia se passado desde que eles foram para lá? Um minuto e meio? Dois minutos? Araci conferiu as horas no relógio de pulso e, subitamente, como se um raio estivesse explodindo em sua cabeça, deixou-se congelar pelo impacto tenebroso de uma voz grossa e cavernosa trovejando no salão.

Era um grito de medo, de dor, de desespero, como o rugido de um animal selvagem e solitário no momento do enfrentamento com seu predador.

Araci direcionou os olhos para a entrada e vislumbrou uma silhueta masculina curvada e cambaleante emergir em meio às brumas da chuva forte e cruzar o portal que precedia o vestíbulo. Araci recuou dois passos, enquanto via seu chefe de segurança irromper no salão em zigue-zague, as pernas trôpegas, quase fora de controle, a cabeça e o casaco molhados pela chuva.

Nivaldo carregava uma expressão desfigurada de terror e agonia no rosto. Ele parecia completamente fora de si, como se o corpo tivesse sido tomado por algum espírito baixo. Com as mãos agarradas na gola do casaco, ele correu pelo corredor que dividia a plateia ao meio, fazendo as pessoas se levantarem sobressaltadas, mais intrigadas do que assustadas. Olhando fixamente para Araci, ele jogou-se sobre a base da tribuna, as mãos agora para o alto como numa súplica e soltou um novo grito, ainda mais estridente.

Petrificada e sem entender nada, Araci aproximou-se dele a tempo de ouvi-lo dizer:

— Perdoe-me, dona Araci. Agora eles estão mortos, meu Deus! Eles estão mortos!

Fartos fios de lágrimas escorriam de seus olhos vermelhos. Araci perguntou, agoniada:

— Eles quem?! Eles quem?!

Nivaldo soltou um gemido abafado e foi escorregando pelo chão, os olhos agora fechados até tombar de barriga para baixo sobre o carpete. Só aí Araci pôde ver duas perfurações abertas nas costas do grosso casaco dele. Lutando contra o próprio pânico, ela pulou de qualquer maneira do estrado e caiu de mau jeito no chão. O salto de um de seus sapatos se partiu e provocou uma forte torção no pé direito, que pareceu girar cento e oitenta graus, causando uma dor violenta que se irradiou quase até o joelho. Araci, no entanto, não parou e, resmungando coisas sem nexo, ajoelhou-se ao lado de Nivaldo, tomando seu rosto nas mãos.

Atraídos pelo barulho, Bartô e Emílio retornaram ao salão e deram de cara com a cena: os espectadores do leilão amontoados em círculo em torno de Araci que, desesperada, sacudia o segurança desfalecido, gritando seu nome repetidas vezes, tentando, em vão, reanimá-lo.

Eles aproximaram-se no momento em que Araci suspendia o casaco de Nivaldo para revelar a camisa branca dele encharcada de sangue. Ela soltou um grito e abraçou-se a Bartô. Emílio segurou o pulso esquerdo do segurança e teve a confirmação: Nivaldo acabara de morrer.

Araci não entendia como isso pudera acontecer. Nunca a Casa Quintanilha estivera tão fortemente vigiada como naquela noite. E o que Nivaldo quisera dizer com "Perdoe-me, dona Araci. Agora eles estão mortos!"? Eles, quem, estavam mortos?

O leilão estava arruinado. Um assassinato em plena Casa Quintanilha... Os jornais não iriam poupá-la. Com tantas testemunhas importantes presentes, não haveria nenhuma chance de abafar o escândalo. Como iria encarar as pessoas daquele dia em diante? Nunca uma casa de leilões no Rio de Janeiro fora palco de um atentado e de um homicídio num intervalo de menos de vinte e quatro horas. Sua credibilidade, é claro, sairia arranhada, e ela começava a prever dificuldades em captar peças e atrair compradores para futuras licitações.

Logo, um grupo de cerca de dez policiais entrou no salão, posicionando-se estrategicamente perto das portas. Um deles aproximou-se do cadáver e, como que lendo os pensamentos de Araci, adiantou-se, antes que ela se pusesse a alvejá-lo com uma saraivada de perguntas desencontradas:

— Eu sinto muito, dona Araci. Não pudemos evitar. Um carro passou a toda aí em frente e disparou contra seu segurança, quando ele voltava da rua. A arma devia estar equipada com um silenciador, pois não se ouviu o som dos tiros.

Até então ajoelhada, Araci levantou-se com alguma dificuldade do chão, sentindo a dor no pé direito aumentar a um nível quase insuportável.

— Como assim "quando ele voltava da rua"? — perguntou ela, intrigada. — Ele tinha saído?

O homem da polícia respondeu:

— Ele disse que a senhora pediu para ele levar uma encomenda a um comprador que estava num carro na esquina com a Real Grandeza, acompanhando o leilão pelo telefone, e que voltaria logo.

Araci não o mandara a parte alguma. Instantaneamente, ela começou a deduzir o que podia estar acontecendo.

— O senhor viu se ele carregava alguma coisa ao sair? — ela perguntou.

O policial fez que sim com a cabeça.

— Uma caixa de papelão.

— De que tamanho?

O homem soltou o ar dos pulmões, como que prevendo o impacto do que iria dizer:

— Do tamanho de um quadro.

Araci encarou-o, em total assombro. Custava a acreditar que Nivaldo, que trabalhara para ela por tantos anos e sempre fora uma pessoa de sua total confiança, pudesse ser cúmplice no roubo de um quadro do leilão. Mas o policial não tinha por que mentir. Tudo levava mesmo a crer que Nivaldo tinha levado *O Véu* até um receptador. E que, este mesmo receptador ou alguém ligado a ele, o matou momentos depois a bordo de um automóvel em fuga furiosa.

Algumas pessoas se retiravam da casa, escoltadas por Emílio que, com o máximo de delicadeza, conversava com elas, desculpando-se e minimizando o ocorrido. Já quase não restava ninguém no salão. Um policial apareceu com uma vela para colocar ao lado do morto, mas, Araci, que considerava velas um chamariz para espíritos baixos em busca de iluminação, ameaçou expulsá-lo caso ele a acendesse.

Bartô aproximou-se por trás de Araci e apertou sua mão à dela.

— Eu e seu pai vasculhamos todo o depósito. *O Véu* foi mesmo roubado... — falou ele.

Araci comprimiu os lábios pesarosamente e, apontando para o corpo de Nivaldo, murmurou com a cadência lenta de alguém à beira da exaustão total:

— Não está vendo? Trataram de silenciar o ladrão antes que ele tivesse chance de abrir a boca.

Depois que a última pessoa presente ao leilão foi embora, Araci retirou-se, mancando, para o escritório e lá ficou em silêncio por um tempo indefinido, enquanto Bartô e Emílio encarregavam-se, junto à polícia, da remoção do corpo de Nivaldo para o Instituto Médico Legal. Ela falaria com o inspetor Filizola amanhã bem cedo, antes mesmo de o dia firmar. Precisava descobrir qual o grau de envolvimento de Alejandro Aguirre em todos aqueles acontecimentos. E se, por um acaso, não seria ele o assassino de Nivaldo e, consequentemente, o receptador de *O Véu*.

Primeiro, o atentado e as pichações. Agora, o roubo do quadro e o assassinato de seu funcionário. Tinha de haver alguma lógica naquilo tudo. Araci ficou um longo tempo parada, pensativa, tentando definir seus pensamentos e recobrar o controle. Cada vez ela entendia menos e se assustava mais.

- 6 -

Densas nuvens cinzentas, levadas pelos ventos de grande altitude, deslocavam-se lentamente sob o céu de uma manhã que se arrastava. De vez em quando, elas entreabriam pequenas fendas através das quais pálidos feixes de luz solar infiltravam--se por poucos instantes antes de desaparecer novamente. Da janela do hotel, Mohsen Khajepour observou com alguma melancolia a baía recoberta pela neblina, o mar agitado arrebentando nos costões, e ajeitou os óculos umedecidos pela maresia. Estava mais calmo do que na noite anterior, embora continuasse tenso. A repercussão que *O Grande Perjúrio* vinha alcançando na Europa o surpreendera. Ele fora ousado em suas críticas ao regime iraniano e à forma como os radicais interpretavam os dogmas do islamismo. Com certeza, muitos sacerdotes muçulmanos, dentro e fora do Irã, se irritariam com o livro, caso se dessem o trabalho de lê-lo. O livro tivera a grata função de acabar com a reputação de Khajepour como um intelectual excessivamente ligado à religião, dando-lhe uma imagem de moderação, que fez seu prestígio crescer ainda mais nos círculos cultos da Europa.

Diferentemente de seus livros anteriores, que atacavam o distanciamento entre fé e política, *O Grande Perjúrio* tomava a direção oposta, ao criticar a supremacia da fé sobre a política. Em linhas gerais, o livro usava o Irã como exemplo e fazia uma radiografia crítica do país pós-revolução islâmica. Valendo-se de uma argumentação sagaz e irônica, Khajepour enumerava as razões que o levavam a não aceitar que a religião estivesse acima do Poder do Estado, como era o caso do Irã. Ele dizia que a religião era fundamental para o bom funcionamento de um governo, mas jamais poderia sobrepor-se a ele, pois, fatalmente, afundaria a vida política na irracionalidade.

No capítulo mais contundente do livro, Khajepour comparava os aiatolás iranianos aos antigos líderes das nações comunistas do leste da Europa. Ele afirmava que, do mesmo modo que os comunistas usaram a ideologia marxista para ludibriar e explorar o povo, enquanto viviam faustosamente em seus palácios, usufruindo de todas as benesses capitalistas, os líderes islâmicos usavam o mesmo expediente, só que se valendo da religião. Se *O Grande Perjúrio* não chegava a tornar Khajepour candidato a uma *fatwa* — a condenação sagrada à morte —, certamente despertaria a fúria do governo do Irã, que poderia até proibir o professor de entrar no país.

Mas não era essa a preocupação dele naquele momento.

Khajepour olhou as horas: quase meio-dia. Fechou a janela e tornou a se sentar na escrivaninha. Retomou a leitura do *Le Monde*, cujo exemplar tinha solicitado, uma hora antes, na recepção. Uma manchete na primeira página falava sobre as suspeitas de desvio de dinheiro em setores isolados da administração pública iraniana, que começaram a ser levantadas duas semanas antes por membros do Conselho da Resistência Iraniana, notórios opositores ao governo islâmico. Numa extensa reportagem, um analista político especializado em Oriente Médio alertava para o risco de eclosão de uma grande comoção popular no Irã, quando viessem à tona os detalhes do esquema de corrupção, os nomes dos envolvidos e o montante de dinheiro subtraído dos cofres públicos. E tudo levava a crer que era muito dinheiro.

Na página seguinte, um jornalista falava da suposta volta à atividade da Azadi e questionava por que os governos ocidentais ainda não estavam empenhando-se de fato na localização e na captura de Umm al-Hakika. Vários indícios apontavam que a misteriosa líder da Azadi estaria vivendo na Europa e que o recente assassinato na Inglaterra de Nasser Shiravi, antigo membro da organização, fora uma evidência irrefutável de que a Azadi estava bem aparelhada e totalmente apta a voltar à ativa quando lhe conviesse.

Khajepour fechou o jornal bruscamente. Não imaginava de onde teriam partido aqueles boatos sobre o paradeiro de Umm al-Hakika, mas não gostava nem um pouco de saber que havia alguém agindo na surdina, espalhando histórias por aí. Isso não podia ser obra da CIA e nem do M16, o serviço de inteligência britânico. Eles não seriam irresponsáveis a ponto de levar medo a populações inteiras, quando não havia nada de realmente concreto para combater, apenas indícios. Não fazia sentido. Khajepour perguntava-se, então, quem estaria por trás desses rumores e o que pretendia ganhar com eles.

Será que era quem ele estava pensando?

Essa dúvida o atormentava e, por um momento, Khajepour teve medo. Alguém estaria à espreita nas imediações do hotel, acompanhando seus passos? Estaria ele próprio correndo algum risco iminente?

Os olhos de Khajepour tremeram. Umm al-Hakika não podia estar agindo. Não podia! Aquilo tinha de ser um blefe.

Mas e se não fosse? E se ela existisse realmente e, o que era pior, fosse quem ele estava imaginando? Seria tarde demais para reagir?

Ele pensou melhor, com mais calma. Não, isso era impossível. Umm al-Hakika não podia existir. Não havia como. Ela não teria como arquitetar tudo, afinal de contas....

Ou teria?

Angustiado, Khajepour vestiu um paletó e foi almoçar. Na

recepção, recebeu um recado de Reinaldo Camargo Branco, convidando-o para um encontro, às dezesseis horas, na sede da editora Boavista, onde o professor conheceria os últimos detalhes relacionados à conferência de logo mais.

O dr. Gholam, por sua vez, não estava no hotel. Havia saído cedo, sem dizer para onde iria. Khajepour guardou o recado no bolso e seguiu, contrariado, para o restaurante. Detestava almoçar sozinho.

* * *

Com o pé direito enfaixado por conta da violenta torção de ontem e, segurando uma elegante bengala com castão de prata, Araci acenou para Emílio quando ele entrou no grande salão da Casa Quintanilha. Passava um pouco das dezesseis horas. Sentada, sozinha, numa das poltronas do leilão que não haviam ainda sido recolhidas de volta ao depósito, a leiloeira estava com o pé comprometido estendido para frente. Nos fundos do salão, a tribuna permanecia intocada sobre o estrado, do jeito que fora deixada ontem à noite.

Ela pediu ao pai para se sentar, indicando a poltrona ao seu lado. Emílio tinha estado por uma hora na delegacia de Botafogo, conversando informalmente com o delegado, e retornava agora. Dali a pouco, às dezesseis horas e quarenta minutos, Araci se encontraria com o inspetor Filizola na frente do edifício de Alejandro Aguirre, no largo dos Leões. Seria a derradeira tentativa de confrontá-lo e obter dele alguma confissão que esclarecesse tudo o que estava acontecendo.

— Alguma notícia do quadro, papai? — perguntou Araci, desanimada. O sumiço de *O Véu* não lhe saía da cabeça.

Emílio meneou a cabeça:

— Por enquanto, não. Mas as buscas continuam.

Araci e Emílio tinham passado a manhã examinando a bela e misteriosa tela roxa que aparecera no lugar de *O Véu* durante o pregão e encontraram, na parte de trás, uma pequena etiqueta onde se lia, escrito à mão: "Jinet Fakour". Fizeram uma busca pela internet e descobriram que Jinet Fakour era uma pintora iraniana. Algo bastante sugestivo. Um quadro de uma pintora iraniana é colocado estrategicamente no lugar de outro, retratando uma mulher muçulmana, uma pintura que tanto alvoroço causou nos países islâmicos, incluindo o Irã. A quem ele pertenceria? E por que razão alguém se dera o trabalho de levá-lo à Casa Quintanilha e colocá-lo numa moldura para ser exibido no leilão, quando teria sido muito mais fácil simplesmente roubar *O Véu*, enfiá-lo num saco e ir embora depressa?

Emílio desabotoou o paletó e retirou um papel dobrado de dentro dele.

— A polícia fez um levantamento da vida de nosso chefe da segurança, morto ontem aqui nesta sala, e descobriu algumas coisas inusitadas — ele pôs os óculos de leitura e pousou os olhos no papel: — Você sabia que Nivaldo tinha dois netos que foram sequestrados?

Araci assustou-se:

— Sequestrados?

— Sim. Há duas semanas. Eles foram mortos ontem à tarde no cativeiro.

Araci teve um estalo. Na mesma hora lhe vieram à mente a imagem de Nivaldo correndo desnorteado e aos prantos pelo salão da Casa Quintanilha durante o leilão, depois de haver sido baleado: "Perdoe-me, dona Araci. Agora eles estão mortos, meu Deus! Eles estão mortos!", "Eles quem?! Eles quem?!", Araci lembrava-se de ter perguntado, aflita. Eram os netos dele que estavam mortos e, de alguma forma, Nivaldo ficou sabendo disso naquela hora. Talvez por intermédio da mesma pessoa que o baleou.

Ela perguntou, levando a mão ao queixo:

— Por que alguém sequestraria e mataria dois familiares

de um homem humilde, que trabalhava como segurança? Nesse caso, em particular, acho que tenho a resposta.

— Para fazer chantagem.

— Exatamente. Talvez tenha sido por isso que Nivaldo concordou em agir contra nós. Ele era a pessoa ideal para trabalhar como agente avançado dentro da Casa Quintanilha. Era um funcionário de nossa total confiança e, por conta disso, podia agir livremente, sem ser importunado. E foi justamente o que aconteceu.

— Ele deve ter descoberto que os netos estavam mortos e decidiu abrir o jogo conosco. O assassino percebeu e achou melhor matá-lo depressa. Nivaldo era um arquivo vivo.

Araci espiou o relógio. Dezesseis e trinta. Apoiada na bengala, ela pôs-se de pé com alguma dificuldade. Sentia uma dor incômoda no pé direito, que se irradiava pela canela até quase o joelho.

— Está na hora de eu ir — ela disse. — O inspetor já deve estar à minha espera. Você fecha a casa, papai?

Emílio balançou a cabeça e levantou-se também.

— Não estou gostando nadinha dessa sua ideia de ficar cara a cara com esse tal de Alejandro. Tome cuidado, minha filha.

— Não se preocupe, papai. O inspetor estará comigo.

— Mesmo assim, tome cuidado — ele sorriu afetuosamente. — Boa sorte.

Araci despediu-se e desceu para o jardim, saindo para a rua. O tempo seguia nublado e frio, mas, felizmente, não estava chovendo. Lentamente começava a escurecer e em menos de meia hora seria noite fechada. Araci foi caminhando a pé pela rua São Clemente até o largo dos Leões. Ela andava devagar, usando um sapato baixo, e procurava encostar o mínimo possível o pé direito no chão, obedecendo às recomendações do ortopedista com quem estivera pela manhã, num consultório perto de casa. Os exames, feitos lá, acusaram uma pequena lesão no tendão de aquiles e por quinze dias Araci ficaria com o pé parcialmente imobilizado. Apesar do desconforto de ter de usar uma bengala durante esse tempo, ela dava graças a Deus de, pelo menos, não precisar enfrentar uma cirurgia.

O inspetor Filizola estava à sua espera no lugar combinado, ao lado da banca de jornais que ficava em frente ao edifício de Alejandro. Ele foi logo dizendo, como se estivesse desculpando-se:

— Deixei homens de vigília aqui o dia todo. Alejandro Aguirre não entrou nem saiu do prédio.

Araci olhou para a fachada do edifício, para o quarto andar onde ficava o apartamento de Alejandro, e falou ao inspetor:

— Vamos subir. Ele deve estar em casa.

— Não seria melhor chamar meus homens? Pode ser arriscado enfrentar um elemento suspeito dentro do apartamento dele.

Araci balançou a cabeça negativamente. Havia pensado muito sobre isso e, surpreendentemente, não sentia medo algum naquele momento.

— Esse homem me deve explicações. Vamos subir. Se houver alguma tentativa de agressão, o senhor lhe dá voz de prisão e fica tudo resolvido.

Araci e o inspetor dirigiram-se à entrada do edifício, onde o zelador conversava despreocupadamente com um rapaz montado numa bicicleta, sobre a partida de futebol que aconteceria à noite entre Vasco e Botafogo, no Maracanã.

— Boa tarde — Araci dirigiu-se ao zelador, que não era o mesmo da outra vez em que ela visitara o prédio. — O senhor sabe se o sr. Alejandro Aguirre está em casa?

— Não sei, não, senhora. Meu turno começou faz só meia hora. Posso interfonar para lá. Qual seu nome?

Em vez de responder, Araci lançou um olhar para o inspetor que puxou uma carteira do casaco, exibindo ao zelador suas credenciais de policial. O zelador entendeu no ato e, apavorado, abriu logo a porta para eles entrarem.

— Bem... seu Alejandro nunca atende o interfone — ele disse, quase atropelando as palavras. — É um cara esquisito, sabem?

— Sabemos — concordou o inspetor, com um sorrisinho. — Nesse caso, acho que podemos subir direto, não é?

O zelador indicou o elevador, que estava parado no último andar. Araci pressionou o botão no painel. Uma gota de suor brotou de sua testa e ela a deteve antes que escorresse para a sobrancelha. A mão direita, retesada e gelada, agarrava-se à bengala com força. O elevador chegou. Eles entraram. A porta se fechou lentamente. Agora faltava pouco.

Encontraram o quarto andar escuro e silencioso. Nenhum ruído proveniente dos apartamentos, nenhuma vibração, nenhuma voz, nada. Era como se estivessem vazios. Araci apertou a campainha do 402 e esperou, aflita. Passaram-se dois minutos angustiantes até ela decidir tocá-la novamente. Impaciente, Araci encostou o ouvido na porta, na tentativa de escutar um barulho qualquer que indicasse a presença de alguém ali dentro. Enquanto isso, o inspetor Filizola abaixava-se para observar pela fresta sob a porta e tentar flagrar um movimento qualquer de sombras ou reflexos de pés no assoalho do apartamento. Mas estava tudo escuro e parado.

Araci tentou a campainha uma terceira e última vez. Esperaram mais cerca de três minutos até ela declarar, frustrada e contrafeita:

— Ele não está. Estamos perdendo nosso tempo aqui.

Araci teve, então, a certeza de que Alejandro era muito mais esperto do que ela supunha e, na certa, já tinha se antecipado aos movimentos dela e abandonado o apartamento antes que tivesse a mais remota possibilidade de ser capturado. Eles tomaram novamente o elevador, que continuava parado no quarto andar, e voltaram ao térreo.

Despediram-se do porteiro e, ao ganharem a rua novamente, a tarde já havia virado noite. Araci levantou a cabeça para observar uma última vez o prédio. As janelas do quarto andar estavam às escuras. Nada garantia que Alejandro não estivesse realmente em casa, mas Araci não se sentia disposta a insistir, pelo menos por hoje. Mesmo com o desejo incontrolável de arrancar daquele homem as respostas para todas suas dúvidas, concluiu que seria perda de tempo insistir por hoje.

Apoiada na bengala, ela despediu-se do inspetor e atravessou a praça, fazendo sinal a um táxi para ir para casa. O inspetor, por sua vez, afastou-se a pé de volta à rua São Clemente.

* * *

Cerca de dez minutos depois, Alejandro Aguirre saiu do edifício e entrou num Honda prateado, parado em meio a uma fileira de carros junto à calçada. Sua aparição foi devidamente registrada pelas lentes de longo alcance de dois homens de terno escuro, acomodados num carro poucos metros atrás do Honda. As mesmas lentes, momentos antes, também flagraram Araci Quintanilha deixando a portaria, fato que mereceu um comentário por escrito, em francês:

> *A leiloeira Araci Quintanilha, acompanhada de um homem, saiu do edifício do traidor às dezessete horas e cinco minutos. Não sabemos o horário em que ela entrou nem o tempo em que esteve lá, já que só chegamos às dezessete horas. Mas isso pode confirmar certas suspeitas de que ela, de fato, também possui as informações.*

-7-

Eram dezessete horas e quinze minutos quando Mohsen Khajepour deixou o escritório da editora Boavista e desceu pelo elevador da ala A do Centro Empresarial Rio. O céu estava escuro e, com o fim do expediente, um grande número de pessoas deixava o edifício. O professor concluiu que ainda tinha tempo e decidiu gastar alguns minutos no restaurante Negresco, que ele tanto apreciara na visita que fizera ontem, na hora do almoço.

Embora estivesse aberto para jantar desde as dezessete horas, o Negresco encontrava-se vazio. Os clientes só costumavam chegar a partir das dezoito horas e trinta minutos. Bartô Saraiva comandava a arrumação das mesas quando viu Khajepour empurrar a porta e entrar. Ele foi cumprimentá-lo.

— Estou saindo daqui a pouco para o lançamento do livro e a palestra — disse Khajepour, em francês, enquanto apertava a mão de Bartô. — Estive até agora há pouco com Reinaldo Camargo Branco na editora e, ao sair, decidi fazer-lhe uma visita. Espero que não se importe.

— De maneira alguma, professor. É um prazer — Bartô puxou uma cadeira para ele se sentar. — Deseja beber alguma coisa?

— Para ser sincero, não. Tenho pouco tempo. Um carro vem me buscar às dezessete horas e trinta minutos.

Bartô conferiu no relógio de pulso e disse, sorridente:

— Ainda faltam dez minutos. Vou pedir ao garçom para trazer um suco de melão. Dá tempo de o senhor tomar com calma e adoçar a garganta antes de sair.

Bartô fez o pedido ao primeiro garçom que apareceu e sentou-se à mesa com o professor. O suco não demorou a vir e, enquanto bebia, Khajepour contou um pouco a Bartô sobre sua carreira acadêmica, seus planos para os próximos meses e, também, falou rapidamente do apartamento onde morava, na arborizada Rue Jean Sénebier, próximo à universidade e ao centro de Genebra.

— Fale-me do livro que o senhor vai lançar hoje. Qual o tema?

— É uma análise do atual regime político no Irã. Eu sou iraniano e não vejo com bons olhos a maneira como meu país vem sendo governado. Defendo que a religião deve ter um papel fundamental na sociedade e na política, mas não posso aceitar que ela determine a lei e tenha poderes ilimitados sobre a administração pública. Eu, como intelectual, me sinto na obrigação de alertar para o que está errado, mesmo que o resultado disso seja acanhado.

— Reinaldo me falou que esse livro vendeu milhares de cópias na Europa. Não creio que isso seja um resultado acanhado.

Khajepour encolheu os ombros.

— Pode ser. Mas não basta que as pessoas concordem comigo. Alguma coisa concreta precisa ser feita para tornar o mundo um lugar mais humano para se viver.

— O senhor acredita que isso seja possível?

Khajepour olhou as horas: dezessete horas e vinte e nove minutos.

— Se eu não acreditar, não tenho por que lutar. Mas o acaso às vezes nos traz boas surpresas — ele levantou-se e estendeu a mão para despedir-se de Bartô. — O senhor foi muito gentil. É uma pena que eu não possa ficar mais.

— Apareça sempre que quiser.

Um Khajepour mais compenetrado saiu do restaurante e andou com passos lentos e pesados em direção à avenida da praia, onde uma fileira de ônibus e táxis achava-se parada junto à calçada, embarcando e desembarcando passageiros. Um vendaval frio soprava do mar, gelando as orelhas e a ponta do nariz. O professor desceu com cuidado os degraus molhados até a calçada e olhou para a esquerda. Um Honda prateado se aproximava.

Naquele instante, enquanto retirava a jarra e os copos de suco da mesa, Bartô notou um guarda-chuva pendurado no espaldar da cadeira onde Khajepour estivera sentado. Na pressa de ir embora, o professor o esquecera ali. Mas como ele saíra havia menos de um minuto, talvez ainda desse para alcançá-lo. O tempo andava instável e um guarda-chuva, certamente, faria falta.

Bartô abriu a porta do restaurante e apertou o passo até a calçada. Esticou o olhar e avistou a silhueta de Khajepour de pé no meio-fio, enquanto um carro prateado, um Honda, encostava logo atrás do ponto de ônibus. Dois rápidos toques de buzina fizeram-se ouvir em meio ao tráfego intenso da praia. Bartô parou antes de descer os degraus. Viu alguém acenando do interior do veículo para o professor, uma mão masculina. Khajepour aproximou-se do carro, enquanto a porta traseira se abria, descia um homem de estatura média, vestido com um jeans surrado e uma jaqueta de couro; ele tinha os cabelos escuros, fartos e levemente desgrenhados, agitando-se ao sabor do vento. Khajepour perfilou-se na frente do homem, encarando-o silenciosamente. Bartô esticou um pouco mais os olhos e arrepiou-se ao lembrar-se do vídeo que assistira ontem na Casa Quintanilha, a imagem do circuito interno de segurança capturada no elevador do prédio do largo dos Leões, o momento em que o homem que subia solitário para seu apartamento tirou a boina e passou as mãos nos cabelos, exasperado, parecendo respirar fundo. Não havia dúvidas.

Alejandro Aguirre. Aquele era Alejandro Aguirre. E ele havia acabado de abrir a porta do carro para o professor Khajepour.

Horrorizado, Bartô viu quando o professor sentou-se no banco traseiro e Aguirre fechou a porta, tomando seu lugar ao lado do motorista.

Com o guarda-chuva na mão, Bartô desceu os degraus, afoito. Khajepour poderia estar correndo perigo. Pensou em anotar a placa do carro, mas estava sem papel e caneta e também não teve tempo de memorizá-la, já que o Honda arrancou com velocidade pela avenida, seguindo sempre em frente até sumir lá adiante, em meio ao fluxo intenso de veículos.

Um alerta disparou na cabeça de Bartô. Khajepour faria uma conferência dali a pouco, às dezoito horas e trinta minutos, e a lógica dizia que, naquele momento, ele estava a caminho do evento. Mas Bartô não conseguia digerir o fato de o professor estar num carro com um homem como Alejandro Aguirre. Ele precisava ter certeza de que Khajepour estava a salvo, embora intimamente já começasse a pressentir o pior.

- 8 -

O salão de conferências do Palácio Gustavo Capanema situava-se no mezanino do imponente prédio modernista. O mezanino era uma área ampla, arejada, agradável, envidraçada em quase todo o perímetro, de onde se descortinava uma belíssima vista da igreja de Santa Luzia, dos fundos do palácio *art déco* do antigo ministério do Trabalho e toda a extensão do jardim ao redor do prédio, pontilhado por palmeiras e por murais de azulejos de Portinari e esculturas de Bruno Giorgi.

Era significativa a afluência de público no auditório. A presença de um intelectual iraniano não era frequente na cidade e muita gente entendeu que a oportunidade não poderia ser desperdiçada. A palestra de Khajepour e os autógrafos de seu livro *O Grande Perjúrio* abririam três dias de um ciclo de debates sobre o Irã, sua história e suas perspectivas com as eleições presidenciais de sexta-feira.

Folhetos explicativos contendo uma biografia resumida do professor e um breve apanhado da história recente do Irã eram distribuídos na entrada do auditório, junto com aparelhos de tradução simultânea, para aqueles que não entendiam francês. Caberia ao idealizador e organizador do evento, o editor Reinaldo Camargo Branco, fazer as apresentações e primeiras considerações para, em seguida, passar a palavra a Khajepour. Os autógrafos do livro aconteceriam logo após a palestra, prevista para durar uma hora e meia.

Bartô Saraiva chegou ao palácio às dezoito horas e vinte minutos. Subiu a grandiosa escadaria em curva até o mezanino e cadastrou-se à entrada do salão, sentando-se numa fileira do meio. No palco estavam Reinaldo, testando os microfones, e três funcionários da editora empilhando os livros numa bancada.

Havia um nítido nervosismo em Reinaldo. Por três vezes ele saiu e voltou ao salão. Dialogava ansioso com algumas pessoas e, sem ter o que fazer, limitava-se a testar os microfones na mesa de dois em dois minutos. A inquietação no palco era contida, porém evidente.

Bartô fez menção de retirar-se momentaneamente a fim de conferir se Khajepour se encontrava em alguma outra dependência do palácio, mas desistiu quando uma bela jovem de aproximadamente trinta anos sentou-se ao seu lado, bloqueando com um par de pernas bem torneadas o já exíguo espaço entre as poltronas. Bartô pensou que seria embaraçoso pedir passagem para sua protuberante e indecente barriga a uma moça graciosa que mal acabara de se acomodar e, contrariado, voltou a se recostar.

Menos de dois minutos depois, Reinaldo Camargo Branco aproximou o rosto do microfone e comunicou, consternado, à plateia:

— Caros amigos, tivemos um contratempo lamentável. Nosso ilustre conferencista desapareceu.

* * *

Dois motoristas de táxi que faziam ponto diante do Centro Empresarial Rio afirmaram ter visto "o senhor de terno, óculos e barba branca entrar num carrão prateado depois que um homem de jaqueta preta lhe abriu a porta". Segundo os taxistas, o carro seguiu em frente, em direção ao Mourisco, percurso oposto ao do Palácio Gustavo Capanema.

Foi o que averiguou o gerente do Negresco, a pedido de Bartô. As informações não acrescentaram nada ao que o próprio Bartô havia testemunhado. Este agradeceu ao gerente e desligou o celular. Olhou à volta. O auditório ia esvaziando-se gradualmente. Ele respirou fundo e caminhou até o palco para relatar a Reinaldo o que acontecera. Naquele instante, Reinaldo tinha acabado de receber a informação de que Khajepour não voltara ao hotel. Dadas as circunstâncias e, sem ter como localizar o professor, ele não viu alternativa senão cancelar o evento e acionar a polícia.

Na mesma hora, viaturas foram destacadas para percorrer as ruas do Rio de Janeiro à procura de Mohsen Khajepour. Na zona sul da cidade, diversos automóveis prateados foram interceptados e revistados, mas nenhuma pista do paradeiro do professor e de seus sequestradores foi encontrada. Tudo parecia indicar que eles haviam deixado a cidade.

Apreensivo, Bartô saiu do palácio e voltou para o restaurante, onde permaneceu até bem depois da hora do fechamento. Chegou a dar um telefonema para Reinaldo, para saber se ele tinha notícias. Depois, ligou para Araci, para avisar que chegaria tarde, inventando que um grupo de estrangeiros aparecera no restaurante quando todos os demais clientes já haviam ido embora e que ele teria de ficar para atendê-los. Na realidade, Bartô preferia não encontrar Araci agora, pois ela perceberia, no ato, sua tensão, e ele se veria forçado a revelar que vira Alejandro Aguirre em pessoa entrando num carro com o professor Mohsen Khajepour, e que este sumira, deixando um auditório lotado à sua espera. Era mais prudente contar tudo a ela em outra hora, e Bartô ainda precisava imaginar de que maneira faria isso.

* * *

A NOITE passou depressa. Às sete horas e cinquenta minutos, Araci acordou e levantou-se da cama, vestindo um robe comprido sobre o pijama de flanela. Já com os cabelos penteados, ela abriu devagar a porta do quarto, onde Bartô ainda dormia, e foi tomar o café da manhã. Sobre a longa mesa Chippendale, havia de tudo: pães franceses, croissants e broas de milho, um pedaço generoso de queijo de minas, goiabada cascão, manteiga, geleia de cereja, peito de peru fatiado, pão de ló, uma jarra com suco de caju, e uma grande travessa redonda de prata com mamões papaia, maçãs, mangas, frutas-do-conde, bananas e ameixas.

Araci custara a conciliar o sono àquela noite e ainda sentia os efeitos do pesado tranquilizante que estava usando para dormir desde que começaram os preparativos para o último leilão. Ela sentou-se na cabeceira, enquanto a empregada trazia leite e café quentes e o jornal do dia. Colocou os óculos de leitura e correu os olhos distraidamente pela primeira página.

Foi quando uma manchete, pequenina, quase imperceptível, no canto inferior esquerdo atraiu sua atenção:

....

PORTEIRO É ENCONTRADO MORTO
EM PRÉDIO NO HUMAITÁ

....

Intrigada, Araci abriu o jornal na página onde estava a notícia completa e enregelou-se ao ver uma fotografia da fachada do prédio de Alejandro Aguirre ao lado de outra, menor, do porteiro que a recebeu lá, ontem à tarde. A reportagem dizia que o edifício fora invadido, "provavelmente no início da noite de ontem", numa suposta tentativa de assalto que, no entanto, não se consumou. Todo o circuito interno de segurança, incluindo as câmeras localizadas na portaria e no elevador, foi destruído, o que impossibilitou o registro de imagens. As análises preliminares indicavam que o porteiro, de 64 anos, morador de Nilópolis, casado e pai de dois filhos, teria sido estrangulado até a morte. O corpo foi encontrado dentro de um latão de lixo, na garagem do edifício, e levado para o Instituto Médico Legal.

Araci fechou o jornal abruptamente. De repente, perdera todo o apetite. O prédio do largo dos Leões fora invadido, o porteiro tinha sido assassinado... Tudo isso pouco depois de ela ter saído de lá. Talvez menos de meia hora depois. Os bandidos não deixaram pistas. Era óbvio que se tratava de uma eficiente gangue de profissionais, treinados para apagar todos os vestígios capazes de incriminá-los. E o que foram fazer lá? O jornal afirmava que nenhum apartamento havia sido assaltado. Mas era evidente que a invasão tivera um objetivo, e esse objetivo só podia ser Alejandro Aguirre.

Mas o que os bandidos queriam com Alejandro? Por que o estavam perseguindo?

Os pensamentos de Araci davam voltas. Teria esse incidente alguma relação com o atentado na Casa Quintanilha, com a morte de Nivaldo, com o desaparecimento de *O Véu*? O que mais iria acontecer? Araci sentia-se cada vez mais encurralada, como se um cerco estivesse se fechando. Ela não tinha armas para lutar nem sabia quem eram seus inimigos. Não era capaz de vê-los, eles eram invisíveis e implacáveis. Pareciam onipotentes, presentes por toda parte, seguindo cada passo seu, sempre preparados para desferir um ataque calculado, certeiro e devastador.

Ouviu, às suas costas, o telefone tocar. Olhou o relógio. Passava um pouco das oito horas. A empregada estava na cozinha, Bartô e Emílio continuavam dormindo e foi ela quem atendeu:

— Alô...

— *Madame Araci Quintanilha*?

Era uma voz masculina, falando em francês. Araci respondeu:

— *Oui. Elle même.* (Sim. Ela mesma.)

— *Oh, Dieu! Vous n'imaginez pas comme je suis heureux de finalement reussir à vous parler. Heureux et soulagé.* (Oh, Deus! A senhora não imagina como eu estou feliz de finalmente conseguir falar com a senhora. Feliz e aliviado.)

Araci gelou por dentro. A voz era baixa, ligeiramente rouca, algo hesitante. Tinha um quê de sombria. Araci não saberia dizer se pertencia a um homem de trinta ou de setenta anos.

— *Qui est à l'appareil?* (Quem está falando?)

— *Un ami.* (Um amigo.)

— Um amigo? — ela perguntou, ainda em francês.

— Sim. Sinto ter ligado a esta hora, mas o assunto é urgente. A senhora precisa saber.

Araci sentiu um calafrio.

— Eu preciso saber... do quê?

— Da missão. Ela não foi concluída. Os planos ainda se encontram em execução. Muitas pessoas estão caindo em desgraça esta semana, vítimas de atentados, sequestros... Estamos numa verdadeira semana negra. Ontem mesmo ocorreram mais incidentes, entre eles um assassinato.

Araci quase perdeu o ar. Fez um esforço para perguntar:

— Por que está me dizendo todas essas coisas?

— Porque o perigo aumenta a cada novo alvorecer. A senhora já foi alvo de dois atentados em menos de vinte e quatro horas. Sua vida foi preservada, mas apenas por enquanto. A senhora está na mira deles. A semana negra ainda não terminou. Eles irão procurá-la.

— Eles quem?

— Os terroristas. Eles querem sua cabeça e estão a poucos dias de consegui-la. A senhora esteve com o quadro nas mãos. O quadro nefasto, satânico que mancha de desgraça a imagem casta da mulher muçulmana. Está jurada de morte por causa disso. Precisa deixar o Rio de Janeiro imediatamente. Refugiar-se num lugar distante e seguro por um tempo, talvez um mês. Até lá, os ânimos já terão serenado e a história estará esquecida.

Araci chegou a ficar tonta com o impacto daquelas palavras. Sentou-se devagar na poltrona ao lado do telefone e tentou manter a calma.

— O senhor tem certeza do que está dizendo?

— Claro. Eu sei de toda a operação. Afinal, sou um deles.

— E por que, então, está me telefonando? Por que está me avisando?

— Porque não concordo com o derramamento de sangue inocente. A senhora é inocente e não merece pagar pelos erros dos outros. A senhora estava de posse do quadro, iria vendê-lo em leilão... E daí? Que crime há nisso? A senhora é leiloeira, vive de fazer leilões, é seu trabalho. Mora no Brasil, um país de maioria cristã. Não tem obrigação, por exemplo, de conhecer os dogmas e princípios do islamismo. Não precisaria saber que Lourenço Monte Mor pintou um quadro blasfemo para nós, muçulmanos. Eu tenho certeza de que a senhora é uma boa pessoa, uma pessoa de paz, que não ofenderia propositalmente nenhuma religião, nenhum povo... Seu sangue é inocente, e a inocência é sagrada. Eu me sentirei muito mal caso a senhora seja morta por meus companheiros e, por isso, eu lhe imploro: pelo amor de Deus misericordioso, fuja! Fuja enquanto é tempo!

Não estivesse tão apavorada, Araci até poderia ter se comovido com aquela declaração.

— Mas fugir para onde, meu senhor? — ela perguntou. — Que lugar seria seguro o bastante para me proteger desses terroristas?

— O mundo é um lugar inseguro. Mas existem algumas ilhas de segurança onde qualquer pessoa pode encontrar refúgio e proteção. Basta procurar com calma. Preciso desligar agora.

Araci sobressaltou-se.

— Não desligue ainda, por favor. Eu preciso saber de mais coisas. Quem são vocês? Por que estão matando todas essas pessoas? O que, exatamente, seu grupo planeja fazer contra mim?

— Pense no que eu falei, senhora. E lembre-se dessa ligação como o aviso de alguém que lhe quer bem.

Ele encerrou a ligação. Desnorteada, Araci deixou o braço pender para a frente, enquanto a mão amolecia involuntariamente e o telefone caía sobre o assoalho de madeira. Na penumbra da sala, a luminosidade pálida da manhã nublada se infiltrava por entre as frestas das cortinas fechadas. Araci ficou um longo tempo sentada no mesmo lugar, imóvel, enquanto a mente voava. Acreditava totalmente no que o homem lhe dissera. Estava jurada de morte. Precisava fugir. Rápido.

- 9 -

Atendendo a uma convocação de emergência, o dr. Gholam Mortezavi chegou à décima delegacia policial, na rua Bambina, em Botafogo, às nove horas e trinta minutos. Ele estava acompanhado de um intérprete recrutado às pressas por meio da gerência do hotel. Sua fisionomia transbordava tensão e alguma irritação. O delegado ofereceu-lhe uma cadeira e um copo d'água. Gholam respirou fundo várias vezes, afrouxou a gravata e desabotoou os primeiros botões da camisa. Aos poucos um leve rubor insinuou-se em sua face, atenuando o abatimento quase cadavérico.

O delegado declarou, com as mãos cruzadas sobre a mesa:

— Ainda não temos nenhuma notícia de seu amigo professor, antes que o senhor pergunte.

O intérprete traduziu para o francês a declaração do delegado. Gholam assentiu com a cabeça e comentou:

— Um homem da importância do professor Mohsen Khajepour não pode desaparecer assim, nessas circunstâncias. A polícia tem o dever de localizá-lo.

O delegado manuseou alguns papéis sobre sua mesa e arguiu, sem desviar os olhos:

— As informações que tenho aqui, dr. Gholam, dão conta

de que o senhor chegou ao Rio de Janeiro com o professor Khajepour e que o acompanhou praticamente o tempo todo em que estiveram na cidade. Por que, justamente na noite passada, a noite em que ele desapareceu, os senhores não estavam juntos?

— O que o senhor está tentando insinuar? — indagou Gholam, irritado.

— Nada. Foi apenas uma pergunta. Se o senhor puder respondê-la, eu agradeço.

— Por que não estávamos juntos? Porque não combinamos de estar juntos. Só por isso. Passei a tarde em meu quarto no hotel, preparando alguns itens de última hora para a palestra, repassando alguns textos, conferindo mais uma vez o cronograma do evento. O professor Khajepour podia fazer isso, mas eu achei melhor que ele tirasse o dia para relaxar. A palestra, em si, já seria bastante exaustiva. O professor fica ansioso quando fala em público. Ele me disse que passaria, à tarde, no escritório da editora que publicou a tradução de seu último livro no Brasil e que, de lá, iria diretamente para o local da conferência. Marcamos, então, de nos encontrar lá.

— Ele não disse ao senhor de que forma iria ao palácio ou se alguém o levaria?

— Acho que o próprio editor, Reinaldo Camargo Branco, se ofereceu para levá-lo.

— Pois não foi o que aconteceu — o delegado franziu a testa. — A polícia esteve com o sr. Reinaldo ontem e ele contou que o professor Khajepour lhe havia dito que o senhor passaria na editora para apanhá-lo, às dezesste horas e trinta minutos. Testemunhas presentes nas imediações do edifício afirmaram ter visto Khajepour entrar num carro prateado, provavelmente um Honda, que seguiu em frente pela praia de Botafogo. Ele pode ter entrado na rua São Clemente ou tomado o caminho da Urca ou de Copacabana.

Gholam mordeu os lábios.

— Eu não combinei nada com o professor de que iria

apanhá-lo. Volto a dizer: marcamos de nos encontrar diretamente no auditório.

— Quem estava no carro prateado, então?

Gholam encolheu os ombros, entreabrindo uma careta.

— Como vou saber, sr. delegado? Estou tão ou mais perplexo do que o senhor.

— Então, responda-me: onde o senhor estava e o que fazia no período entre dezessete e vinte horas de ontem?

— Passei a tarde sozinho em meu quarto no hotel. Quando faltavam mais ou menos vinte minutos para as dezessete horas entreguei a chave na recepção e tomei um táxi para o Palácio Gustavo Capanema. Chegando lá, fiquei aguardando pelo professor Khajepour no mezanino que dá entrada ao auditório. Como Khajepour não apareceu, telefonei para o hotel e me informaram que ele não tinha aparecido por lá.

— Quer dizer, então, que o senhor saiu do hotel faltavam vinte minutos para as dezessete horas? De lá, pode-se chegar ao Centro Empresarial em cerca de dez minutos se o trânsito estiver bom. Khajepour foi visto pela última vez às dezessete horas e trinta minutos. Tem certeza que foi mesmo um táxi que o senhor tomou na porta do hotel? Não teria sido nenhum carro prateado?

O rosto de Gholam fechou.

— Falando assim, o senhor me ofende.

— Ou será que, para obter um álibi, o senhor não saiu do hotel de táxi, passou no auditório justamente para que o vissem lá e embarcou, em seguida, no carro prateado a tempo de encontrar o professor na entrada do centro empresarial?

— O senhor tem uma imaginação muito fértil — disse Gholam, com sarcasmo. — Se as coisas aconteceram dessa forma, será que o senhor pode me explicar como eu consegui chegar aqui, na delegacia? Pergunto isso pois, se o carro prateado sumiu, seria bem mais lógico que eu tivesse desaparecido junto, não acha?

O delegado recostou-se na cadeira, parecendo pensativo. Gholam arrematou:

— Entenda uma coisa de uma vez por todas, sr. delegado: o professor Mohsen Khajepour é um grande amigo e um grande mestre — Gholam puxou um lenço do bolso do paletó e enxugou o rosto, suado de nervosismo. Suas mãos tremiam ligeiramente. — Eu não tenho nenhum interesse em fazer qualquer coisa contra ele. Se existe alguém nesse mundo aflito com isso que está acontecendo, esse alguém sou eu. Ninguém mais do que eu deseja ver o professor vivo, bem e seguro.

O delegado aquiesceu e, num tom mais brando, mudou o rumo do interrogatório.

— O senhor faz alguma ideia de quem poderia estar por trás de um eventual sequestro do professor?

Gholam pareceu pensar um pouco e respondeu:

— O último livro de Khajepour faz uma crítica feroz ao governo iraniano e ao uso da religião islâmica como instrumento de opressão do Estado. Isso pode ter incomodado algumas pessoas. É bom lembrar que na sexta-feira os iranianos vão eleger um novo presidente. O poder poderá mudar de mãos.

— O senhor está insinuando que Mohsen Khajepour estaria refém de extremistas ligados ao Irã?

Gholam olhou demoradamente para o delegado, antes de responder com firmeza:

— Não estou insinuando nada. Tire suas conclusões.

* * *

ARACI ESTAVA em seu escritório, na Casa Quintanilha, sentada em frente a Bartô e Emílio, quando a chegada do inspetor Filizola foi anunciada. Ao entrar, ele encontrou Araci com a fisionomia contrita e pesada, de quem havia muito não sabia o que era paz.

Emílio indicou uma cadeira e Filizola sentou-se, comentando com uma cordialidade levemente sarcástica.

— Não sabia que a Casa Quintanilha abria nos feriados...

O inspetor se referia ao Corpus Christi que estava sendo celebrado naquele dia 11. Araci respondeu, após um suspiro apático.

— Os lotes leiloados anteontem estão sendo retirados pelos arrematantes. É um bom motivo para trabalhar, concorda?

Mesmo sentindo que o inspetor ficara meio sem graça, Araci não lhe deu tempo de argumentar nada e disse, antevendo o que ouviria em resposta:

— Acho que não preciso perguntar se tem novidades, inspetor.

Filizola acenou com a cabeça.

— A senhora já deve ter sabido da morte do porteiro do prédio no largo dos Leões. E do sequestro também.

Araci fitou-o interrogativamente.

— Sequestro? Não soube de nenhum sequestro.

— Pensei que seu marido lhe tivesse contado...

Araci voltou-se para Bartô.

— Contado o que, Bartô? Que história é essa de sequestro?

Embaraçado, Bartô coçou o bigode, alternando o olhar entre Araci e o inspetor.

Filizola continuou:

— Um professor iraniano que veio ao Rio dar uma conferência e lançar um livro foi sequestrado. O nome dele é Mohsen Khajepour.

Araci alteou as sobrancelhas.

— Não diga. Quando aconteceu?

— Ontem — respondeu Bartô. — Em frente ao meu restaurante. Ele entrou num carro prateado. E quem abriu a porta para ele foi...

Araci fitou o marido em expectativa:

— Foi?

— Foi o Alejandro Aguirre.

Araci levou as mãos à boca, em choque.

— Aconteceu mais ou menos às dezessete horas e trinta minutos, quando o professor saiu lá do restaurante — complementou Bartô. — Hora em que, segundo a polícia, teria havido a invasão ao prédio do Alejandro, que terminou com a morte do porteiro.

Emílio perguntou:

— A polícia já tem alguma pista do professor ou do carro?

— Por enquanto, acho que ainda não — respondeu o inspetor. — Pelo menos, eu não soube de nada.

— Um professor iraniano sequestrado... É algo que dá o que pensar — Araci mordeu os lábios, angustiada. — Vejam só: Alejandro Aguirre estava rondando a Casa Quintanilha quando houve o atentado na segunda-feira. Aquelas palavras que apareceram pichadas falando em vingança estavam em persa, a língua do Irã. O quadro que foi posto no lugar de *O Véu* na noite do leilão foi pintado por uma artista iraniana. E, agora, Alejandro Aguirre se envolve no sequestro de um iraniano, justo um iraniano.

— Você está achando que pode haver alguma ligação entre o sequestro do professor e os incidentes aqui na Casa Quintanilha? — indagou Emílio.

— É claro. Todos esses acontecimentos devem ter uma origem comum, uma origem que nós desconhecemos.

— Não vejo como, Araci — disse Bartô. — A vinda desse professor ao Brasil nada teve a ver com o leilão de *O Véu*. O professor viajou ao Brasil por intermédio da editora de Reinaldo para lançar um livro e dar uma palestra. A venda do quadro foi acertada entre você e Aníbal. O fato de as duas coisas terem acontecido numa semana é só uma coincidência.

— Não se esqueça de que Aníbal viajou para a Espanha há mais de uma semana e não deu mais notícias.

Bartô parou bruscamente.

— É, isso lá é verdade. E eu ainda não tinha parado para pensar por que Aníbal fez isso. Você tem falado com ele?

— Não. Ele não nos procurou desde que viajou e eu não sei como localizá-lo. O silêncio dele está começando a me preocupar. O atentado de segunda-feira saiu em todos os jornais. Todos os jornais. Duvido que Aníbal, bem informado como é, não tenha sabido de nada. Em circunstâncias normais, ele já teria me telefonado, nem que fosse para saber como foi o leilão — o rosto de Araci assumiu uma expressão sombria. — Minha nossa, esta semana está sendo um caos e tudo por culpa de um maldito quadro que pertence a Aníbal. É muito estranho ele não ter feito nenhum contato, vocês não acham?

— Por que você resolveu tocar nesse assunto agora, minha filha? — perguntou Emílio, subitamente. — O que a viagem de Aníbal tem a ver com o que nós estávamos falando?

— Apenas estou intrigada com o silêncio dele. Eu conheço Aníbal. Ele é um homem melancólico, mas é muito atencioso. O fato de ele não ter feito mais contato desde que viajou é muito anormal. Não combina com ele.

Os olhos de Bartô se estreitaram e ele resolveu falar algo que estava atravessado na garganta desde cedo:

— O que está me soando anormal é esse seu nervosismo. Desde cedo que venho reparando em você, Araci. Você está agitada demais, irritada demais. Aconteceu mais alguma coisa para te deixar assim?

A pergunta a fisgara de jeito, Araci não conseguiu disfarçar. Ela encarou demoradamente cada um dos três homens à sua frente, antes de responder, com um fio de voz:

— Aconteceu.

— Podemos saber o quê?

— Recebi um telefonema de manhã cedo. Era um homem falando em francês. Ele disse que terroristas estão atrás de mim para me matar.

Bartô e Emílio trocaram olhares assustados. O inspetor Filizola perguntou a Araci:

— Mas por qual razão terroristas haveriam de querer matá-la?

— Por causa do quadro que eu leiloei... Ou melhor, que pretendia leiloar. Esses terroristas são muçulmanos e eles consideram a pintura ultrajante, uma blasfêmia, sei lá mais o quê. O homem ao telefone disse que discordava da decisão de me matar, pois acreditava em minha inocência. Por isso, ligou para me prevenir. Ele me aconselhou a sair da cidade e me esconder num lugar seguro por umas semanas, até as coisas serenarem.

Bartô contornou a mesa e tomou carinhosamente uma das mãos de Araci.

— Não fique assim, apavorada, querida. Isso deve ter sido um trote. Algum engraçadinho quis assustá-la, só isso.

Emílio concordou com o genro.

— O quadro estava guardado lá em casa há anos. Ninguém mais se lembrava dele. Toda essa história de blasfêmia contra o islamismo foi esquecida há muito tempo. Por que alguém iria querer desenterrá-la agora? Uma história de dois anos atrás?

— Eu não vou pagar para ver, papai. Desde a véspera do leilão, coisas horríveis têm acontecido, coisas que nunca nos aconteceram antes, numa sequência perturbadora. Nada impede que eu, realmente, esteja jurada de morte.

— A senhora pode contratar seguranças ou solicitar proteção policial — disse o inspetor. — O atentado de segunda-feira já é o bastante para convencer a polícia.

— Desculpe-me a franqueza, inspetor, mas não acredito que nenhum efetivo policial seja eficiente o bastante neste caso. Estamos falando de terroristas internacionais. Não são bandidos comuns. Eles podem furar qualquer esquema e agir sem deixar rastro.

— E o que você pretende fazer? — perguntou Bartô.

Araci cruzou as mãos, apoiando os cotovelos sobre a mesa e respirou fundo. Quando falou, sua voz saiu levemente embargada:

— Não sei. Não tive cabeça ainda para pensar. Estou completamente perdida. É como se um tiroteio tivesse começado e eu estivesse bem no meio dele, sem saber quem está lutando contra quem e de onde vêm as balas.

A sina do quadro maldito, que destrói de forma trágica quem dele se aproxima. Araci sempre acreditara intimamente nisso e agora assistia, horrorizada, à materialização de seu pior pesadelo. Era como se a maldição tivesse entrado em ação nos primeiros minutos da madrugada do dia em que *O Véu* iria a leilão. Desde então, ela estava ceifando suas vítimas impiedosamente e não daria trégua enquanto todos os infiéis não estivessem liquidados.

Araci arrependia-se a cada minuto por ter aceitado leiloar aquele quadro. Se pudesse voltar no tempo, teria recomendado a Aníbal que procurasse os concorridos leilões de Soraia Cals, da Bolsa de Arte ou do vizinho Palácio dos Leilões de Botafogo e ela não estaria, agora, com uma espada sobre a cabeça. Naquele momento, Araci só tinha uma certeza: sairia da cidade o quanto antes. Restava, apenas, saber para onde.

- 10 -

O dr. Gholam Mortezavi abotoou o paletó escuro de lã e saiu do Hotel Novo Mundo para a sexta-feira suavemente ensolarada do Aterro do Flamengo. Um vulto, sentado ao volante de um carro escuro, parado a poucos metros da entrada do hotel, viu quando ele tomou logo um táxi e ligou o motor para segui-lo. Procurou guardar uma distância segura, assegurando-se de que havia, pelo menos, um carro separando-o do táxi. O trânsito fluía bem, era fim da manhã, e as ruas estavam tranquilas, pois a proximidade do feriado de ontem com o fim de semana estimulou muita gente a tirar uma folga prolongada fora da cidade. O táxi parou diante do Centro Empresarial, na Praia de Botafogo, e o dr. Gholam apeou, batendo a porta de qualquer maneira e subindo logo os degraus que davam acesso ao conjunto de edifícios.

O carro escuro deteve-se junto à calçada perto da esquina com a rua Farani, e um homem jovem, alto e magro, vestindo jeans, paletó marrom, camisa social sem gravata e de óculos escuros desceu do banco do carona e marchou a passos firmes em direção ao Centro Empresarial. O carro escuro parou um pouco mais adiante, em frente ao edifício vizinho, onde funcionavam diversos consulados estrangeiros. O rapaz alto e magro viu quando Gholam entrou no portal que dava acesso ao prédio maior, identificou-se no balcão da recepção e caminhou em direção aos elevadores da ala A, onde ficava a editora Boavista, de Reinaldo Camargo Branco. Com certeza, era para lá que ele se dirigia. O rapaz sacou o celular do bolso e fez uma ligação para o motorista do carro escuro, sussurrando qualquer coisa inaudível e desligando em seguida.

Gholam permaneceu menos de meia hora no prédio e logo estava de volta ao térreo. O rapaz alto viu quando, em vez de dobrar à direita em direção à praia, ele virou, célere, à esquerda, rumo aos fundos do Centro Empresarial, que dava para uma pequena praça arborizada e florida, rodeada de carros estacionados. Mais uma vez, o rapaz comunicou-se com o carro escuro pelo celular, desta vez com mais veemência. Gholam atravessou a praça na diagonal e tomou, apressado, um táxi na rua Farani. Os dois homens do carro preto não tiveram a mesma agilidade e se irritaram ao perceber que haviam perdido Gholam de vista.

O carro preto ainda fez uma busca pelas ruas do Flamengo e de Laranjeiras, mas seus dois ocupantes não encontraram Gholam. A operação estava, temporariamente, suspensa. O carro retornou ao seu posto de vigília ao lado do Hotel Novo Mundo. Eles não se perdoavam por essa falha. Era a primeira vez que perdiam o antipático advogado de vista, justo no momento mais decisivo. O pior de tudo é que teriam de reportar essa falha no relatório diário do fim de tarde e tremiam por dentro ao prever a reação furiosa que a notícia provocaria.

* * *

Depois de passar a manhã toda em casa, às voltas com pequenos compromissos domésticos, como o pagamento da taxa de condomínio e a elaboração da lista das compras no supermercado, que redigia todas as semanas auxiliada pela empregada, Araci chegou, no comecinho da tarde, à Casa

Quintanilha. Ela trocou cinco palavras rápidas com a secretária e fechou-se logo no escritório, onde se debruçou sobre uma lista elaborada na noite anterior, que relacionava vários lugares supostamente "seguros" para os quais ela poderia fugir.

Mônaco, Luxemburgo, Suíça,
Alemanha, Canadá, Dinamarca,
Nova Zelândia, Bahamas

Com uma caneta vermelha ela assinalou cada um desses nomes com um círculo e mirou-os pensativa. Que loucura se tornara sua vida na última semana. Quando é que poderia imaginar que, um dia, se veria naquela situação?

Desde o encontro de ontem, o inspetor Filizola não entrara mais em contato, sinal de que não tinha nenhuma notícia, nem de Alejandro Aguirre nem do professor iraniano e muito menos do quadro. Era como se todos os três tivessem se desintegrado juntos, num lance previamente combinado para levá-la, e também as autoridades policiais, à loucura.

O telefone na escrivaninha tocou de repente. A secretária estava em horário de almoço e Araci atendeu.

— Alô?

— *Good afternoon*! — saudou uma voz feminina, num inglês britânico. — *May I speak to Mrs. Araci Quintanilha, please?* (Boa tarde! Posso falar com a sra. Araci Quintanilha, por favor?)

— *This is me* (Sou eu) — respondeu Araci.

— *Hello, Mrs. Quintanilha. I'm calling from Le Varlet Art Gallery, in Geneva. Hold on a minute. Mr. Ulrich Wachtel will talk to you.* (Olá, sra. Quintanilha. Estou falando da Galerie Le Varlet, em Genebra. Aguarde um minuto. O sr. Ulrich Wachtel falará com a senhora.)

A expressão de Araci se abriu, embevecida. Ulrich Wachtel, o dono da prestigiadíssima Galerie Le Varlet, no coração de Genebra, curador da valiosa coleção de arte do barão Von

Kessel, telefonando para ela? Araci olhou no relógio: treze horas, no Rio de Janeiro; dezoito horas, portanto, em Genebra. Wachtel devia estar encerrando seu expediente, preparando-se para deixar a galeria e jantar num dos elegantes restaurantes da Rive Gauche de Genebra, antes de se recolher ao seu apartamento no luxuoso edifício Splendid Rivage, de frente para o lago Léman.

Eles não se falavam há dois anos, desde que Lourenço Monte Mor morrera e ele telefonara escandalizado para dar os pêsames e saber como tudo acontecera. Ulrich Wachtel havia conhecido a obra de Lourenço por intermédio da galeria de Ruben Avedikian, em Paris, que comercializava seus trabalhos e, segundo o que dissera na época, ficara encantado com os quadros. Araci não acreditava muito. Wachtel lidava com uma das mais importantes coleções particulares da Suíça e, além do mais, adorava distribuir elogios calculados, que nem sempre eram sinceros.

Houve um estalo na ligação e Ulrich Wachtel entrou na linha, com sua voz pausada e aveludada:

— Araci Quintanilha. Que alegria falar com você novamente, depois de tantos anos. Como tem passado?

Ulrich Wachtel, um suíço-alemão nascido em Lucerna e radicado há anos em Genebra, falava razoavelmente bem o português, pois fora casado durante quinze anos com uma portuguesa de Coimbra, Joana Nunes Porto, de quem já estava separado. A pronúncia de seu português era a de Portugal, entremeada pelos “erres” alemães e alguns tropeços, comuns em quem não pratica um idioma regularmente. Quando ele falava muito depressa, às vezes, não se entendia nada.

— Estou bem, Ulrich, graças a Deus! — respondeu Araci, disfarçando. — Alguns probleminhas. Mas quem não os tem?

— É verdade. Os problemas estão sempre a nos rodear, mesmo aos mais afortunados. Eu cá vejo-me também sempre às voltas com alguma coisa que necessita de minha presença para ser resolvida. A vida nos cobra uma premência que nem sempre está disponível.

— Às vezes essa premência tem um peso insuportável — Araci pousou então os olhos, novamente, na lista de lugares seguros à sua frente e deu um leve suspiro de desânimo.

— Por que este tom tão derrotista, minha cara? Aconteceu algo?

— Estava apenas divagando um pouco — ela percebeu a apatia em seu tom de voz e perguntou, procurando imprimir um pouco de vigor à fala: — Mas a que devo a honra deste telefonema? Não posso negar que estou surpresa.

— Na verdade, caríssima, minha ligação tem um motivo bastante forte. Vamos inaugurar uma grande exposição da coleção do barão Von Kessel. Será a primeira vez que a coleção que, como deve saber, é vasta e cobre vários séculos, irá a público. Naturalmente, o evento terá lugar em minha galeria e estamos já a preparar o espaço para recebê-la. As obras, atualmente, encontram-se guardadas nos subterrâneos da Villa Saint-Benoît, à beira do lago Léman, onde reside o barão.

Araci ficou sinceramente maravilhada com aquela notícia. Se for verdade, será o evento do ano. A Coleção Von Kessel, uma das maiores coleções privadas da Suíça e provavelmente também da Europa Ocidental, era tão rica como desconhecida. Nunca fora exibida ao público em virtude do notório zelo que o barão dedicava a ela.

— Que bela iniciativa, Ulrich. Fico contente. Foi ideia sua ou do barão?

— De ambos. O que ocorre é que o barão Von Kessel encontra-se bastante adoentado e já em idade avançada. Ele achou por bem, compartilhar um pouco da beleza e da magnificência das obras de seu acervo com o público. Consultou-me e eu, naturalmente, dei-lhe meu aval e ofereci-me para cuidar de tudo. Temos um sólido pacto de confiança há anos e sou a única pessoa, além dele e da governanta, que possui livre acesso ao depósito da coleção na Villa Saint-Benoît, regalia que muito me dignifica.

Araci estava confusa. Era, no mínimo, inusitado Ulrich ligar para ela para falar sobre a Coleção Von Kessel.

— Creio que está ainda sem compreender o motivo deste telefonema — disse Ulrich Wachtel, parecendo adivinhar. — Foi um pedido do barão.

O queixo de Araci quase caiu.

— Um pedido do barão Von Kessel?

— Precisamente. O barão guarda consigo uma especial recordação de uma visita que ele fez ao Rio de Janeiro, em 1984, quando teve a oportunidade de conhecer a arte contemporânea brasileira e também a você, que o encantou muitíssimo. Ele se lembra muito bem do dia em que a conheceu no parque Lage, durante a linda mostra dos jovens e promissores artistas plásticos que despontavam naquela ocasião e do jantar agradabilíssimo que teve com você e o seu pai no Copacabana Palace. Anos depois, ele esteve novamente no Brasil, para a Bienal de São Paulo, em 1996, e mais uma vez teve a oportunidade de encontrar-se com você, fato que ele recorda vivamente como se houvesse ocorrido outro dia. O barão é um homem solitário e nostálgico, apegado a certas lembranças isoladas do passado, que ainda hoje o emocionam. Pediu-me para elaborar uma relação de convidados para a abertura da mostra e insistiu para que eu acrescentasse, entre outros, o seu nome e a convidasse de viva voz.

Araci chegou a ficar ruborizada de emoção.

— Bem... Eu não sei se poderei ir. Quando a exposição será aberta?

— Daqui a exatos dez dias. Será uma segunda-feira. Você terá toda a próxima semana para se aprontar. O barão faz questão de providenciar os bilhetes aéreos e a hospedagem para você e um acompanhante no Hotel Des Bergues, no centro de Genebra, por uma semana.

— É muita generosidade dele, Ulrich. Mas eu não posso aceitar. Seria um abuso tremendo...

— É tarde, minha cara. Dois bilhetes foram já remetidos pelo correio, com o convite para a noite de inauguração. Lembre-se: deve levar o convite com você ou não conseguirá entrar na galeria.

— Mas Ulrich... — tentou argumentar Araci, desnorteada. — Eu sou uma mulher ocupada. Você devia ter me consultado antes. Não posso me ausentar daqui, sem mais nem menos, deixando toda minha agenda para trás.

— Tudo está já decidido e arranjado. Você tem a opção de não vir. Será pena, caso isso aconteça. De todo modo, devo dizer que você não foi a única a receber tais agrados. O barão também presenteou a outras pessoas com bilhetes aéreos e hospedagem em bons hotéis de Genebra. São pessoas que ele gostaria muito de reencontrar. Pense bem, Araci: uma semana fora do Brasil não irá comprometer a sua agenda. E será uma oportunidade de ouro para apreciar a preciosa coleção de arte do barão Von Kessel.

Araci tamborilou os dedos sobre a mesa e, inadvertidamente, pousou os olhos na lista que estava preparando. Lugares seguros, onde poderia se esconder dos terroristas:

Mônaco, Luxemburgo, Suíça...

Suíça... Genebra...

Genebra.

Genebra. Grande centro financeiro e diplomático. Tida como uma das cidades mais seguras do mundo, onde o sigilo e a discrição são regras invioláveis. Onde a própria arquitetura procura não atrair a atenção.

Genebra, cidade por onde é possível circular dias seguidos sem avistar um policial na rua, mas onde a polícia é onipresente, rápida e eficiente. Basta um ridículo acidente de trânsito e, de repente, viaturas começam a brotar das sombras de todos os lados a fim de restabelecer rapidamente a ordem.

Genebra, cidade que, historicamente, deu abrigo a vítimas de perseguição política ou religiosa, que lá encontraram paz e tolerância. Um oásis intocado de calmaria, onde as grandes turbulências na Europa recente nunca chegaram.

Genebra.

Araci sublinhou a palavra “Suíça” com a caneta vermelha e declarou, assertiva:

— Você me convenceu, Ulrich. Eu vou, sim, à abertura da exposição. Você tem alguma previsão de quando as passagens vão chegar?

— Bem, estamos numa sexta-feira. A correspondência foi remetida hoje por FedEx. Creio que você deve recebê-la na segunda ou na terça-feira.

— Ótimo. Então, pode ir se preparando. Na semana que vem, eu e meu marido estaremos em Genebra.

— Que maravilha! Eu e barão Von Kessel aguardaremos a sua chegada ansiosos e encantados.

- 11 -

Várias horas após a conversa telefônica entre Araci Quintanilha e Ulrich Wachtel, a professora Mitra Rahmani, de 46 anos, entrou com seu carro, um vistoso Samand azul, no campus da Universidade Shahid Beheshti, na zona norte de Teerã, a capital iraniana. Encontrou vários veículos estacionados, o que não a impediu de parar o seu sob a copa frondosa de um *chenar* no apogeu de sua folhagem verde. Assim, quando retornasse, não veria o carro transformado numa estufa pela ação abrasadora do sol do fim da primavera de Teerã. Embora ainda faltassem cerca de dez dias para o início do verão, desde maio os termômetros já ultrapassavam a barreira dos trinta graus, causando um desconforto que nem mesmo a altitude da cidade conseguia suavizar.

Aproximava-se das oito horas e vinte minutos do *shambé* (sábado), o dia seguinte ao *jom'é* (sexta-feira), o dia semanal de descanso, equivalente ao domingo cristão, quando comércio, escolas e repartições permaneciam fechados em todo o Irã. Nesse *jom'é*, no entanto, não houve descanso, já que os iranianos foram maciçamente às urnas para as eleições presidenciais que aconteciam a cada quatro anos. O clima em Teerã era de grande expectativa, mas Mitra Rahmani, embora casada com um político, incrivelmente, não partilhava dela. Ela deixara para votar na parte da tarde, depois de varar a manhã estudando e corrigindo provas, e, por pouco, não presenciou o ataque com bombas de gás a uma das sedes eleitorais do principal candidato de oposição, situado a duas quadras de seu local de votação, numa escola em Qeytarieh. Mitra não fazia a menor ideia de como estava a apuração dos votos, se já havia sido concluída e, principalmente, se haveria segundo turno na semana seguinte, no caso de nenhum dos candidatos ter atingido a maioria absoluta.

Mitra desceu do carro e, protegida pela sombra da árvore, examinou sua roupa. Vestia um sóbrio conjunto de calça e blusão marrom de gabardina, que lhe cobria todo o corpo, e usava dois anéis de ouro, o metal das mulheres. A maquiagem era discreta: limitava-se a um batom muito leve, quase imperceptível, sobre os lábios. Ela ajeitou a enorme echarpe preta de seda grossa em torno do rosto, que adotara havia um bom tempo em substituição ao tradicional chador, deixando entrever algumas mechas dos brilhosos cabelos castanho-escuros. Mitra só costumava usar o chador, salvo exceções, durante o mês sagrado do Ramadã, durante o qual os muçulmanos abstêm-se de comida e bebida do nascer ao pôr do sol, por convicções religiosas. Ela tinha especial adoração por seus cabelos, orgulhava-se deles e, embora não pretendesse nem pudesse exibi-los em público, tratava--os com um cuidado até exagerado. Por exemplo, tornara-se frequentadora assídua de um conceituadíssimo (e caro) salão de cabeleireiro em frente ao parque Mellat, há anos, desde que dois fatores contribuíram para a melhoria de seu padrão de vida.

O primeiro fora sua admissão como professora de literatura francesa daquela conceituada e querida universidade onde se graduara. Sem dúvida, uma grande realização profissional e pessoal, uma vez que sonhara com isso desde muito jovem e realizara o sonho ainda em idade hábil, aos trinta e nove anos, ou seja, sete anos atrás.

Também seu marido, Jaffar Jalaipour, de 62 anos, tivera, enfim, seu talento para a administração plenamente reconhecido pelo governo. Tudo acontecera rapidamente, após as últimas eleições legislativas, no ano anterior, quando os conservadores obtiveram quase setenta por cento das duzentas e noventa cadeiras do parlamento iraniano, tendo ele próprio conseguido expressiva votação, elegendo-se deputado ainda na primeira rodada eleitoral. Jaffar acabara sendo indicado para o cobiçado cargo de presidente da Bonyad-e Mostazafan va Janbazan, a Fundação para os Deserdados e Vítimas da Guerra, diretamente pelo *Vali Faqih*, o guia supremo da revolução e máxima autoridade política e religiosa do país.

A Fundação para os Deserdados e Vítimas da Guerra fora criada a partir da imensa fortuna acumulada pelo xá Reza Pahlevi e datava do período imediatamente posterior à Revolução Islâmica que, naquele ano de 2009, havia completado trinta anos. A Bonyad — como era informalmente chamada — e suas organizações afiliadas possuíam um capital anual da ordem de bilhões de dólares, controlavam mais de quatrocentas empresas, exercendo influência decisiva em áreas estratégicas da administração pública, como os setores agrícola, de habitação e de transportes, e contavam, em seus quadros, com algumas centenas de milhares de empregados. Tratava-se, portanto, de uma poderosíssima máquina estatal, um grande objeto de desejo para políticos de todas as facções ideológicas que ambicionavam com igual fervor seu comando a fim de influenciar o resultado das eleições, sobretudo nos pleitos proporcionais.

O líder supremo do Irã tinha exata noção da importância monumental da Bonyad e, para seu comando, sempre buscava nomear um conservador, alguém notoriamente fiel aos princípios da revolução de 1979. Quando muito, poderia escolher um moderado pragmático, mas jamais um reformista entusiasta dos ideais de abertura política que visava abrandar o rigor ideológico imposto ao longo de anos de teocracia. Ideais considerados subversivos pelos setores mais tradicionais do clero e da sociedade, temerosos de que a consolidação dessas reformas ameaçasse os valores do islamismo.

Mitra Rahmani caminhou pelo campus sob o sol forte que fazia ferver a pele por baixo da roupa grossa, mas aquilo praticamente não a incomodava. Nunca, em toda a vida, saíra à rua com a cabeça descoberta, mesmo durante os anos do reinado do xá Reza Pahlevi, quando o uso do véu não só não era obrigatório como chegou a ser proibido. Ela própria tivera uma experiência traumática com um dos homens da polícia do xá, que lhe arrancou com violência o véu da cabeça quando ela ainda era uma adolescente. Continuar a usá-lo, portanto, passou a ser um gesto ostensivo de protesto contra a opressão que dominava o país na época. Ela, assim como tantas outras iranianas, não concebia outra maneira de se vestir e, no fim das contas, isso não tinha tanta importância. Se a roupa e os costumes constituíssem de fato obstáculo insuperável para a liberação feminina, como se costuma falar no Ocidente, o Irã não estaria na frente de boa parte dos países ocidentais em matéria de força de trabalho feminina e presença das mulheres nas universidades.

Muito embora, a bem da verdade, as mulheres gozassem de bem menos direitos e fossem menos valorizadas no mercado de trabalho, ponderou melhor Mitra, enquanto se aproximava da entrada do prédio do Centro de Computação. A lei no Irã concedia liberdade para as mulheres, mas, na prática, a história era outra. A maioria desfrutava de uma liberdade apenas relativa, até o limite tolerado por seus maridos ou responsáveis do sexo masculino. Embora não deixasse transparecer, Mitra achava isso revoltante. Não era de hoje que essa situação a oprimia dentro de sua própria casa. Ela enviuvara cedo e casara-se novamente com um marido bem mais velho que, incrivelmente, ainda era solteiro. Por isso, optaram por não ter filhos. Mesmo assim, Jaffar vivia lhe acusando de não ter lhe dado um descendente o que, num país islâmico, era uma grande desonra. E a mulher sempre levava a culpa dentro de um casamento.

Nos últimos meses, a convivência com Jaffar foi se tornando cada vez mais difícil e começava a beirar o insuportável. Jaffar nunca simpatizara com a ideia de sua mulher trabalhar fora, ainda mais dando aulas, exposta a jovens alunos de ambos os sexos. E, agora que assumira a Bonyad, considerava-se o todo-poderoso, o que só fez aumentar seu rancor e a sua prepotência.

Ontem à noite, depois que ele chegou em casa, deu-se um dos diálogos mais difíceis de todo o casamento. Jaffar exibia olheiras ainda mais profundas das que já tinha normalmente e parecia fatigado. Mitra ia lhe dirigir uma delicada palavra de boas-vindas, quando Jaffar, bruscamente, repeliu-a e começou a falar com uma frieza que fez gelar o sangue dela:

— Você me envergonha profundamente. Veste-se de uma maneira cada vez mais escandalosa, deixa seus cabelos à mostra, usa maquiagem para dar aulas. Fui convidado para uma cerimônia no parlamento semana que vem, mas já vi que não poderei levá-la.

— Por que não? — Mitra respondera tentando manter a calma — Posso vestir um chador negro. A menos que você ache mais digno comparecer sozinho.

— O pessoal do partido e os clérigos já sabem de você. Já sabem como você é. Eles me olham torto. É um partido conservador, você sabe... Não entendo como uma mulher que foi criada numa família tradicional, que sempre usou o véu mesmo quando ele era proibido, que enfrentou a polícia do xá, agora esteja me expondo a tamanho ridículo, exibindo-se por aí de maneira tão espetaculosa...

— Espetaculosa? Você não sabe o que é uma mulher espetaculosa, Jaffar. Sempre mantive uma postura respeitosa e discreta. Não é porque não uso o chador todos os dias e porque dou aulas na universidade...

— Quero que saia desse emprego — Jaffar interrompeu-a bruscamente.

Mitra custou a registrar a frase.

— Peça-me para amputar um dedo, Jaffar. Mas não me mande sair da universidade. Esse emprego é minha vida. E, além do mais, eu já era professora muito antes de me casar com você. O que você quer? Uma mulher parada o dia inteiro dentro de casa, enquanto você me sustenta? Os tempos mudaram, meu marido. O Irã mudou. As mulheres estão conquistando espaço. E eu já conquistei o meu.

— Você me deve obediência. Sou seu marido! — Jaffar soltou um berro. — Você tem uma semana para sair desse maldito emprego de professora e passar a se vestir com mais dignidade. Do contrário, você conhecerá o tamanho de minha fúria. Eu não estou brincando!

E, marchando como um soldado, ele sumiu apartamento adentro, trancando-se no quarto dele pelo resto da noite. Jaffar e Mitra dormiam em quartos separados e aquela noite fora um tormento para ela. Custara a conciliar o sono. Jaffar era seu segundo marido. Estavam casados há pouco tempo e ela supunha que a união com um homem mais velho e experiente seria mais tranquila e livre de sobressaltos. Fora um engano. E, agora, estava ali, caminhando por aquele querido campus da universidade, pensando em como fazer para escapar daquela situação aflitiva e, aparentemente, sem saída.

Era um contrassenso aquele discurso de Jaffar num país como o Irã que, pouco a pouco, convertia-se num Estado islâmico moderno, com uma população politizada e esclarecida. A sociedade, hoje, estava a anos-luz da era de violência da Savak, a polícia política do xá, notória por sua truculência. As mulheres, que até a queda do infame Reza Pahlevi viviam confinadas às cozinhas e aos leitos maritais, hoje se orgulhavam de estar entre as mais emancipadas do Oriente Médio. Elas estudavam e se graduavam para, em seguida, trabalhar nos mais numerosos ramos de atividade. Eram desde motoristas de ônibus, passando por apresentadoras de rádio e televisão, até advogadas, médicas, deputadas e ministras. E tudo isso aconteceu graças à Revolução de 1979. Graças a ela, hoje as mulheres podiam votar, podiam expressar seus pensamentos, podiam exercer uma cidadania mais consciente.

Ou, pelo menos, era no que Mitra se forçava a acreditar. Ela, como todo iraniano, amava seu país e, às vezes, era mais cômodo fazer vista grossa para as mazelas.

Mas era sua vida pessoal que importava naquele momento. Ela precisava arranjar um modo de apaziguar aquele casamento a fim de preservar sua integridade e sua autonomia. Começava, até mesmo, a pensar numa separação. Mas como faria isso, num país onde a palavra de um homem ainda se sobrepunha à de uma mulher, mesmo que a razão estivesse com ela?

Mitra entrou no Centro de Computação. Levava nos braços duas pastas chatas com apostilas e programas de aula e um exemplar da revista feminina *Zanan*, além de dois livros, ambos edições francesas: os *Poemas Místicos de Rumi*, célebre poeta persa do século XIII, e o outro fora trazido de Paris recentemente pelo secretário particular de Jaffar e lhe dado de presente, sob a recomendação de mantê-lo longe das vistas de estranhos, um romance da autora norte-americana Barbara Delinsky chamado *Paixões Perigosas*. Era uma história de amor e conflitos familiares, repleta de sensualidade do tipo que Mitra adorava. Mas no Irã esse tipo de literatura era proibido e, por isso, ela carregava o livro escondido num saco plástico com o logotipo de uma loja de presentes.

Todas as manhãs, depois de fazer suas orações matinais e antes de sair para a universidade, Mitra lia dois jornais iranianos — *Ettelaat* e *Tehran Times* — que recebia diariamente em seu apartamento, no penúltimo andar de um moderno e luxuoso edifício de vinte e quatro andares na esquina das avenidas Kamranieh e Farmanieh, não muito longe do antigo palácio de inverno do xá. O bairro, estendido nas franjas do sopé das montanhas de Alborz, era uma área residencial elegante, valorizada e muito arborizada, que hospedava as opulentas *villas* da nova burguesia e era de fácil acesso aos endereços comerciais mais sofisticados do norte da cidade, ao centro e às principais autoestradas. Depois, ao chegar à universidade, o primeiro compromisso de Mitra era com o computador, por meio do qual acessava endereços virtuais de grandes jornais do Oriente Médio, da Europa e da América do Norte.

Mitra sentou-se diante de um dos computadores conectados à rede e percorreu rapidamente alguns sites noticiosos iranianos a fim de saber notícias das eleições. A apuração parecia que entrara na reta final. Perto de 80% dos votos tinham sido contabilizados e tudo indicava que, até o fim da manhã, o país conheceria o vencedor. Era o que também sugeria a edição eletrônica do *Le Monde* francês, que ela acessou em seguida. Conferiu as horas no mostrador do monitor: oito horas e trinta e quatro minutos. Dependendo da velocidade da conexão, talvez ainda tivesse tempo de visitar as páginas do *L'Orient-le Jour*, de Beirute, do *The New York Times*, americano, e do londrino *Daily Telegraph*, que sempre lhe reservavam novidades interessantes, como lançamentos de novos livros e entrevistas com analistas políticos e especialistas em Oriente Médio. Ela gostava de estar informada sobre como os intelectuais estrangeiros enxergavam a situação no Irã e sentia-se exultante quando a análise vinha acompanhada de uma conclusão favorável. Mas Mitra não se iludia. Ela sabia que o conceito dos Estados Unidos e da Europa em relação ao povo iraniano era bastante negativo, ainda mais depois que a revelação de que o Irã desenvolvera um programa nuclear clandestino correu o mundo de forma avassaladora.

Mitra correu os olhos pelas manchetes. As referentes ao noticiário internacional eram semelhantes às que vira horas antes, no *Tehran Times*, com exceção de uma. Uma única chamada de não mais de duas linhas, mínima se comparada à manchete espaçosa sobre as eleições iranianas no topo da página. Mas o suficiente para deixar Mitra assombrada diante do monitor.

Ela apanhou os óculos de leitura da bolsa para esquadrinhar a tela mais atentamente. Queria ter a certeza de que o que acabara de ler era mesmo o que estava escrito. Sentiu o coração palpitar e o corpo enrijecer. Não, aquilo não era possível.

A reportagem, breve e discreta, relatava o enigmático desaparecimento do professor Khajepour, ocorrido momentos antes da abertura de uma conferência sobre o Irã, onde lançaria a tradução de seu mais recente livro, *Le Grand Parjure*, no Rio de Janeiro, Brasil. De acordo com fontes policiais ouvidas na cidade, a hipótese de sequestro era a mais provável, e eles prometiam a elucidação do caso para, no mais tardar, o início da semana seguinte.

Mitra suspirou aliviada. Pelo menos Khajepour não fora assassinado. Ou será que apenas seu corpo ainda não havia sido localizado? Era uma hipótese mais realista, e o alívio de Mitra não durou mais do que meio minuto.

Ela estranhou o silêncio da imprensa iraniana, ainda mais considerando que Khajepour desaparecera a dois dias da eleição presidencial. A possibilidade de este fato não ter chegado ao conhecimento das redações dos grandes jornais de Teerã era virtualmente nula. As agências noticiosas iranianas se encarregariam imediatamente de repassar a informação. Talvez existisse algum pacto de silêncio entre os jornais, temerosos em relação à repercussão que a notícia seria capaz de desencadear. Esperando dois ou três dias, na esperança de que Khajepour fosse encontrado vivo, os jornalistas poupariam o país de uma profunda comoção. Num país como o Irã, onde os intelectuais eram tratados quase como pop stars, muita gente nutria uma imensa estima pelo professor Khajepour e se identificava com suas ideias.

Pouco depois do meio-dia, após terminar de dar a última

aula, Mitra engoliu a mágoa da discussão de ontem e tentou localizar o marido em seu escritório na sede da Bonyad em Abbas Abad, bairro central de Teerã. As linhas estavam congestionadas e, antes mesmo de terminar a discagem, o telefone já apitava o sinal de ocupado. Ela insistiu algumas vezes e, como não conseguiu, decidiu ir até lá de carro. Seria uma jornada extenuante, uma vez que teria de cruzar meia Teerã e enfrentar o tráfego enlouquecedor e a combinação do calor do meio-dia com a intensa poluição do ar, o que, quase sempre, gerava um desconforto desesperador. Mas Jaffar precisava saber daquilo. Era, também, uma forma de Mitra mostrar-se atenciosa com o marido e, dessa maneira, ganhar algum tempo ante o ultimato que ele lhe dera.

Atravessando o campus de volta ao carro, Mitra olhou de relance vários grupos de jovens conversando acaloradamente, com livros e cadernos na mão ou sobre o colo. Os assuntos deviam ser os mais variados, mas com certeza não incluíam, ainda, menções a Mohsen Khajepour. Como eles reagiriam ao saber o que acontecera ao professor?

Ela teve um mau pressentimento ao cruzar a movimentada avenida Vali Asr que ligava os extremos norte e sul de Teerã. O tráfego louco, as vitrines das lojas, as pessoas caminhando nas calçadas, os guardas de trânsito gesticulando nervosamente para os carros na vã esperança de serem obedecidos, os cartazes de propaganda política espalhados por toda parte... Apesar da aparente normalidade, uma atmosfera de tensão pairava sobre Teerã. O rádio trazia notícias de protestos violentos em vários pontos da cidade, por causa do resultado da eleição que, pelo visto, já havia sido divulgado. Por alguma razão, Mitra sentiu-se ainda mais apreensiva. Era como se alguma catástrofe estivesse prestes a acontecer.

Na sede da Bonyad, ela foi informada de que Jaffar Jalaipour encontrava-se em reunião fechada na sede do Conselho de Justiça com ministros e políticos aliados ao presidente da República.

O governo, naturalmente, mantinha todas as atenções voltadas para as notícias sobre as eleições. Resignada, Mitra Rahmani voltou para seu carro e tomou o caminho de volta para a universidade. Encontraria o marido à noite, em casa e, então, conversaria com ele, com calma.

- 12 -

Aconteceu poucos minutos antes das quinze horas numa rádio de grande audiência em Paris.

Quase dezessete horas e trinta minutos em Teerã, portanto. Hora em que Mitra Rahmani chegava a seu apartamento, onde permaneceria sentada à espera do marido depois de fazer suas orações do fim de tarde.

O locutor havia acabado de veicular o anúncio de um serviço de radiotáxi e preparava-se para a entrada do noticiário. O primeiro bloco era dedicado ao panorama da política e da economia nacionais.

Foi quando o telefone da rádio tocou. Seu número era bastante divulgado, sobretudo durante os programas nos quais eram entrevistados políticos, intelectuais e artistas, a fim de permitir ao público fazer suas perguntas ao vivo.

A telefonista não entendeu o que a voz masculina do outro lado da linha dizia. Ele falava coisas desconexas, de forma áspera e pedia insistentemente para que fosse levado ao ar. A telefonista lamentou, afirmando que logo teria início o noticiário, um dos programas de maior audiência da rádio e muito requisitado pelos anunciantes e desligou assim que pôde. Mas o homem não desistiu e tornou a ligar. E desta vez foi mais veemente. Disse que era um terrorista, que tinha em mãos um furo jornalístico de grande repercussão e ameaçou mandar pelos ares o prédio da rádio caso não cumprissem sua ordem.

A moça compreendeu perfeitamente a última parte. Sobretudo porque, se no primeiro telefonema ele "pedia" para entrar no ar, agora já se tratava de uma "ordem" proferida com virulência. Como era cada vez mais comum em Paris a presença de imigrantes raivosos que adorariam detonar uma rádio tipicamente francesa, ela achou por bem não arriscar.

A moça fez um gesto para o locutor, sentado dentro da cabine, sair um instante e o colocou a par do que estava acontecendo. De imediato, um sistema eletrônico de rastreamento de chamadas foi acionado. Caso fosse alguma brincadeira, o engraçadinho pagaria caro.

Rispidamente, o locutor tomou o telefone da mão da moça e vociferou ao bocal:

— Seja quem for você, preciso de seu nome para apresentá-lo a nossos ouvintes. Como se chama?

O homem respondeu:

— Azadi.

— Como?

— Azadi. A - z - a - d - i. Azadi.

— Aguarde um momento.

O locutor tornou a entrar na cabine. Esperou o fim do último comercial para anunciar a entrada do noticiário. Enquanto tocava a música de abertura, ele apertou alguns botões, fazendo com que a ligação entrasse no ar, e anunciou ao microfone:

— A nossa emissora acaba de receber uma chamada de um homem que afirma ter um comunicado urgente a fazer. Ele se diz terrorista, chama-se Azadi e pediu para entrar no ar agora. Por favor, sr. Azadi, o que de tão importante tem a nos dizer?

Todos os funcionários da rádio observavam, atônitos, o locutor sentado na cabine, aparentemente esforçando-se para manter o autocontrole. Seguiu-se um breve silêncio, até Azadi perguntar nervoso:

— Já estou no ar? Já estou no ar?

— Está, sim — respondeu o locutor, secamente.

Azadi falou, então, num francês com um forte sotaque que lembrava o árabe ou algum idioma daquela parte da Ásia. O ritmo de sua voz era o de quem lia o que dizia.

— Faço este comunicado hoje, aos 23 dias do mês de *Khordad* do ano de 1388 do calendário iraniano. Décimo nono dia do mês de *Jumada Al-Thani* do 1430º ano da Hégira. Dia 13 do mês de junho do ano de 2009 do calendário ocidental. Nós, os fiéis, tementes a Deus, O Compassivo, O Misericordioso, O Remissor, O Clemente, imbuídos da missão de purificar o mundo terreno dos profetas malignos de Satã, empenhados em dar nosso sangue pelo Deus benevolente que nos protege, nos abençoa e nos guia, declaramos com enorme júbilo o falecimento de um inimigo perpétuo de Deus, um defensor do extermínio de todo um povo e de sua fé. Este homem, enviado por Satã para deflagrar uma guerra contra os seguidores do profeta, teve, enfim, seu sangue nauseabundo derramado e sua cabeça extirpada, erradicando para sempre os eflúvios maléficos por ela emanados. A força suprema de Deus acaba de derrotar o último emissário das trevas: professor Mohsen Khajepour. Procurem por ele na vil cidade do pecado ao sul do Equador, num despenhadeiro gramado sobre um promontório diante do imenso mar azul, abrilhantado por um extenso viaduto, maravilha da engenharia moderna, que assistiu incólume à partida final do traidor que, a esta altura, humilde diante do Deus grandioso, escuta sua merecida sentença.

Ouviu-se um estalido. O locutor apanhou a extensão do telefone e constatou o sinal de ocupado. Perplexo, ele anunciou o recomeço do noticiário para dentro de cinco minutos e chamou os comerciais.

Ao sair da cabine, a surpresa: não foi possível rastrear o

telefonema. Certamente, o terrorista usara um programa que fazia chamadas via internet e deve ter feito isso numa lan house. Na melhor das hipóteses, levaria algumas horas até que pudessem rastrear a ligação e descobrir o local exato de onde ela partira, tempo mais do que suficiente para o terrorista mudar de continente.

A direção da rádio entrou em contato, na mesma hora, com a DST de Paris — a polícia local — e a DGSE — o serviço de inteligência francês. Ao retornar à cabine, o locutor fez um anúncio bombástico:

— Lamentamos dar esta notícia, mas se o comunicado proferido há pouco for confirmado, tudo indica que Mohsen Khajepour, um importante intelectual iraniano radicado na Suíça, foi assassinado.

* * *

A DST parisiense expediu um comunicado para a chefia da Secretaria de Segurança do Rio de Janeiro, às dezesseis horas e trinta minutos e dezessete horas, hora de Paris, onze horas e trinta e cinco minutos, hora do Rio de Janeiro. A gravação do telefonema do terrorista Azadi à rádio francesa foi enviada para o Rio de Janeiro via internet. Um tradutor de francês foi convocado, mesmo depois de os homens de Paris terem repassado o teor da conversa aos colegas do Rio de Janeiro, inclusive os trechos mais importantes. Uma hora depois, a cúpula da polícia carioca encerrou uma reunião na sede da Corregedoria da Polícia Civil.

Em Teerã, Mitra Rahmani inquietava-se com a infindável demora do marido. Ainda que a pauta de sua audiência com os ministros iranianos fosse de máxima importância, àquela hora ele já teria chegado em casa. Ou, ao menos, mandaria avisar que viria mais tarde. De todo modo, os maus pressentimentos de Mitra continuavam, e eles começavam a deixá-la realmente aflita.

Quem testemunhasse os policiais abandonando a sala de reuniões no prédio da Corregedoria da Polícia Civil, no centro do Rio de Janeiro, teria a convicção de que, enfim, eles haviam atingido o consenso quanto ao paradeiro do corpo de Khajepour. A princípio, a polícia teve dificuldades em decifrar o comunicado do terrorista Azadi: "(...) procurem por ele na vil cidade do pecado ao sul do Equador, num despenhadeiro gramado sobre um promontório diante do imenso mar azul, abrilhantado por um extenso viaduto, maravilha da engenharia moderna, que assistiu incólume à partida final do traidor que, a esta altura, cabisbaixo diante do Deus grandioso, escuta sua merecida sentença".

Uma análise mais detida, contudo, logo jogou luzes nas filigranas da rebuscada e pomposa verborragia da mensagem, revelando uma indicação clara e transparente. A "vil cidade do pecado ao sul do Equador" era, obviamente, o Rio de Janeiro, para onde Khajepour viajara e onde fora visto pela última vez. Ao passo que o trecho: "despenhadeiro gramado sobre um promontório diante do mar azul, abrilhantado por um extenso viaduto, maravilha da engenharia moderna, que assistiu incólume à partida final do traidor", apresentava elementos que, reunidos, apontavam para um único local ao longo de toda a costa carioca: o Joá.

Imediatamente, um destacamento policial deslocou-se para uma inspeção no local. Duas viaturas estacionaram junto à mureta de proteção do elevado do Joá, de onde se tinha uma estupenda vista da imensidão azul do oceano Atlântico, enquanto uma lancha da guarda costeira aproximava-se da orla, onde as ondas arrebentavam ritmadas sobre as pedras e os arrecifes. Dois policiais vestindo coletes salva-vidas, enfrentando a correnteza rebelde e adversa, nadaram até alcançar a praia. Eles constataram, de imediato, duas pequenas manchas de sangue coagulado sobre a rocha da encosta. Um deles fez um gesto com o polegar direito para os colegas que os assistiam do alto do viaduto, indicando que encontrara algo.

Equilibrando-se pelas pedras, descobriram outras marcas de sangue, todas relativamente próximas umas das outras. Mesmo não se tratando do professor Khajepour, o certo era que algum corpo fora arremessado do alto da encosta, mas somente um laudo pericial poderia fornecer uma explicação definitiva.

O dia estava claro, o sol surgia cada vez mais luminoso entre as nuvens e brilhava sobre as águas do mar, ofuscando a visão. De repente, os homens debruçados na mureta do viaduto começaram a gritar e a gesticular freneticamente, apontando para a direita, onde as ondas arrebentavam com mais calma. Os policiais esgueiraram-se pelas rochas até avistar algo boiando junto à costa. Era alguma coisa imprecisa, indefinível a um olhar distante. Eles foram chegando mais perto e puderam ver melhor. Era algo preto, grande e esgarçado, que flutuava na água com a leveza de uma boia. Uma silhueta que lembrava um corpo humano inerte, inchado pela ação da água.

Os policiais acercaram-se pelo mar e tocaram ressabiados o cadáver, que boiava de barriga para baixo. O paletó preto estava rasgado, provavelmente em razão da própria inchação do corpo.

Ao erguerem o corpo, tiveram um choque. Foi um momento macabro e assustador, mesmo para um policial escolado no cotidiano de violência de uma cidade grande como o Rio de Janeiro. Uma fenda enorme e vermelha havia sido aberta bem no centro do pescoço e fazia a cabeça — ou o que restou dela — pender para trás e para os lados, como se fosse se desprender ao menor movimento. A visão da faringe exposta, a carne curtida pelo contato prolongado com a água do mar, quase fez um dos policiais perder os sentidos. Também as mãos tinham sido decepadas. O rosto estava todo marcado por feridas, manchas e equimoses, como se houvesse levado uma surra violenta. Os olhos, muito abertos e estufados, davam a impressão de que iriam saltar das órbitas. O nariz e as bochechas estavam parcialmente comidos pelos peixes. Mas, apesar de tudo, era possível identificar no rosto desfigurado, ferido e deformado pelos dias imerso na água, as feições de Mohsen Khajepour.

As roupas do corpo: terno, camisa social e gravata, eram as mesmas do dia em que o professor desaparecera. Os policiais não tiveram nenhuma dúvida de que o que haviam acabado de encontrar era, de fato, o cadáver do professor iraniano desaparecido.

Antes do cair da tarde, o corpo foi levado ao Instituto Médico Legal para análise dos legistas. Nos bolsos do paletó de Khajepour foram encontrados alguns objetos, que deviam estar com ele no momento do sequestro: sua carteira com dinheiro e cartões de crédito, passaporte, caneta, lenço, o estojo dos óculos e uma cartela de aspirina.

À noite, os policiais retornaram ao costão do Joá e localizaram um saco plástico jogado nas pedras sob o viaduto. Dentro, encontraram as duas mãos decepadas de Khajepour mutiladas com ácido sulfúrico junto a uma tela enrolada, com a pintura de um rosto de mulher envolvido por um pano preto e com os seios parcialmente à mostra.

Era *O Véu*.

Um punhal com a lâmina em curva, em forma de cimitarra, estava atravessado bem no meio da tela, perfurando o nariz do rosto feminino. Preso a ele, havia um documento com o timbre da Casa Quintanilha de Leilões, confirmando a venda do quadro para Mohsen Khajepour com data de terça-feira, dia do leilão. Em troca, Khajepour cedera a Araci Quintanilha uma obra de sua coleção particular, um acrílico da pintora iraniana Jinet Fakour.

Mas aquilo não era tudo. Além do documento, amarrado à cimitarra, vinha um papel com anotações feitas à mão, que especialistas convocados pela polícia, mais tarde, disseram tratar-se de uma só mensagem escrita em três idiomas: francês, persa e alemão.

Ela dizia:

Você será a próxima.
Seu fim se aproxima.
Fuja enquanto há tempo.
E busque sua salvação.

Mutilar as mãos da vítima com ácido sulfúrico era uma das marcas registradas da Azadi em seus assassinatos por vingança. As mãos decepadas eram um recado claro: a Azadi estava mesmo de volta à ativa.

Mas se isso era verdade, como Umm al-Hakika, a misteriosa líder da infame organização terrorista, pudera prever que Khajepour iria se apoderar do quadro blasfemo a tempo de arquitetar seu assassinato?

- 13 -

Quando Mitra Rahmani despertou, ainda de madrugada, surpreendeu-se na sala de seu apartamento, desconfortavelmente deitada nas fofas almofadas no chão perto da janela, com o livro de Bárbara Delinsky aberto na página 130, atirado sobre o carpete. Ela cambaleou até o quarto do marido e constatou a cama vazia, imaculadamente arrumada como ele a deixara depois que saíra para o trabalho ontem pela manhã.

"Meu Deus! Onde está Jaffar?"

Mitra olhou para si. Suas roupas eram as mesmas do dia anterior e estavam amarrotadas. Os cabelos, por sua vez, amarfanhados e desgrenhados, realçavam seu abatimento.

O relógio sobre o consolo ao lado do sofá marcava quatro horas e trinta minutos. Mitra foi até o quarto, olhou-se no espelho sobre a cômoda e contemplou seus olhos fundos, sua pele castigada pelas poucas horas de sono agitado, enfim, seu aspecto deplorável. Precisava saber de Jaffar. Mas como?

A última notícia que tivera dele fora a da reunião com os ministros de Estado no Conselho de Justiça, situado dentro do Palácio de Marmar. Talvez a reunião tivesse se estendido madrugada adentro, sinal de que o assunto abordado era muito grave, pois isso jamais acontecera antes. De qualquer forma,

Jaffar teria dado um jeito de avisá-la, como sempre fazia quando um compromisso surgia inadvertidamente. E era essa ausência de notícias que intrigava e preocupava Mitra.

Se fosse até o palácio, certamente seria barrada e impedida de entrar. Os muros que o isolavam do resto da cidade eram ostensivamente vigiados por soldados antipáticos e tão zelosos em sua função que seriam capazes de atirar numa mosca, caso a flagrassem ciscando nos domínios do poder.

Mitra prosternou-se sobre um dos vários tapetes espalhados pelo chão acarpetado da sala e rezou por cinco minutos, como fazia todas as manhãs. Depois, foi à cozinha e preparou um *ghahve*, o forte café iraniano. No Irã só se tomava café após as refeições, por ser muito caro, mas, graças a Deus, ela podia se dar esse privilégio. Misturou açúcar e procurou por pão *lavash* guardado na despensa, recheando-o com uma generosa fatia de queijo de cabra, apenas para forrar o estômago, evitando o efeito corrosivo do café num organismo em jejum.

Mudou a roupa, colocando uma echarpe marrom mais discreta sobre a cabeça. Esperou os ponteiros marcarem seis horas para sair de carro pela cidade deserta, que, aos poucos, assistia aos fiéis afluírem às mesquitas, para o *salat*, a prece ritual islâmica, que todos os muçulmanos devem fazer voltados para a cidade sagrada de Meca, cinco vezes ao dia. Pelas ruas da imensa metrópole ecoavam as vozes dos muezins nos alto-falantes, anunciando a hora da oração.

Fora das cercanias das grandes mesquitas, no entanto, o panorama em Teerã era opressivo. Soldados antidistúrbios, com seus uniformes negros, capacetes e escudos, patrulhavam quarteirões inteiros, à espera de novos protestos, como os que aconteceram na cidade desde que os resultados das eleições foram anunciados. Corria o boato de que houvera fraude na apuração. Os partidários do principal candidato de oposição, derrotado ainda no primeiro turno por uma ampla margem, estavam inconformados. A comunidade internacional recebera o resultado com descrédito e desconfiança.

Mitra passou de carro pela avenida diante dos altos muros do palácio de Marmar, um vasto complexo de edifícios encravados numa área arborizada no coração de Teerã, que lembrava o Kremlin de Moscou. Tudo estava no lugar, não havia sinal de placas pichadas, lâmpadas quebradas ou qualquer outro vestígio dos distúrbios ocorridos ao longo da noite e do dia de ontem. Apenas a presença ostensiva da polícia.

Mesmo sem obter notícias de Jaffar e certa de que sua iniciativa não encontraria êxito fosse qual fosse o desfecho, Mitra voltou mais tranquila para casa, ao perceber que a calma imperava em Teerã. No meio da manhã, ela recebeu o telefonema de um homem identificando-se como funcionário do palácio. Ele pediu-lhe desculpas por avisar tardiamente que Jaffar Jalaipour tivera de fazer uma viagem de emergência ao interior do país a serviço do governo. Mitra agradeceu, deu graças a Deus, e desligou aliviada.

Dali a vinte e quatro, talvez quarenta e oito horas, quando alguns jornais da cidade estampassem em primeira página a notícia do comunicado feito pela Azadi confirmando o assassinato de Mohsen Khajepour, muitos iranianos seriam tomados de surpresa a caminho do trabalho ou da universidade. Nesse dia, Mitra Rahmani veria seu mundo virar pelo avesso. Ao descobrir o que fora decidido sob o testemunho silencioso dos muros do palácio, ela seria arremessada para uma nova realidade e teria de amargar descobertas duras, para as quais talvez não estivesse, ainda, preparada.

* * *

A VIGÍLIA do carro preto diante do Hotel Novo Mundo prosseguiu durante o domingo. A sensação entre seus dois ocupantes era de impaciência e alguma irritação. Como um ermitão excêntrico ou uma celebridade temperamental fugindo dos fotógrafos, dr. Gholam Mortezavi havia se encastelado no hotel e não saíra mais de lá nos últimos dois dias. Ele poderia ter fugido, mas isso era improvável. Eles haviam checado as listas de passageiros no aeroporto internacional; nenhum Gholam Mortezavi embarcara para dentro ou fora do Brasil desde a terça-feira, quando ele aterrissara no Rio de Janeiro com Mohsen Khajepour. Se Gholam continuava na cidade — e tudo indicava que continuava —, ele só podia estar no hotel, possivelmente aguardando notícias de Khajepour.

"Maldito verme traidor!"

Gholam tinha de aparecer logo, tomar um táxi, seguir para algum lugar qualquer. Um novo relatório precisava ser expedido com informações frescas, que dessem uma pista qualquer. Algo misterioso estava acontecendo, sem que se soubesse, ao certo, do que se tratava. Os dias passavam rápido, o tempo se esvaía. Era como se um cerco invisível, porém concreto e perceptível, estivesse se fechando. Eles precisavam saber onde estava Gholam e o que ele estava fazendo antes que fosse tarde e tudo estivesse perdido.

Quando deu quatorze horas, o homem mais magro, sentado ao lado do motorista, decidiu saltar. Abotoou o paletó sobre a camisa impecável, sem gravata, endireitou os óculos escuros e caminhou até o hotel. Na recepção, falou em inglês, apresentando-se como Michel Bouvard, suíço, e pediu para chamar o dr. Gholam Mortezavi. A moça que o atendeu consultou a lista de hóspedes e informou que Gholam havia encerrado sua estada na sexta-feira pela manhã.

Sexta-feira pela manhã? Foi naquele maldito dia em que eles o perderam de vista no Centro Empresarial. O desgraçado tinha planejado uma fuga e eles caíram como dois idiotas. Àquela altura Gholam já devia estar muito longe do Rio de Janeiro.

Duas notas de cem dólares dadas a um dos carregadores do hotel ajudaram a esclarecer tudo. Gholam deixou o hotel num táxi, enquanto sua bagagem foi colocada num carro que partiu meia hora depois para encontrá-lo em Botafogo. Gholam devia saber que estava sendo seguido de perto e jamais tomaria um voo usando o próprio nome. Era igualmente improvável que tivesse retornado à Suíça. O plano estava em marcha e agora, aparentemente, já não havia como detê-lo, a menos que as informações contidas nos relatórios colhidos no apartamento de Alejandro Aguirre na tarde em que Mohsen Khajepour desaparecera fossem usadas numa busca extrema e quase desesperada por respostas sobre o que, de fato, estava acontecendo.

De qualquer forma, mesmo com Khajepour morto e Gholam fora da cidade, não era hora de abortar a operação. Ainda no lobby do hotel, o homem alto e magro abriu sua pequena caderneta na página onde estava anotado o endereço da Pinacoteca Fluminense, a galeria de Aníbal Monte Mor, pai de Lourenço e, ao que tudo indicava, proprietário do quadro *O Véu*. A galeria ficava na avenida Atlântica, próxima ao Lido.

Ele meteu a caderneta no bolso da calça e caminhou lentamente de volta ao carro preto, que logo desapareceu das imediações do hotel.

- 14 -

A morte de Mohsen Khajepour e as circunstâncias dramáticas em que seu corpo foi encontrado, boiando no mar junto à costa do Rio de Janeiro, foram manchete na imprensa de todo o mundo e tiveram o impacto de uma bomba no apartamento de Araci Quintanilha, na rua Toneleros. Sentada no sofá da sala, na manhã fresca e ensolarada de segunda-feira, Araci não conseguia acreditar no que estava lendo: *O Véu*, que estava desaparecido desde a noite do leilão, fora encontrado no costão do Joá, junto às mãos decepadas de Khajepour e a um documento com o logotipo da Casa Quintanilha, no qual ela cedia *O Véu* ao professor em troca do quadro da tal pintora iraniana. E, para piorar, ainda havia aquela misteriosa mensagem em três idiomas:

Você será a próxima.
Seu fim se aproxima.
Fuja enquanto há tempo.
E busque sua salvação.

Araci atirou o jornal para longe, revoltada. Aquilo era um absurdo. Nunca existira tal documento. E mesmo que existisse, por que ele teria sido colocado num saco com a pintura e as mãos do professor? Ela não fizera nenhuma transação com Khajepour nem o conhecia. E a mensagem? O que o assassino queria dizer com aquela mensagem? E para quem ela seria endereçada? Obviamente, era para uma mulher. Araci estremeceu. Se Isadora Bittencourt, suposta musa inspiradora de Lourenço Monte Mor, estava morta, ela, Araci, era a única mulher viva que tinha alguma ligação com o quadro. Logo, a ameaça só podia estar sendo dirigida a ela.

A porta do apartamento se abriu e Araci viu Bartô entrando na sala. Ele trazia uma expressão preocupada. Araci perguntou:

— Passou a manhã fora?

Bartô assentiu com a cabeça.

— Estive até agora há pouco com o inspetor Filizola. Eu e ele tentamos, na polícia técnica, dar uma olhada em *O Véu* para saber em que estado ficou a tela.

— Pelo que saiu na imprensa, ela estava perfurada por uma faca ou alguma coisa do tipo.

— A tela desapareceu, Araci.

Araci pôs-se de pé com dificuldade e caminhou, mancando, na direção do marido.

— Como assim, desapareceu? — perguntou ela, assustada.

— Sumiu. O quadro estava sendo analisado pelos peritos do Instituto de Criminalística e, não se sabe como, ele de repente havia desaparecido. Ninguém sabe o que aconteceu.

— Será que não houve nenhum equívoco?

— Não houve, Araci. Alguém se infiltrou nas dependências da polícia e levou o quadro. Por que razão, não sei. Aliás, é difícil entender por que alguém se daria a todo esse trabalho para levar um quadro condenado internacionalmente e, ainda por cima, avariado pela lâmina de uma faca.

— Contanto que o levem para bem longe daqui, por mim,

está ótimo. Que Lourenço me perdoe de onde ele estiver... — Araci apressou-se em voltar, mancando, para o sofá. O pé machucado ainda doía muito e ela esquecera a bengala no quarto. — Já leu os jornais de hoje?

— Li. O inspetor Filizola me contou que já sabia de tudo desde sábado, quando o corpo do professor Khajepour foi encontrado. O que não dá para entender é como os fatos chegaram à imprensa, já que a polícia estava mantendo tudo em sigilo...

— No jornal, estão dizendo que um terrorista ligou para uma rádio em Paris e contou sobre o assassinato, revelando, até mesmo, onde estava o cadáver...

— Mas não falou nada sobre o quadro e o documento com sua assinatura, Araci. E muito menos, sobre a tal mensagem — interveio Bartô. — Mesmo assim, os jornais estão muito bem informados a esse respeito.

Araci deu um suspiro exasperado.

— É muito simples. Alguém deve ter providenciado para fazer chegar todos os detalhes aos jornais. Da mesma forma como alguém, na noite de segunda-feira passada, correu para avisar à imprensa sobre o atentado na Casa Quintanilha, a tempo de aqueles jornalistas terem aparecido lá antes da polícia. Parece existir um interesse em fazer com que todos esses acontecimentos saiam nos jornais.

— Talvez a própria organização que matou o professor tenha se incumbido dessa tarefa — especulou Bartô. — Terroristas adoram publicidade.

— Eu não acredito que seja só isso — replicou Araci. — Deve haver um motivo mais forte. Khajepour era conhecido; a imprensa ficaria sabendo do assassinato dele uma hora ou outra. Não havia necessidade de correr para avisar os jornais do mundo inteiro. Se alguém fez isso é porque queria ter a certeza de que todos os pormenores da cena do crime seriam noticiados.

— O que inclui o quadro. *O Véu* — complementou Bartô.

— Você viu como os jornais estão dando destaque ao fato

de a pintura ter sido encontrada na encosta com um punhal enfiado bem no meio dela? Alguns jornalistas estão dizendo que Khajepour foi morto porque comprou a tela.

— A tela pode ter sido colocada lá exatamente para sustentar essa hipótese — disse Bartô. — Khajepour negocia secretamente com você, compra a pintura condenada pelo islamismo e no dia seguinte é sequestrado e morto por fanáticos. Os mesmos fanáticos que, na véspera do leilão, tinham detonado uma bomba na Casa Quintanilha.

Araci meneou a cabeça negativamente:

— Isso não faz sentido, Bartô. Por que alguém faria isso?

— Para ter um motivo forte para matar o professor. Os terroristas deviam estar à procura de algo simbólico, que justificasse, aos olhos de setores mais obscurantistas da sociedade muçulmana, o assassinato de um homem importante. Quando o leilão foi anunciado, eles encontraram a oportunidade tão esperada. A vinda do professor ao Rio resolveu o resto.

— Muita coincidência o professor ter vindo ao Brasil exatamente na semana do leilão... Você não acha?

— Talvez isso também tenha sido arranjado. Ele pode ter sido atraído para cá.

— Só se Reinaldo Camargo Branco estiver mancomunado com os terroristas. Não se esqueça de que foi ele quem trouxe Khajepour para o Rio.

Bartô quase riu. A hipótese era realmente disparatada.

— E Alejandro Aguirre? — emendou Araci. — O inspetor soube mais alguma coisa dele?

— Não. Alejandro também desapareceu na quarta-feira. Policiais estão de prontidão desde a madrugada de quarta para quinta na frente do prédio e afirmam que ele não apareceu mais por lá.

— Foi ele quem matou o professor, tenho certeza. No mínimo, deve ter mudado de endereço. Ele não seria tolo em permanecer naquele apartamento no largo dos Leões, sabendo que a polícia estava em seu encalço. Ainda mais depois que o zelador foi morto.

— É verdade. Acho que não existe mais nenhuma dúvida de que Alejandro Aguirre veio ao Rio a serviço de alguma organização terrorista, provavelmente iraniana. Ele se instalou na cidade exatamente para preparar o assassinato de Mohsen Khajepour. A polícia tem noção disso e quer encontrá-lo de qualquer maneira. Mas talvez seja um pouco tarde. Se o assassinato foi mesmo obra de terroristas iranianos, a polícia carioca não terá muito o que fazer. E, a essa altura, Alejandro já deve estar longe do Brasil e com uma identidade nova. Mais uma entre as várias que ele, certamente, possui.

Araci alteou uma sobrancelha.

— Talvez não. Ele ainda pode estar por perto. Não se esqueça daquele telefonema em francês que eu recebi. Estou jurada de morte por esses terroristas. Essa mensagem encontrada com o quadro no Joá pode muito bem ter sido escrita para mim. Alejandro talvez tenha sido destacado para executar o serviço.

— Tire isso da cabeça, querida. Ninguém quer matá-la. Alguém fez uma brincadeira de mau gosto com você, aproveitando toda a celeuma provocada pelo atentado na Casa Quintanilha. Será que você não vê? A mensagem encontrada no Joá estava escrita em persa, alemão e francês. Se o assassino quisesse mandar um aviso a você, escreveria o texto em português.

— Continuo viva porque estou trancada aqui em casa desde sexta à noite, sem colocar o nariz na rua. Tenho evitado ficar perto das janelas para não ser atingida por um tiro disparado de algum prédio vizinho, dei ordens ao porteiro para redobrar os cuidados na hora de deixar alguém estranho subir até o apartamento... Eu só vou sair daqui para ir ao aeroporto, no dia de nosso embarque para Genebra. E ainda assim vou contratar um carro blindado para nos levar até lá.

Bartô jogou as mãos para os lados, em desistência.

— Está bem, Araci. Faça como achar melhor. Mas não conte comigo para alimentar essa paranoia. Posso até ir para Genebra com você. Mas será para comparecer a uma exposição de arte e não para fugir de terroristas e assassinos.

Horas mais tarde, o porteiro tocou a campainha do apartamento para entregar um pacote branco, com o logotipo da Federal Express. Araci abriu-o e retirou dois bilhetes aéreos da Air France para Genebra com conexão em Paris e o convite para a abertura da exposição com as obras da Coleção Von Kessel na Galerie Le Varlet, de Ulrich Wachtel.

O convite estava em francês e alemão. Era grande, vistoso, tinha acabamento em papel cartão supremo multicolorido, com o brasão dos Von Kessel gravado em relevo no topo e vinha graciosamente embrulhado numa delicada folha de papel de seda fechada por um sinete prateado.

Araci, imediatamente, telefonou para a Air France e confirmou o dia do voo. O embarque aconteceria na quinta--feira, às dezoito horas. Na sexta-feira, antes do meio dia, ela e Bartô, se tudo corresse bem, estariam pousando no aeroporto de Genebra.

- 15 -

Na segunda-feira, a notícia do assassinato de Mohsen Khajepour, com direito a fotografias dele e da pintura ofensiva ao Islã que teria sido o pivô do crime, apareceu estampada nas primeiras páginas dos principais jornais iranianos e, rapidamente, transformou-se no assunto mais comentado nas ruas de Teerã, junto com os desdobramentos do pleito presidencial de 12 de junho.

As reportagens afirmavam que os restos mortais do professor seriam trasladados no dia seguinte do Brasil para Genebra, onde aconteceriam os funerais. Iranianos residentes em países da Europa já se preparavam para viajar à cidade suíça a fim de assistir ao sepultamento.

Naturalmente muitos aproveitariam a cerimônia para realizar protestos. Foi o que supôs Mitra Rahmani, depois de chegar pela manhã à Universidade Shahid Beheshti. Ao observar os estudantes lendo os jornais em grupos e emitindo opiniões consternadas, Mitra apenas teve a confirmação do que já havia constatado nas ruas: a indignação era geral.

Havia anos Mohsen Khajepour habitava um espaçoso apartamento no terceiro andar de um edifício neoclássico na Rue Jean Sénebier, em Plainpalais, um bairro tranquilo próximo ao centro e à cidade velha de Genebra. Assim que saiu o anúncio oficial de seu assassinato, destacamentos da polícia suíça ocuparam toda a área ao redor da rua, monitorando o acesso de veículos e pedestres. Na entrada do edifício de Khajepour foi instalado um detector de metais e os visitantes passaram a ser submetidos a constrangedoras revistas em busca de armas e explosivos.

Aos olhos de Mitra, tanto aparato constituía um exagero. Afinal, quem teria interesse em violar os aposentos de um alvo já definitivamente eliminado? Por outro lado, uma vez confirmada oficialmente que fora, de fato, a Azadi a responsável pela morte do professor, não seriam poucos a acusar o governo iraniano de cumplicidade no crime, por causa do último livro de Khajepour. Nesse caso, agentes iranianos poderiam tentar procurar entre os pertences do professor algum documento incriminador que provasse uma ligação inconteste do governo do Irã com a Azadi. Coisa, aliás, na qual Mitra não acreditava.

Ela permaneceu parada sob o sol causticante que resplandecia inclemente no céu fosco e poluído da capital iraniana, observando, com inevitável fascínio, as rodinhas de jovens discutindo com a retórica cada vez mais inflamada. Os mais exaltados tentavam insistentemente convencer aqueles mais céticos e acabrunhados. Por causa da distância, Mitra não conseguiu escutar exatamente o que estava sendo dito, mas pôde compreender bem qual era o cerne da discussão. Eram as sementes da revolta que estavam sendo lançadas.

E não somente ali.

Naquele instante, na Universidade de Teerã, estudantes deixaram seus alojamentos e as salas de aula e reuniram-se no campus como verdadeiros conspiradores, traçando uma estratégia de protesto. Aquele assassinato não poderia passar incólume. Era evidente que havia por trás o dedo das lideranças do país. Naquele mesmo campus há apenas doze dias, influentes membros do clero e da ala conservadora do parlamento iraniano tinham organizado uma cerimônia para lembrar o aniversário da morte do imã Khomeini, ocorrida vinte anos atrás, e a grande revolta popular iraniana de 1963, quando Khomeini acabou detido em virtude de seu discurso conclamando os muçulmanos de todo o mundo a se insurgir contra as superpotências, o que desencadeou uma série de manifestações contrárias ao governo do xá.

Prevendo o que estava por vir, o governo reforçou os efetivos nas ruas, compostos, sobretudo, por homens da Sepah-e Pasdaran, a Guarda Revolucionária Islâmica, a mais eficaz, temida e implacável força de segurança do Irã. Pontos estratégicos em toda a cidade estavam fortemente ocupados, sobretudo nas imediações das principais universidades, focos certos de surgimento de protestos.

Apesar disso, Teerã vivia mais um dia de expediente. Os estabelecimentos comerciais e bancários funcionavam normalmente, o trânsito selvagem não apresentava mudanças e o movimento de pedestres era o mesmo de sempre. Um olhar mais desatento não seria capaz de perceber o clima de inquietação que cada vez mais dominava as entranhas daquela trepidante selva de concreto.

Hamidreza Kadivar presumira que Mitra estivesse na universidade. Ele deixou seu gabinete na sede da Bonyad, na praça Afrigha, e rumou diretamente para lá. Kadivar era o secretário particular e chefe de gabinete de Jaffar Jalaipour. Foi também o coordenador de sua campanha eleitoral ao parlamento, no último pleito. Um homem da confiança de Jalaipour.

Mitra havia encerrado uma aula e acabara de deixar o prédio da Faculdade de Literatura e Ciências Humanas e caminhava pelo campus em direção ao seu carro quando eles se encontraram. Kadivar nunca viera procurá-la na universidade e Mitra pressentiu imediatamente que ele trazia más notícias.

O olhar de Kadivar estava acossado pelo desânimo.

— Vim o mais rápido que pude, sra. Mitra. Tentei usar o

telefone, mas as linhas estavam péssimas. Como ninguém atendeu em sua casa, tomei a liberdade de vir procurá-la aqui.

— O que aconteceu? — perguntou Mitra, já antecipando que a resposta não seria boa.

— O sr. Jaffar, seu marido, foi preso ontem por ordem do aiatolá Kamran Khoshbakht Bagheri, chefe da Magistratura.

Mitra quedou-se parada, a boca entreaberta, os olhos imobilizados, sua mente ainda processando o choque.

— Preso? — indagou ela, confusa. — Mas me disseram que ele tinha viajado a trabalho...

— Foi o governo, sra. Mitra. O governo descobriu um esquema monstruoso de desvio de verbas dentro da Bonyad. Em plena campanha eleitoral. São bilhões de riais que desapareceram dos cofres públicos e que, de acordo com o serviço secreto, teriam ido parar numa conta secreta em Liechtenstein. O sr. Jaffar nunca esteve viajando. Apenas o governo optou por não comunicá-la ainda para não criar um alarido prematuro. Vim aqui em caráter pessoal e por respeito e consideração à senhora e ao sr. Jaffar.

Mitra sentiu faltar-lhe momentaneamente o chão e teve de ser amparada por Kadivar que a ajudou a sentar-se na calçada. Ela gostava de Jaffar, apesar de tudo. Ainda que o convívio entre eles estivesse beirando o insuportável, com o marido cada vez mais ranzinza, autoritário e intransigente, ela nutria por ele certo respeito e uma amizade, em nome dos bons anos de casamento. Jaffar não desviara aquele dinheiro. Ele podia ter muitos defeitos, mas não era desonesto. Mitra tinha certeza disso. E, naquele momento, sentiu uma pena imensa do marido.

— Isso só pode ser um engano — afirmou Mitra. — O governo não pode acusar Jaffar sem provas.

— Ninguém precisa de provas. Os tribunais estão sob direta influência da liderança suprema e eles podem fazer o que acharem mais conveniente para frear os ânimos da população, que estão muito acirrados por causa das eleições e do assassinato de Mohsen Khajepour. Mostrar que o governo está trabalhando pela manutenção da moralidade pública, combatendo a corrupção e punindo severamente os maus políticos é uma excelente maneira de dar uma resposta aos opositores e, consequentemente, baixar um pouco a fúria da opinião pública.

Bilhões de riais iranianos desviados para um paraíso fiscal, abismou-se Mitra. Um jornal iraniano faria as contas mais tarde e chegaria a uma cifra mais exata. O rombo passava dos cem milhões de euros. Era mais um indício da inocência de Jaffar. Ela jamais vira a cor desse dinheiro. E Jaffar nunca teria conseguido ocultar dela um fato tão espetacularmente grave.

Mitra estava perdida, sem saber o que fazer. Se com Jaffar sua vida estava difícil, sem ele ficaria ainda pior. Ela nem podia se imaginar, de repente, sozinha no mundo, sem a segurança e a proteção do marido. Era verdade que estava revoltada com Jaffar por causa do comportamento agressivo dele ultimamente; mas o que ela queria era reconstruir seu casamento. Jamais passara por sua cabeça ver-se livre de Jaffar e ainda mais daquela maneira horrível e injusta.

O certo, por ora, era que uma revolução se anunciava nas ruas, deflagrada tanto pelo assassinato de Khajepour quanto, agora, pelo escândalo de corrupção, que, com certeza, desviaria o foco da questão eleitoral. Segundo Kadivar, Jaffar estaria incomunicável num presídio de segurança máxima ao norte de Teerã. Como Mitra faria para provar sua inocência com tantas reviravoltas ocorrendo ao mesmo tempo?

* * *

ERA UMA manhã comum de início de semana, quando Glauco Barcellos, o louro, esbelto e levemente efeminado preposto de Aníbal Monte Mor na Pinacoteca Fluminense, saltou na estação do metrô da praça Cardeal Arcoverde e caminhou três quarteirões até a avenida Atlântica, onde ficava a galeria. Glauco tinha 33 anos e há dez trabalhava com Aníbal, na pinacoteca, onde, hoje, ocupava o cargo de gerente. Na verdade, sua principal função era estar na galeria todos os dias, de segunda a sábado, e tratar de todas as funções burocráticas e administrativas, enquanto o chefe se reservava o direito de aparecer por lá quando lhe conviesse. Glauco gostava dessa rotina, gostava de gastar as horas em sua escrivaninha no mezanino da galeria, olhando para o mar de Copacabana, enquanto atendia telefonemas, mandava e recebia e-mails e cuidava dos interesses dos artistas que Aníbal, como marchand, representava.

A tranquilidade desse cotidiano que, por vezes, beirava a monotonia, foi quebrada naquela manhã de forma violenta. Mal Glauco girou a chave da porta e entrou na galeria, foi surpreendido por dois homens encapuzados que, logo, o imobilizaram e o arrastaram até o mezanino, onde absolutamente tudo — gavetas, armários, arquivos, pastas — encontrava-se revirado, como se um furacão tivesse acabado de passar por ali. Furiosos, gritando num francês agressivo e assustador, eles perguntaram repetidas vezes por Aníbal. Queriam saber para onde, exatamente, ele tinha viajado e se Glauco possuía algum número de telefone ou endereço onde pudessem localizá-lo.

Glauco revelou, sem hesitar, tudo o que sabia: que o chefe tinha viajado à Espanha, para a inauguração de uma mostra coletiva de artistas contemporâneos do Cone Sul, no Centro Galego de Arte Contemporânea, em Santiago de Compostela. A mostra era organizada pelo marchand espanhol Miguelanxo Forcadela, amigo pessoal de Aníbal. Glauco, no entanto, não tinha nenhum número de telefone, já que Aníbal não dissera onde se hospedaria. Também não sabia quando o chefe voltaria, já que ele se esquivou de dizer, informando, apenas, que regressaria logo.

Os homens não acreditaram nele. Parecia-lhes evidente que

Aníbal dera a Glauco um número de telefone para contato e que ele não queria revelar. Por que o desgraçado faria segredo justamente ao gerente da galeria, pessoa de sua maior confiança? Eles pressionaram Glauco um pouco mais, elevando o tom da voz e apontando pistolas para sua cabeça. Desesperado, Glauco começou a choramingar, reiterando que não sabia de mais nada e, então, começou a tortura. Amarrado no chão, sem ter como se defender ou fugir, Glauco foi duramente espancado, pisado e chutado durante intermináveis quinze minutos, enquanto era ridicularizado e xingado de *pédé*, *tapette* e *gouine* (equivalentes, em francês, a termos como "bicha" e "veado"). Depois que ele desmaiou, com o rosto inchado e sangrando no nariz, nas orelhas e nas têmporas, os homens foram embora levando alguns papéis dobrados e enfiados no bolso. Caminharam tranquilamente pela avenida Atlântica e tomaram o carro preto, o indefectível carro preto, estacionado a poucos metros da galeria.

Meia hora depois, um dos vigias e o contador da galeria chegaram para o trabalho e encontraram Glauco ferido e desmaiado no mezanino. Eles chamaram uma ambulância e Glauco foi levado para um hospital em Botafogo, onde permaneceria internado por alguns dias. Felizmente, ele sobrevivera. E começava a se perguntar por que aqueles homens estavam tão desesperados atrás de Aníbal Monte Mor. E por que Aníbal não havia deixado um único número de telefone pelo qual pudesse ser contatado durante sua viagem.

PARTE III

Uma semana depois

-1-

Era a entrada do verão. Genebra estava divina, emoldurada por um céu azul-turquesa límpido e arrebatador. A cidade reluzia em todo seu discreto esplendor, alegre, radiosa, trepidante e ostentando uma atmosfera de celebração pela chegada da bela estação.

A tranquilidade voltara a Genebra depois dos distúrbios registrados na semana passada durante os funerais de Mohsen Khajepour. O caixão com seu corpo, coberto com as bandeiras do Irã e do Cantão de Genebra, foi velado ao longo de toda a quarta-feira no prédio da Universidade de Genebra, na Promenade des Bastions. O sepultamento ocorreu na manhã seguinte no Cemitério dos Reis, em Plainpalais, o mesmo bairro onde Khajepour residia, de acordo com a própria vontade, expressa em testamento. Um forte esquema policial foi providenciado para garantir a segurança da cerimônia e ainda era possível encontrar alguns homens da polícia discretamente distribuídos pelas esquinas próximas à universidade.

Quieta ao lado de Bartô no banco traseiro da Mercedes-Benz alugada, Araci contemplava as bandeiras tremulando ao sabor do vento de 18°C dos dois lados da ponte du Mont-Blanc sobre o rio Ródano, enquanto o motorista, cortês e poliglota, guiava o carro com elegância em direção à galeria de Ulrich Wachtel, situada na movimentada Place de la Fusterie. Faltava pouco para as dezenove horas, mas ainda era dia claro. Araci mal conseguia acreditar que estava na Suíça, a salvo dos terroristas que a ameaçavam no Rio de Janeiro e, o que era mais impressionante, a poucos minutos de desvendar o esplendor da Coleção Von Kessel.

Ela guardava vivas na memória as duas vezes em que estivera com o barão Von Kessel no Brasil; uma no Rio de Janeiro, 25 anos atrás, e a outra na Bienal de São Paulo, em 1996. Em ambas as ocasiões, o barão revelara-se um cavalheiro encantador, distinto, espirituoso e dono de uma impecável educação à moda antiga. Ele era um homem robusto, de tez rosada e cabelos muito brancos penteados para trás; possuía o sorriso franco e um ar protetor e paternal, embora nunca tivesse tido filhos. O dinheiro não parecia deslumbrá-lo e o vírus da arrogância jamais o contaminara. Tudo no barão parecia digno de um notável ser humano. Araci não conseguia prever como reagiria quando o encontrasse depois de tantos anos.

Nascido e criado no centro da Alemanha, o barão Anton Wolfgang Von Kessel mudara-se para a Suíça ainda adolescente, com os pais, estabelecendo-se em Zurique e, posteriormente, em Genebra. Foi ali, na maior cidade da Suíça francesa, que ele encontrou o ambiente ideal para seguir seu faro para os negócios e fundar, às vésperas de completar 40 anos, a Union Bancaire Genevoise, hoje um dos mais importantes bancos suíços. Sua notória ligação com as artes plásticas, a grande paixão de sua vida, surgiu quando ainda vivia na Alemanha, e tornou-se, reza a lenda, uma verdadeira obsessão com o passar dos anos. O acervo reunido por ele era formidável, mas seu tamanho e valor constituíam um mistério. Falava-se em trinta mil peças, mas o próprio Ulrich Wachtel, curador da coleção, não se arriscava a fornecer números precisos. A coleção abrangia, certamente, muitas das etapas da história da arte, desde a arte religiosa da

Baixa Idade Média, passando pela Renascença, pelo Classicismo e Impressionismo, chegando até os grandes movimentos do século XX. Reunia trabalhos de pintores, gravuristas, escultores e fotógrafos da Europa, das Américas e da Oceania e outros provenientes, em menor escala, da Ásia, do Oriente Médio e da África, desde os acadêmicos até a *art naïf*. Entre as obras mais importantes, sobressaía uma estupenda reunião de trabalhos de mestres do quilate de Rafael, Tintoretto, El Greco, Velázquez, Rubens, Van Dyck, Vermeer, Rembrandt, Delacroix, Ingres, Toulouse-Lautrec, Renoir, Degas, Monet, Van Gogh, Cézanne, Bonnard, Picasso, Chagall, Rodin, Coysevox, Henry Moore e Guillain. Durante anos o barão foi continuamente assediado por museus e colecionadores de todo o mundo, interessados em adquirir algumas das obras, mas ele sequer se dispunha a ouvir as propostas. Agora, Von Kessel estava velho e, segundo dissera Ulrich Wachtel, com a saúde comprometida. Depois de sua morte, choveriam ofertas. Ainda porque ele era viúvo havia alguns anos e não deixara filhos.

A Mercedes avançou pela margem esquerda de Genebra e parou na esquina da Rue du Rhône com a Place de la Fusterie, no coração da área comercial mais sofisticada da cidade. Araci baixou o vidro elétrico da janela e observou os convidados caminhando sobre o comprido tapete vermelho que Wachtel mandara estender ligando as duas extremidades da praça à entrada da galeria. Faltavam cinco minutos para a abertura da mostra e a impressão era a de que todos haviam combinado chegar pontualmente no mesmo horário. Afinal, estavam na Suíça.

Araci havia optado por um visual sóbrio: ela vestia um terninho castanho de lã, realçado por uma echarpe de crepe presa abaixo do ombro direito por um broche Cartier em forma de pantera, trabalhado em platina, diamantes e realçado por uma enorme pérola cinza taitiana. Seus cabelos estavam soltos depois de haverem passado por uma demorada produção no salão do Hotel Des Bergues, que levou três torturantes horas.

Bartô, por sua vez, não abriu mão de uma gravata-borboleta, e naquela noite usava uma cor de ouro-velho, sobre camisa branca, e terno escuro.

A Galerie Le Varlet — uma homenagem à esposa do barão Von Kessel, que se chamava Edith Le Varlet — ocupava um imóvel solene do século XVIII, de quatro andares e fachada clara de linhas barrocas, que sobressaía quase no centro da praça, praticamente tomada por prédios modernos. Quatro vitrines ladeavam o portal de entrada, sendo que três delas ostentavam painéis com desenhos dos rostos de alguns artistas presentes à mostra como Cézanne, Braque, Magritte, Kandinsky e Miró. Na outra, repousava solitária uma pintura a óleo do barão Von Kessel, retratando-o altivo e sorridente, de pé com a mão direita pousada no espaldar dourado de uma cadeira alta.

Dois coloridos galhardetes pendurados, um em cada extremidade da fachada, anunciavam a exposição em três línguas: francês, alemão e inglês, nesta ordem. Bandeiras da Suíça, da Alemanha e do Cantão de Genebra achavam-se hasteadas na sacada imediatamente acima da entrada e conferiam ao prédio certa grandeza cosmopolita realçada pela atmosfera vibrante daquela parte da cidade.

Araci desceu do carro, auxiliada por Bartô e, apoiada na bengala, atravessou a praça de braços dados com o marido. A dor no pé havia diminuído bastante, mas Araci ainda não conseguia firmá-lo totalmente no chão. Eles entraram na galeria por um resplandecente vestíbulo de piso de mármore claro e paredes revestidas nas bordas de mármore rosa, onde duas lindas moças de terninho recolhiam os convites e distribuíam os catálogos com o roteiro da exposição. O único móvel ali era um aparador francês do século XIX, acima do qual reluzia, presa à parede, uma placa de bronze comemorativa à inauguração da galeria. Do vestíbulo passava-se diretamente ao luxuoso salão principal do térreo, um delírio para olhares sensíveis. Colunas cilíndricas de mármore rosa erguiam-se do piso de mármore *rosso* com detalhes em ônix, enfileiradas do portal do vestíbulo até a escadaria que, por sinal, era uma atração à parte: seus degraus em mármore e corrimões trabalhados em ferro forjado e banhados a ouro faziam dela uma indiscutível obra de arte. Pela escada, chegava-se ao primeiro andar, de onde se abria um amplo vão oval circundado por balaustradas douradas, que permitia descortinar uma visão panorâmica do térreo e, naquela noite em particular, dos cocurutos confraternizando-se.

A exposição enfocava fases distintas da evolução da arte moderna, começando pelo fovismo, movimento marcante do início do século XX. Nada mais natural, uma vez que o próprio Matisse afirmara, na época, que "o fovismo não é tudo, é apenas o começo de tudo". Os outros gêneros visitados eram, nesta ordem, cubismo, construtivismo, expressionismo, surrealismo e minimalismo. Ao término do percurso, que para os apreciadores natos das artes não duraria menos de duas horas e naturalmente seria repetido, os visitantes eram brindados com uma seleção caprichada de pinturas e estudos de expressionistas abstratos e figurativos.

Os quadros haviam sido alinhados por ordem cronológica a partir da entrada. A mostra contornava, no sentido horário, o perímetro do salão térreo e prosseguia pelo primeiro andar. Cada etapa era precedida por painéis, onde textos explicativos em francês, alemão e inglês davam um breve resumo do significado daquele momento para a evolução da arte, suas características e seus principais expoentes.

Um grande burburinho ressonava no ambiente. As fragrâncias parisienses juntavam-se ao cheiro de fumo queimado de quem até há poucos instantes estava com um cigarro ou um charuto na mão. O tilintar do cristal dos copos de uísque e vodca, taças de vinho tinto e *flûtes* de champanhe somava-se ao som difuso do falatório dos convidados, entremeado por risos e cumprimentos cordiais. Araci mapeou o salão com os olhos. As primeiras obras na seção fovismo eram um quadro de Matisse seguido por outro de Derain, os pioneiros entre os fauves. Araci colocou seus óculos a fim de enxergar melhor. As cores fortes e incomuns da pintura de Matisse que chocaram os acadêmicos na época de seu surgimento ainda eram capazes de surpreender mesmo um olhar contemporâneo mais calejado.

De súbito, ela ouviu uma voz grossa e melíflua surpreendê-la por trás, falando em alemão:

— *Guten Abend, Araci Quintanilha! Wie geht's?* (Boa noite, Araci Quintanilha! Como vai?)

Araci virou-se. Ulrich Wachtel olhava-a com um sorriso afável estampado no rosto.

— Ulrich, que prazer revê-lo depois de tantos anos! — exclamou ela, estendendo-lhe a mão. — Como pode ver, cumpri a promessa. Aqui estou eu.

— Bem-vindos a Genebra! — Ulrich beijou-lhe a mão galantemente, falando em seu peculiar português de Portugal com sotaque alemão. — Sinto-me feliz e honrado por tê-los comigo nesta noite especialíssima. Chegaram quando?

— Na sexta-feira. Estou com o pé direito machucado por causa de uma torção, tendo de andar com essa maldita bengala... — Araci imprimiu um tom bem-humorado à voz, que quase fez Ulrich gargalhar. — Mesmo assim, aproveitamos o dia de ontem para dar uma volta pela cidade. Almoçamos num restaurante ao ar livre na subida da cidade velha e saímos, depois, para um passeio de barco pelo lago — ela fez um gesto na direção de Bartô: — Lembra-se de meu marido, Bartolomeu?

— Naturalmente que sim — respondeu ele, cumprimentando Bartô com um aperto de mão firme e gentil; Bartô murmurou um: "como vai?" meio sem graça. Ele sempre ficava pouco à vontade em ambientes faustosos como aquele e a verdade é que não era lá um grande amante das artes plásticas. Um evento como aquele, portanto, era a promessa de horas e mais horas de um tédio opressivo, mas ele sabia que era um momento importante para Araci e isso, de certo modo, consolava-o.

Os três foram caminhando devagar pelo salão. Ulrich Wachtel era um autêntico dândi suíço-alemão, dotado, a um só tempo, de uma simpatia polida e uma personalidade impenetrável. Tinha 61 anos, era um homem alto, esguio, com os cabelos brilhosos, misturando fios louros e brancos, meticulosamente penteados para trás, e um bigode proporcional que parecia inflacionar seu sorriso. Sua elegância era vibrante e extremamente espontânea. Ele falava com a voz pausada, enquanto gesticulava como se estivesse rezando uma missa. Das pessoas que Araci conhecia, ele era um dos que mais se aproximavam da definição clássica de gentleman.

Ulrich ia fornecendo rápidas explicações sobre cada uma das peças expostas, que demonstrava conhecer intimamente. A todo instante, sua presença era requisitada por todos, mas ele parecia querer dedicar um pouco de atenção àqueles convidados que haviam vindo de tão longe.

— Eu tenho uma posição firme quanto à importância do fovismo. Para mim foi, sem a menor sombra de dúvida, o ponto alto da grande revolução que a arte experimentou no século XX — declarou ele, dando a impressão de viajar em suas próprias palavras. — Sem as cores fortes e ao mesmo tempo irreais, sem as formas vigorosas e ao mesmo tempo simples, sem as deformações dos traços e o objetivo de fustigar o "fundo sensual do homem" característicos do fovismo, o que muita gente, hoje, conhece genericamente como "arte moderna" não teria existido.

Bartô mantinha-se em silêncio, com um sorriso fixo no rosto, tentando ao máximo esconder seu total desinteresse pelo discurso pretensamente professoral de Ulrich e reprimindo com todas suas forças cada ânsia de bocejo. Araci fez de conta que não percebeu e, focada na conversa com Ulrich, deu sua opinião:

— Pode ser. Tem gente que defende que os pioneiros da arte moderna foram os cubistas. Mas o movimento cubista foi uma espécie de consolidação do fovismo. E veio depois.

Ulrich assentiu com a expressão de quem estava adorando a conversa.

— Existem relatos de um visitante do Salão de Outono de Paris, em 1905, onde o fovismo apareceu pela primeira fez, que testemunhou acessos nervosos do público; todo mundo correndo de galeria em galeria, depois de entrar na sala onde estavam expostos Matisse, Derain, Braque e todos os demais — ele riu a valer, parecendo achar a história divertidíssima. Ele, agora, dirigia o olhar para Bartô e falava didaticamente, como se ele fosse um completo ignorante no tema. — Como os críticos de arte sempre foram uma gente retardada por natureza, eles resolveram, maldosamente, apelidar aqueles artistas brilhantes, talentos extraordinários que escancararam as portas douradas do século para o avanço da arte moderna de feras, *fauves* em francês. — Ulrich, de repente, esticou o olho para o outro lado, parecendo procurar por algo. — A propósito, desejam beber alguma coisa?

Araci e Bartô se olharam, um indagando silenciosamente ao outro se aceitavam ou não. Sem esperar pela resposta, Ulrich estalou os dedos. Um garçom aproximou-se instantaneamente e ele pediu num alemão austero:

— *Herr Ober! Könnten wir bitte Wodka, Champagne und Appetithäppchen haben?* (Garçom! Pode nos trazer, por favor, vodka, champanhe e aperitivos?)

Três outros surgiram de imediato trazendo reluzentes bandejas de onde cintilavam copos e *flûtes* de cristal e vistosas travessas de prata com apetitosos petiscos.

— *Danke!* (Obrigado) — agradeceu Ulrich, pescando um copo de vodca.

Os garçons permaneceram perfilados, imóveis, em frente a eles. Ulrich voltou-se para Bartô e Araci.

— *Blinis* de caviar — explicou enquanto apontava alternadamente para as bandejas. — Aperitivos de faisão e cordeiro. Champanhe Don Pérignon. E vodca polonesa, para acompanhar o caviar, naturalmente. Como manda a tradição na Rússia e no Médio Oriente.

— O caviar é russo? — arguiu Araci, sacando um da bandeja.

— Não, é iraniano — respondeu Ulrich.

A simples menção da palavra "iraniano" provocou uma ligeira taquicardia em Araci.

— Sevruga e Osetra — prosseguiu Ulrich. — Comprados numa loja maravilhosa, quase aqui ao lado, chamada Caviar House. É lá onde me abasteço sempre que organizo meus coquetéis.

Araci lembrara-se agora de haver passado pelas simpáticas vitrines da Caviar House durante o breve percurso entre o carro e a galeria. E pensou que não seria má ideia voltar à praça amanhã, durante o dia, para uma visita à loja.

Bartô apanhou duas taças de champanhe, oferecendo uma a Araci e comentou aleatoriamente, antes de bebericar.

— Li certa vez que no Irã, um tempo atrás, o caviar preto saía mais em conta do que carne de boi. Um quilo e meio de ovas de Sevruga por cerca de cinco dólares. Não sei como a situação está hoje. Mas se o álcool não fosse proibido por lá, o Irã poderia até ser um lugar agradável para se viver. Caviar por esse preço é uma bênção. Soube de gente no Irã que comia caviar até no café da manhã. Nem nas melhores residências europeias isso acontecia.

— Mas, estranhamente, até onde eu sei, a maioria dos iranianos nunca foi grande apreciadora de caviar — replicou Ulrich. — Ao que parece, preferem uma comida que chamam de *chelo-kababs*.

Araci terminou de mastigar o *blini* e bebeu um gole de champanhe. Ela perguntou a Ulrich, desviando-se completamente do assunto:

— A decisão de exibir esses períodos da arte do século XX teve alguma razão especial?

— A ideia foi minha — retrucou Ulrich, terminando de mastigar um *blini* de Osetra. — Por que a pergunta?

— Não me leve a mal, eu adoro todos esses artistas: Matisse, Braque, Munch, Léger, Picasso. São esplêndidos, geniais. Eu seria estúpida se ousasse desmerecê-los. Mas não seria mais interessante... Quero dizer: não haveria mais repercussão, caso o barão decidisse expor as obras mais antigas de seu acervo? Obras de vultos como Rafael, Caravaggio e Rembrandt que você mesmo me disse uma ocasião que integravam a coleção?

— Compreendo o que quer dizer — assentiu Ulrich. — Na verdade, duas razões levaram à opção pelo século XX. A primeira é, obviamente, o caráter retrospectivo, uma tentativa de analisar o século XX que acabou há pouco por meio do que de melhor foi produzido nele em termos de arte.

— E a segunda?

— A segunda envolve aspectos, digamos, mais complexos. Trata-se de trabalhos de enorme valor artístico e financeiro. Nós sabemos que inúmeras obras de arte pertencentes aos israelitas mortos pelo Terceiro Reich foram pilhadas pelos nazistas e que muitas delas estariam guardadas nos bancos suíços. Agora, muitos de seus descendentes, justificadamente, lutam para reavê-las e alguns lançam mão de expedientes oportunistas para tentar apoderar-se de algo que nunca lhes pertenceu. Não é difícil compreender o que quero dizer, não é? Além de ser alemão, o barão Von Kessel é um importante banqueiro aqui na Suíça. Achei melhor não trazer as obras a público agora, com receio de que alguém aparecesse para reivindicar algumas delas como sendo suas. Um escândalo dessa magnitude poderia acarretar um enorme desgaste para a imagem do barão e para a imagem do banco.

Araci perguntou:

— Por falar no barão, não o vi ainda. Ele veio à exposição?

Ulrich ficou sério. Araci notou que os olhos dele perderam imediatamente o brilho. Ele disse, com a voz desanimada:

— O barão Von Kessel já não é o homem forte e vigoroso de antigamente, caríssima. Ele está velho, quase não anda e há dois anos não sai da Villa Saint-Benoît. Apenas nos dias de sol a governanta o leva numa cadeira de rodas para passear pelos jardins da *villa*. É muito triste ver alguém como ele terminar seus dias assim. Estou há cinco anos avaliando sua coleção, mas confesso que não alcancei nem a metade. São milhares de peças, uma boa parte de artistas desconhecidos que ele adquiria indiscriminadamente nas viagens que fazia. Mapeá-las é uma tarefa árdua. Tenho de dedicar uma parcela de meu tempo diário à galeria, e o barão vetou a presença de terceiros nos subterrâneos da *villa*, onde as obras estão armazenadas. Logo, não posso levar um auxiliar e tenho de realizar todo o trabalho sozinho.

— Você, então, está bastante atarefado, não é? — indagou Araci, tomando mais um gole de champanhe. — Você ainda mantém artistas no catálogo de sua galeria ou tem se dedicado exclusivamente à Coleção Von Kessel?

— Não. Atualmente, as únicas coisas que me ocupam além da coleção são algumas exposições coletivas com as quais, eventualmente, me envolvo. Há um ano e pouco integrei a curadoria de uma coletiva na Kunsthalle de Viena com uma seleção de trabalhos de artistas austríacos como Arnulf Rainer e Maria Lassnig... E, no final do ano passado, recebi um convite para participar da organização da próxima Documenta de Kassel, na Alemanha. Aceitei, mas já me arrependi. A Colecção Von Kessel tem me tomado cada vez mais tempo e não sei se estarei disponível o bastante para dar conta de tantos compromissos.

A essa altura, eles já haviam percorrido o térreo e galgavam suavemente os degraus em direção ao primeiro andar. Ao chegarem ao topo, encontraram um homem elegante, de cabelos prateados e vestindo um alinhado terno cinza-escuro, que se aproximou sorridente de Ulrich. Pelos cálculos de Araci, ele devia ter por volta de 70 anos, mas exibia uma pele lisa e bem cuidada e uma expressão jovial.

Ele trocou algumas palavras cordiais em francês com

Ulrich, antes que o marchand o trouxesse ao encontro de Araci e Bartô:

— Permitam-me apresentar-lhes: este é Olivier de Grammont, embaixador da França nas Nações Unidas. Veio de Nova York especialmente para a mostra.

Olivier estendeu a mão cordialmente para Araci e Bartô.

— Araci Quintanilha é uma respeitada leiloeira no Brasil — disse Ulrich, em francês, sem fazer menção a Bartô, como se ele fosse um mero consorte de Araci.

— Não diga! — admirou-se Olivier de Grammont. — Creio que já ouvi falar da senhora. Não foi a sua casa de leilões que sofreu um atentado no início do mês?

Araci quase engasgou com o champanhe. Não podia acreditar que a notícia tivesse se espalhado a ponto de um desconhecido se lembrar do atentado ante a simples menção de seu nome.

— Foi um episódio lamentável — Araci fez um esforço para se manter controlada. — O mundo está se tornando um lugar cada vez mais perigoso.

— É verdade — assentiu Olivier com um sorriso, tratando, elegantemente, de desviar o assunto. — Veja meu caso: moro, atualmente, em Nova York. É, sem dúvida, a cidade mais propensa do mundo hoje para um grande atentado terrorista. Viver lá tem seu risco. Às vezes, fico apreensivo, mas a realidade é que não estamos seguros em nenhum lugar hoje em dia.

— O mundo está mesmo uma loucura — concordou Bartô.

— Estão gostando da exposição? — perguntou Olivier.

— Bastante — sorriu Araci.

— A arte já foi boa — suspirou Olivier, com ar distante. — É uma pena que profissões como a sua tenham se tornado tão ingratas, a senhora não acha?

Araci fitou o homem demoradamente. Aquela afirmação soara irônica além da conta.

— Desculpe-me, mas não entendi o sentido de seu comentário — ela respondeu, com a voz seca. — Sou leiloeira há muitos anos, amo o que faço e sempre tive uma grande alegria em trabalhar com arte. Desde que, é lógico, ela tenha qualidade estética e transmita sensibilidade.

— Não me interprete mal — o embaixador não parecia constrangido. — O que eu quis dizer foi que deve ser difícil trabalhar com arte nos dias de hoje, quando a produção artística é tão... duvidosa, para dizer o mínimo.

— Nem toda a produção contemporânea é duvidosa.

— É verdade — o sarcasmo acentuou-se no rosto de Olivier. — Ela também pode ser perigosa.

Araci sentiu um tremor sombrio, como se um manto gelado lhe houvesse cingido o corpo. A arte realmente podia ser muito perigosa. Lembrou-se do quadro. Aquele quadro... Por quanto tempo mais ele lhe despertaria aquela sensação paralisante de angústia e de um medo quase infantil?

Olivier estendeu a mão mais uma vez para ela e Bartô.

— Tenho de ir agora. Foi um prazer conhecê-los.

— O prazer foi nosso — retribuiu Araci, antes de Olivier afastar-se. Bartô comentou a ela:

— Que homem educado, não é?

— Sem dúvida — concordou Araci, com algum azedume. — Um pouco sarcástico, porém, muito educado.

Ulrich havia se afastado momentaneamente deles e retornava agora. Ele era cada vez mais assediado pelos convidados e acabou tendo de pedir-lhes licença:

— Araci e Bartolomeu, perdoem-me por não poder lhes dar a atenção necessária. Preciso receber os demais convidados. Mas gostaria imensamente de revê-los ainda esta semana. Vocês estão no Des Bergues, correto?

— Correto — respondeu Bartô.

— Que tal, então, marcarmos para amanhã um chá no próprio hotel? Dezesseis horas seria um bom horário?

Araci e Bartô olharam-se interrogativamente. Como ele nada disse, ela respondeu:

— Para nós, está ótimo.

Ulrich abriu um sorriso amável.

— Então, nos vemos amanhã no Bar des Bergues. Aproveitem bem a noite.

Ulrich deu um último aceno e desceu a escada enquanto Araci e Bartô caminhavam rente às pinturas alinhadas nas paredes. Araci correu os olhos pelos convivas no primeiro andar e, depois, sem prestar atenção a um Joan Miró quase reluzindo atrás de si, debruçou-se na balaustrada de ferro dourado, e observou a movimentação no térreo.

Foi Bartô quem interrompeu suas divagações.

— Em que está pensando?

Araci alteou uma sobrancelha.

— Em Aníbal. Liguei para papai pouco antes de a gente sair para cá e ele me contou que a Pinacoteca Fluminense foi invadida na semana passada e que Glauco foi espancado e está internado numa clínica. Parece que ele vai receber alta amanhã.

— Que horror! — Bartô levou as mãos ao rosto, perplexo. — E você só me conta isso agora?

— Desculpe, querido. É que, quando eu telefonei, você já tinha descido para o lobby do hotel para esperar o carro e só agora conseguimos ficar a sós — cautelosa, Araci baixou ainda mais o tom de voz: — O mais curioso é que nada foi roubado da Pinacoteca. Quadros, dinheiro... Aníbal não voltou ao Rio. Também não ligou para saber da galeria ou do estado de saúde de Glauco. Ele continua em silêncio, na Espanha. É como se estivesse fugindo de alguma coisa.

— É realmente estranho. Aníbal viajou para a inauguração de uma exposição em Santiago de Compostela. Já era para ele ter voltado. O que será que aconteceu?

Araci pensou um pouco.

— Não sei. Mas tem alguma coisa errada nessa viagem de Aníbal. Ele não desapareceria dessa forma se não tivesse uma razão muito séria. Se o ataque à pinacoteca não foi uma tentativa de assalto, teve outro motivo, um motivo maior. Pedi para papai fazer uma visita a Glauco assim que ele estiver recuperado. E amanhã cedo, eu mesma telefonarei para o escritório do marchand Miguelanxo Forcadela, em Santiago de Compostela, e procurarei saber onde Aníbal está hospedado. Algo me diz que precisamos localizá-lo logo.

- 2 -

A crise política no Irã se alastrava.

Naquela segunda-feira as ruas de Teerã amanheceram, mais uma vez, tomadas por milhares de homens e mulheres vestidos de preto, a maioria estudantes e partidários da oposição. Carregando cartazes e bradando palavras de ordem contra os resultados fraudulentos da eleição de 12 de junho, a execução do professor Mohsen Khajepour por um grupo terrorista supostamente ligado ao governo iraniano e, principalmente, contra Jaffar Jalaipour, acusado de malversação de fundos da Bonyad, a Fundação para os Deserdados, eles saíram em protesto da Universidade de Teerã em direção à sede do Ministério do Interior.

A manifestação, organizada pela União Islâmica dos Estudantes Universitários, coincidiu com rumores não confirmados de que Jalaipour havia deixado por algumas horas a cela especial que ocupava na ala 325 do presídio de Evin — um abominável complexo penitenciário de segurança máxima nos contrafortes da cordilheira de Alborz, ao norte da capital — e estaria naquele exato momento nas dependências do ministério sendo interrogado.

Soldados da polícia antimotim, vestidos com capacetes

e protegidos por escudos, rapidamente isolaram o entorno do ministério, na avenida Dr. Fatemi, a pouco mais de um quilômetro do campus da universidade, impedindo o avanço dos manifestantes que lançavam pedras e pedaços de pau contra eles. Ambos os lados pareciam a um passo de entrar em violento confronto, e a polícia parecia apenas aguardar um pretexto mais forte para agir. Do resto da cidade, até mesmo de alguns bairros da abastada e ocidentalizada zona norte, chegavam notícias desencontradas de choques entre polícia e manifestantes, inclusive com mortos e destruição. A censura à imprensa aumentava. O acesso à internet havia sido cortado por ordem do governo, a fim de dificultar o envio de notícias sobre os protestos para o exterior, mas, aos poucos, vinha sendo restabelecida, ainda que precariamente. A República Islâmica parecia à beira de um colapso. Ou de uma guerra civil.

Naquele momento, uma mulher abatida, com a cabeça coberta por um lenço azul-escuro, surgiu em meio ao tumulto e acercou-se de um dos soldados, tentando convencê-lo a lhe permitir acesso ao ministério. O soldado, a princípio, ignorou-a. Depois, diante da insistência dela, fez uma negativa enfática com a cabeça e repeliu-a com as mãos. A mulher era Mitra Rahmani. Ela usou toda sua capacidade de argumentação para fazer com que o soldado compreendesse que ela não era uma das manifestantes. Ela era a esposa de Jaffar Jalaipour, com quem não tivera nenhum contato desde que fora preso. Precisava falar com o marido, saber como ele estava e, se possível, informar-se com alguma autoridade sobre a real situação dele. Quem sabe até dar seu testemunho de que Jaffar era inocente, muito embora ela soubesse que sua palavra, ali dentro, de nada valeria. Não apenas por ser uma mulher, mas por não ter nenhuma prova concreta capaz de inocentar Jaffar de forma irrecorrível.

Os gritos furiosos da multidão iam aumentando cada vez mais. O barulho de todas aquelas vozes reverberando com intensidade, aliado ao forte calor e à impossibilidade de entrar no ministério para ver o marido, produziu em Mitra uma profunda sensação de angústia. Ela começou a suar frio, a sentir-se zonza. Permaneceu parada no mesmo lugar, ao lado do soldado, com os olhos fixos nos pés dos manifestantes que se agitavam sobre o chão, ameaçando avançar, mas recuando ante a barreira policial. Sua visão começou a rodar, enquanto um formigamento frio se espraiava por sua cabeça e suas pernas.

O confronto era inevitável. Os policiais não estavam dispostos a tolerar a insolência daqueles baderneiros por muito tempo e resolveram agir antes que a coisa piorasse. Empunhando os escudos, cassetetes e arremessando uma saraivada de bombas de gás lacrimogêneo, eles se lançaram contra a multidão, que revidou com coquetéis molotov, pedras, ovos e garrafas. O local imediatamente virou uma praça de guerra. Após um breve, porém estratégico, recuo, os soldados pareceram ganhar fôlego redobrado e começaram a disparar para o alto e a lançar uma sequência ainda mais intensa de bombas de gás contra os estudantes, fazendo com que diversas pessoas caíssem no chão e acabassem pisoteadas pela multidão desarvorada. Uma jovem, que estava na linha de frente dos protestos, levou um tiro no peito e morreu instantaneamente, numa cena que comoveu e chocou Mitra.

Havia fumaça por toda parte. Vários jovens foram espancados pelos policiais e atirados em veículos blindados. Repórteres e cinegrafistas que haviam se dirigido ao local tão logo souberam da gravidade dos protestos foram agredidos pela polícia e tiveram seus equipamentos destruídos. O correspondente de um jornal italiano foi baleado na perna e preso em seguida. Desde a semana anterior, jornalistas estrangeiros estavam proibidos pelo governo de cobrir as manifestações.

De repente, Mitra que continuava ali, ainda com um fio de esperança de conseguir entrar no ministério, foi empurrada sucessivas vezes para, em seguida, ser agarrada com violência por dois soldados que, conduzindo-a pelos braços, começaram a afastá-la do local. Ela pareceu despertar e começou a se debater, tentando se desvencilhar, enquanto gritava, com raiva:

— Vocês não entendem. Não é o resultado da eleição que me interessa. É meu marido que está aí dentro! Eu preciso falar com ele. Jaffar Jalaipour é inocente, seus covardes! Vocês estão cometendo uma injustiça!

Os policiais carregaram-na até alguns metros adiante da avenida onde o distúrbio era menor e atiraram-na com violência sobre o asfalto duro e quente. Mitra bateu com a cabeça e rolou cinco metros antes de se chocar contra o acostamento. Um corte se abriu em sua testa e um filete de sangue escorreu pelo rosto. Ela começou a sentir um desconforto nauseante, mas não encontrou forças para se mover dali. Estava exaurida. Gritos de dor misturavam-se aos de revolta, o som de rajadas ecoava por toda parte, um homem gritava ao megafone. Mitra não prestou atenção ao que ele dizia, não prestava atenção a mais nada. Sentia-se muito fraca. Em dado momento, seu mal-estar atingiu o ápice e ela desmaiou.

Instantes mais tarde, quando os manifestantes já haviam se dispersado, três ambulâncias do Crescente Vermelho chegaram ao local e, em meio ao ambiente desolador de destruição e sujeira, encontraram Mitra estirada na rua com a testa banhada de sangue e a roupa amarrotada e suja de poeira. Os enfermeiros transportaram-na para um dos veículos, enquanto voluntários da força paramilitar Basij e homens da Guarda Revolucionária reforçavam a segurança no local. Mitra foi logo identificada como a esposa de Jaffar Jalaipour e levada para o moderno Hospital Milad, na estrada Hemmat.

No início da noite, a televisão estatal iraniana divulgou, sem nenhum destaque, o saldo do tumulto: onze pessoas detidas e seis policiais feridos. A versão dada pelos estudantes, no entanto, era outra: cinco manifestantes mortos, outros quinze feridos, sendo que oito gravemente, e mais de trinta pessoas detidas e levadas para algum porão escuro da capital iraniana onde, naquele momento, certamente, estariam sendo barbaramente interrogadas. Eles se somavam aos quase vinte mortos, na mais de uma centena de feridos e nas outras tantas centenas de detidos nos violentos confrontos de dois dias antes.

A morte de Khajepour e as denúncias de fraude eleitoral e de corrupção provocaram reações também no exterior. Lojas da linha aérea iraniana, a Iran Air, foram apedrejadas, pichadas e incendiadas em Genebra, Paris, Londres, Hamburgo e Roma, por grupos de manifestantes, a maioria composta por imigrantes iranianos. Protestos também ocorreram diante de várias representações diplomáticas do Irã na Europa, mas estes transcorreram de forma pacífica e não foram registrados incidentes.

E, pela primeira vez, desde a revelação do assassinato de Khajepour, um jornal britânico publicou uma extensa matéria sobre o professor, descartando qualquer ligação entre sua morte e as eleições presidenciais daquele mês, atribuindo-a a uma obscura pintura a óleo chamada *O Véu*, encontrada no local do crime. A pintura, segundo detalhou o jornal, havia sido condenada cerca de dois anos atrás por vários líderes muçulmanos, depois de ser exibida ao público numa galeria em Paris, e teria sido comprada por Khajepour numa famosa casa de leilões brasileira, na véspera de seu assassinato.

A matéria terminava com uma pergunta: teria Mohsen Khajepour viajado ao Brasil apenas para adquirir a famigerada obra de arte e por causa disso foi assassinado?

- 3 -

Emílio Quintanilha cruzou o portal de mármore da entrada de seu edifício e foi ao encontro dos raios generosos do sol daquela manhã agradabilíssima de terça-feira. Enquanto caminhava pela rua Toneleros, respirava fundo o ar fresco e deixava-se seduzir pelo coro de pássaros e cigarras que se misturava ao verde das árvores e ao barulho dos automóveis cruzando a rua, irradiando uma melodia urbana, reconfortante e acolhedora.

Andou devagar até a praça Cardeal Arcoverde, onde observou as pessoas apressadas entrando e saindo da estação do metrô. Desceu, em seguida, toda a rua Rodolfo Dantas até alcançar a praia de Copacabana. Ali, em plena avenida Atlântica, a dois passos do Copacabana Palace, funcionava a prestigiada galeria de Aníbal Monte Mor: a Pinacoteca Fluminense.

A pinacoteca ocupava uma ampla loja de dois andares, cuja fachada era inteiramente envidraçada a fim de permitir a incidência máxima da luminosidade natural. Ela passava por reformas constantes em intervalos que não chegavam a três anos e que alteravam significativamente seu aspecto. Com isso, Aníbal tencionava exibir ao público seu próprio dinamismo como homem das artes, usando o espaço físico da galeria como vitrine.

Quando Emílio lá estivera pela última vez, a decoração

era predominantemente clássica, com os salões ornamentados com cômodas e vasos franceses dos séculos XVIII e XIX e enormes tapetes orientais. Desta vez, Aníbal pareceu ter optado por uma atmosfera totalmente clean e minimalista. Paredes imaculadamente brancas, luzes indiretas, emitidas das bordas do teto rebaixado, mobiliário moderníssimo de design italiano e muito espaço livre. Apenas o piso brilhoso, de placas de mármore branco com leves veios acinzentados entrecortadas nas pontas por pequeninos losangos pretos e a discreta placa de latão na entrada, com o nome da Pinacoteca Fluminense e o ano de sua fundação, atravessavam intactos tantas mudanças.

Emílio entrou na galeria e olhou para os lados. Não viu ninguém no térreo, além de dois robustos vigias de terno e as câmeras de vídeo posicionadas nos cantos. Por todos os lados, havia trabalhos expostos de artistas representados por Aníbal, alguns de gosto nitidamente duvidoso, cujos aspectos eram intraduzíveis e os títulos, grifados em pequenas etiquetas abaixo à direita, em geral, pouco ou nada tinham a ver com as obras.

Ele ouviu, ao longe, a inconfundível voz nasalada e levemente efeminada de Glauco Barcellos e subiu ao mezanino para falar com ele. Havia uma escada no fundo no salão, composta por dois lances em zigue-zague, os degraus largos e sólidos, separados uns dos outros e presos apenas nas bordas.

Glauco falava ao telefone sentado numa escrivaninha junto à comprida janela envidraçada do mezanino, de onde se descortinava o céu azul entrecortado por nuvens sobre o mar, as ondas formando espumas brancas antes de arrebentar na praia e as pessoas caminhando e exercitando-se no calçadão. As paredes e o piso branco e a quase ausência de mobília no recinto faziam a luminosidade que se infiltrava da janela intensificar--se, dando ao ambiente um ar de leveza e elegância despojada. Os móveis limitavam-se, basicamente, a uma escrivaninha de design arrojado, que combinava pés em aço cromado e tampo de vidro jateado e três cadeiras ao redor, também em aço cromado e estofadas em couro branco. Ao lado da mesa, sobre um gaveteiro de metal branco com rodinhas, havia uma pilha de livros na horizontal, entre catálogos da galeria, de museus e alguns volumes sobre obras dos grandes mestres.

Glauco Barcellos era um homem de pouco mais de trinta anos, alto, esguio, magro e de cabelos louros muito finos, porém abundantes. Emílio nunca o vira sem camisa social e gravata. Às vezes, e apenas nos dias de calor intenso, dispensava o paletó. Ele olhou de soslaio para Emílio e indicou uma cadeira em frente à escrivaninha. Seu rosto estava inchado, salpicado de manchas escuras, cicatrizes e curativos, e o braço esquerdo achava-se imobilizado numa tipoia. A surra tinha sido feia. Emílio teve pena dele. Pobre rapaz. Podia ter morrido, se os bandidos tivessem se empolgado um pouco mais.

Glauco conversava com o telefone equilibrado entre o rosto e o ombro, enquanto a mão que estava livre manuseava o mouse de seu vistoso e colorido Macintosh, conectado à internet, abrindo e lendo mensagens de correio eletrônico. Pelo que Emílio pôde entender, ele falava com alguém na Fundação Serralves, na cidade do Porto, em Portugal, onde uma grande mostra de pintores contemporâneos dos países de língua portuguesa seria realizada no fim do ano, com a participação de artistas brasileiros, dentre os quais dois representados pela Pinacoteca Fluminense. Emílio ainda teve de esperar cinco minutos até Glauco conseguir, enfim, concluir a ligação.

— Sr. Emílio Quintanilha! — saudou ele, levantando-se prontamente para abraçar o visitante. — Que coisa boa ver o senhor aqui!

Emílio cumprimentou-o e olhou-o com alguma indulgência:

— Eu e Araci soubemos pelos jornais e vim ver como você está. Meu Deus, olhe só para seu rosto! O que fizeram com você, menino?

Glauco retesou-se. Com certeza, a lembrança do incidente o envergonhava. Ele retornou à sua cadeira e cobriu a face com a mão que não estava presa na tipoia. Um esforço para não chorar.

— Agora, eu estou bem, sr. Emílio. Quer dizer, na medida do possível, estou bem. Só espero que os homens que estiveram aqui não voltem. A surra que eu levei... Foi horrível, horrível...

— Foi um assalto?

— Não... quero dizer... Não sei. Reviraram tudo, mas parece que não levaram nada.

— E por que bateram tanto em você?

— Sei lá... Deviam ser uns loucos, depravados. Só podiam ser. Tem muito homem por aí que sente prazer em espancar alguém como eu.

— Você me desculpe, Glauco, mas eu não acredito que alguém tenha entrado aqui só para bater em você, sem mais nem menos.

Glauco fitou Emílio por alguns instantes.

— O senhor é um homem vivido, não é, sr. Emílio? Acho que já percebeu tudo.

— Mais ou menos. Tem tido notícias de Aníbal?

Glauco recostou-se na cadeira e coçou a testa, contrariado.

— Era justamente atrás de Aníbal que os homens estavam.

Emílio não se sentiu surpreso.

— E o que eles queriam?

— Saber onde ele está. Disseram que tinham de encontrá-lo de qualquer maneira, sabe-se lá por quê. Eu disse o que eu sabia: que Aníbal foi a Santiago de Compostela, a convite de Miguelanxo Forcadela, para a inauguração de uma mostra no Centro Galego de Arte Contemporânea. Eles não se deram por satisfeitos e foi aí que começaram a me bater feito loucos.

Miguelanxo Forcadela era um renomado marchand e um dos maiores críticos de arte na Espanha. Era dono de uma badalada galeria em Santiago de Compostela, a Movementos Modernos, e também editava uma vistosa revista bimestral trilingue em galego, castelhano e inglês, chamada *E&I - Expresión & Imaxe*, dedicada à arte contemporânea, que transbordava de artigos sobre novos e promissores artistas.

Emílio o vira pela última vez num vernissage em Madri há mais de cinco anos. Miguelanxo morava num apartamento próximo ao parque da Alameda, em Santiago de Compostela e, boêmio, tinha o hábito de se esbaldar na agitada noite da cidade, chacoalhando o esqueleto em suas diversas casas noturnas até o sol raiar. Há cerca de dez anos, assumiu sua homossexualidade, embora jamais tenha sido visto com nenhum parceiro em público.

— Há algum artista da galeria de vocês presente nesta mostra? — indagou Emílio.

Glauco balançou a cabeça negativamente.

— Então o que Aníbal ainda está fazendo lá? Pelo que eu sei, ele viajou há mais de três semanas. Já não era para ele estar de volta?

Glauco pareceu pensativo.

— Para ser franco, sr. Emílio, eu acho que era. E o pior de tudo é que ele não deu um telefonema para cá este tempo todo.

Emílio arregalou os olhos. Agora ele ficara realmente surpreso.

— Está falando sério?

— Estou. Aconteceram várias coisas nestas três semanas, como o senhor sabe: o atentado na Casa Quintanilha, o assassinato do segurança de vocês em pleno leilão, o desaparecimento de *O Véu*, que pertencia a Aníbal e, agora, esse ataque aqui à pinacoteca. Não é possível que ele não tenha sabido de nada. A galeria quase foi destruída, ficou uma semana fechada... O senhor não acha que, qualquer pessoa no lugar dele, teria tomado o primeiro avião de volta para acompanhar tudo de perto? No entanto, não chegou um único recado dele em minha secretária eletrônica.

— Será que ele está bem?

— Deve estar. As más notícias chegam logo, né?

— Aníbal não deixou com você nenhum telefone ou endereço onde pudesse ser localizado?

— Ele disse, antes de partir, que me ligaria quando chegasse à Espanha para me dar o nome do hotel onde ele ficaria. Até hoje estou esperando.

— Por que, então, você não experimenta telefonar para Miguelanxo Forcadela? Ele deve saber onde Aníbal está.

— O senhor acha que eu já não fiz isso? Miguelanxo está viajando, foi o que o secretário dele me disse. Perguntei quando voltava e ele falou que não sabia de mais nada.

Emílio contraiu os lábios, pensativo. Estivera com Aníbal dois dias antes de seu embarque para a Espanha. Ele estava absolutamente normal. O mesmo jeito melancólico de sempre, a voz baixa e controlada de quem vivia sob o peso de uma tensão constante. Por que razão estaria fugindo agora?

Glauco olhou para a mesa e exclamou, de repente:

— Deus do céu, sr. Emílio. Que indelicadeza a minha. Nem ofereci um café ao senhor.

— Não se incomode, meu filho. Já estou de saída — Emílio levantou-se e contornou a mesa para dar um abraço afetuoso em Glauco. — Procure se cuidar, rapaz. Não deixe mais que façam isso com você. Se precisar de alguma coisa, pode me procurar.

— E Araci? Como ela está?

Emílio demorou um pouco a responder.

— Bem. Viajou com Bartô para a Suíça, na semana passada. Devem ficar alguns dias por lá.

— Foram a passeio ou a trabalho?

— Ela recebeu um convite da galeria de Ulrich Wachtel para uma exposição de parte da coleção de arte do barão Von Kessel.

Glauco admirou-se.

— Coleção Von Kessel? Mas que interessante! Eu era capaz de jurar que essa exposição só aconteceria em setembro...

Emílio comprimiu os olhos, ressabiado.

— Em setembro? Como assim?

— Era o que estavam comentando. Que a exposição seria inaugurada no aniversário do barão, que cai, se não me engano, no dia 22 ou 23 de setembro. Saiu até uma nota na *Miramar* sobre isso há uns dois meses.

— Vai ver Ulrich Wachtel decidiu antecipar. Parece que o barão está muito doente...

Glauco ficou imóvel por um momento e, por fim, entreabriu um sorriso.

— É. Vai ver foi por causa disso.

Emílio assentiu com a cabeça e despediu-se de Glauco. Desceu a escada e deixou a Pinacoteca Fluminense, tomando um táxi na avenida Atlântica rumo à Casa Quintanilha. Assim que chegasse lá, telefonaria para Genebra e relataria a Araci tudo o que descobrira naquela manhã.

- 4 -

Dois ruídos simultâneos.

O ranger de uma maçaneta girando foi seguido pelo estalido delicado de uma porta sendo fechada com cuidado. Uma mulher entrou com passos de fada. Estava rigorosamente vestida com calça comprida e vestido brancos. Ela aproximou-se, e Mitra, ainda entorpecida, começou a tomar consciência de que se tratava de uma enfermeira. Perfilada no pé da cama e sem dizer nada, a mulher fez várias anotações numa prancheta. Depois conferiu a aparelhagem em torno da cabeceira sem olhar nos olhos de Mitra, que balbuciou:

— O que eu estou fazendo aqui?

A enfermeira olhou-a de soslaio:

— A dra. Roshanak Nassiri logo virá falar com a senhora.

Mitra percebeu que sua voz saía pastosa e esforçou-se em parecer mais firme quando falou novamente:

— Quem é a dra. Roshanak Nassiri?

— É melhor a senhora relaxar — disse a enfermeira, com a voz indiferente. — Sua tensão só fará piorar seu estado.

Ela envolveu o braço esquerdo de Mitra com a braçadeira de um esfigmomanômetro, posicionou a cabeça de seu estetoscópio sobre a dobra do cotovelo e mediu-lhe a pressão arterial por duas vezes. Depois, tornou a tomar notas na prancheta e fez Mitra engolir um comprimido, retirando-se a seguir. Mitra percebeu que estava deitada no que devia ser um quarto de hospital. Mobiliário funcional, paredes imaculadamente brancas, suporte para soro intravenoso, aparelhos para medir a frequência cardíaca. Até suas roupas eram diferentes. Vestia um enorme camisolão branco e nada usava sobre a cabeça. Seus cabelos estavam à mostra, presos por grampos. Sobre a têmpora direita, uma ferida, tratada com iodo, ardia levemente quando ela contraía a testa. Havia outros dois curativos com gaze em seu rosto e pescoço e mais um num dedo da mão direita. Uma leve mancha roxa envolvia seu olho esquerdo, que já dava sinais de estar desinchando.

Tentou imaginar onde estariam suas roupas e foi quando se lembrou do protesto dos universitários, da multidão em fúria tentando chegar aos portões do Ministério do Interior. Jaffar estava no ministério e ela fora até lá para falar com ele, mas foi violentamente impedida pelos guardas da tropa de choque. Agora, Jaffar já devia estar de volta à prisão e Mitra tremia só de pensar no que poderia estar acontecendo a ele naquele momento.

Precisava arrumar uma forma de provar ao governo que seu marido não era um corrupto, de que nada daquilo que estavam dizendo era verdade. Ela conhecia bem Jaffar, sabia que tudo o que estavam falando contra ele era mentira. Alguém precisava ouvi-la. Fora uma loucura ter se metido no meio daquela manifestação, mas ela estava desnorteada, sem saber a quem recorrer. Prometeu a si mesma que, de agora em diante, agiria com mais cuidado. Não era conveniente, afinal de contas, chamar a atenção do governo para si, o que poderia, até, complicar a situação do marido.

Nisso, Mitra viu uma segunda mulher entrar no quarto, carregando uma maleta. Ela vestia um austero chador branco, com caimento perfeito, parecendo ter sido confeccionado sob medida, e tinha os cabelos completamente ocultos. Sua postura era ereta e seu andar, elegante e diligente. Ela tinha o rosto límpido e sereno e seus óculos estavam presos por uma correntinha dourada.

— Sra. Mitra Rahmani?

Mitra apenas olhou-a. Por seus cálculos, a mulher devia ter aproximadamente sua idade.

— Como está passando? — perguntou a mulher, abrindo um sorriso dócil. — Sou Roshanak Nassiri, médica aqui do Hospital Milad. A senhora foi resgatada por uma ambulância do Crescente Vermelho numa das manifestações de ontem e trazida para cá. Fizemos um exame minucioso e a senhora sofreu apenas escoriações e pequenas equimoses. Quando chegou, sua pressão arterial estava um pouco elevada, mas a senhora foi medicada e agora está tudo normal. Mas ainda precisará permanecer conosco, pelo menos, até amanhã.

— Que dia é hoje?

— Terça-feira. Já entramos em contato com a universidade onde a senhora dá aulas, comunicamos o que aconteceu e dissemos que a senhora estará impossibilitada de trabalhar nos próximos dias. Eles agradeceram pelo aviso e estimaram sua melhora.

Mitra sentiu-se subitamente aflita:

— Estou muito nervosa, doutora. Meu marido foi detido pelo governo e mandado para a prisão de Evin. Ele está sendo vítima de uma grande injustiça e eu preciso fazer alguma coisa. Será que posso usar o telefone?

— Para ligar para Evin? Lamento, mas a senhora vai perder seu tempo...

— Não. É para falar com o assessor de meu marido. Tomara Deus que a esta altura ele já esteja intercedendo no governo em favor de Jaffar.

— Refere-se a um homem chamado Hamidreza Kadivar?

Mitra fitou-a estupefata:

— Como sabe?

— Ele esteve aqui hoje cedo para saber sobre seu estado. Disse que voltaria no fim da tarde.

Mitra sentiu uma onda de desânimo alastrar-se pelo corpo e resolveu encarar a realidade. Kadivar, muito provavelmente, não tinha nenhuma novidade animadora sobre Jaffar. Ele, afinal, era não mais do que um simples secretário de seu marido. Que poder de persuasão poderia ter sobre o governo para favorecer o chefe?

— Dra. Roshanak, eu preciso ajudar meu marido. Não posso continuar aqui, deitada nesta cama como uma inválida, enquanto ele está sofrendo uma injustiça...

— Nem pense nisso. Pelo menos até amanhã, a senhora permanecerá aqui. Dependendo da evolução de seu quadro, sua internação poderá ser prolongada por mais alguns dias.

— Se ficar mais um dia presa nesta cama, acabarei enlouquecendo.

— Minha senhora, se eu estivesse em seu lugar, louvaria a Deus por me conceder a graça de poder repousar guardada pela paz destas santas paredes. Refugiada do caos que está esta cidade. Desde que o resultado da eleição presidencial foi divulgado, distúrbios vêm eclodindo em praticamente todos os principais bairros do centro, sul e norte da cidade e, desde sábado, eles parecem ter aumentado ainda mais. Há uma verdadeira guerra nas ruas. Os manifestantes estão descontrolados e a polícia, reagindo com violência. A desordem é generalizada. Lojas estão sendo depredadas, bombas sendo arremessadas contra as redações dos jornais conservadores, várias ruas vêm sendo interditadas por barricadas. Acabei de saber que, neste exato momento, uma multidão avança em direção ao parlamento. Teerã está à beira de um colapso.

Mitra endireitou-se na cama. Já se sentia mais alerta.

— As eleições aconteceram há mais de dez dias — observou ela. — Ainda estão protestando por causa disso?

— Estão.

— Mas houve fraude, afinal?

— Parece que sim. Em cinquenta distritos eleitorais, segundo uma declaração do próprio governo.

— E por que, então, não convocam novas eleições?

Roshanak quase riu.

— O governo não vai assinar uma confissão de culpa, com o povo em polvorosa nas ruas. Será uma demonstração de fraqueza — a médica examinou os curativos no rosto de Mitra. — E, além do mais, o porta-voz do Conselho dos Guardiães afirmou que esses votos fraudados não passam de três milhões, o que não muda o resultado da eleição.

— Isso se as fraudes apenas aconteceram mesmo em só cinquenta cidades.

— Vá saber... — Roshanak terminou de examinar as feridas e fez anotações numa espécie de receituário.

Mitra sentiu um calafrio de pânico. Puxou, defensivamente, a colcha para junto do pescoço.

— Mas os protestos não são só contra a eleição.

— Oh, sim... Parece que estão todos revoltados também com as denúncias de corrupção envolvendo seu marido. A bomba acabou estourando em pleno período eleitoral. O momento não podia ser mais inoportuno. Ouvi dizer que alguns políticos de oposição estão usando isso como um pretexto para forçar ainda mais a convocação de novas eleições.

Mitra pensava diferente.

— Pois eu acho que isso caiu como um presente de Deus para o governo — comentou ela, com azedume.

Mitra sabia que não eram apenas as eleições e a corrupção as causadoras de toda aquela revolta. Havia, também, o assassinato de Mohsen Khajepour, que há poucos meses escrevera um livro denunciando e ridicularizando o regime iraniano. A parte mais esclarecida do povo acreditava, com boa dose de razão, que seu assassinato fora tramado pelo governo. Khajepour era tido no país como um sábio moderado, e suas ideias eram defendidas por muita gente. Exemplares em francês e em inglês de *Le Grand Parjure* foram transportados clandestinamente para o Irã a partir da Inglaterra, da França e do Líbano e lidos às escondidas em cantos discretos das residências e dos campi universitários. Mitra conseguira o seu graças a Hamidreza Kadivar que, quando viajava à Europa, sempre lhe trazia livros escondidos no fundo da mala.

Khajepour era um homem de pensamento independente e isso era sempre perigoso para qualquer sistema que se julgasse estabelecido. Suas ideias, expressas de forma clara e respaldadas pela experiência de um homem culto que conhecia os subterrâneos do poder e que não se cansava de vasculhar as entranhas da história e das sociedades, tinham o grato efeito de abrir os horizontes de quem travava contato com elas. Khajepour procurava semear a sua convicção de que a religião e a política deveriam caminhar juntas, mas que a primeira jamais poderia estar acima da segunda. Ele pregava o diálogo de civilizações numa mensagem de tolerância e dizia que, ao aceitar as diferenças religiosas, étnicas, culturais e de costumes existentes no mundo, o indivíduo fortalecia sua própria identidade, como pessoa, como cidadão e como devoto.

Mitra tentou se mover. Os ossos da bacia doeram ante o primeiro movimento e ela desistiu, fechando os olhos e recostando-se novamente no travesseiro à espera de alívio.

— Ainda está com dor? — indagou dra. Roshanak. — Vou providenciar mais um analgésico e um calmante. A senhora precisa dormir um pouco mais.

Mitra fez um gesto com a mão.

— Se puder, traga-me também um jornal. Qualquer um serve. Preciso saber o que está acontecendo.

A mesma enfermeira que estivera no quarto há poucos instantes entrou carregando uma bandeja com um copo d'água, um recipiente com dois comprimidos e um exemplar do dia do *Ettelaat*. Os distúrbios de ontem não mereceram qualquer destaque e estavam noticiados discretamente, num pé de página.

Em compensação, havia quase uma página inteira falando da Azadi, a organização que teria reivindicado a autoria do assassinato de Khajepour. Segundo o jornal, acreditava-se que a organização havia sido desarticulada quando seu líder, Amir Shariati, conhecido como Abu al-Horiah, fora assassinado na Arábia Saudita, em 2005. Mas tudo indicava que ela tinha renascido recentemente sob o comando de uma mulher, Umm al-Hakika. O ministro do Exterior iraniano desmentia enfaticamente qualquer envolvimento do governo de Teerã com a Azadi, afirmando que, por várias vezes, agentes iranianos tentaram capturar Abu al-Horiah e que a prova maior disso era que o líder terrorista buscara refúgio na Arábia Saudita, e não no Irã, depois de uma frustrada tentativa de assassinato em Londres, orquestrada pelos Estados Unidos e pela Inglaterra.

Não era bem o que dizia o *Washington Post*. Num longo artigo sobre a Azadi, um analista declarava que a organização, de fato, estaria rearticulando-se, mas que a hipótese de ela ter sido, desde sempre, patrocinada pelo regime iraniano e controlada pelo próprio serviço secreto do país estava longe de ser descartada. Segundo ele, fontes anônimas ligadas a autoridades americanas acreditavam que Umm al-Hakika poderia, até mesmo, ser alguém de dentro do governo do Irã.

Hamidreza Kadivar chegou ao hospital às dezesseis horas. Na recepção, tentaram barrar seu acesso alegando que um homem só poderia entrar no quarto de uma paciente com a autorização por escrito do marido dela. Ele não se mostrou contrafeito e sacou do paletó uma carteira com as credenciais do governo. Sua entrada foi liberada no ato.

Kadivar teve de esperar dois minutos de pé do lado de fora do quarto, a tempo de a dra. Roshanak cobrir os cabelos de Mitra Rahmani com um lenço branco. Ao vê-la deitada com curativos pelo rosto, ele, num primeiro momento, pareceu arrepender-se da visita. Mitra notou que Kadivar tentara sorrir, indulgente, mas que logo desistira. Não havia nenhuma dúvida: ele, mais uma vez, era portador de notícias ruins, como ela temera. A dra. Roshanak continuou de pé, apenas observando o diálogo exasperado que se seguiu.

Kadivar revelou que tivera acesso a documentos do serviço secreto que acusavam Jaffar Jalaipour de ser um agente avançado da Azadi. Os documentos apontavam o envolvimento no esquema de funcionários da própria Bonyad hoje subordinados a Jalaipour.

— A Azadi, ao que parece, recebeu uma grande soma em dinheiro para voltar à ativa. Esse dinheiro teria sido desviado do tesouro do Irã, pelas mãos do sr. Jaffar.

— Que provas o governo tem disso? — perguntou Mitra, estarrecida. — Até um mês atrás ninguém aqui no país se lembrava da Azadi. Só depois que Mohsen Khajepour foi morto é que voltaram a falar nela. É óbvio que o governo está se aproveitando disso para incriminar Jaffar e tentar desviar o foco do problema eleitoral.

— Parece que existem provas, sim. Esses documentos do serviço secreto afirmam que homens recrutados pelo sr. Jaffar há meses escrutavam a vida do professor Khajepour na Suíça. De alguma maneira, eles descobriram o interesse de Khajepour na aquisição de um quadro.

Mitra franziu o rosto, num misto de espanto e curiosidade.

— Um quadro?

— Sim. Chama-se *O Véu*. É uma pintura de autoria de um brasileiro chamado Lourenço Monte Mor, que morreu há dois anos. O quadro retrata uma mulher seminua vestindo o *hijab* e foi condenado por autoridades e clérigos, inclusive aqui no Irã, que o consideraram ofensivo. Mohsen Khajepour o adquiriu numa casa de leilões no Brasil um dia antes de ser sequestrado. E, pelo que estão dizendo, o sr. Jaffar incumbiu milicianos da Azadi de assassiná-lo tão logo ele deixasse a Suíça, como uma vingança por ele se interessar por uma obra blasfema para o Islã. Em seguida, o quadro seria destruído.

Mitra levou as mãos ao rosto:

— Meu Deus, mas isso é um absurdo total. Jaffar jamais faria uma coisa dessas! Ele nem é tão religioso assim.

— Eu sei, sra. Mitra, mas é o que o governo está dizendo. Eu conversei com agentes da Vevak que tiveram acesso aos documentos. Segundo eles, o plano do sr. Jaffar era eliminar Mohsen Khajepour antes de ele arrematar o quadro, mas ocorreu uma falha, e o crime acabou acontecendo depois. Por enquanto os jornais ainda desconhecem esses detalhes confidenciais, pelo menos até algum jornalista ousado fisgar um figurão incauto do governo e seduzi-lo com a promessa de um depósito no exterior. Mas já se sabe publicamente que a Azadi, seguindo uma orientação de Jaffar Jalaipour, matou barbaramente Mohsen Khajepour por causa desse tal quadro.

— Não acredite nessa loucura, sr. Hamidreza! — revoltou-se Mitra. — Nada disso faz qualquer sentido. Definitivamente, Jaffar não está por trás de nenhuma milícia terrorista. Não vê que bolaram uma armadilha?! Não vê que elegeram um inocente para expiar os crimes de todo um rebanho de criminosos?! Assim que eu sair deste hospital, vou investigar essa história. E, quando descobrir por que estão fazendo isso com Jaffar e tiver as provas, vou denunciar tudo à imprensa internacional, pela internet. A República Islâmica que se prepare.

- 5 -

Faltando dez minutos para as dezesseis horas, Araci e Bartô já aguardavam Ulrich Wachtel no Bar des Bergues, junto à entrada do hotel. O lugar era opulento. Tinha as paredes revestidas de madeira escura e o chão coberto por um belo carpete estampado em tons de azul e de um amarelo suave. A mesa que escolheram ficava próxima a uma janela de onde se avistavam as bandeiras tremulando sobre a ponte du Mont-Blanc e o verdor das árvores na Ilha Rousseau, banhada pelo sol suave e aconchegante do início do verão europeu.

Araci tentava, em vão, mitigar a inquietação que a afligia desde o fim da manhã, quando telefonou para Miguelanxo Forcadela, na Galícia, e foi informada de que ele havia viajado. Ela insistiu, perguntou para onde ele fora e se tinha data para voltar, mas o secretário de Miguelanxo disse que não sabia de nada e apressou-se em desligar.

Disposta a localizar Aníbal de qualquer maneira, Araci dirigiu-se, então, a uma lan house que funcionava dentro de uma locadora de DVDs na esquina das Rues de Berne e des Alpes e obteve rapidamente na internet uma lista dos melhores hotéis de Santiago de Compostela. Depois, munida de um cartão para chamadas internacionais, foi até um telefone público instalado dentro de uma tranquila galeria comercial ao lado do Hotel Des Bergues e ligou para cada um deles, perguntando se havia algum hóspede de nome Aníbal Monte Mor. Não demorou a descobrir que Aníbal estivera hospedado no Meliá Araguaney, um dos mais luxuosos da cidade, por apenas duas noites, e que encerrara a estada havia quase três semanas, quando ainda faltavam alguns dias para o leilão.

Araci desligara o telefone, perplexa; Aníbal havia evaporado. Provavelmente, nem estava mais em Santiago. Também a tal viagem de Miguelanxo Forcadela parecia mal contada. Um profissional como ele não viajaria em pleno início de uma exposição coletiva da qual era curador, a menos que tivesse um motivo muito forte. Araci se perguntava o que teria acontecido para os dois marchands decidirem desaparecer de repente e ao mesmo tempo.

Bartô olhou longamente para a esposa, em silêncio, sentada à sua frente. Estava preocupado com ela, pois notara sua angústia ao longo de todo o dia. Aquela era a primeira vez, desde que acordaram, que conseguiam ficar sozinhos, frente a frente, e Bartô aproveitou a oportunidade para perguntar:

— Pela sua cara, você não teve notícias de Aníbal, não é?

Araci abanou a cabeça, enquanto esfregava as mãos nervosamente.

— Não. Mas, por mais incrível que pareça, não estou preocupada com ele. Eu tenho certeza de que ele armou isso tudo. Aníbal estava planejando sumir do mapa quando decidiu sair do Brasil no início do mês, não tenho mais nenhuma dúvida.

— Mas por que ele faria uma coisa dessas?

— É o que eu quero descobrir. Será que ele sabia das coisas que iriam acontecer? O atentado, o roubo do quadro, as ameaças... Será que ele sabia disso todo o tempo e não me contou nada?

— Aníbal sempre foi um homem estranho e ficou mais ainda depois que Lourenço morreu. Se quer saber minha opinião, nenhuma atitude dele será capaz de me surpreender. Por mais grotesca que seja.

— Eu não penso assim — replicou Araci, mordendo os lábios. — Aníbal talvez não quisesse me assustar. Talvez ele desconfiasse de que coisas aconteceriam, mas não tivesse certeza.

— Você é livre e adulta para pensar o que quiser. Mas, para mim, Aníbal se meteu foi numa encrenca e das grossas. Deve ser uma coisa muito escabrosa, que a gente nem é capaz de imaginar.

O maître acercou-se da mesa, dirigindo-se a Bartô, em francês:

— Com licença. Os senhores desejam o chá agora ou preferem esperar a chegada de seu convidado?

— Nós vamos aguardá-lo. Obrigado — respondeu Bartô.

Mudando completamente de assunto a fim de suavizar a tensão de Araci e aproveitando que Ulrich Wachtel ainda não chegara, Bartô aproveitou para comentar:

— Sabe de uma coisa que eu notei e me deixou meio incomodado? Todo mundo na galeria de Wachtel, até mesmo os garçons, conversam em alemão. Por que eles fazem isso se o idioma em Genebra é o francês? Aquilo parece uma ilha germânica em plena Suíça francesa. Se aquele embaixador francês não tivesse aparecido para conversar com a gente, eu não teria escutado uma só palavra em francês durante toda a exposição.

Araci deu de ombros.

— Ulrich é um *Schweizerdeutsch*, um suíço-alemão — ela disse, simplesmente. — Só se mudou para Genebra depois que o barão Von Kessel o nomeou curador da coleção. O barão, por sinal, é alemão, e suponho que os dois devam conversar entre si em alemão. Se eu viesse morar em Genebra ou em qualquer outro lugar, não deixaria de falar português e, se possível, me cercaria de pessoas que também falassem português. Isso me deixaria mais à vontade. Deve ser por isso.

Pela janela, Araci viu Ulrich assomar na calçada e fez um

aceno com a mão para ele. Apenas duas mesas além da deles estavam ocupadas no restaurante, ambas por turistas orientais. Ulrich entrou e beijou a mão de Araci antes de sentar-se.

— *Verzeihung*! — ele desculpou-se, apertando a mão de Bartô. — Sei que marcamos às dezesseis horas, mas eu não pude evitar este lamentável atraso.

Bartô conferiu as horas em seu relógio. Eram dezesseis horas e um minuto, mais cinco segundos.

O garçom trouxe chá quente, água, leite, *petit-fours* e três copos de suco de laranja.

Ulrich comentou com ar contemplativo:

— Já faz algum tempo que não venho aqui. O que é uma pena. É um belo lugar. Foi neste hotel, no Salon du Lac, uma área belíssima com janelas dando para o lago, que o barão e sua esposa, a baronesa Edith Le Varlet, comemoraram suas bodas de ouro. Foi uma celebração para poucos convidados, que serviu como uma espécie de despedida. Edith faleceu alguns meses depois.

— O barão nunca quis se casar novamente? — indagou Araci.

— Não sei. Mas, de qualquer maneira, o casamento deles foi um bocado duradouro. Cinquenta anos vivendo harmoniosamente com a mesma pessoa deve ser algo difícil de substituir. Acho improvável que um homem na idade do barão, com o passado que teve, com o temperamento que possui e, sobretudo, com o amor que dedicava àquela mulher, queira refazer a vida ao lado de outra pessoa.

— Ainda por cima, correndo o risco de ser vítima de alguma aventureira... — acrescentou Bartô.

— Exatamente, meu caro Bartolomeu. Isso seria um risco real. Nenhuma alma se interessa por um biliardário, sem considerar suas posses. É ilusão crer no contrário. É claro que um biliardário pode igualmente possuir outras armas de sedução, tais como beleza, charme, intelecto ou *savoir-vivre*. Mas o dinheiro faz toda a diferença, de modo que, hoje em dia, um posterior declínio do poder aquisitivo de um casal antes afortunado pode desaguar facilmente em litígio. E o barão, creio, tem absoluta ciência disso. O dinheiro está tão impregnado nele quanto a cor de sua pele. É impossível separar um do outro aos olhos das pessoas.

Ulrich fez um sinal ao garçom para servi-los. Araci escolheu uma fatia de torta de maçã. Bartô procurou se conter ao optar por um tiramisù e Ulrich manteve a postura ereta enquanto revezava um petit-four com um gole de chá com leite.

Nascido em Lucerna, bela cidade da Suíça alemã, Ulrich Wachtel transitava há muitos anos no seio mais íntimo do mercado de arte europeu. E guardava uma visão bastante crítica desse mundo. Ele considerava, por exemplo, noventa por cento da arte contemporânea um amontoado de lixo sem valor, embora sempre tivesse evitado revelar tal ponto de vista publicamente. Inclusive porque seu sucesso como marchand devia muito a artistas desse time, os tais "experimentalistas inconsequentes" que tanto abominava.

Ulrich iniciou sua carreira em Lucerna, onde chegou a possuir uma pequena galeria na valorizada Haldenstrasse. Na época, o catálogo da galeria abrangia artistas desconhecidos da Suíça e da Áustria e, para promovê-los, Ulrich organizava animados saraus abertos ao público, regados a vinho e cerveja, onde poetas amadores liam suas poesias em voz alta e os artistas plásticos que representava eram convidados a falar um pouco de si e de seus trabalhos. A imprensa cultural de Lucerna e de Zurique imediatamente passou a dar ressonância àquela simpática iniciativa, o que atraiu o interesse de figurões e colecionadores importantes. Ulrich, desde o início, sabia exatamente o que estava fazendo. Muitos dos que compareciam ao evento acabavam comprando um ou mais trabalhos. Pouco a pouco, seus artistas foram ganhando reconhecimento, uma vez que ao talento que possuíam somou-se a visibilidade de que tanto necessitavam.

Foi numa dessas noites animadas que um senhor elegante, altivo, de olhar aguçado, pele rosada e expressão sorridente apareceu insuspeitamente por lá. Era o barão Von Kessel. Estava só, sem a esposa, sem assessores, sem escolta. A princípio, ele mostrou-se interessado em alguns quadros. Conversou com Ulrich, trocaram cartões e elogiaram-se mutuamente. Wachtel não sabia que o barão já sentia o peso da idade aumentando e estava havia meses à procura de um profissional competente para catalogar e administrar sua imensa coleção de arte.

Três fatores foram fundamentais para Von Kessel escolher Ulrich Wachtel. O primeiro, a língua alemã, que os unia. O segundo, a constatação de que Ulrich atendia ao principal pré-requisito exigido: ele, de fato, demonstrava possuir um grande conhecimento sobre tudo relacionado à arte, inclusive curiosidades que o próprio barão, esmerado colecionador há décadas, ignorava. O terceiro, foi sua versatilidade. Ao promover saraus animados numa cidade sisuda como Lucerna, onde depois das vinte e duas horas era possível contar nos dedos das mãos as pessoas andando nas ruas, Ulrich encantou um homem que tinha verdadeira admiração por aqueles que eram capazes de surpreendê-lo.

O barão Von Kessel providenciou pessoalmente a transferência dos artistas do catálogo de Wachtel para outras galerias de renome na Suíça, na Alemanha e na Áustria. Esse processo durou quase dois anos e Wachtel esperou pacientemente que ele se concluísse para, então, mudar-se definitivamente para Genebra e dar início à gestão da grandiosa coleção Von Kessel, assumindo, inclusive, a tarefa de adquirir novos trabalhos mundo afora.

O garçom serviu-lhes torta de morango, doces de amora e nova rodada de suco de laranja. Depois de dez minutos conversando amenidades, Ulrich recostou-se e cruzou as mãos, apoiando os cotovelos sobre os braços da cadeira.

— Além de agradabilíssimo, este chá da tarde está sendo

bastante oportuno — declarou ele, com alguma solenidade na voz. — Permitam-me dizer-lhes por quê.

— Por quê? — perguntou Bartô.

— Telefonei para o barão hoje cedo, para contar-lhe os pormenores da inauguração de ontem. Ele, infelizmente, não pôde atender, parece que estava descansando. Falei, então, com a governanta e pedi-lhe que transmitisse meu recado a ele, dizendo-lhe, inclusive, que vocês haviam vindo a Genebra e que estiveram na galeria. Cerca de uma hora depois, ela telefonou para contar que o barão ficou muito contente com a notícia e que ele gostaria muitíssimo de recebê-los para um jantar na Villa Saint-Benoît.

Araci sentiu o coração parar, antes que ele tornasse a bater num ritmo descontrolado que lembrava uma fileira de tambores anunciando um fuzilamento. Por um segundo, imaginou se Ulrich não estaria fazendo uma brincadeira. Um jantar na residência do barão Von Kessel, atendendo a um convite pessoal dele, era, sem a menor dúvida, uma honra magnífica.

— Ele mandou-me comunicar-lhes, igualmente, que não admitirá uma recusa — complementou Ulrich. — Que ficará ofendidíssimo caso vocês não aceitem o convite.

Araci terminou de mastigar um pedaço de doce de amora e disse, quase tropeçando nas palavras:

— Imagine, Ulrich. É claro que nós aceitamos o convite — ela olhou de soslaio para Bartô, procurando sua aprovação, mas ele apenas deu de ombros. — O barão só precisa marcar a data e estaremos lá.

— Ele já a marcou. Amanhã à noite.

Araci arregalou os olhos, surpreendida.

— Amanhã à noite? — indagou, num misto de alegria e surpresa. Sentiu um frio no estômago por tudo estar acontecendo tão depressa.

— Precisamente — Ulrich tomou um último gole de chá. — Não se preocupem, que o motorista do barão virá buscá-los no hotel e os trará de volta após o jantar. Vocês têm predileção por algum prato em particular?

Araci fez que não. Ulrich sorriu:

— Neste caso, os chefs da *villa* terão plena liberdade para preparar o que há de melhor no menu da casa. Não há exigência de traje específico, mas confio no bom gosto de vocês. O barão Von Kessel aprecia os que cultivam a arte do bem vestir. Simplicidade, requinte e discrição nas doses certas, harmoniosamente combinadas, sem exageros e sem acanhamentos.

Araci assentiu, tentando frear a própria excitação. À sua frente, Bartô mantinha o semblante inalterado, com os olhos distantes e a expressão contida. Ele nada dissera, mas Araci sabia que o marido não se animara muito com o convite, porém o aceitara assim mesmo.

— Está ótimo — disse Araci, entreabrindo um sorriso. — Será emocionante reencontrar o barão depois de tantos anos. Com certeza, teremos uma linda noite amanhã.

- 6 -

As denúncias envolvendo Jaffar Jalaipour mereceram destaque nas primeiras páginas dos principais jornais iranianos. Num deles, o autor de uma matéria não poupara palavras duras ao descrever o suposto esquema de desvio de dinheiro do caixa da Bonyad, a Fundação para os Deserdados, para o financiamento do grupo terrorista Azadi. Segundo o texto, há algumas semanas, logo após comprovada a denúncia, o serviço secreto dera início, em sigilo, ao rastreamento do montante desviado que teve como destino uma conta numerada no Liechtensteinische Kreditanstalt, um banco em Liechtenstein, um dos mais prósperos paraísos fiscais da Europa.

Ainda de acordo com o jornal, documentos liberados pelo próprio governo apontavam nominalmente Jalaipour como um dos líderes da organização, responsável por horrendos atos terroristas no passado recente. O governo iraniano, que sempre negara firmemente ser o mentor da famigerada organização, tentava apresentar agora a prova de sua inocência.

Com os cabelos descobertos e calçando um par de pantufas brancas, Mitra Rahmani lia a reportagem, sentada na sala de seu apartamento, em Farmanieh, com uma expressão de pasmo e total incredulidade. Ela se perguntava como os censores do governo deixaram que aquela matéria fosse veiculada, mas a resposta veio logo em seguida. Jaffar fora o escolhido para salvar a honra dos verdadeiros criminosos, que continuariam posando com seus turbantes e suas barbas nas cerimônias oficiais, ostentando altivos ares de santidade.

Mitra havia saído do Hospital Milad no fim da tarde de ontem. Os ferimentos no rosto cicatrizavam-se aos poucos e ela tinha de trocar os curativos a cada seis horas. Ela baixou o jornal e contemplou mortificada a solidão e o silêncio da sala. As amplas janelas estavam abertas, permitindo a entrada da agressiva luz solar matinal. Ela olhou o sofá e as poltronas de veludo carmim, o carpete estampado em tonalidades variadas de vermelho, cinza e branco e os coloridos tapetes Shiraz e Isphahan espalhados pelo chão, que conferiam um visual ainda mais extravagante ao ambiente. Trabalhos de vários artistas modernos iranianos decoravam os diversos cômodos do apartamento. Nas paredes, havia óleos e aquarelas de pintores como Abdollah Ameri, Fashad Ghambari e Mash Safar. Elas evidenciavam uma das maiores paixões de Mitra: as artes plásticas.

Não era propriamente uma paixão recente. Ela tivera início quando Mitra era ainda adolescente, depois que seu pai a levara a uma exposição na galeria Litho, em Teerã, na década de 1970. Lá, ela conheceu o talento de Maryam Javaheri, uma das mais renomadas artistas plásticas iranianas, autora de algumas aquarelas abstratas que ainda hoje se destacavam na parede atrás do sofá. E desde que Elahe Djavaheri inaugurara, dez anos atrás, sua badalada galeria na rua Golfam, Mitra tornou-se frequentadora assídua das mostras individuais e coletivas dos artistas de seu catálogo. Seu contato com o mundo da arte passou a ser quase tão imprescindível quanto as aulas na universidade.

Tudo aquilo que significara tanto para ela agora parecia representar muito pouco. Da noite para o dia, a casa passou a resumir-se a um teto a protegê-la do relento. Todos aqueles quadros converteram-se em meros enfeites. Mitra sentia que precisava tomar alguma providência antes que Jaffar fosse condenado. Mas o que poderia fazer?

Ela levantou-se e debruçou-se no peitoril da janela, avistando a paisagem melancólica dos últimos edifícios de Teerã, onde a cidade encontrava a cordilheira de Alborz, um colossal paredão de rocha cor de caramelo encimado por camadas de neve que lembravam cobertura de marshmallow. Em algum ponto onde seus olhos alcançavam, seu marido poderia estar, naquele instante, sendo subjugado pelos truculentos guardas penitenciários e coagido a confessar crimes dos quais não tomara parte.

Olhou para baixo e avistou a fileira de veículos Nissan Patrol da polícia, encostados no meio-fio, na avenida Kamranieh. Aquela parte da cidade parecia sossegada. Os soldados encarregados da segurança da residência do presidente da Bonyad conversavam e fumavam como se nada de anormal houvesse ocorrido, como se Jaffar Jalaipour viesse para casa no fim da tarde, como fazia desde que assumira o cargo. Normalmente eram só dois os veículos que ficavam parados ali. Mas o efetivo foi aumentado, com certeza, por causa dos distúrbios dos últimos dias.

Debruçada na janela, com o sol ofuscando-lhe os olhos, Mitra ficou meditando, na tentativa de visualizar alguma saída para a situação do marido. Foi quando uma ideia estalou em sua cabeça.

Ela lembrou-se de que Jaffar possuía uma gaveta trancada na cômoda do quarto dele. Talvez ele guardasse nela documentos importantes, alguns dos quais — quem sabe? — capazes de provar sua inocência. Jaffar nunca fizera comentários a respeito do conteúdo da gaveta e uma vez chegara a proibir Mitra de abri-la. Talvez porque não pretendesse envolver a mulher em assuntos de Estado. No Irã, manter alguma distância das deliberações do governo era uma valiosa garantia de sobrevivência. Havia, inclusive, palavras que os iranianos pensavam cinquenta vezes antes de mencionar em público. Como *Komiteh*, como era genericamente conhecida a polícia responsável pelo cumprimento da *Sharia*, a lei islâmica, sobretudo no que tangia aos costumes. Os homens (e mulheres) do *Komiteh* eram o terror das festinhas dadas em segredo pelos jovens nas residências, onde meninos de camisas estampadas e meninas sem o *hijab* reuniam-se para se esbaldar ao som de música dançante, com o devido consentimento dos pais que permaneciam nas janelas, atentos ao menor sinal de aproximação dos policiais. Quando o primeiro aparecia, eles imediatamente davam o alarme. A música cessava na hora, as meninas cobriam as cabeças e a agitação dava lugar a uma pacífica e comportada reunião familiar.

Ela própria presenciara uma cena assim há alguns anos, no apartamento de uma prima, perto da praça Vanak, provavelmente uma das primeiras residências em toda a Teerã a contar com antena parabólica, que captava imagens do mundo inteiro, inclusive canais norte-americanos de música como a MTV. Sua filha fazia aniversário e reuniu um grupo de amigos para comemorar. Dançaram a noite inteira, ao som de animadas músicas populares egípcias e turcas, de rock libanês e até da versão árabe de uma música espanhola da década passada chamada *Macarena*. Mitra ficara surpresa ao ver como todos conheciam a coreografia de cor e dançavam com extrema habilidade. A mãe alegava que eles não estavam fazendo mal a ninguém e apenas queriam se divertir. Ela estava certa.

Mitra entrou no quarto de Jaffar e fechou instintivamente a porta, uma precaução exagerada num apartamento vazio. Ela sentia como se estivesse entrando num santuário proibido. Olhou pela janela a fim de constatar a presença de algum enxerido e, a seguir, juntou as cortinas. Se havia alguma coisa importante na gaveta, teria de descobrir por si mesma. Jaffar estava incomunicável na prisão, não tinha meios de lhe pedir nada.

Mitra tentou abrir a gaveta, mas ela estava trancada. Ela não sabia onde estava a chave e talvez fosse desnecessário gastar tempo para encontrá-la. Não seria difícil arrombá-la. Jaffar, naturalmente, não compreenderia sua iniciativa e brigaria com ela na primeira oportunidade, mas Mitra sabia que estava fazendo o certo e foi em frente.

Ela vasculhou os armários em busca de ferramentas, até encontrar uma chave de fenda comprida e grossa. Posicionou-a por trás do fecho da gaveta e pôs-se a forçá-la. Aos poucos a gaveta começou a ceder. Mitra fez um esforço extra, pressionando os pés contra a cômoda e puxando a vara com ainda mais vigor. De repente, o trinco cedeu, arrancando uma lasca da madeira da cômoda e lançando Mitra para trás. Ela caiu de costas no chão e só não bateu a cabeça porque teve um reflexo rápido.

Mais animada, Mitra levantou-se e puxou lentamente a gaveta. Quando estava prestes a desvendá-la, ouviu a campainha tocar. Cobriu depressa a cabeça com o primeiro lenço que encontrou e dirigiu-se contrariada para abrir a porta.

Era a dra. Roshanak Nassiri, que estava quase irreconhecível sem o chador branco de médica. No lugar, usava uma calça azul-escura, uma jaqueta comprida de algodão fino e um lenço vermelho na cabeça, deixando apenas um filete de cabelo puxado para trás à mostra. Era um cabelo escuro e brilhoso. Aquele visual, sem dúvida, a rejuvenescia.

— Desculpe-me por incomodá-la, sra. Mitra, mas vim ver como a senhora está — ela notou a pele corada e o suor em volta do rosto de Mitra e olhou-a com desaprovação: — Pelo visto, a senhora desobedeceu às minhas recomendações de repouso absoluto. Eu devia tê-la deixado no hospital mais alguns dias até que ficasse inteiramente curada.

— Eu estou bem, dra. Roshanak — Mitra fez um gesto com a mão, indicando a sala. —Não quer entrar?

A dra. Roshanak retirou os sapatos e Mitra ofereceu-lhe um par de pantufas.

— Desculpe-me por perguntar, mas... o que a senhora veio fazer aqui?

— Hoje é minha folga no hospital. Sei que a senhora é uma mulher sozinha, ainda mais agora que seu marido foi preso. Moro perto daqui e achei que talvez a senhora precisasse de alguma coisa. Eu fui precipitada em lhe dar alta tão cedo. O ideal era que a senhora ficasse mais uns dois dias no hospital, mas a senhora insistiu em sair...

— Eu precisava voltar. Se ficasse mais um dia naquela cama, enlouqueceria — fez uma pausa e perguntou, de repente: — Como está a situação na cidade?

— Vim a pé para cá e não vi nada pelo caminho. Mas foram poucos quarteirões. Talvez estejam acontecendo enfrentamentos mais para o centro — Roshanak deu de ombros. — Não liguei a TV nem o rádio hoje e meu prédio está sem conexão à internet. Estou totalmente desinformada.

Uma vez na sala, a médica contemplou as aquarelas de Maryam Javaheri na parede atrás do sofá e perguntou, casualmente:

— Gosta de arte?

— Frequento galerias desde muito jovem. Alguns destes quadros pertenceram a meu pai e ele os deixou para mim. Outros, eu e meu marido compramos em exposições aqui em Teerã.

— Eu acho que vi alguns trabalhos desses artistas na última Bienal de Teerã. Infelizmente não tenho faro e muito menos dinheiro para colecionar obras de arte.

Elas se sentaram na sala. Mitra estava ansiosa para retornar ao quarto e vasculhar a gaveta. Roshanak pareceu notar sua inquietação.

— Não quero ser intrometida, mas o que a senhora estava fazendo antes de eu chegar?

— Por que está perguntando-me isso?

— Porque seu semblante está alterado. Eu sou médica, conheço bem os estados de ânimo das pessoas. Elas são mais parecidas do que se pensa, apresentam comportamentos muito semelhantes diante de determinadas situações. A senhora parece tensa, como se alguma coisa de muito importante estivesse apenas dependendo de sua presença para se consumar.

Mitra respirou fundo, buscando se acalmar.

— Como descobriu meu endereço?

— No registro de internação do hospital. Aqueles soldados lá embaixo... São seus seguranças?

— Eles a importunaram?

— Absolutamente. Viram que eu era inofensiva. Mas não creio que a senhora deva confiar neles.

— Não confio em mais ninguém.

— Está nervosa e desiludida. Acho que não preciso perguntar por quê.

Mitra respirou fundo.

— Tenho de salvar meu marido, doutora...

— Eu sei. Mas há pouco que possa fazer. A senhora não pode lutar sozinha contra o Poder do Estado. A política é uma coisa imunda e nesse momento é nada mais do que a presidência do país que está em jogo.

— Preciso tentar...

— Era isso o que estava fazendo? Tentando? Vejo que cheguei em boa hora para aconselhá-la. A senhora não ouviu o que o sr. Hamidreza Kadivar disse no hospital? Que não há o que ser feito? Ele está dentro do governo, sabe o que está falando...

— A senhora tem lido os jornais? O próprio governo está patrocinando essa onda de difamação contra Jaffar para salvar a própria imagem perante o eleitorado. Está imputando uma pena a um homem inocente. Isso é crime.

Roshanak olhou-a com indulgência. Na hora do desespero havia pessoas que se apegavam à ingenuidade como uma última esperança.

— Muito bem. E o que a senhora pretende fazer?

Mitra levantou-se e mostrou o caminho do corredor.

— Acompanhe-me.

Mitra conduziu a médica pelo corredor até o quarto de Jaffar e trancou a porta. Quando, enfim, abriu a tal gaveta secreta, sentiu um forte odor de mofo saindo de dentro. Até Roshanak contraiu o rosto.

— Pelo visto, esta gaveta não deve ser aberta há muito tempo... — comentou a médica, com uma careta.

Mitra pôs-se a remexer nos envelopes, livros e papéis soltos, a maioria com anotações de endereços e compromissos. Jaffar era muito mais desorganizado do que Mitra supunha. Aquela gaveta talvez fosse o único pedaço da casa notoriamente bagunçado e sujo, justamente por sempre ter ficado longe dos cuidados dela.

Ela estava agachada junto à cômoda equilibrando-se com as mãos enfiadas no fundo da gaveta. Roshanak sugeriu:

— Não é melhor tirar a gaveta daí para a senhora examiná-la melhor?

Mitra fez que sim e segurou um dos lados da gaveta com as duas mãos.

— Por favor, dra. Roshanak. Pegue o outro lado e me ajude a colocá-la no chão.

Roshanak atendeu ao pedido. A gaveta foi posta junto aos pés da cômoda e Mitra pôde visualizar melhor seu interior.

Havia muitos envelopes fechados, alguns grampeados, outros apenas dobrados. A maioria guardava documentos do governo ou da agremiação política à qual Jaffar era filiado. Mitra examinou um a um os papéis, sem encontrar nada de relevante à primeira vista. A maioria requereria uma análise mais minuciosa, que só poderia ser feita com calma e tempo. Para outros, era necessária a interpretação de alguns trechos a fim de descobrir um sentido subjacente ao que estava escrito. Somente uma pessoa com conhecimentos jurídicos estaria apta a isso.

Mais ao fundo, porém, sob uma infinidade de papéis, havia três pacotes, enrolados por um barbante, que não pareciam guardar documentos. Dois estavam embrulhados em folhas estampadas de presente. Mitra enfiou a mão no primeiro pacote e ficou particularmente surpresa ao descobrir um guia turístico de bolso de Paris, em francês.

Ela abriu o guia aleatoriamente numa página qualquer. Reconheceu a letra de Jaffar numa anotação em persa na margem inferior:

> Residência de Ruben Avedikian: 39, Avenue Foch, esquina com a Rue de La Pompe — Paris.

Ela foi folheando devagar o livro até encontrar outra:

> Fatima Hajiran está morando num pequeno apartamento na Rue de L'Elysée Ménilmontant, nº 12. É um pequeno beco, sem saída, paralelo à Rue de Ménilmontant — metrô Ménilmontant — Paris.

"Fatima Hajiran?", Mitra franziu a testa, ressabiada. Um nome iraniano, sem a menor dúvida. Quem seria essa pessoa?

Ela continuou virando as páginas e deparando com outras inscrições totalmente descontextualizadas, algumas ilegíveis, sem nada que indicasse seu significado.

Mitra encontrou, ainda, nomes e endereços de restaurantes e museus assinalados com caneta hidrocor. No final do livro, escondidos entre a última página e a contracapa, havia pedaços de papel escritos à mão, parcialmente amarelados e manchados pela ação do tempo. A letra, sem a menor dúvida, era de Jaffar. Em um deles, havia um endereço em Ierevan, a capital da Armênia, anotado em garranchos quase ilegíveis:

> Sr. Grigor Avedikian — Rua Zakian, 36

— 3° andar — Ierevan — ARMÊNIA. Prédio situado no centro da cidade, próximo à Praça da República.

"Rua Zakian, em Ierevan?", indagou-se Mitra, em silêncio. O que um endereço na Armênia fazia num guia de Paris? Seja como for, esse Grigor e o Ruben, citado antes, deviam ser parentes, pois possuíam o mesmo sobrenome.

Mitra sentia-se ainda mais intrigada, pois, sendo ela professora graduada de francês, lecionando em uma importante universidade, jamais soubera que o marido estivera em Paris ou que lia e escrevia em francês. Ela lembrou-se, então, de ocasiões em que ele lhe indagava sobre o significado de tais e tais palavras francesas em persa. Ela respondia sem problemas, pois achava que se tratava de mera curiosidade. Mas, pelo visto, ele tinha outros propósitos e aquele guia parecia ser uma evidência disso.

Quando Mitra abriu o segundo embrulho, a surpresa foi ainda maior. Eram catálogos de exposições em Teerã e em Paris. Entre as páginas havia réplicas em papel-cartão de pinturas e gravuras que decoravam as paredes do apartamento, contendo inscrições explicativas impressas em francês no verso. O que indicava que as obras foram adquiridas em Paris e não em Teerã. Os artistas eram pouco conhecidos: os iranianos Nasrin Ghazian, Mansoureh Saikali e Faramarz Hashtroodi e o armênio Benik Mikoyan. Mitra jamais teria tomado ciência de que existiam, caso Jaffar não houvesse trazido quadros seus para dentro de casa.

Mitra passou as réplicas à dra. Roshanak que não estava compreendendo nada.

— Por que o espanto? São apenas reproduções. A senhora mesma acabou de dizer que seu marido comprou muitos quadros e que eles estão aqui no apartamento.

— Repare no verso, doutora. Todas as referências sobre

obra e artista estão em francês. Jaffar me garantiu que tinha comprado os quadros em galerias aqui em Teerã. Existe qualquer coisa que não se encaixa. Jaffar nunca me disse que esteve na França. Nunca me mostrou estes guias, estas reproduções... Preferiu guardá-las, escondê-las nesta gaveta mofada e trancada.

— Isso não quer dizer nada — completou dra. Roshanak, inadvertidamente. — Ele teria de guardar isso em algum lugar, não?

Mitra analisou detidamente o verso de cada uma das reproduções, onde vinham gravados, respectivamente, os títulos dos quadros, seus respectivos autores e o nome e o endereço de uma galeria em Paris. Ela folheou-as uma última vez antes de tornar a guardá-las no embrulho. Depois, disse:

— Talvez Hamidreza Kadivar tenha uma explicação razoável para isso. Não sei se há uma relação entre a prisão de Jaffar e o que acabamos de encontrar. Seja como for, o sr. Hamidreza saberá me dizer. Jaffar sempre pareceu confiar mais nele do que em mim.

Ficou em silêncio por quase um minuto até criar coragem para abrir o terceiro pacote, o menor deles. Estava, diferentemente dos demais, embrulhado num envelope pardo, simples, e continha apenas algumas folhas impressas, levemente amarelecidas, unidas no topo por um clipe ligeiramente enferrujado.

Ela folheou os papéis e seu coração disparou de pânico.

— Mas o que é isso?

Roshanak aproximou o rosto para ver e, desta vez, também se horrorizou. Ela e Mitra se encararam estupefatas por um tempo.

— Isso é grave, senhora. Por que seu marido guardou uma coisa dessas?

Mitra engoliu em seco, apavorada. Os papéis continham um manual completo de instruções, escrito em francês, que ensinava como fabricar uma bomba e várias formas de detoná-la a distância. Havia, até mesmo, várias ilustrações. Com certeza fora obtido na internet.

— A pergunta é outra, dra. Roshanak — Mitra replicou, com o olhar perdido: — Por que meu marido queria uma coisa dessas?

Ela permaneceu parada, enquanto olhava para a gaveta desarrumada. Percebeu, então, que mais até do que inocentar Jaffar, sentia uma necessidade premente de desvendar os mistérios que rondavam aqueles embrulhos misteriosos e, assim, descobrir fatos obscuros do passado do marido, como se ele ocultasse alguma verdade terrível.

Mitra voltou a vasculhar a gaveta. Havia ainda outros envelopes que guardavam relatórios de anos atrás, fatos mais do que noticiados pela imprensa iraniana. Sem paciência para examiná-los. Mitra deixou-os na mesma posição em que os encontrara. Depois, com a ajuda de Roshanak, recolocou a gaveta no lugar, sem se dar ao trabalho de maquiar a ferida aberta na madeira pelo arrombamento.

Ficaram de fora apenas alguns papéis que Mitra queria examinar com mais calma, além dos três embrulhos com o guia, as reproduções e o manual de construção da bomba. Acompanhada da dra. Roshanak, ela foi até o escritório, cujo acesso se fazia diretamente pela sala de visitas. Era um cômodo escuro, onde a luminosidade exterior quase não entrava graças às grossas cortinas cor de vinho que tapavam a janela. Havia duas grandes estantes formando um "L", cujas prateleiras achavam-se repletas de livros, alguns considerados subversivos pela legislação iraniana. Para disfarçar, Mitra tinha providenciado sobrecapas ostentando títulos de obras de célebres poetas persas como Hafez, Saadi, Omar Khayyam e Farid od Din Attar. Mitra deixou os embrulhos sobre a escrivaninha, sem se preocupar em escondê-los. Afinal, ainda que algum agente do governo invadisse o apartamento em busca de provas que incriminassem

Jaffar, era totalmente improvável que um guia de Paris e mais alguns papéis sem relevância política lhe atraíssem a atenção.

Nas paredes, lá estavam as aquarelas e serigrafias de Nasrin Ghazian, Mansoureh Saikali e Faramarz Hashtroodi e Benik Mikoyan, cujas reproduções em papel-cartão Mitra havia acabado de encontrar. Mal sabia ela que aqueles quatro artistas integraram o conceituado catálogo da Ruben Avedikian Galerie d'Art, em Paris, a mesma que representara Lourenço Monte Mor, que, um belo dia, voou pelos ares por obra de um violento atentado a bomba.

O nome da galeria e seu endereço, no Boulevard Haussmann, estavam bem nítidos no verso das gravuras, mas eles nada significavam para Mitra. Assim como nada significava o endereço da residência de Avedikian, anotado à mão por Jaffar no guia de Paris:

> 39, Avenue Foch, esquina com a Rue de La Pompe — <u>Paris</u>.

- 7 -

Um funcionário do hotel bateu à porta da suíte de Araci, trazendo-lhe o exemplar da *Tribune de Genève* que ela tinha solicitado à recepção. Araci deu-lhe cinco francos de gorjeta e sentou-se na escrivaninha da sala, de costas para a ampla porta que dava para uma das sacadas da suíte, enquanto recebia a brisa que vinha do lago.

A leitura do jornal, longe de lhe trazer alento, só fez crescer sua apreensão. As notícias eram perturbadoras. Na seção internacional, o assunto dominante era a tal Azadi e suas supostas ramificações dentro do regime iraniano. Pela primeira vez, Araci tomou conhecimento das especulações que apontavam para uma ligação entre o assassinato de Mohsen Khajepour e a corrupção na poderosa Bonyad, organismo ligado ao governo do Irã. Ela sentiu o coração apertar ao ler, algumas linhas abaixo, sobre o motivo que teria levado ao crime: a compra do quadro *O Véu*, considerado vilipendioso pelos muçulmanos, durante um leilão no Rio de Janeiro. Imediatamente, lembrou-se da mensagem encontrada no costão do Joá, junto ao quadro perfurado por um punhal:

Você será a próxima.
Seu fim se aproxima.
Fuja enquanto há tempo.
E busque sua salvação.

Araci deixou o jornal de lado. Levantou-se da cadeira e, apoiada na bengala, caminhou até o parapeito. O céu estava parcialmente encoberto, sendo que filamentos de um azul-turquesa surgiam por entre as camadas finas de nuvens. Araci ficou imaginando se estaria, de fato, segura ali em Genebra, se os terroristas que a perseguiam no Rio de Janeiro não teriam vindo atrás dela e estariam apenas esperando uma oportunidade para atacá-la.

Ela vasculhou a paisagem com os olhos e contemplou o jato d'água erguendo-se à frente da fileira de edifícios ao longo do Quai Gustave-Ador, a ampla avenida que se estendia pela outra margem do lago. Apesar das nuvens, o dia estava claro e assim permaneceria até perto das vinte e duas horas, mas um dos muitos letreiros que encimavam a fileira de prédios baixos acendeu-se de repente como se a escuridão noturna já se anunciasse. Nele, cintilava, em azul, um nome: Union Bancaire Genevoise. Era a sede do império financeiro do barão Von Kessel.

Ela afastou-se da janela e conferiu mais uma vez a roupa que escolhera para o jantar. Um terninho cinza e uma pashimina preta de lã fina, comprados na Target, uma elegante butique da avenida Copacabana, no Rio de Janeiro. Na bolsa, um pequeno estojo de maquiagem, óculos, carteira, dois lencinhos, uma cartela de Lexotan (para alguma emergência) e um absorvente íntimo (para alguma emergência ainda maior). Bartô tinha saído meia hora antes e disse que estaria de volta até às dezesseis horas. Araci consultou o relógio. Quinze horas. O motorista do barão chegaria às dezenove horas. Havia tempo de sobra até lá.

* * *

Enquanto trocava setecentos francos suíços numa loja de câmbio do Migros, na Rue du Mont-Blanc, Bartô Saraiva tateou o paletó a fim de se certificar de que estava com seu passaporte. Uma vez numa cidade estrangeira, ele nunca saía à rua sem o passaporte. Por alguma razão, que não era capaz de explicar, morria de medo de ser interpelado por algum policial e não ter uma documentação para apresentar, provando sua origem e sua idoneidade. Os humores da polícia variavam de país para país e numa época em que o terrorismo e a marginalidade se alastravam por sociedades em pânico e cada vez mais superprotegidas e desconfiadas, era melhor não correr riscos desnecessários.

Bartô guardou o dinheiro na carteira e saiu da loja. Atravessou a rua e caminhou sem pressa pela Rue de Chantepoulet. Parou em frente à ampla fachada de uma livraria chamada Payot, pensou um pouco e decidiu entrar.

Havia diversas pessoas de pé, folheando principalmente os livros de bolso, expostos à esquerda da entrada. Bartô foi caminhando por entre as prateleiras até o fundo da loja, onde ficavam os livros turísticos, de culinária e de botânica. Ele demorou cerca de dez minutos até escolher o novo exemplar do guia *Petit futé* da cidade de Genebra. A seguir, dirigiu-se devagar para o caixa. Ao passar pela seção de mais vendidos, inadvertidamente, deu de cara com um pequeno cartaz exibindo uma fotografia, em preto e branco, de Mohsen Khajepour. O professor posara de frente para a câmera, com o queixo apoiado na mão fechada. No topo do cartaz, vinha gravado o título de seu último livro: *Le Grand Parjure*. Os vários exemplares achavam-se empilhados logo abaixo.

O livro tinha 348 páginas e custava quarenta francos. Bartô lembrou-se de que era a tradução daquele livro que Khajepour autografaria durante a conferência no Rio de Janeiro, caso não tivesse sido sequestrado. Ele folheou as páginas, leu alguns trechos aleatoriamente e, ao abrir na folha de créditos para conferir, por curiosidade, o endereço da editora em Paris, descobriu na margem inferior um detalhe que até o momento desconhecia. E que o deixou petrificado.

Era um texto que dizia: *Ce livre a eté sponsorisé par la Union Bancaire Genevoise par l'intermédiaire de la Fondation Von Kessel pour la Culture et la Démocratie* (Este livro foi patrocinado pela Union Bancaire Genevoise por intermédio da Fundação Von Kessel pela Cultura e pela Democracia), seguido de um endereço: *Union Bancaire Genevoise — 15, Quai Gustave-Ador — CH-1207 Genève.*

Na página seguinte, em breves linhas, Khajepour dedicava esse novo trabalho ao estimado colega René Boulanger, da Universidade de Genebra; à Anne Schulte, sua agente literária em Paris e "ao honorável sr. barão Anton Wolfgang Von Kessel e à Union Bancaire Genevoise pelo extraordinário esforço empreendido em prol do resgate da democracia, da fé e da dignidade neste mundo insano e cada vez mais destituído dos valores essenciais para a sobrevivência do homem e de seu meio".

O rosto de Bartô contraiu-se de espanto. Sua boca ficou seca. *Mohsen Khajepour... Fundação Von Kessel... Barão Von Kessel...*

Então o barão Von Kessel conhecia Mohsen Khajepour! Ou a Terra era mesmo minúscula ou algo para lá de suspeito estava acontecendo. Bartô desde o início não simpatizara muito com essa viagem a Genebra e, agora, tinha uma razão concreta para maldizê-la abertamente. Ele precisava mostrar aquele livro a Araci, antes que saíssem para o jantar com o barão.

Bartô pagou os livros no caixa e deixou a livraria atordoado, descendo depressa a Rue du Mont-Blanc em direção ao hotel.

Sua cabeça era um turbilhão acelerado de conjeturas. Ulrich Wachtel saberia da ligação de Von Kessel e Khajepour? O convite para o jantar na Villa Saint-Benoît teria alguma relação com o leilão e as ameaças que Araci sofrera?

Quando ele se aproximou da esquina com o Quai des Bergues, um carro preto freou bruscamente junto à calçada. A porta da frente foi aberta e um homem saltou, gritando em francês:

— *Monsieur* Bartolomeu Saraiva! *Monsieur* Bartolomeu Saraiva!

Bartô parou para olhar o homem de cima abaixo. Era moreno, alto e magro e usava um terno escuro.

— Somos funcionários do hotel. Entre no carro, rápido — pediu o homem. — Sua mulher sofreu um acidente e foi levada para o Hospital Cantonal.

Bartô sentiu o chão lhe faltar.

— Um acidente? Como um acidente?

— Ela caiu da janela. O estado dela é muito grave. O senhor precisa vê-la. Venha conosco, por favor.

Aflito, sem conseguir pensar em mais nada, Bartô agarrou a sacola com os livros e entrou depressa no banco traseiro. Quando a porta se fechou e o veículo começou a seguir na direção da ponte sobre o lago, Bartô sentiu a sombra de uma mão movendo-se a seu lado. Tudo aconteceu muito rápido. Sua cabeça foi golpeada violentamente por um objeto duro. Bartô soltou um grito, o corpo pesado caiu sobre as costas do banco da frente. Todo o interior do carro começou a girar, ele ouviu sons aterradores reverberando pelo crânio e agitou os braços, tentando reagir. Foi quando sentiu uma picada perfurando-lhe a nuca que doeu como se a lâmina afiada de uma faca tivesse sido cravada com vontade em sua pele. Instantaneamente, seu corpo rijo amoleceu. Tudo ficou subitamente escuro e, à sua frente, havia somente uma profusão de estrelas dispersando-se velozes pelo nada.

- 8 -

Hamidreza Kadivar retirou polidamente os sapatos antes de entrar no apartamento de Mitra Rahmani, onde já estivera por diversas vezes, sempre atendendo a chamados de Jaffar Jalaipour. Havia conversas profissionais que necessitavam da privacidade de um ambiente ao abrigo das tensões do local de trabalho e do constante e desgastante embate político dos gabinetes de Teerã.

O ar-condicionado estava ligado, isolando a sala de visitas do calor escaldante daquele começo de tarde. Calçando as pantufas, Kadivar sentou-se na poltrona que ficava de costas para a janela aberta, através da qual se infiltrava um filete do sol da tarde. Ele carregava duas pastas pretas e estava particularmente bem-vestido naquele dia. Barba aparada, terno muito bem cortado, a camisa sem gravata e abotoada no colarinho — como era de praxe no Irã —, dois belos anéis de prata nos dedos e levemente perfumado. Mitra, por sua vez, vestia um sobretudo de gabardina cinza azulado e um lenço estampado em tons de cinza na cabeça.

Depois de servir duas xícaras fumegantes de chá preto, ela sentou-se na ponta do sofá. Procurou evitar fitar diretamente os olhos dele. No Irã, as mulheres não costumavam encarar demoradamente homens que não fossem seus parentes, pois isso era interpretado como flerte.

— Como estão as coisas na prisão, em Evin?

A expressão de Kadivar era de desânimo.

— Não tenho noção do que se passa lá dentro. O sr. Jaffar está proibido de receber visitas e na polícia ninguém comenta nada.

Mitra estava revoltada.

— Ou seja: Jaffar está sendo mantido refém pelo governo. É isso?

— A justiça diz que a detenção dele é temporária, para investigações preliminares. Pela lei iraniana, ele pode ser mantido sob custódia por até um mês sem direito à fiança.

— Se o julgamento é inevitável, que ao menos seja digno e limpo. O governo não pode querer lavar a própria imagem à custa de um inocente.

— Imagino que o julgamento será idôneo.

— Pois eu penso justamente o oposto. O governo tem uma influência fortíssima sobre o judiciário. O veredito final pode muito bem ser manipulado, se disso depender a imagem do regime e a legitimidade das últimas eleições.

— A senhora está sendo passional em seu raciocínio. As coisas não acontecem exatamente dessa maneira.

— Ah, não? — a voz de Mitra soou irônica. — Então diga-me, sr. Hamidreza: acontecem de que maneira?

Kadivar torceu os lábios e perguntou:

— Desculpe-me, mas foi para falar sobre isso que a senhora pediu que eu viesse?

— Não. Na verdade, eu estou com algumas dúvidas e queria que o senhor me ajudasse a esclarecê-las, se for possível.

Kadivar manteve-se atento. Mitra levantou-se e caminhou até o escritório, adjacente à sala, voltando em seguida com dois embrulhos.

— Jaffar esteve na Europa alguma vez? — indagou ela.

— Duas vezes.

Mitra voltou ao sofá.

— Todas elas depois que entrou na Bonyad, não é?

— Sim.

— Ou seja: todas muito recentemente.

— Exatamente.

— E sabe em quais cidades ele esteve?

— Uma vez em Berlim e outra em Roma, na comitiva presidencial.

— Ele esteve na França alguma vez?

Kadivar respondeu enfático:

— Não.

Mitra mirou Kadivar demoradamente, com uma expressão severa.

— Tem certeza?

— Bem... Ele nunca me falou nada sobre ter ido à França. E desde que o conheço posso assegurar que ele não esteve lá — houve uma pausa e ele emendou: — Mas por que está perguntando isso?

— O senhor sabe que eu sou doutora em línguas latinas e dou aulas de francês. Falo esse idioma tão bem como se fosse minha língua materna. Jaffar está casado comigo há quatro anos. Ele sempre soube de minha fluência em francês. E, no entanto, nunca comentou comigo que também possuía conhecimentos do idioma.

Kadivar espantou-se.

— Mas o sr. Jaffar não fala francês.

— Eu também supunha que não.

Kadivar franziu a testa.

— Não entendo o que está querendo dizer.

Mitra desfez o primeiro embrulho e mostrou-lhe o guia da cidade de Paris, com as anotações em persa de Jalaipour nas margens de algumas páginas. Kadivar olhou o guia. Parecia atordoado e inquieto e Mitra percebeu.

— Reconhece a letra de Jaffar? — indagou ela.

Kadivar não ouviu. Estava hipnotizado com o livro. Ele folheava as páginas, conferia as anotações, voltava, relia. Mitra percebeu que havia mesmo algo errado, conforme suspeitava.

— Eu... ahn... Eu estou verdadeiramente surpreso com isso — declarou Kadivar, finalmente. — Tanto quanto a senhora.

Ele estava virando as últimas páginas, quando um pedaço de papel se soltou do guia e escorregou para o chão. Kadivar abaixou-se para pegá-lo. Ele trazia uma anotação à mão:

> Sr. Grigor Avedikian — Rua Zakian, 36 — 3° andar — Ierevan — ARMÊNIA. Prédio situado no centro da cidade, próximo à Praça da República.

Kadivar perguntou, nitidamente aflito:

— Onde a senhora encontrou isso, sra. Mitra?

— Aqui em casa. No meio das coisas de Jaffar.

Mitra notou-o esfregar os dedos no papel, parecendo tentado a enfiá-lo no bolso. Ela manteve-se atenta, coagindo-o silenciosamente a devolvê-lo ao miolo do livro.

— O senhor acabou de me garantir que Jaffar nunca viajou à França. Como, então, este guia estava guardado com ele?

Kadivar atrapalhou-se na hora de responder.

— Eu... bem... eu me lembro vagamente de o sr. Jaffar ter manifestado o desejo de conhecer a França. Sua simpatia pelo país era enorme. Além de acolher muitos muçulmanos oriundos de vários países, a França apoiava a causa palestina abertamente e divergia dos Estados Unidos quanto à política de embargo contra o Irã. Ele me pediu para, quando eu fosse à Europa, lhe comprar um guia de Paris para ele ter uma noção da cidade, caso quisesse ir para lá. Ele sabia que eu trazia livros para a senhora e achou que não era pedir demais.

A tensão de Kadivar era visível e somente um cego insensível não perceberia. Mitra retirou do embrulho a segunda parte do material que encontrara na gaveta. Eram os catálogos de exposições em galerias de Teerã e Paris, com reproduções em papel-cartão de pinturas e gravuras de três artistas iranianos e um armênio, todas adquiridas por Jaffar e que, hoje, decoravam as paredes do apartamento.

No verso de cada reprodução vinham impressos em francês os nomes da obra, do artista e da galeria que os representava: *Ruben Avedikian Galerie d'Art — 196, Boulevard Haussmann — Paris*.

— Jaffar havia me assegurado que comprou estes quadros aqui no Irã. Mas, pelo visto, todos eles estavam expostos nessa galeria em Paris. O que me diz?

— Sra. Mitra, são detalhes tão sem relevância... Por que está tão preocupada?

— Porque Jaffar escondeu isso de mim durante todos estes anos, sr. Hamidreza. Ele não faria isso se os fatos fossem irrelevantes, como o senhor afirma.

— Mas por que ele guardaria segredo sobre algo tão banal como uma viagem e a origem de alguns quadros?

— Talvez porque não se trate de uma viagem assim tão banal. Se descobrirmos o que motivou a ida dele a Paris e o que significam estas anotações à mão, talvez até possamos conseguir encontrar alguma evidência capaz de libertá-lo.

Aquela justificativa era apenas uma desculpa calculada. A curiosidade de Mitra em relação à viagem nada tinha a ver com o desejo de provar a inocência de Jaffar, e sim de saber se havia, de fato, alguma mancha nefanda no passado do marido, como ela suspeitava cada vez mais.

— Perdoe-me a sinceridade, sra. Mitra, mas esse raciocínio não faz o menor sentido. Nada do que possa ter ocorrido durante essa viagem, que sequer estamos convictos de ter mesmo acontecido, poderá ajudar o sr. Jaffar a sair da prisão. Nada.

— Eu, em seu lugar, não estaria tão certa disso. Essa ida a Paris pode ter sido patrocinada pelo governo com alguma finalidade de caráter confidencial. Evidentemente que não haveria nenhum interesse no vazamento de informações. Por isso Jaffar não me disse nada. Foi uma viagem secreta com fins inconfessáveis. Não lhe parece razoável?

— A senhora está fantasiando. Desculpe-me por dizer isso.

— Mesmo? E o que me diz disto?

Ela abriu o outro embrulho e retirou as páginas impressas que ensinavam como fabricar uma bomba.

Uma ruga surgiu na testa de Kadivar, que olhou para Mitra com ar atormentado.

— Também estão escritas em francês — ela fez questão de ressaltar. — Por que Jaffar quereria fazer uma bomba?

Kadivar enrolou-se na resposta.

— Vai ver ele tinha apenas curiosidade de saber como se fazia.

— E fez?

Kadivar não respondeu. Estava completamente sem ação.

Mitra recolocou tudo nos embrulhos e levantou-se:

— Agradeço muitíssimo por ter se dado o trabalho de vir aqui, sr. Hamidreza. Mas vejo que está pouco disposto a me ajudar.

— Não se trata disso. Estou contando o que sei. O fato de haver catálogos de uma galeria de arte em Paris e um guia da cidade no meio das coisas do sr. Jaffar não significa que ele tenha estado lá pessoalmente.

— O mesmo vale para o manual da bomba?

— Seu marido circula no meio político — Kadivar exasperou-se. — É uma seara perigosa. Um homem tem o direito de se defender.

— Com uma bomba?

Kadivar respirou fundo e disse, forçando uma voz apaziguadora:

— Ouça um conselho meu: não tente desafiar o governo. A senhora já está numa posição delicada. O serviço de inteligência deve estar atento a seus movimentos. Se a senhora der um passo em falso, poderá ganhar inimigos poderosos. E investigar sozinha não a levará a lugar nenhum.

Mitra sorriu amargamente.

— Está certo. Bem, acho que podemos nos despedir agora, não é? Preciso descansar. Dentro de alguns dias retomo meu trabalho na universidade e a médica me recomendou repouso.

Kadivar levantou-se contrafeito, olhando meio desolado para os embrulhos. Mitra percebeu que ele teria levado tudo consigo, caso houvesse tido chance. Ela o acompanhou até a porta.

— Pense bem no que vai fazer, sra. Mitra — ele disse, enquanto calçava os sapatos. — Não se arrisque à toa. Estou tomando conta de tudo. Seu marido terá uma defesa brilhante no tribunal. Confie em mim.

Mitra abriu a porta.

— Obrigada, mais uma vez, por ter vindo, sr. Hamidreza. Tenha uma boa tarde.

Vendo-se novamente sozinha, ela voltou à sala, retirou o lenço da cabeça e recostou-se no sofá. Reconstituiu a conversa na memória e deu-se conta de como Kadivar mostrara-se reticente e evasivo ao falar sobre a viagem. Recapitulou suas reações diante do guia, das pinturas e principalmente do manual. Lembrou-se de sua retórica defensiva e de suas súbitas mudanças de fisionomia e atitude. Ele evidentemente sabia de alguma coisa e não quis lhe revelar.

Mitra abriu novamente o guia. Segurou o pedaço de papel e fitou-o longamente:

> Sr. Grigor Avedikian — Rua Zakian, 36 — 3° andar — Ierevan — ARMÊNIA. Prédio situado no centro da cidade, próximo à Praça da República.

A Armênia ficava bem mais perto de Teerã do que a França, pensou ela.

"Uma loja", lembrou-se. Havia uma loja de tecidos finos no Centro Comercial Golestan. A proprietária, cuja família era armênia, talvez conhecesse gente em Ierevan. Ela fora, no passado, vizinha e muito amiga da família de Jaffar. Seu nome era Sevda. Mitra a conhecia, e elas davam-se bem.

Era muito pouco provável que Sevda soubesse quem era o Grigor Avedikian mencionado no bilhete, mas Mitra não tinha outra pessoa a quem recorrer naquele momento e, portanto, era até ela que iria. Precisava começar a investigar de algum lugar.

* * *

Emílio recebeu o inspetor Filizola ao meio-dia daquela quarta-feira fria e ensolarada para um almoço no terraço ajardinado da Casa Quintanilha. Sentaram-se em volta da mesa redonda de ferro pintado de branco com tampo de vidro, enquanto a copeira lhes servia carne assada recheada com legumes e linguiça, batatas grelhadas, arroz de *roquefort* e salada de pontas de aspargos, alface e nozes com molho de mostarda.

— Acho que agora podemos conversar numa boa, sr. Emílio — disse o inspetor, depois de mastigar um pedaço da carne. — Eu não quis falar nada pelo telefone, porque... O senhor sabe. Essas coisas não devem ser tratadas pelo telefone. As linhas não são seguras.

Emílio sorriu.

— Eu agradeço por ter aceitado meu convite para almoçar aqui. Tenho andado preocupado nos últimos dias. Há muitos mistérios no ar e isso não é bom.

— Refere-se ao tal marchand, Aníbal Monte Mor? O senhor me disse que ele desapareceu e que ninguém sabe dele.

— O sumiço de Aníbal me intriga, mas não é sobre ele que

eu quero falar com o senhor. É sobre aquele homem, o Alejandro Aguirre. A polícia teve alguma notícia dele depois do dia do sumiço do professor Mohsen Khajepour?

— Nenhuma — respondeu o inspetor, sacudindo a cabeça. — Nem dele, nem do advogado que o estava acompanhando na viagem.

— Advogado? — perguntou Emílio, enquanto cortava um aspargo ao meio.

— É. O nome dele é Gholam Mortezavi. Chegou a dar um depoimento na delegacia, mas desapareceu logo depois que o corpo do professor foi encontrado no mar. Fizemos uma investigação, levantamos todas as listas de passageiros de voos domésticos e internacionais que partiram desde aqueles dias, e não descobrimos nada. Tanto o dr. Gholam quanto o Alejandro evaporaram.

— Isso é bastante suspeito, não acha?

— Em parte, sim. Mas não há muito que a gente possa fazer. Um grupo terrorista iraniano reivindicou o assassinato de Khajepour ao vivo numa rádio da França. Ao que tudo indica, o dr. Gholam não era filiado a esse grupo. Ele pode, simplesmente, ter decidido fugir para proteger a própria vida. Se Khajepour, que era seu amigo próximo, tinha sido morto naquelas circunstâncias, quem poderia garantir que ele não seria a próxima vítima?

Emílio ponderou rapidamente.

— Talvez ele tenha até sofrido alguma ameaça... E por isso sumiu.

— Sim, muitas coisas podem ter acontecido — concordou o inspetor Filizola. — Mas qualquer conclusão a respeito de dr. Gholam é prematura. Nossa única certeza é a de que ele desapareceu. O resto é especulação.

— O senhor acha que ele pode estar envolvido no assassinato de Khajepour?

Filizola franziu a testa, meditativo.

— Existe essa possibilidade. Mas, se houve envolvimento, foi apenas operacional. A tal organização iraniana, chamada Azadi, assumiu a responsabilidade pelo crime. E não temos porque duvidar disso, já que ela esteve por trás de outros assassinatos semelhantes cometidos na década de 1990.

— Nesse caso, já que se trata de uma organização estrangeira, a polícia carioca não tem como desvendar o crime sozinha, não é? A menos que conseguisse localizar Alejandro e o dr. Gholam nas próximas horas.

— É verdade. O problema é que, realmente, não temos nenhum indício de onde esses dois foram parar. Sem pistas e sem testemunhas não há investigação que ande. Estamos fazendo o possível, mas realmente a tarefa é dura. Reviramos o apartamento de Alejandro de cima abaixo e não encontramos nada que o incriminasse. Absolutamente nada. A impressão era a de que tinham feito uma limpeza radical e cuidadosa lá dentro.

— A esta altura dos acontecimentos, ele já deve estar longe.

— Imagino que sim. E, com certeza, fugiu usando uma identidade falsa. Aliás, "Alejandro Aguirre" era também uma identidade falsa. Ele deve ter muitas. Para ser muito sincero, sr. Emílio, vai ser difícil solucionar esse caso. O mais provável é que, já na semana que vem, toda a nossa investigação sobre o que aconteceu aqui nesta casa, desde o atentado à bomba na véspera do leilão até o assassinato do segurança de vocês, seja arquivada. A sensação é a de que chegamos ao fim da linha.

Emílio serviu-se de mais arroz e, depois, ficou pensativo por um instante. Seus olhos nem piscaram.

— Sabe, inspetor... Eu não me importaria, realmente, em arquivar esse caso, se tivesse certeza de que tudo o que tinha para acontecer já aconteceu e que estaremos seguros de agora em diante. Mas o que eu sinto é que o jogo ainda não acabou.

Filizola lançou-lhe um olhar intrigado.

— Por que diz isso?

Emílio deu um longo suspiro.

— O desaparecimento de Aníbal Monte Mor, o telefonema que Araci recebeu alertando sobre um plano para matá-la e que a levou a fugir para a Suíça... Existem fatos que foram iniciados e que permanecem em aberto, à espera de um desfecho. E a única coisa que eu me pergunto é: o que será que ainda vai acontecer?

- 9 -

Cada movimento nos ponteiros do relógio de pulso era uma tortura para Araci. Vinte minutos para as dezenove horas. Em poucos instantes, o motorista do barão Von Kessel estaria diante da entrada do hotel e Bartô ainda não havia chegado. Ele tinha saído às quatorze horas e trinta minutos e garantira que voltaria até às dezesseis horas.

Desarvorada, Araci andava de um lado ao outro da suíte; ia da sala ao quarto, dali para o banheiro e ia novamente de volta à sala, terminando sempre na sacada, de onde esquadrinhava com os olhos a calçada ao longo do cais na esperança de avistar Bartô chegando apressado. O letreiro azul da Union Bancaire Genevoise continuava reluzindo sobre o prédio na outra margem do lago, enquanto o sol brilhava discreto na noite clara do verão de Genebra.

Bartô só podia estar atrasando de propósito, pensou Araci, numa mescla de revolta e estupefação. Além de ser uma cidade pequena, onde era impossível alguém se perder, Genebra era extremamente segura; ou seja, a probabilidade de Bartô ter sido vítima de um crime ou de um acidente era virtualmente zero. E mesmo que alguma coisa séria tivesse ocorrido, ela já teria sido informada. Notícias ruins chegavam depressa, e mais depressa ainda num país pacato como a Suíça. A verdade era que Bartô não escondia seu desconforto com aquela viagem. Decerto, ele achou que o jantar seria chatíssimo e resolveu esboçar uma fuga estratégica. Pelo visto, conseguiu.

Araci sentou-se numa cadeira e esticou as pernas. Desde a manhã, seu pé direito, ainda machucado, doía horrores, e os sapatos de salto só fizeram piorar a situação. Ela se arrependia por não ter consultado um ortopedista na cidade. Agora, o jeito seria aguentar a dor, pelo menos até o fim da noite, quando o jantar tivesse terminado e ela estivesse de volta ao hotel.

Ela levantou-se de novo, foi uma última vez à sacada e tornou a perscrutar o cais. Nada de Bartô. O relógio acusava dez minutos para as dezenove horas. Resignada, Araci fechou as janelas, apagou uma a uma as luzes da suíte, apanhou a bengala, sem a qual seria impossível caminhar, e saiu do quarto.

Desceu ao lobby e postou-se o mais perto possível da porta do hotel, próximo a uma ampla mesa circular decorada com arranjos florais, colocada sobre um mosaico branco e cinza que formava o desenho de um sol (ou seria uma estrela?), no piso de mármore. O corpo retesado transpirava ansiedade. Os olhos achavam-se fixados na rua, que enxergava através do vidro da porta de entrada. Como ela desejava que Bartô surgisse por aquela porta, e viesse correndo desculpar-se, alegando um contratempo qualquer, que ela perdoaria com a maior boa vontade. Araci, definitivamente, não queria ir sozinha ao jantar.

Quando deu dezenove horas, ela desistiu de esperar pelo marido, ajeitou a pashimina preta sobre os ombros e, apoiada na bengala, caminhou na direção da saída. Passou pela porta e, no mesmo instante, um Rolls Royce prateado parou elegantemente à sua frente. Um rapaz louro, uniformizado, com um quepe na cabeça, usando luvas brancas, desceu, contornando o carro para abrir a porta traseira para ela.

— *Bonsoir, madame Quintanilha!* (Boa noite, sra. Quintanilha!) — saudou com voz baixa e melodiosa, para em seguida fazer um gesto com a mão para o interior do carro. — *S'il vous plaît.* (Por favor.)

Araci agradeceu com um sorriso e acomodou-se no assento traseiro, enquanto ele tornava a fechar a porta e regressava ao seu banco.

— *Monsieur le Baron Von Kessel vous attend chez lui. Nous y allons arriver en vingt minutes.* (O sr. barão Von Kessel a está aguardando em sua residência. Nós chegaremos lá em vinte minutos.)

— *D'accord!* (Certo!) — foi somente o que disse Araci.

O Rolls Royce partiu devagar, contornando o Hotel des Bergues antes de retornar ao cais e começar a deixar para trás a área do hotel. Pela janela, Araci viu passar a praia Des Pâquis, o Palais Wilson, o parque La Perle du Lac, o palácio cinzento da Organização Mundial do Comércio e o Jardim Botânico, antes de tomarem a direção da moderna autoestrada N1 que ligava Genebra a Lausanne. Esquecendo-se momentaneamente de Bartô, Araci foi imergindo numa caudalosa corredeira de reminiscências que se projetavam em sua frente com a mesma velocidade cinematográfica das copas coloridas das árvores às margens da estrada que pareciam reverenciar sua passagem.

Dentro de poucos minutos, estaria frente a frente com o barão Von Kessel. Como será que o encontraria, depois de tantos anos?

* * *

VOLTA E meia as imagens daquele marcante mês de julho de 1984 surgiam sem aviso prévio na memória de Araci. Vinte e cinco anos atrás, suspirou ela, subitamente assustada ao constatar a velocidade com a qual o tempo passou.

O barão Von Kessel encontrava-se havia três dias no Rio de

Janeiro com a missão de sacramentar a aquisição para a Union Bancaire Genevoise de uma companhia brasileira de seguros. Era uma viagem profissional, já que as transações se arrastavam havia meses sem resultado, de modo que ele precisou intervir pessoalmente para que fossem concluídas. Sua vinda coincidiu com a inauguração da antológica exposição "Como vai você, Geração 80?" que reunia trabalhos de mais de cem artistas, então jovens e desconhecidos, no palacete da Escola de Artes Visuais do parque Lage.

Foi Richard de Beaumont, o ainda hoje presidente da Union Bancaire Genevoise e que também estava na cidade para a compra da seguradora, quem comentou com o barão a respeito da mostra. Era sábado. Na segunda-feira, eles regressariam à Suíça. Curioso, o barão aceitou a sugestão e resolveu conferir o evento de perto.

Logo ao entrar no antigo palacete, encravado no meio do verdor exuberante de um amplo jardim tropical, ele viu um grupo de rapazes praticando capoeira diante da enorme tela de *Sansão*, de Daniel Senise, instalada em frente à piscina, enquanto crianças brincavam, correndo por entre as arcadas romanas em torno do átrio central do casarão. Todo aquele burburinho deixou o barão absolutamente fascinado. Era arte pura em movimento, exibida sem a pompa a que estava habituado e, o que era ainda mais fascinante, sem aparentes escaramuças entre os artistas. Tudo ao vivo e em cores, e ele estava lá.

O barão percorreu a área, aparentemente sem ser notado. Viu os jovens artistas posando para fotógrafos ao lado de seus trabalhos, todos transpirando uma alegria espontânea e cativante, como se tudo não passasse de uma grande festa. Mais do que uma celebração, pairava um aroma de libertação no ar. Naquele dia era como se a arte brasileira decretasse a própria alforria da repressão dos anos de ditadura no país e, acima de tudo, de todo o conceito rígido de arte vigente na década anterior, que priorizou fortemente o conceitualismo em detrimento da figuração. O barão acabou concluindo que a data — 14 de julho, dia da Revolução Francesa — não fora escolhida por acaso.

Interessado em saber mais sobre aqueles jovens artistas e seus trabalhos, o barão incumbiu Richard de Beaumont de localizar o organizador do evento ou alguém que pudesse lhe relatar o que estava acontecendo. Um tanto desnorteado, sem saber a quem recorrer em meio ao movimento que tomava o palacete, Beaumont avistou um senhor de meia-idade, de cabelos grisalhos e sobriamente enfiado num terno, conversando, perto da piscina, com uma jovem alta, de cabelos castanhos longos e que, pela aparência, não devia ter ainda 30 anos. Ela estava de mão dada com uma criança, um menino gracioso de 3 ou 4 anos e cabelos castanho-claros escorridos. Beaumont aproximou-se deles e perguntou se falavam francês ou inglês. O senhor e a jovem responderam que sim. Disseram ainda que trabalhavam no mercado de arte e que eram pai e filha: Emílio e Araci Quintanilha. O menino era o neto de Emílio e sobrinho de Araci: Lourenço Quintanilha Monte Mor.

Beaumont explicou-lhes, então, a situação: o barão Von Kessel, um banqueiro e grande colecionador de arte na Suíça, encontrava-se ali, no parque, e desejava muito conversar com os organizadores do evento. Emílio e Araci levaram um susto. Não conheciam os organizadores, mas sabiam muito bem quem era o barão Von Kessel. Eles se ofereceram para falar com ele e lhe contar sobre a exposição e sobre o que ela poderia significar para a renovação das artes plásticas no Brasil.

Naquela época, aos 27 anos de idade, a jovem Araci ainda era preposta de Emílio na Casa Quintanilha — cujo comando só assumiria anos mais tarde —, e nem sequer conhecia Bartô Saraiva, com quem se casaria anos depois. O barão estava parado sob uma das arcadas ao redor da piscina. Araci pensou que encontraria um homem pedante e cheio de pose e surpreendeu-

-se com sua simplicidade e simpatia. Passaram o resto da tarde juntos, conversando os quatro, em francês, com o pequeno Lourenço observando-os com o olhar divertido. Araci contou ao barão tudo o que sabia sobre arte brasileira contemporânea e, de quebra, falou um pouco sobre a casa de leilões da família, capitaneada pelo pai.

O barão ficou tão encantado que, na noite seguinte, véspera de sua volta à Suíça, convidou Araci e Emílio para um jantar no restaurante do hotel Copacabana Palace, onde estava hospedado. Foi uma noite memorável, realmente inesquecível. Na segunda-feira, o barão partiu do Rio de Janeiro e Araci só tornaria a vê-lo doze anos depois, num encontro casual nos salões da Bienal de Arte de São Paulo. O barão, é claro, estava mais velho, assim como ela própria — nessa época já uma mulher casada — também estava. Mas ele conservava o semblante sereno e o sorriso amistoso e sincero, que tanto a cativara no primeiro encontro.

Desde então Araci nunca imaginou que o veria novamente e estava temerosa do estado em que iria encontrá-lo tanto tempo depois. Velho, doente, abatido, fraco, alquebrado. Subitamente, pensou com angústia na própria velhice, que começava a se insinuar com nitidez num horizonte não muito distante. Estava com 52 anos. Logo, teria 60, depois, 70. Seu rosto, sua pele, seu cabelo, tudo mudara tanto desde sua juventude e continuaria mudando, mutilando cada vez mais seu corpo, um corpo de que tanto gostara um dia... A idade impunha uma decadência infame ao físico das pessoas e tentar evitá-la era uma guerra perdida. A velhice era um caminho sem volta. Quando encontrasse o barão hoje, se lembraria imediatamente da primeira vez que o vira no parque Lage, vinte e cinco anos atrás, de seu físico bem disposto, sua voz firme, seu rosto corado e brilhoso. Imediatamente se daria conta de que, um dia, teria a idade dele, caso não morresse antes. Era uma perspectiva incômoda, desagradável, quase insuportável, ainda mais para uma mulher.

* * *

A ESSA altura o Rolls-Royce passava pela localidade de Versoix e aproximava-se da divisa entre os cantões de Genebra e de Vaud, onde ficava Lausanne. O carro contornou um canteiro de rosas amarelas e reduziu a velocidade enquanto penetrava numa alameda margeada por pinheiros, faias e macieiras, até parar diante de um imenso portão de ferro, circundado por uma arcada de pedra e granito encimada pelo vistoso brasão dourado da família Von Kessel. Estavam na Villa Saint-Benoît.

O motorista piscou o farol três vezes e teve de esperar dois minutos até sua entrada ser autorizada. Os portões se abriram e Araci sentiu o coração rufar de ansiedade. Já nos domínios da *villa*, eles passaram por duas guaritas consecutivas ocupadas por seguranças fardados, munidos de equipamentos de rádio. Por toda parte, homens de preto guardavam a mansão. Com uma das mãos seguravam, pela coleira, robustos cães rottweiler ou pastor-belga e mantinham a outra estrategicamente posicionada na altura da cintura, onde uma pistola estava sempre pronta para ser sacada ao menor sinal de desordem.

O carro prosseguiu por uma rua sinuosa de paralelepípedos que cortava um amplo e bem cuidado jardim gramado, pontilhado por árvores, sebes, arbustos floridos e roseirais. A rua levava a uma extensa alameda reta de ciprestes que terminava na fachada principal da mansão. O carro avançou devagar por entre as fileiras de ciprestes até alcançar um enorme pátio de pedra, rodeado por pitorescos lampadários dourados, no meio do qual havia uma praça circular com uma fonte de sete metros de altura, onde três estátuas femininas suspendiam uma pira da qual jorravam fartos esguichos d'água.

O carro contornou a praça e estacionou em frente a uma suntuosa escadaria em forma de ferradura que se abria da entrada principal, visivelmente inspirada no Palácio de

Fontainebleau, na França. O motorista abriu a porta para Araci, que pôs o primeiro pé para fora e, antes mesmo de se levantar, ergueu os olhos e contemplou deslumbrada a opulenta construção neoclássica de quatro andares e fachada marfim-acinzentado que era ainda maior e mais exuberante do que supunha. Suas janelas intermediárias eram altas e ogivais e os três pórticos abaulados que davam acesso à entrada eram sustentados por colunas gregas. Finalizada em 1846, a Villa Saint-Benoît em nada lembrava uma *villa* italiana, como seu nome sugeria, uma vez que seu projeto acompanhou o estilo dos prestigiosos palácios da alta fidalguia francesa da época.

Nisso, Araci viu quando uma mulher surgiu devagar de um dos pórticos. Ela pairou altiva, com as mãos para trás, sobre o pequeno terraço para onde convergiam as duas extremidades da escada. Era moça, aparentava ter menos de 40 anos. Os cabelos eram escuros, muito escuros, firmemente presos num coque, e ela usava um austero vestido cor de vinho abotoado no colarinho. O rosto claro, sem nenhum vestígio de maquiagem, abrigava um par de grandes olhos verdes, ao mesmo tempo frios e flamejantes e um sorriso vetusto e levemente cínico.

Ela saudou Araci num alemão solene, pausado, incrivelmente formal e sonoro:

— *Guten Abend, gnädige Frau!* (Boa noite, madame!)

Araci respondeu, acabrunhada. Não falava muito bem o alemão.

— *Guten Abend!* (Boa noite!)

Fez-se um silêncio constrangedor entre elas. A governanta indagou, então:

— *Sie wünschen, gnädige Frau?* (O que deseja, senhora?)

— *Ich heisse Araci Quintanilha! Ist Herr Von Kessel da?* (Sou Araci Quintanilha! O sr. Von Kessel está?)

— *Ach, entschuldigung, Frau Quintanilha! Freut mich sehr. Ich bin Fatima, die Haushälterin.* (Oh, perdoe-me, sra. Quintanilha! Muito prazer. Eu sou Fatima, a governanta.)

Pelo nome e pela fisionomia, Araci concluiu que ela devia ser de origem ibérica ou italiana. Fatima deu alguns passos em direção ao patamar direito da escadaria e fez um gesto com a mão para que Araci subisse:

— *Bitte schön, gnädige Frau!* (Tenha a bondade, senhora!)

Araci olhou desanimada para aquela escadaria enorme e galgou os degraus devagar, com uma mão apoiada na bengala e a outra, no grosso corrimão de mármore. Sentiu-se uma velha aleijada, que se locomovia sofregamente. Ao chegar ao topo, endireitou a pashimina sobre os ombros, enquanto recobrava o fôlego. Teve a nítida impressão de que a governanta acompanhava milimetricamente cada movimento seu, mas evitou olhá-la diretamente. Sentia-se intimidada por sua pose ereta e impassível de quem se julgava superior.

Entraram na casa, por um vestíbulo majestoso revestido de mármores amarelos de Siena que precedia um amplo saguão de altíssimo pé-direito, coroado por uma cúpula de vitral decorada com arabescos coloridos, por onde se infiltrava uma luminosidade amarelada. Fatima fez um gesto com a mão para o lado e conduziu Araci por um corredor largo e comprido, onde duas sequências de colunas revestidas de mármore de Carrara flanqueavam uma comprida e fofa passadeira marrom-escuro. Araci quase contraiu um torcicolo ao admirar os detalhes dos imensos lustres de bronze e cristal que pendiam do teto entre os magníficos afrescos que retratavam as quatro cidades mais antigas da Europa: Atenas, Roma, Veneza e Amsterdã. Quadros cobriam as paredes e esculturas de mármore e bronze espalhavam-se pelos cantos, como num grande museu. Algumas obras eram aterrorizantes. Mostravam rostos em agonia, expressões disformes, desenhos que sugeriam formas demoníacas. Araci encolheu-se, assustada. Havia muito tempo nenhum ambiente lhe causava um efeito tão hipnótico. Fatima andava sem pressa dois passos adiante dela. Aproximaram-se de uma enorme e pesada porta dupla de madeira marchetada. Fatima abriu-a e Araci viu-se num salão parcialmente iluminado, em estilo gótico, forrado de tapeçaria persa e com as paredes revestidas de papel de parede rosado e lambris de madeira escura. No centro, havia uma grande mesa oval de jantar, uma mesa sombria, rodeada por quatorze antigas cadeiras de madeira com braços, assentos de veludo e espaldares altos em forma de arcos pontiagudos. Oito velas compridas estavam acesas sobre dois vistosos castiçais de prata inglesa, cinzelados com acantos e perolados, colocados um em cada lado da mesa. Não havia ninguém naquele recinto sinistro, além dela e da governanta.

Num misto de inquietação e desconforto, Araci falou a ela:

— *Herrn Anton Wolfgang Von Kessel hätte ich gerne gesehen. Er erwartet mich.* (Eu gostaria de falar com o sr. Anton Wolfgang Von Kessel. Ele está me aguardando.)

A governanta fez um gesto suave de assentimento com a cabeça e respondeu calmamente:

— *Selbstverständlich, gnädigue Frau. Machen Sie sich keine Sorgen!* (Certamente, senhora. Não se preocupe!)

Araci ouviu a porta fechando-se atrás de si com um estrondo, enquanto reparava que, naquela sala, diferentemente das anteriores, praticamente não havia quadros na parede. Ela foi contornando a mesa devagar, até que seu rosto se voltou para o fundo da sala e ela deparou com o inesperado.

Araci estremeceu de pavor, por dentro.

"O que é aquilo, meu Deus? O que é aquilo?"

Ela foi andando devagar, sentindo o coração acelerado. Seus olhos, fixados naquela visão assustadora, nem piscavam. Estavam congelados. Assim como suas mãos, seus braços, suas juntas. Se não fosse a bengala, seus joelhos teriam fraquejado e ela acabaria caindo. Araci caminhou até bem junto da parede e olhou firmemente para o centro do quadro, nos olhos, naqueles grandes olhos verdes que, ali, pareciam ainda mais pungentes, ainda mais penetrantes, ainda mais perturbadores.

"O Véu."

Como aquele quadro viera parar ali, na Villa Saint-Benoît, se ele havia sido encontrado na encosta do Joá junto às mãos decepadas de Mohsen Khajepour? O torpor inicial passou e Araci reparou que, embora estivesse envolvido numa rica moldura dourada, o quadro guardava uma cicatriz: ele havia sido cuidadosamente costurado no meio. Precisamente no local onde a lâmina dos assassinos de Khajepour o perfurara.

Araci, instintivamente, olhou para trás, para Fatima, que a observava em pé, com as mãos apoiadas no encosto de uma das cadeiras. Percebeu nela os mesmos olhos verdes, os mesmos traços, o mesmo ar cínico e maligno da pintura.

Era ela. Era ela a mulher da pintura.

Araci levou as mãos ao rosto, aterrorizada.

"Uma loucura! Aquilo era uma loucura!"

Fatima aproximou-se devagar de Araci. Seu rosto, sério, denotava uma severidade implacável. Ela olhou bem fundo nos olhos de Araci e disse, com a voz dura, num português fluente e praticamente sem sotaque:

— Que bom que você veio, Araci Quintanilha! Você não imagina como nós precisávamos ter essa conversa!

- 10 -

Charents Boutiques era o nome de uma requintada loja, especializada na venda de cortes de tecidos finos, que pertencia a Sevda Ter-Gevondian, uma antiga vizinha da família de Jaffar Jalaipour. Ela era uma mulher robusta, de olhos claros sempre emoldurados por belos óculos e cabelos alourados a cada dia cobertos por uma echarpe de estampa diferente, todas lindíssimas, que exibia como uma espécie de cartão de visitas para os produtos que comercializava. Embora se recusasse a revelar a idade, Sevda tinha, pelos cálculos de Mitra Rahmani, entre 60 e 65 anos.

A Charents Boutiques funcionava em pleno Centro Comercial Golestan, em Shahrak-e Qods, bairro de classe média alta da zona norte de Teerã. O shopping center de três andares, requintado e agradável, era a passarela dourada dos iranianos chiques e descolados, além de um dos pontos de encontro preferidos da juventude moderna e sintonizada nas antenas parabólicas que captavam o sedutor estilo de vida do Ocidente. Ao longo de suas rutilantes vitrines era possível encontrar desde roupas da última moda dos designers europeus, que as iranianas vestiam por sob os sobretudos e chadores, até os mais caros relógios suíços.

Mitra tinha pressa. Ela deixou o carro no estacionamento e entrou logo no shopping, marchando pelos corredores apinhados de casais e grupos de jovens que conversavam despreocupados enquanto se dirigiam a coloridas lanchonetes de ares ocidentais ou a estilosas lan houses. Aquele enclave fashion de Shahrak-e Qods parecia virtualmente isolado da tensão das ruas de Teerã, onde a qualquer momento poderia eclodir um novo confronto entre manifestantes e polícia. Mitra não percebera nenhuma anormalidade pelo caminho, muito embora, no percurso entre seu edifício e o shopping, ela tivesse passado ao largo do centro, onde estavam sediadas todas as repartições importantes do governo e que era, por conta disso, a área mais suscetível a distúrbios.

Ela parou diante da vitrine para conferir algumas das peças expostas e aproveitou para observar o movimento no interior da loja. Havia apenas duas mulheres, que pareciam mãe e filha, apreciando algumas echarpes de seda. A mãe retirou o lenço azul que cobria a cabeça da filha e colocou, em seu lugar, uma echarpe estampada, sem amarrar. Abriu um sorriso de satisfação e acenou positivamente para a vendedora, efetivando a compra.

Mitra esperou as duas saírem e só então entrou. A vendedora veio atendê-la com simpatia. Era uma moça esguia, elegante e de voz pausada que se expressava com uma docilidade quase desconcertante. Mitra perguntou por Sevda Ter-Gevondian.

— Ela está no escritório, no fundo da loja — indicou a moça. — Quer que eu a chame?

— Por favor. Diga que é Mitra Rahmani. Nós somos amigas.

A vendedora se afastou e, em um minuto, voltou trazendo Sevda, que não escondeu sua surpresa pela inesperada visita. Ela abriu os braços num gesto maternal e abraçou longamente Mitra, deixando escapar dois filetes de lágrimas enternecidas.

— Oh, Deus! Eu lamento tanto o que aconteceu com Jaffar. Eu lamento tanto! Perdoe-me, minha querida, se eu não fui visitá-la antes. Quero que saiba que estarei ao lado de vocês para o que precisarem.

— Eu sei disso, Sevda. Não se preocupe.

Sevda notou as cicatrizes e manchas roxas no rosto de Mitra.

— Aconteceu alguma coisa? Por Deus, você está toda machucada.

— Eu me meti no meio de uma das manifestações que aconteceram na cidade e acabei experimentando na pele a fúria da polícia. Cheguei a ficar internada, mas já está tudo bem.

— Pelo menos, você não se feriu gravemente. Parece que algumas pessoas já morreram por causa dessa onda de protestos.

Apesar dos muitos anos morando em Teerã, Sevda ainda conservava um sotaque bastante acentuado na pronúncia do persa, evidente, sobretudo, nos "erres" arrastados. Ela praticamente não havia envelhecido desde a última vez que Mitra a vira quando estivera no endereço anterior de sua loja, na rua Mirdamad, dois anos atrás, às vésperas de um *No Ruz* (o Ano-Novo, no calendário persa) para comprar uma toalha de mesa nova para um jantar íntimo que daria em casa. Desta vez, ela usava um par de óculos Chanel que lhe realçava o ar astuto e vivaz e ostentava uma leve fragrância de perfume francês que tornava sua presença ainda mais agradável.

Sevda conduziu Mitra para uma sala no fundo da loja, onde improvisara um escritório. Uma mesa redonda de tampo de vidro jateado, rodeada por quatro cadeiras brancas de pintura eletrostática, ocupava mais da metade do exíguo espaço, espremido num perfeito quadrado cuja única fonte de ventilação era a saída do ar-condicionado central, embutida no teto.

Mitra notou sobre a mesa uma bandeja na qual reluzia um fino conjunto de chá que denunciava o pecadilho da gula que ainda parecia acometer Sevda todo fim de tarde. Naquele dia, ela optara por biscoitos *Petit Beurre Pars Minoo* cobertos com generosas camadas de geleia de marmelo e biscoitos de chocolate

Tak Tak, acompanhados pelo insubstituível chá preto de Lahijan, que conhecera quando ainda morava em Ierevan, antes de se mudar para Teerã, fugindo da "russificação" de sua Armênia natal e da vida severa que a égide soviética tornava intolerável.

— Vou providenciar uma xícara e um prato para você me acompanhar no chá — disse Sevda, apontando para a bandeja.

— Não precisa se incomodar — respondeu Mitra. — Minha visita será rápida.

— Não faça cerimônia comigo, querida. Tome, ao menos, uma xícara de chá.

Mitra sorriu num sinal de rendição.

— Está bem. O chá eu aceito. Obrigada.

Sevda buscou uma segunda xícara num armário baixo ao lado da porta. Serviu Mitra com o líquido fumegante que exalava um aroma cálido e perfumado. Tal qual um incenso, ele espalhava-se pelo ar, envolvendo toda a sala.

Uma vez sentada de frente para Sevda, Mitra pôde reparar melhor em sua fisionomia. E concluiu que Sevda não só não havia envelhecido, como parecia até um pouco remoçada. Seu nariz estava menor e ligeiramente mais arrebitado. Ela certamente submetera-se a uma cirurgia para diminuí-lo, assim como faziam muitas iranianas todos os anos, insatisfeitas com a herança genética que lhes legava narizes aduncos e agigantados, desproporcionais aos seus rostos femininos doces e encantadores. Sevda também fizera maquiagem definitiva no rosto e uma plástica para a retirada da papada no pescoço.

— Eu adoraria ter vindo aqui somente para uma visita, Sevda — disse Mitra, algo encabulada. — Lamento muito por isso. Não quero parecer interesseira.

— Eu jamais pensaria isso, Mitra. Sei que este período está sendo uma travessia dura para você — respondeu Sevda. — E mesmo que não estivesse, não haveria nenhum problema em me procurar. Quando nos encontramos em dificuldade a quem podemos recorrer, senão aos amigos? Sua vinda me deixa até honrada. É a prova do sólido amor fraterno que ainda nos une e que, infelizmente, esse cotidiano louco nos impede de exercer com a regularidade desejada. Conte-me qual é seu problema.

— Jaffar. Ele é meu problema.

— Ele está preso, eu sei — assentiu Sevda, em concordância. — Será levado a juízo num momento delicado, quando a segurança do Estado e a disputa política pairam acima de todas as deliberações. Haverá um confronto entre o senso de justiça e a sobrevivência da credibilidade do governo. Um mártir inocente sacrificado pela redenção dos mandatários de seu povo. É um gesto nobre, mesmo sendo à revelia. Futuramente, Jaffar poderá ser lembrado como herói pelos historiadores, encarregados de retratar nosso tempo. Mas é injusto e contraria os preceitos básicos da humanidade civilizada.

Sevda continuava com a mania de falar com pompa, como se discursasse, uma herança dos tempos em que era professora na Armênia.

— Estou com medo, Sevda — disse Mitra. — Medo do que possa acontecer a Jaffar. E, principalmente, medo de descobrir algum fundo falso na vida dele.

Sevda arregalou os olhos.

— Fundo falso?

Ela fitou Mitra por longos instantes e depois soltou um muxoxo de incredulidade.

— Oh, deixe disso, Mitra. Eu conheço a família de Jaffar há muitos anos. Muitos mesmo. Nunca observei nela nenhum comportamento desabonador. Todos ali sempre foram bastante devotados à fé e à moral e aferrados a uma conduta pura, generosa e exemplar como uma boa família muçulmana. Jaffar é fruto dessa estrutura familiar imaculada.

Mitra baixou a cabeça, sentindo-se uma tonta traiçoeira por vir confabular suspeitas a respeito de alguém que não estava ali para se defender.

— Estou casada com Jaffar há quatro anos — ela gaguejou

um pouco, hesitante em soltar as palavras, temerosa que elas soassem com um sentido negativo. Ela também não queria contar a Sevda sobre a mudança recente no comportamento de Jaffar, que passara a agredi-la verbalmente e a intimidá-la. Esse era um assunto que, por enquanto, preferia manter em segredo.

— Eu achei que o conhecia. Jaffar sempre foi... como direi... um marido bom. Eu confiava nele até... até descobrir que ele mentiu para mim.

Sevda olhou-a ressabiada:

— Como assim?

— Muitas pessoas podem achar que foi uma mentira inocente e que eu não deveria me preocupar. Mas eu fiquei indignada por causa das circunstâncias. Acho que Jaffar durante todos esses anos me escondeu alguma coisa séria.

— Você deve estar abalada por causa das acusações que ele vem sofrendo. E então começou a confundir as coisas...

— Não, Sevda. Eu não sou ingênua. Sei que há algo errado. No fim das contas pode não se tratar mesmo de nada grave, e eu torço para que seja isso mesmo.

— E qual foi a descoberta tão terrível que você fez?

Mitra, então, puxou da bolsa o embrulho com o guia de Paris e estendeu-o a Sevda. Por alguma razão, tinha decidido não mencionar, ao menos por enquanto, nada sobre o guia para fabricar bombas.

Sevda, a princípio, olhou para o livro sem entender nada. Depois, abriu-o e examinou-o lentamente, com a expressão desconcertada de quem havia sido convidada a localizar um texto pornográfico num livro religioso.

— Não estou entendendo — declarou Sevda, fechando o livro e devolvendo-o a Mitra.

— Jaffar sempre me garantiu nunca ter estado em Paris e nem falar francês.

— E daí?

— Sevda, raciocine comigo: para uma pessoa se animar a

comprar um guia de Paris em francês, ela precisaria ou falar francês ou ter planos de viagens a Paris. Ainda porque um guia como este não é facilmente encontrado nas livrarias aqui em Teerã.

— Não concordo. Ele pode ter sido presenteado com o guia por alguém que tenha estado em Paris.

Mitra pensou imediatamente em Hamidreza Kadivar, que quase jurara ter trazido o livro para Jaffar, mas ela não conseguia mais acreditar numa palavra do que ele dizia. Ela, então, sacou da página central do livro o pedaço de papel com o endereço na Armênia e que era a razão maior de sua visita àquela tarde.

— E o que me diz disto?

Sevda apanhou o papel ressabiada e, ao se defrontar com o inesperado daquelas linhas, entreabriu a boca, parecendo verdadeiramente golpeada por alguma surpresa aterradora.

> Sr. Grigor Avedikian — Rua Zakian, 36 — 3° andar — Ierevan — ARMÊNIA. Prédio situado no centro da cidade, próximo à Praça da República.

Mitra notou que dessa vez Sevda não ficara impassível e que já não se comportava com a indiferença de antes. Ela disse:

— Eu sei que você morava em Ierevan, antes de se mudar para cá. Você talvez conheça esse endereço.

Sevda respondeu em tom melancólico:

— Claro que conheço. Foi meu último endereço na Armênia — Sevda comprimiu os olhos e apertou as duas mãos, levando-as à testa. — Rua Zakian... — ela assumiu uma expressão nostálgica. Até o brilho dos olhos mudou. — A Armênia... Quanto tempo se passou desde que eu saí de lá...

— A Armênia é, hoje, um país livre. Nada a impede de voltar para lá.

— Essa Armênia de que sinto falta é muito particular, só sobrevive em minha imaginação. Fugi de lá por causa do comunismo e acabei deixando toda uma vida para trás. Deixei minha família, meus amigos e minha própria identidade... Tudo isso se perdeu para sempre. Mesmo que eu volte, nunca será como antes. É como uma folha lisa de papel que é amassada e, quando a abrimos novamente, vemos que ela está toda amarfanhada, que ela nunca será lisa de novo. É assim que eu me sinto.

Mitra esperou Sevda terminar de falar, olhou bem fundo nos olhos marejados dela e perguntou:

— Você sabe quem é Grigor Avedikian?

Sevda baixou a cabeça. Mitra segurou em seu queixo e tornou a mirá-la nos olhos:

— Você o conheceu? Foi por causa dele que você saiu de Ierevan?

Sevda desvencilhou-se dela, e o movimento de seu braço quase derrubou a bandeja.

— Ierevan é uma cidade grande. Há muitas pessoas vivendo lá e é lógico que eu não conheci todas elas.

— Você, ao menos, tem algum palpite sobre o que pode significar estas coisas que eu lhe trouxe?

A voz de Sevda tornou-se firme novamente. Até um pouco dura.

— A meu ver, não significam nada. Um guia de Paris com algumas anotações de pé de página, um endereço em Ierevan... Eu, se fosse você, esquecia esse assunto.

— Mas Jaffar mentiu para mim, Sevda. Ele adquiriu, numa galeria em Paris, diversos quadros e anos mais tarde disse que os comprou em Teerã.

— Numa galeria em Paris? — indagou Sevda, apreensiva.

— Sim. Uma galeria no Boulevard Haussmann.

Sevda fitou-a com uma expressão de perplexidade que chegou a deixar Mitra assustada.

— Não acredite nas sandices que sua imaginação está

tentando te mostrar. Você está nervosa com a repentina prisão de Jaffar e está tendo devaneios sem propósito. Não há nada de comprometedor nesse guia nem no endereço em Ierevan. Tire isso de sua cabeça. É perda de tempo.

Sevda estava transtornada e Mitra reparou. Desconfiada, ela perguntou:

— Como pode ter tanta certeza?

— Porque não é possível que um simples guia turístico esconda tantos segredos, como você está imaginando — argumentou Sevda, com uma veemência que beirava a agressividade. — Você está sendo uma grande tola, deixando-se levar por suspeitas infundadas enquanto seu marido espera, na prisão, o dia de ser levado ao tribunal.

Dito isso, ela lançou um olhar para a xícara ainda cheia de Mitra e disse:

— Seu chá esfriou.

— Não faz mal. Eu já estou mesmo de saída — Mitra levantou-se, recolhendo o guia e colocando-o de volta na bolsa. — Acho que você precisa descansar um pouco, Sevda. Você está nervosa demais e isso pode lhe fazer mal.

Sevda mirou-a demoradamente. Ela fez menção de argumentar, mas sabia que nada do que dissesse conseguiria desmentir o que seus olhos insistiam em dizer. Mitra pendurou a bolsa sobre o ombro e já ia despedindo-se quando Sevda interrompeu-a:

— Você continua morando no mesmo endereço, em Farmanieh?

Mitra fez que sim com a cabeça.

— Posso visitá-la hoje, mais tarde? Assim conversaremos melhor. Acho que você tem o direito de saber de algumas coisas que nunca lhe foram ditas.

— Tudo bem. Por que não jantamos juntas lá em casa?

— Por mim, está ótimo. A que horas devo chegar?

— Dezenove horas são um bom horário. Eu esperarei por você.

- 11 -

As luzes das velas tremeluziam sobre os castiçais, projetando sombras indistintas nas paredes; um efeito nada agradável para uma sala já naturalmente sombria. Araci sentia-se desconfortável, pois tinha verdadeiro pavor de velas acesas em recintos fechados. Pelo menos não estava em casa, consolava-se.

Parada diante do quadro, ela estava ainda em estado de choque. A governanta olhava-a severamente, aguardando alguma reação, mas Araci só pensava em como ela era idêntica à mulher da pintura, em como o verde faiscante dos olhos pintados por Lourenço Monte Mor era o mesmo dos olhos frios que a fulminavam agora. A sensação era a de que o rosto da pintura havia ganhado vida e tinha se desgarrado da pintura, como se fosse uma assombração.

Fatima deu dois passos à frente e disse, com firmeza:

— Sei no que está pensando. O quadro. Em como ele veio parar aqui.

Araci continuou calada.

— Eu mandei trazê-lo do Brasil.

Araci apenas fez um gesto quase imperceptível com a cabeça.

Fatima emendou:

— Ele estava guardado nas dependências da polícia, mas foi só liberar um pouco de dinheiro para uns dois ou três policiais e meus homens conseguiram pegá-lo sem nenhuma dificuldade.

— Muito engenhoso — disse Araci, finalmente.

— O quadro estava danificado e eu pedi a um restaurador, recomendado por Ulrich Wachtel, para repará-lo para mim.

— É, eu percebi.

— Providenciei também uma moldura nova. Uma moldura que valorizasse o quadro. Ficou bonito, não?

Araci manteve-se em silêncio. Fatima pôs as mãos para trás e andou devagar na direção dela.

— Sei que mil dúvidas estão borbulhando em sua cabeça, agora. Espero ser capaz de esclarecer todas elas. Estou aqui para isso. Estava aguardando ansiosamente sua chegada.

Araci olhou-a, perplexa.

— Como tinha tanta certeza de que eu viria?

— Você não tinha saída. Foi levada pelas circunstâncias. Eu sei que as últimas semanas foram difíceis para você. Atentado à bomba em sua casa de leilões, um assassinato em plena noite do leilão, ameaças de morte... Tudo isso em apenas alguns dias. Tudo levava a crer que você seria vitimada por terroristas, por assassinos. Estava apavorada, precisava fugir. E encontrou refúgio aqui em Genebra, graças à generosidade do barão Von Kessel. Diga-me se estou errada.

— Tirando algum exagero, está certa. Por falar no barão, onde está ele?

— Descansando. Antes de levá-la até ele, precisamos ter uma conversa.

— Uma conversa?

Araci foi andando devagar à volta da mesa, enquanto dizia:

— A senhora fala muito bem o português. Pelo sotaque, vejo que não é brasileira nem portuguesa. Foi uma aluna aplicada, suponho.

— Não dizem que o amor move montanhas? Olhe para aquele quadro e terá a resposta.

Araci parou e olhou-a demoradamente, apontando para *O Véu*:

— A senhora conheceu meu sobrinho, Lourenço Monte Mor?

— Claro que sim. Do contrário, o quadro não teria sido pintado.

— Isso é interessante. Eu diria, até, perturbador — Araci falou lentamente. — Durante todo esse tempo eu acreditei que Lourenço tivesse pintado esse quadro inspirado em sua amante, Isadora Bittencourt, segunda mulher do pai dele. Agora, olhando para o quadro, vendo a semelhança entre a senhora e a mulher da pintura, não tenho como desmenti-la, caso me diga que foi a senhora quem posou para Lourenço. Que foi a senhora a musa inspiradora dele.

Fatima apenas entreabriu um sorriso quadrado.

— E pode-se saber o que a musa inspiradora de Lourenço Monte Mor está fazendo na Villa Saint-Benoît? — prosseguiu Araci, procurando manter-se controlada. — E à minha espera, ainda por cima?

Fatima contornou a mesa, até se posicionar exatamente ao lado de Araci.

— Você não precisa se assustar. Eu não desejo mal a você. Eu a atraí para cá porque preciso de sua ajuda. Aliás, você talvez seja, neste momento, a única pessoa capaz de me ajudar.

— A senhora disse que me atraiu até aqui? Pensei que fosse um convite do barão Von Kessel para jantar.

Fatima riu maliciosamente.

— Não estou me referindo só a aqui, à Villa Saint-Benoît. Estou me referindo a Genebra. Eu fiz com que você viesse para Genebra, lancei a isca e você a mordeu. Foi tudo muito calculado.

Araci olhou Fatima com assombro.

— Como assim?

— Lembra-se do telefonema em francês que você recebeu

naquela manhã? Aquele em que um homem dizia que estavam querendo matá-la e recomendava que você fugisse depressa para um lugar seguro fora do Rio de Janeiro? Pois, a ligação foi dada por um homem de minha confiança, segundo minhas ordens. Logo depois, Ulrich Wachtel telefonou-lhe estrategicamente, convidando-a para a abertura da exposição da Coleção Von Kessel e oferecendo passagem e hospedagem de graça. Um plano bastante engenhoso, não acha? A leiloeira apavorada por estar jurada de morte, recebe uma oferta irrecusável para se refugiar num lugar seguro, a Suíça, e vem achando que tudo não passa de uma feliz coincidência.

As sobrancelhas de Araci se ergueram. Ela estava completamente imobilizada pelo choque daquela revelação. Então, fora tudo uma cilada? Ela lembrava-se, como se fosse uma hora atrás, do telefonema em francês, do pavor que sentira nos dias que se seguiram. A decisão de fugir para Genebra fora tomada no calor daquele desespero. Foram momentos insuportáveis, em que sentira sua vida por um fio.

Fatima andou até a cabeceira da mesa e continuou, com a voz fria:

— Você talvez não tenha prestado a devida atenção nas notícias sobre o mercado de arte, mas foi amplamente noticiado durante todo o primeiro semestre que a mostra da Coleção Von Kessel seria aberta ao público na galeria de Ulrich Wachtel em setembro. Mais precisamente, no dia 23 de setembro, dia do aniversário do barão. Foi na última hora que se decidiu antecipá-la para junho. Deu um trabalho enorme, tivemos de refazer convites, galhardetes, arrumar a galeria às pressas, avisar os convidados por telefone. Tudo em uma semana apenas. Mas, como você mesma pôde ver, deu certo e a inauguração foi um sucesso.

— Por que vocês anteciparam a exposição?

— Ora, minha cara... Não se faça de ingênua, por favor. Para ter um bom motivo para trazê-la a Genebra, agora em junho.

Não bastava dar o telefonema avisando que você estava jurada de morte e mandar, em seguida, as passagens aéreas sem uma razão forte que fosse decisiva para sua vinda. Por isso, fizemos a exposição agora. Por sua causa. Não se sente honrada?

Araci começava a ficar seriamente assustada. O que aquela mulher queria dela, afinal?

— Ulrich Wachtel está envolvido nessa armação? — ela perguntou.

— Não — Fatima sacudiu a cabeça. — Ele agiu obedecendo a instruções minhas. Foi um inocente útil. Aliás, muito útil. Sem a ajuda dele, teria sido impossível realizar a exposição agora.

Araci preferiu acreditar naquilo, pelo menos por enquanto. Afinal, Fatima, aparentemente, não teria nenhuma razão para poupar Ulrich.

Um silêncio pesado tomou o recinto. Araci apoiou a mão no espaldar da cadeira da cabeceira e mediu cada palavra ao declarar:

— Muito bem, dona Fatima. Sua estratégia funcionou. Eu estou aqui, caí em sua armadilha. Será que a senhora, agora, pode me dizer o porquê de tudo isso? Já que minha presença em Genebra era tão importante a ponto de vocês terem arquitetado um plano mirabolante para me trazer para cá, acho que eu tenho o direito de saber a razão.

— É claro que tem e é claro que eu não a deixaria sair daqui sem antes lhe contar — Fatima limpou a garganta antes de continuar. — Há duas semanas houve um crime hediondo em sua cidade. Um professor iraniano, residente aqui na Suíça, foi brutalmente assassinado.

— Mohsen Khajepour — complementou Araci.

— Exatamente. Mohsen Khajepour. Sua morte foi uma tragédia que não estava prevista — Fatima assumiu uma expressão grave e a voz endureceu ainda mais. — Não sei se a senhora sabe, mas Khajepour era amigo pessoal do barão Von Kessel há alguns anos. Veio diversas vezes à Villa Saint-Benoît, e o barão o apoiava financeiramente, por meio da Fundação Von Kessel.

Araci ficou verdadeiramente surpresa.

— O barão e o professor se conheciam? Juro que nunca soube disso.

Fatima comprimiu os olhos para mirá-la de uma maneira intimidadora.

— Não mesmo?

Araci recuou um passo, instintivamente.

— Onde a senhora está querendo chegar?

— Não resta nenhuma dúvida de que Khajepour foi morto porque comprou este quadro — Fatima apontou para *O Véu* na parede. — Quadro que ia ser leiloado por você.

— A senhora falou bem: eu ia leiloá-lo. Porque o quadro desapareceu antes. Alguém o roubou.

— Não é o que apontam as evidências. Documentos encontrados junto ao quadro e às mãos mutiladas de Khajepour provam que a senhora o vendeu a ele em troca de outro quadro, que pertencia ao professor. Um quadro de uma pintora iraniana.

— Não sei quem inventou isso, mas é uma mentira absurda. Até aquela semana, eu nunca tinha ouvido falar de Mohsen Khajepour. Só vim saber que ele existia depois que ele desapareceu.

O rosto de Fatima assumiu um aspecto agressivo.

— Eu não posso acreditar que uma casa de leilões como a sua, com a segurança que possui, tenha permitido que um quadro valioso fosse levado de lá sem que ninguém visse.

— Ninguém está imune a roubos. Há ladrões por toda parte.

Fez-se um novo silêncio na sala, um silêncio ainda mais opressivo. Araci franziu os lábios antes de perguntar:

— O que a senhora quer de mim, afinal? Por que me fez vir até aqui?

— Quero saber de algumas coisas. E preciso que me diga a verdade.

Araci olhou-a em expectativa.

— Você vendeu o quadro a Khajepour? — indagou Fatima.

— Já disse que não. O quadro foi roubado.

— Por quem?

— Como vou saber? — Araci começava a ficar agoniada com aquele diálogo. — Só descobri que ele tinha sido levado da Casa Quintanilha no momento em que ia leiloá-lo. Pelo visto, os ladrões são os mesmos que mataram Khajepour. Parece que são membros de uma organização extremista iraniana chamada... como é o nome mesmo? Ah, sim: Azadi. O assassinato de Khajepour foi reivindicado por essa Azadi numa rádio da França. O quadro deve ter sido levado por eles.

— Isso é muito vago. Preciso de nomes.

Araci cada vez entendia menos.

— Nomes? Por quê? — perguntou ela, intrigada. — A senhora já não está de posse do quadro? O quadro já não está aqui? Que diferença faz querer saber, agora, quem o roubou da Casa Quintanilha?

Fatima baixou os olhos, levantando-os em seguida.

— Isso não vem ao caso.

Araci aproximou-se dela, desafiadora. Seu sangue começava a ferver de revolta.

— É, no mínimo, um absurdo que a senhora tenha armado todo esse plano para me trazer à Suíça só para me perguntar isso.

— Existe outra razão. Estamos passando por um momento muito delicado aqui. Prefiro não entrar em detalhes, mas o fato é que eu estou convencida de que existe uma trama sórdida por trás do assassinato de Khajepour. Tenho que esclarecer o mistério em torno dessa morte de qualquer maneira. E, para isso, preciso que você me responda uma pergunta.

Araci encarou Fatima interrogativamente.

— Que pergunta?

Os lábios de Fatima se crisparam. Com os braços para trás, ela chegou bem perto de Araci e disse:

— Onde está Aníbal Monte Mor?

Por alguns instantes, Araci achou que não tivesse compreendido a pergunta.

- 12 -

A passagem das horas não conteve a brutalidade daquelas mãos pesadas que insistiam em imobilizá-lo e apunhalá-lo.

Bartô Saraiva entreabriu um olho e sentiu o medo formigando em seu corpo, despertando-o da calmaria das estrelas fugidias e alertando-o para os perigos que o rodeavam. A visão turva, imersa em delírio, só lhe permitia vislumbrar sombras em movimento, silhuetas imprecisas borradas e sem significado. Bartô debateu-se, tentando reagir, procurando compreender o que se passava à sua volta. Estava deitado, sua cabeça trepidava.

"Não posso morrer", ele gritava em silêncio, enquanto tentava fugir; mas aquelas mãos o detinham e pareciam preparar-se para lhe dar o golpe de misericórdia. Bartô sentia-se como se pesasse uma tonelada. Por mais que tentasse correr, apenas conseguia dar alguns passos sôfregos em câmera lenta, o que só multiplicava sua agonia.

Ele novamente entreabriu o olho e pensou ter gemido uma súplica. Queria falar, mas tudo o que saía eram sílabas desconexas. Seu corpo estava rijo como rocha. As mãos o continham. Elas sabiam que isso aconteceria mais cedo ou mais tarde. Era a agitação nervosa ocasionada pela fentanila que começava a dissipar-se pelo organismo. Depois de horas de sono profundo, a droga produzia reações colaterais que faziam Bartô lutar contra inimigos imaginários e ter sucessivos ataques de pânico que passariam tão logo cessasse o efeito.

Momentos depois de ser novamente imobilizado sobre a maca improvisada, Bartô voltou a relaxar e a dormir. As mãos, então, afastaram as duas cortinas da janela do furgão para contemplar a alta noite parisiense. O furgão passava agora pela ponte junto à Porte de Saint-Cloud. Lâmpadas piscavam ritmadas no topo da Torre Eiffel, majestosamente iluminada, projetando-se com sua delgada silhueta dourada contra o negrume do céu. O Sena, eterno e elegante, seguia seu curso cruzando as luzes da Cidade Luz. A longa e tensa viagem chegava ao seu fim.

O furgão deixou o anel rodoviário de Paris, atravessou uma sequência de túneis subterrâneos e seguiu até a elegante Avenue Foch, estacionando insuspeitamente próximo de um luxuoso edifício neoclássico na esquina com a Rue de la Pompe. Dois homens vestidos de enfermeiros retiraram a maca com Bartô coberto por um lençol branco e entraram com ela pela portaria lateral. No quinto andar, três janelas permaneciam acesas. Lá, respirava-se expectativa desde o começo da tarde.

A operação, enfim, tivera êxito.

* * *

ARACI OLHOU para Fatima com uma surpresa incontida.

— Eu entendi direito? A senhora quer saber onde está Aníbal Monte Mor para esclarecer a morte de Mohsen Khajepour?

— Pode parecer absurdo à primeira vista, mas é mais ou menos isso.

— Mas isso não tem o menor cabimento. O que Aníbal pode ter a ver com aquele crime?

— Para começar, ele era pai de Lourenço e dono de *O Véu*.

Já tinha certo envolvimento com toda a história. E, depois, eu sei que ele detém informações preciosas que podem revelar o que, de fato, está se passando.

— Informações preciosas?

— Sim.

Araci estava perturbada. O sumiço de Aníbal era anômalo e a menção do nome dele por Fatima pareceu dar algum sentido àquela situação. Araci não tinha por que duvidar dela.

— Que tipo de informações?

Fatima comprimiu os lábios e hesitou:

— Não sei se é o caso de eu partilhar isso com você.

— Aníbal fez alguma coisa errada?

— Mais ou menos. Aníbal, sem saber, se envolveu numa teia perigosa de acontecimentos. Ele, de certa forma, foi levado a isso. Mas acabou descobrindo coisas demais. Aníbal Monte Mor é, hoje, um arquivo vivo. Por isso, ele fugiu do Rio de Janeiro e sumiu.

— É verdade que Aníbal está desaparecido. Mas se a senhora acha que eu sei onde ele se encontra, desista. Eu própria tenho tentado localizá-lo sem sucesso nos últimos dias. Ninguém sabe para onde ele foi. Nem o gerente da galeria dele, no Rio.

— Uma pessoa não pode desaparecer assim, sem deixar nenhuma pista. É óbvio que alguém sabe onde ele está. E esse alguém só pode ser você, Araci.

— Eu? Por que eu?

— Porque você é a melhor amiga dele. Não se esqueça de que Aníbal confiou a você a guarda do quadro e decidiu vendê-lo por intermédio de sua casa de leilões. Se ele não tem nenhum parente vivo, se ele não quis revelar para onde iria nem a seu preposto na galeria, só sobra uma única pessoa que pode saber de seu paradeiro: você.

Araci ponderou e achou que não custaria revelar o que sabia.

— Aníbal me disse que iria à Espanha para a abertura de uma exposição. Cheguei a tentar entrar em contato com ele, mas não consegui localizá-lo. No hotel onde ele se hospedou, em Santiago de Compostela, disseram-me que ele encerrou a estada há mais de quinze dias.

— Não é possível que Aníbal não tenha deixado com você nenhum número de telefone, nenhum código capaz de sugerir para onde ele foi.

Araci estava se sentindo desconfortável com aquele interrogatório massacrante e sem sentido.

— Que informações importantes são essas que ele possui para a senhora ficar tão interessada em encontrá-lo?

— Quer mesmo saber?

Araci deu de ombros, fingindo indiferença, apesar de, intimamente, estar curiosíssima:

— Se não quiser me contar, não precisa.

Fatima apoiou-se no espaldar de uma das cadeiras ao redor da grande mesa.

— Você sabia que, há cerca de três meses, Aníbal recebeu uma generosa oferta para vender *O Véu*?

Araci meneou a cabeça:

— Não.

— Não mesmo? Então, deixe-me refrescar sua memória. O mesmo homem que procurou Aníbal para fazer essa oferta, esteve apenas alguns dias depois com você, na Casa Quintanilha, para propor a compra dos trabalhos de Lourenço Monte Mor sobreviventes do incêndio que o matou na casa de praia onde ele estava vivendo. Apresentou-se, inclusive, como sendo representante da galeria de Ulrich Wachtel. Tanto para Aníbal quanto para você ele usou a mesma identidade: Jordi Rosselló i Sàbat, um catalão que morava aqui em Genebra. Esse homem ficou alguns meses no Rio, usando o falso nome de Alejandro Aguirre.

A espinha de Araci gelou. Fatima, pelo visto, estava muito mais bem informada do que ela supunha. De fato, Alejandro Aguirre a procurara na Casa Quintanilha e fora exatamente como

Jordi Rosselló i Sàbat que se apresentara. Deixara, inclusive, um cartão com um endereço na Rue du Rhône, em Genebra.

— Esse Alejandro Aguirre instalou-se num pequeno apartamento a poucos metros de sua casa de leilões. Apartamento que você visitou pelo menos uma vez, na tarde em que Khajepour desapareceu.

— É verdade. Eu estive no prédio. Mas não cheguei a entrar no apartamento. Não havia ninguém lá.

— Mas é claro que havia. Alejandro Aguirre estava lá. Os agentes que eu enviei para o Rio viram quando ele deixou o edifício pouco depois de você sair. Eles estavam à espreita.

Araci esbugalhou os olhos, em choque.

— A senhora enviou agentes ao Rio de Janeiro?

— Claro. Para arrematar *O Véu*. Um deles estava na plateia do leilão e assistiu a tudo o que aconteceu naquela noite. Foi um choque quando recebi a notícia de que o quadro tinha sido roubado.

Fatima falava de maneira fria e mecânica; Araci não sabia se acreditava nela ou não.

— Na verdade, eu já estava muito preocupada desde que soube do atentado à sua casa de leilões — prosseguiu Fatima. — Percebi na hora que alguma coisa estava acontecendo e precisava descobrir o que era, ainda mais porque o professor Khajepour estava no Rio e eu não queria que nada de mal lhe acontecesse. Então, instruí meus homens a seguir Khajepour, acompanhar cada um de seus passos, até mesmo para lhe garantir segurança. Sem que ele soubesse, é lógico. Foi quando eles descobriram que Alejandro Aguirre estava na cidade.

— A senhora já o conhecia?

Fatima anuiu com a cabeça.

— Ele trabalhava aqui. Alejandro Aguirre na verdade é um nome falso, assim como Jordi Rosselló i Sàbat e tantos outros que ele usava. O nome verdadeiro de Alejandro é Behdad Zakeri. Ele é iraniano.

Araci limitava-se a ouvir. Fatima continuou:

— Behdad é um ex-agente da Vevak, a polícia secreta iraniana, que eu recrutei para ajudar na segurança aqui na *villa*. Um homem competentíssimo. Ele pediu demissão no fim do inverno e foi para o Rio de Janeiro secretamente, sem me falar nada. Como eu sempre o paguei muito bem, logo concluí que alguém estava lhe pagando mais. Somente o dinheiro daria a ele coragem para se desligar daqui dessa forma. Recapitulando: Alejandro Aguirre, ou melhor, Behdad Zakeri, foi para o Rio de Janeiro, ofereceu-se para comprar *O Véu* de Aníbal Monte Mor e depois procurou você para fazer oferta semelhante. Só que em vez de mencionar *O Véu* com todas as letras ele, para você, disse que queria comprar alguns trabalhos de Lourenço Monte Mor. Na verdade Behdad, desde o início, sabia, não sei como, que *O Véu* havia sobrevivido ao incêndio e a proposta de comprar trabalhos de Lourenço era só um pretexto para encontrar *O Véu* entre eles. Ele estava com Khajepour na noite em que o professor desapareceu e, desde esse dia, não foi mais visto. Meus homens ainda tentaram localizá-lo, sem sucesso. O único que permaneceu na cidade foi o advogado de Khajepour, o dr. Gholam Mortezavi, que também sumiu poucos dias depois, sem deixar nenhuma pista.

Araci cada vez entendia menos as intenções de Fatima.

— Por que ele queria tanto comprar *O Véu*? — indagou.

Pela primeira vez, Fatima pareceu constrangida. Ela mordeu os lábios, antes de responder.

— Por causa... por causa do segredo do quadro.

— Um segredo? Que segredo?

Fatima baixou os olhos, fugidia.

— Não posso lhe dizer mais do que isso.

— Eu continuo sem saber no que Aníbal Monte Mor pode ajudá-la. Quando Khajepour desapareceu, Aníbal já estava fora do Rio fazia mais de uma semana.

— Acontece que quando Behdad Zakeri propôs a ele a

compra de *O Véu*, essa oferta veio acompanhada de uma ameaça. Ou Aníbal vendia o quadro ou seria morto.

Araci ergueu as sobrancelhas.

— Como a senhora soube disso?

— Meus homens invadiram o apartamento de Behdad Zakeri naquela mesma tarde em que você foi vista saindo de lá. Vasculharam tudo de cima abaixo e encontraram várias anotações, relatórios e arquivos de computador relatando os passos da operação. Esses papéis foram imediatamente remetidos para cá e eu os examinei minuciosamente. Segundo eles, Behdad oferecera a Aníbal trinta mil dólares pelo quadro. Chegou a elevar a oferta para cinquenta mil. Mas Aníbal achou muito pouco e, por conta disso, começou a ser ameaçado.

— Mas Aníbal não vendeu o quadro nem foi morto.

— E sabe por que ele não foi morto? Porque assim que recebeu formalmente a primeira ameaça, ele empreendeu uma grande investigação e acabou descobrindo todo o esquema para o qual Behdad estava trabalhando, até mesmo os planos de matar Mohsen Khajepour. Está tudo lá nos relatórios escritos por Behdad. Parece que Aníbal fez um dossiê, que seria entregue à imprensa, à Interpol e à polícia suíça, caso lhe acontecesse alguma coisa.

Cansada de ficar em pé, Araci puxou uma cadeira e sentou-se.

— Já entendi tudo. A senhora quer esse dossiê. Não é isso?

Fatima sorriu.

— É isso. Um encontro pessoal com Aníbal Monte Mor seria ainda melhor, mas o dossiê já será suficiente para esclarecer o que está se passando. Eu preciso saber com urgência quem planejou e executou o assassinato de Mohsen Khajepour, e o mais importante: quem roubou *O Véu* de sua casa de leilões.

— E acha, realmente, que eu posso levá-la até Aníbal e fazer com que ele lhe entregue o dossiê ou lhe conte tudo o que descobriu?

— Eu tenho certeza de que você sabe onde ele está. É a única pessoa que pode saber. Você sabia da existência de Behdad Zakeri, ainda que o conhecesse como Alejandro Aguirre. Esteve no apartamento dele, meus agentes a viram saindo do prédio. Não imagino que outro assunto a tenha levado até lá senão Aníbal.

— Eu estive lá por outras razões. Alejandro, ou Behdad, foi visto rondando a Casa Quintanilha nos minutos que precederam aquele atentado da véspera do leilão. Um guarda de um consulado que fica em frente o seguiu até um prédio próximo e veio me contar depois. Por isso, eu sabia onde ele morava.

Fatima riu.

— Um homem circulando pelas ruas na hora do atentado? Desde quando isso é justificativa suficiente para se desconfiar de alguém? A rua é pública. Esse homem não estava dentro de sua casa. A senhora quer que eu acredite nessa desculpa estúpida?

— Eu estou-lhe dizendo a verdade. Acredite se quiser.

Fatima fulminou Araci com olhos febris e endureceu o tom:

— Preciso encontrar Aníbal Monte Mor. Eu quero o dossiê que ele preparou. E você vai me levar até ele!

— Já disse que eu não sei onde está Aníbal — gritou Araci.

Fatima franziu a testa.

— Já entendi tudo. Você está protegendo seu amigo. Acha que eu posso lhe fazer algum mal, caso o encontre. Eu não sou uma pessoa perigosa. Mas não medirei esforços para conseguir o que quero. É algo muito importante que está em jogo.

— O quê?

— Minha vida, minha estabilidade, minha segurança... Tudo isso pode ir à ruína se eu não souber quem está jogando contra mim e usando que armas.

— Eu não sabia que Mohsen Khajepour era alguém tão importante para a senhora.

— Existe uma conspiração por trás da morte dele. É isso o que tenho de descobrir. Mas, pelo visto, você não me ajudará. Prefere se calar a estender a mão a uma mulher sozinha e desesperada. Você só tem a perder com isso. Eu ainda não estou derrotada. Tenho minhas cartas na manga.

Araci não se intimidou e olhou diretamente nos olhos de Fatima, antes de falar com firmeza:

— A senhora pretende fazer o quê? Obrigar-me a revelar algo que não sei? A inventar algo só para ser deixada em paz?

Fatima entreabriu um sorriso maldoso e inclinou-se na direção de Araci.

— Seu marido... Ele também foi convidado para jantar com o barão Von Kessel. Por que ele não veio?

Araci olhou-a intrigada. Fatima complementou:

— A que horas você o viu pela última vez hoje?

— O que a senhora está sugerindo?

— Exatamente o que você está pensando. Seu marido, Bartolomeu Saraiva, foi sequestrado esta tarde por meus homens na Rue du Mont-Blanc, ao lado do hotel onde vocês estão alojados.

Araci pôs-se de pé instantaneamente.

— Bartô? — balbuciou, angustiada — Sequestrado?

Fatima não estava mentindo, pensou Araci. Esperara Bartô no hotel pelo resto da tarde. Chegou a pensar que ele tivesse desistido de vir ao jantar na Villa Saint-Benoît de propósito, mas agora via que essa hipótese não era possível, não num homem como Bartô, que nunca faltava a seus compromissos. Era óbvio que só podia ter acontecido alguma coisa séria a ele e agora Araci tinha a confirmação.

— Para onde ele foi levado?

— Isso não vem ao caso. Eu garanto que ele está sendo bem tratado, bem alimentado e que permanecerá vivo e em segurança se você decidir colaborar comigo.

Araci olhou para Fatima com repugnância.

— A senhora é um monstro. Não entendo como Lourenço foi se apaixonar por uma pessoa tão baixa e, menos ainda:

como um homem como o barão Von Kessel a acolheu em sua casa.

Fatima cruzou os braços para trás, permanecendo em silêncio. A respiração de Araci estava descompassada e sua cabeça a ponto de explodir, quando ela, segurando firme a bengala, chegou um pouco mais perto de Fatima e vociferou:

— O barão! Eu quero ver o barão agora! Vou contar a ele tudo o que a senhora fez e falou e ele certamente não gostará nem um pouco de saber que tem uma governanta mandando e desmandando dentro da casa dele como se fosse uma mafiosa.

— Eu, se fosse você, não ficaria tão confiante. Eu não sou apenas a governanta desta casa.

Araci ficava cada vez mais impressionada com a frieza e a determinação daquela mulher. Quando ela falava, tudo à volta parecia gelar.

— Ah, não? E quem é a senhora, afinal? — perguntou.

Fatima abriu um sorriso amargo.

— Eu sou uma mulher que quer redimir um passado enfermo. Um passado que mutilou minha alma.

Cada vez mais intrigada, Araci acercou-se de Fatima e olhou-a bem fundo nos olhos, tentando captar alguma sombra que os traísse.

— A senhora se expressa por códigos, dona Fatima. Seja mais clara.

— Eu sou a mulher do barão. A baronesa Von Kessel.

— Edith Le Varlet era a mulher dele!

— Até ela morrer. Aí, um dia, o barão resolveu se casar de novo e escolheu a mim. Isso é comum nos dias de hoje, sabia?

— E quais encantos um homem idoso e debilitado como Von Kessel tinham para atrair uma mulher jovem e bonita como a senhora?

— Proteção, acima de tudo. Eu estava jurada de morte. Meu passado estava rondando minha vida para dar cabo dela. Eu precisava que alguém me protegesse e Deus quis que fosse ele.

— Por que alguém iria querer dar cabo de sua vida? A senhora é uma pessoa tão importante assim?

— Eu sou uma pessoa em busca de vingança — a expressão de Fatima assumiu um ar distante. — Alguns anos atrás, eu fui amada. Esse amor me pintou numa linda tela a óleo. Retratou meus olhos e meus seios aos quais ele fazia juras de amor eterno. A senhora quase levou esse quadro a leilão há algumas semanas. Achei que esse amor iria me libertar de minhas agruras. Mas ele acabou de maneira dramática. Foi aí que eu tomei a grande decisão de minha vida: a de destruir quem me destruiu. E só depois começar a juntar os pedaços de mim, que foram ficando para trás, enquanto eu me arrastava por essa vida desgraçada. A morte de Lourenço foi só o desfecho trágico para um passado trágico. Mas, agora, eu vou virar a mesa.

Araci voltou-se com um olhar inquieto.

— Sejam quais forem seus planos, eu nada tenho a ver com eles. Quero falar com o barão e ir embora desta casa. Não tenho mais nada a fazer aqui, dona Fatima.

— Engana-se. Você ficará até que meu problema com Aníbal esteja resolvido. Você será minha hóspede. Hóspede de Fatima Hajiran, baronesa Von Kessel.

Araci olhou em torno, para a sobriedade melancólica daquela sala iluminada por velas e, desesperada, pensou em fugir. Não poderia ficar prisioneira daquela mulher. Foi quando, de repente, ela percebeu um vulto assomando atrás de si. Mal teve tempo de raciocinar sobre o que estava prestes a acontecer. Imediatamente, sentiu uma mão pesada segurar-lhe o braço direito, enquanto um tecido molhado era levado a seu rosto, pressionando-o com determinação. O odor era forte, insuportável. Seu nariz e sua cabeça pareciam que iriam explodir. Não teve como reagir. Suas pernas fraquejaram, as paredes começaram a rodar e manchas difusas surgiram por todos os lados. Araci ainda conseguiu ouvir o ruído da bengala caindo no chão antes que sua visão escurecesse e tudo à sua frente desaparecesse por completo.

- 13 -

— Fatima Hajiran — disse Sevda Ter-Gevondian, com os olhos perdidos, enquanto segurava o copo com suco de cenoura que Mitra Rahmani acabara de lhe servir. — Fatima Hajiran era seu nome. Ela era uma moça muito boa, até um pouco inocente, mas de personalidade muito forte. Pobrezinha! Nunca mais tive notícias dela. Nem sei se ainda está viva.

Eram dezenove horas e trinta minutos. Mitra havia servido o jantar e as duas conversavam há meia hora em torno da mesa de refeições, acariciadas por uma brisa fresca que entrava pela janela aberta. Os cabelos estavam descobertos e soltos, já que as duas encontravam-se a sós no apartamento. Mitra preparara arroz branco com açafrão, omelete de espinafre fatiada e *fesenjan*, um guisado de pato ao molho de suco de romã com nozes picadas, que Mitra sabia fazer como ninguém. Havia também o *nun*, o pão iraniano, parecido com o árabe, que nunca faltava numa refeição que se prezasse.

Mitra esperou Sevda terminar de falar e comentou:

— Logo que nos conhecemos, Jaffar me contou, bem por alto, que havia sido noivo e que a noiva fugira antes de marcar a data do casamento. Mas ele nunca entrou em detalhes.

— Claro que não. Os detalhes são dramáticos. Jaffar mantém

seu passado fechado como uma tumba. Foi um período muito doloroso que fez com que ele mudasse radicalmente a maneira de pensar. Tornou-o mais afável e até mais tolerante.

— Comigo, ele sempre foi um bom marido.

— Mas se ele tivesse se casado com Fatima, certamente não teria sido nem uma coisa nem outra.

— Por que não?

— Porque ele era muito diferente do que é hoje. Era um homem violento, tinha manias extravagantes e algumas peculiaridades repulsivas aos olhos de uma mulher sensível como você e como Fatima. Essa foi uma das razões que torpedearam o noivado. Houve outras, a bem da verdade. Fatima era uma moça íntegra. Ela não concordava em se casar com um homem que não amava.

— Foi um casamento arranjado, então?

— Foi.

— Isso contraria um preceito forte do islamismo; aquele que diz que somente o amor pode unir as pessoas. Jaffar vive repetindo isso. É estranho que ele um dia tenha concordado com um casamento de conveniência.

— É porque ele amava Fatima perdidamente. Ela é que não o amava. Na verdade, ela o odiava.

— Por que você está me contando tudo isso?

— É uma história que nunca lhe foi revelada. Acho injusto ainda esconderem isso de você. Afinal já se passaram alguns anos e não há pecado que o tempo não redima. Você precisa saber o que aconteceu a seu marido para poder perdoá-lo. Uma relação amorosa não pode se sustentar sobre alicerces obscuros. Eu sei bem o que é isso. Se você soubesse o quanto me arrependo de minha impetuosidade... — Sevda deixou escapar um longo e melancólico suspiro que parecia transportá-la para doces lembranças de épocas pretéritas. — Se eu, quando era mais jovem, tivesse sabido dar a devida importância ao amor que batia à minha porta e se anunciava como fugaz e perigoso, hoje seria uma mulher muito mais feliz, teria a cabeça descarregada dos tormentos encarcerados que me atormentam, não seria assaltada por sobressaltos noturnos e pela companhia insidiosa de uma paixão que nunca morreu. É o preço por menosprezar as oferendas que Deus nos faz ao longo da vida.

Dois filetes de lágrimas escorreram pelo rosto de Sevda. Mitra ofereceu-lhe um lenço.

— Que oferendas foram essas, Sevda? E o que elas têm a ver com o passado de Jaffar?

— Quando ainda morava na Armênia, eu me apaixonei por um homem casado. Era meu vizinho. Eu era uma menina que mal tinha completado quinze anos. Mantivemos um caso que se prolongou por alguns anos. Até o dia em que eu engravidei. Foi por causa disso que abandonei Ierevan, deixando para trás toda minha promessa de felicidade.

Mitra espantou-se.

— Você engravidou? Isso significa que você tem um filho?

— Não. Não tenho mais. Esse é o segundo e maior de meus dramas. O primeiro foi minha paixão por Grigor Avedikian. Morávamos na mesma rua em Ierevan. Ele era casado. Nunca abandonaria a mulher para ficar comigo. Ao mesmo tempo, fomos imprudentes ao não nos prevenirmos para a eventualidade de uma gravidez. E ela acabou vindo. Como mãe solteira, eu tinha assegurada pela constituição soviética o auxílio do Estado, mas, apesar disso, eu não me encontrava em condições emocionais de sustentar a criança sozinha. Grigor, por sua vez, recusava-se a assumi-la como sendo filho dele, principalmente porque ele e sua mulher não puderam ter filhos e seria um golpe duro para ela se descobrisse.

Mitra pareceu entender tudo.

— Você estava confusa. E por isso acabou cometendo uma loucura...

— Sim, foi uma loucura — os olhos de Sevda marejaram. — Mas, olhando em retrospecto, não havia mesmo outra opção.

Eu estava muito magoada por Grigor não querer ficar comigo. Via minha barriga crescendo, crescendo e pensava que aquele ser que ganhava forma dentro de mim era uma espécie de emissário maligno, que viera destruir minha vida e me castigar por alimentar uma paixão proibida. Depois de dar à luz, Grigor me visitou no hospital e levou o bebê com ele. Como eles não tinham filhos, sua esposa adorou a ideia de criar um, mesmo que adotado. Depois que passou o resguardo, decidi que era hora de ir embora de lá. Fui ao meu apartamento, reuni algumas roupas e pertences e entrei clandestinamente num caminhão, achando que ele me levaria à Turquia. Quando vi, estava em Tabriz. O caminhão havia ultrapassado a fronteira sem ser revistado e eu senti o aroma da liberdade ao me ver no Irã. Aqui decidi reconstruir minha vida. E a reconstruí.

— Quer dizer que você fugiu da Armênia e nunca mais viu seu filho?

— Nunca mais. Foi muito duro. Em compensação, consegui reerguer minha vida em Teerã. Tornei-me uma mulher mais ativa, mais produtiva, mais inserida na sociedade e com uma vida muito mais atraente e satisfatória do que a que eu levava na Armênia. Abri minha loja na rua Mirdamad, depois a transferi para o Centro Comercial Golestan e fui morar naquele apartamento na rua Saadat Abad, onde tinha como vizinha a família Jalaipour. Foi lá que conheci Jaffar, sua mãe e suas duas irmãs. Isso foi há muitos anos.

Mitra terminou de mastigar um pedaço de omelete, enquanto ouvia, com atenção, o relato de Sevda.

— Jaffar tinha minha idade. Era um homem já feito, que parecia condenado à solteirice e que se dedicava exclusivamente aos estudos e a uma eventual carreira política. Não namorava, não demonstrava interesse por mulheres, nenhuma o encantava. Queria enriquecer, tornar-se um homem poderoso e não media esforços para isso. Ele só pensava nisso.

— E, no fim das contas, ele acabou conseguindo, depois

de entrar para a política — interveio Mitra. — A verdade é que não se pode ter tudo o tempo todo. Jaffar foi infeliz no amor durante boa parte da vida, mas encontrou uma compensação no êxito profissional.

— É, mas ele pagou muito caro por essa solidão prolongada. É perigoso para alguém lidar com sua afetividade dessa maneira, relegando-a a um plano secundário da vida. O impulso afetivo e sexual não pode ser eliminado. Quando muito, tentamos escondê-lo num canto escuro da alma; mas ele permanece lá, sempre prestes a revelar suas garras, ante a menor baixa de guarda. E quanto mais o tempo passa, mais essas garras crescem, tornam-se mais afiadas e, portanto, mais perigosas. Foi o que aconteceu a Jaffar. Ele sufocou sua necessidade de amor durante muito tempo. Não sei se por timidez, por orgulho, por um apego exagerado à sua família, pela ganância ou por tudo isso junto. Os anos se passaram, ele ganhou dinheiro, entrou para a política, tornou-se respeitado, mas... sua vida não estava completa. Ele não se sentia feliz, porque lhe faltava aquilo que sempre desejara, mas que nunca tivera: uma mulher.

Era a primeira vez que Mitra tomava conhecimento de tantos detalhes a respeito do passado do marido. Ele nunca lhe contara nada por razões, até certo ponto, compreensíveis. Aquela história era quase melodramática e punha em relevo uma trajetória de vida quase doentia. Se estivesse no lugar de Jaffar, Mitra provavelmente agiria da mesma maneira e tentaria mantê-la oculta nas sombras silenciosas do passado.

Sevda comeu mais um pedaço do *fesenjan* e continuou:

— Com o tempo, a ausência de uma companheira foi se tornando um fardo pesado para Jaffar. Eu o via sempre tenso, encolhido, transpirando ansiedade. Cheguei a temer pela saúde dele. Um dia o flagrei discutindo ferozmente com um verdureiro. Tudo porque o pobre coitado havia se enganado na conta e vendido dez tomates, em vez dos doze que Jaffar pedira. O motivo era banal. Mesmo que o verdureiro tivesse agido de má fé, não havia necessidade de um escândalo como o que Jaffar aprontou. Se estivesse armado, ele com certeza teria atirado. Era visível que a abstinência sexual estava destruindo os nervos dele. Eu senti que precisava fazer alguma coisa para ajudar aquele pobre homem a ser feliz.

— E você o ajudou?

Sevda suspirou fundo.

— Sim, eu ajudei. Quer dizer: achei que estivesse ajudando. No fim das contas, eu fiz tudo errado.

— Como assim?

— Entre a clientela de minha loja na rua Mirdamad havia uma família muito distinta, os Hajiran. Era uma mulher de meia-idade, muito risonha que sempre aparecia acompanhada das duas filhas jovens. Uma era noiva. A outra era solteira e já estava mais do que na idade de se casar. Um dia, a mãe me confidenciou que estavam à procura de um bom marido para ela. Um homem bom, direito, que lhe desse um lar confortável e que, de preferência, ocupasse uma boa posição na sociedade. Na mesma hora, disse que conhecia alguém com esses requisitos: um homem solteiro, embora fosse bem mais velho do que a moça. A mãe disse que isso estava longe de ser um problema. Procurei Jaffar, contei-lhe tudo e ele, surpreendentemente, ficou exultante com minha iniciativa. Combinamos que o encontro seria lá mesmo na loja. No dia marcado, ele quase não se aguentava de ansiedade. Quando mãe e filha chegaram, Jaffar apaixonou-se instantaneamente. Mas não foi correspondido pela jovem. Percebi na hora.

— A moça era essa Fatima Hajiran?

— Era.

— E o que aconteceu depois?

— Um desastre. Eles chegaram a ficar noivos, por pressão da mãe dela. Fatima não queria se casar com Jaffar, achava-o velho demais e repulsivo em sua aparência e em sua insegurança ansiosa. No dia em que ele foi pedi-la formalmente em casamento, ela respondeu um sonoro "não". Ser rejeitado àquela altura da vida, após tantos anos de uma abstinência penosa, foi um golpe mortal na autoestima de um homem apaixonado como Jaffar. Ele não aguentou e decidiu que se casaria de qualquer maneira. E teve o apoio da família de Fatima, que acreditava que ele era o melhor marido que ela poderia conseguir e que aquela negativa não passava de pura rebeldia e, portanto, não deveria ser levada a sério.

— Então, ficaram todos contra Fatima?

— A família achava que estava fazendo o melhor para ela. Agia com amor, não com o intuito de destruí-la.

— E Jaffar também agia por amor? — indagou Mitra, com ironia.

— Jaffar estava transtornado. Sua paixão por Fatima era avassaladora. Ele a queria de qualquer maneira e estava disposto a manter uma esposa emburrada e hostil dentro de casa em nome dessa paixão.

Os olhos de Mitra tornaram-se distantes. Ninguém que tivesse sentimentos estava livre de passar pelo que Jaffar passou, mas, ainda assim, Mitra não podia aceitar ter sido enganada por ele durante todos aqueles anos.

— Estou absolutamente perplexa — confessou ela. — Esse Jaffar ao qual você se refere em nada se parece com o Jaffar com o qual eu venho convivendo desde que me casei — mais uma vez, Mitra preferiu não revelar a Sevda as recentes alterações de humor do marido, pois achava que não vinham ao caso. — O Jaffar que eu conheci sempre se mostrou um homem fiel, emocionalmente equilibrado e, acima de tudo, benevolente. É duro acreditar que antes dele tenha existido esse outro, egoísta, problematizado e violento.

— Ele também foi uma vítima, Mitra. Uma vítima de seus próprios erros. O maior deles foi não dar a devida importância a um instinto tão fundamental da raça humana como a necessidade de amar e de ter sexo.

— E o que aconteceu, no fim das contas? Ele casou-se com Fatima Hajiran?

— Não. Ela fugiu. Antes, porém, aconteceu um incidente dramático. Jaffar não suportava a ideia de ser repudiado por sua primeira grande paixão. Um dia, desnorteado, ele foi até a casa de Fatima, em Elahieh, com o consentimento da mãe dela. O encontro foi a sós, sem testemunhas. Parece que Jaffar declarou-se mais uma vez e prometeu a Fatima o céu e um oceano de felicidade e conforto caso ela lhe desse uma chance de amá-la. Fatima o teria rejeitado friamente, deixando claro que jamais se casaria com ele por escolha e que o odiava. Jaffar ficou enlouquecido e decidiu consumar sua paixão à força. Amarrou Fatima numa cama, amordaçou-a e violentou-a durante toda a tarde. Sei que ela apanhou muito porque dias depois eu estive com ela e vi seu corpo coberto de hematomas. Jaffar estuprou-a, esmurrou-a sem piedade e, segundo ela contou, usou uma faca de cozinha para mutilar... ai, que horror... sua vagina! Ele lhe arrancou fora o clitóris.

Mitra sobressaltou-se horrorizada na cadeira. Olhou para a comida à sua frente e comprimiu imediatamente a mão contra o peito, dominada por uma náusea súbita que custou a passar. Ficou parada, chocada por alguns segundos e, logo a seguir, sentiu-se desmoronar. Não era possível que ela e Sevda estivessem falando da mesma pessoa. Mutilar uma mulher daquele jeito... Era a última coisa que ela esperaria do homem com quem se casara. Como Jaffar tivera a coragem de fazer aquilo? Como pôde ocultar sua verdadeira índole por tanto tempo? Mitra não fazia ideia de como iria olhá-lo dali em diante e respeitá-lo como uma mulher deve respeitar seu marido. Tudo o que mais queria naquele momento era acordar daquele pesadelo.

Ela tentou se recompor e perguntou, com mãos e voz trêmulas:

— Como você ficou sabendo de todos esses detalhes?

— Fatima me contou. Ela me procurou na loja alguns dias

depois. Estava desesperada e coberta de ferimentos. Chorava feito uma criança. Sentia-se traída pela família que desejava aquele casamento a qualquer preço. Ela me pediu ajuda para fugir. Estava com medo de Jaffar e da mãe. Jaffar estava completamente ensandecido e ela receava que da próxima vez ele a matasse.

— E você a ajudou?

— Claro. Ela não tinha mais ninguém a quem recorrer. Todas suas amigas eram, principalmente, amigas de sua mãe. E, mal ou bem, eu fui a responsável por ela e Jaffar terem se conhecido. Sentia uma culpa horrível. Pedi a uma de minhas vendedoras que a escondesse em sua casa, no sul de Teerã, longe dos bairros por onde os Jalaipour e os Hajiran circulavam com frequência.

— E depois?

— Fatima estava disposta a ir embora de Teerã. Queria distância da família e não havia mais nada que a prendesse na cidade. Perguntei, então, qual era seu objetivo, e ela respondeu: recomeçar sua vida num outro país, onde não fosse oprimida pela família e por uma legislação demasiado machista. Depois de tantos anos vivendo no Irã, eu só conhecia uma pessoa no exterior: Grigor Avedikian, o pai de meu filho. Reuni toda minha coragem e liguei para ele. Nessa época, a União Soviética já tinha se esfacelado há muitos anos e a Armênia era uma nação independente. Grigor ficou chocado com meu telefonema. Perguntei sobre meu filho e ele me disse que ele estava morando na Europa. Falei, então, sobre Fatima. Relatei todo seu drama e perguntei se ele e a mulher estariam dispostos a ajudá-la por um tempo. Grigor, surpreendentemente, concordou. Imediatamente, procurei Fatima e contei tudo a ela. Falei que Grigor era um velho amigo meu e que ele lhe acolheria na Armênia com o maior prazer. Dei a ela algum dinheiro e na noite seguinte coloquei-a num trem para Baku, a capital do Azerbaijão. Indiquei a ela um bom hotel no centro da cidade, próximo aos jardins Samad Vurgun. Ela ficou pouco tempo lá e, assim que pôde, tomou um avião para Ierevan. Grigor recebeu-a pessoalmente no desembarque. Ele tinha uma dívida comigo. Eu abri mão de um filho e ele sabia que eu ainda carregava uma dor profunda por causa disso. Receber Fatima foi uma forma de saldar parte da dívida.

— E Fatima ficou lá?

— Ficou por menos de um ano. Até o dia em que meu filho foi visitar o pai e a conheceu. Não se apaixonaram, mesmo porque meu filho já era casado com outra mulher, uma brasileira. Ele simpatizou com Fatima e resolveu lhe dar uma chance. Convidou-a para trabalhar em sua galeria de arte, em Paris.

— A Ruben Avedikian Galerie d'Art?

— Exatamente. Fatima era inteligente, tinha uma incrível facilidade para aprender idiomas e era educada e tenaz. Ela chegou a se tornar gerente da galeria. Mais tarde, meu filho Ruben abriu uma filial no Brasil e ela o acompanhou. Mas, um dia, um atentado a bomba acabou com a galeria, matando Ruben e, acredito, também Fatima. A mulher dele parece que sobreviveu e até hoje está paralítica.

"Atentado?", Mitra lembrou-se do manual que ensinava a fazer bombas. Seria possível que... "Jaffar? O autor do atentado?"

Mitra teve uma vertigem. Pediu licença a Sevda, dizendo que precisava ir ao banheiro, e deitou-se em sua cama. Suas mãos estavam geladas, seu corpo todo tremia.

Ela não tinha nenhuma prova, mas estava muito claro que o autor do atentado à galeria fora mesmo Jaffar. Tudo se encaixava. O manual da bomba, junto com o guia e as gravuras... Tudo encontrado em três embrulhos envolvidos por um barbante.

Jaffar era um assassino... Ela estivera esse tempo todo casada com um estuprador de mulheres e assassino...

Ainda bem que não contara nada sobre o manual a Sevda. Como ela reagiria ao saber que Jaffar matara seu filho?

Ela fez força para se recompor. Levantou-se da cama, apanhou o guia de Paris, na mesa de cabeceira, e voltou para a sala.

Sevda mediu-a com os olhos.

— Está tudo bem? Você está pálida...

Mitra desconversou:

— Os dias têm sido difíceis — ela, então, abriu o guia diante de Sevda e pigarreou antes de continuar: — Depois disso que você contou, tudo ficou muito claro. Foi por causa de Fatima que Jaffar esteve nessa galeria. Os quadros que ele adquiriu... Sevda, ele esteve mesmo em Paris conforme eu suspeitava. Mas para procurar por Fatima. Ele usou o pretexto da compra dos quadros para espionar a galeria e localizar Fatima.

"E matá-la, depois..."

— Isso continua sendo apenas uma hipótese. Não temos certeza se ele realmente fez a viagem.

— Mas é claro que fez. O guia, as gravuras, o nome da galeria de seu filho... Até o endereço de Grigor Avedikian em Ierevan... São provas irrefutáveis. Você sabe se ele chegou a procurar por Grigor?

Sevda mordeu os lábios, hesitante.

— Chegou. E Grigor, ingenuamente, deu-lhe todas as informações que ele queria. Eu não tomei o cuidado de preveni-lo, porque achei que não era necessário e somente serviria para expor ainda mais a moça. Não sei como Jaffar descobriu que ela havia fugido para a Armênia. De qualquer maneira, Fatima já tinha se mudado para Paris nessa época e, felizmente, Jaffar não a encontrou na casa de Grigor.

— Ele deve ter contado com a colaboração de informantes do governo... Quando foi isso?

— Há cerca de três anos, eu acho...

— Jaffar trabalha no governo há mais de dez — Mitra alteou uma sobrancelha, enxergando os fatos cada vez mais nítidos à sua frente. — É evidente que ele usou o serviço de inteligência para desvendar a rota de fuga de Fatima. Depois de constatar que ela não estava mais na Armênia, ele não encontrou dificuldades para identificar em Paris um homem com o mesmo sobrenome do que havia lhe dado abrigo. Quantos Avedikian teriam espalhados pelo mundo?

— Garanto que não são poucos. Muitos armênios emigraram ao longo dos tempos. De qualquer maneira eu nunca soube se Jaffar realmente chegou a reencontrar Fatima. É mais provável que ele tenha apenas comprado o guia e rastreado os passos dela por Paris. Os endereços que estão anotados nas páginas são de locais pelos quais ela deve ter passado — Sevda folheou o guia — Veja:

> 39, Avenue Foch, esquina com a
> Rue de La Pompe.

Aqui morava meu filho, Ruben — ela folheou mais algumas páginas e disse: — Dê uma olhada em mais isso:

> Fatima Hajiran está morando num
> pequeno apartamento na Rue de L'Elysée
> Ménilmontant, nº 12. É um pequeno beco,
> sem saída, paralelo à Rue de Ménilmontant
> — metrô Ménilmontant — Paris.

Esse deve ter sido o apartamento onde Fatima Hajiran morou em Paris. A região de Ménilmontant não é das mais valorizadas. Provavelmente era um apartamento modesto, condizente com as condições financeiras dela.

— Jaffar tinha muitas informações. Com certeza, ele deve tê-la encontrado. Além do mais, muitos dos quadros que estão hoje aqui no apartamento foram comprados na galeria de seu filho. As gravuras que estavam junto do guia são a prova disso. Jaffar esteve em Paris, não resta a menor dúvida. E, o que é pior: quando ele já era casado comigo!

— Talvez. Mas quem sabe ele, num momento de lucidez, não se tenha dado conta de como sua busca era insana e decidido desistir dela? Como você acabou de dizer, vocês já eram casados nessa época. Ele mudou muito desde então. Você fez bem a ele. Deveria perdoá-lo.

Perdoá-lo? Mitra sentia-se ultrajada. Levaria muito tempo até que digerisse todas aquelas revelações. Se é que conseguiria. Precisaria estar com Jaffar novamente e olhá-lo bem fundo nos olhos para sentir se iria retomar com ele o relacionamento que mantiveram nos quatro anos de casamento. Ela tinha certeza que não. Mitra sabia que, daquele dia em diante, nada seria mais como antes. Ela teria medo de dormir sob o mesmo teto de um homem que, um dia, violentara e mutilara uma pobre moça, cuja única culpa foi ter sido fiel aos próprios sentimentos. E que, não satisfeito, planejara friamente sua morte.

Sevda olhou o relógio:

— Preciso ir agora. Pedi para minha funcionária fechar a loja, e ela ficou de passar em casa às vinte horas e trinta minutos para me entregar as chaves.

Elas levantaram-se da mesa. Sevda cobriu a cabeça com sua echarpe e tomou a mão de Mitra:

— Pense no que eu disse. Apesar de tudo o que Jaffar fez, eu continuo, não o abandone, para o seu próprio bem. Uma mulher sozinha na nossa sociedade é o mesmo que nada. Não destrua o seu casamento por causa de um passado que está sepultado.

— Pensarei nisso, Sevda — Mitra apenas respondeu. — Obrigada por ter vindo.

Elas despediram-se e, depois que Sevda saiu, Mitra recolheu-se a seu quarto, pensativa. Deitou-se na cama e agarrou-se a uma almofada, comprimindo-a contra o peito. Todo o infame passado de Jaffar desabara sobre sua cabeça como uma tempestade destruidora. Mas, apesar de tudo, Mitra acabou chegando à conclusão de que não era hora ainda de levar Jaffar a um julgamento particular, mesmo porque ele estava prestes a enfrentar outro, público, acusado de um crime do qual ela sabia que ele não participara.

As horas passaram-se depressa e, na manhã seguinte,

ela tentou falar com Hamidreza Kadivar no escritório, sem sucesso. Queria saber se havia mais alguma novidade sobre a situação de Jaffar. Kadivar, na certa, não recebera o recado do rapaz antipático que atendera às suas chamadas e informara secamente que ele se encontrava numa reunião sem hora para terminar. Quatorze horas, Mitra fez nova tentativa e teve a mesma fria recepção. Deixou recado, mas Kadivar não retornou. Ela ressabiou-se e ficou pensando se Kadivar não estaria fugindo dela, pulando fora do barco de Jaffar antes que este ficasse definitivamente à deriva.

No fim da manhã veio a surpresa: Mitra saía do salão de cabeleireiro que frequentava, em frente ao parque Mellat, quando, inadvertidamente, avistou Kadivar deixando a portaria do Sayeh Tower, um dos modernos edifícios de escritórios da rica área norte de Teerã, vestindo um alinhado terno escuro. Numa das mãos, ele carregava uma valise executiva e com a outra puxava uma mala com rodinhas, que colocou no bagageiro de uma reluzente Mercedes com placa do governo que acabara de estacionar numa avenida Vali Asr fortemente policiada. Mitra ainda tentou alcançá-lo, mas o carro logo arrancou sumindo em meio ao tráfego intenso.

Ela, então, decidiu checar na recepção e tomou conhecimento de que o maior aliado de seu marido frequentava um grupo de salas no décimo primeiro andar, onde funcionava o escritório de um banco suíço chamado Union Bancaire Genevoise.

Intrigada, Mitra seguiu dali diretamente para uma lan house, na rua Afrigha, e obteve o endereço e o telefone da sede mundial do banco, em Genebra. Ela não conseguia imaginar que tipo de relação Kadivar poderia ter com um banco suíço, mas estava disposta a descobrir. Na mesma hora, ela fechou-se numa cabine telefônica dentro do café e fez uma chamada para o escritório do banco no Sayeh Tower. Com seu francês fluente, identificou-se evasivamente como Françoise Gendreau, uma funcionária da matriz de Genebra, e perguntou por

Hamidreza Kadivar. Seu interlocutor, até então aparentemente entediado, pareceu despertar e revelou que Hamidreza Kadivar embarcaria naquela manhã e que ele só deveria chegar à Suíça no meio da tarde.

O problema era que nenhum funcionário do banco, em Genebra, sabia da viagem de Kadivar. Era um segredo e o homem tardiamente lembrou-se disso. Ciente de que acabara de cometer uma falta grave, ele desligou abruptamente sem se despedir, deixando Mitra aturdida com o fone apitando o sinal de ocupado, suspenso na mão.

- 14 -

O sol brilhava suave do lado de fora quando Araci finalmente abriu os olhos e ergueu-se, sonolenta, na cama, desvencilhando-se com dificuldade daquele cobertor sufocante. Passou a mão displicentemente pelo cabelo e, com o olhar embaçado, perscrutou as paredes faustosas do imenso cômodo em que se encontrava. Sua memória, ainda adormecida, começou a trabalhar devagar e ela lembrou-se de seus últimos momentos de consciência. A chegada à Villa Saint-Benoît, a conversa com Fatima...

Havia caído numa armadilha, concluiu pesarosamente. Fora vítima de um complô e, agora, estava prisioneira ali. Por quê? O que Fatima esperava conseguir dela, afinal? Quem era aquela mulher?

Araci olhou para o pé da cama. Lá estavam sua bengala, sua bolsa e uma bandeja oval de prata com um comprido copo de suco de laranja, um pão *ciabatta*, três fatias de queijo *gruyère*, manteiga e um potinho de geleia. Ela conferiu o horário no relógio de pulso: treze horas e trinta e seis minutos. Certamente, a bandeja fora deixada ali mais cedo, na hora do café da manhã. Mas a substância usada para dopá-la, pelo visto, era forte e ela custara a acordar. Considerando que havia feito sua última refeição no almoço de ontem, Araci deu-se conta de que estava havia mais de vinte e quatro horas sem ingerir nada.

Ela acomodou a bandeja no colo e tomou um longo gole do suco, antes de devorar com avidez o pão, o queijo e os acompanhamentos. Quando terminou, limpou a boca com o guardanapo e deixou a bandeja sobre uma cômoda ao lado da porta. Era uma porta alta, de duas bandas, suntuosa como, aliás, tudo na *villa*. Araci aproximou-se lentamente e conferiu a fechadura. Estava trancada. Já esperava por isso.

Teve vontade de gritar, mas se controlou. Dar vazão ao desespero seria a pior coisa a fazer naquele momento. Ela ficou andando em círculos pelo quarto, buscando avidamente por alguma ideia salvadora que abrisse um caminho para fora daquele lugar. Foi até a janela e afastou, de leve, uma das cortinas. Observou, lá embaixo, sob o sol fraco, uma fileira de homens uniformizados marchando sobre a alameda de paralelepípedos que separava a mansão do jardim arborizado à beira do lago azul cintilante, como se fosse um pelotão de soldados. Aquilo a assustou. Araci recolheu-se momentaneamente, mas logo voltou a olhar para fora. Os homens haviam passado e, agora, era a vez de um comboio de jipes e motocicletas cruzar a alameda. Araci contou quatro jipes e seis motocicletas. Eles desapareceram em seguida e o jardim tornou a ficar deserto. Araci pensou que com tamanho aparato circulando pelo entorno da mansão, sua fuga tornava-se ainda mais difícil.

O que ela não imaginava era que, naquele mesmo instante, um Saab Sedan acabara de passar pelos portões da Villa Saint--Benoît e, depois de percorrer a alameda de ciprestes, estacionara na praça em frente à fachada principal da mansão. Um homem de terno preto e camisa azul-clara, abotoada no colarinho, sem gravata, saltou e subiu a escadaria, sendo recebido no vestíbulo por um dos mordomos. Hamidreza Kadivar carregava uma maleta executiva e mal disfarçava sua expectativa.

Araci voltou a olhar o relógio: quatorze horas e seis minutos.

Passava um pouco do horário de almoço. Com certeza, uma nova bandeja com comida estava para lhe ser trazida a qualquer momento, e ela teve um súbito estalo. Não havia tempo a perder. Era hora de aprontar o cenário.

Araci enrolou o lençol, rasgou as fronhas do travesseiro e deixou uma estatueta de bronze à mão. Abriu sua bolsa e lá encontrou a cartela de Lexotan que trouxera do hotel. Retirou um a um os dez comprimidos, e triturou-os sobre o criado-mudo, usando a base da estatueta. Vasculhou sua carteira e encontrou alguns papéis dobrados, a maioria faturas de cartões de crédito. Selecionou o que parecia o maior, estendeu-o sobre a cômoda, depositou nele os calmantes agora convertidos numa porção de pó rosado e amassou-o em sua mão, guardando-o no bolso.

Contraiu-se ao ouvir o rumor de passos no corredor. A maçaneta moveu-se e uma das bandas da porta se abriu. A hora havia chegado. Uma empregada uniformizada entrou com a cabeça baixa e deixou a bandeja com um copo e um prato coberto por uma reluzente tampa esférica de inox sobre a cômoda. Num lance tão ágil quanto cuidadoso, Araci fechou abruptamente a porta com o pé e lançou-se sobre ela, acertando sua cabeça com o pesado busto de bronze. Antes que a moça tivesse tempo de gritar, Araci sacou o papel com os calmantes de seu bolso e abriu-o, obrigando-a a engolir todo o conteúdo, tapando, em seguida, sua boca com uma das mãos. Mas a empregada reagiu inesperadamente e mordeu os dedos de Araci, na tentativa de desvencilhar-se. Araci, por pouco, não berrou de dor. Vendo que os calmantes demorariam a fazer efeito, ela desfechou mais dois golpes com o busto na testa da inocente serviçal e, sentindo uma culpa e uma piedade imensas, assistiu a pobre coitada desmaiar, enquanto uma ferida avolumava-se em sua fronte e um filete de sangue escorria-lhe pela testa.

Ofegante e preocupada, Araci encostou o rosto no peito dela e tranquilizou-se ao constatar que o coração batia normalmente.

Ela, então, despiu-a, e amarrou seus pulsos e tornozelos respectivamente com os pedaços da fronha e o lençol dobrado. Amordaçou-a e arrastou-a para debaixo da cama. Em seguida, prendeu o cabelo com um coque e vestiu o uniforme dela. Retirou o lençol da cama e colocou nele suas roupas e a bolsa, amarrando-o nas pontas e formando uma trouxa. Abriu com cautela a porta do quarto e vislumbrou o corredor vazio na semiescuridão. Trancou a porta por fora e, segurando firme a trouxa nas mãos, iniciou o que prometia ser seu itinerário de fuga.

* * *

O MORDOMO introduziu Hamidreza Kadivar no gabinete particular do barão Von Kessel no primeiro andar e retirou-se em seguida, fechando a porta. Fatima Hajiran estava em silêncio empertigada com as mãos para trás, contemplando, pela janela, a vista do jardim. Ela havia abandonado os sisudos trajes de governanta do dia anterior e optado por um sóbrio e elegante tailleur azul-marinho e um colar cilíndrico de ouro que lhe cingia graciosamente o pescoço. Conservava, no entanto, o mesmo penteado austero, os cabelos muito escuros presos com rigor num coque severo, a mesma total ausência de maquiagem no rosto.

Ela virou-se lentamente para Kadivar, dirigindo-lhe um olhar solene.

— *Sobh bekheir, Hamidreza agha!* (Bom dia, senhor Hamidreza) — cumprimentou ela formalmente, em persa. — *Hal-é shoma chetor ast?* (Como vai?)

Kadivar respondeu, lacônico, transparecendo sua apreensão:

— *Alhamdolellah.* (Bem, graças a Deus.)

— Como foi a viagem?

— Boa, graças a Deus.

O recinto era imponente. Suas paredes eram cobertas por lambris de nogueira e por pesadas estantes forradas de grossos livros com encadernação de luxo e peças de bronze, marfim e porcelana chinesa. O carpete que revestia todo o assoalho tinha uma discreta coloração bege escura. A escrivaninha de carvalho de Von Kessel, a cadeira larga e alta por trás e as duas cadeiras posicionadas na frente eram relíquias genuínas.

Fatima notou que Kadivar observava-a fixamente e lhe perguntou, com a expressão desafiadora.

— Por que está me olhando?

Kadivar pareceu despertar.

— Desculpe-me. É que, para mim, é sempre uma sensação estranha conversar com uma mulher iraniana fora de minha família, sem que ela esteja usando o véu.

O semblante de Fatima fechou-se ainda mais.

— Estamos na Suíça, muito longe dos rigores do Irã. O senhor não esperava que eu pusesse um véu somente para recebê-lo, não é?

— Evidentemente que não — Kadivar apressou-se em responder. — Isso nem me passou pela cabeça. A senhora, por favor, me perdoe.

Fatima indicou uma cadeira a Kadivar e sentou-se atrás da escrivaninha, sobre a qual repousavam duas mensagens recém-chegadas com o último relatório sobre as buscas a Bartô Saraiva, que permanecia desaparecido. Agentes de sua confiança, espalhados por todo o cantão, mantinham-se de prontidão principalmente nos postos da fronteira com a França, na estação ferroviária Cornavin e no aeroporto. Fatima acreditava que Bartô logo seria localizado.

Kadivar sentou-se pouco à vontade com a valise no colo e suportou com firmeza o olhar inquisidor de Fatima por longos segundos que pareceram um século.

Ele, enfim, resolveu quebrar o silêncio:

— Não quer saber como está a situação em Teerã?

O olhar de Fatima era gélido.

— Não. Nada do que acontece naquela terra de fanáticos

e assassinos me interessa. Dizem que os iranianos estão fabricando a bomba atômica. Pois eu acho que eles fariam um bem enorme à humanidade se a detonassem lá mesmo. O mundo ficaria bem melhor sem a ameaça daqueles turbantes ridículos que governam o Irã.

Kadivar retesou-se. O ódio na voz de Fatima chegava quase a ser palpável.

— Eu estava me referindo a Jaffar Jalaipour, minha senhora.

Fatima entreabriu um sorriso amargo de satisfação.

— O animal, enfim, está na jaula. O julgamento será mesmo nas próximas semanas?

— Sim.

Uma luz incandescente brilhou nos olhos de Fatima, enquanto Kadivar apressava-se em acrescentar:

— No entanto, nós temos um pequeno problema.

— Qual?

— A esposa de Jalaipour. Ela encontrou um antigo guia de Paris com anotações feitas por ele nas margens. Até mesmo endereços de seu antigo apartamento na cidade, o da galeria onde a senhora trabalhou... E um terceiro, em Ierevan, na Armênia. O do pai do finado Ruben Avedikian.

Fatima não se abalou.

— O que tem isso demais?

— Minha senhora... Ela conversou comigo, pediu-me que lhe revelasse tudo o que eu sabia. Claro que eu neguei que soubesse de algo. Mas ela continua desconfiada.

— Saber que Jalaipour viajou a Paris não é problema. O importante é que essa infeliz não saiba por que ele fez a viagem. Ela sofreria muito. Não creio que o endereço de Grigor Avedikian vá lhe ser útil em alguma coisa. Se ela o procurasse, tenho certeza de que ele nada revelaria. Sobretudo se ela se apresentasse como a esposa de Jaffar Jalaipour. Afinal, foi por causa das atrocidades de Jalaipour que eu me vi forçada a abandonar o Irã e buscar refúgio na casa dele, na Armênia.

— Mas ela encontrou também um manual que Jalaipour obteve na internet ensinando como fabricar bombas.

Fatima comprimiu a face. Lembranças terríveis lhe afloraram à cabeça.

— O que importa o que essa mulher encontrou? — ela desconversou. — Ela estará muito ocupada nas próximas semanas com a aproximação do julgamento do marido. Jalaipour dificilmente escapará da condenação.

Fatima acariciou o queixo e mudou o rumo da conversa:

— Creio que não preciso dizer que temos pouco tempo, sr. Hamidreza.

Kadivar baixou a cabeça, transparecendo alguma tensão.

— Estamos próximos do fim — prosseguiu Fatima. — A situação está cada dia mais insustentável. Eu já não posso esconder da diretoria do banco a situação do barão Von Kessel. Muita gente deve estar desconfiada, e esse segredo não durará até a próxima reunião dos diretores, que deve acontecer em julho ou em agosto.

— E o que a senhora pretende fazer depois que tudo terminar?

— Sinceramente, não sei. Por merecimento e por tudo o que eu passei, o mais correto e o mais justo seria eu permanecer aqui. Eu tinha tudo planejado. Assim que Jalaipour fosse condenado e minha missão estivesse, enfim, cumprida, eu faria chegar ao presidente da Union Bancaire Genevoise, Richard de Beaumont, o comunicado da morte do barão Von Kessel, e ele se encarregaria dos trâmites legais a meu favor. O barão não deixou herdeiros. Ele não tinha filhos, nem irmãos, nem sobrinhos, e eu poderia entrar num acordo com ele para herdar, ao menos, metade do patrimônio. Ocorre que, de umas semanas para cá, começaram a acontecer algumas coisas muito estranhas. Fatos que não estavam previstos. E eu sinto que minha posição está ameaçada.

Kadivar pareceu assustado.

— Que fatos são esses?

— Não entrarei em detalhes. Mas os acontecimentos em torno do professor Mohsen Khajepour não estavam nos planos. Desde que Khajepour partiu para o Brasil, fui surpreendida por uma série de eventos bastante anormais. Eu sei que há algo por trás disso tudo e um golpe parece que está sendo armado contra mim. Se eu não tomar uma atitude logo, estarei perdida.

— Veja a situação por outro ângulo. Aconteça o que acontecer, a senhora terá o dinheiro desviado da Bonyad para Liechtenstein. É a garantia de uma vida confortável para sempre.

Fatima cruzou os dedos diante do rosto e mordeu os lábios, demonstrando satisfação.

— Mais de cem milhões de euros! De fato, é uma quantia considerável.

— De qualquer modo, é bom a senhora tomar precauções. Esse dinheiro já está sendo rastreado. Se for localizado, o governo iraniano tentará resgatá-lo.

— Se eu ocupasse algum ministério ou a presidência do Irã, também iria até o fim do mundo para recuperar esse dinheiro. Os iranianos farão isso, sim, sr. Hamidreza, mas encontrarão muitas dificuldades. Desde segunda-feira da semana passada restam somente dois milhões na conta do Liechtensteinische Kreditanstalt. O restante eu remeti para contas diferentes em cinco bancos aqui na Suíça, na Inglaterra e em Mônaco. Semana que vem, o dinheiro será transferido para outras contas, desta vez em dez bancos. E na outra semana, para vinte bancos, a maioria deles nos Estados Unidos. As autoridades iranianas terão muito, mas muito trabalho para rastrear toda essa movimentação. Talvez até consigam localizar uma ou outra conta. Mas duvido que os governos ocidentais, principalmente o dos Estados Unidos, se disponham a colaborar com um país com a péssima reputação do Irã. Ainda mais depois do escândalo dessas eleições.

— E assim, Jaffar Jalaipour levará também essa culpa. A

de sumir com o dinheiro após havê-lo subtraído dos cofres públicos. Como Jalaipour é também acusado de ser um dos líderes da Azadi, tudo estará contra ele.

Os olhos de Fatima faiscaram de satisfação.

— E ninguém acreditará em nada do que ele disser para se defender. Afinal, um alto membro da Azadi não tem respaldo moral nem hombridade para esperar que seu depoimento seja levado em consideração. A conta em Liechtenstein foi aberta em nome de uma empresa offshore panamenha, Rivera Corporation. Os tribunais chegarão à óbvia conclusão de que essa empresa foi criada como uma fachada para financiar as atrocidades terroristas da Azadi. Assim, o governo iraniano, se sobreviver a essa crise eleitoral, terá eleito Jaffar Jalaipour como seu bode expiatório. Eles precisam que aquele homem seja condenado e pague por todos os crimes do regime. Quando Jalaipour, enfim, for confinado para sempre atrás das muralhas de Evin, uma onda de alívio tomará Teerã e em pouco tempo não se falará mais no assunto.

— A menos que o governo descubra que ele não está ligado à Azadi.

Fatima inclinou-se um pouco mais à frente e declarou, quase num sussurro:

— Isso não acontecerá. Eu lhe garanto.

Ela, então, levantou-se e deu a volta na escrivaninha. Postou-se atrás de Kadivar, apoiando ambas as mãos no espaldar da cadeira.

— O senhor cumpriu com bravura e lealdade sua missão e será regiamente recompensado por isso. O senhor sabe que, a partir de agora, não poderá mais retornar a Teerã. Uma identidade nova e uma boa quantia depositada numa conta secreta num banco seguro em algum lugar da Europa ou do Caribe para proporcionar ao senhor uma vida tranquila para sempre. Eis o que precisa e que já providenciei com minha máxima boa vontade — ela afastou-se dele e a passos leves e estudados, voltou para a sua cadeira atrás da escrivaninha. — Posso ser vingativa com os que me ameaçaram, me violentaram e tentaram me aniquilar. Mas sei, igualmente, ser generosa com as pessoas de bom coração que me auxiliaram na árdua e gloriosa tarefa de restaurar minha honra e punir merecidamente um facínora beligerante que não pode, de maneira alguma, viver livre em meio a cidadãos de bem. Um dia, a mulher dele, que hoje o defende, irá agradecer de joelhos à justiça por confiná-lo na cela mais asquerosa da mais sórdida prisão daquela terra horrorosa e, assim, poupá-la de conviver indefinidamente com um sociopata perigoso, que a qualquer momento poderia manchar de sangue o leito que eles partilhavam.

Absorta por um ódio fulminante que ameaçava, uma vez mais, levá-la ao descontrole, Fatima fechou os dedos trêmulos e frios com força e pressionou-os contra a testa, tentando, novamente, reunir uma serenidade que nunca conhecera verdadeiramente. Ela respirou fundo sucessivas vezes e, por fim, murmurou, ofegante, com os olhos congestionados pelos nervos em fúria:

— Temos pouco tempo, sr. Hamidreza. O senhor precisa partir já. Toda sua nova documentação está pronta e à sua espera. Como medida de segurança, ela lhe será entregue fora de Genebra.

— Posso saber onde?

— Em Liechtenstein. Já me encarreguei de fazer a reserva no Park-Hotel Sonnenhof, em Vaduz, a capital do país. Meu motorista estará à sua disposição. Tudo o que o senhor terá de fazer será estar pontualmente às dezenove horas na esquina da Lettstrasse com a Marktgasse, no centro da cidade. Um homem chamado Günter lhe entregará tudo.

— E como eu o encontro?

— Fique tranquilo — Fatima entreabriu um sorriso. — Na hora certa ele irá até você.

Fatima fez soar uma campainha, chamando pelo mordomo. Quando ele surgiu à porta, ela anunciou, levantando-se:

— Conduza este senhor de volta ao carro que o trouxe.

— *Jawohl, gnädige Frau. Sofort* — assentiu o mordomo, em alemão.

Fatima acompanhou Kadivar para fora da biblioteca. Quando cruzavam os salões em direção à saída, perceberam gritos distantes vindos da escada acompanhados de estrondos aterradores, sons de portas batendo, mulheres chorando de pavor. Fatima viu cinco de suas criadas correndo desarvoradas escada abaixo, com as faces lívidas de pânico. Elas se ajoelharam à sua frente e com as mãos cruzadas, suplicaram em uníssono:

— *Vorsicht, gnädige Frau!* Não suba lá! Não suba lá!

Fatima deu dois passos para trás e ordenou que elas se levantassem e explicassem o que estava acontecendo.

— Tem um cadáver num dos quartos! — gaguejou uma delas.

Fatima enregelou-se e, sem pensar duas vezes, precipitou-se escada acima, em direção à ala onde ficavam os aposentos de Araci Quintanilha. Seguida de perto por Kadivar e pelo mordomo, ela encontrou uma das bandas da porta do quarto de Araci aberta. O cômodo estava aparentemente em ordem. Fatima desceu os olhos para debaixo da cama e viu os dois pés descalços à mostra. O mordomo puxou o corpo de barriga para cima com cuidado. Uma enorme fenda de sangue coagulado ocupava metade da testa da empregada, vestida apenas com roupas íntimas. Fatima tomou-lhe o pulso. Felizmente estava viva.

Ela engoliu em seco e rosnou:

— A desgraçada fugiu!

Ela desceu novamente a escada e encontrou as cinco criadas. Uma delas explicou que, pouco depois das quatorze horas, a empregada vitimada subiu para levar o almoço à hóspede. Como ela demorou mais tempo do que o normal, as outras foram checar o que havia acontecido e encontraram a porta trancada. Bateram insistentemente, até que decidiram abri-la com uma cópia da chave.

— Quatorze horas? — calculou Fatima, conferindo as horas em seu relógio de bolso. — Então, isso foi há mais de quarenta minutos...

Todos ficaram em silêncio. Ela mandou chamar o chefe da segurança e ordenou-lhe com firmeza:

— Mobilize nossos homens em toda a cidade. Quero Araci Quintanilha de volta à *villa* o quanto antes. Entenderam bem? O quanto antes! E viva!

- 15 -

Seu braço esquerdo estava preso por uma membrana fofa que o pressionava, reduzindo o fluxo habitual de sangue. Com certeza, havia sido amarrado em algum lugar do qual não teria como se desvencilhar. Já era possível vislumbrar o que se seguiria: um interrogatório duro, ao qual não teria como reagir. Bartô Saraiva pressentia a consumação de seu ocaso.

Ele suspirou sonoramente, soltou três gemidos abafados e divisou à sua frente uma oprimente vastidão negra, um breu absoluto que era tudo o que seus olhos comprometidos pelas horas seguidas de entorpecimento permitiam identificar. O trepidar que por tantas horas o acompanhara havia cessado. As dores haviam regredido, seus movimentos estavam mais leves e ele já conseguia mover uma perna sem que ela parecesse pesar uma tonelada. Também recuperara o controle sobre seus braços, apesar de um deles continuar preso pela membrana fofa, que parecia apertá-lo cada vez mais. Ouviu-se um estalo. A membrana foi removida, o sangue voltou a circular normalmente e uma voz masculina grave sentenciou, em francês:

— *Quinze pour huit.* (Quinze por oito.)

Aquele *"quinze pour huit"* reverberou em sua mente em

ecos contínuos que foram se amplificando aterradoramente por seus ouvidos: *Quinze pour huit, quinze pour huit, quinze pour huit*!!!! Sua cabeça latejava e, de repente, pôs-se a girar como uma hélice em movimento, parecendo que estouraria. Ele urrou de pânico, debatendo-se descontrolado sobre a superfície macia. Uma sequência imprecisa de minutos decorreu como se fosse uma fração de segundos.

Nesse momento a escuridão à sua frente foi se atenuando. Raios de claridade se infiltraram por entre as pestanas. Um suor quente de alívio banhou a testa de Bartô que olhou para o lado e viu a silhueta de um homem de paletó e barba grisalha retirar de seu braço a braçadeira do aparelho que lhe medira a pressão arterial.

— *Quinze pour huit* — completou o médico, guardando o equipamento na maleta. — *C'est pas grave.* (Não é grave.)

— Quinze por oito... — assentiu uma segunda voz masculina condescendente. — Pelo visto, a pressão dele está num nível excelente para alguém que passou pelo que ele passou. É uma ótima notícia, doutor.

Ainda atordoado, Bartô virou o rosto para ver quem havia dito aquilo. Do outro lado da cama, estava de pé um homem de meia-idade, vestindo calça preta e paletó cinza, que acentuavam sua postura ereta. Os cabelos prateados apresentavam algumas novas levas de fios brancos nas têmporas, e os óculos eram os mesmos de sempre: leves, armação metálica muito fina, quase imperceptíveis se observados a distância.

Era Aníbal Monte Mor. Apesar da visão ainda turva, Bartô não tinha nenhuma dúvida de que era ele.

— *Merci, Monsieur* — agradeceu Aníbal, num francês solene. Ele acompanhou o médico até a porta atrás de um pequeno vestíbulo que, assim como o restante do quarto, era revestido com papel de parede estampado em tons café com leite. Bartô olhou para cima e viu um exuberante lustre dourado, adornado por esculturas em bronze de querubins.

Depois que o médico saiu, Aníbal fechou a porta e uma voz feminina perguntou, em português:

— Você recomendou a ele para guardar segredo sobre esta visita?

— Não é necessária tanta precaução. Esse é um médico discreto e, além do mais, a quem ele poderia nos delatar? Ele nem sabe quem eu sou...

Fez-se um instante de silêncio e Aníbal comentou, apontando para Bartô:

— Veja. Parece que ele está acordando.

Aníbal sentou-se na cama e pôs a mão na testa de Bartô.

— Ei, Bartô. Você pode me ouvir?

Bartô balbuciou, com um fio de voz:

— Aníbal?

Bartô observou minuciosamente o ambiente nada familiar à sua volta, enquanto recordava-se, ainda com alguma dificuldade, de seus últimos momentos de lucidez, antes que tudo escurecesse. Tarde ensolarada em Genebra. Ele havia acabado de sair de uma livraria. Tinha flagrado a dedicatória no livro de Mohsen Khajepour e pretendia contar sua descoberta a Araci no hotel. Ao chegar à esquina, ou próximo à esquina, viu um carro parando ruidosamente. Um carro preto. Um homem saltou e disse que Araci havia sofrido um acidente e que ela estava num hospital. Bartô, apavorado, entrou no carro, sem pestanejar. Foi, então, que alguma coisa o fez perder a consciência. Há quanto tempo estava desacordado? E o que Aníbal tinha a ver com isso?

— Onde eu estou? — perguntou.

Aníbal apenas olhou para a mulher. Foi somente aí que Bartô percebeu que ela estava sentada numa cadeira de rodas eletrônica.

— Em Paris — foi ela quem respondeu.

Bartô soergueu-se na cama. A cabeça doeu instantaneamente. Ele franziu a testa, confuso, e voltou a deitar-se:

— Paris? Mas eu estava em Genebra... Por que eu estou em Paris?

— É uma história um pouco complicada — disse Aníbal. — Se quiser, posso te contar numa outra hora, quando você estiver mais desperto.

— Você me trouxe para cá?

Aníbal anuiu positivamente com a cabeça.

— Quem era o homem do carro?

— Que carro?

— O carro preto, em Genebra, na Rue du Mont-Blanc, ao lado do hotel. Um homem saiu de dentro dele, dizendo que Araci estava hospitalizada. Eu entrei e ele me dopou.

— Era uma armadilha. Mas felizmente nós chegamos a tempo.

— Como assim?

A mulher respondeu:

— Tentaram sequestrar você. Acontece que um informante nosso estava nas imediações do hotel naquele momento e assistiu a tudo. Foi ele quem deu o alarme e avisou a polícia. O carro onde você estava foi interceptado na estrada para Berna e você foi levado para uma clínica. Nosso informante, então, foi à polícia e explicou o perigo que você estava correndo, ao permanecer na clínica em solo suíço. Você estava exposto e poderiam tentar algo novamente contra você.

— Era preciso que você desaparecesse das vistas dos sequestradores — complementou Aníbal. — E, para isso, foi montado um plano. Um furgão insuspeito equipado como uma pequena ambulância parou no estacionamento da clínica no fim da noite e você foi levado até ele, dentro de um carrinho de roupa suja. No furgão, estavam um policial suíço e um enfermeiro. Você foi deitado numa cama e ficou sob observação durante todo o trajeto até aqui. Estava inconsciente por causa da droga que te deram na hora do sequestro, uma droga forte que tudo leva a crer ter sido fentanila. Foi uma viagem longa da Suíça até aqui, mas tudo correu bem. Ninguém seguiu vocês.

— Como pode ter tanta certeza?

— Os sequestradores pensavam que você continuava na clínica, em Berna. Hoje chegou um e-mail de nosso informante dizendo que dois homens foram visitar você lá pela manhã. Apresentaram-se como seus amigos e pediram notícias suas. Parece que ficaram fora de si quando a recepcionista informou que você já havia "recebido alta".

— E que lugar é este para onde vocês me trouxeram?

— Um apartamento na Avenue Foch, no décimo sexto distrito de Paris. É a bela residência desta moça simpática que está aqui conosco — Aníbal fez um gesto em direção à mulher na cadeira de rodas. — Não se lembra dela, Bartô?

Bartô virou o rosto para olhá-la com mais atenção. Era uma mulher de cerca de 40 anos, tinha fartos e brilhosos cabelos castanhos na altura do ombro e um olhar expressivo e bondoso. Vestia-se elegantemente com uma calça preta e uma blusa de seda. Era, sem dúvida, uma figura vagamente familiar.

— A senhora é?

— Laís Villa Verde — respondeu ela, com amabilidade. — Sou grande amiga de Aníbal. E viúva do marchand Ruben Avedikian.

— O mesmo que comercializava as obras de meu filho Lourenço e que morreu naquele atentado horrível em sua galeria, aqui em Paris... — acrescentou Aníbal. — O atentado foi atribuído à mesma organização que teria incendiado a casa de praia onde Lourenço estava morando, em Maricá: a Azadi.

Bartô esticou o braço direito na direção de Laís e apertou-lhe carinhosamente a mão. No momento da explosão, Laís estava a menos de vinte metros de distância, preparando-se para entrar na galeria de Avedikian no Boulevard Haussmann, depois de voltar a pé de uma visita a uma amiga no parque Monceau. Por uma fração de segundo, escapou de morrer junto com o marido e todo seu staff, mas os estilhaços que voaram vertiginosamente em sua direção condenaram-na, para sempre, a viver sem andar.

— Desculpe-me se não me lembrei de você imediatamente — disse Bartô. — Acho que nos vimos umas duas ou três vezes, no Rio.

— Não se preocupe.

— Não dá para esquecer aquela tragédia que aconteceu na galeria. Mesmo estando longe, lá no Rio, eu e minha mulher ficamos chocados.

— Eu sei — Laís sorriu, placidamente. — Foi um golpe terrível, mas eu não tive outra saída senão tocar minha vida com todas as limitações que o atentado me trouxe. Depois de alguns meses, consegui reformar a galeria e a reabri, com um novo nome: Galerie Faubourg-Haussmann. Ela está funcionando e, graças a Deus, vai muito bem.

Bartô começava a sentir-se melhor. Ele ajeitou-se na cama e perguntou a Aníbal e Laís:

— Há quanto tempo estou aqui?

— Desde o fim dessa madrugada — respondeu Aníbal.

— E Araci? Ela sabe que eu vim para cá?

Aníbal e Laís entreolharam-se.

— Ela pode estar correndo perigo — prosseguiu Bartô. — Se tentaram me sequestrar, podem fazer alguma coisa contra ela também. Vocês não acham?

— Ouça, Bartô — adiantou-se Aníbal. — Você precisa ficar calmo...

— Eu estou calmo, Aníbal — Bartô suspirou fundo. — Aquilo que o homem do carro preto me disse, que Araci havia sofrido um acidente... Era mentira, não era?

— Claro que era.

— Como ela está?

— Imagino eu que esteja bem. Não sei exatamente. Estamos aqui isolados neste apartamento. Já foi um milagre termos trazido você para cá em segurança.

Aníbal ficou pensando em como revelar a Bartô que Araci havia sido levada para a Villa Saint-Benoît e estava sendo mantida prisioneira por aquela iraniana descontrolada, com um desejo alucinado de vingança. Uma hora ou outra, Bartô teria de saber, e Aníbal decidiu esperá-lo, ao menos, levantar-se da cama para lhe contar tudo.

— Você me perdoe a sinceridade, Aníbal, mas há algo que preciso lhe dizer. Você é uma pessoa que me intriga profundamente.

Aníbal arqueou uma sobrancelha.

— Não diga. Posso saber por quê?

— Você está há quase um mês desaparecido. Uma semana antes do leilão na Casa Quintanilha, você saiu do Rio de Janeiro, dizendo que iria a Santiago de Compostela para a inauguração de uma exposição, organizada por Miguelanxo Forcadela.

— E daí?

— Araci ligou para o escritório de Miguelanxo. O secretário dele disse que não sabia nada sobre você. Ela descobriu, ainda, que você fez uma reserva num hotel de luxo na cidade por duas noites apenas e que saiu de lá no início do mês. Alguns dias antes do leilão. Antes mesmo da tal mostra, organizada por Miguelanxo ser aberta. Agora, descubro que você está em Paris.

Aníbal juntou os lábios finos, em sinal de apreensão.

— Por que você mentiu? — arrematou Bartô.

— Eu não menti.

— Então, você esteve em Santiago de Compostela?

— Sim. Mas não para a mostra. Se eu aleguei isso, é porque eu precisava de uma razão forte para sair do Brasil. Eu sabia que Miguelanxo iria abrir a exposição e aproveitei a oportunidade. Ela me serviu como pretexto, mas eu tratei de deixar a Espanha antes disso.

— Por quê?

— Para me salvar.

Bartô pousou os olhos espantados sobre um Aníbal tenso.

— Você não sabe de um décimo da história, Bartô — Aníbal começou a falar alto, numa espécie de desabafo. — Você não sabe, por exemplo, que antes de conseguir fugir do Rio, eu comecei a sofrer ameaças e, por causa delas, acabei descobrindo um plano diabólico. Por isso estão atrás de mim. Por isso querem minha cabeça.

Aníbal, inadvertidamente, baixou os olhos, abatido, e Bartô teve plena compreensão de que a situação era mesmo séria.

- 16 -

Com o coração sobressaltado, Araci esgueirou-se pelos corredores da Villa Saint-Benoît, que pareciam não ter fim. As mãos trêmulas seguravam a trouxa com suas roupas, bolsa e joias. Apesar do pé ainda machucado, ela preferiu deixar a bengala para trás, pois fatalmente chamaria a atenção e seria um trambolho a mais para carregar o que, durante uma fuga, poderia fazer uma diferença decisiva. Ela avançou com lenta cautela, atenta ao repentino surgimento de algum ruído que indicasse a aproximação de alguém. Precisava encontrar logo a saída.

Araci sentia-se perdida e ameaçada naquela sucessão de caminhos adornados por vistosas obras de arte e resplandecente mobiliário nobiliárquico que compunham um confuso labirinto. Ela atingiu o fim de um dos corredores e, antes de virar à esquerda, estudou, oculta na quina da parede, a próxima etapa a ser completada. Havia uma fileira de altas janelas que iam quase até o teto e, através das quais, penetrava a luz pálida do sol parcialmente oculto pelas nuvens da tarde. A paisagem que se via era a mesma do quarto onde estava. Um amplo jardim vivamente verde que declinava mais adiante, indo ao encontro de duas lanchas atracadas na marina construída sobre a superfície translúcida e serena do lago

Léman. Diferentemente de minutos atrás, Araci não acusou a presença de qualquer soldado ou mesmo de um jardineiro circulando pelo terreno. A solidão partilhada entre o verde das árvores e os reflexos do sol sobre a superfície do lago davam uma falsa impressão de tranquilidade, que em nada combinava com o ambiente nefasto de intrigas e interesses que imperava dentro da *villa*. Era como se fosse outro mundo, alheio à barbárie na qual tentavam envolvê-la. Araci não via a hora de se ver bem longe dali.

Ela seguiu cautelosa pelo corredor que levava à parte leste da mansão. Precisava alcançar insuspeitamente o primeiro andar e, dali, chegar à ala dos empregados de onde seria mais fácil sair para o exterior, sem ser notada, uma vez que seus trajes de criada não despertariam suspeitas entre os seguranças que montavam guarda no jardim. Ou, pelo menos, ela esperava que não. Mais do que descer, o grande problema seria desbravar o primeiro andar sem se perder. Temia que alguém a flagrasse desorientada, pois seria imediatamente desmascarada e denunciada.

Ela buscou rememorar seus passos pelo primeiro andar durante a noite. Lembrou-se de haver percorrido salões e corredores e não haver deparado com nada que lembrasse vagamente uma área de serviço. Talvez porque esta estivesse situada não no primeiro andar, e sim no térreo. Assim como na Casa Quintanilha, a entrada principal da Villa Saint-Benoît localizava-se no alto de uma escadaria que levava a um pavimento superior. Para se chegar ao térreo, portanto, seria necessário descer dois lances de escada em vez de um, e Araci precisaria descobrir onde ficava essa segunda escadaria. Não haveria tempo para ela acompanhar a movimentação dos criados e, por meio deles, descobrir o caminho. Estaria muito exposta no primeiro andar, que era uma área de grande circulação de pessoas, e sua permanência ali deveria ser a mais breve e invisível possível.

Araci virou novamente à esquerda e enveredou por outro corredor, bem mais largo e comprido, cujas paredes eram suntuosamente decoradas por lâminas e gessos dourados e pontilhadas por candelabros brilhantes e enormes pinturas barrocas. Sua tensão crescia a cada passo. A cabeça latejava. Seus olhos foscos perscrutavam o caminho, sabendo que a qualquer instante poderia ser surpreendida e conduzida de volta a seu cárcere de luxo, sob a alegação de haver tentado matar uma mulher, golpeando-a e tentando dopá-la perigosamente.

Chegou, enfim, a uma ampla e extensa galeria, revestida de um lustroso mármore de Carrara em cujo teto reluziam lindos afrescos de inspiração renascentista. Araci apressou-se em percorrê-la, na certeza de que, ao final, encontraria uma escada. Nisso, ouviu um murmúrio de vozes em contraponto à sequência ritmada de pés caminhando sobre o mármore. Olhou desesperadamente para os lados, à procura de abrigo, à medida que as vozes aumentavam. Viu sombras projetando-se no fim da galeria e, num ato impensado, abaixou-se imediatamente, escondendo a trouxa sob um dunquerque e, de cócoras, fingiu limpar o mármore da parte baixa da parede com sua pashimina.

Esforçando-se por concentrar-se no movimento do pano pela parede, ela acompanhou apavorada as vozes irrompendo na galeria e caminhando determinadas em sua direção. À medida que se aproximavam, a conversa em alemão ia ficando mais nítida. As três criadas pareciam falar amenidades. Araci sentiu quando elas passaram, indiferentes, por suas costas e completaram o percurso, dobrando à direita no mesmo corredor de onde acabara de vir.

Tonta de alívio, ela guardou novamente a pashimina na trouxa e levantou-se dando continuidade ao tormento da fuga. Ao término da galeria, irrompeu num grande e resplandecente salão de cujo teto pendiam três robustos lustres de cristal. Havia, na parede oposta, três grandes arcos ogivais sem portas que, enfim, levavam a uma grande área encimada por uma cúpula de vitral de onde descia uma grande escadaria.

Num primeiro momento, Araci não teve coragem de enfrentar os degraus. Escondida atrás de um dos arcos, ela estudou com minúcia a total ausência de movimento no andar abaixo, temerosa de que alguém surgisse repentinamente. Após alguns instantes, ela criou coragem, agarrou com firmeza a trouxa entre os braços e avançou escada abaixo. A cada degrau vencido, ela tinha uma visão mais abrangente do luxuoso saguão do primeiro andar. Estava absolutamente deserto. O silêncio quase sepulcral era atenuado unicamente pela distante cantoria dos pássaros no jardim. Ao completar a descida, posicionou-se de costas para a escada, em dúvida sobre qual direção seguir.

Ela rumou para a esquerda, avançando por uma sala extensa, com uma acústica impressionante que amplificava o som dos passos no piso brilhoso de mármore. Tão tensa como aterrorizada, Araci esqueceu-se da dor que lhe fustigava o pé e, desesperada à procura de uma porta, seguiu até uma grande arcada que dava acesso a um salão revestido de espelhos. Ao lado dessa arcada, havia uma porta ogival, que se abria para um recinto revestido de pedra, de onde, um pouco adiante, descia uma escada estreita e abafada. Uma rala luminosidade cambiante projetava-se nas paredes cinzentas de aspecto medieval. A escada em caracol era íngreme e de degraus estreitos e irregulares. Araci não achou que ali pudesse existir alguma saída, mas, mesmo assim, sentiu-se atraída e curiosa para descobrir aonde a escada levava. Como não ouviu nenhuma voz, ela resolveu entrar. Pelo menos seria um bom lugar para se esconder, caso dessem por sua falta lá em cima.

Araci foi descendo devagar, amparando-se na parede de pedra. De súbito, começou a ouvir estalos, que foram ficando vivamente sonoros à medida que ela descia. E também o ambiente ia clareando.

Ao deixar o último degrau, Araci deparou com um portal em arco, encimado por um dossel com uma cruz prateada em alto-relevo que descortinava uma grande sala oval, iluminada por um sem-número de velas de todos os tamanhos e grossuras distribuídas em bancadas de pedra rentes às paredes. O calor ali era insuportável e o estalo sincronizado das velas produzia uma sinfonia particularmente desagradável.

Araci avançou até o fundo da sala, onde havia dois enormes ataúdes de mármore. Neles se lia, gravado na pedra, um epitáfio:

AQUI JAZEM ANTON WOLFGANG VON KESSEL
E EDITH LE VARLET,
BARÃO E BARONESA VON KESSEL,
QUE, ASSIM COMO NA TERRA,
PERMANECERÃO UNIDOS NA VIDA ETERNA.

Logo abaixo vinham as datas de nascimento e morte de ambos, indicando que o barão falecera havia onze meses.

Araci arrepiou-se. Estava numa cripta.

* * *

Ela sentiu a fisgada do medo, como se uma mão fria lhe cingisse o coração. Incrédula, mirava a sepultura dupla. "Deus do céu", exclamou em silêncio. Então, o barão Von Kessel estava morto há onze meses?! Como isso era possível? Ele era um homem proeminente, e a notícia de sua morte teria causado alarido na imprensa, teria chegado ao conhecimento de todos. Ademais, Ulrich Wachtel lhe garantira que fora do barão que partira a ideia para o jantar daquela noite.

Com o olhar congelado pelo medo, Araci recuou devagar sem coragem para refletir sobre o que acabara de ver. Suas pernas tremiam tão descontroladamente que ela temia despencar sobre aquele amontoado de velas. De súbito, um ruído abafado partido de onde seus olhos não alcançavam a fez interromper seus passos. Ela girou relutantemente os olhos e viu uma sombra imprecisa projetando-se na curva da parede e perdeu a respiração. A sombra foi aumentando de tamanho, criando contornos cada vez mais fantasmagóricos. Araci afastou-se de volta para uma saliência escura num canto da cripta e aguardou que a sombra se materializasse na figura de uma criada, que trazia duas velas compridas, sendo que apenas uma estava acesa.

A criada pairou sob o arco que coroava o acesso à cripta e uniu as pontas das duas velas que segurava, acendendo o pavio de uma com a chama da outra. Depois, fixou-as na pedra da bancada, à direita do túmulo. Araci assistia a tudo atônita. A criada fez o sinal da cruz, recitou uma breve oração em alemão e afastou-se em seguida, sempre com a cabeça baixa. Araci esperou-a sumir escada acima para, somente então, sair de seu esconderijo.

Ela aproximou-se de novo do túmulo e, sentindo uma pontada de tristeza, repetiu o gesto da criada e rezou pelo barão. Ainda não conseguia acreditar que estava vendo aquilo. O barão estava morto e o mundo lá fora acreditava que ele continuava vivo. Restava saber se ele morrera em decorrência da própria velhice ou de alguma doença, ou se tivera a morte facilitada por Fatima. Para uma mulher sagaz como ela e que, ainda por cima, havia conseguido se casar com o barão, não seria difícil induzir a morte dele, por meio da administração de remédios adequados para esse fim, ainda mais considerando-se o precário estado de saúde do barão e a confiança que, certamente, ele depositava em Fatima.

Araci percebeu que estava perdendo tempo ali. Aquela profusão de velas acesas a incomodava, quase lhe revirando o estômago, e ela precisava sair da *villa* antes que sua fuga fosse descoberta. Ela lançou um último olhar desolado para a tumba do barão, benzeu-se e subiu a escada. Com o coração aos pulos, ela rezava para não encontrar ninguém a postos lá em cima. Ao chegar ao topo da escada, Araci abriu lentamente a porta e observou por longos segundos a área em torno. Tudo vazio. O silêncio era absoluto. Rapidamente, ela fechou a porta e andou alguns metros, entrando logo numa passagem comprida forrada de quadros e obras de arte e que terminava exatamente na sala de refeições, onde tivera, ontem, aquela longa conversa com Fatima. Pensou que, na maioria das residências, a cozinha localizava-se próxima à sala de jantar; logo, estava na direção certa, na direção da cozinha e, consequentemente, do local de trabalho dos empregados.

A porta da sala de refeições achava-se entreaberta. Araci empurrou-a devagar e espiou o interior. Vazia. Graças a Deus, vazia. Sobre a grande mesa oval, as velas incrustadas nos castiçais estavam apagadas e o quadro de Lourenço permanecia incólume na mesma parede.

Seu coração parecia que ia explodir de nervosismo. Ela foi andando lentamente. Não se ouvia um único ruído. No outro lado da sala, havia uma porta alta, de madeira escura marchetada, que ela não reparara na noite de ontem. Araci orientou-se rapidamente e calculou que estava voltada para a ala anterior da casa.

Sem pensar duas vezes, ela atravessou a sala. Abriu a porta devagar e encontrou uma segunda escada, reta, toda de madeira dos degraus ao teto, que apontava para baixo. Araci desceu-a com o passo acelerado. A escada terminava num recinto consideravelmente mais simples do que o restante da casa, com paredes pintadas de bege e lambris de marmorite acinzentado. Dali ouvia-se o som de vozes femininas e o barulho distante de pratos e talheres sendo manuseados. Provavelmente, a louça do almoço havia sido lavada e, agora, estava sendo guardada. Araci animou-se ao perceber que estava mesmo no rumo certo.

Com as pernas bambas pela proximidade da liberdade, ela

andou até alcançar um segundo recinto, maior, com quatro janelas alinhadas horizontalmente, que davam para um terraço de mármore ligado ao jardim por uma larga escadaria cimentada. Pelo vidro, enxergou, por trás do verdor do jardim, a margem do lago. Tentou abrir as portas e entrou em pânico ao constatar que estavam trancadas.

Ela ainda insistiu, mas não houve jeito. Olhou para fora e não avistou ninguém, o que lhe trouxe a angustiante sensação de desperdício de tempo e oportunidade. Precisava sair antes que todos aqueles soldados e veículos aparecessem. Ela forçou mais uma vez as portas sem sucesso e decidiu abrir uma das janelas para tomar ar fresco. Foi então que sentiu que tinha companhia. Alguém se aproximava.

Os passos eram suaves, porém firmes. Seria Fatima? Seria algum soldado que captara seus movimentos e agora vinha deter sua fuga? Araci sentiu os ruídos cada vez mais sonoros e isso não lhe dava tempo para pensar. Ela abriu as duas folhas da janela, atirou a trouxa sobre o terraço e, num esforço inacreditável, sobretudo para quem tinha o pé machucado e a capacidade de ação comprometida pela ansiedade, trepou no alto parapeito e espatifou-se do lado de fora, ralando a pele de ambos os joelhos e da mão direita. Quase soltou um grito, mas ele saiu apenas como um gemido abafado pelos arquejos provocados pelo cansaço.

Araci não perdeu tempo. Levantou-se imediatamente e, esquecendo-se de fechar a janela por fora, agarrou a trouxa e desceu a escada com calma até pisar a relva verde. E foi a partir daí que começou a ter problemas.

Ela avançava por um vasto campo gramado na direção do jardim. Havia passado pelos primeiros plátanos, pinheiros e cerejeiras, quando avistou dois jipes dobrando a extremidade oeste da casa e seguindo devagar pelo local onde se encontrava há menos de um minuto. Araci percebeu que estava no campo de visão deles e que podia, perfeitamente, ter sido vista por ao menos um dos soldados. Apavorada, ela escondeu-se atrás do primeiro arbusto e procurou manter-se sob controle. Afinal, estava vestida com roupas de criada da casa e era impossível que os soldados conhecessem um a um todos os empregados, pois eles — soldados e criadagem —, separados cada qual em seu campo de trabalho, pareciam não manter muito contato entre si. Por uma fresta entre as folhas, Araci esperou que os jipes virassem à direita na ala leste para voltar a andar, mas, em vez disso, eles pararam defronte à escadaria pela qual havia passado e saltaram todos de uma só vez.

Araci submergiu em profunda agonia. Seu ventre pulsava enquanto ela observava os soldados galgando os degraus e examinando as portas e janelas com minúcia. Eles não eram tolos. Sabiam que as janelas permaneciam fechadas e o fato de uma delas estar aberta era um indicativo altamente comprometedor. Araci não esperou que eles se espalhassem pelo jardim à sua procura. Ainda agachada, ela pôs-se novamente em marcha, sem olhar para trás. Depois, erguendo-se aos poucos, foi descendo em meio à sombra das árvores sentindo a relva estalando suave sob seus pés. Sorriu quando, finalmente, chegou à marina à beira das plácidas e cristalinas águas azuis do lago Léman. Havia duas lanchas atracadas, mas Araci não perdeu tempo, parando para apreciá-las.

Estavam em seu encalço e isso a fez correr ao longo da margem do lago para oeste. Àquela altura era mais do que evidente que haviam descoberto sua fuga. Araci tropeçou sucessivas vezes, chegando, em uma delas, a tombar de joelhos. Refeita, tentando abstrair a dor intensa no pé direito, ela prosseguiu sua corrida, enxergando ao longe o sol fosco e distante encaminhando-se com vagar para o tardio poente do verão. Os troncos das árvores e as várias maçãs espalhadas pela grama pareciam obstáculos conspirando por seu retorno ao cativeiro, e Araci dirigiu-lhes uma raiva irracional, logo apaziguada pela convicção de que os troncos, igualmente, davam-lhe retaguarda, bloqueando a visão daquela parte do jardim e, assim, acobertando-lhe os passos aflitos e desabalados.

Foi então que, ofegante, ela alcançou o que parecia ser a extremidade oeste da Villa Saint-Benoît. Araci olhou desolada para a imensa muralha, cujo topo se perdia entre as generosas folhagens de chorões e macieiras. Não havia como escalá-la, pois, além de muito alta, ela tinha a superfície lisa, sem saliências ou cavidades que lhe servissem de apoio aos pés e às mãos. Por outro lado, margeá-la na esperança de encontrar uma brecha pelo caminho era algo totalmente fora de questão. Não restava, pois, a Araci outra opção: o lago.

Nadaria alguns metros até alcançar o terreno vizinho. Caso alguém a abordasse, explicaria a situação e pediria para telefonar para um serviço de táxi, a fim de voltar a Genebra. Forçava-se a crer que, ao pisar novamente no hotel, encontraria o marido à sua espera. Fatima talvez estivesse blefando quando disse, na noite passada, que Bartô havia sido sequestrado. Pode ter sido, somente, uma tentativa de confundi-la e amedrontá-la e, assim, torná-la indefesa. Araci não pensava em outra coisa senão em chegar ao seu quarto no hotel e abraçar o marido. Por alguma razão que não conseguia explicar, sentia que ele estava bem e em segurança. Mas, talvez, essa não fosse a opção mais segura. Com sua fuga descoberta, o primeiro lugar para onde Fatima mandaria seus capangas, provavelmente, seria o hotel. Aquele era, portanto, o último lugar para onde Araci poderia ir agora. Tinha de pensar numa alternativa.

Sentiu um calafrio antecipado ao imaginar-se mergulhada nas águas frias do lago, que recebia o degelo da neve dos Alpes. Ela amarrou a trouxa no pescoço e jogou-a sobre as costas. Depois, descalçou os pés e meteu-os, relutante, na água que parecia gelo em estado líquido. Eles doeram. Seus dedos ficaram rijos. Ela arfou em agonia; não conseguiria ir adiante. Mas não podia recuar. Não agora. Logo os soldados estariam ali. Restava-lhe pouquíssimo tempo.

Quando Araci, enfim, atirou-se bruscamente na água, coisas estranhas começaram a acontecer. O ruído de um motor crescendo em meio ao silêncio da região aliado ao súbito surgimento de marolas na superfície do lago indicavam que uma embarcação se aproximava. Ela nadou alguns metros, mas suas pernas, enrijecidas pelo intenso frio da água, foram perdendo mobilidade. Sentindo-se congelar, Araci bateu com nervosismo os braços, tentando avançar sem sucesso. Uma intensa cãibra apoderou-se de seus ossos e músculos, e ela entrou em desespero. Iria afundar. Estava imobilizada, sua cabeça formigava, seu nariz ardia terrivelmente, a visão começava a girar. Ela simplesmente não conseguia mais reagir, enquanto seu corpo, numa mescla de pálido e roxo, era engolido por aquela água gélida. Não tinha mais saída. Se os homens de Fatima não a capturassem, ela morreria em segundos.

Uma onda precipitou-se sobre sua cabeça dormente, cujos olhos já quase não capturavam a realidade, e sim os devaneios produzidos pelo choque térmico que lhe congelou, até mesmo, o pavor. Um barco havia se acercado dela. Dois homens mergulharam e resgataram-na, deitando-a sobre um piso de madeira e cobrindo-a com uma manta de lã. Araci tremia descontroladamente. Não era capaz de reconhecê-los, mas sabia que logo estaria de volta à *villa*.

Com efeito, a embarcação ficou pouco tempo estacionada. Quando foi dada a partida, Araci sentiu um calafrio insuportável e desmaiou.

Despertou alguns instantes depois, sob a intensa luminosidade do sol. Ela suava de calor sob o grosso cobertor. Uma ambulância estava estacionada no Quai du Mont-Blanc, em frente ao monumento a Brunswick. Araci contemplou, embevecida, o letreiro sobre o Hotel de la Paix e ouviu, com alegria, o barulho dos carros seguindo pelas ruas. Não havia retornado à *villa*. Estava de volta à Genebra.

Descobriu, então, que havia sido socorrida por um barco

que fazia excursões turísticas pelo lago Léman. Durante dez minutos esteve sob os cuidados de um dos passageiros da embarcação, um médico italiano em férias em Genebra, que, entre outras coisas, reativou seu fluxo circulatório, dissipando sua lividez cadavérica. Foi a ele que Araci recorreu depois de dizer que já estava se sentindo melhor e que não era preciso ir a um hospital.

— Por favor, dispense a ambulância — pediu, falando-lhe em inglês. — Tudo o que preciso é de um táxi para sair logo daqui. Por favor, consiga um táxi para mim. Rápido!

* * *

Naquele momento, os primeiros agentes espalhados pela cidade começavam a ser advertidos, a partir da Villa Saint-Benoît, sobre a ocorrência da fuga de Araci Quintanilha. O primeiro telefone que tocou foi na Galerie Le Varlet. Ulrich Wachtel observou de uma das janelas do primeiro andar o intenso movimento de pessoas na Place de la Fusterie, o bonde deslizando suavemente pela Rue du Marché e declarou peremptório:

— Juro que não a vi, sra. Fatima. Araci Quintanilha não esteve na galeria. Claro que falo a verdade. Posso saber por que a senhora está tão interessada nela?

— Cumpro ordens, meu caro sr. Wachtel. Tudo o que posso lhe dizer é que o barão Von Kessel ficará muito, mas muito desapontado, caso Araci Quintanilha deixe a cidade sem se despedir dele. Ele disse que confia em sua habilidade para encontrá-la e trazê-la até a *villa*. Imagino que o senhor não tenha a intenção de desapontar o barão. Seria uma situação péssima, não acha?

Ulrich pigarreou, constrangido.

— Bem, se o barão faz tanta questão, eu próprio irei imediatamente ao hotel onde ela e o marido hospedaram-se e farei o que me pede. Não creio que seja difícil encontrar Araci. Prometo conversar com ela e ver o que posso fazer.

— Assim que localizá-la, telefone para a linha privativa aqui da *villa* e me avise.

— Por que tamanha urgência?

Fatima soltou um suspiro impaciente e respondeu com a voz controlada, forçosamente cordial:

— Para tranquilizar o barão. Que outra razão haveria?

Ulrich deu de ombros, despediu-se e desligou o telefone. Em seguida, abriu a porta, que dava para a sacada da galeria. O vento estava forte e agitava com vigor as bandeiras estendidas abaixo do balcão de ferro. Ele observou as duas extremidades da praça e não deu maior atenção a um grupo insuspeito de homens que, juntos, acabavam de dobrar a esquina da Rue du Rhône e, uma vez na praça, dispersaram-se rapidamente.

Uma ação rápida. Os homens de Fatima já estavam em alerta. Ulrich soltou um resmungo contrafeito por ter de ir até o Hotel Des Bergues naquele horário em que preferia ficar trancado no imaculado silêncio da galeria e tornou a fechar a porta da sacada, descendo, em seguida, ao térreo.

- 17 -

Depois de tomar um demorado banho, Bartô Saraiva vestiu um robe de seda sobre um pijama comprido de flanela, providenciados por Laís, e sentou-se com ela e Aníbal para um lanche de fim de tarde, na pequena sala de jantar do apartamento. Foi somente aí, depois de se levantar da cama e circular pelos cômodos, que Bartô pôde se dar conta de como o imóvel era acolhedor, embora não fosse propriamente grande. Tinha três quartos espaçosos, um banheiro que havia sido meticulosamente transformado em dois menores e uma sala em dois ambientes que permitia uma boa disposição de móveis e a colocação de uma mesa de refeições de seis lugares. Pela localização, em plena Avenue Foch, na esquina com a Rue de la Pompe, numa das áreas mais nobres e elegantes de Paris, devia valer uma pequena fortuna, que Bartô não se arriscou a calcular.

Quando terminaram de comer, Aníbal e Bartô foram para a sala de estar. Manejando a cadeira de rodas com invejável desenvoltura, Laís trouxe, pousada no colo, uma bandeja com uma garrafa de vinho do Porto, dois pequenos cálices e um pratinho com *petit-fours* e retirou-se, em seguida, deixando-os conversando a sós. Aníbal serviu a bebida e, depois de tomar o primeiro gole, perguntou a Bartô, casualmente:

— Como está se sentindo?

— Fisicamente, está tudo bem — Bartô bebeu um gole do vinho e mordiscou um *petit-four.* — Intimamente, porém, estou muito confuso. Você não me explicou ainda que plano diabólico foi esse que você descobriu.

Aníbal mordeu o lábio inferior.

— Vou logo avisando que a história é comprida.

— Tem alguma coisa a ver conosco e com tudo isso que está acontecendo?

— De certa forma, sim. Digamos que o que está acontecendo a vocês seja, em parte, uma consequência dessa descoberta. Se eu não tivesse me metido na história, talvez nada disso estivesse acontecendo.

— Que história? Você disse que sofreu ameaças de morte...

— É verdade.

— Por quê?

— Por causa do quadro.

Bartô quase engasgou com o vinho do Porto.

— Que quadro? Refere-se a *O Véu*?

Aníbal fez que sim com a cabeça.

— Você está me dizendo que foi ameaçado de morte por causa de *O Véu*?

— Não entendo seu espanto. Tantas pessoas, supostamente, perderam a vida por causa desse quadro, não foi? Meu filho Lourenço, minha mulher Isadora, o marido de Laís, Ruben Avedikian...

— E você pensou que poderia ser o próximo? Tudo por causa da tal organização terrorista que estaria por trás dos crimes, a Azadi?

— A Azadi nada teve a ver com essas mortes. Eu nem sei como esse boato ridículo surgiu. Todos os crimes relacionados ao quadro — o incêndio no ateliê de Lourenço, o assassinato de minha mulher, o atentado à galeria Avedikian — tiveram uma razão forte. Não foram vinganças de fanáticos insultados pelo quadro. Foi uma das coisas que descobri com essa investigação.

— Por que você resolveu investigar? — Bartô arqueou uma sobrancelha.

— Eu precisava ter em mãos informações que me garantissem a vida. Informações que eu pudesse colocar num dossiê e guardar para serem reveladas caso me acontecesse alguma coisa. Foram elas que me mantiveram em segurança por um tempo.

— Tão em segurança que você teve de se esconder aqui... — arrematou Bartô, com sarcasmo.

— Essa é outra história, que eu não pude prever a princípio. Eu não imaginava que, a partir de um dado momento, minhas informações passariam a objeto de desejo. E que a pessoa interessada nelas seria capaz de qualquer coisa para consegui-las.

Bartô semicerrou os olhos, atento.

— Quem é essa pessoa?

Aníbal tomou o restante de vinho do Porto e disse:

— Uma mulher chamada Fatima Hajiran. Uma iraniana. Ela é viúva do barão Von Kessel.

Bartô não escondeu seu espanto.

— Viúva? Quer dizer que o barão Von Kessel está morto?

— Há quase um ano — Aníbal recostou-se, cruzando as pernas. — Inventaram uma doença. Espalharam pela imprensa que o velho estava seriamente debilitado, revezando-se entre uma cama com colchão d'água rodeada de aparelhos e enfermeiros e uma cadeira de rodas para alguns raros deslocamentos pela casa. O barão Von Kessel esteve, de fato, doente, só que por poucos meses. Ele logo morreu e eles o sepultaram em sigilo lá mesmo na *villa*. Apenas a viúva e umas duas ou três criadas de confiança têm acesso à ala residencial da casa, onde ficam os antigos aposentos dele. A maioria dos empregados ainda deve acreditar que ele continua vivo.

— Mas se o barão morreu... Quem, então, convidou a mim

e a Araci para viajar a Genebra? O jantar de ontem na Villa Saint-Benoît... Se o barão está morto, quem nos chamou para jantar lá?

— Ela. A viúva. Na verdade, tudo fazia parte de um plano. E o maior objetivo era me pressionar para obter o dossiê.

Bartô estava arrepiado. Começava a sentir medo.

— Você acredita mesmo nisso? — ele indagou, com hesitação.

Aníbal pôs-se imediatamente de pé.

— Quer ver uma coisa? Acompanhe-me.

Bartô levantou-se e eles foram até um dos quartos. Era ali que Aníbal estava alojado desde que chegara a Paris. Sobre uma escrivaninha encostada na parede repousava um notebook. Aníbal ligou o aparelho, sentou-se na cadeira, abriu sua caixa postal de e-mails e levantou-se, em seguida, fazendo um sinal para Bartô sentar-se em seu lugar.

— Esta mensagem chegou ontem à noite — disse Aníbal. — Não foi a primeira enviada por ela, pela viúva. Antes, houve outras no mesmo tom. Não tenho nenhuma dúvida de que é autêntica.

De: LeVoile@unionbancairegenevoise.ch <LeVoile@unionbancairegenevoise.ch>

Para: Aníbal Monte Mor <montemor@pinacotecafluminense.com.br>

Data: Quarta-feira, 24 de junho de 2009, 22:56

Assunto: ULTIMATO

Prezado sr. Aníbal Monte Mor,

Solicito com urgência sua presença em minha casa para um almoço cordial. Nossa ilustre hóspede, sra. Araci Quintanilha Saraiva, nos brindará com sua presença à mesa, onde procuraremos, finalmente, esclarecer alguns fatos misteriosos e perturbadores que vêm acontecendo no decorrer das últimas semanas. Não é necessário entrar em detalhes aqui, afinal, o senhor sabe a que me refiro. Tenho comigo a sra. Quintanilha, e ela será minha garantia de que o senhor não faltará com seu dever de revelar tudo o que sabe. Venha logo. O tempo voa.

Tudo o que pretendo é um acordo. O senhor entrega os relatórios e nos garante o silêncio sobre o que sabe a nosso respeito. Em contrapartida, nós lhe asseguramos uma generosa soma em dinheiro em uma conta secreta no país de sua escolha e lhe damos nossa palavra de que nenhuma gota do sangue da sra. Araci Quintanilha será derramada por nossas mãos.

Peço-lhe que responda a esta mensagem o mais rápido possível. Entenderemos seu silêncio como uma imperdoável desfeita. E, a menos que o senhor se tranque eternamente numa gaiola inexpugnável de aço, mais dia, menos dia, meus homens o encontrarão. E nossas contas serão acertadas, só que de um modo menos delicado.

Receba minhas mais afetuosas saudações,

Le Voile

Bartô permaneceu imóvel, olhando abismado para a tela por longos instantes. Aníbal com o olhar aturdido.

— *Le Voile*? Por que *Le Voile*?

— *Le Voile* é *O Véu*, em francês.

Bartô virou-se para Aníbal.

— Eu sei disso. Mas por que ela assina assim?

— Porque foi ela quem inspirou Lourenço a pintar *O Véu* e não minha mulher. Eles foram amantes. Ela é iraniana e isso explica a mulher do quadro, em trajes islâmicos.

Bartô estava verdadeiramente impressionado.

— Ela afirma que Araci é sua hóspede — ele disse. — Isso é um eufemismo acintoso. Araci está sendo, isso, sim, mantida prisioneira na Villa Saint-Benoît.

— Agora você acredita em mim.

Bartô entrou em desespero:

— Meu Deus... Ela está em perigo e nós aqui sem fazer nada...

— Procure se acalmar, Bartô. Garanto que Araci não está sendo maltratada. Fatima não lucraria nada com isso. O que ela quer são os relatórios. Tudo não passou de uma jogada muito bem feita. Fatima atraiu vocês dois para Genebra, usando o nome do barão Von Kessel. O plano de encarcerá-la na *villa* foi forjado deliberadamente para me pressionar. Fatima sabe de minha enorme amizade por Araci e, espertamente, concluiu que, se a tivesse em seu poder, eu acabaria cedendo às suas exigências.

— Então, por que você não entrega logo os relatórios e acaba com essa agonia de uma vez por todas?

— Simplesmente porque eu não tenho mais os relatórios.

Bartô fitou-o com perplexidade.

— Como não?

— Eles foram roubados na Pinacoteca Fluminense no fim de maio. Fui estúpido em guardá-los lá. Eu devia tê-los deixado num cofre de banco. Infelizmente não fiz nenhuma cópia, outro erro meu. Dois dias depois do roubo, tentaram me matar no meio da rua. Felizmente o atirador tinha péssima pontaria. Foi aí que eu decidi fugir.

Aníbal complementou:

— E mesmo que eu ainda estivesse de posse dos relatórios, não poderia me desfazer deles. Pelo menos, não agora. O cerco está se fechando. A queda de Fatima é iminente e acontecerá em poucos dias. Existe um plano contra ela. Ela sabe disso, mas não tem ideia de que plano seja esse e, principalmente, de quem está por trás dele. Por isso ela deseja tanto esses relatórios. Porque eles contêm todo o esquema detalhadamente. Por intermédio deles, ela descobriria quem está tentando tomar seu lugar e poderia desbaratar o plano antes que ele se consumasse. Eu já disse, mas ela não acreditou em mim. Além do mais, é perda de tempo insistir. Com ou sem relatórios, Fatima não tem saída. Ela está encurralada. Pense bem, Bartô: as informações que eu reuni detalham todo o complô que está sendo desfechado contra ela. Se eu entregasse os relatórios a Fatima, quando ela cair, o grupo que assumir o comando do império de Von Kessel se voltaria contra mim, pois é sobre eles que os relatórios falam. Eles saberiam que, ainda que indiretamente, eu me aliei a ela contra eles e vão acabar comigo. Eles, sim, são uma ameaça séria. Ela, não. Por isso, preciso ficar quieto. Eu sei que o fim dela está muito próximo. Se Fatima não abandonar a *villa* Saint-Benoît até, no máximo, o fim da semana que vem, correrá o sério risco de ser morta.

Bartô levantou-se e postou-se em frente a Aníbal.

— Complô?

Aníbal assentiu com a cabeça. Bartô olhou-o ressabiado.

— Explique essa história direito. Como é que você pode saber de um complô contra a viúva de Von Kessel? Outro dia você era não mais do que um pacato marchand trabalhando sossegado em sua galeria na avenida Atlântica. Que reviravolta foi essa em sua vida que o fez saber de detalhes de um complô e ter de fugir aqui para Paris?

— Você tem tempo e paciência para ouvir a história desde o começo?

— Se você não se alongar demais...

Aníbal sorriu e deu dois tapinhas nas costas de Bartô, encaminhando-se para a porta.

— Vamos voltar à sala. Eu lhe contarei tudo e você, então, entenderá muita coisa. Até mesmo que cada um dos crimes ligados a *O Véu* teve uma razão forte e que, de certo modo, estavam todos ligados, numa teia macabra de acontecimentos.

- 18 -

Não foi difícil para Araci conseguir um táxi. Auxiliada pelo médico, ela sentou-se devagar no banco traseiro e falou ao motorista, em francês:

— A pergunta que vou fazer pode lhe parecer estranha. Mas eu preciso encontrar um lugar para descansar alguns dias sem ser importunada. Um hotel discreto, que não fique no centro da cidade, seria o ideal. O senhor conhece algum?

— Um hotel discreto?

— Sim. De preferência em algum bairro na margem esquerda da cidade. Fora do centro.

O motorista pensou um pouco.

— Conheço um muito simpático, em Plainpalais. É um bairro residencial, bem sossegado. O hotel fica numa rua praticamente sem movimento. É acolhedor e não é caro.

Um hotel econômico era tudo o que Araci precisava naquele momento. Os agentes de Fatima jamais pensariam em procurá-la num lugar assim e manteriam guarda nas imediações do Des Bergues.

— Leve-me até lá, por favor — pediu Araci.

O motorista deu partida no carro, e Araci abriu sua bolsa. Sua carteira com dinheiro e cartões de crédito estava intacta assim como suas roupas. Suspirou de alívio. O táxi virou à esquerda e atravessou a ponte Du Mont-Blanc sobre o Ródano, alcançando imediatamente o outro lado da cidade. A todo instante, Araci olhava para trás e para os lados, apavorada ante a possibilidade de ter sido descoberta e estar, agora, sendo perseguida. O carro cruzou as ruas calmas e arborizadas de Plainpalais e dobrou na estreita e acolhedora Rue des Voisins, onde ficava o hotel. A fachada era simpática e extremamente discreta. Aquele era um lugar onde seria possível se esconder por muito tempo.

Ao pagar a corrida, ela deu mais cinco notas de vinte francos para o motorista e fez um pedido:

— Isso é por seu silêncio. Se alguém perguntar, você nunca me viu. De acordo?

O motorista assentiu:

— Tem minha palavra, senhora.

Araci entrou na pequena área da recepção, registrou-se, usando um nome francês, Jacqueline Bessière, e pagou duas diárias adiantadas. Depois tomou o elevador até o quarto andar. Ao se ver a sós na suíte, atirou-se na cama e ficou uma eternidade olhando o teto, pensando no que faria dali para frente. Teve vontade de chamar a polícia, mas desistiu na mesma hora. Fatima era poderosa e, na melhor das hipóteses, poderia rastrear a ligação e localizá-la antes da chegada de qualquer policial.

Teria algum tempo para pensar no que fazer. Pelo menos agora estava em segurança.

“Mas até quando?”

* * *

— Tudo começou há cerca de três meses — Aníbal limpou a garganta sonoramente, cruzando as pernas. — Foi no começo de abril. Um homem apareceu na Pinacoteca Fluminense à minha procura.

Bartô alteou uma sobrancelha:

— Um homem?

— Sim. Um estrangeiro. Disse que era um advogado espanhol e que morava em Genebra. E trazia uma oferta: trinta mil dólares por *O Véu*.

Bartô esbugalhou os olhos.

— E o que você respondeu?

— A princípio que o quadro tinha se perdido no incêndio que matou Lourenço, mas ele não acreditou. Disse que sabia que o quadro estava comigo. Ele parecia tão seguro ao afirmar aquilo que acabei não desmentindo e disse, então, que o quadro não estava à venda. O homem, então, elevou a oferta para cinquenta mil. Continuei irredutível, mas ele não se deu por vencido. Falou que me daria alguns dias para pensar melhor na proposta e prometeu que me procuraria em uma semana.

— Como ele se chamava?

— Jordi Rosselló i Sàbat — respondeu Aníbal, de pronto.

Bartô lembrou-se imediatamente do que Araci contara na noite do leilão. Que um tal Jordi Rosselló i Sàbat a havia procurado há cerca de dois meses, com uma proposta de aquisição das obras de Lourenço Monte Mor para a Coleção Von Kessel. Foi naquela mesma noite, graças ao circuito interno de segurança do prédio do largo dos Leões, que eles descobriram que o tal Jordi era ninguém menos do que o famigerado Alejandro Aguirre, o homem misterioso que andou rondando a Casa Quintanilha na noite do atentado.

— Você chegou a comentar com Araci sobre essa visita?

— Acho que não. Por quê?

— Porque esse homem também esteve na Casa Quintanilha, uns dois meses antes do leilão, fazendo uma proposta parecida, só que de compra de toda a obra de Lourenço remanescente do incêndio. Araci me mostrou o cartão dele. É impossível se esquecer de um nome assim.

— Eu já sabia disso.

— Sabia?! — surpreendeu-se Bartô. — Como?

— Porque eu investiguei a vida dele. Descobri vários de seus passos.

— Mas isso foi antes de você fugir do Rio...

— Foi.

— Nesse caso, imagino que você não saiba que há suspeitas fortíssimas do envolvimento desse homem no atentado contra a Casa Quintanilha. A polícia investigou e descobriu que ele alugou um apartamento ali perto, no largo dos Leões sob o nome de Alejandro Aguirre.

Aníbal inclinou-se um pouco na direção de Bartô e apertou os olhos ao perguntar:

— Quer dizer, então, que a polícia do Rio está investigando o sujeito?

— Está. Mas sem nenhum sucesso. O homem desapareceu — Bartô pigarreou. — Mas vamos retomar de onde estávamos. O homem foi à sua galeria, fez uma proposta, você recusou e ele disse que voltaria em uma semana. Ele voltou?

— Voltou. Foi a partir daí que as coisas se complicaram. Ele não estava mais afável e cordial como antes e, a partir desse dia, começou a me ameaçar. Fiquei com muito medo e acabei cedendo. Mas disse a ele que cinquenta mil era muito pouco e que preferia levar o quadro a leilão. Ele, surpreendentemente, concordou. Eu não entendia direito o que ele pretendia. Daí, procurei Araci e pedi a ela que vendesse o quadro no próximo leilão da Casa Quintanilha.

— Foi esse homem que te ameaçou? Que roubou os relatórios da Pinacoteca Fluminense e, logo a seguir, tentou te matar?

— Exatamente — Aníbal levantou-se e, com as mãos para trás, foi até a janela, avistando os telhados cinzentos da Avenue Foch. — Mas eu continuava com medo de ser morto. Sentia que havia me envolvido demais no plano e precisava me defender. Por isso, resolvi agir imediatamente. Entrei em contato com um antigo amigo meu, um policial federal com vários contatos na Interpol, e pedi sua ajuda para fazer, em tempo recorde, um levantamento completo da vida desse Jordi. O que a polícia não conseguiu esclarecer até agora, esse policial trabalhando sozinho descobriu em cinco semanas. E me entregou na forma desses relatórios que Fatima Hajiran tanto deseja.

— E o que ele descobriu?

Aníbal puxou um bloquinho do bolso, com algumas anotações.

— Em primeiro lugar, que Jordi Rosselló i Sàbat, ou Alejandro Aguirre, é dono de várias outras identidades — ele conferiu os nomes no bloco. — Kyriakos Dimopoulos, Nicanor Tanasescu, Erdem Sagturk, Boris Prilukov e mais algumas, cada qual de um país diferente. Mas seu nome verdadeiro é Behdad Zakeri. É um iraniano.

Bartô não pôde esconder certa perplexidade.

— Seu amigo conseguiu descobrir isso tudo em seis semanas?

— Isso e muito mais.

— Posso saber de que maneira?

— Da maneira mais elementar possível. Behdad Zakeri é homem. Tem seu lado sensual. Desde que chegou ao Rio como Alejandro Aguirre, vivia isolado, aparentemente sem contato com mulheres. Concentrado totalmente em sua missão. A partir das imagens dele captadas pelas câmeras de vigilância em minha galeria, o pessoal da Interpol descobriu a identidade dele e alguns dos países em que viveu, incluindo a Suíça. Com base nisso, contratamos, por intermédio da Interpol, uma jovem e bela agente poliglota que foi ao Rio de Janeiro especialmente para seduzir Zakeri. Por dez dias ela o seguiu pelos lugares que ele costumava frequentar e começou a forjar encontros pretensamente casuais. Começou a puxar papo com ele e a se insinuar. O cara não resistiu. Uma noite ele a levou a seu apartamento, ela preparou um drinque e adicionou a ele uma dose elevada de escopolamina.

— Escopolamina?

— É um anticolinérgico poderoso que, se bem ministrado, induz a pessoa a um estado mental de absoluta indiferença em relação a tudo. Ela perde o autocontrole e a censura sobre as próprias palavras e acaba revelando a verdade sobre o que sabe. Funcionou muito bem naquela noite. Nossa agente deixou um pequeno gravador ligado e registrou tudo o que Zakeri falou. E ele falou muito. Disse quem era, contou sobre seu passado, suas ligações com Fatima Hajiran e, principalmente, sua principal missão no Rio: assassinar o professor Mohsen Khajepour, que chegaria à cidade no dia 9 de junho para lançar um livro. Depois, ela o dopou com um sonífero e passou a madrugada e a manhã seguinte copiando todos os arquivos guardados no computador dele.

— Quer dizer, então, que você sabia do plano para matar Khajepour e, mesmo assim, não fez nada para impedir?

— E o que eu poderia fazer? Depois que Zakeri invadiu a Pinacoteca Fluminense e levou os relatórios, eu próprio quase fui assassinado. Se eu resolvesse fazer alguma denúncia, provavelmente seria eliminado antes mesmo de Khajepour. Não se esqueça de que eu estava na mira de Zakeri e que, se não tivesse fugido do Rio, fatalmente estaria morto agora.

Bartô franziu o cenho, pensativo.

— É... Você agiu certo. Em seu lugar, acho que teria feito a mesma coisa.

Fez uma pausa, acariciou o queixo e disse, impressionado:

— Que plano mais mirabolante. A compra de *O Véu* tinha de coincidir com o assassinato de Khajepour?

— Tinha. Você deve se lembrar que o leilão do quadro foi decidido muito em cima da hora. Em abril eu nem pensava em me desfazer dele. Ao que parece, a morte de Khajepour no Brasil precisava de um motivo forte, que justificasse, aos olhos da opinião pública, o envolvimento de fanáticos extremistas. Nada melhor do que uma pintura considerada ofensiva contra o Islã e condenada publicamente por vários setores da sociedade muçulmana para desempenhar esse papel, não é mesmo? Daí deve ter surgido a ideia: Behdad Zakeri compraria o quadro em nome de Khajepour e ele, ao chegar ao Brasil, seria assassinado, como uma vingança por ter se apoderado de uma obra blasfema. Isso engrossaria a relação das pessoas que morreram por causa do quadro, a começar por Lourenço, e daria um caráter, digamos, mais ideológico ao crime. Afinal, diversos intelectuais iranianos e árabes foram assassinados nos últimos anos. O que eu não sei era se Zakeri estava agindo sozinho ou se havia alguém por trás dele.

— Talvez essa Fatima Hajiran...

— Fatima? Não acredito. Se ela tivesse ordenado a morte de Khajepour, por que estaria tão aflita atrás de meus relatórios? E, além do mais, por tudo o que sei, ela não tinha razão alguma para matar Khajepour. Todos os esforços dela nos últimos meses têm se concentrado em destruir uma única pessoa. Um homem com quem ela teve sérias desavenças no passado e que, anos depois, voltou para atormentá-la. O nome dele é Jaffar Jalaipour. Neste momento, Jalaipour está preso no Irã, acusado de corrupção. Provavelmente, foi tudo armado por Fatima. Eu desconheço os detalhes. Tudo o que sei é que ela há algum tempo vem preparando uma vingança contra ele.

— O que esse Jaffar Jalaipour fez de tão grave para merecer esse castigo?

— Num passado mais distante, parece que eles ficaram noivos. Mas ela não queria o casamento e ele a violentou. Ela, então, fugiu para a Armênia e, em seguida, para Paris, onde conseguiu emprego na galeria de Ruben Avedikian.

— E num passado mais recente?

Aníbal suspirou fundo, antes de responder com o olhar pesado:

— Num passado recente, parece que Jalaipour localizou Fatima aqui em Paris e veio atrás dela. Foi Fatima quem inspirou

Lourenço a pintar *O Véu*. Eles viveram uma intensa paixão até o dia em que Jalaipour descobriu e, cego pelo ciúme e pela ira, decidiu acabar com tudo.

— Não me diga que...

— É exatamente o que você está pensando — interrompeu Aníbal, com os olhos cheios d'água. — Foi Jalaipour quem incendiou o ateliê de Lourenço e o matou. E foi ele também que tentou acabar com Fatima, mandando pelos ares a galeria de Avedikian, onde ela trabalhava como gerente. Desde essa época, Fatima só pensa em vingança. E, a julgar pelo que está acontecendo a Jalaipour no Irã, ela vai conseguir.

* * *

BARTÔ PELA primeira vez assustou-se com o que poderia advir de toda aquela enxurrada de revelações. Naquele momento, Laís, que parecia ter ouvido toda a conversa, surgiu no recinto empurrando sua cadeira de rodas, com um pequeno álbum de fotografias no colo. Aproximou-se de Bartô e abriu o álbum diante dele:

— Essas fotos foram tiradas na galeria de meu marido aqui em Paris, cerca de um ano e meio antes do atentado, durante a inauguração de uma mostra de três artistas que estreavam na galeria — Laís apontou com o indicador para a foto maior, no centro da página: — Aqui estão, da esquerda para a direita: Ruben, meu marido; Lourenço Monte Mor, que era um dos artistas da mostra; eu, quando ainda tinha o privilégio de poder andar e, mais à direita, a então gerente da galeria, Fatima Hajiran. Segundo Ruben me contou na época, essa moça fugiu do Irã e foi acolhida na casa de meus sogros na Armênia. Atendendo a um pedido do pai, Ruben concordou em dar uma chance a ela e a contratou para trabalhar na galeria como recepcionista. Ela, contudo, tinha enorme talento e cultura, falava várias línguas e logo chegou a gerente.

Bartô ouvia, compenetrado, a explanação. Aníbal limitava-se a emitir murmúrios, sinalizando que estava prestando atenção. Laís bateu com o indicador três vezes na fotografia e completou:

— Nessa noite, Lourenço e Fatima se viram pela primeira vez e se apaixonaram. Eu e Ruben percebemos na hora. Um dia Fatima disse que precisava se ausentar por alguns dias. Foi uma atitude repentina, e Ruben ficou ressabiado. Não foi difícil descobrir o motivo. Uma viagem ao Rio para se encontrar com Lourenço. Dessa viagem resultou a famosa tela a óleo que sua mulher levou a leilão: *O Véu*.

Laís fechou o álbum e o colocou sobre a mesa de centro, antes de continuar:

— No início, Fatima nos pareceu uma moça tímida de temperamento, porém muito à vontade em suas novas funções. Falava francês, inglês, alemão e espanhol com fluência, tinha um razoável conhecimento de história da arte, da obra dos grandes mestres, era capaz de manter uma conversa competente sobre a evolução dos estilos, de fazer o julgamento técnico de uma pintura sem se preocupar com o que os outros achariam... Ela possuía opiniões próprias sobre muita coisa. Era uma pessoa muito evoluída, e isso era ótimo para a galeria.

— E, além de tudo, era bonita — complementou Aníbal, olhando para Bartô. — Tinha olhos lindos, sedutores. Ela unia beleza, charme, cultura e autoconfiança. Era, portanto, perfeita para o posto.

— Tudo correu muito bem durante um tempo — disse Laís. — Até que começamos a ter problemas. Passamos a receber umas ligações estranhas. O telefone da galeria tocava, algum de nós atendia, uma voz suspirava do outro lado e em seguida desligava. Foi assim durante algumas semanas, até que a mesma coisa começou a acontecer com o telefone aqui de casa. Um dia Fatima chegou à galeria afirmando que isso também tinha acontecido na casa dela. Nessa época, ela já havia sido promovida a gerente, mas continuava morando num pequeno apartamento numa ruela vizinha à Rue de Ménilmontant. Naquela mesma noite, Ruben havia programado uma coletiva de artistas do catálogo e enviado convites para colecionadores em várias cidades. Alguns deles foram nos prestigiar, dentre os quais estava o barão Von Kessel.

— Não é difícil deduzir o que aconteceu naquela noite — arriscou Bartô. — O barão, que era viúvo, interessou-se por Fatima...

— Exatamente. Mas não foi apenas a visita dele que nós recebemos. O tal Jaffar Jalaipour também apareceu, mesmo sem convite. Assim que o viu, Fatima escondeu-se no escritório de Ruben e de lá não saiu mais, causando um grande desconforto no barão. Não sabíamos que aquele homem era Jalaipour. Ele identificou-se, apenas, como um colecionador iraniano de arte contemporânea e adquiriu trabalhos de cinco artistas nossos: quatro iranianos e um armênio. Fatima não era tonta e sabia que Jalaipour não tinha ido à galeria para comprar quadros. E ficou apavorada ao se dar conta de que seu esconderijo fora descoberto e que ela já não mais estava segura trabalhando conosco. Ela só pensava em sumir da cidade por um tempo. E sumiu.

— Nessa época ela e Lourenço já haviam se conhecido?

— Já — respondeu Aníbal. — Na verdade essa coletiva aconteceu poucos meses antes da exposição na qual se exibiu *O Véu* pela primeira vez em público.

— Fatima passou dois meses no Rio sem se comunicar conosco — disse Laís. — Quando ela voltou, Ruben e eu não lhe fizemos perguntas. Uns dois meses depois, eu passei uns dez dias no Rio para cuidar de assuntos da filial da galeria no Cassino Atlântico. Aproveitei para fazer contato com alguns artistas nossos, inclusive Lourenço. Ele, então, me convidou para visitá-lo na casa de praia onde estava vivendo, perto do Rio. Lembro-me tão bem... Era uma manhã linda, o sol era suave, uma brisa fresca soprava. Ele queria me apresentar seus novos trabalhos e saber quais a galeria gostaria que fossem mandados para Paris. As telas, sem moldura, estavam num quarto no segundo andar da casa, enfileiradas no chão, ao longo de toda uma parede. *O Véu* sobressaía entre todas as demais. Era uma tela magnética. Fiquei absolutamente fascinada, quase assustada. Eu sabia que ela era o produto dos dias que Fatima passara com Lourenço. Decidi que todas as telas iriam para Paris e propus a Ruben agendar uma exposição individual de Lourenço para dali a poucos meses. Isso foi feito. Consultamos Lourenço e colocamos *O Véu* num lugar de destaque na galeria, embora a tela já se destacasse naturalmente. Não podíamos prever que ela acabaria tornando-se o estopim de uma crise com os muçulmanos e, menos ainda, que desencadeasse uma série de crimes. Lourenço veio para Paris e o hospedamos num hotel próximo à Madeleine. Numa noite, alguns dias após a inauguração da exposição, uma coisa estranha aconteceu. O barão visitou a galeria. E Jaffar Jalaipour também. Por coincidência, no mesmo horário. Fatima escondeu-se mais uma vez e foi nessa noite que ela nos contou tudo sobre seu passado. Foi também nessa noite que o barão deixou claro seu interesse por ela. E que Jaffar Jalaipour, ao deparar com *O Véu*, constatou a quem o coração dela pertencia agora.

Aníbal acrescentou:

— Nessa época, Jalaipour já era um político poderoso no Irã e exercia alguma influência sobre os órgãos de imprensa. Tudo indica que foi ele quem semeou entre os jornalistas iranianos e árabes a animosidade contra o quadro, assumindo o papel de testemunha ocular do resultado final de um ato profano contra a religião muçulmana. Se ele não tivesse visitado a exposição, provavelmente não teria havido nenhum protesto da comunidade islâmica nem Lourenço teria sido acusado de vilipêndio.

Bartô estava tonto com toda aquela avalanche de informações, que esclareciam tantas dúvidas alimentadas por quase dois anos.

Ele tornou a abrir o álbum e concentrou-se numa fotografia de Fatima sorridente, enquanto Laís tomava a palavra:

— Seis meses após a abertura da mostra, Lourenço morreu no incêndio na casa da praia. Sete meses depois do incêndio, aconteceu o atentado que destruiu a galeria, matou meu marido e me condenou a esta cadeira de rodas. Antes mesmo do atentado, Fatima me alertou sobre nossa segurança. Ela estava inconsolável com a morte de Lourenço e temia que tivéssemos o mesmo destino. A imprensa especulava sobre as causas do incêndio, mas Fatima não tinha nenhuma dúvida de que só poderia haver um responsável: Jaffar Jalaipour.

— O temor dela se concretizou, então — disse Bartô, fechando novamente o álbum. — Afinal, Jalaipour acabou sendo o autor do atentado à galeria.

— Mas quando houve o atentado Fatima já tinha deixado Paris, embora Jalaipour não soubesse disso. Dois meses após a morte de Lourenço, o barão a procurou. Ele já estava a par de tudo, tinha uma rede de informantes muito bem distribuída ao redor do mundo. O barão aproveitou a oportunidade e a pediu em casamento. Um casamento de conveniência, a bem da verdade, e sem papéis assinados. Sem sexo, sem juras de amor. O barão era um homem viúvo e recluso. Sentia-se muito solitário e precisava dos cuidados de uma mulher de quem gostasse. Fatima precisava de amparo e de uma proteção quase paternal. Eles acabaram se entendendo. Naquele outono de 2007, Fatima mudou-se para a Villa Saint-Benoît. E, desde então, não mais a vi.

— Será que ela se casou com o barão só para assassiná-lo em seguida? — perguntou Bartô.

— Sinceramente, não sei — afirmou Aníbal que se levantou de sua poltrona e, com as mãos para trás, começou a andar lentamente em círculos pela sala. — Mas não era só proteção paternal que ela almejava quando concordou em se unir ao barão. Fatima jamais perdoou Jaffar Jalaipour pelo que ele fez. O barão tinha recursos muito mais do que suficientes para financiar uma represália à altura. E foi pensando nisso que ela se mudou para a Villa Saint-Benoît. Era uma ideia fixa: vingança. Vingança contra o homem que a violentou, a fez exilar-se de seu país à força, que a perseguiu, matou o homem por quem se apaixonara e destruiu o pequeno mundo que ela estava, com esforço, começando a construir no exílio. Esse ódio abundante tornou-se sua razão de vida.

* * *

LAÍS APANHOU o álbum de volta e pediu licença, conduzindo a cadeira de rodas em direção ao seu quarto. Bartô esperou-a sair da sala para perguntar a Aníbal:

— Então, todas essas coisas que aconteceram, tragédias, atentados, mortes, foram provocadas por um embate pessoal entre Fatima e Jalaipour?

— Isso mesmo — respondeu Aníbal, sentando-se. — E o embate, ao que tudo indica, aproxima-se do fim. Jalaipour está sendo formalmente acusado no Irã de ter desviado dinheiro do governo e parece que não escapará da condenação. Foi uma operação milimetricamente calculada e executada por Fatima. E tudo correu dentro do esperado até a semana do leilão da Casa Quintanilha. O atentado, as inscrições em persa na parede do casarão; a morte de Mohsen Khajepour... Nada disso estava nos planos de Fatima. E ela percebeu na hora que havia algo errado. Que alguma coisa estava saindo de seu controle.

— O que, por exemplo?

— Mohsen Khajepour era muito ligado à Fundação Von Kessel e muito querido pelo barão. Fatima sabia disso. Ela foi pega de surpresa naquela semana. Ao assumir a autoria do assassinato de Khajepour, a Azadi mandou um primeiro recado para Fatima: ela seria a próxima vítima. Junto às mãos decepadas de Khajepour encontradas no costão do Joá, estava o quadro de meu filho apunhalado por uma cimitarra, bem no meio do rosto da mulher com o véu. Lembra-se disso? Lembra-se do texto que foi encontrado junto?

Bartô fez que sim.

— Acho que sim — ele forçou a memória. — Ele dizia: "Você será a próxima"...

— "Você será a próxima. Seu fim se aproxima. Fuja enquanto há tempo. E busque sua salvação" — disse Aníbal.

— Araci ficou apavorada quando leu essa mensagem. Pensou que era uma ameaça contra ela.

— Mas era um recado para Fatima. É só observar o contexto em que ele foi encontrado. O rosto apunhalado no quadro... era o rosto de Fatima. E se a morte de Khajepour não estava nos planos dela, tudo aquilo servia como um aviso: vá embora, Fatima. Seu reinado na Villa Saint-Benoît está no fim. Nós agora temos o controle. Nós agora vamos comandar o império financeiro do falecido barão.

Bartô levantou-se e passou a mão pelo bigode.

— Você sabe quem pode estar por trás disso?

— Tenho algumas suspeitas.

— Dr. Gholam Mortezavi?

— Talvez. Aliado a Behdad Zakeri. Os dois desapareceram naquela mesma semana e não foram mais localizados. Mas não tenho certeza. É bem possível que haja alguém acima deles, dando as ordens.

— Como eles farão para tomar posse dos bens de Von Kessel? Se o barão não tinha filhos, Fatima deve ser a herdeira, por ser esposa.

— Não. O barão deixou todo seu patrimônio para a Fundação Von Kessel. Mas eu realmente não tenho a menor ideia de como os assassinos de Khajepour poderão se apoderar dele. Só sei que eles estão próximos disso. Muito próximos. Por isso Fatima está tão desesperada atrás de mim. Ela, de alguma maneira, descobriu que eu tenho informações preciosas e quer que eu as revele para ela poder desmascarar seus inimigos antes de eles agirem.

— Será que ela não tem informações suficientes para deduzir quem possa estar por trás de tudo?

— Na verdade, eu acredito que Fatima não tenha uma fração das informações que eu obtive. Ou talvez ela imagine que eu saiba de muito mais coisas. Por exemplo, o paradeiro exato de dr. Gholam Mortezavi. Mas eu não sei. Tudo o que aconteceu a partir do começo deste mês de junho não consta em meus relatórios, o que inclui o atentado à Casa Quintanilha e as circunstâncias da morte de Mohsen Khajepour. Ela já fez de tudo para me pressionar. Mandou invadir a Pinacoteca Fluminense e espancar o pobre do Glauco. Depois, foram atrás de Miguelanxo Forcadela, na Espanha, achando que eu pudesse estar lá, mas o coitado não sabe de nada. Agora sequestrou Araci e tentou fazer o mesmo com Glauco, mas eu o instruí, por e-mail, a fechar temporariamente a galeria e ir imediatamente para os Estados Unidos. Ele já chegou e está hospedado na casa de um amigo nosso, um grande colecionador de arte latino-americana, em Chappaqua, perto de Nova York.

Bartô mantinha a mão sobre o queixo, meditativo. Qualquer coisa do que Aníbal dissera parecia não fazer sentido.

— Você afirma que o objetivo final de todo esse plano diabólico é colocar as mãos na fortuna do barão, não é? — ele perguntou.

— Tudo indica que sim.

— Por que, então, precisaram matar Khajepour para conseguir isso?

Uma palidez marmórea apoderou-se do rosto de Aníbal.

— Você tem razão — ele balbuciou, após um silêncio prolongado.

Depois, com o rosto contraído, olhou alarmado para Bartô.

— Eu não havia ainda raciocinado por esse ângulo.

Realmente, se pensarmos bem, a morte do professor era desnecessária do ponto de vista do plano. Aliás, não só a morte dele, mas tudo o que aconteceu naquela semana. O atentado à Casa Quintanilha, as tais pichações em persa, o sumiço de *O Véu* na noite do leilão... Por que eles fizeram isso tudo? Para mostrar poder a Fatima?

— Essa pode ter sido uma das razões, mas, com certeza, não foi a única. Eles podiam ter tomado providências muito mais simples e menos arriscadas, que não envolvessem um planejamento tão complexo, para mandar o recado a Fatima com a mesma eficácia.

Aníbal pôs-se de pé e levou a mão no queixo, pensativo.

— A menos que haja outros elementos nesta trama. Elementos que nós desconhecemos. Sim, porque se Khajepour precisou ser morto, houve um motivo. Talvez ele soubesse de algum segredo — a voz de Aníbal assumiu um tom ainda mais sombrio. — Um segredo terrível, gravíssimo, que não pudesse, de forma alguma, ser revelado. Mas qual?

Bartô deu-se conta, então, de que estava muito mais aflito do que antes. Durante as últimas horas tentara manter o autocontrole, mas, com a chegada da noite, seus nervos pareceram entrar em ebulição e ele já não conseguia mais disfarçar sua inquietação, ainda mais depois de todas aquelas revelações.

— E Araci? — perguntou, bruscamente. — Enquanto nós conversamos aqui, ela continua na Villa Saint-Benoît. Precisamos arrumar um meio de tirá-la de lá.

— Não é fácil, Bartô. O lugar é uma fortaleza e não vai adiantar acionar a polícia. Que provas concretas nós temos para oferecer de que Araci está realmente em cativeiro e que não é apenas uma hóspede de Von Kessel?

— E o que faremos, então? Ficar aqui de braços cruzados? — o tom de voz de Bartô, agora, era acusador. — Não, Aníbal. Não posso deixar minha mulher lá, presa naquela casa por sua causa.

— Ficar nervoso agora não resolverá nada. É preciso manter a calma e aguardar.

— Aguardar? Você ficou louco? É minha mulher que está lá. Tenho de fazer alguma coisa. Acho que vou voltar esta noite para Genebra.

Aníbal ia responder, quando seu pequeno telefone celular tocou, dentro do bolso da calça. O barulho foi inesperado e Aníbal chegou a se assustar. Pouquíssimas pessoas tinham aquele número. Era uma linha da Espanha, que ele conseguira quando estivera rapidamente em Santiago de Compostela no início do mês e isso servia para despistar eventuais perseguidores. Se a ligação fosse rastreada, pensariam que ele ainda estava em Santiago, bem longe daquele insuspeito apartamento no décimo sexto distrito de Paris.

Ele atendeu em francês:

— *Allô? Oui, c'est moi.*

Alguém falou rapidamente do outro lado. Bartô observava a conversa com expectativa.

— Não me diga — exclamou Aníbal, continuando a falar em francês. — A que horas foi isso?

A pessoa do outro lado respondeu.

— Não havia ninguém com ele, então?

Mais uma resposta, desta vez breve.

— Você falou com o recepcionista? O que ele disse?

Enquanto o interlocutor falava, Aníbal entreabriu um leve sorriso e despediu-se logo:

— Mantenha-me informado. Obrigado. Tenha uma boa noite!

Ele desligou o celular e tornou a guardá-lo no bolso.

— O que aconteceu? — perguntou Bartô.

— Um informante nosso viu Ulrich Wachtel no fim da tarde no Hotel Des Bergues. Foi procurar por Araci, em nome do barão Von Kessel.

— Ele falou com Wachtel?

— Não. Mas, depois que Wachtel saiu, ele conversou com um dos recepcionistas, que lhe passou a informação.

Bartô franziu o cenho.

— Se Ulrich Wachtel foi pessoalmente ao hotel procurar Araci em nome do barão, isso significa...

— ... que Fatima o mandou lá. Só que ela não precisava fazer isso. Afinal, Araci está com ela na Villa Saint-Benoît.

— A menos que Araci não esteja mais lá — Bartô abriu um sorriso de entusiasmo. — A menos que ela tenha conseguido fugir da *villa* de alguma maneira.

— Se ela fez isso, foi uma façanha e tanto. Mas fugir para onde? Se Araci não foi para o hotel, para onde ela foi?

— O hotel é um lugar muito óbvio. Araci não seria tonta de se esconder justamente lá.

— Tem razão. Seja como for, ela precisa saber que você não foi sequestrado — Aníbal puxou novamente o celular do bolso e digitou uma sequência de números: — Araci vai querer saber de você e, na certa, entrará em contato com o hotel. Vou ligar agora mesmo a esse meu informante e pedir a ele para voltar lá e deixar na recepção um recado a ela em seu nome, dizendo que você está bem e em segurança e que é para ela não se preocupar.

- 19 -

Hamidreza Kadivar passou por momentos de expectativa no Park-Hotel Sonnenhof em Vaduz, a pequena e rica capital do Principado de Liechtenstein. Durante duas horas ele andou sem rumo pelo magnífico parque verde ao redor do hotel, do qual se avistava a cidade e o castelo medieval onde vivia a família real do país. Ele não via a hora de concluir aquela missão. Uma vez de posse de sua nova identidade e de uma gorda soma em dinheiro, poderia levar uma vida sossegada em algum lugar agradável longe do Irã e longe das intrigas em que se envolvera no último ano.

Ele deixou a recepção do hotel com quarenta minutos de antecedência e pediu ao motorista a serviço de Fatima, que o trouxera desde Genebra, para vagar lentamente pelas ruas da cidade a fim de gastar o tempo.

Vaduz era uma cidade pequena e sossegada, coração do principado que, embora fosse um dos menores países da Europa, era, paradoxalmente, um dos maiores captadores de dinheiro internacional em todo o mundo. Seus habitantes não chegavam a cem mil, mas, em contrapartida, seus ativos financeiros, administrados por pouco mais de uma dezena de bancos, eram da ordem de vários bilhões de dólares. Kadivar preferiu desviar o pensamento. Afastar da cabeça que entre os clientes preferenciais dos bancos estavam os grandes narcotraficantes internacionais, os poderosos chefes das máfias russa e italiana e diversos ditadores do Terceiro Mundo.

Kadivar queria esquecer que, também ele, fazia parte dessa ciranda corrupta e degradante. Preferia acreditar que ainda era um cidadão honesto e ético; se fizera o que fizera, fora por necessidade. Considerava a aliança com Fatima Hajiran como algo meramente circunstancial. Ele não era um gângster. Menos ainda um mafioso ou um tirano. Kadivar tinha esperanças de que o dinheiro que o aguardava viraria uma página sinistra em sua vida. Os pactos que fizera ficariam definitivamente sepultados no passado. Teria um novo nome e sua vida, dali em diante, seria limpa e correta. Esqueceria de uma vez por todas que um dia vivera em Teerã. Deixaria para trás todos os rostos que ocuparam e afligiram seus dias. Jaffar Jalaipour, Mitra Rahmani, Fatima Hajiran... Seu tormento aproximava-se do fim.

Faltavam dois minutos para as dezenove horas. O motorista conduziu o Saab pela Äulerstrasse e fez o retorno para entrar na Lettstrasse. Estacionou na esquina com a Marktgasse, diante da suntuosa portaria de um edifício envidraçado de quatro andares.

Kadivar conferiu no relógio de pulso. Dezenove horas em ponto. Günter já deveria ter chegado. Ele baixou o vidro elétrico da janela e somente aí deu-se conta de onde estava. No topo do portal principal do edifício vinha gravado em letras douradas o nome do único local onde não poderia estar:

LIECHTENSTEINISCHE KREDITANSTALT AG VADUZ

Mas era tarde.

Uma mão a poucos metros dali acionou o controle remoto e um estrondo aterrador fez o carro arder numa monstruosa bola de fogo. Uma espessa coluna de fumaça negra ergueu-se sombria por entre os prédios baixos de Vaduz, dominando a paisagem por inteiro. Os bombeiros chegaram em dois minutos e encontraram as sobras de dois corpos inteiramente carbonizados na carcaça de um automóvel de luxo, a essa altura, irreconhecível.

Uma hora mais tarde, em Teerã, a agência noticiosa iraniana IRNA recebeu um comunicado anônimo em inglês relatando os pormenores da morte trágica do braço direito de Jaffar Jalaipour, quando se preparava para retirar do banco em Liechtenstein o dinheiro que Jaffar desviara da Bonyad para os fundos da Azadi. Sua morte teria sido uma represália da organização extremista contra um traidor da causa. O julgamento de Jalaipour, acusado de ser um dos membros da cúpula da Azadi, abaixo apenas de Umm al-Hakika, se aproximava. Aquela notícia, uma vez veiculada, só faria aumentar a culpa de um homem já condenado por antecipação.

* * *

ARACI QUINTANILHA abriu os olhos devagar, sentindo um peso de chumbo nas pálpebras. Contemplou seu corpo estendido na cama e percebeu que, ao chegar ontem ao hotel, estava tão esgotada que nem pensara em tirar a roupa. Dormira vestida com o mesmo uniforme de criada que usara para fugir da Villa Saint-Benoît, ainda ligeiramente úmido por conta do mergulho no lago. O relógio marcava dez horas. Araci fez uma conta ligeira e assombrou-se ao concluir que dormira mais de quatorze horas seguidas. De fato, ela sentia-se incrivelmente bem disposta a despeito de tudo o que passara no dia anterior.

A dor no pé diminuíra sensivelmente e praticamente desaparecera. Era quase um milagre, ainda mais depois da fuga desesperada de ontem, quando ela o torcera sucessivas vezes, amplificando uma dor que já era insuportável. Aliviada e intrigada, Araci ficou pensando se a cura teria sido operada pela imersão nas águas geladas do lago ou se, durante a corrida pelos jardins da *villa*, um dos tropeções que dera provocara uma segunda ou uma terceira torção que se encarregara de consertar a primeira. Não importava. O fato era que ela já podia andar normalmente sem o auxílio de uma bengala e isso a deixou exultante.

Ela fez uma chamada para a recepção e perguntou se o hotel teria como lhe emprestar, por meia hora, um ferro de passar roupa. Uma camareira bateu à porta do quarto, em poucos minutos, trazendo o aparelho. Araci deu-lhe cinco francos de gorjeta e, depois, retirou o uniforme para tomar um banho demorado. Seu cabelo estava horrível. Opaco, quebradiço, maltratado... Ela secou-se e só então abriu a trouxa que guardava seu terninho, sua bolsa e a pashimina. A roupa estava úmida e Araci passou-a a ferro cuidadosamente sobre a cama. Depois vestiu-a, penteou o cabelo, apanhou a bolsa e deixou o quarto.

Ela estava consciente de que não poderia passar o resto da vida presa num quarto de hotel e que precisava fazer alguma coisa para devolver a normalidade à sua vida. Na certa, àquela altura, Fatima Hajiran já tinha espalhado seus agentes por toda a Genebra. A cidade não era grande e se aparecesse na rua, ainda mais com aquelas roupas, seria rapidamente reconhecida. Ao entregar sua chave na recepção ela pediu um táxi e aproveitou para se informar onde havia um cabeleireiro relativamente próximo. A segunda etapa, ela já sabia qual seria.

O táxi deixou-a em frente a um salão de beleza na interseção do movimentado Boulevard Jaques Dalcroze — uma versão neoclássica do "Corte do Cantagalo" carioca, que ligava Plainpalais ao Centro de Genebra — com o Rond-Point de Rive, coração da margem esquerda da cidade. Lá, Araci cortou três dedos do cabelo, lavou-o e tingiu-o de um castanho um pouco mais escuro. De quebra, ainda ficou sabendo que a atriz Farrah Fawcett e o cantor Michael Jackson tinham morrido no dia anterior, em Los Angeles. Parecia que a morte de Jackson, especialmente, causara uma comoção mundial tão grande que as manchetes sobre a crise iraniana — que vinham dominando as primeiras páginas dos principais jornais desde o dia das eleições — foram jogadas para segundo plano em toda a imprensa europeia.

Do salão, a bordo de um segundo táxi, ela foi diretamente a uma butique Christian Dior, na Rue du Rhône, onde comprou um discreto terninho marfim que vestiu imediatamente e, em seguida, caminhou alguns passos na mesma rua até a loja de departamentos Globus, de onde saiu com a cabeça envolvida por uma echarpe de seda bege, coroada por um elegante chapéu. Mais confiante de que já não seria reconhecida com a mesma facilidade, Araci atravessou a Rue du Rhône até uma cabine telefônica na pequena Place du Lac, onde, munida de um cartão, fez uma chamada para o Hotel Des Bergues.

— *Bonjour!* Posso falar com o apartamento do sr. Bartolomeu Saraiva, por favor?

A atendente pareceu conferir a lista de hóspedes.

— O sr. Saraiva não se encontra no momento.

O coração de Araci pareceu apertar. Pensou em Bartô sequestrado, exatamente como aquela megera lhe dissera, e sentiu um nó na garganta ao imaginar que ele estava cativo e em perigo, num lugar que ela ignorava. Araci teve de fazer um verdadeiro esforço para continuar falando.

— Sabe se ele deixou algum recado para Araci Quintanilha?

— Deixou, sim, senhora.

Araci retesou-se, em expectativa. Uma insinuação de esperança borbulhou dentro dela.

— Importa-se de dá-lo agora?

— Como quiser. O recado foi deixado ontem à noite. Nele, o sr. Saraiva afirma que escapou de um sequestro e que está bem e em segurança. Pede para a senhora não se preocupar.

Araci sentiu o alívio inundar seu corpo, quase a ponto de

amolecê-lo. Suas pernas chegaram a fraquejar por uma fração de segundo.

— Ele deixou algum número de telefone ou endereço?

— Não, senhora.

Araci pensou rapidamente. Bartô fora precavido e não cometeu a imprudência de revelar qualquer indicativo de onde estava, já que Fatima também poderia telefonar para o hotel e descobrir, dessa forma, seu paradeiro. Ponto para ele.

— Bem... ahn... Caso ele apareça ou entre em contato, você poderia dizer-lhe, por favor, que sua esposa ligou e que é para ele ficar sossegado, pois está tudo muito bem comigo?

— Perfeitamente, senhora — a gentil atendente tomou nota. — Mais alguma coisa?

— É só. Obrigada e tenha um bom dia.

Araci desligou o telefone e ficou olhando através do vidro da cabine para o movimento de pessoas na calçada. Se aquele recado era verdadeiro, se Bartô, de fato, estava bem, ela tinha menos motivos para se angustiar. De qualquer modo, permanecer em Genebra era um risco. Araci precisava deixar a cidade imediatamente, antes que fosse descoberta. Seu passaporte ficara no Des Bergues, junto à sua bagagem e a de Bartô. Ir até lá agora era uma loucura. As imediações do hotel eram, com toda a certeza, a área mais visada de toda a Genebra, o local mais vigiado pelos homens de Fatima. Mas, sem o passaporte, Araci não poderia sair da Suíça.

Ela saiu da cabine e andou alguns passos até a esquina com a avenida que margeava o Ródano. Atravessou a rua, caminhou um pouco pelo cais e olhou para o outro lado do rio, onde se erguia o hotel. Estava com roupas novas, com o cabelo exibindo nova coloração e novo penteado, coberto por uma echarpe e um chapéu. Se passasse depressa pelo lobby, talvez ninguém a notasse. Arrumaria sua bagagem, chamaria um funcionário ao quarto para encerrar sua conta, pediria um táxi e sairia diretamente para o aeroporto. Ela encheu-se de coragem e começou a acreditar que era possível. Desta vez, estava ciente dos riscos. Ninguém a pegaria desprevenida.

* * *

MITRA RAHMANI estava havia mais de quinze minutos na janela, com os olhos murchos, distraidamente pousados sobre os soldados encarregados de sua segurança, que conversavam ao lado da entrada do edifício, quando avistou uma figura feminina familiar surgir na esquina e caminhar apressada pela calçada, entrando em seguida na portaria.

Mitra foi até a porta, antes mesmo de a campainha tocar. O elevador se abriu e Sevda Ter-Gevondian veio ao seu encontro. Elas abraçaram-se. Sevda retirou os sapatos, calçou as pantufas e descobriu a cabeça, e as duas sentaram-se nas grandes poltronas da sala.

Sevda disse:

— Vim assim que pude. Fiquei sabendo pelo rádio do atentado em Liechtenstein — ela fez uma pausa. — Como está se sentindo?

Mitra soltou um grunhido. Estava transtornada com todos aqueles acontecimentos.

— Pode parecer loucura, mas eu já esperava que algo assim fosse acontecer. Ontem de manhã, por uma grande obra do acaso, eu vi Hamidreza Kadivar saindo de um prédio no parque Mellat com uma mala. Ele viajou para a Suíça. De lá, deve ter seguido para Liechtenstein.

— Como sabe que ele foi para a Suíça?

— Eu chequei no prédio. Kadivar tinha acabado de sair do escritório de um banco suíço. Foi só ligar para lá e eu descobri logo.

— Será que esse banco suíço tem alguma relação com o tal banco em Liechtenstein?

Mitra recostou-se ainda mais na poltrona e passou a mão

na testa. Seu rosto, ainda manchado por causa das lesões que a levaram ao hospital, transparecia uma mescla de desânimo e resignação.

— Não sei e isso pouco me importa nessa altura dos acontecimentos. Só sei que Kadivar estava na porta do banco para onde o dinheiro da Bonyad foi desviado. Talvez ele estivesse ali a mando de alguém do governo. Talvez estivesse nos traindo por conta própria. Com certeza há meios de se averiguar isso, mas isso adiantará alguma coisa, no fim das contas? Tudo o que sei agora é que Kadivar não prestava. E a morte dele não representa nada para mim.

— Se é assim, por que, então, está tão abatida?

Mitra apenas olhou para Sevda. Estava exaurida.

— Ainda está chocada com o que te contei anteontem, não é?

Mitra assentiu. Mas não era só o que Sevda contara. A crescente certeza de que Jaffar explodira a galeria de Ruben Avedikian era o que mais a atormentava. Sobretudo porque ela não tinha coragem de dividir aquilo com ninguém e às vezes sua cabeça parecia que ia explodir.

— Não está sendo fácil para mim saber de todas essas coisas do passado de Jaffar — ela declarou. — Depois de tudo o que você me contou, às vezes me flagro desejando que ele não seja solto. Acho que não vou mais conseguir viver com Jaffar.

Sevda franziu os lábios, constrangida.

— Talvez eu não devesse ter lhe revelado nada.

— Nada disso. Você fez bem em me contar. A verdade, por mais dura que seja, é sempre o melhor caminho. Eu não quis dizer nada a você antes, mas Jaffar nos últimos meses vinha mudando muito de comportamento. Começou a brigar comigo à toa, passou a exigir que eu me afastasse da universidade, assumiu uma postura autoritária... Se ele não tivesse sido preso, talvez eu acabasse, em pouco tempo, tendo um destino semelhante ao de Fatima.

— Não concordo — retorquiu Sevda. — Conheço Jaffar há anos. Ele mudou muito desde aquela época. Acredite.

Mitra levantou-se e caminhou pela sala, com as mãos enfiadas nos bolsos do casaco.

— Mas não é só isso que está me atormentando — ela disse. — Por mais que eu despreze Kadivar, as circunstâncias da morte dele me assustam. Ela aconteceu exatamente no lugar onde deveria acontecer: na frente daquele banco. Uma operação profissional, executada com precisão impecável. Além do mais, a notícia chegou rápido demais aos jornais. O atentado ocorreu ontem às dezenove horas em Liechtenstein, ou seja, mais de vinte e uma horas aqui no Irã. Menos de doze horas depois, os jornais já traziam a notícia estampada nas manchetes. Alguém devia estar a postos, apenas aguardando um sinal para passar as informações à imprensa. Afinal, um atentado contra Kadivar em plena entrada daquele banco naturalmente teria muita repercussão — Mitra fez uma pausa e alteou as sobrancelhas, complementando lentamente. — Agora eu tenho certeza de que existe uma conspiração para prender Jaffar. E que o governo não está nem um pouco interessado em recuperar o dinheiro ou em desbaratar a Azadi. Ele só quer salvar a própria reputação. Esses políticos realmente não valem nada...

Sevda mirou Mitra longamente, antes de perguntar:

— Isso significa que, apesar de tudo, você ainda se importa com Jaffar? E se preocupa com o destino dele?

Mitra deu de ombros, voltando a sentar-se.

— Eu sou uma mulher justa, Sevda. Sei separar as coisas. O fato de Jaffar ser um crápula em sua intimidade, não diminui a injustiça que está sendo cometida contra ele. Agora há pouco eu lhe disse que tenho pensado se não seria melhor Jaffar continuar preso, para não ter de voltar a viver com ele. Mas não é o que desejo sinceramente. Tortura-me a ideia de ver um inocente preso, por mais ordinário que ele seja. O ideal seria que Jaffar pagasse pelos crimes que realmente cometeu.

Mitra notou que Sevda impressionara-se com aquelas palavras.

— Quando começará o julgamento? — perguntou Sevda.

— No dia 12 de agosto. Falta um mês e meio.

— Sei que serão dias duros, minha querida — Sevda segurou-lhe as mãos, tentando confortá-la. — Mas você precisa ser forte. Eu imagino o turbilhão de conflitos que você está vivendo agora. Mas acredite em Deus. Ele é justo. O que tiver de acontecer, acontecerá. É o destino.

Elas foram interrompidas pelo toque insistente do telefone. Mitra levantou-se para atender.

— Sra. Mitra Rahmani? — saudou uma voz masculina e serena. — Por acaso a interrompo em seus afazeres matinais?

Mitra contraiu-se, especulando quem poderia ser.

— Quem está falando? — replicou ela, tentando parecer segura de si.

— Meu nome é Fereidun Asghar-Heydari. Sou chefe de gabinete do ministro do Interior. Estou telefonando a propósito de um convite.

Mitra quedou-se, surpresa.

— Um convite?

— O ministro deseja muito falar com a senhora e pediu-me que agendasse um encontro. O assunto é importante, segundo ele me adiantou, e tem a ver com seu marido, Jaffar Jalaipour.

— Para quando?

— Para amanhã. Esteja às seis horas e vinte minutos em ponto na avenida Falastin, exatamente em frente à sinagoga Abrishami. Uma mulher alta, vestindo um chador preto de óculos escuros espelhados estará de pé junto ao meio-fio. Aproxime-se dela e lhe pergunte que horas são.

Mitra assustou-se com a velocidade das palavras do homem.

— Seis e vinte da manhã? Não é muito cedo?

Fereidun Asghar-Heydari mediu as palavras, ao responder:

— Veja bem, sra. Mitra. Um encontro de um ministro de Estado com uma mulher estranha, ainda mais em se tratando da esposa de um homem acusado de envolvimento com corrupção e terrorismo, teria indesejável repercussão, ainda mais numa cidade tomada por manifestações diárias. É preciso, portanto, cercar-se de precauções. E de sigilo. Por isso, a escolha estratégica desse horário.

Mitra entendeu perfeitamente o que aquilo significava. Olhou para Sevda, que a observava sem ouvir o que estava sendo falado e, cautelosamente, baixou ainda mais o tom de voz.

— E como eu encontrarei o ministro?

— Não se preocupe com isso.

Mitra estava apreensiva. O convite era estranho, mas ela não tinha alternativa. Sabia que, caso não ouvisse o que o ministro tinha a dizer, acabaria arrependendo-se.

— Está certo — declarou ela. — Diga ao ministro que o aguardarei, amanhã, no local combinado.

Quando já iam se despedindo, o chefe de gabinete fez um último lembrete:

— Creio que não custa lembrar que o ministro conta com sua discrição, sra. Mitra. A senhora deve ir sozinha e jamais comentar com ninguém sobre o encontro e sobre esta ligação.

Mitra lembrou-se dos soldados de vigília na entrada do edifício. Microfones potentes poderiam estar instalados nas viaturas, voltados para seu apartamento. A tecnologia, hoje, operava milagres e, por via das dúvidas, era melhor não arriscar.

Ela desligou o telefone e, quando se sentou novamente em frente a Sevda, disse apenas que a ligação fora de uma colega de universidade, que queria tirar uma dúvida sobre o horário das aulas no domingo. E mudou rapidamente de assunto.

- 20 -

Sentada atrás da escrivaninha do escritório da Villa Saint--Benoît, Fatima Hajiran mantinha as mãos cruzadas para a frente, quando um rapaz de seus trinta e poucos anos entrou por uma das bandas da robusta porta dupla. Era alto, magro, envergava um terno escuro apenas competente e usava óculos de sol. Ele próprio se incumbiu de trancar a porta, antes de se adiantar à escrivaninha e, guardando alguma distância, saudar Fatima respeitosamente, em persa:

— *Salam, khanon-e Fatima Hajiran...* (Olá, sra. Fatima Hajiran) — ele fez uma reverência, curvando-se um pouco para frente, semelhante aos cumprimentos japoneses.

Fatima levantou-se da mesa e, sem esboçar qualquer menção de sorriso, estendeu a mão cortesmente para uma das cadeiras em frente à escrivaninha.

— *Salam!* Seja bem-vindo, meu jovem e leal Siavash Negahban. Obrigada por chegar na hora combinada.

Ele retirou os óculos e guardou-os no bolso do paletó.

— Estou sempre às suas ordens, sra. Fatima. Assim que recebi seu recado, no Rio de Janeiro, fui diretamente para o aeroporto e peguei o primeiro voo para Zurique e, de lá, outro para Genebra. Fico feliz e aliviado por haver chegado a tempo.

Eu imaginava que fosse ficar no Brasil mais alguns dias, prosseguindo com as buscas, como a senhora havia instruído.

Fatima tornou a sentar-se. Ela mantinha seus cabelos negros presos no rigoroso coque habitual e seus olhos grandes exibiam olheiras maiores do que de costume. Apesar disso, seu rosto não demonstrava cansaço.

Ela disse:

— Acontece que houve uma mudança inesperada de rumos. Por isso pedi sua presença aqui. Você é meu agente mais qualificado, desde que Behdad Zakeri nos traiu e desertou. E você é quem está mais a par de todas as descobertas que foram feitas no Rio de Janeiro neste mês de junho.

Siavash Negahban sentou-se em frente a Fatima.

— O que deseja saber?

— Tudo. Conte-me tudo.

Siavash Negahban era um dos dois homens de confiança que Fatima enviara ao Brasil para comprar *O Véu* e seguir Mohsen Khajepour e dr. Gholam Mortezavi, a fim de protegê-los em caso de emergência. O que ela não podia prever era o atentado à Casa Quintanilha, que aconteceu no fim da noite no Rio de Janeiro, quando era madrugada na Suíça, e Khajepour e Gholam já se encontravam no avião a caminho do Brasil. Na manhã seguinte, ao saber do atentado durante o desjejum por meio de um telefonema do próprio Negahban, ela começou a pressentir o perigo, já que o quadro que seu amado Lourenço pintara inspirado nela iria a leilão na Casa Quintanilha no fim daquele dia. E foi também Negahban quem, acidentalmente, descobrira que Behdad Zakeri estava no Rio de Janeiro havia dois meses, sob a falsa identidade de Alejandro Aguirre.

— Sinto muito, sra. Fatima. Mas não há nenhuma novidade além do que já relatei à senhora.

Fatima contraiu, tensa, as mãos diante do rosto.

— Nenhuma movimentação na galeria de Aníbal Monte Mor?

— Nenhuma. A galeria permanece fechada.

— E na casa dele?

— Ele mora num prédio, numa rua sossegada próxima à lagoa Rodrigo de Freitas. Não aparece lá há quase um mês e ninguém sabe dele.

— E os assassinos de Mohsen Khajepour?

— A polícia brasileira só não arquivou ainda o caso por se tratar de uma personalidade estrangeira. Não há nenhuma pista sobre o assassino.

— E dr. Gholam Mortezavi?

— Desapareceu por completo. Tudo indica que ele e Behdad Zakeri estavam mancomunados. Devem ter escapado juntos.

Mesmo depois do assassinato de Khajepour, Siavash Negahban e seu colega ficaram no encalço de Gholam, acompanhando todos seus passos, até aquela fatídica manhã em que ele fora visto pela última vez, saindo do Centro Empresarial Rio, na praia de Botafogo, que abrigava a editora Boavista.

Fatima deu um murro tão violento na escrivaninha que o abajur quase caiu no chão.

— Com certeza, escaparam. Não sem antes deixar, junto às duas mãos de Khajepour e ao quadro, um recado para mim. Aqueles desgraçados! Você se recorda da mensagem?

— Impossível esquecer, senhora. Ela dizia: "Você será a próxima. Seu fim se aproxima. Fuja enquanto há tempo. E busque sua salvação".

— Estava presa no punhal, cravado bem no centro da tela. Eu não sou louca em supor que o assassino queria atingir a mim por meio de Khajepour.

Negahban respondeu, quase fazendo uma reverência:

— A senhora está coberta de razão. Como sempre, coberta de razão.

— Não é possível que depois de tudo o que descobrimos no Brasil estejamos nessa situação humilhante.

Fatima referia-se à pesada busca que seus agentes, liderados por Negahban, fizeram no apartamento de Zakeri, no largo dos

Leões, na noite em que Khajepour desapareceu. Eles ficaram de vigília a poucos metros da entrada do prédio, dentro de um carro oculto nas sombras da noite, enquanto aguardavam Zakeri sair, para poderem entrar. O que eles não esperavam era, nesse meio tempo, flagrar a própria Araci Quintanilha entrando e saindo da portaria do edifício. O que ela havia ido fazer lá, até hoje, era uma incógnita.

Recostando-se na cadeira, Fatima disparou, em tom acusador:

— Se Araci Quintanilha, por acaso, tinha descoberto que Zakeri estava por trás do atentado à sua casa de leilões, devo acreditar que ela tem à sua disposição um serviço de informação melhor do que o meu.

— Por Deus, não diga isso, sra. Fatima — defendeu-se Negahban, com a cabeça baixa. — A senhora sabe que fizemos o máximo que pudemos. Nós aguardamos Zakeri sair do prédio naquela noite. Vimos quando ele entrou num Honda prateado e fomos para o prédio. Invadimos seu apartamento e o vasculhamos durante toda a madrugada. Zakeri guardava tudo o que nos interessava em pastas numa cômoda e em arquivos no computador e foi fácil apoderar-se deles. Todas as informações que a senhora precisava foram obtidas lá. Foi lá que ficamos sabendo das investigações que o marchand Aníbal Monte Mor havia feito e dos relatórios sobre os planos de assassinar o professor Khajepour.

— Mas não descobriram os relatórios de Aníbal. Isso era o mais importante.

— Porque achamos que os relatórios ainda estivessem com Aníbal. Fomos, então, à Pinacoteca Fluminense, reviramos tudo de pernas para o ar, interrogamos o gerente da galeria, chamado Glauco Barcellos, o espancamos, o forçamos a confessar onde estavam Aníbal e os relatórios, mas ele disse que não sabia de nada.

— Desde o dia da invasão ao apartamento, Zakeri não

foi mais visto. Coincidentemente foi o mesmo dia em que Khajepour desapareceu. Será que Zakeri ficou sabendo que vocês estiveram lá?

— Deixamos o apartamento em ordem, mas com certeza ele deve ter, ao menos, desconfiado.

— Por quê? Acha que alguma testemunha viu vocês entrando ou saindo?

— Apenas o porteiro do edifício nos viu. Mas nós o matamos assim que entramos na portaria e o deixamos numa lata de lixo na garagem. O prédio tinha um circuito interno de vigilância e nós o destruímos. Zakeri, no entanto, não é bobo, a senhora sabe disso. Ele deve ter ligado os fatos. Tantas coisas anômalas acontecendo numa só noite no prédio em que ele estava morando. E, além do mais, muitos dos papéis que ele guardava ficaram conosco e se ele se deu o trabalho de examinar sua cômoda, na certa sentiu falta deles.

Fatima levantou-se da mesa e, com as mãos para trás, caminhou pelo recinto, fingindo observar as lombadas dos grossos livros das estantes de Von Kessel.

— Nesse ponto, vocês foram muito imprudentes e truculentos. Lembra-se de minhas instruções? Não deixem rastros em lugar nenhum. Entrem e saiam dos lugares como se fossem fantasmas. Não permitam que os outros percebam alguma anomalia. Era para ser uma operação totalmente secreta, ouviu bem? Secreta! E vocês me desobedeceram! Agiram como amadores, como bandidos baratos que entregam o ouro ao inimigo na primeira oportunidade! Vocês não precisavam ter eliminado o porteiro!

— Mas foi preciso...

— E nem destruir o circuito de vigilância! — continuou Fatima, esbravejando cada vez mais alto. — E menos ainda ter retirado os documentos do apartamento. Bastava copiá-los. Onde foi parar o treinamento que eu dei a vocês durante todos estes meses? Onde foram parar os aparelhos de espionagem de última geração que eu ensinei vocês a usar? Aparelhos que bloqueiam qualquer circuito de vigilância, aparelhos menores que uma caixa de óculos que fotocopiam com total precisão qualquer papel ou fotografia e armazenam tudo em chips? Não bastava descobrir as informações que Zakeri tinha reunido. Nós precisávamos dele em pessoa aqui, nos confessando tudo em viva voz e implorando perdão por haver nos abandonado. Vocês deixaram o traidor nojento escapar. Antes tivesse eu mesma viajado ao Brasil e me encarregado pessoalmente da operação. Garanto a você que o resultado seria muito diferente e a nosso favor!

Ela voltou a sentar-se à escrivaninha e baixou a cabeça, comprimindo as mãos trêmulas contra a testa, arfando de revolta e ódio, de um ódio caudaloso e incontrolável, que parecia transbordar com violência de todos seus poros. Era uma cena sempre assustadora. Diante de um Negahban paralisado e acuado, Fatima levou vários minutos até conseguir recobrar o controle e domar, ainda que não totalmente, aquele ímpeto demoníaco que se apossava dela de quando e quando e a deixava num estado quase febril, dominada por um desejo selvagem e primitivo de destruição.

— Araci Quintanilha é uma mulher muito mais esperta do que nós imaginávamos — balbuciou Fatima, finalmente. — Você disse que a viu sair do prédio de Zakeri naquela noite; na noite em que Khajepour e o próprio Zakeri desapareceram. Ela deve ter descoberto todo o plano e ido lá conversar com ele. Não há outra explicação. Uma leiloeira rica pode pagar bons detetives. Zakeri, com certeza, deixou alguma pista, e Araci só precisou segui-la para ficar sabendo que foi ele que colocou a bomba no telhado da casa de leilões e que foi também ele que pichou a parede externa do casarão com palavras em persa.

— Só que ele contou com a cumplicidade de um dos seguranças da casa de leilões. Sem ele, Zakeri jamais teria conseguido colocar a bomba lá nem fazer as pichações.

— Pode ser. E esse segurança foi assassinado logo depois,

pois Zakeri quebrara o acordo que fizera com ele e o segurança ameaçou contar tudo a Araci. Será que ele não teve tempo de fazer isso?

— Se ele revelou alguma coisa a ela, só a própria Araci pode nos dizer.

— O simples fato de Araci ter ido ao prédio de Zakeri já demonstra que ela sabia quem ele era e o que fizera. O segurança pode ter lhe dito.

— Nesse caso, ela apenas sabia da existência de Zakeri. Nada garante que eles tenham mesmo conversado.

— Eu não estaria tão certa disso. Araci deve saber, sim, de alguma coisa. Mesmo porque ela é próxima de Aníbal Monte Mor e ele, vendo o que se passou na Casa Quintanilha naquela semana, com certeza se encarregou de avisá-la e contar um pouco do que sabe. Foi por tudo isso que providenciei para que ela viesse para cá. Não havia outra opção. Assim que os informes que você mandou do Rio dois dias após a morte de Khajepour chegaram a mim, comecei a agir. Foi, então, que pedi a você que telefonasse para Araci e a ameaçasse, sugerindo que ela fugisse. Eu sabia que ela ficaria apavorada. Logo em seguida, conversei com Ulrich Wachtel e pedi a ele que antecipasse a abertura da mostra da Coleção Von Kessel, que estava marcada para setembro, para a segunda-feira passada. Depois, pedi-lhe que ligasse pessoalmente para Araci e a convidasse em nome do barão. Ele enviou as passagens pelo correio e ela não teve escolha. Genebra tem fama de cidade segura e ela achou que aqui estaria longe dos perigos que a rondavam no Rio.

— Foi um plano engenhoso. Pensei que Araci Quintanilha estivesse aqui na *villa*, agora.

Fatima lançou um olhar cortante para Negahban, um olhar que ele juraria ser capaz de transformar pessoas em pedra.

— Ela esteve e desgraçadamente escapou. Mas não por muito tempo. Nossos homens estão em alerta em toda a cidade. Araci não pode ter ido longe e acredito que ainda hoje ela esteja de volta. E eu, então, poderei dar meu ultimato a Aníbal. Nosso tempo está se esvaindo e não podemos esperar mais um único dia para saber a verdade e descobrir, afinal, que conspiração é essa que existe contra mim e onde estão as pessoas que querem me destruir.

* * *

O TÁXI branco trazendo uma Araci Quintanilha tensa e irrequieta no banco traseiro atravessou a ponte Du Mont-Blanc e, em vez de deter-se diretamente na entrada do Hotel Des Bergues, percorreu alguns quarteirões já na margem direita de Genebra, dando algumas voltas antes de retornar à Rue du Mont-Blanc e descer em direção ao lago, parando lentamente junto à lateral do hotel. Ironicamente, era o mesmo local onde, no dia do jantar na Villa Saint-Benoît, estava o misterioso carro preto, cujos ocupantes sequestraram Bartô. Araci pagou a corrida e, após certificar-se de que a echarpe e o chapéu estavam bem posicionados sobre a cabeça, colocou seus óculos escuros e desceu cautelosamente, olhando para os lados. Não percebeu nada de anormal; não havia ali, pelo menos até onde sua visão era capaz de alcançar, nenhuma pessoa que pudesse estar de vigília, espreitando sua chegada.

Ela fechou a porta do táxi e entrou, rapidamente, numa lojinha de chocolates. Era um local bastante frequentado por estrangeiros de passagem por Genebra, em busca dos célebres e saborosos chocolates suíços, muitos dos quais eram vendidos em embalagens charmosas que reproduziam as paisagens do país e seus cartões-postais mais marcantes. Havia clientes na loja, a maioria orientais, e Araci fingiu observar os produtos à venda enquanto, na verdade, seus olhares estavam todos voltados para a Rue du Mont-Blanc, que ela enxergava através da vitrine e da porta envidraçada. Ficou uns dez minutos ali, à espera de que algum tipo suspeito entrasse na loja de repente e a surpreendesse. Isso, no entanto, não aconteceu. Já mais relaxada, Araci aproximou-se da vitrine e olhou mais detidamente para o movimento na rua. Tomou o cuidado de perscrutar demoradamente e com atenção máxima cada esquina, cada pedaço de calçada, cada veículo que trafegava pelos dois sentidos da larga avenida. Tudo calmo. Ela respirou fundo, apanhou aleatoriamente a primeira embalagem de chocolates que encontrou e levou-a ao caixa. Pensou que se saísse da loja de mãos abanando, alguém lá fora pudesse desconfiar, mas depois de pagar o chocolate e receber a caixa embrulhada dentro de uma pequena sacola, percebeu que, a despeito de todos os perigos que corria concretamente, aquilo já beirava a paranoia.

Araci saiu da loja em passos apressados, dobrou célere a esquina e entrou imediatamente no hotel. Ao abrir a porta de seu quarto e ver que tudo se encontrava impecavelmente arrumado, que seus pertences estavam exatamente nos lugares onde os deixara e que nenhum dos capangas de Fatima Hajiran havia posto os pés ali, ela teve uma crise aguda de alívio, que fez suas pernas fraquejarem momentaneamente. Sentiu que, pelo menos naquele quarto, estaria a salvo.

Araci retirou o chapéu e a echarpe da cabeça e atirou-os na cama. Foi ao banheiro e mirou-se no espelho. Estava abatida. Mais do que isso, a alta tensão daqueles dias a fizera emagrecer. Por seus cálculos, perdera de três a quatro quilos. Em outras circunstâncias, estaria exultante, afinal ela era alguém em briga constante com a balança, embora não fosse lá uma grande adepta de dietas. Mas nenhuma perda de peso, por mais bem-vinda que fosse, justificava aquele martírio. Quando voltasse ao Rio de Janeiro — ou melhor, *se* voltasse ao Rio, e viva —, poderia até escrever um livro sobre o assunto, na linha das populares dietas como a do dr. Atkins e a de South Beach. “Método Araci Quintanilha de Emagrecimento: meta-se numa embrulhada com terroristas internacionais, passe três semanas fugindo apavorada e ajuste a silhueta", seria um bom título. Outro ainda melhor seria: "A Dieta de Araci Quintanilha: fique ansiosa e apavorada vinte e quatro horas por dia, transforme sua vida num inferno e perca quatro quilos em três semanas". Quem sabe Reinaldo Camargo Branco não se interessaria em publicá-lo?

Araci lavou o rosto e voltou ao quarto ciente de que seu tempo era escasso. Abriu as malas, que ainda guardavam a maior parte de suas roupas e as de Bartô, e foi colocando nelas todos seus pertences, espalhados pelo quarto e pelo banheiro. Depois, fez duas rondas consecutivas pelos cômodos, a fim de se certificar de que não havia esquecido nada. Olhou no relógio: quase treze horas. Ela ligou para a recepção e pediu que um funcionário do hotel subisse para apanhar a bagagem.

Não via a hora de chegar ao conforto de sua casa. Lá, ela avisaria imediatamente a polícia sobre Fatima, ficaria reclusa por semanas consecutivas, ou até meses, se fossem necessários, e cancelaria o próximo leilão. Tudo em nome da segurança, tudo para não passar, mais uma vez, por aquela agonia. O plano de fuga estava quase concluído, faltava apenas chegar ao aeroporto. Uma vez estando lá, ninguém ousaria atacá-la. Nem Fatima, nem seus homens.

O funcionário do hotel levou as malas e, antes de descer, Araci foi até a janela e abriu-a. O movimento nas ruas em volta do hotel parecia normal. Ao longe, na outra margem, o monumental jato d'água estava a pleno vapor, lançando, com precisão e indiferença, seu elegante esguicho sobre a superfície reluzente do lago.

Ela naturalmente não percebeu do outro lado, por trás do jato d'água, o vulto que, oculto entre as letras que compunham o letreiro azul situado no topo do prédio da Union Bancaire Genevoise, a observava através de um potente binóculo preto. O vulto viu nitidamente quando Araci fechou as janelas do quarto.

Ela usava óculos escuros e uma echarpe ao redor da cabeça. Mas não havia dúvidas de que era mesmo Araci Quintanilha, pensou o homem baixando o binóculo. Ele apanhou um telefone celular do bolso e fez uma ligação.

* * *

SEGURANDO SUA bolsa, Araci caminhou até a recepção e encerrou a hospedagem. O rapaz atrás do balcão perguntou, então, se ela queria um táxi. Araci ia responder que sim, mas, naquele momento, foi surpreendida por uma mão que tocou seu braço, por trás.

Ela virou-se, num impulso assustado.

— Olá, minha cara. Enfim, a encontrei.

Araci olhou perplexa e apavorada para Ulrich Wachtel, que lhe sorria afavelmente. Como ele a reconhecera, se estava com a cabeça coberta pela echarpe e pelo chapéu e usando óculos escuros?

— Eu estava preocupado com o seu súbito desaparecimento — disse ele em seu português lusitano com sotaque alemão. — O que aconteceu, Araci? Pretendia deixar a Suíça sem se despedir de mim?

Araci recobrou o fôlego e sussurrou a Ulrich, quase tropeçando nas palavras:

— Desculpe, Ulrich, mas eu não posso conversar com você agora. Preciso sair daqui. Preciso ir embora desta cidade imediatamente!

- 21 -

Ulrich observava Araci com perplexidade. A reação áspera dela o deixara momentaneamente sem palavras.

— Por que essa pressa, caríssima? — ele perguntou, finalmente. — Sair de Genebra imediatamente? O que está havendo?

Araci respirou fundo.

— Como me reconheceu?

— Perdão, não compreendi.

— Estou de óculos escuros. Minha cabeça está coberta por uma echarpe e um chapéu. Como você pôde me reconhecer se vesti tudo isso justamente para não ser reconhecida?

Ulrich abriu um sorriso generoso por baixo do bigode alourado.

— Ah, querida Araci. Como poderia não reconhecê-la? Os bons amigos, eu os vejo à distância de quilômetros e os saúdo com toda minha alegria e meu entusiasmo.

Araci não pôde deixar de ficar sensibilizada. Ulrich parecia bem intencionado e seus gestos eram francos e naturais, de quem não tinha nada a dever e nem intenções espúrias. Ele não devia estar envolvido no ardil orquestrado por Fatima. Pelo menos era o que parecia.

— Mas por que você não quer ser reconhecida? Você acabou

de dizer que vai sair da cidade... Será que posso, ao menos, ajudá-la em alguma coisa?

— Você me ajudará muito se me deixar partir.

Ela parou um instante e teve um estalo:

— A propósito, como você descobriu que eu estava aqui?

— Ora, você não está hospedada neste hotel? Em que outro lugar da cidade eu poderia te encontrar?

— Mas se você veio até aqui, é porque teve uma boa razão.

— Como adivinhou? Foi depois que a governanta do barão Von Kessel me telefonou nervosa, praticamente me implorando para localizá-la e levá-la à *villa*. Ela disse que o barão ficará muito desapontado, caso você vá embora de Genebra sem se despedir dele.

— Lamento, mas não poderei ir.

— Por favor, Araci. Pense um pouco no barão. Ele está idoso e enfermo, não pode ser contrariado. Se ele fez esse pedido, é porque apreciou a sua presença na *villa*.

Araci flagrou-se numa dúvida pungente. Contava a Ulrich toda a verdade? Que Von Kessel estava morto e que a governanta a quem ele se referia era uma mulher sem escrúpulos, que há quase um ano escondia do mundo o falecimento do barão para se apoderar de seu patrimônio? Ou ficava quieta, persuadida pela possibilidade de Ulrich já saber de tudo e estar ali em sua frente representando o papel de bom moço, enquanto sua missão, na verdade, era cumprir as ordens de Fatima e levá-la de volta ao cativeiro na Villa Saint-Benoît?

Nesse caso, todo aquele palavrório estava sendo proposital, com o único objetivo de retê-la no hotel, enquanto os capangas de Fatima se acercavam do prédio para capturá-la. Araci não acreditava que Ulrich estivesse de fato mancomunado com a víbora, mas não era hora de arriscar e muito menos de ficar conjeturando sobre o assunto.

— Sinto muito, Ulrich — ela declarou, peremptória, ajeitando a alça de sua bolsa sobre o ombro. — Eu preciso mesmo ir. Agradeço demais sua hospitalidade e peço mil desculpas se pareço rude. Mas é porque, realmente, estou com muita pressa. Adeus!

Araci afastou-se de Ulrich e saiu do hotel para o sol reluzente da tarde no Quai des Bergues, onde um táxi estava parado à sua espera, com as malas já no bagageiro. Ela deu uma gorjeta para o carregador e arriscou um olhar para os lados. Não constatou entre as pessoas que andavam descontraídas pelas imediações ninguém que pudesse estar em seu encalço. Ainda mais apavorada com aquela aparente e anômala tranquilidade que bem poderia ser o prelúdio para uma emboscada, Araci entrou no táxi e ordenou ao motorista:

— *A l'aéroport, s'il vous plaît.* (Vamos para o aeroporto, por favor.)

O motorista aquiesceu silenciosamente e deu partida. O táxi continuou pelo cais e virou à direita, logo enveredando pelo labirinto de ruas que levava ao aeroporto de Cointrin.

Araci retirou um pequeno estojo de maquiagem e um batom da bolsa e, enquanto retocava os lábios lentamente, aproveitou para observar, pelo reflexo no espelhinho do estojo, a movimentação dos veículos que seguiam logo atrás. A visão era trêmula por causa do movimento do carro, mas permitia divisar a presença de três veículos. Um deles era um táxi. Os demais eram um carro verde e outro vermelho. Aflita, Araci guardou o batom novamente na bolsa e dirigiu-se ao motorista.

— O senhor pode ir mais depressa?

— Já estamos no limite de velocidade, senhora. Sinto muito.

Araci esfregou as mãos suadas de expectativa e tentou se acalmar, pensando que em poucos minutos pisaria no terminal do aeroporto e aquela agonia estaria terminada. Olhou novamente para trás, desta vez deliberadamente, e viu nitidamente os mesmos três veículos acompanhando-a como um comboio de seguranças. Sua aflição aumentou. O táxi fez uma curva e Araci vasculhou com os olhos a paisagem daquela parte da cidade. Ainda estavam num bairro residencial, com esquinas plácidas, praças floridas e edifícios modernosos incrustados em meio a um amplo parque verde, onde crianças corriam e brincavam vigiadas pelas mães. A maioria dos edifícios ostentava fachadas retas e até mesmo despojadas, algo como uma mistura de linhas modernistas com a simplicidade da arquitetura posterior à Segunda Guerra Mundial. Mais adiante, o avançar do carro revelou arrojadas torres de escritórios e faustosos blocos envidraçados, dispostos em torno de uma praça circular gramada, que abrigava uma curiosa cadeira gigante, sem um dos pés.

Havia muito que tinham deixado o Centro de Genebra. Araci calculou que, pelo tempo, o táxi já deveria estar nas cercanias do aeroporto. Ela custou a perceber que havia acabado de passar pelo bairro de Vermont e desembocado na praça das Nações, diante da sede suíça da Organização das Nações Unidas. Ou seja, o táxi havia tomado o percurso oposto ao do aeroporto e agora seguia para o norte. Para fora de Genebra. Por um caminho que levava também à Villa Saint-Benoît.

Araci apavorou-se. Seria o homem que guiava o táxi um cúmplice de Fatima? Ela tornou a olhar para trás e constatou que os três carros agora eram cinco. Desatinada, Araci soltou um grito e lançou-se sobre o motorista, forçando-o a dar uma freada brusca. Sem perder tempo, ela abriu a porta do táxi e, esquecendo-se da bagagem no porta-malas, saiu com sua bolsa em disparada, atravessando a avenida diante da ONU, sem prestar atenção aos carros.

"Estou perdida, meu Deus. Estou perdida."

Araci virou numa via larga, com tráfego em mão dupla, margeada à esquerda pelo palácio branco da Cruz Vermelha Internacional, no alto de uma colina verde. Olhou para todos os lados, desesperada à procura de um táxi, mas logo mudou de ideia. A entrada da ONU para visitantes ficava poucos metros adiante, e ela resolveu que se refugiaria lá. No Palácio das Nações estaria em segurança. Explicaria a situação aos diplomatas, pediria uma escolta até o aeroporto e acionaria o mundo, se fosse preciso, para o perigo que representava, hoje, a Villa Saint-Benoît.

Correndo sob o sol forte, Araci retirou o chapéu e a echarpe da cabeça. Estava banhada de suor e sentia-se exaurida pela tensão acumulada e pelo cansaço físico. Ela avistou dois vultos parados num ponto de ônibus e não esperava que um deles, um rapaz louro de terno, se adiantasse e se lançasse, com agilidade, em seu caminho, apontando-lhe uma pistola.

— Acabou, minha senhora! — gritou ele, em francês. — Venha comigo!

Araci acelerou o passo e passou pelo homem. Estava segura de que ele não iria atirar nela diante das Nações Unidas, em plena Genebra, cidade onde a taxa anual de homicídios era próxima de zero e onde um único crime poderia ocupar as manchetes dos jornais por meses e condenar o atirador à desgraça perpétua. Com efeito, o rapaz guardou novamente a pistola na cintura e foi atrás dela. Nisso o automóvel verde que a acompanhara desde o Quai des Bergues freou logo depois do ponto. A porta traseira se abriu e um homem jogou-se sobre Araci, mas ela foi mais rápida, dando um ágil salto para o lado e fazendo com que o homem se espatifasse na calçada.

Araci não olhou mais para trás e, virando à direita, lançou-se numa corrida desabalada na direção do acesso ao Palácio das Nações. Chegou, ofegante, pagou a entrada no guichê, mostrou seu passaporte a um dos policiais uniformizados que estavam ali e passou pelo detector de metais que, felizmente, não apitou. Eram procedimentos de segurança dignos de um grande aeroporto, uma vez que, naquele momento, ela estava, oficialmente, saindo da Suíça e entrando em território internacional. Antes de seguir em frente, ela ainda arriscou um último olhar para fora e sentiu uma pontada de temor ao constatar que nenhum de seus perseguidores estava à vista.

Para onde teriam ido eles e o que estariam tramando? Araci estava tão atordoada que nem percebeu que o policial dirigia-se a ela, delicadamente, em francês:

— *Soyez la bienvenue, madame, au Palais des Nations* (Seja bem-vinda ao Palácio das Nações, senhora) — ele fez um gesto com a mão, indicando-lhe a passagem. — Dirija-se à porta de número 39, à esquerda, para iniciar sua visita.

Araci agradeceu e sentiu um enorme alívio ao se ver dentro dos domínios da ONU, caminhando por uma larga área pavimentada e arborizada, onde fileiras de carros achavam-se estacionados, a maioria com placas do corpo diplomático. Ela virou à esquerda e andou alguns metros até encontrar a tal porta 39, a entrada para visitantes que ficava numa construção nova, anexa ao imenso e imponente palácio, e diminuiu o passo, enxugando o suor do rosto e procurando manter uma postura tranquila. Aqueles homens não conseguiriam passar armados pela entrada e eles não seriam loucos a ponto de tentar algo contra ela dentro da ONU. Agora que estava, temporariamente, em segurança, a questão era saber como sairia dali.

Ela entrou no saguão da recepção, um recinto amplo e moderno, e dirigiu-se a um rapaz meio gorducho, de bigode, que estava sentado atrás de uma mesa. Ele levantou-se para atendê-la e Araci, casualmente, fez a primeira pergunta que lhe veio à cabeça:

— *Bonjour*! Como faço para visitar o palácio?

— Visitas guiadas em francês e em inglês sairão em instantes. A próxima, em francês, começará dentro de dez minutos.

Ela assentiu e olhou para trás, no momento em que um grupo de homens, vestidos informalmente com jeans, bermudas, camisetas e bonés assomava ao local. Na certa, era um grupo de excursionistas. Falavam alto entre si em francês e, pelo sotaque, Araci deduziu que eles eram canadenses. Imediatamente lhe ocorreu uma ideia: poderia puxar conversa com algum deles e, ao término da visita, sair da ONU misturada ao grupo dentro do ônibus que os trouxera. Ela sentou-se num sofá e ficou amadurecendo essa ideia, pensando em como fazer a aproximação, quando viu um homem surgir na sala. Era um senhor de seus 70 anos, esbelto, elegante, de cabelos grisalhos impecavelmente penteados, enfiado num distinto terno escuro. Trazia numa das mãos uma maleta executiva e na outra um cachimbo.

Na mesma hora, Araci lembrou-se dele. Haviam sido apresentados por Ulrich Wachtel na galeria, na noite do vernissage da Coleção Von Kessel. Seu nome era Olivier. Sim, Olivier de Grammont, e ele era embaixador da França nas Nações Unidas.

Olivier estava sozinho. Araci viu quando ele entregou um cartão ao recepcionista gorducho — provavelmente seu cartão pessoal de visitas — e trocaram algumas palavras amigáveis. Assaltada por uma dúvida lancinante, Araci não sabia se deveria falar com ele. Eles haviam conversado na galeria de Ulrich, mas era muito provável que Olivier não se lembrasse dela, pois fora um encontro muito rápido. Ao fundo, os canadenses continuavam falando e rindo alto. Olivier pareceu terminar a conversa com o recepcionista e eles trocaram um cordial aperto de mão de despedida. O embaixador estava indo embora. Agoniada, Araci percebeu que era agora ou nunca e reuniu toda sua coragem para correr em sua direção, no momento em que ele colocava o cachimbo na boca e preparava-se para deixar o saguão.

— *Monsieur de Grammont*? — ela disse, forçando um sorriso.

Olivier virou-se para ela e arregalou os grandes olhos cinzentos. Ele retirou o cachimbo da boca e, depois de analisar rapidamente a fisionomia de Araci, abriu um sorriso polido.

— Estou reconhecendo a senhora... Não nos fomos apresentados por *Herrn* Ulrich Wachtel na exposição de segunda-feira?

A recepção amigável de Olivier deixou Araci mais relaxada e confiante.

— Exatamente. Sou Araci Quintanilha — ela se enrolou com as palavras. — Mas que... Mas que coincidência encontrá--lo aqui!

— Veio visitar a sede suíça da ONU?

Araci olhou para os lados. Os canadenses haviam se afastado um pouco e um novo grupo, menor, de turistas aproximava--se pelo lado de fora. Araci pensou se entre eles não estariam os agentes de Fatima. O medo apoderou-se dela. A palidez em seu rosto deve ter ficado de tal maneira evidente que Olivier segurou-a pelo braço, perguntando-lhe com a voz preocupada:

— Está acontecendo alguma coisa?

— Está. Não me pergunte o motivo ainda. Mas eu preciso sair daqui e ir para um lugar seguro. Estão atrás de mim. Pode parecer absurdo o que vou dizer, mas quase fui sequestrada aqui perto e, por um milagre, consegui buscar refúgio aqui na ONU.

Olivier pareceu alarmado.

— Sequestrada? Por quem?

— Eu posso explicar depois. Será que o senhor pode me ajudar a sair daqui sem que eu seja vista? Os homens que querem me sequestrar com certeza estão por perto, aguardando que eu saia para me levarem.

Olivier consultou o relógio e tomou o ombro de Araci conduzindo-a para a saída do prédio:

— Eu vou ajudá-la. Venha comigo.

Ele sacou seu celular do bolso e fez uma chamada.

— Alô, Amadou? Leve o carro até a lateral direita do palácio, ao lado da escada, embaixo da passarela para o prédio novo. Deixe-o ligado, pois vou sair imediatamente.

Olivier desligou o telefone e puxou Araci pelo braço.

— Amadou é meu motorista. Vamos logo!

Naquele momento a excursão em francês estava começando com um guia de terno preparando-se para conduzir os visitantes pelas dependências do palácio. Araci e Olivier deixaram a recepção, viraram à esquerda e desceram uma escadaria comprida ao ar livre. O Volvo de Olivier, com placa do corpo diplomático, estava parado ali, com um rapaz negro, uniformizado, de pé com a mão segurando uma das portas traseiras aberta. Olivier fez Araci entrar primeiro e disse para ela abaixar no chão. Em seguida, sentou-se ao seu lado.

Amadou fechou as portas e acomodou-se na direção.

— Vamos para o apartamento — falou Olivier. — Sem pressa, por favor.

Para não atrair atenção de ninguém, presumiu Araci. O carro serpenteou pelas alamedas dos jardins da ONU, antes de ganhar a cidade; agachada, Araci não soube precisar se o veículo saíra pelo mesmo acesso por onde ela havia entrado a pé ou se havia tomado outro caminho. Ela manteve-se abaixada, até depois de cruzarem o Ródano e imergirem nas ruas bucólicas e arborizadas dos bairros residenciais da margem esquerda de Genebra. Olivier fez, então, sinal para Araci levantar-se, e ela sentou-se ao lado dele. Mal acreditava no que estava acontecendo. Numa mistura perturbadora de tensão, perplexidade e alívio, ela não conseguiu se controlar e começou a chorar. Seu corpo tremia todo. Olivier ofereceu-lhe um lenço e não fez perguntas.

O carro dobrou numa avenida que margeava um lindo e amplo parque verde, rodeado de edifícios residenciais. Era o parque Bertrand, como Olivier lhe explicaria depois. Ali, ele possuía um apartamento, onde se hospedava em suas frequentes vindas a Genebra. O Volvo entrou numa acanhada garagem térrea e Araci, pela primeira vez em dias, sentiu-se realmente em segurança.

— Vamos subir — disse Olivier, apeando e oferecendo a mão para Araci descer. — A senhora deve estar cansada e quero muito que me explique por que estão tentando sequestrá-la. Essas coisas não são comuns aqui na Suíça. O motivo deve ser forte e eu sinto que posso ajudá-la de alguma forma.

- 22 -

Bartô Saraiva e Aníbal Monte Mor terminaram de almoçar a deliciosa lasanha à bolonhesa preparada por Laís Villa Verde, acompanhada de uma garrafa do vinho tinto Châteauneuf-du-Pape, um dos favoritos de Bartô. A tarde estava quente em Paris, com o sol brilhando num céu repleto de nuvens. As janelas abertas ajudavam a refrescar o ambiente, mas o ar parado e incômodo pouco colaborava. Aníbal torcia para que a noite trouxesse algum frescor, já que o apartamento de Laís, como a maioria das residências parisienses, não possuía sistema de refrigeração. Apenas dois antigos ventiladores, que funcionavam precariamente, emitindo zumbidos enervantes.

Enquanto Laís terminava de coar um café perfumado e levava até eles na sala, Aníbal foi rapidamente ao seu quarto e voltou trazendo um envelope fino e largo nas mãos.

— Eu lamento ter de te dizer isso, Bartô, mas sua estada aqui conosco está no fim. Você terá de partir.

Bartô olhou interrogativamente para Aníbal, sem nada dizer.

— É para seu próprio bem — complementou Aníbal. — Amanhã bem cedo você inicia a volta ao Brasil, mas não diretamente. Em vez de, simplesmente, tomar um avião aqui em Paris para o Rio, você seguirá anonimamente de carro até Barcelona e dormirá lá uma noite. Ninguém, além de nós, deve saber que você esteve em Paris e muito menos nesta casa. Saindo de Barcelona, as pessoas que estão em meu encalço pensarão que você foi levado da Suíça diretamente para a Espanha. Quanto menos souberem de meu real paradeiro e do envolvimento de Laís nisso tudo, melhor será para todos nós.

— Pode ficar sossegado. Se me perguntarem sobre você, eu não direi nada.

— Você é uma pessoa em quem eu confio, Bartô. Tenho certeza de que procurará guardar segredo, mas às vezes as circunstâncias nos traem. Nunca se sabe o que pode acontecer. Um dia, inesperadamente, alguém poderá encostá-lo contra a parede e usar métodos infames para forçá-lo a falar. Ou então, numa hipótese mais amigável, você simplesmente poderá soltar alguma informação sem querer. Você gosta muito de vinho e o álcool reduz nossa censura. Não posso correr riscos. Durante algum tempo, eu serei um alvo. Mesmo depois que Fatima for expulsa da Villa Saint-Benoît. E foi por ter absoluta consciência disso, que eu decidi ir embora daqui. Algumas horas depois que você se for, eu também irei.

— Não acha que está exagerando, Aníbal? Por que alguém, além de Fatima, haveria de querer prejudicar você?

— Não se esqueça, Bartô, de que tentaram me matar no Brasil. Foi por isso que eu fugi. Não tenho mais os relatórios. Meus assassinos conseguiram roubá-los. Por isso, sentiram-se confiantes o bastante para acabar com minha vida. Não acha que eles poderão tentar de novo, se me localizarem?

Embora sua situação fosse complicada, Aníbal estava espantosamente sereno. A perspectiva de passar meses, talvez até anos, escondido, aparentemente, não o incomodava. Era como se ele já estivesse conformado e ciente de que sua sobrevivência dependeria da própria capacidade de permanecer fora de circulação por quanto tempo fosse preciso. Não era, obviamente, o melhor horizonte de futuro para ninguém.

Mas, diante dos perigos que o rondavam, Aníbal via naquela alternativa uma chance preciosa de continuar vivo, do mesmo modo que um náufrago em alto-mar se apega a um objeto flutuante qualquer que surja de repente.

— Você sairá de Paris amanhã por volta das cinco horas num carro alugado, que deverá ser entregue em Barcelona assim que você chegar — disse Aníbal. — A locação do carro foi feita sob um nome falso, Pablo Montero. Você ficará num hotel discreto na Rambla, perto da Plaça de Catalunya, e, no fim da manhã de domingo, irá de avião até Madri onde, então, embarcará num voo para o Brasil.

Bartô fez um gesto de anuência com a cabeça. A viagem até Barcelona seria cansativa, mas ele sabia que não estava em condições de argumentar.

— Sei que você está com seu passaporte — prosseguiu Aníbal. — No dia em que você chegou aqui, eu o encontrei em seu paletó.

— Quando vou ao exterior, nunca me separo de meu passaporte. É um hábito antigo.

— Ainda bem. Assim não será necessário solicitar outro, junto à embaixada. E não perderemos tempo com isso.

Bartô meditou por um instante e, por fim, indagou:

— Se a situação é tão preocupante a ponto de fazê-lo cercar-se de tantos cuidados, voltar para o Brasil agora não é um pouco arriscado? Não seria melhor eu esperar alguns dias?

— Para você, não há mais perigo algum. Acredite em mim. É até melhor que você volte agora e retome sua vida normalmente. Ainda nesse fim de semana, depois que você partir, será minha vez de ir embora. Não posso deixar Laís exposta por minha causa.

Bartô comprimiu os olhos para mirar Aníbal mais detidamente.

— Você vai para onde?

Aníbal balançou a cabeça.

— Desculpe-me, mas não posso falar. É um lugar distante, bem longe de Paris. Ninguém deve saber de meu paradeiro por um bom tempo. Meu plano está todo traçado, nos mínimos detalhes, e garanto que ele é bom. Será impossível alguém me localizar. Só pretendo aparecer novamente quando tiver certeza de que não corro mais nenhum risco de ser assassinado. Mas sei que esse dia vai custar um pouco a chegar.

— E, até lá, o que você vai fazer de sua vida? Como ficará sua galeria? Você vai abandonar a Pinacoteca Fluminense e deixar para trás todo o seu trabalho no Brasil?

Foi então que Aníbal voltou sua atenção para o envelope que segurava. Ele o abriu e puxou uma folha de papel impressa em computador.

— É também sobre isso que eu preciso conversar com você. Quero que fale com Araci e peça a ela para me representar no Brasil. Inclusive, assumindo a gestão da Pinacoteca Fluminense — Aníbal estendeu o papel para Bartô. — Redigi esta procuração em nome dela. Já está assinada. Você só precisa fazer o reconhecimento da minha firma naquele cartório da avenida Copacabana, que fica quase na esquina com a rua Barão de Ipanema. Se Araci necessitar de alguma informação ou tiver alguma dúvida quanto à administração da galeria, peça a ela para me mandar um e-mail. Quero também que vocês cuidem de meu apartamento, na Fonte da Saudade. Ainda hoje, vou transferir, via internet, um bom dinheiro para a conta de vocês no Banco do Brasil, o suficiente para pagar impostos, condomínio e despesas gerais pelos próximos cinco anos.

Bartô segurou a procuração e ficou parado, olhando para ela aturdido.

— Para você tomar a iniciativa de deixar para trás a Pinacoteca Fluminense, que é um lugar que você ama quase como você amou seu filho, é porque a coisa é mesmo muito séria.

Aníbal soltou o ar dos pulmões.

— Não está sendo fácil, Bartô. Mas eu não tenho outra saída. É fugir ou morrer. E eu ainda tenho muito que fazer nesta vida.

Bartô guardou a procuração no envelope.

— Está certo. Farei o que me pede. Amanhã cedo, parto para Barcelona. Será que Araci recebeu nosso recado no hotel?

— Certamente, sim. E eu diria que a esta altura ela já deve ter saído de Genebra.

— A menos que Fatima a tenha impedido.

— Fatima está no fim, Bartô.

Bartô fitou Aníbal demoradamente.

— Você parece ter muita certeza disso, não é?

— Se tivesse alguma dúvida, acha que eu estaria assim, tranquilo, quanto à sorte de Araci?

— Eu gostaria de partilhar de sua tranquilidade.

— Confie em mim. Quando Fatima cair, vocês estarão a salvo. Como isso é uma questão de dias, talvez horas, não há realmente com o que se preocupar.

* * *

Assim que chegou ao apartamento de Olivier, a primeira coisa que Araci fez foi telefonar para o Rio de Janeiro. Falou com Emílio e ele lhe contara que Bartô havia ligado uma hora atrás, informando que já estava a caminho do Brasil e em segurança. Aliviada, Araci disse que estava tudo bem com ela e falou ao pai que também voltaria logo, talvez ainda naquele fim de semana, logo depois de resolver um último assunto que a prendia em Genebra.

Terminada a ligação e mais tranquila, ela sentou-se com Olivier em torno de uma mesa redonda diante de uma das janelas da sala do apartamento, no quinto andar de um gracioso prédio de esquina, de onde se divisavam os vários tons de verde das árvores do parque Bertrand. Era uma versão reduzida e bucólica do Central Park nova-iorquino, incrustado em Champel, um dos elegantes bairros residenciais da margem esquerda de Genebra. Olivier havia pedido à sua empregada que servisse café, suco de laranja, croissants, geleia de damasco e *madeleines*. Araci estava ainda atordoada com a velocidade das últimas horas. Sua fuga fora quase inacreditável, e ela considerava um milagre estar ali, agora.

Olivier terminou de tomar sua xícara de café e limpou a boca com o guardanapo. Amadou estava parado sob o portal que dividia as salas de estar e de jantar, com as mãos cruzadas para frente, e Olivier dirigiu-lhe um aceno discreto com a cabeça.

— Creio que agora podemos conversar — disse Olivier, estendendo a mão para um aparador ao lado da mesa e apanhando seu cachimbo. — Importa-se se eu fumar?

— Absolutamente.

Olivier encheu cuidadosamente o cachimbo com tabaco sueco e acendeu-o, espalhando no ar um agradável aroma que recendia à baunilha. Araci percebeu que aquilo, para ele, era um verdadeiro ritual.

— Conte-me qual seu problema e por que tentaram sequestrá-la.

— É uma história tão complicada, *Monsieur* de Grammont, que nem sei por onde começar...

— Então vamos começar abolindo a cerimônia. Você me chama de Olivier e eu a chamo de Araci.

Araci sorriu, sentindo-se mais acolhida.

— Está bem, Olivier.

— Então, conte-me: por que querem sequestrá-la?

Araci respirou fundo e, mexendo a colher de café sobre o pires, recapitulou os fatos em sua memória, antes de falar.

— Bem... Tudo começou há dois anos. Meu sobrinho Lourenço, a quem eu adorava como se fosse meu filho, morreu num incêndio criminoso na casa onde ele estava vivendo, no Brasil. Ele era um artista plástico e havia pintado um quadro que foi considerado satânico e ofensivo para os muçulmanos.

Todo mundo achou que esse quadro, que se chama *O Véu*, tinha sido destruído no incêndio, mas ele esteve, esse tempo todo, guardado em meu apartamento, no Rio de Janeiro. Há poucos meses, o pai de Lourenço, Aníbal, decidiu colocá-lo à venda. E, desde então, coisas estranhas começaram a acontecer.

Olivier ouvia atento e imerso em absoluto silêncio. Araci contou-lhe tudo o que havia ocorrido nas últimas semanas. Contou sobre as tentativas de Alejandro Aguirre (na verdade, Behdad Zakeri, um ex-agente iraniano) de comprar o quadro, do misterioso sumiço de Aníbal, do atentado à casa de leilões, do roubo do quadro, do assassinato de seu chefe de segurança em plena noite do leilão, do telefonema em francês alertando-a para os perigos que corria caso continuasse no Brasil, do convite para o vernissage na galeria de Ulrich Wachtel, da tensa conversa com Fatima na Villa Saint-Benoît e das perturbadoras revelações que esta lhe fizera, da descoberta de que o barão Von Kessel estava morto havia onze meses, até sua fuga da *villa*, seguida da tentativa dos homens de Fatima de capturá-la e levá-la de volta para o cativeiro. Durante mais de uma hora, Araci falou ininterruptamente, o que lhe serviu, também, como um desabafo. Ao término da explanação, ela sentia-se mais leve, como se tivesse tirado um grande peso das costas.

Olivier pigarreou e disse:

— Então, o barão Von Kessel está morto há quase um ano... E essa mulher, essa Fatima, achou melhor esconder o fato de todos. A pergunta é: por quê?

— Talvez para ficar com a fortuna dele.

— Mas se ela disse que os dois haviam se casado, isso não faz sentido. Fatima seria a única herdeira dos bens de Von Kessel, já que ele não teve filhos.

Araci teve de concordar com Olivier.

— Ela me falou que há um... plano sendo armado contra ela e que teria relação com o assassinato do professor Mohsen Khajepour no Rio e com o quadro, com *O Véu*. Fatima me disse que o quadro foi roubado porque tinha... — o semblante de Araci tornou-se sombrio. — Porque tinha... um segredo.

Olivier pareceu surpreso:

— Um segredo? Qual?

— Ela não me falou. E não consigo imaginar o que possa ser. Afinal, os agentes que Fatima mandou ao Rio conseguiram se apoderar do quadro depois que ele foi encontrado junto às mãos de Khajepour. O quadro tinha sido avariado, mas estava lá, pendurado numa das salas da Villa Saint-Benoît. Seja que segredo for esse, ele estava bem ali, diante dela, ao alcance de seus olhos.

Olivier cruzou as mãos, intrigado. Araci notou um brilho em seus olhos.

— Parece existir uma lógica nisso tudo — ela complementou, exausta de tanto falar. — Mas, por mais que eu me esforce, não consigo entender o que é.

— A única certeza que temos é que há algo muito importante em jogo. Do contrário, Fatima não estaria tão preocupada com esse suposto dossiê. Parece-me que é uma disputa por poder. Você teve acesso ao dossiê?

— Claro que não, Olivier. Aníbal nunca me falou dele. Foi Fatima quem me contou. Aníbal desapareceu e eu não tenho notícias dele há quase um mês.

— Nem tem ideia do que possa estar escrito nele?

Araci pousou os olhos, intrigada sobre Olivier. O rosto do embaixador era pura expectativa. Olivier parecia vivamente interessado no que ela estava lhe contando, como se fosse algo muito importante para ele. E, mais do que isso, demonstrava uma perceptível familiaridade com os fatos, como se nada daquilo fosse novidade. Ela olhou para o lado. Amadou continuava perfilado na sala. Ele, imediatamente, baixou os olhos e afastou-se voluntariamente, caminhando para alguma dependência do apartamento.

Por breves segundos, Araci deu-se conta das coincidências:

Olivier de Grammont, embaixador da França nas Nações Unidas, residente em Nova York, comparece à inauguração da exposição da Coleção Von Kessel, a convite de Ulrich Wachtel e, ao ser apresentado a Araci, afirma já ter ouvido falar nela e menciona imediatamente o atentado à Casa Quintanilha, demonstrando um inusitado conhecimento do incidente. Dias depois, numa coincidência ainda maior, aparece no Palácio das Nações no mesmo instante que ela e a auxilia na fuga, com uma presteza tamanha, que era como se ele já estivesse preparado para aquilo. Em seguida, a leva para seu apartamento e a induz, gentilmente, a contar tudo o que sabe. De repente, seu interesse se volta para o dossiê de Aníbal, que foi um dos motivos que levaram Fatima a atraí-la para Genebra e aprisioná-la na Villa Saint-Benoît. O que pretendia Olivier, afinal? Quem era ele? Seria aquilo mais uma armadilha?

Se o embaixador fosse, também, um facínora, ela teria pouca ou nenhuma chance de escapar daquele apartamento. Suando frio e buscando as palavras apropriadas para não melindrar o homem à sua frente, Araci cruzou as mãos sobre a mesa e inclinou-se na direção dele, declarando, de forma direta:

— Você me desculpe, Olivier, mas eu estou surpresa com seu interesse por essas informações.

Olivier manteve-se parado, a expressão impassível.

— Quem é você, afinal? — arrematou Araci, procurando soar o mais delicada possível. — E o que quer de mim?

— Não é o que você está pensando.

— Você está mancomunado com Fatima Hajiran? Foi ela quem o mandou à ONU para me trazer até aqui e me forçar a falar sobre um dossiê do qual nada sei?

Olivier balançou a cabeça.

— Quer mesmo saber?

— Quero.

— Não tenha medo — havia uma calma paternal em sua voz. — Eu vou lhe contar tudo.

- 23 -

— Em julho de 2005 — começou Olivier, recostando-se na cadeira —, houve uma série de atentados no sistema de transportes de Londres que matou e feriu dezenas de pessoas... Você deve se lembrar dos atentados em Londres, não é?

— Claro que sim — respondeu Araci.

— Pois então: três dias após esses atentados, um perigoso terrorista iraniano, chamado Amir Shariati, conhecido como Abu al-Horiah, ou "o Pai da Liberdade", foi assassinado num apartamento na Arábia Saudita com o filho, numa operação planejada e executada por agentes americanos e britânicos, com o apoio da polícia saudita.

Araci apenas balançou de leve a cabeça, sinalizando que estava prestando atenção ao que ele dizia.

— Abu al-Horiah era o líder de uma organização extremista iraniana chamada Azadi. A Azadi foi um grupo terrorista muito atuante na década de 1990, responsável pelo assassinato de políticos americanos e por atentados a vários alvos israelitas, principalmente na Europa. Era um grupo muito bem treinado e organizado. Depois dos atentados de setembro de 2001 nos Estados Unidos e do início da guerra contra o terrorismo liderada pelos americanos, a Azadi, ao que parece, entrou em decadência. Rumores dão conta de que Abu al-Horiah, temeroso de que os agentes americanos, com a intensificação das ações de espionagem, acabassem chegando até ele e desarticulando a Azadi, decidiu, então, suspender temporariamente as atividades do grupo e se recolher até que a guerra dos Estados Unidos contra o terror perdesse força e a situação política internacional voltasse aos níveis brandos da década de 1990. Coisa que não aconteceu.

Araci ouvira falar daquela história, muito por alto, alguns anos atrás. Abu al-Horiah não lhe era um nome estranho e o nome "Azadi" tornara-se incomodamente familiar desde o incêndio que matara Lourenço, já que a organização fora, desde sempre, a maior suspeita de ter cometido o crime, apesar de nunca ter reivindicado sua autoria deliberadamente.

Enquanto falava, Olivier desatarraxava a boquilha do fornilho do cachimbo e passava cuidadosamente um limpador branco, cilíndrico, pelos orifícios.

— A verdade é que, desde o assassinato de Abu al-Horiah quatro anos atrás, a Azadi tornou-se um grande mistério. Ninguém sabe o que aconteceu às suas centenas de integrantes e simpatizantes nem que fim levou o vultoso ativo financeiro que pertencia ao grupo. Os serviços de inteligência ocidentais têm opiniões divididas. A maioria acredita que com o fim de Abu al-Horiah e de seu filho, que seria seu sucessor, a organização foi definitivamente extinta. Outros, no entanto, sustentam a tese de que a Azadi está estrategicamente adormecida, mas em plena forma, apenas à espera do momento certo para voltar à ativa com a força do passado. Eu sou um dos que acreditam nessa segunda hipótese. E é por isso que vim a Genebra este mês.

Araci alteou as sobrancelhas, impressionada com a explanação apaixonada de Olivier.

— E eu posso saber que interesses o embaixador da França nas Nações Unidas pode ter em relação à Azadi a ponto de falar da organização com tanto conhecimento de causa?

Olivier terminou de limpar o cachimbo, atarraxou-o outra vez e adicionou mais tabaco ao fornilho, apertando-o com o dedo até ficar firme.

— Isso é o que eu costumo chamar de pergunta assassina — Olivier não pôde conter um sorriso constrangido. — Aquela pergunta que vai direto ao alvo, como uma flecha afiada e certeira.

Ele acendeu o cachimbo e deu uma baforada, antes de prosseguir:

— O certo seria eu não te dizer nada. Afinal, você é uma estranha, uma pessoa que eu conheci esta semana. E uma pessoa em minha posição não pode abrir o jogo assim, tão facilmente. Não faz parte da cartilha.

Araci manteve-se calada, com as mãos cruzadas sobre a mesa, aguardando que ele terminasse de falar.

Olivier disse:

— Mas como você me contou todas essas coisas e acabou me fazendo revelações importantes, sinto que é meu dever ser honesto com você, assim como você está sendo comigo.

Ele limpou a garganta, soprou mais uma fez a fumaça do cachimbo e prosseguiu, agora mais lentamente:

— Eu não menti quando disse que sou o embaixador francês nas Nações Unidas. Acontece que, há muitos anos, eu concilio a carreira de diplomata com a de agente da DGSE.

Araci quedou-se curiosa:

— DGSE?

— Sim. É a sigla da *Direction Générale de la Sécurité Extérieure*. O serviço de espionagem francês.

— Então, você é um espião?

— Sim. Mas na boa acepção do termo. Não sou dos agentes mais ativos, mas desde 2005, com a morte de Abu al-Horiah, a DGSE uniu-se aos serviços de inteligência americano e britânico para tentar localizar os membros da Azadi. Principalmente depois que rumores começaram a circular de que a organização tinha uma nova líder, Umm al-Hakika, ou “a Mãe da Verdade”. Desde 2007 temos indícios fortes de que Umm al-Hakika estaria morando aqui na Europa e reorganizando a Azadi de forma silenciosa com algum objetivo obscuro. Em maio foi assassinado em Londres um iraniano, ex-membro da Azadi, que teria sido muito ligado a Abu al-Horiah. Seu nome era Nasser Shiravi. Ele chegou a passar algumas informações sobre a organização ao serviço de inteligência britânico. Tudo leva a crer que a Azadi descobriu e o matou antes que ele falasse mais. Pelo menos é o que nos parece.

— Então, a organização está agindo. Veja a morte do professor Khajepour. Foi reivindicada pela Azadi...

— Não temos certeza disso. Alguém ligou para uma rádio em Paris, assumindo a autoria do assassinato em nome da Azadi. Mas não há provas.

— E a morte de meu sobrinho Lourenço? — a voz de Araci elevou-se. — E todos os crimes ligados ao quadro condenado pelos muçulmanos? Não foram obras da Azadi?

— Não sabemos — respondeu Olivier, apaziguador. — Não temos provas de nada. Apenas indícios.

— Você disse que desde 2007 circulam rumores de que essa Umm al-Hakika estaria vivendo na Europa. Não é possível que, em dois anos, os serviços secretos dos Estados Unidos, da Inglaterra e da França trabalhando juntos não tenham ainda encontrado nenhum dado concreto sobre essa mulher ou sobre a organização. Afinal, já estamos em 2009...

— Uma das características da Azadi é a extrema discrição de suas movimentações e do contato entre suas diversas células. É um grupo relativamente pequeno, altamente treinado, com uma eficiência digna das melhores polícias secretas. Abu al-Horiah tinha entre seus assessores antigos membros da KGB, o serviço de inteligência da antiga União Soviética. A Azadi recebeu um treinamento impecável. Por isso não é fácil rastreá-la. Nestes dois anos, investigamos bastante, mas foi só recentemente que pistas mais consistentes começaram a aparecer. Por isso estou aqui. Por isso vim a Genebra.

— Não diga! — surpreendeu-se Araci. — Isso significa que Umm al-Hakika está aqui? Em Genebra?

— Não exatamente. Acontece que interceptamos alguns telefonemas feitos a partir de celulares e muitos deles foram feitos a partir de Genebra. Isso começou há uns três meses mais ou menos. As conversas colhidas nas gravações que realizamos eram altamente comprometedoras e sugeriam a presença de uma célula muito forte e poderosa da Azadi em Genebra. Desde maio estou aqui investigando com outros agentes.

— Que telefonemas foram esses?

— Aí é que está. Todos foram feitos para o Brasil. E coincidiram com os acontecimentos envolvendo sua casa de leilões. Por isso eu sabia quem você era quando Ulrich Wachtel nos apresentou na exposição. Aqueles incidentes nos mobilizaram muito. As ligações eram feitas em código, mas especialistas da CIA conseguiram identificar várias palavras em persa nas chamadas. Há uma possibilidade bastante forte de muitos desses telefonemas terem sido dados para Behdad Zakeri, o homem que você disse estar envolvido no ataque à sua casa de leilões.

— Behdad Zakeri... Eu não sabia que ele tinha esse nome até Fatima Hajiran me falar dele. Ela disse que Zakeri é um ex-agente da Vevak, o serviço de inteligência do Irã, e que trabalhou para ela na Villa Saint-Benoît até pouco tempo atrás.

— Entende agora onde eu quero chegar?

Araci estreitou os olhos, numa expressão confusa.

— Você está achando que... Fatima Hajiran...

— Que Fatima Hajiran pode ser Umm al-Hakika? Sim, é o que estou pensando. Todas as suspeitas recaem sobre ela, principalmente depois de tudo o que você me contou. Não se esqueça de que a Azadi é uma organização iraniana. Fatima é iraniana. A Villa Saint-Benoît é, hoje, protegida por seguranças iranianos. Zakeri é iraniano. E há ainda os fortes indícios de que Umm al-Hakika estaria vivendo na Europa.

Araci balançou a cabeça:

— Não, Olivier. Fatima não pode ser a líder da Azadi. Pois se foi a Azadi que matou Lourenço e Fatima é Umm al-Hakika, então... Fatima matou Lourenço. Mas se eles se amavam a ponto de meu sobrinho ter pintado um quadro inspirado nela... Não, isso não faz o menor sentido. Fatima pode ser uma mulher traiçoeira, fria, vingativa, mas ela não seria capaz de matar o homem por quem era apaixonada.

— Bem, talvez na época em que se envolveu com seu sobrinho, Fatima não fosse ainda integrante da Azadi. Ou, então, o incêndio que devastou a casa de Lourenço Monte Mor não tenha sido obra da Azadi. Isso nunca ficou provado. De qualquer modo, precisamos tirar essa história a limpo.

— De que maneira?

— Precisamos conversar com Fatima Hajiran e confrontá-la, fazê-la confessar o que sabe.

— Conversar com Fatima? — Araci teria rido se a situação não fosse dramática. — Isso será impossível. Se um de nós entrar na Villa Saint-Benoît, duvido que consiga sair de lá. Eu lhe contei que Fatima me prendeu lá dentro e foi um milagre eu ter conseguido fugir. Neste momento, há agentes dela espalhados por toda a Genebra à minha procura. E, além do mais, você acha realmente que, se Fatima for mesmo Umm al-Hakika, ela vai nos confessar tudo assim, tão facilmente?

— Se a conversa acontecer na Villa Saint-Benoît, certamente não, pois a *villa* é a fortaleza dela. Lá, Fatima se sente segura e é a senhora da situação. Agora, se nós tivermos essa conversa num outro lugar, é muito provável que ela nos conte, sim, o que queremos saber.

— Uma conversa num outro lugar? — Araci estava cada vez mais confusa. — Que outro lugar? Fatima jamais sairá de livre vontade da *villa* para conversar conosco. E não existe um local suficientemente seguro onde possamos nos encontrar, sem que ela leve seus homens a tiracolo para nos capturar numa emboscada. Fatima é uma raposa. Ela não vai sossegar enquanto não se apoderar do dossiê de Aníbal e acredita piamente que eu posso levá-la até ele.

— E é por isso que nós vamos conseguir atrair Fatima para fora da *villa*. Ela quer o dossiê. Nós vamos sugerir a ela que temos pistas sobre ele. Mas para isso ela terá de nos encontrar sozinha num local de nossa escolha. Entendeu?

Araci ficou séria e mirou Olivier demoradamente:

— Não é muito arriscado? — indagou ela, temerosa.

— Sinceramente? É, sim. Mas precisamos descobrir quem é essa mulher e o que ela esconde. É um interesse seu também. Afinal, Fatima foi amante de seu sobrinho e ela própria afirma que o quadro que ele pintou inspirado nela guarda um segredo. Talvez ela tenha as respostas para os incidentes deste mês em sua casa de leilões e para a morte de Lourenço.

Araci contraiu as mãos tensas sob o queixo.

— Você não tem vontade de saber a verdade sobre o que aconteceu a seu sobrinho? — insistiu Olivier.

Ela acenou afirmativamente com a cabeça, após um instante.

— Tenho.

— Então a hora é agora. Podemos estar a um passo da verdade.

Araci levantou-se da cadeira e caminhou pela sala, com o rosto e os ombros contraídos, as mãos cruzadas nas costas.

— Não consigo imaginar um lugar seguro para encontrar Fatima. Ela não é tola. Não vai se deixar enganar facilmente, ainda que eu afirme estar com o dossiê nas mãos.

— Nessas horas a ganância fala mais alto. Garanto a você que ela fará qualquer coisa para saber sobre o dossiê. E aceitará todas as condições que impusermos.

— Mas onde teríamos esse encontro? Aqui, neste apartamento?

Num hotel? Num restaurante? Não há lugar seguro, Olivier. Uma vez terminada a conversa, e Fatima percebendo que não temos o dossiê, ela mandaria, na mesma hora, os agentes dela nos levar para a Villa Saint-Benoît. É muito risco!

Foi a vez de Olivier assumir um ar meditativo. Ele ficou em silêncio durante vários minutos, a tez contraída, enquanto mexia os lábios e emitia resmungos incompreensíveis.

— Tem de ser um lugar especial — ele disse, com a voz perdida. — De preferência fora de Genebra.

De repente, seu rosto pareceu iluminar-se e ele entreabriu um sorriso de entusiasmo.

— Acho que acabo de ter uma ideia. Por que não pensei nisso antes?

Ele retirou um celular de dentro do paletó e levantou-se.

— Se me dá licença, vou fazer uma ligação ali dentro e já volto.

Araci sentou-se novamente na cadeira e ouviu quando Olivier falou, formalmente, em alemão:

— *Guten Tag. Hier ist Olivier de Grammont. Ich möchte mit Herrn Schirmer sprechen.* (Boa tarde. Aqui é Olivier de Grammont. Gostaria de falar com o sr. Schirmer.)

Houve uma pausa e a voz de Olivier fez-se ouvir novamente, desta vez mais distante:

— *Danke schön.* (Muito obrigado.)

Olivier, provavelmente, havia se dirigido a um cômodo mais afastado no apartamento, pois Araci não ouviu mais nenhuma palavra dele. Vinte minutos depois, ele regressou à sala, com uma postura confiante, de quem havia acabado de concluir uma missão dificílima.

— Já temos o local do encontro — disse Olivier. — Agora é sua vez de agir.

— Com quem você estava falando?

— Com um amigo. Werner Schirmer. Ele é responsável pela administração de um castelo perto de Berna. Expliquei-lhe a situação sem entrar em detalhes e ele concordou em ceder as dependências do castelo para o encontro entre você e Fatima. Desde que ele aconteça amanhã à noite, depois do horário de visitação. O castelo é um museu aberto ao público.

— E se Fatima se recusar?

— Ela não vai recusar, porque não tem saída. Esta noite você dorme aqui, no quarto de hóspedes. Vou lhe emprestar um pijama de minha filha, ela tem, mais ou menos, sua idade e até se parece um pouco com você.

Olivier estendeu um celular para Araci, que o olhou ressabiada.

— Este é um celular especial, cujo número não pode ser rastreado. Ligue para Fatima e marque o encontro com ela.

Araci pegou o celular, hesitante. Olivier passou-lhe um papel com o número da Villa Saint-Benoît.

— Como conseguiu o telefone da *villa*?

— Sou um agente da DGSE, não se esqueça disso.

Araci estava paralisada pela ansiedade. Ela abriu a bolsa e apanhou uma cartela de Lexotan, retirando um comprimido. Precisava criar coragem.

— Você tem uísque?

Olivier olhou para o comprimido na mão dela e perguntou, cauteloso:

— Um copo d'água não seria mais adequado?

— Neste momento, não. Preciso de um pouco de uísque. Por favor.

Olivier deu de ombros e afastou-se até o bar, enchendo um copo com gelo e uísque, trazendo-o para Araci. Ela o apanhou com a mão trêmula, engoliu o comprimido e tomou a bebida em seguida. Já parecia mais relaxada, quando Olivier acocorou-se diante dela e falou:

— Agora ouça atentamente minhas instruções e faça exatamente o que eu disser. Mantenha a calma e tudo dará certo. Eu garanto.

* * *

Fatima Hajiran estava sentada atrás da escrivaninha de Von Kessel, acabando de ouvir as explicações de seu agente Siavash Negahban que, atrapalhando-se com as palavras, tentava relatar com precisão tudo o que acontecera desde que Araci Quintanilha deixou o hotel no táxi, cujo motorista eles haviam subornado, até o sumiço dela dentro do terreno do Palácio das Nações.

Quando Negahban terminou de falar, Fatima fulminou-o com um olhar tão pungente e gélido que as pernas do rapaz chegaram a vergar de medo.

— Então vocês deixaram Araci escapar? Mais uma vez?

— Ela entrou na ONU. Não pudemos ir imediatamente atrás dela.

— Por que não?! — Fatima soltou um grito.

— Porque estávamos sem documentos apropriados. Tivemos de vir aqui pegá-los. E estávamos armados. Não conseguiríamos passar pelo detector de metais.

— Mas, pelo que você me contou, dois de seus homens entraram lá.

— Sim. Uns vinte minutos depois de Araci, assim que estiveram de posse dos documentos forjados. Eles percorreram todo o interior do Palácio das Nações e toda a área ao redor, mas não viram nem sinal dela.

— Não é possível que nenhum funcionário da ONU a tenha visto...

— A senhora sabe como os suíços são discretos. E os funcionários da ONU são mais ainda. Com certeza alguém a viu, mas ninguém quis dizer nada.

Fatima passou a mão na testa, exasperada.

— Vocês são um bando de incompetentes. Se eu estivesse lá, teria resolvido isso num piscar de olhos. Araci deve ter conseguido sair da ONU de alguma maneira antes que seus homens tivessem tempo de voltar lá.

— E o que faremos agora?

— Mantenham vigília em toda a cidade, principalmente no aeroporto, na *gare* e nas estradas. Essa mulher tem de estar em algum lugar.

Negahban ia responder que isso já estava sendo feito, quando o telefone sobre a escrivaninha tocou. Era a linha particular do barão. Fatima fez um sinal com a mão para que ele esperasse e atendeu a chamada.

— Sim?

— Aqui é Araci Quintanilha. Como vai, dona Fatima?

Imediatamente, Fatima voltou os olhos ao identificador de chamadas sobre a mesa, mas ele mostrava apenas uma sucessão de zeros.

— Onde você está? O que quer? — ela perguntou, aflita, enquanto chamava Negahban com a outra mão e, tapando o bocal do telefone, pedia-lhe, num sussurro: — Ligue seu notebook e conecte-o a esta linha. Preciso descobrir de onde vem essa ligação. Depressa!

Negahban assentiu e correu para abrir sua maleta onde estava o notebook, enquanto Fatima ouvia Araci falar com uma calma quase celestial:

— O que eu tenho a dizer é rápido. A senhora quer saber do dossiê de Aníbal, não é? Talvez eu possa ajudá-la, se a senhora também se dispuser a colaborar.

Negahban conectou o notebook à internet e a uma tomada com a extensão do telefone. Fatima perguntou:

— Ligou para propor um acordo?

— Mais ou menos. Se quiser saber a verdade sobre o dossiê, terá de me encontrar pessoalmente. E fora da Villa Saint-Benoît. Estou cansada de fugir de seus facínoras de confiança. A senhora irá sozinha. E, se por um acaso, armar algum plano para levar seus capangas às escondidas, eu desaparecerei e a senhora nunca mais ouvirá falar de mim ou do dossiê. Entendido?

Agoniada, Fatima observava Negahban digitando no

computador e procurava manter a conversa o máximo de tempo possível a fim de que a chamada fosse rastreada.

— Onde será o encontro?

— Esteja amanhã às vinte e uma horas e trinta minutos na entrada do Cassino de Genebra. Sabe onde fica, não é? No cais, na margem direita do lago. Um carro irá apanhá-la. Se a senhora se comportar bem e estiver realmente sozinha, sem ninguém em seu encalço, seguindo-a a distância, o carro a levará até mim. Do contrário, não haverá encontro. Não se dê o trabalho de levar um celular ou qualquer aparelho com dispositivo rastreador por satélite, pois o motorista que irá buscá-la fará uma revista minuciosa antes que a senhora entre no carro. Não tente nenhum de seus truques. Não se esqueça: amanhã, vinte e uma horas e trinta minutos, em frente ao cassino. É sua última chance de saber do dossiê. Espero, de verdade, que possamos nos encontrar. Tenha uma boa noite!

Araci encerrou a ligação e Fatima desligou o telefone, atônita. Ela voltou-se imediatamente para Negahban, que lhe dirigiu uma negativa desolada com a cabeça:

— Sinto muito. Não deu para rastrear. A ligação foi feita de um telefone especial. Com certeza, pertencente a algum serviço de espionagem.

"Serviço de espionagem?", pensou Fatima, com um calafrio. O que isso poderia significar? Que Araci estava sob a proteção de algum governo? Ou será que ela ainda estava na ONU? Teria a ligação sido feita de dentro da ONU?

Seja como for, Araci havia mentido. Ela sabia de Aníbal Monte Mor, sabia do dossiê. Exatamente como Fatima desconfiava. Mas, se era assim, por que ela, de uma hora para outra, se dispusera a entregá-lo tão facilmente? O que teria provocado essa mudança radical de postura?

Em outras circunstâncias, Fatima não iria a esse encontro, ainda mais nas condições impostas por Araci. Sentia-se exposta demais fora da *villa*. Mas sua situação era grave, de verdadeira emergência. As horas conspiravam contra ela, restava-lhe pouco tempo. Fatima percebeu que não tinha alternativa. E esperava que esse encontro não ocorresse tarde demais.

- 24 -

Em vez de usar seu próprio carro, Mitra Rahmani preferiu chamar um radiotáxi para ir ao centro de Teerã. Nem bem havia amanhecido e ela já estava de pé. Após preparar um rápido café da manhã e vestir uma roupa mais cerimoniosa do que de costume — composta, basicamente, por um casaco cinza chumbo comprido e um comportado véu preto sobre a cabeça, que lhe cobria totalmente os cabelos e quase metade da testa —, Mitra saiu do apartamento quando faltavam cinco minutos para as seis horas. O táxi, um Saipa que parecia ter acabado de sair da fábrica, apareceu logo depois. Mitra sentou no banco de trás e o veículo partiu, atravessando as amplas e desimpedidas avenidas de Teerã, embalado pelas vozes agudas e melodiosas dos muezins que, do alto dos minaretes das mesquitas, conclamavam os muçulmanos a orar. Com a cidade vazia por conta do horário, a sensação proporcionada pela visão da paisagem imersa na tranquilidade conjugada com a beleza melancólica dos cânticos que provinham das mesquitas era de uma paz e de um conforto indescritíveis.

O táxi deixou as avenidas arborizadas do norte de Teerã e ganhou as ruas cinzentas, flanqueadas por altos edifícios, do centro. A pedido de Mitra, o motorista ficou dando voltas insuspeitas pelos quarteirões ao redor da praça Vali Asr, na confluência da avenida Falastin com o bulevar Keshavarz, para gastar o tempo excedente. Quando faltavam cinco minutos para o horário combinado, ele estacionou a trinta metros do ponto de encontro marcado. Mitra saltou e esquadrinhou toda a área, até onde sua vista alcançava. Avançou alguns passos em meio à friagem matinal, que logo daria lugar ao calor furioso do verão iraniano. Olhou novamente. Estava tudo completamente deserto.

Não era difícil reconhecer em meio às construções da avenida Falastin a sinagoga Abrishami, o maior entre os mais de vinte templos judaicos existentes em Teerã. Era uma construção austera, cinza e cor de tijolo, excessivamente fortificada, que destoava um pouco do restante do quarteirão. Se não estivesse ali tão cedo, Mitra veria, com facilidade, discretos grupos de judeus de *kipá* sobre a cabeça e de judias, usando o obrigatório véu islâmico, afluindo ao prédio, portando nas mãos os sidurim, os tradicionais livros de preces do judaísmo.

Muitos estrangeiros ficavam desconcertados e até desnorteados ao descobrir que o Irã, um país abertamente hostil ao Estado de Israel, cujo povo carregava, no imaginário ocidental, a fama de intolerante e fanático, abrigava a maior comunidade de judeus do Oriente Médio fora de Israel, reconhecida oficialmente pela constituição islâmica em vigor desde 1979. O culto religioso era liberado, pois, assim como os cristãos, os judeus eram vistos no Irã como o “Povo do Livro” e seu convívio com a maioria muçulmana xiita era absolutamente pacífico.

A atitude de não envolver os judeus iranianos com a política oficial contrária a Israel e ao movimento sionista partira do próprio aiatolá Khomeini, o líder da revolução. Khomeini tinha em conta que a comunidade judaica no país era uma das mais antigas no mundo e que lá se estabelecera séculos antes da chegada dos muçulmanos. Hoje, os judeus possuem representação no parlamento iraniano, integram as forças armadas, promovem seus festivais, mantêm suas escolas e seus hospitais e, o mais surpreendente, cultivam leis próprias sobre família e costumes, que são aceitas sem problemas pelos tribunais islâmicos.

Quando os ponteiros se alinharam no relógio indicando seis horas e trinta minutos, Mitra avistou, enfim, a mulher alta, usando chador negro e óculos escuros. Mitra era capaz de jurar que ela não estava ali um minuto atrás. Perfilada quase na borda da calçada, a mulher passava uma sensação de alheamento, de indiferença. Mitra adiantou-se e, com polidez, perguntou-lhe:

— Com licença, senhora. Que horas são, por favor?

A mulher, então, ergueu o punho até a altura do rosto e afastou a manga do chador, deixando aparecer um reluzente relógio dourado. Nisso, uma Mercedes Benz preta, com película nos vidros, surgida do nada, arrancou cantando os pneus no asfalto e freou bruscamente bem em frente a elas. A mulher de chador abriu, com agilidade, a porta de trás e fez um gesto com a mão para Mitra entrar. Um homem de barba prateada e paletó escuro estava recostado no banco do carona e ele apenas dirigiu um aceno respeitoso com a cabeça para Mitra, quando ela se sentou, antes de sinalizar com o dedo para o motorista dar partida.

A Mercedes dobrou uma esquina e ganhou em seguida a avenida Vali Asr, em direção ao norte da cidade. Mitra achou inaceitável ter se deslocado tantos quilômetros àquela hora ingrata da manhã só para fazer o caminho de volta. Ela olhou demoradamente para o motorista e para o homem de barba, tentando identificar neles alguma fisionomia conhecida, mas ambos lhe eram completamente estranhos. Nenhum dos dois era o ministro. Mitra supôs que o de barba talvez fosse o tal chefe de gabinete do ministro que ligara para ela, mas preferiu ficar na dúvida a abrir a boca para perguntar qualquer coisa. Aquela operação devia ser parte do plano montado para o ministro não ser descoberto conversando às esconsas com a esposa de Jaffar

Jalaipour, que hoje gozava da nada lisonjeira fama de inimigo número um do regime. Nessas horas, muitas vezes, o silêncio era a melhor companhia.

O espanto de Mitra cresceu ainda mais ao perceber que a Mercedes não apenas retornara ao norte de Teerã, como agora trafegava por ruas vizinhas ao seu prédio, subindo direto a Kamranieh e depois embrenhando-se para a esquerda. Quando, afinal, o carro estacionou na rua em declive a poucos metros da entrada do parque Jamshidieh, Mitra ouviu o ruído de um segundo veículo aproximando-se e detendo-se numa vaga um pouco mais atrás. A claridade relutante da manhã enevoada pouco a pouco cedia lugar a um tempo mais firme, dando ao céu uma coloração intensa, ainda mais perceptível daquela parte mais elevada da cidade.

Localizado na encosta da cordilheira de Alborz, no ponto mais extremo do norte de Teerã, o parque Jamshidieh era uma concorrida área de lazer da cidade, sobretudo no verão, quando os termômetros atingiam seu limite e as ruas convertiam-se em verdadeiras caldeiras, transformando uma curta caminhada pelo centro num sacrifício devastador. O parque era particularmente frequentado por jovens que se embrenhavam entre as árvores para, na calada da noite, driblar em segredo o rigoroso código social islâmico e se encontrar sem serem molestados.

O homem de barba que estava no banco do carona fez um movimento com as mãos, acompanhado de um grunhido incompreensível, sinalizando para Mitra segui-lo parque adentro. Eles foram caminhando devagar pelo labirinto de estreitas e sinuosas sendas de pedra, rodeadas de flores e de árvores em várias tonalidades de verde, enquanto respiravam o ar fresco da manhã que se insinuava, envolvidos por um silêncio atenuado apenas pelo som dos próprios passos e da sinfonia estridente dos pássaros saudando a alvorada. Para Mitra, tanta beleza era incompatível com a amargura dos últimos dias e pouco amenizava a tensão que acompanhava a expectativa da conversa que se seguiria.

Era muito fácil para um incauto perder-se no parque Jamshidieh, mas o homem de barba parecia saber exatamente para onde ia. Eles avistaram, na extremidade da alameda, uma escultura redonda de pedra, em torno da qual havia quatro homens de pé. Três deles, vestindo uniformes policiais e portando pistolas rodeavam um quarto, de bigode branco, paletó, camisa cinzenta abotoada no colarinho, óculos de aro redondo, a fisionomia bastante conhecida. Não seria a primeira vez que Mitra se encontraria com o ministro do Interior, Mehran Hajfat Zobeidi. A diferença era que, das outras vezes, ela estava acompanhada do marido, presidente da Bonyad.

O ministro tomou a iniciativa de dirigir-se a ela e cumprimentá-la com deferência. Ele sugeriu, então, que prolongassem a caminhada um pouco mais. As sendas do parque estariam inteiramente desertas àquele horário, não fosse a insólita presença deles. Lá fora, a cidade de Teerã era uma serena e majestosa selva urbana de concreto e vidro, ainda adormecida, guarnecida por montanhas áridas e pelo céu exuberante anunciando um dia quente.

A luz do sol já se infiltrava por entre as folhagens quando eles se sentaram em torno de uma mesa de madeira usada para piqueniques. Os soldados que os escoltavam a distância dispersaram-se pela mata, certamente atentos à aproximação de qualquer pessoa e prontos para agir, caso necessário.

— Agradeço sua vinda — disse o ministro Zobeidi a Mitra. — Esse encontro também é de seu interesse.

Mitra ouvia-o quieta. O ministro prosseguiu:

— Mesmo sabendo que o assunto não é propriamente de minha alçada, decidi não encaminhá-lo à Justiça, antes de conversar com a senhora para tentarmos chegar a um acordo que seja vantajoso para ambas as partes.

As palavras do ministro não chegaram a deixar Mitra surpresa. Ela perguntou:

— Um acordo?

— Exatamente.

— Por que o senhor deseja um acordo? Meu marido está preso. O governo tem o controle da situação. Eu é que deveria tê-lo procurado e não o inverso...

O ministro cruzou as mãos sobre a mesa, num gesto calculado que parecia ter sido ensaiado para um discurso em cadeia nacional.

— Deixe-me explicar. A República Islâmica vem atravessando nos últimos anos uma grave crise perante a opinião pública dentro e fora do país. Não sei por que, mas espalhou-se a notícia de que nosso governo era o financiador de uma organização terrorista que assombrou o mundo nas duas décadas passadas, chamada Azadi. Só recentemente conseguimos mostrar ao mundo e aos iranianos que tudo não passava de uma mentira e, para isso, foi preciso prender um homem e o declarar culpado.

— Jaffar Jalaipour — declarou Mitra, com azedume.

— Sim — o ministro pigarreou, algo constrangido. — Com a detenção dele, estamos conseguindo provar que também somos inimigos da Azadi. Que nada tínhamos ou temos a ver com todos os crimes hediondos que ela praticou. Queremos, aos poucos, restabelecer a imagem do regime, mas isso não será fácil. O governo atravessa uma crise interna e também no exterior, que piorou ainda mais nas últimas duas semanas. A senhora viu o caos que se instalou no país depois das eleições. Muita gente não quer aceitar o resultado de jeito nenhum. Falaram em fraudes, em convocar um novo pleito, o mundo inteiro está nos pressionando... O Irã ainda é muito malvisto no exterior, principalmente depois que vazaram as notícias de que estamos desenvolvendo um programa nuclear. Estamos lutando para sobreviver a essa crise e é por isso que precisamos que Jalaipour seja publicamente declarado culpado.

Mitra não conseguiu reprimir seu assombro com aquela declaração. Tentou imaginar como estava sua expressão, naquele momento, ao fitar gravemente o ministro, e supôs que era a pior possível.

— O senhor está querendo dizer que o governo sabe que Jaffar é inocente? — indagou ela, após um silêncio prolongado. — E que, mesmo assim, vai mantê-lo preso?

— É mais ou menos isso. Deixe-me tentar explicar. Desde o início nós sabíamos que seu marido não desviou aquele dinheiro da Bonyad. Nosso serviço de inteligência possui meios de averiguar o que acontece dentro do governo e o montante de dinheiro subtraído do caixa da Bonyad era enorme e a retirada foi feita de uma vez só. Em menos de dois dias, nós tínhamos todo o relatório da operação. Tudo indica que a ordem para o golpe veio de fora. Da Europa. Mais precisamente da Suíça. O dinheiro foi desviado para um banco em Liechtenstein, mas ainda não tivemos tempo de rastreá-lo.

— Foi Hamidreza Kadivar, o assistente de Jaffar, quem desviou o dinheiro, não foi?

— Tudo indica que sim. E sem o conhecimento de seu marido. De qualquer modo, é tarde para incriminar Kadivar. Ele está morto. Foi assassinado num atentado violento exatamente na porta do banco em Liechtenstein para onde o dinheiro da Bonyad foi remetido. Ainda não sabemos quem planejou a ação, mas estamos investigando.

— Desculpe-me, mas eu não estou entendendo onde o senhor quer chegar.

— Seu marido será réu em dois crimes dos quais é inocente: o de desviar ativos para o exterior e o de integrar um grupo terrorista radical. Sabemos que a senhora está disposta a provar que Jalaipour é inocente e foi isso que me fez vir aqui pedir sua colaboração.

— Minha colaboração?

— Sim. Como eu já disse, o momento do país é delicado. Acabamos de passar por eleições muito conturbadas. A população está revoltada e a comunidade internacional mantém sua histórica desconfiança sobre nós. Se nós inocentarmos Jaffar Jalaipour, todos irão nos cobrar a verdade sobre o desvio do dinheiro, e as suspeitas sobre uma relação entre o Irã e a Azadi voltarão à tona, o que poderá prejudicar seriamente o regime. O país será forçado a localizar os líderes da Azadi, pois o povo desejará que alguém seja punido pelo dinheiro que foi roubado. Além disso, o Ocidente poderá fazer manobras políticas a fim de forjar provas de que, de fato, a Azadi era patrocinada pelo governo iraniano e usá-las como ferramenta de pressão para, por exemplo, nos obrigar a renunciar ao programa nuclear ou, até mesmo, tramar uma mudança de regime, coisa com a qual os Estados Unidos sonham desde a Revolução Islâmica. No entanto, nós do governo pouco sabemos sobre a Azadi. Não mais do que os serviços de inteligência ocidentais sabem. A organização é um grande mistério. Seu líder foi morto há quatro anos na Arábia Saudita e seus membros são desconhecidos. A tarefa de localizá-los será árdua, longa e, tenho quase certeza, infrutífera. Não teremos como provar que não somos nem nunca fomos patrocinadores da Azadi e, então, todos se insurgirão contra nós e isso poderá até levar ao esfacelamento moral do regime. Nós cairemos em desgraça. Por isso entramos num acordo com seu marido e agora viemos pedir sua colaboração. Jaffar Jalaipour será condenado e queremos que a senhora não imponha resistência ao julgamento. É para o bem de todos.

Era uma proposta audaciosa, com a qual Mitra não simpatizou nem um pouco.

— Não posso concordar com uma coisa dessas. Um inocente vai ser deliberadamente condenado para resguardar a reputação de um governo? Em qualquer país realmente democrático, isso sequer seria cogitado.

— Acontece que Jalaipour está ciente disso e aceitou cooperar. Ele se ofereceu para dar a liberdade em troca da estabilidade do país... e, também, de uma boa compensação financeira. Jalaipour ficará apenas uma semana na prisão de Evin, após o fim do julgamento. De lá, ele será retirado sigilosamente para uma fazenda no sul. Será como uma prisão domiciliar, e ele ficará isolado lá por um período bem inferior ao da pena a ser aplicada no tribunal.

Mitra estava perplexa.

— Jaffar concordou com essa aberração? Não posso acreditar...

— Lamento dizer, sra. Mitra Rahmani, mas é a verdade e a senhora não tem escolha, senão cooperar conosco. Seu marido pode não ser o líder da Azadi, mas foi o braço direito dele, Hamidreza Kadivar, quem desviou o dinheiro da Bonyad. Qualquer tribunal acataria a alegação de que Kadivar não teria autonomia para realizar uma ação dessas, sem o consentimento de seu superior. E, além do mais, a senhora não tem como provar a inocência de seu marido. A senhora está sozinha, enquanto todo o regime está unido em torno de sua sobrevivência.

Era duro ouvir aquilo, mas o ministro tinha razão. Mitra estava nas mãos dele. Mas ela não era estúpida e percebeu, de imediato, como as regras daquele jogo foram estabelecidas.

— Eu sei que não tenho escolha. Assim como meu marido também não deve ter tido. É evidente que vocês o encostaram contra a parede e o forçaram a concordar com essas condições. Ele sabia que, se não aceitasse o acordo, teria um destino muito mais dramático. Afinal, a sentença já estava escrita, não?

— Tente compreender — disse Zobeidi, aparentemente sem se afetar pelas palavras de Mitra. — Ainda que isso fosse possível, inocentar seu marido nesse momento seria um suicídio para nosso regime. Mas temos esperanças de que as denúncias de corrupção e das supostas ligações entre o Irã e a Azadi logo estarão esquecidas. A essa altura, seu marido já terá cumprido uma parte da sentença e receberá, então, o perdão do governo. Ele poderá voltar a viver como antes, com nosso apoio.

Mitra rendeu-se. Ela disse, revoltada:

— O senhor não me procurou para propor um acordo, e

sim para me comunicar uma decisão sacramentada. Não tenho mesmo opção. O que posso fazer, afinal? Encaminhar uma denúncia à imprensa? É evidente que a esposa de um acusado tentará provar a inocência dele até o fim. Sem provas para endossar, poderei até ser declarada inimiga da República Islâmica. Ainda por cima, eu sou mulher. Tenho menos direitos e minha palavra num tribunal vale pouco. O senhor sabe que não tem o que temer de mim. Eu simplesmente não sou uma ameaça, não é mesmo?

— Ainda que estivesse disposta a tanto, pouco poderia fazer. Acredite em mim. E saiba que, ao se aliar a nós, a senhora estará sacrificando-se em nome de todo o país. E a República Islâmica saberá retribuir sua generosidade à altura, assim como estamos fazendo com Jaffar Jalaipour.

O rosto de Mitra se contraiu num esgar amargo.

— O senhor fala como se a República Islâmica tivesse muitos anos de vida pela frente — ela declarou, maldosamente.

O ministro balbuciou, como se não tivesse compreendido:

— Perdão?

— O senhor mesmo mencionou a revolta da população depois das eleições. O novo governo não terá tanta legitimidade para o povo. E o próprio regime saiu enfraquecido. O banho de sangue que está acontecendo no país apressou a morte da República Islâmica, que pode ter começado a desmoronar neste mês de junho de 2009. Não se esqueça de que a Revolução de 1979 foi uma revolução popular. Se foi o povo que colocou os aiatolás no poder, será o povo que irá tirá-los de lá. E não há absolutamente nada que vocês possam fazer para impedir isso.

Zobeidi pareceu não se importar com aquelas palavras e apenas disse:

— Uma razão a mais para que este nosso acordo vingue. Temos de preservar a República Islâmica. O que será do Irã sem ela?

Mitra percebeu, então, que não havia mais o que conversar. Talvez a condenação de Jaffar fosse mesmo a melhor saída para livrar o Irã do caos. Mas isso não amenizava o fato de que um homem inocente passaria anos preso e, o que era ainda pior, ficaria para sempre com a reputação conspurcada, indelevelmente ligada a crimes dos quais nunca tomara parte. O povo iraniano, afinal de contas, tinha uma memória imbatível e não esquecia nem perdoava os inimigos da pátria. Mitra considerava-se uma mulher tolerante. Desde moça esforçara--se para aceitar os defeitos e perdoar os erros dos outros e os percalços da vida. Sofreu com a educação tirânica de um pai autoritário e os desvarios de um irmão revolucionário que acabou morto na "Sexta-feira Negra" — quando as tropas do xá abriram fogo contra centenas de manifestantes na praça Jaleh, em setembro de 1978. Enfrentou com diligência os obstáculos para se afirmar profissionalmente numa sociedade patriarcal, casou-se, enviuvou, casou-se novamente, enfrentou muitos preconceitos, mas sempre foi capaz de superar as adversidades e conduzir sua vida sem se preocupar muito com o que a sociedade pensava a seu respeito. Mas não conseguia aceitar a injustiça. A injustiça despertava dentro de si instintos primitivos de vingança e ódio. Talvez fosse por isso que ainda lutava para salvar Jaffar. O casamento com ele havia se deteriorado e ela, recentemente, descobrira sombras no passado do marido que, provavelmente, nunca perdoaria. Mas a injustiça da qual ele estava sendo vítima era, simplesmente, hedionda, e Mitra, ainda que concordasse com as condições do ministro, jamais a aceitaria em seu íntimo.

— Isso é tudo? — ela perguntou, levantando-se.

— Creio que ainda não — afirmou Zobeidi, fazendo sinal para um dos soldados de pé poucos metros adiante, entre as árvores. Mitra quedou-se intrigada e não escondeu a surpresa quando o soldado retornou em menos de dois minutos trazendo Jaffar Jalaipour consigo. Mitra sentiu o coração congelar. O marido estava mais magro, levemente abatido, mas parecia bem cuidado. Estava barbeado, com o cabelo bem cortado e vestia um conjunto de calça preta e camisa social azul-escura, abotoada nos punhos e no colarinho, que pareciam ter acabado de ser engomadas.

Zobeidi levantou-se e dirigiu um aceno respeitoso com a cabeça para Mitra.

— Vocês têm dez minutos para conversar, antes de levarmos Jalaipour de volta.

O ministro afastou-se e Mitra tornou a sentar-se, enquanto o soldado trazia Jaffar até a mesa e o fazia acomodar-se na outra ponta da mesa, em frente a Mitra.

— Pode nos deixar a sós um instante? — pediu Mitra.

O soldado nada disse. Ela insistiu:

— Por favor. Preciso conversar com meu marido. Assuntos íntimos. Se você também for casado, deve compreender o que estou dizendo.

O soldado resistiu um pouco mais e acabou cedendo. Ele deu alguns passos, perfilando-se poucos metros atrás de Mitra.

Jaffar estendeu os braços para segurar as mãos de Mitra que, num primeiro impulso, quase fez menção de retirá-las.

— Que bom que você está aqui, querida — disse Jaffar, com um sorriso — Estou feliz em te ver depois de tantos dias — o sorriso, no entanto, logo se transfigurou num olhar preocupado. — O que aconteceu com seu rosto?

Ele referia-se, é lógico, às feridas e equimoses que, embora estivessem menos visíveis, ainda não haviam desaparecido totalmente do rosto de Mitra.

— As ruas de Teerã viraram um campo de batalha sangrento depois das eleições e de sua prisão, e eu tive o azar de, um dia, estar no meio de um dos confrontos entre a polícia e os manifestantes — respondeu ela, simplesmente, preferindo não entrar em detalhes. Ela mudou de assunto e perguntou: — Você está sendo bem tratado na cadeia?

— Não estou na cadeia. Estou numa fazenda.

— Onde fica essa fazenda?

— Não posso falar.

Mitra afastou cautelosamente suas mãos das de Jaffar e as cruzou sobre as pernas, embaixo da mesa.

— O ministro já me falou sobre o acordo que vocês fizeram — disse ela, fria. — Você foi pressionado, não foi?

Jaffar baixou os olhos. Parecia constrangido em falar.

— Não tive saída. Aquele desgraçado do Kadivar me traiu ao mandar o dinheiro da Bonyad para a Europa — Jaffar, agora, falava com ódio, os dentes cerrados e o rosto vermelho de cólera. — E fui eu que assinei o documento autorizando a transferência. Fui eu! Assinei sem ler, porque confiava naquele verme! Kadivar, espertamente, misturou o documento a outros que eu havia analisado no dia anterior. Se eu não aceitasse a proposta do governo, seria julgado e condenado do mesmo jeito e ficaria mofando num presídio por anos.

— O acordo entre vocês foi acertado naquela reunião que você teve na sede do Conselho de Justiça com os ministros da República, não foi?

— Foi. Você sabia da reunião?

— Kadivar me contou.

Jaffar contraiu a face, num novo lampejo de ódio.

— Kadivar... Aquele traidor nojento... Se ele não tivesse morrido, juro que iria até o fim do mundo para acabar com ele com minhas próprias mãos. Mas eu sei quem está por trás dele. Eu sei quem arquitetou tudo.

— É mesmo? Quem?

— Minha ex-noiva. Só pode ter sido ela. O nome dela é Fatima Hajiran. Ela se casou com o dono de um banco chamado Union Bancaire Genevoise e foi morar na Suíça. O governo investigou e descobriu que Kadivar tinha contatos na filial desse banco aqui no Irã e que tinha viajado à Suíça no dia em que foi morto no atentado em Liechtenstein.

— Por que sua ex-noiva faria uma coisa dessas com você? — a voz de Mitra saiu surpreendentemente calma e com uma ironia perceptível, que Jaffar, é lógico, não captou. Ele pareceu pensar antes de responder:

— Porque nós tivemos alguns desentendimentos no passado.

— Você se refere a quê? Ao fato de tê-la violentado e mutilado, quando descobriu que ela não o amava?

Jaffar olhou apavorado para Mitra:

— Quem lhe disse isso?

— Sevda me contou tudo.

Jaffar parecia aturdido.

— Sevda? Ela não tinha o direito...

— Você é que não tinha o direito de esconder isso de mim todo esse tempo — rebateu Mitra, com uma fúria contida, porém, evidente. — E o pior é que você não se deu por satisfeito e foi atrás dela na França, quando nós, eu e você, já éramos casados. Você estava obcecado por aquela moça e não sossegou enquanto não a localizou.

— Isso não é verdade... — Jaffar gaguejou, atrapalhando-se com as palavras — Eu não fiz isso, eu não...

— Eu não duvido que sua ex-noiva tenha se aliado a Kadivar para preparar uma vingança contra você e levá-lo para a cadeia — interrompeu Mitra. — No mundo de hoje, tudo é possível. Mas, se ela fez isso, não foi porque você, um dia, anos atrás, quis se casar com ela à força, a violentou e a mutilou da forma mais bárbara e mais nojenta. Fatima pode ter ficado traumatizada, mas ao fugir para a Armênia e depois para a França, com a ajuda de Sevda, ela conseguiu o que queria, ou seja: se ver livre de você. Isso para ela já era um prêmio muito alto. Se ela decidiu se vingar agora foi porque você fez alguma outra maldade muito maior com ela, quando resolveu procurá-la na França.

Jaffar estava com a expressão paralisada de surpresa e choque. Seus olhos sequer piscavam.

Mitra prosseguiu calmamente:

— E você sabe que eu estou muito curiosa para saber que

maldade foi essa? Desde que Sevda me contou a história de seu relacionamento com Fatima Hajiran e eu descobri que você havia viajado à França em segredo para visitar a galeria de artes onde ela trabalhava, tenho pensado seriamente em levantar toda a verdade. Pode ser que eu consiga. Afinal, ninguém poderá me impedir. Você estará preso durante anos, isolado numa fazenda. O governo me ofereceu apoio e proteção em troca de minha cooperação e de meu silêncio em seu caso. Quem sabe, nesse período, eu não viajo à Europa, localizo Fatima e pergunto diretamente a ela o que você fez de tão grave para provocar essa vingança furiosa?

Jaffar mexeu a boca, aturdido, até conseguir perguntar:

— Você... você faria isso?

Mitra mirou-o demoradamente. Sentiu-se tentada a abrir o jogo e revelar que já sabia de tudo. Que já sabia que ele havia mandando pelos ares a galeria onde Fatima trabalhava. Que encontrara um guia de construção de bombas entre seus pertences e ligara os fatos. Mas preferiu o silêncio. Quanto menos Jaffar soubesse das coisas que ela descobrira, melhor. Não queria mais nenhum vínculo com aquele fiapo de homem à sua frente. Mortificou-se ao perceber que, naquele momento, tudo o que sentia pelo marido era um profundo desprezo. Não sentia raiva, nem repugnância, nem piedade. Nada. Desprezo. Só desprezo. Pela pessoa que ele era, por sua fraqueza de caráter, por seu passado asqueroso. Era um desprezo mesclado com uma sensação de culpa por não haver percebido isso durante tanto tempo de casamento. E também de arrependimento por, um dia, ter aceitado unir-se àquele homem que, agora, parecia quase um estranho.

— Não... — foi tudo o que ela conseguiu balbuciar.

Jaffar franziu o rosto, resmungando qualquer coisa consigo mesmo. Estava angustiado e perplexo.

— Eu não farei isso — complementou Mitra. Sua voz ecoou calma e triste. Ela pressentiu, então, que aquele era um momento de despedida. — Não porque eu queira poupá-lo de ter um passado sujo e torpe ainda mais devassado ou porque tenha medo de sofrer algum tipo de represália. Eu não farei isso porque pouco me importo com você agora. Você traiu minha confiança ao caçar sua ex-noiva pelo mundo quando já era casado comigo. Além do mais, por mais que eu tenha amado e respeitado você, nos últimos tempos, você andava violento e chegou até a querer que eu renunciasse ao meu trabalho. Vejo agora que eu não conhecia você. Você era um bom marido, mas esse bom marido não era você. O verdadeiro Jaffar, o Jaffar egoísta e perturbado, capaz de atos extremos e que não mede as consequências de sua raiva e de seus desejos, só começou a aparecer para mim recentemente. Esse marido não me serve.

Mitra levantou-se e ajeitou a alça da bolsa sobre o ombro. Jaffar permaneceu sentado, com os braços esticados sobre a mesa e os olhos paralisados, numa postura de derrota.

— O que você vai fazer? Abandonar-me?

Mitra forçou-se a abrir um sorriso gelado, de amargor.

— Pode ficar descansado que eu irei a seu julgamento e farei todo o teatro combinado com o governo. Não vai ser fácil para mim viver daqui para frente. Vou continuar dando minhas aulas na universidade e terei de suportar os olhares curiosos e acusadores das muitas pessoas que sabem que você é meu marido e que, com certeza, devem pensar que eu estou usufruindo do dinheiro roubado da Bonyad. Mas não tenha esperanças, Jaffar. Não tenha esperanças de que, um dia, nós voltemos a viver juntos. Nossa situação mudou muito neste último mês e terá mudado muito mais depois que você cumprir sua "sentença". Pense nisso.

Mitra deu meia-volta e fez um sinal com a cabeça para o soldado, indicando que a conversa acabara. Triste e desolada, ela virou as costas para o marido e iniciou o lento caminho pelas alamedas agora bastante iluminadas pelo sol forte, recortado pelas copas das árvores, sem olhar para trás, enquanto escutava o canto dos pássaros e o farfalhar da folhas secas a seus pés misturados às próprias lamúrias interiores na certeza de que tinha dias sinistros à sua espera, embora sentisse intimamente que, em pouco tempo, estaria apta a reconstruir sua vida. Assim como Fatima Hajiran tentara fazer um dia. Mas, diferentemente dela, Mitra prometeu a si mesma que seria uma sobrevivente de Jaffar Jalaipour, que não dedicaria seus dias a planejar a destruição daquele homem insignificante. Sua vida valia muito mais do que isso.

Foi com esse pensamento que ela deixou o parque e foi para casa, a fim de se preparar para retomar o trabalho na universidade, dali a duas horas.

- 25 -

O percurso entre Genebra e Berna, no Volvo de Olivier de Grammont, conduzido por Amadou, foi longo e angustiante. Eram mais de 170 quilômetros entre Genebra e a graciosa capital da Suíça. Sentada ao lado de Olivier, Araci conferiu as horas no relógio: vinte e duas horas e quarenta e cinco minutos. Já era noite fechada. A moderna autoestrada encontrava-se praticamente vazia naquele fim de sábado. Tensa, Araci mantinha-se em silêncio. Olivier, a seu lado, pareceu compreender a gravidade do momento e não puxou conversa, limitando-se a, de vez em quando, orientar Amadou, indicando-lhe, eventualmente, que direção tomar na estrada. Araci concluiu que Olivier estava bastante familiarizado com a Suíça, a ponto de saber o caminho para Berna, sem o auxílio de um mapa ou mesmo das placas indicativas fartamente distribuídas ao longo do caminho.

O Volvo passou ao largo de Berna e avançou alguns quilômetros para o norte, cruzando e margeando pitorescos vilarejos cercados de verde, com uma ou outra janela acesa nas casas. Diferentemente de Genebra, onde se falava francês, naquela parte da Suíça o idioma era o alemão, e todos painéis de propaganda e placas pelos quais passaram vinham grafados nesse idioma. De repente, a paisagem predominantemente rural deu lugar a uma via comprida flanqueada por jardins, casinhas graciosas e um ou outro prédio baixo. Haviam entrado na cidade de Jegenstorf. Todo o comércio estava fechado e não havia uma única pessoa ou veículo circulando. A sensação de solidão ali era pesada. Não fosse a Suíça tão segura, Araci teria medo de descer do carro.

O carro dobrou numa rua à direita e Olivier pediu para Amadou parar numa esquina erma, logo adiante.

— Chegamos — anunciou o embaixador, inclinando-se em seguida para o motorista. — Amadou, estacione o carro aqui por perto e fique alerta. Quando tudo estiver terminado, eu telefono para você nos apanhar.

Amadou fez que sim com a cabeça. Araci abriu sua porta e sentiu a cortante friagem noturna do suave verão suíço, que ainda parecia longe de desabrochar totalmente. Ela passou a echarpe que trazia à volta do pescoço e, com os braços cruzados, seguiu Olivier, passando pelo portão que dava acesso aos domínios do castelo e que não estava trancado. Um vento constante agitava as árvores, produzindo um ruído agradável e, ao mesmo tempo, sinistro, que se somava ao som dos passos estalando sobre as folhas no chão. Eles marcharam por uma trilha reta, pavimentada, cercada de verde e de um amplo gramado até alcançar, à frente, uma bela mansão barroca de três andares e fachada clara, rodeada de torres com telhados pontiagudos: o Castelo de Jegenstorf.

Araci ergueu os olhos para observar o majestoso torreão, que se elevava sobre a construção com uma imponência que, naquela hora da noite e confrontado com a solidão absoluta do ambiente e com a escuridão do céu encoberto e despido de estrelas, insinuava-se sombrio. Notou que a porta da entrada, que se abria no topo de uma pequena escada em "U", parecia fechada. Tomando o cuidado de manter a voz baixa, ela perguntou a Olivier:

— Tem certeza de que conseguiremos entrar?

— Já não entramos no parque? — Olivier perguntou, com malícia. — Não temos porque duvidar da palavra de Werner Schirmer.

Passaram por uma fonte, com duas bacias ladeando um pilar alto e desligada àquele horário, e subiram os degraus da escada, que não chegavam a dez. A porta de entrada, alta, larga e em madeira trabalhada, lembrou a Araci a de uma igreja. Olivier empurrou uma das duas bandas e ela se abriu com facilidade. Estava apenas encostada.

— Não disse? — ele virou-se para Araci, acendendo uma lanterna — Vamos. A "baronesa" Von Kessel — Olivier mencionara o nome com certa ironia — deve chegar em instantes.

— Isso se ela vier mesmo... — resmungou Araci, sem esconder uma ponta de ceticismo.

— Ela virá. Esteja certa disso.

Eles empurraram totalmente aquela folha da porta, tomando o cuidado de deixá-la aberta para que Fatima, ao chegar, deduzisse que Araci já se encontrava no castelo. Araci e Olivier perscrutaram a entrada com o auxílio do feixe de luz irradiado pela lanterna e foram se encaminhando para dentro. Viram-se numa sala de paredes escuras, revestidas de madeira até certa altura, em contraste com o piso de mármore que exibia mosaicos em zigue-zague onde predominavam o branco, o preto e o cinza. Eles avançaram um pouco mais e foi então que perceberam uma luminosidade ao fundo que se infiltrava através das almofadas de vidro de uma porta dupla, fechada. Araci enregelou-se:

— Será que há alguém aqui? Talvez Fatima já tenha chegado e esteja nos aguardando.

Olivier consultou o relógio com o auxílio da lanterna.

— Impossível. Marcamos com ela no Cassino de Genebra às vinte e uma horas e trinta minutos. Ainda são vinte e três horas e quinze minutos. Imagino que Werner Schirmer tenha reservado aquela sala para nós e a deixado previamente acesa para nos poupar o trabalho. Vamos até lá.

Eles caminharam até a porta e abriram-na. Ela dava acesso a um luxuoso salão rococó, ricamente decorado com mobiliário antigo, quadros envoltos por belíssimas molduras douradas e encimado por um resplandecente lustre de cristal, que se encontrava apagado. A luz ali provinha de diversos candelabros dourados distribuídos pelas paredes. Havia ainda duas lindas pilastras cilíndricas de mármore avermelhado que se erguiam do assoalho de madeira, acrescentando um ar ainda mais solene ao recinto. Duas outras portas se abriam do salão, uma à esquerda e outra à direita, e quatro janelas altas de vidro que iam do chão ao teto permitiam a visão noturna dos jardins do castelo.

Araci olhou em torno, admirada. O salão era mesmo bonito e lembrava algumas dependências da Villa Saint-Benoît.

— Bem, acho que seu amigo Werner Schirmer quis que o encontro tivesse um cenário faustoso — ela disse, enquanto admirava uma das pinturas expostas. — Quem trará Fatima?

— Um motorista que eu contratei numa firma que presta serviços à embaixada francesa. É gente de confiança. Não se preocupe.

— Confio na discrição suíça. Afinal, foi o sigilo que fez esse país sobreviver e progredir em meio às turbulências que assolaram a Europa durante séculos.

Olivier instalou um pequeno microfone dentro de um vaso de porcelana que estava sobre uma antiga cômoda e trouxe o vaso para a mesa que ficava bem no centro do salão, ao redor da qual quatro cadeiras achavam-se elegantemente dispostas sobre uma enorme tapeçaria.

Depois retirou do paletó um aparelho pequeno, menor do que o mais moderno telefone celular, e plugou nele um mini-headphone.

— Vamos fazer um teste — ele disse, fazendo um sinal para a porta que ficava à esquerda do salão. — Ficarei ali naquela sala. Sente-se numa destas cadeiras e pronuncie uma frase qualquer.

— Está bem.

Olivier afastou-se até a sala contígua e Araci, então, perguntou com a voz baixa:

— Está me ouvindo, Olivier?

O embaixador voltou em seguida, com um sorriso triunfante.

— Excelente — ele desplugou o fone de ouvido do aparelho, guardando ambos num dos bolsos do paletó. — Este aparelho vai gravar em chips toda a conversa que acontecer nesta sala.

Araci lançou um olhar para o vaso e retirou-o da mesa, colocando-o sobre a lareira de mármore que ficava em frente:

— Se o microfone está funcionando tão bem, não há necessidade de o vaso ficar nesta mesa, Fatima pode desconfiar. Aqui na lareira é melhor. É um local mais discreto.

— Tem razão. Então, vamos fazer o seguinte: eu vou ficar naquela sala — ele indicou com um dedo a porta à esquerda do salão — e você recebe Fatima aqui, como se você tivesse vindo sozinha. No momento certo, eu apareço. Combinado?

Araci esfregou as mãos geladas pela expectativa e soltou o ar dos pulmões:

— Combinado.

Olivier caminhou até seu esconderijo e Araci sentou-se numa das cadeiras que ficavam voltadas para a porta, de costas para a lareira. Olhou o relógio. Passava um pouco de vinte e três horas e trinta minutos. O silêncio ali era enervante e os candelabros acesos nas paredes só contribuíam para aumentar ainda mais o clima sombrio. Araci retirou do bolso uma cartela de Lexotan e, na falta de um copo d'água, colocou um comprimido sob a língua. O remédio se dissolveu e, logo, surtiu seu grato efeito. Em menos de dois minutos ela já se sentia menos tensa e, o que era mais importante, mais confiante.

Passaram-se cerca de dez minutos, quando Araci escutou um barulho. Na verdade, um rangido. Ela, rapidamente, endireitou-se na cadeira, procurando manter a postura mais relaxada e confiante possível. Ao rangido seguiu-se o som de passos lentos.

Passos femininos. Salto alto. Uma silhueta assomou por trás do vidro da porta. Quando esta se abriu, Fatima Hajiran encontrou Araci sentada, enfiada num elegante terninho bege, com uma echarpe à volta do pescoço, as pernas cruzadas com displicência e uma expressão serena. Ela havia cortado e escurecido um pouco o cabelo, mas sua fisionomia parecia boa. Bem melhor do que da última vez que a vira na Villa Saint-Benoît.

Fatima fechou a porta atrás de si e caminhou, pelo salão, com as mãos para trás. Naquela noite, ela usava um vestido escuro de mangas compridas e colarinho fechado, com os cabelos presos num coque sisudo.

— Pontualidade suíça — disse Araci, quebrando o silêncio. — Parabéns.

Fatima passou os olhos pelo salão, como se o examinasse, e falou, secamente, sem mirar Araci:

— Agradeça ao motorista que me trouxe.

— Onde estão seus capangas?

— Eu vim sozinha, Araci Quintanilha. Não foi esse o trato?

— Foi. Mas acontece que a senhora não é o tipo de pessoa em quem se pode confiar plenamente. Por isso, a pergunta.

— Juro que sua opinião a meu respeito não me ofende, embora eu não seja uma pessoa assim, tão torpe.

— Eu não tenho opinião alguma a seu respeito. Afinal, mal nos conhecemos.

Ainda com as mãos para trás, Fatima aproximou-se de Araci e, enfim, pousou os olhos nela:

— Onde está o dossiê de Aníbal Monte Mor? Não o estou vendo aqui.

— Deve estar com Aníbal — respondeu Araci, fingindo examinar as unhas da mão direita.

Fatima não se alterou.

— No telefonema de ontem você me disse que me traria o dossiê.

Araci meneou a cabeça, com um ar levemente zombeteiro.

— Eu não falei nada disso. Sua memória está falhando. O que eu disse foi que, caso a senhora quisesse saber a verdade sobre o dossiê, teria de vir me encontrar. E a verdade sobre o dossiê é que, definitivamente, eu não tenho a menor ideia de onde ele esteja.

Fatima abriu um sorriso frio.

— Eu já imaginava. Então, só posso supor que esse encontro foi uma armadilha que você preparou para mim, estou errada?

Ela dissera isso com uma voz tão calma e natural, que Araci chegou a estremecer por dentro. Mesmo assim, ela respondeu, com alguma ironia:

— É que nossa conversa naquela noite na *villa* foi interrompida de uma maneira tão brusca, que eu pensei que a senhora ainda tivesse coisas a me dizer. E aí, pedi para que viesse até aqui. Lamento não ter trazido o dossiê.

Fatima caminhou até um dos quadros na parede e olhou-o demoradamente.

— Não tem importância — ela disse. — O dossiê, a esta altura, talvez não seja tão fundamental para mim.

Araci arregalou os olhos e esperou que Fatima a mirasse novamente para declarar, com sarcasmo:

— Isso é surpreendente. Para uma pessoa como a senhora, que arquitetou um plano maquiavélico para me trazer para Genebra, me fez prisioneira na Villa Saint-Benoît e ainda tentou me sequestrar novamente ontem, tudo por causa desse maldito dossiê, essa revelação é realmente surpreendente. Estou pasmada. O que aconteceu de ontem para hoje que a fez se transformar numa mulher tão desapegada?

— Quer mesmo saber?

— Se não quisesse, não teria feito a pergunta.

Fatima abriu os braços, num gesto de resignação. De repente, ela pareceu bem menos altiva do que de costume.

— Meu tempo está acabando. Mesmo se você tivesse trazido o dossiê hoje, provavelmente eu não teria mais tempo de agir.

Ainda assim eu vim. Como você vê, eu ainda tinha um resto de esperança. Mas, agora, está tudo perdido.

— Do que a senhora está falando?

Fatima ia responder, quando Olivier surgiu na sala, com uma pistola prateada na mão, apontada para ela. Fatima recuou dois passos, com uma das mãos no peito e perguntou, nervosa, para Araci:

— O que significa isso? Quem é esse homem?

— Fale em francês, senão ele não vai entender — disse Araci, lentamente.

— Então, era mesmo uma armadilha?

— Entregue-se! — bradou Olivier, caminhando na direção de Fatima. — Nós já descobrimos tudo.

Fatima alteou as sobrancelhas, com espanto.

— Tudo o quê?

— Não adianta negar. Nós sabemos que a senhora é Umm al-Hakika, a líder da Azadi.

Fatima arregalou ainda mais os olhos, numa expressão de perplexidade para, em seguida, desatar numa gargalhada escandalosa, que reverberou pelo salão com uma acústica assustadora. Araci e Olivier trocaram um olhar atônito.

— Quem é o senhor? Algum humorista? — indagou Fatima, apoiando-se no espaldar da cadeira, enquanto esforçava-se para recobrar o fôlego. — Umm al-Hakika? Eu?!

— Sou Olivier de Grammont, agente da DGSE, o serviço de inteligência francês. Estou há quatro anos investigando a Azadi, desde que seu antigo líder, Abu al-Horiah, foi morto na Arábia Saudita. Sabemos que a liderança da organização foi, depois, assumida por uma mulher conhecida como Umm al-Hakika. Todas as evidências que coletamos durante este tempo nos levaram a uma única pessoa: a senhora.

Fatima recompôs-se e deu um muxoxo de desdém.

— Isso é um absurdo. Nota-se que não se fazem mais serviços de inteligência como antigamente.

— Acho que a senhora vai ter de se explicar, dona Fatima — interveio Araci. — Parece que os indícios que Olivier tem são muito desfavoráveis à senhora.

— Vocês não sabem de nada.

— Temos o nome de um homem: Behdad Zakeri — disse Olivier. — Ex-agente do serviço secreto iraniano. Ele trabalhava para a senhora na Villa Saint-Benoît.

— E daí? — perguntou Fatima, com um tom de indiferença na voz.

— A segurança da Villa Saint-Benoît, aliás, hoje é quase toda feita por antigos agentes iranianos — complementou Araci.

— Não é verdade — rebateu Fatima. — Os iranianos lá não chegam a trinta por cento dos guardas.

— Ainda assim é um número expressivo — argumentou Olivier. — Interceptamos vários telefonemas dados a partir de um número na Villa Saint-Benoît nos últimos três meses para um celular no Brasil, que temos quase certeza pertencer a Zakeri.

— Muitas pessoas trabalham na *villa* — Fatima mantinha-se inabalável. — Eu não sou a única pessoa que vive lá.

— Mas é a mais importante entre todos — disse Araci, encarando Fatima, de forma desafiadora. — Nós já sabemos que o barão Von Kessel está morto há onze meses.

Fatima permaneceu imóvel. Araci teve a impressão de ver uma veia do pescoço dela movendo-se, num sinal de tensão. Mesmo assim, se Fatima se surpreendeu com aquela revelação, não demonstrou. Araci percebeu, então, que estava diante de uma mulher forte, que não se entregava facilmente; uma mulher dotada de um acurado instinto de defesa.

— Como vocês descobriram? — ela perguntou, calmamente.

— Eu estive na tumba onde ele foi sepultado lá na *villa* — respondeu Araci. — Entrei lá por engano, naquela tarde em que fugi, achando que poderia ser uma saída.

— De fato, eu mantive segredo sobre a morte do barão. Mas não entendo o que isso possa ter a ver com as suspeitas que vocês estão levantando contra mim. Afirmar que eu sou Umm al-Hakika é tão absurdo como acusar o papa de ser o líder da milícia talibã. Não acredito que vocês me fizeram vir até aqui para falar essas sandices.

— Pela maneira como se refere a Umm al-Hakika, podemos deduzir que a senhora, ao menos, sabe quem é — arriscou Olivier.

Fatima sorriu maldosamente.

— Claro que eu sei.

— E seria muita impertinência de nossa parte pedir que nos conte o que sabe dela?

— Não propriamente — Fatima deu de ombros, lançando, em seguida, um olhar para a pistola que Olivier mantinha apontada para ela. — Mas seria melhor que, antes, o senhor baixasse essa arma. Ela não terá nenhuma utilidade aqui. O senhor é um homem idoso, pode errar a pontaria e acabar acertando algum dos objetos deste salão. Os responsáveis pelo Castelo de Jegenstorf e a polícia de Berna não vão gostar nem um pouco.

Olivier e Araci trocaram um olhar interrogativo, e o embaixador, após alguma hesitação, guardou, contrariado, a pistola na cintura, cobrindo-a com o paletó.

— Assim está melhor — Fatima, então, sentou-se na cadeira que ficava exatamente em frente à de Araci e perguntou. — Muito bem, eu estou às ordens: o que querem saber?

— Sobre Umm al-Hakika. Acabei de dizer.

Fatima assumiu um olhar perdido.

— Umm al-Hakika... — ela murmurou, com a voz distante.

Olivier aproveitou e sentou-se também. Fatima disse:

— Se este encontro tivesse acontecido ontem, talvez eu saísse por aquela porta e fosse embora sem falar nada. E vocês não teriam como me impedir.

Araci observava-a com atenção. Era inegável que Fatima estava diferente. E não era somente porque havia sido tirada da proteção de sua fortaleza. Havia algo mais.

— Mas hoje? — Fatima curvou os lábios, como se estivesse entregando os pontos. — Já é quase meia-noite. Quase domingo. As horas estão passando, passando... O tempo voa — ela fitou detidamente Araci e Olivier, com um olhar relutante, pleno de amargor e uma ponta de resignação. — Agora eu já não tenho nada a perder. Esta foi uma batalha que não consegui vencer. E é até bom que eu partilhe esse segredo com alguém. Eu o guardei sozinha durante muito tempo. E vocês precisam saber dos perigos que vêm por aí. O mundo precisa saber. E se preparar.

- 26 -

Fez-se um silêncio aflitivo. Araci inclinou-se para Fatima e declarou, lentamente:

— Estou impressionada com sua mudança de postura. Há apenas três dias, quando conversamos na Villa Saint-Benoît, a senhora se mostrou tão dura, tão prepotente e agora parece tão... derrotada. Podemos saber o que a levou a mudar tanto? Ou será que tudo não passa de um teatro?

— Não é um teatro. Vocês podem não acreditar em mim, mas o que vou contar é a mais pura verdade. Se estou fazendo isso é porque esse segredo não me terá mais nenhuma serventia. Alguém foi mais rápido do que eu. Alguém que eu não conseguirei vencer. Eu tentei. Deus é testemunha de que eu fiz o impossível nas últimas semanas para reverter o jogo. Mas fracassei. Acontece com todo mundo. Só que, neste caso em particular, as consequências de minha derrota poderão ser dramáticas para muita gente. E é por isso que eu decidi revelar o segredo agora — ela olhou para Olivier. — Quem sabe o serviço de inteligência francês, em parceria com o de outros países ocidentais, não consiga evitar o pior?

— Ainda não entendemos o que a senhora está falando — disse Olivier.

— Da Azadi. Da temida Azadi. A organização extremista, que está desarticulada desde que seu líder, Abu al-Horiah, foi morto com o filho na Arábia Saudita há quatro anos.

— Não temos certeza se a Azadi está mesmo desarticulada — objetou Olivier. — Como eu já disse, há indícios de que ela se manteve na ativa sob o comando da nova líder, Umm al-Hakika.

— Isso é mentira — disse Fatima. — Quem acreditou nisso jogou seu tempo no lixo. A Azadi esteve mesmo inativa estes últimos anos. Mas está prestes a se rearticular muito em breve. Tudo graças ao que aconteceu este mês.

— Será que a senhora pode ser mais clara? — pediu Araci, com impaciência.

O semblante de Fatima escureceu.

— Posso, é lógico — ela respondeu, muito pausadamente. — Eu serei clara. E é muito bom que você esteja aqui para me ouvir, Araci Quintanilha, pois este é um assunto que diz respeito diretamente a você.

Araci fitou-a com espanto.

— A mim? Por quê?

— Por causa de seu sobrinho Lourenço.

— O que tem meu sobrinho?

— Você sabia que ele era membro da Azadi?

O choque e a repulsa que Araci sentiu naquele instante foram tão violentos que ela pôs-se de pé num impulso e protestou severamente:

— Meu sobrinho? Membro da Azadi? De onde a senhora tirou esse absurdo?

— Acalme-se, Araci — Fatima falou com a voz ainda mais baixa e serena, numa evidente tentativa de contrapor-se à reação tempestuosa de Araci. — Você não queria saber a verdade? Pois aposto que seu sobrinho nunca lhe contou o que fez durante os anos em que viveu fora do Brasil.

Araci engoliu em seco e, sentindo-se meio ridícula, voltou a sentar-se na cadeira.

— Mas contou a mim — acrescentou Fatima. — Com todos os detalhes. Nós fomos namorados, como você sabe. Aliás, mais do que isso — os olhos dela exibiram um brilho intenso. — Nós vivemos uma paixão, uma paixão intensa. Uma coisa que, eu tenho certeza, nunca se repetirá em minha vida.

Apreensiva, Araci percebeu que Fatima poderia estar certa. Todo o passado recente pareceu passar em sua frente naquele instante, como um filme. Lourenço partira para a Europa para estudar pintura, enquanto Aníbal se encarregava de preparar e impulsionar sua carreira artística no Brasil. Mas ninguém, nenhum parente, nem ela, nem Aníbal, nem nenhuma outra pessoa amiga, jamais fora a Londres visitar Lourenço nesse período para conhecer o local onde ele vivia e em que condições. E Araci, agora, lembrava-se da razão. Lourenço sempre pedia para ninguém ir, pois dizia que precisava ficar sozinho para se concentrar nos estudos e que logo estaria de volta ao Brasil. Só que esse retorno foi sendo adiado, adiado... E se prolongou por mais de cinco anos.

— Meu sobrinho foi membro da Azadi? — Araci perguntou, finalmente. — Mas como aconteceu isso? Ele era um jovem pacífico, um artista abnegado... Sempre foi um menino de ouro. Não é possível que Lourenço, que meu Lourenço tenha se envolvido com um grupo de mercenários cuja missão sempre foi a de matar, destruir, derramar sangue inocente... Não dá para acreditar.

— Desculpe-me se pareço insensível — interveio Olivier. — Mas não entendo o que o passado do sobrinho de Araci possa ter a ver com esse grande segredo que a senhora tem para nos revelar.

— Tem tudo a ver — retorquiu Fatima. — É uma história comprida, que começou em 2003, três anos depois que Lourenço se mudou para Londres. Ou seja, seis anos atrás.

* * *

— Como você, Araci, sabe — prosseguiu Fatima —, Lourenço mudou-se para Londres em 2000 para estudar desenho e pintura no Royal College of Art — Fatima tossiu, limpando a garganta discretamente. — Lá, ele conheceu e ficou amigo de outros jovens estrangeiros. Entre eles estava Arsalan Shariati, filho de Amir Shariati, Abu al-Horiah, líder da Azadi. Arsalan também estudava no Royal College of Art. Ele e Lourenço tinham praticamente a mesma idade, muitas afinidades e, rapidamente, estabeleceram uma grande amizade.

— Lourenço lhe relatou isso? Com todos esses detalhes?

— Sim.

— E o que mais ele contou?

— Que Arsalan era completamente diferente do pai. Que era um jovem idealista, pacifista, amante das artes e da cultura e que não aprovava as atividades de Abu al-Horiah à frente da Azadi, embora nunca tivesse tido coragem de confessar isso a ele.

Os lábios de Araci tremiam de perplexidade e de expectativa pelo que Fatima ainda iria revelar.

— Abu al-Horiah estava preparando Arsalan para ser seu sucessor na Azadi. Parece que ele não andava bem de saúde. Uma doença qualquer relacionada ao fígado. Pelo que Arsalan contou a Lourenço, Abu al-Horiah era um homem tenso que se refugiava na bebida para manter o autocontrole. Acontece que Arsalan não queria a liderança da Azadi. Ele abominava tudo aquilo. A luta da Azadi contra o Ocidente não era a sua luta. Ele gostava do Ocidente, gostava da Europa, sentia-se em casa em Londres. O que não significava que ele concordasse com a política predatória e colonialista das potências ocidentais em relação ao Oriente Médio e aos países do Terceiro Mundo. Ao contrário, Arsalan era extremamente crítico quanto a isso. Mas ele estava longe de querer a destruição do Ocidente. Ele era um rapaz esclarecido e cosmopolita que acreditava num diálogo entre o mundo muçulmano e o Ocidente e não a destruição de um pelo outro.

Fatima contraiu os olhos pesarosamente e complementou, num tom melancólico:

— Mas um dia, Arsalan mudou de ideia. E foi Lourenço quem o levou a isso.

Araci sentiu seu coração pesar.

— Está nos dizendo que Lourenço fez Arsalan Shariati mudar de ideia em relação a assumir o comando da Azadi? — indagou ela.

Fatima assentiu com a cabeça:

— Sim. Pelo menos por um tempo.

— O que aconteceu?

— Era o começo de 2003. O mundo estava convulsionado por causa da ameaça americana de invadir o Iraque para derrubar o ditador Saddam Hussein. O presidente americano afirmava que o Iraque patrocinava o terrorismo internacional e que possuía um arsenal de armamentos de destruição em massa. A maioria da população americana, ainda traumatizada por causa dos atentados da Al-Qaeda a Nova York e Washington em setembro de 2001, apoiava a iniciativa de invadir o Iraque. Mas o resto do mundo era contra. E na Inglaterra, isso era ainda mais evidente, porque o governo britânico tinha se aliado aos americanos para ir à guerra, contrariando a vontade da maioria esmagadora da opinião pública. Londres vivia dias tensos. A cidade estava revoltada e havia enormes protestos todas as semanas contra a guerra. Havia um clima de repulsa generalizado. Os ingleses não queriam a guerra. Lourenço e Arsalan tinham a mesma opinião e chegaram a participar de algumas das manifestações.

Araci desviou o olhar para um candelabro aceso numa das paredes e voltou rapidamente a mirar Fatima, a tempo de ouvi-la complementar:

— E, então, na quinta-feira, dia 20 de março de 2003, Londres acordou com a notícia de que Bagdá havia sofrido um pesado bombardeio aéreo. A guerra tão temida e condenada tinha começado. Arsalan chegou aflito ao apartamento de Lourenço e eles tomaram o café da manhã assistindo pela televisão àquelas cenas chocantes e assustadoras. Bagdá, meu Deus... — Fatima arregalou os olhos. Havia uma insinuação de comoção em sua voz como se falasse de sua própria cidade natal. — Bagdá, a milenar e mítica cidade árabe, estava sendo vítima de um dos maiores ataques já registrados na história contra uma área povoada. Provavelmente nem Dresden, na Alemanha, que foi devastada pela aviação americana quando a Segunda Guerra Mundial já havia praticamente chegado ao fim, foi alvejada por tantas toneladas de bombas como Bagdá naqueles dias de março de 2003. As vítimas inocentes eram incontáveis. A destruição na cidade, pavorosa. Como era possível que os Estados Unidos, que são o berço da democracia e dos direitos civis, a autoproclamada terra da liberdade e da modernidade, estivessem comandando um massacre como aquele, derramando sangue inocente, destruindo todo um país sem a menor piedade? Tudo em nome de uma mentira. O Iraque, afinal, não tinha armas de destruição em massa, como se comprovou anos mais tarde.

Araci e Olivier ouviam Fatima, calados, sem sequer piscar os olhos.

— Lourenço e Arsalan ficaram chocados e horrorizados com as imagens das bombas explodindo entre os edifícios de Bagdá naquela manhã — prosseguiu Fatima. — E foi aí que Lourenço tomou uma decisão. Iria se juntar a Abu al-Horiah. Aquela injustiça, aquela violência contra um país inocente precisava ser revidada à altura. A arrogância americana tinha de ser combatida. Ele jurou que o governo americano iria ter o troco e sentir, também, o gosto indigesto do sangue.

— Foi aí, então, que ele se alistou à Azadi? — perguntou Araci.

— Sim. Como ele era muito amigo de Arsalan, Abu al-Horiah o aceitou imediatamente, mas com uma condição: o filho também teria de se alistar. Por amizade a Lourenço e amor ao pai, Arsalan acabou cedendo.

Araci tinha a expressão murcha.

— Não entendo como Lourenço nunca me contou nada — disse.

— É compreensível, se pensarmos bem — declarou Fatima. — Como a tia querida dele, que o adorava, iria reagir se descobrisse que ele tinha se unido a um grupo terrorista? E, além do mais, quando voltou ao Brasil, Lourenço já não estava mais na Azadi. A passagem dele pela organização foi rápida. Durou pouco mais de dois anos.

— E que vingança era essa que Lourenço e Arsalan tinham em mente contra os Estados Unidos?

— Não eram só os dois que pensavam em vingança. Abu al-Horiah também queria vingar o sangue muçulmano derramado no Iraque. Naquele momento havia um ódio generalizado contra os Estados Unidos e não deixava de ser surpreendente o fato de a Azadi ter se revoltado com a ofensiva americana. Afinal, a Azadi é uma organização iraniana e, como vocês sabem, o Irã, um país de maioria xiita, tinha uma natural ojeriza ao regime de Saddam Hussein. Tanto por causa da guerra Irã-Iraque quanto pela repressão aos xiitas iraquianos, pela ditadura sunita de Saddam. Mas, em 2003, era a honra dos muçulmanos que estava em jogo. Há uma máxima muito comum no Oriente Médio que diz: "O inimigo de meu inimigo é meu amigo". Naquele momento os americanos eram o grande inimigo no Oriente Médio muçulmano. A derrubada de Saddam Hussein foi até um favor que os americanos prestaram ao Irã, mas, independentemente disso, a Azadi estava firmemente disposta a levar a cabo um plano monstruoso de ataque aos Estados Unidos. Um plano que não chegou a se concretizar, pois Abu al-Horiah foi assassinado antes e a Azadi se desarticulou.

— A senhora sabe que plano era esse? — indagou Olivier.

Fatima meneou a cabeça.

— Não tenho certeza. Mas pelo que Lourenço me contou,

parece que era um ataque à cidade de Washington. Não sei como eles pretendiam agir. Só sei que o objetivo da Azadi era atingir apenas membros do governo americano e poupar a população civil.

— Seria difícil realizar um atentado em Washington, principalmente contra autoridades, com toda a vigilância e todo o aparato de segurança que se instalou na cidade depois dos ataques de 11 de setembro de 2001 — comentou Olivier, sem disfarçar certa incredulidade.

— Pode ser — concordou Fatima. — Mas o plano existia. Disso eu sei. Como a Azadi iria fazer para executá-lo, aí é outra história.

Fatima levantou-se e pôs-se a caminhar pelo salão com as mãos para trás. Ela perfilou-se diante do espelho sobre a lareira e olhou-se demoradamente, enquanto prosseguia:

— Com o tempo, a guerra no Iraque virou manchete fácil e corriqueira na imprensa. Aquela sede de vingança que tinha dominado Lourenço e Arsalan na manhã do primeiro ataque a Bagdá começou a arrefecer. Um ano e meio depois eles já não estavam muito dispostos a participar do plano de vingança da Azadi. Os dois haviam recobrado o juízo. Mas, ao mesmo tempo, tinham se envolvido demais na organização e Abu al-Horiah não os deixaria desertar sem mais nem menos. E foi então que aconteceu o inesperado.

— O quê? — indagou Araci.

— Era final de uma manhã do outono de 2004. Lourenço estava se dirigindo, a pé, até o edifício onde morava Abu al-Horiah, em frente ao Hyde Park. Ele notou uma movimentação estranha, quase imperceptível no local. Lourenço nunca soube me explicar exatamente o que era, mas ele percebeu nitidamente que algo estava sendo armado ali, que algo estava prestes a acontecer. Ele entrou no prédio normalmente e, ao chegar ao apartamento, conseguiu convencer Abu al-Horiah e Arsalan a saírem de lá depressa. Foi só o tempo de os dois apanharem alguns poucos pertences e eles abandonaram o prédio por uma porta secundária. Quinze minutos depois, agentes da Scotland Yard invadiram o apartamento.

Araci entreabriu a boca, surpresa.

— Naquele mesmo dia eles conseguiram sair da Inglaterra e foram para Paris — continuou Fatima, ainda mirando-se no espelho. — Abu al-Horiah e Arsalan instalaram-se num apartamento no *huitième*, enquanto Lourenço ficou com o marchand Ruben Avedikian e a mulher, no apartamento deles na Avenue Foch. Nessa época, a galeria de Avedikian já representava e comercializava as obras de Lourenço. O trabalho dele como artista plástico estava começando a despontar na Europa. A Azadi já não mais o interessava, mas ele não sabia como conseguiria sair da organização.

— E o que aconteceu depois?

— Paris não era mais segura do que Londres para Abu al-Horiah. Ele sabia que, em questão de semanas, poderia sofrer uma nova tentativa de captura na França. Naquele momento, nenhum lugar parecia tão seguro para ele do que a Arábia Saudita. Era um país fervorosamente muçulmano, embora seu governo fosse aliado dos americanos. Arsalan preferiria ter ido para o Irã, mas Abu al-Horiah descartou a ideia em razão da proximidade com o Iraque e, também, porque o Irã vinha sendo alvo de uma intensa espionagem por causa das suspeitas, logo confirmadas, de que estava desenvolvendo um programa nuclear. Abu al-Horiah, então, decidiu ir para Jeddah, na costa do mar Vermelho. É a cidade mais cosmopolita da Arábia Saudita e fica distante da fronteira com o Iraque. Ele e Arsalan mudaram-se para lá no começo de dezembro de 2004. Em julho de 2005, foram localizados e assassinados por agentes americanos, britânicos e sauditas. Lourenço ainda estava em Paris e, assim que soube da notícia, resolveu desertar voluntariamente da Azadi e voltou para o Brasil.

— Isso é verdade — disse Araci, forçando a memória. — De fato, Lourenço voltou para o Rio de Janeiro em julho de 2005.

Lembro bem da data porque foi umas duas semanas depois daqueles atentados no metrô de Londres e eu fiquei muito aliviada e feliz quando ele me telefonou dizendo que tinha chegado e que estava na casa do pai. Eu, afinal de contas, achava que ele continuava em Londres. Avedikian nunca nos contou que ele tinha se mudado para o apartamento dele em Paris.

Fatima afastou-se do espelho e retomou seu lugar na cadeira. Olivier perguntou:

— Essa era a história que tinha para nos contar? — ele parecia decepcionado e contrariado. — Que o sobrinho de Araci Quintanilha foi por dois anos e pouco integrante da Azadi?

— Não a achou suficientemente elucidativa?

— É claro que não — retrucou Olivier. — A senhora disse que sabia de um grande segredo e que precisava dividi-lo conosco. E que nós tínhamos de conhecer os perigos que nos esperam no futuro. Esse relato não esclareceu nada disso.

— Talvez porque eu ainda não tenha dito tudo o que tenho a dizer. O senhor deveria ser um pouco menos impaciente.

— Que grande segredo é esse que pode representar um perigo, dona Fatima? — perguntou Araci. — Tem a ver com todos aqueles acontecimentos na minha casa de leilões? Tem a ver com o quadro? Com *O Véu*?

Fatima apenas respondeu:

— Tem.

Ela mirou as duas almas aflitas à sua frente e arrematou:

— Eu vou contar. E vocês vão saber que eu não estava exagerando quando falei num "grande perigo".

- 27 -

— Durante os meses em que ficou na Azadi, Lourenço conquistou a confiança e a amizade de Abu al-Horiah — disse Fatima. — Ele chegou até a aprender um pouco de persa o que, inclusive, facilitou nosso primeiro contato, quando nos conhecemos na galeria de Ruben Avedikian. Eu trabalhava como gerente da galeria. Foi lá que nos conhecemos e nos apaixonamos.

— Não sabia que você tinha trabalhado para Avedikian — comentou Araci. — Confesso que nunca a vi lá na galeria dele. Se bem que fiquei muitos anos sem ir a Paris...

Fatima dirigiu um olhar contrariado para Araci.

— Desculpe-me pela interrupção — falou Araci, caindo em si. — Continue.

— Bem, como eu estava dizendo, Lourenço ficou muito íntimo de Abu al-Horiah e isso lhe permitiu descobrir, por exemplo, que ele estava doente. Tinha uma enfermidade qualquer no fígado. Não sei se era cirrose, ou hepatite, ou câncer... não importa. Essa doença, aliada à iminência de um assassinato, fez com que Abu al-Horiah repensasse a trajetória da Azadi. Depois da invasão do apartamento de Londres, ele suspendeu, por tempo indeterminado, as operações do grupo.

E começou a pensar, mais seriamente, em sua sucessão. Ele pressentia que duraria pouco e que sua morte era uma questão de pouco tempo.

— O sucessor dele, pelo que você disse, era o filho... — mencionou Araci.

— Mas o filho, como eu também disse, não queria a liderança da Azadi. Ele era um amante do Ocidente apesar de tudo e tinha uma vocação intelectual e artística, que não era condizente com a liderança de um grupo extremista. Seja como for, quando ainda estavam em Paris, a poucos dias da mudança para Jeddah, Abu al-Horiah conversou com Arsalan e passou a ele as instruções fundamentais para assumir o comando da Azadi. E lhe entregou a peça fundamental para exercer esse comando: aquilo que eles chamavam de *Dayeret ul Muarif*.

— *Dayeret ul Muarif*? — perguntou Olivier, intrigado.

— Sim. *Dayeret ul Muarif* é a tradução mais tradicional para "Enciclopédia" na língua persa. A *Dayeret ul Muarif*, ou "Enciclopédia", era um livro de pautas, não muito fino nem muito grosso, encadernado num couro vermelho luxuoso e escrito à mão em persa e em árabe.

Araci estava imóvel, os olhos fixos nas feições duras de Fatima.

— E por que essa... "Enciclopédia" era tão fundamental para o comando da Azadi? — perguntou Olivier.

Fatima mordeu os lábios, pensativa.

— Antes de responder a essa pergunta, vocês precisam entender como era e como funcionava a estrutura da Azadi. A Azadi não era uma organização terrorista como as outras. Ela não era como a Al-Qaeda, não era como a Jihad Islâmica, não era como o ETA... Era uma organização completamente diferente, cujos membros atuavam como se estivessem no século XIX. Nenhum integrante da Azadi jamais usava qualquer aparelho eletrônico para se comunicar. Não usavam telefones, nem celulares, nem internet, nem rádios, nada que pudesse ser interceptado pelos cada vez mais sofisticados sistemas de escuta e rastreamento dos serviços secretos ocidentais, salvo em alguma grande emergência. E, mesmo nessas situações, usavam um código complicadíssimo. A comunicação, em geral, era toda feita homem a homem, por intermédio de mensageiros que decoravam o que iriam dizer e atravessavam fronteiras sem levantar suspeitas. Era um método mais dispendioso, mais demorado, mas infinitamente mais seguro. De vez em quando, eles usavam cartas. Em geral, escritas numa linguagem cifrada e disfarçadas como se fossem correspondências comerciais, malas-diretas, extratos bancários... Por isso, as atividades do grupo eram tão difíceis de ser interceptadas. Porque, praticamente, não havia o que ser interceptado.

— Como a senhora ficou sabendo de tudo isso? — perguntou Araci, afinal. Havia severidade em sua voz.

— Lourenço me contou, é claro. De que outra forma eu saberia?

— Não sei — Araci sacudiu os ombros. — Seu passado não é o que se pode chamar de um livro aberto.

O rosto de Fatima fechou.

— Isso não é hora de insinuações, Araci Quintanilha. Vocês querem a verdade ou não?

Araci ainda resistia em acreditar que Lourenço tivesse se metido em toda aquela sujeira. Eram muitas revelações aterradoras para uma noite só.

— Vá em frente — ela fez um gesto irritado com a mão.

Fatima desviou os olhos para Olivier, que acenou com a cabeça, endossando silenciosamente o pedido de Araci e dando a entender que nenhuma desconfiança sobre a veracidade do depoimento havia sido aventada.

Fatima respirou fundo e continuou:

— Muitos membros da Azadi receberam treinamento de antigos agentes da KGB, a polícia secreta soviética, e tinham uma enorme habilidade para passar incólumes por alfândegas e fronteiras, valendo-se de toda sorte de documentos falsos. Eles agiam como fantasmas. Até hoje, desde que a Azadi começou a operar, nenhum de seus homens foi sequer parado por agentes aduaneiros para ter a mala revistada. Eles transitavam insuspeitamente por todos os aeroportos e estações ferroviárias. Muitos viajavam em excursões para chamar ainda menos atenção.

Araci endireitou-se, inquieta, na cadeira. Aquele relato fazia cada vez menos sentido.

— Além do mais — prosseguiu Fatima —, as células não se comunicavam entre si. Elas atuavam como num sistema guerrilheiro tradicional. Tinham um líder e uns três ou quatro subordinados. Se um desses subordinados fosse capturado, poderia entregar o líder, mas não poderia entregar mais ninguém. Por isso não deixa de ser surpreendente que Abu al--Horiah, logo ele, tenha sido descoberto em seu apartamento em Londres.

— Mas onde entra a *Dayeret ul Muarif* nisso tudo? — perguntou Olivier.

— Ah, e havia também o dinheiro — disse Fatima levantando um dedo indicador, como se não tivesse registrado a indagação de Olivier. — A Azadi era uma organização rica. Riquíssima. Tinha muitos bilhões de euros distribuídos por contas secretas em dezenas de bancos em vários paraísos fiscais no Caribe, na Europa, no Oriente Médio e no Extremo Oriente. Se essa fortuna não fosse clandestina, Abu al-Horiah figuraria facilmente em qualquer lista dos cinquenta homens mais ricos do mundo. Era muito, mas muito dinheiro. Um dinheiro em que governo nenhum conseguiria colocar a mão.

— A *Dayeret ul Muarif* — insistiu Olivier, visivelmente ansioso. — Fale-nos da "Enciclopédia".

— Sim — concordou Araci. — Por que a "Enciclopédia" era tão importante para a liderança da Azadi?

— Porque ela continha todos, absolutamente todos os

dados relacionados à organização. Os nomes de cada um dos membros e a forma de contatá-los, a localização de todas as células terroristas, todos os códigos de comunicação, os contatos infiltrados nos serviços secretos de vários países e, principalmente, todos os detalhes, números e senhas das contas secretas onde estava distribuída a fortuna da organização. Enfim: tudo. A "Enciclopédia" significava para a Azadi, em termos simbólicos, o que o cetro e a coroa significam para um rei. Em termos práticos, era um instrumento ilimitado de poder. Quem se apoderasse da "Enciclopédia", passava a deter, automaticamente, o comando da Azadi. Assumia o controle de tudo e tornava-se seu líder.

— E onde está a "Enciclopédia"? — perguntou Araci. — Se Abu al-Horiah foi assassinado na Arábia Saudita, podemos deduzir que os agentes que o mataram se apoderaram dela, não é?

— Não — Olivier balançou enfaticamente a cabeça. — Os relatórios secretos da CIA aos quais a DGSE teve acesso afirmam textualmente que nenhum documento referente à organização foi encontrado no apartamento de Abu al-Horiah, em Jeddah. Não havia nenhuma menção a essa "Enciclopédia".

— Então, onde ela está?

— Era isso o que eu queria descobrir lendo o dossiê de Aníbal Monte Mor — disse Fatima. — Os assassinos do professor Mohsen Khajepour estão com a "Enciclopédia".

— Isso significa o quê? — indagou Araci, atordoada. — Que o professor Khajepour era membro da Azadi? Que a "Enciclopédia" foi confiada a ele por Abu al-Horiah? — Araci pensou um pouco. — Bem, faz algum sentido... Afinal, ambos eram iranianos e, além do mais...

— É claro que não, Araci — interrompeu Fatima, em fúria. — Será que você não compreendeu ainda o que aconteceu? O que está acontecendo? Agora, neste mesmo momento em que estamos conversando aqui neste castelo a esta hora da madrugada?

Araci levantou-se e enfrentou Fatima no mesmo tom:

— A senhora parece muito segura do que sabe. E parece saber muito. Vamos acabar com essa agonia. Explique-se com mais clareza. Seja objetiva e direta.

Fatima encarou-a com um olhar pétreo.

— Lourenço era amigo de Arsalan. E tinha a confiança de Abu al-Horiah. Isso não lhe diz nada?

Araci sentiu o estômago revirar, enquanto as pernas bambeavam. Mas ela manteve-se firmemente de pé.

— Não é possível — ela disse, vacilante.

— É exatamente isso o que você está pensando — Fatima balançou a cabeça de leve. — Lourenço foi o guardião da *Dayeret ul Muarif*, da "Enciclopédia". Arsalan entregou o livro a ele. E Lourenço escondeu-o atrás do quadro que você ia levar a leilão no começo do mês.

A força daquelas palavras teve um impacto violento sobre Araci. Perplexa, ela deixou escapar um murmúrio, que era um meio termo entre um grunhido e um gemido, e recuou dois passos, tropeçando no pé da cadeira e apoiando-se de qualquer maneira no assento para não cair no chão.

O Véu.

Araci virou o rosto lentamente para tornar a encarar Fatima que continuava a observá-la com o mesmo olhar firme e impassível.

— A senhora está querendo dizer que... a "Enciclopédia", o livro que guarda os dados vitais de uma organização terrorista, estava oculta atrás de *O Véu*? — Araci perguntou.

— Foi o que eu acabei de dizer, não foi?

— Isso é impossível — declarou Araci, agitando a cabeça. — *O Véu* ficou guardado em meu apartamento por dois anos. Não havia livro nenhum preso atrás dele. Tenho certeza.

— É porque você nunca deve ter prestado a devida atenção ao quadro. Você nunca deve ter reparado que havia uma placa fina de fórmica branca presa na borda traseira da tela. O livro estava guardado no pequeno vão entre a pintura e essa placa. Ele estava preso à placa com três pedaços de fita adesiva. Você nunca reparou nessa fórmica?

Araci engoliu em seco. Quando falou, sua voz saiu embargada:

— Não.

Ela precisou recobrar o fôlego, antes de continuar:

— Eu... eu, na verdade, nunca gostei daquele quadro. Ele me passava uma sensação ruim, uma energia negativa. Odiei-o desde o primeiro momento em que o vi, na casa de praia em que Lourenço estava vivendo, quando fui visitá-lo no Natal de 2006. Ele me disse que *O Véu* era sua obra-prima e me apresentou a ele com orgulho. Quando Aníbal me pediu, quase implorando, que eu o guardasse comigo, embrulhei o quadro num lençol e o escondi no fundo de um armário. Só o tirei de lá para levá-lo para o leilão.

— Por que Abu al-Horiah confiou a "Enciclopédia" a Lourenço? — indagou Olivier, que mantinha uma aparente tranquilidade.

— Não foi Abu al-Horiah. Foi Arsalan — respondeu Fatima. — Nas vésperas da partida para Jeddah, em 2004, Abu al-Horiah pressentiu que teria pouco tempo de vida. Por causa da doença grave no fígado, como também pelo que aconteceu em Londres, a tentativa de assassinato. Então, ainda em Paris, ele resolveu agilizar a sucessão e nomeou Arsalan o novo líder da Azadi. Mas Arsalan não queria saber daquilo. Ele, na verdade, desejava a destruição da Azadi. E prometeu que, assim que o pai morresse, faria isso. De qualquer modo, Arsalan era inteligente o bastante para saber que manter a "Enciclopédia" com eles era muito arriscado, depois da invasão ao apartamento em Londres, e tinha medo que o livro caísse em mãos erradas. E como Abu al-Horiah havia decidido suspender temporariamente as atividades do grupo, Arsalan teve, então, a ideia de confiar a "Enciclopédia" a Lourenço antes da ida para Jeddah, com a promessa de que ele a devolveria, assim que Arsalan pedisse. Lourenço concordou e cumpriu o prometido. Ele chorou muito quando soube da morte de Arsalan. E foi, a partir daí, que começou a ver a real dimensão do perigo. Lourenço sabia muito bem o que significava a "Enciclopédia". Chegou até a pensar em destruí-la, mas logo mudou de ideia. Afinal algum integrante do alto escalão da Azadi poderia muito bem saber que ele estava com o livro e ir atrás dele no Brasil para apanhá-lo.

Fatima sentou-se novamente na cadeira, cruzando as pernas.

— Lourenço manteve a "Enciclopédia" intacta apenas como garantia de sobrevivência. E tratou de escondê-la das vistas de todos. Mas nenhum lugar parecia realmente seguro. Quando Aníbal Monte Mor descobriu o caso dele com a madrasta, Isadora, e o expulsou de casa, Lourenço levou a "Enciclopédia" em sua bagagem para a casa da praia. Como até aquele momento, transcorrido cerca de um ano desde a morte de Abu al-Horiah, nenhum membro da Azadi o havia procurado, ele começou a se sentir mais tranquilo. Mesmo assim, achou que um livro como aquele não podia ficar guardado numa casa de praia num local ermo, afastado de tudo, que poderia até ser assaltada. Foi aí, então, que ele teve a ideia de esconder a "Enciclopédia" dentro de um de seus quadros. Eu estava com ele, lá, naquela casa, no verão de 2007, quando ele tomou essa decisão. E resolveu compartilhar o segredo comigo. Foi nessa noite que ele me relatou tudo o que estou contando para vocês agora.

— E entre todos os quadros, Lourenço escolheu *O Véu*, por sua causa, é claro... — deduziu Araci. — O quadro que foi inspirado em você...

— Era uma forma de eu saber onde estava a "Enciclopédia" caso alguma coisa acontecesse a ele. Se, por alguma razão, eu precisasse encontrar a "Enciclopédia" bastava descobrir onde estava *O Véu*.

— E se algum colecionador particular o tivesse comprado? — indagou Olivier.

— Isso não poderia acontecer, porque Lourenço nunca o colocou à venda — disse Fatima. — Ruben Avedikian fora, inclusive, proibido por ele de aceitar ofertas pelo quadro. Depois da morte do Lourenço, eu pensei que o quadro tivesse sido destruído no incêndio. Foi só há poucos meses, quando o leilão da Casa Quintanilha foi anunciado, que eu descobri que ele estava inteiro e me mobilizei para comprá-lo antes que alguém o fizesse. O quadro não poderia, em hipótese alguma, cair em mãos erradas. Eu prometi lealdade a Lourenço, jurei a ele que seria, também, guardiã da "Enciclopédia". E tentei, a todo custo, manter minha palavra. Pensei que era a única pessoa que soubesse do paradeiro do livro, mas percebi, tarde demais, o quanto estava enganada — Fatima enxugou dois filetes de lágrimas que escorriam pelo rosto. Seus olhos estavam vermelhos. — Mas onde quer que Lourenço esteja — ela disse, emocionada —, onde quer que o único homem a quem eu amei e que me amou como nenhum outro esteja, ele sabe que eu fiz o máximo que pude para proteger a "Enciclopédia". Ele é testemunha disso. Eu posso ter exagerado, ter sido impulsiva, bruta, até mesmo violenta algumas vezes. Mas eu agi por amor e para cumprir minha promessa. E fui até o fim em minha missão.

Araci olhou compadecida para Fatima. A mulher fria, a fortaleza glacial indestrutível havia confessado seus sentimentos e desmanchado-se no calor da própria emoção. Pela primeira vez Araci enxergou nela um ser humano.

— Era só por isso que você queria a "Enciclopédia"? Ou será que você não tinha planos de se tornar líder da Azadi?

— Não tinha, acredite — Fatima reagiu, demonstrando surpresa. — Eu não seria capaz de dirigir uma organização terrorista nem teria nervos para isso. Minha intenção era destruir o livro. O máximo que eu pretendia fazer, antes disso, era verificar o dinheiro em algumas das contas secretas e me apropriar de uma parte. Não vou mentir. Quem não faria a mesma coisa?

— Eu não faria — retrucou Araci, com rispidez. —

Ainda porque se trata do dinheiro imundo de uma gangue de terroristas. Os bancos que fizessem bom proveito dele.

— Você é uma mulher rica, Araci. Não precisa de mais dinheiro nenhum.

Araci quase riu e falou com ironia:

— A senhora é muito mais rica do que eu. Afinal é a baronesa Von Kessel.

Fatima alteou uma sobrancelha.

— Acho que, neste momento, isso pouco importa — ela voltou-se para Olivier. — O fundamental agora é descobrir onde está a "Enciclopédia". Quem quer que esteja com ela, sabia muito bem o que estava fazendo quando roubou o quadro da casa de leilões de Araci. Neste momento, a Azadi já pode estar sendo rearticulada. Esse é o grande perigo de que falei para vocês. Mais do que nunca, os governos ocidentais precisam se mobilizar e encontrar a nova cúpula da Azadi, o novo Abu al-Horiah.

— Apesar de ser uma história incrível e rocambolesca, eu acredito na senhora, sra. Hajiran — disse Olivier. — Mas tem uma coisa que não me sai da cabeça desde que a senhora começou a falar: se a Azadi esteve desarticulada este tempo todo, quem era Umm al-Hakika, que muitos apontavam como sendo a nova líder da organização?

Fatima sorriu.

— Umm al-Hakika nunca existiu.

— Como é que a senhora sabe? — perguntou Araci.

— Se a Azadi esteve desarticulada desde a morte de Abu al-Horiah, não poderia haver uma nova líder. Parece lógico, não?

— Mas um boato forte se espalhou — argumentou Olivier. — Vários serviços de inteligência se empenharam em procurar Umm al-Hakika. Havia até a suspeita de que ela estivesse aqui na Europa.

— Eu bem disse que já não se fazem mais serviços secretos como antigamente... — debochou Fatima.

— Não é hora para brincadeiras, sra. Hajiran — retrucou Olivier, sem achar nenhuma graça.

— A senhora acabou de declarar que Umm al-Hakika nunca existiu — interveio Araci. — A senhora parece ter muita certeza disso e nós gostaríamos de saber a razão.

— Em primeiro lugar, pelo que eu já revelei: a Azadi está desarticulada há quatro anos desde o assassinato de Abu al-Horiah. Sem a "Enciclopédia" ninguém seria capaz de assumir seu comando. E a "Enciclopédia" estava com você, Araci.

Araci soltou o ar dos pulmões, contrariada.

— Tudo bem. E em segundo lugar?

— Em segundo lugar porque eu sei como surgiu o boato. Lourenço ficou muito amigo do assessor de imprensa da galeria de Ruben Avedikian. Era um francês de origem síria, chamado Michel Mekdad. Não sei se você o conheceu, Araci.

Araci fez que não com a cabeça. Fatima continuou:

— Mekdad era um jornalista com muitos contatos na imprensa, pois trabalhou em jornais, revistas, numa estação de rádio e em outra de televisão na França, antes de ser contratado por Ruben Avedikian para ser o responsável pela divulgação das atividades da galeria. Na noite da inauguração daquela grande exposição no começo de 2007 em que se apresentou *O Véu* pela primeira vez ao público, em Paris, Lourenço, eu e Mekdad esperamos o último convidado sair e fomos para um bistrô perto da galeria para jantar e comemorar. O vernissage tinha sido um sucesso. Lourenço exagerou no vinho e começou a falar coisas que não devia sobre a Azadi. Chegou até a dizer que fizera parte da organização e que ficou amigo de Abu al-Horiah. Eu tentei contê-lo, mas parecia que Mekdad não estava levando a conversa muito a sério, pois a história, apesar de verdadeira, soava esdrúxula. Aí, Lourenço disse que era a única pessoa que sabia que a Azadi tinha uma nova líder, uma mulher; falou que seu codinome era "a Mãe da Verdade". Mekdad, que era de família síria, traduziu o termo imediatamente para o árabe: Umm al-Hakika. Ele, com certeza, deve ter comentado a revelação com alguns amigos jornalistas e eles trataram de publicar o boato em notinhas em revistas e jornais franceses. Foi aí que a lenda sobre Umm al-Hakika surgiu e se espalhou.

— Mas de onde Lourenço tirou essa ideia de "a Mãe da Verdade"? — indagou Araci.

— "A Mãe da Verdade" era uma alusão ao quadro. "A mãe" era uma referência à figura feminina retratada em *O Véu*. E era "da verdade" porque o quadro guardava a "Enciclopédia", que trazia a verdade sobre a Azadi. Ou seja, Umm al-Hakika era o quadro. Foi o que Lourenço me contou mais tarde.

Muito séria, Araci inclinou-se para Fatima e perguntou, com os braços apoiados nos joelhos:

— Se a Azadi estava desarticulada, se Umm al-Hakika nunca existiu realmente, quem, então, incendiou a casa de praia e matou Lourenço? Por que durante todo esse tempo o atentado foi atribuído à Azadi, como uma vingança por ele ter pintado um quadro considerado ofensivo para o mundo muçulmano?

Fatima baixou o rosto, em claro sinal de relutância. Araci percebeu, claramente, que ela conhecia a resposta e parecia envergonhada em revelá-la.

— A senhora sabe quem foi? — insistiu Araci.

Fatima comprimiu os lábios e tornou a erguer o rosto, antes de responder:

— Eu... Sim, eu sei quem foi.

Araci enrijeceu-se de expectativa, à espera do que ela iria falar.

— É uma história comprida e triste, mas vou tentar resumi-la: quando eu ainda vivia em Teerã, fiquei noiva à força de um homem. Um homem infame e asqueroso. Um monstro. Foi por causa dele que eu fugi do Irã. Não queria me casar com ele de jeito nenhum. Durante certo tempo, pensei que estava a salvo, mas esse homem conseguiu, sabe-se lá como, me localizar em Paris e descobriu minha ligação com Lourenço.

Araci olhava para Fatima, transtornada, antevendo o que viria a seguir. A tensão que sentia era tão grande que sua cabeça começou a latejar.

— Foi ele, Araci — disse Fatima, num misto de constrangimento e alívio por, enfim, poder compartilhar aquele segredo horrível com alguém. — Foi ele quem matou Lourenço, incendiando a casa. E foi ele, também, o autor do atentado contra a galeria de Avedikian. O alvo, neste caso, era eu. Mas, nessa época, eu já havia me mudado para a Villa Saint-Benoît com o barão Von Kessel.

Araci levou as mãos ao rosto, horrorizada.

— Então,... meu sobrinho foi morto por causa de uma vingança pessoal?

— Mais do que isso. Pelo que eu descobri, foi também esse meu ex-noivo quem espalhou pela imprensa do Irã e dos países árabes que *O Véu* havia sido pintado com o objetivo de ofender o islamismo. Ele era um homem influente dentro do governo do Irã e tinha bons contatos entre os jornalistas de lá. Muitos foram, até mesmo, subornados por ele.

Araci fitava Fatima com a expressão paralisada de choque e terror.

— Esse monstro arruinou minha vida, Araci Quintanilha — disse Fatima, reprimindo as lágrimas. Seus olhos faiscavam de um ódio intenso. — Eu era uma moça normal, feliz, e me tornei essa mulher amarga que você está vendo em sua frente. Ele me violentou, me mutilou e matou covardemente o homem que eu amava — ela, então, entreabriu um sorriso amargurado, que transparecia um sentimento de vitória. — Mas eu consegui me vingar. Se vocês abrirem os jornais verão as manchetes: Jaffar Jalaipour, um alto funcionário do governo iraniano, foi preso no começo do mês acusado de desviar milhões de dólares dos cofres do país. Jaffar será julgado nas próximas semanas e, como todas as provas estão contra ele, com toda a certeza será condenado. Fui eu que arquitetei tudo, de dentro da Villa Saint-Benoît. Dediquei meus últimos meses a isso. Com todo o dinheiro do barão Von Kessel à minha disposição, eu poderia facilmente ter armado um plano para assassiná-lo, mas isso seria um castigo muito leve, quase indolor. Com o escândalo de corrupção e a condenação que, se Deus quiser, virá, Jaffar vai pagar à altura pela destruição de minha vida. Cada dia na prisão lhe será uma tortura. E por mais que ele sofra, nunca será o suficiente para redimir todo o mal que me fez.

— A senhora tem certeza disso, sra. Hajiran? — perguntou Olivier, cauteloso. — De que foi seu ex-noivo o autor dos atentados contra Lourenço Monte Mor e a galeria de Ruben Avedikian?

— Eu sei que foi ele. Tenho provas reunidas por um pelotão de investigadores que contratei na Europa, no Brasil e no Irã. Eles descobriram também que foi Jaffar quem inventou a versão de que os dois atentados foram obra da Azadi. E os jornalistas ocidentais, sabe-se lá por que razão, engoliram a mentira.

Não suportando mais a pressão causada por todas aquelas revelações terríveis sobre o passado e a morte de seu sobrinho, Araci tapou o rosto com as mãos e começou a chorar sonoramente, soluçando tão alto que parecia que ia sufocar. Seu corpo todo tremia, resultado também da tensão acumulada durante as últimas semanas e que, somente ali, ela conseguiu extravasar. Seu coração sangrava de saudades de Lourenço. Era como se, de repente, a lembrança do sobrinho houvesse se tornado mais concreta a ponto de tê-lo materializado ali, naquele salão, enquanto Fatima falava sobre ele. Araci lembrou-se das últimas vezes em que estivera com Lourenço e dos momentos felizes que dividiram juntos. Eram uma família. Nada do que acontecera em sua vida a havia preparado para a morte trágica dele. E, tampouco, para a súbita descoberta daqueles pormenores sobre seu passado.

Fatima e Olivier esperaram Araci se recompor. O embaixador ofereceu-lhe um lenço, que ela aceitou. Seu rosto estava banhado de lágrimas. Os olhos, vermelhos e inchados. Ela não disse nada. Por um momento, teve um ímpeto de abraçar Fatima, mas se conteve. Não queria intimidade com aquela mulher, por mais que compreendesse, agora, todo o sofrimento pelo qual ela passara e todo o horror que se tornara sua vida. Alguma coisa dizia intimamente a Araci que deveria deixar Fatima partir. E, depois, esquecê-la, virando para sempre a página daquele junho de 2009. Araci jurou a si mesma que tudo ficaria bem. Que não permitiria que o passado ressuscitasse para assombrar sua vida dali para a frente.

— Acho que contei tudo o que sei — disse Fatima. — Acreditem ou não, falei a verdade. Eu espero que o senhor, sr. Olivier de Grammont, como agente da DGSE, informe os demais serviços de inteligência internacionais sobre o perigo que o mundo está correndo, agora que a "Enciclopédia" está em poder de alguém que, certamente, pretenderá usá-la para reorganizar a Azadi. Ajam antes que as primeiras bombas comecem a explodir pelo Ocidente. Ajam antes que seja tarde. É tudo o que eu lhe peço.

Fatima olhou demoradamente para Araci e, colocando as mãos para trás, disse com a voz fria e serena:

— Não tenho mais o que fazer aqui. Já passa de uma da manhã. Se não se importam, eu quero ir embora agora.

— Vou chamar o carro para levá-la de volta à Villa Saint-Benoît — disse Olivier. Ele puxou um celular do paletó, digitou uma sequência de números e falou rapidamente com seu interlocutor que o encontro havia terminado.

— O carro já está à sua espera, sra. Hajiran — disse Olivier, desligando o celular e guardando-o novamente.

Fatima assentiu e encaminhou-se para a porta. Araci continuava sentada na cadeira, imersa numa tristeza profunda. Fatima olhou longamente para ela e disse:

— Araci...

Araci apenas ergueu o rosto para mirá-la.

— Desculpe-me por tudo — falou Fatima. — Eu estava transtornada, obcecada em encontrar a "Enciclopédia". Fiz isso por Lourenço. Não era minha intenção machucar você. Nem seu marido. Acredite em mim.

Araci dirigiu-lhe um aceno rápido com a cabeça e declarou:

— Eu vou embora hoje da Suíça de volta para o Brasil. Minhas malas estão com a senhora, não estão?

— Sim. Vou encarregar um funcionário da *villa* de levá-las até você no aeroporto. Em que horário pretende embarcar?

— Estarei no aeroporto a partir da tarde. Não sei a que horas conseguirei embarcar.

— Então, o funcionário estará lá, à tarde, com as malas. Não se preocupe, ele a encontrará.

Fatima baixou a cabeça, pôs os braços para trás e deixou o salão, sem se despedir. Olivier caminhou até a porta para vê-la ir embora, como se quisesse ter certeza. Em seguida, ouviram o ronco de um automóvel afastando-se do castelo. Vendo-se novamente a sós com Araci, ele correu para a lareira e retirou o microfone de dentro dela. Conferiu a gravação no aparelhinho que guardara no paletó e sorriu ao constatar que as falas estavam claras. Seus superiores na DGSE, certamente, ficariam satisfeitos.

Ele aproximou-se da cadeira onde Araci mantinha-se sentada e abaixou-se, tocando-lhe a mão direita, que estava gelada.

— Sei que está sendo duro para você. Mas pense na contribuição que essa conversa pode ter dado para a paz mundial.

Araci abriu um sorriso ao mesmo tempo triste e comovido. O carinho de Olivier era um carinho paternal. Ela sentia como se seu próprio pai estivesse ali agora, ao seu lado.

— Eu ficarei bem.

— Durma lá no apartamento mais esta noite. No quarto de

hóspedes. Vou providenciar sua passagem para o Brasil logo cedo. Amadou a levará até o aeroporto.

— Obrigada.

Olivier recolocou o vaso sobre a cômoda de onde o haviam tirado. Ao voltar ao encontro de Araci, ele beijou-lhe a mão e disse, finalmente:

— Eu é que devo lhe agradecer, minha cara. Afinal foi graças a você, e somente a você, que consegui essas informações preciosas sobre a Azadi. A conversa que acabamos de ter com Fatima Hajiran poderá ser decisiva para deter a organização antes que ela volte a atuar e a matar inocentes.

Araci apenas sorriu. Aquele era um grande consolo, sem dúvida. Mas ainda levaria um tempo até ela se sentir reanimada. Não muito tempo, ela tinha certeza. Mas, por enquanto, era necessário aceitar o luto que as últimas semanas e aquela noite em especial lhe impuseram.

Araci permaneceu ainda longos minutos sentada naquela cadeira, com o olhar perdido, enquanto Olivier afastava-se para telefonar para Amadou vir buscá-los. Era alta madrugada. Araci não estava com sono. Pensou em Bartô. Ele, provavelmente, já se encontrava em casa, à espera dela. Se tudo corresse bem, o sábado passaria depressa e ela logo estaria acomodada num avião a caminho do Brasil. O pesadelo parecia estar chegando ao fim e Araci sentiu um alívio reconfortante ao se dar conta disso. Pela primeira vez, desde que o leilão foi anunciado, estava verdadeiramente serena. Araci recordaria aqueles breves minutos de tranquilidade que passou ali, sentada sozinha na penumbra noturna e silenciosa do grande salão do Castelo de Jegenstorf por muitos anos ainda. Talvez, até, pelo resto de seus dias.

- 28 -

Envolvida pelo negrume da madrugada fria, Fatima Hajiran atravessou apressada o jardim, subiu a escada em ferradura na fachada principal da Villa Saint-Benoît e entrou no palacete. Buscou com a mão um dos interruptores que faziam acender o lustre central do saguão e encaminhou-se para a escadaria que conduzia aos andares superiores. Chegou a subir os dois primeiros degraus quando olhou, casualmente, para a esquerda e notou uma réstia de luz sobre o chão de mármore, projetando--se do escritório, que estava com a porta entreaberta. Ela sentiu uma apreensão no mesmo instante. Tinha absoluta certeza de que havia apagado a luz e fechado o escritório quando saíra mais cedo, à noite, para encontrar-se com Araci Quintanilha. Alguma coisa estava errada. Não era, certamente, uma emboscada, pois seria muito mais simples armá-la no escuro, sem chamar a atenção.

Fatima desceu de volta dos dois degraus e encaminhou-se devagar em direção ao escritório. Cautelosa, terminou de abrir a porta e perscrutou demoradamente o austero recinto antes de entrar. As malas de Araci Quintanilha continuavam ali, como ela as deixara. Estava tudo aparentemente em ordem. A luz provinha do abajur sobre a escrivaninha. Fatima aproximou-se e notou que, junto a ele, havia um envelope. Um envelope de um branco imaculado, retangular, com seu nome, Fatima Hajiran, grafado em persa, em letras vermelhas. Não estava selado ou carimbado, sinal de que havia sido entregue pessoalmente. Era idêntico ao que ela havia recebido exatamente uma semana atrás e Fatima já antevia o que ele continha.

Usando uma espátula, ela abriu o envelope, retirando uma folha de papel escrita também em persa e em letras vermelhas e leu-a atentamente por mais de uma vez.

A carta era assinada por Behdad Zakeri, o traidor que ela acreditava ter matado o professor Mohsen Khajepour. O texto era direto e cruamente claro. Ele reforçava o que havia dito na carta anterior, enviada há uma semana, e dava um ultimato a Fatima, comunicando-lhe que seu percurso terminara. Ele estava com a *Dayeret ul Muarif* da Azadi em seu poder e avisava que o testamento do barão Von Kessel seria aberto na semana que vem. Fatima tinha, portanto, até a zero hora de segunda-feira para deixar, em silêncio, a Villa Saint-Benoît. Do contrário, seria denunciada à polícia suíça pela morte do barão e por haver ocultado o corpo durante onze meses. Seria também responsabilizada pelo assassinato do ex-membro da Azadi, Nasser Shiravi, em Londres; de Hamidreza Kadivar, em Liechtenstein; e de Isadora Bittencourt — segunda mulher de Aníbal Monte Mor —, no Rio de Janeiro, além do desvio do dinheiro da Bonyad iraniana, crimes dos quais ela fora, de fato, a mentora. Zakeri disse, ainda, estar de posse de todas as provas, incluindo os relatórios preparados por Aníbal Monte Mor. E afirmou que se encarregaria de mandar cópias dos relatórios, onde o nome e o sobrenome de Fatima eram diversas vezes citados, para a Interpol e para os governos da Suíça, dos Estados Unidos e do Irã, caso ela tentasse resistir.

Fatima entendeu o recado. Estava tudo acabado. Eles haviam conseguido. Se não fugisse rápido, em poucos dias seria denunciada e poderia até ser presa. Zakeri não estava blefando.

Ela sabia disso. A própria presença da carta no escritório àquela hora da madrugada era uma evidência disso. Somente alguém de dentro da *villa* poderia ter acesso ao interior do palacete, o que significava que havia, entre seus empregados e agentes de segurança, ao menos uma pessoa trabalhando sob as ordens de Zakeri, sem que ela jamais houvesse desconfiado. Certamente essa pessoa espreitou todos seus movimentos nas últimas semanas e reportou-os a Zakeri, no Rio de Janeiro, deixando-o a par de tudo. Deviam ser esses, então, os telefonemas suspeitos dados a partir da *villa*, que Olivier de Grammont mencionara horas atrás a fim de sustentar a acusação de que ela era Umm al-Hakika. Afinal, ela nunca usava os números fixos da *villa* para ligações confidenciais. Quando precisava falar com os agentes a seu serviço no Rio de Janeiro, ela valia-se de um celular equipado com um dispositivo eletrônico, que bloqueava qualquer possibilidade de escuta ou rastreamento.

Fatima amassou a carta e respirou fundo, tentando dominar a raiva que, aos poucos, ia cedendo lugar à resignação. Pela primeira vez em muito tempo refletiu com alguma objetividade, sem a interferência aguda da emoção. Constatou o quanto fora impetuosa em seu afã de vingar-se, o quanto estivera cega para o que acontecia à sua volta. Aqueles malditos aproveitadores abusaram de sua confiança e credulidade e usaram a fúria apaixonada que a embriagava para preparar um ardil sem que ela se desse conta. Eles arquitetaram tudo com uma impressionante habilidade e, agora, estavam a poucos dias de aliar o império financeiro legado por Von Kessel à estrutura e à fortuna de uma fabulosa organização terrorista que, embora estivesse provisoriamente desarticulada, parecia apenas à espera de um novo líder para voltar à ativa, assim como os católicos aguardam com fervor e ansiedade a eleição de seu novo papa durante um conclave da Igreja.

Sentindo os ombros tensos, Fatima sentou-se à escrivaninha e cruzou as mãos sob o queixo, apoiando os cotovelos na mesa, a respiração sibilante. Ficou um longo tempo parada, olhando para o nada, sua imaginação dando voltas a léguas de distância. Os últimos dois anos foram trabalhosos e desgastantes. Graças à generosidade de Von Kessel e, sobretudo, à morte dele, que ocorrera naturalmente, ela pôde concretizar seu grande plano de vingança. Um plano que tinha de ser perfeito, implacável, tão grandioso quanto o sofrimento que Jaffar lhe impingira.

Tudo fora planejado nos mínimos detalhes. A primeira etapa foi, usando recursos da Union Bancaire Genevoise, auxiliar a alavancagem da carreira política de Jaffar Jalaipour. Fatima, por meio de homens recrutados em Teerã, investigou todos os pormenores da vida dele e descobriu suas ambições. Ela infiltrou um desses aliados, Hamidreza Kadivar, no círculo íntimo de assessores de Jalaipour e ele passou a ser o elo entre ambos, servindo aos interesses dela. Foi Fatima quem financiou boa parte da recente campanha eleitoral de Jalaipour a uma cadeira no parlamento iraniano e arregimentou uma rede de contatos preciosos que fizeram com que o suposto talento dele chegasse ao conhecimento das máximas autoridades do país. Não demorou para que Jalaipour fosse nomeado para a poderosa Bonyad, a Fundação para os Deserdados e Vítimas da Guerra. Uma vez isso feito, era chegada a hora de derrubá-lo. Fatima sabia que quanto maior a altura, mais dramática e dolorosa era a queda. Auxiliada por Kadivar, ela falsificou diversos documentos e desviou uma grande soma em dinheiro do caixa da Bonyad para uma conta bancária secreta no banco Liechtensteinische Kreditanstalt. Com o rombo no caixa feito, o passo seguinte foi denunciar Jaffar à imprensa, afirmando que ele era um dos financiadores da Azadi, uma organização que sempre fora injustamente acusada de receber dinheiro do Irã. As autoridades iranianas, ávidas por desmentir essa versão em pleno mês de eleições presidenciais, não hesitariam em acreditar que Jalaipour era mesmo um membro do famigerado grupo terrorista infiltrado no governo e que estava desviando dinheiro do tesouro para a organização. Dessa maneira, aproveitariam para dar uma satisfação ao mundo, mostrando que o Irã não só nada tinha a ver com a Azadi, como havia se empenhado para descobrir um de seus figurões e puni-lo, exatamente como estava acontecendo. Jalaipour estava, agora, prestes a ser condenado num tribunal. Fatima, enfim, conseguira realizar seu objetivo e destruir aquele homem maldito que um dia ousara violar sua intimidade, mutilá-la barbaramente e arruinar, para sempre, sua felicidade.

Ela levantou-se da cadeira e caminhou pela penumbra da biblioteca. Seus inimigos agora a cercavam, obrigando-a a se render. Ela sempre soube que, cedo ou tarde, teria de sair da Villa Saint-Benoît, mas não imaginava que se visse forçada a isso e de uma forma tão repentina e inesperada. Ela, afinal, só descobriu o plano de Zakeri pouco mais de vinte dias atrás, na semana em que Mohsen Khajepour desapareceu e que *O Véu* foi roubado antes de ser leiloado no Rio de Janeiro. Chegou a pensar que ainda teria tempo de reagir, de obter os relatórios de Aníbal, de descobrir os pormenores do golpe e desbaratá-lo antes que ele se consumasse, mas agora era tarde. Fatima era uma boa jogadora, e um bom jogador sabe o momento de se retirar da mesa. Restavam-lhe poucas horas antes que viessem bater-lhe à porta da *villa* para reivindicar o cadáver do barão Von Kessel. O desfecho de sua batalha antecipara-se. Nada mais havia que pudesse fazer. Ela podia não ter conseguido recuperar a "Enciclopédia" como prometera a Lourenço, mas, com a condenação de Jaffar, pelo menos metade de sua missão havia sido cumprida. Isso não deixava de ser um grande consolo.

Munida de uma chave dourada, Fatima abriu a porta de um armário sob uma das estantes e retirou um canudo e um canivete suíço. Em seguida, saiu do escritório e atravessou os salões e corredores do primeiro andar até a sala de jantar. Lá, encontrou, na parede principal, *O Véu*, a obra de arte que Lourenço criara inspirado nela. Ela amara Lourenço de verdade. Como a vida teria sido diferente, mais doce e mais colorida, caso Jaffar não o tivesse matado e eles pudessem estar juntos agora... Quantas noites atravessara em tristeza e desvario, arfando angustiada com a umidade quente entre as pernas, o corpo fervendo em súplicas de carência extremada, excitando-se com a sensualidade de pesadelos tormentosos, com a urgência de beijos que nunca mais seriam dados, de carícias que nunca mais seriam sentidas, do conforto de um amor que nunca mais teria. A morte de Lourenço expulsara o sol de sua alma para sempre.

Fatima passou cuidadosamente o canivete nas bordas, destacando a tela da moldura. Depois, mirou-a longamente, antes de abraçá-la com força, os olhos umedecidos. Lá estava, eternizado na pintura, o véu negro do qual há anos se libertara, ao evadir-se do Irã sufocante e repressor. Lá estava o brilho de seus olhos que Lourenço tão sensivelmente soubera captar. Lá estava, imortalizado, seu rosto, ainda inocente e jovial, que durante anos pensou-se ter sido inspirado em outra mulher. Na amante Isadora Bittencourt, a adúltera que Fatima, enlouquecida pelo ódio e pelo ciúme, incumbiu-se de eliminar.

Fatima nunca se arrependera de haver mandado matar Isadora. Nada, afinal, é mais devastador para uma mulher do que ter de dividir o coração da pessoa amada com outra. Foi fácil armar um esquema que levasse a crer que Isadora fora morta durante um assalto, numa rua do Rio de Janeiro. Afinal, ocorrem tantos assaltos naquela cidade por dia que mais um não chamaria a atenção. Com efeito, a polícia nunca descobriu os assassinos e nem iria, pois o crime fora executado por profissionais treinados para não deixar pistas. Um deles era Behdad Zakeri.

Também não se arrependia de haver mandado matar Nasser Shiravi, em Londres. Shiravi era um antigo membro da Azadi, que trabalhou durante anos como secretário particular de Abu al-Horiah, até ele deixar Londres. Era uma das poucas pessoas na Azadi que podiam saber da *Dayeret ul Muarif*, embora não houvesse evidências disso. De todo modo, quando começaram a circular rumores de que Shiravi estaria fornecendo informações sobre a organização ao serviço secreto britânico, Fatima não teve dúvidas de que ele deveria ser silenciado. O segredo da "Enciclopédia" não poderia chegar ao conhecimento de ninguém e Fatima tinha de impedir que qualquer um soubesse de seu paradeiro. Ela pretendia dar um fim àquele livro e não podia permitir que ninguém a atrapalhasse nessa missão. Por isso, em meados de maio, mandou dois de seus homens de confiança à Inglaterra especialmente para pôr um fim a Shiravi e revirar o pequeno apartamento onde ele morava em busca de qualquer mísero pedaço de papel que mencionasse a Azadi. Os agentes encontraram um caderno com anotações e um computador, onde Shiravi havia começado a escrever uma tosca biografia falando de sua experiência na Azadi. Felizmente, não havia nenhuma menção à "Enciclopédia", mas, mesmo assim, o aparelho foi destruído ali mesmo. O disco rígido, todos os CDs e pen drives foram apreendidos com o caderno e levados à Villa Saint-Benoît, onde Fatima, pessoalmente, deu um fim definitivo a tudo, na crença de que, a partir daquele momento, o segredo da Azadi pertencia somente a ela, o que as semanas seguintes incumbiram-se de desmentir.

Fatima beijou a tela com ternura, enrolou-a e depositou-a no canudo. Voltou à biblioteca e sentou-se novamente à mesa. Apanhou um papel solto em sua agenda e conferiu a descrição em código das duas transações que realizara nos últimos dez dias. A transferência do dinheiro do Liechtensteinische Kreditanstalt, para outros bancos na Europa, no Caribe e no Oriente Médio. Dobrou o papel e guardou-o no bolso. Depois, escreveu um recado em alemão num pedaço de papel, levantou--se e prendeu-o na alça de uma das malas da bagagem de Araci. O recado dizia:

Eis meu último pedido: por favor, entreguem estas malas à sra. Araci Quintanilha no aeroporto de Cointrin neste sábado a partir das dozes horas.

Obrigada,
F. Hajiran.

Ela caminhou até a alta janela por onde se infiltrava a luminosidade opaca da madrugada nublada e observou a noite serena no jardim. Nenhum som, nenhuma movimentação. A Villa Saint-Benoît achava-se mergulhada em absoluto silêncio. Em seguida, olhou contemplativa para tudo ao redor, certa de que não guardaria saudades daquela casa. O que Fatima desejava, a partir de agora, era uma vida nova, longe de Genebra, longe do Irã, longe das conspirações da Azadi. Daquele dia em diante, ela seria uma mulher sem passado.

Ela apanhou o canudo e saiu novamente do escritório. Num gesto inesperado, soltou o cabelo, preso no coque sisudo que usava há anos, e deixou-o deslizar suavemente sobre os ombros. Era um cabelo negro, longo e brilhoso, que parecia lembrar a Fatima que ela ainda era jovem e bela, apesar do envelhecimento acelerado de sua alma.

Ela subiu a escadaria no fundo do saguão e, meia hora depois, retornou carregando o canudo numa das mãos e uma pequena mala de couro na outra. Atravessou o saguão, apagou a luz e enxergou, além do vestíbulo, uma das bandas da porta aberta. Uma ventania sacudia as árvores, trazendo algumas folhas perdidas para dentro da casa. Alguém a havia aberto. Ressabiada, Fatima caminhou para fora.

Olhou para o céu ainda escuro, tingido, ao longe, por finas faixas rosadas, no momento em que uma revoada de patos passava grasnando em coro. A manhã parecia prestes a irromper e o ar estava carregado de uma leveza e de um frescor alentadores. Fatima perscrutou o jardim e não localizou um único homem armado. Olhou para trás, receosa de que alguém a estivesse observando do interior da casa, mas tudo ali dentro permanecia escuro e silencioso.

Por que não havia ninguém à vista? Onde teriam ido parar os seus guardas e os cães que circulavam pelo jardim vinte e quatro horas ao dia? A Villa Saint-Benoît parecia um velho templo abandonado. A paisagem nebulosa do jardim austero era desoladora. Fatima desceu a escadaria em ferradura, notando o chafariz de bronze desligado, o que reforçava ainda mais a atmosfera de abandono. Caminhou a pé pela alameda de ciprestes, sentindo a cada passo dado a claridade precoce do dia surgindo lentamente e já iluminando os topos dos pinheiros. Ainda buscou com os olhos alguma presença humana, oculta na penumbra do jardim, testemunhando sua partida, mas não viu ninguém. Fatima passou pelas duas guaritas consecutivas, antes ocupadas por seguranças fardados, e chocou-se ao encontrá-las vazias e escuras. Não conseguia acreditar no que estava acontecendo. O dia seguia clareando devagar. Ela alcançou a larga entrada em arco e abriu com facilidade uma das bandas do grandioso portão de ferro. Saiu pela alameda de pinheiros e faias já fora dos domínios da *villa*. Virou-se e contemplou, solitário, o brasão dourado da família Von Kessel acima do portão. Teve um ímpeto de tristeza. Pensou em Von Kessel e em toda a gratidão que sentia por ele tê-la acolhido generosamente num dos momentos mais difíceis de sua vida. Lembrou-se também de Sevda Ter-Gevondian, em Teerã, de Grigor Avedikian, em Ierevan, e em Ruben, em Paris, que também a ajudaram, sem pedir nada em troca. Havia boas pessoas no mundo, pensou Fatima. Ela só precisaria encontrá-las e trazê-las a seu convívio. Era o que faria.

Fatima andou até o canteiro circular de rosas amarelas que delimitava simbolicamente a entrada da propriedade. Sem olhar para trás, seus passos foram se tornando mais leves e firmes. Não havia quase veículos trafegando na estrada. Um carro escuro, parte da frota que fazia a segurança na *villa*, achava-se parado a poucos metros do portão. Ela aproximou-se dele. O vidro da frente foi abaixado. Um homem de terno estava ao volante.

— Posso ajudá-la, sra. Hajiran?

Fatima abriu a porta e sentou-se ao seu lado.

— Leve-me para Zurique. Lá, eu decido para onde vou.

O homem sorriu.

— Sim, senhora.

Ele deu a partida e, em instantes, o carro desapareceu na estrada semideserta.

- 29 -

Na terça-feira, dia 21 de julho, a diretoria da Union Bancaire Genevoise compareceu ao salão de reuniões da presidência, no quarto andar da sede do banco, no Quai Gustave-Ador, com as altas janelas dando para o lago de Genebra. Uma semana antes, diretores e os pequenos acionistas da instituição haviam sido comunicados do falecimento do barão Von Kessel, fundador e sócio majoritário da instituição. A reunião fora convocada pelo presidente do banco, Richard de Beaumont, a pedido de Georges Laville, advogado e amigo pessoal do barão, que proferiu ali a leitura do testamento, redigido cinco anos antes. Como o barão não deixava esposa e filhos, tampouco possuía irmãos ou sobrinhos vivos, todo o patrimônio — que incluía, além da Union Bancaire Genevoise e da Villa Saint-Benoît, propriedades e empresas na Suíça, na Alemanha, na França, em Luxemburgo, no Oriente Médio, nas Américas do Norte e do Sul e participação acionária numa companhia aérea, numa empresa petrolífera, em duas siderúrgicas e numa rede hoteleira com unidades espalhadas por trinta países, além da Coleção Von Kessel — seria canalizado para as obras de assistência, filantropia e mecenato promovidas pela Fundação Von Kessel pela Cultura e Democracia.

Ainda de acordo com o desejo expresso pelo barão Von Kessel, ora confirmado pelo dr. Laville e várias testemunhas, todas as operações do grupo, como forma de centralizar a gestão dos bens, estariam, daquele dia em diante, vinculadas à Fundação Von Kessel que ganharia o status de empresa, deixando de ser uma mera instituição filantrópica. A galeria Le Varlet continuaria responsável pela curadoria da Coleção Von Kessel e de todas as obras de arte e históricas guardadas nas diversas propriedades do barão ao redor do mundo, principalmente na Villa Saint-Benoît.

Ficou acertado que o dr. Laville se encarregaria de todos os trâmites, seguindo as instruções deixadas por Von Kessel em testamento. Em meados de dezembro, todas as empresas passaram a estar oficialmente subordinadas à Fundação Von Kessel GmbH, com sede em Vaduz, Liechtenstein.

Nessa mesma época, depois de concluído o inventário, a Villa Saint-Benoît foi posta à venda. Ulrich Wachtel incumbiu-se de recolher os objetos de valor para os cofres de sua galeria na Place de la Fusterie e das matrizes da Union Bancaire Genevoise no Quai Gustave-Ador, em Genebra, e na Bahnhofstrasse, em Zurique.

Na edição de *O Globo* de domingo, dia 9 de agosto, foi publicada uma extensa matéria de duas páginas sobre a vida do barão Von Kessel e a imensa fortuna por ele legada. De acordo com o correspondente do jornal, o clima nos círculos financeiros e artísticos na Suíça e na Alemanha era de consternação e pesar. Consta que a calçada defronte ao moderno edifício no Cours de Rive, em Genebra, onde funcionava o escritório de advocacia do dr. Georges Laville, esteve tomada por jornalistas durante toda a quarta-feira, dia 22 de julho, mas o advogado recusou-se a prestar qualquer informação. A exposição na galeria Le Varlet também foi citada, recebendo rasgados elogios do editor do Segundo Caderno de *O Globo*, que estivera em Genebra especialmente para conferir a mostra e entrevistar Ulrich

Wachtel. Este declarou sua tristeza pela repentina morte de seu querido amigo e patrão e afirmou que, a despeito da dor que sentia e da enorme comoção gerada pela notícia, a mostra da Coleção Von Kessel se prolongaria até o dia 4 de outubro.

O suspense aumentaria alguns dias mais tarde quando vazaria a informação de que os restos mortais do barão e de sua mulher Edith Le Varlet, sepultados na Villa Saint-Benoît, seriam trasladados para a Alemanha para que fossem depositados no mausoléu da família. Cogitou-se a hipótese de o barão ter morrido há mais tempo, uma vez que ele não aparecia em público há mais de um ano, mas o dr. Laville limitou-se a sorrir quando um jornalista indagou-lhe a respeito.

Poucas pessoas tinham em conta que, a despeito da amizade que o uniu ao barão Von Kessel durante muitos anos, Georges Laville era um homem de poucos escrúpulos, hábil em valer-se de seus enormes conhecimentos jurídicos para ocultar operações que seriam escandalosas se caíssem no conhecimento geral. Era o homem que sabia agir corretamente na hora adequada. Tinha o poder da persuasão e da conquista de aliados que acabavam tornando-se cúmplices e passavam a rezar pela cartilha do silêncio e da discrição a fim de evitar que suas cabeças emergissem do mar de lama.

Laville conseguiu o tabelião e as testemunhas. O testamento fora redigido e assinado com o barão ainda vivo, para o caso de um dia a Justiça efetuar a exumação do cadáver e comparar a data do testamento com a do falecimento. Entretanto, nessa ocasião, o barão já apresentava seus primeiros sintomas da senilidade, que acompanhou sua rápida degeneração física nos meses que antecederam sua morte, em julho de 2008.

O certo era que ele e Fatima Hajiran jamais foram casados oficialmente. E isso facilitou bastante as coisas, uma vez que ela nunca soubera o que se passou no escritório de Laville numa tarde de maio de 2008, dois meses antes de o barão Von Kessel fechar seus olhos para sempre. Foi quando ficou decidido que a maior parte das ações da Fundação Von Kessel GmbH seriam transferidas para o nome de uma empresa *offshore* a ser aberta logo depois do ano-novo, chamada Sherwell Reiff & Co. Quem tivesse alguma dúvida sobre a lisura da operação, bastaria estudar o testamento para encontrar num dos últimos parágrafos a orientação dada pelo barão, endossada pela assinatura falsificada com esmerada precisão. Uma verdadeira obra-prima que enganaria mesmo o mais rigoroso perito.

* * *

DESTA VEZ, o mau tempo não pesou sobre o Rio de Janeiro. Araci esperou as últimas pessoas se retirarem para, pessoalmente, fechar a porta principal da Casa Quintanilha. Olhou novamente para o céu estrelado, recortado por nuvens. A noite estava fria, porém agradável. Do jardim, os vigilantes fizeram-lhe um aceno que ela retribuiu, sorridente. Depois, já com as portas fechadas, ela retornou ao grande salão, onde os lotes estavam expostos desde a quarta-feira passada, para o leilão da noite seguinte, terça-feira, 11 de agosto.

Encontrou-se novamente com o silêncio, depois de mais uma noite envolvida pelo vozerio das pessoas que estiveram na Casa Quintanilha para adquirir o catálogo e conferir as obras que iriam a pregão, dentre as quais, duas águas-fortes de Picasso, uma aquarela de William Smyth, sete litografias de Burle Marx, óleos de Pedro Américo, Aldo Bonadei, Calderari, Di Cavalcanti, Leticia Feduchi e Portinari e esculturas de Johann Preiss, Lygia Clark e José Pedrosa. O celular não parou de tocar o dia inteiro e somente há vinte minutos ele pareceu sossegar. De todo modo, Araci, por via das dúvidas, achou por bem desligá-lo. Não queria mais ser importunada. Sentia-se cansada. Os preparativos para um leilão eram sempre muito desgastantes.

Ela gostava do silêncio. Foi uma das descobertas que a maturidade lhe trouxera. O silêncio ajudava a assentar as ideias, a acalmar a mente e a auscultar com nitidez os anseios mais íntimos, dando chance à intuição de manifestar-se mais vivamente. Mais de quarenta dias depois de sua partida de Genebra, Araci ainda se recuperava das agruras vividas lá e, somente agora, era capaz de refletir com alguma clareza sobre o que se passara, de distinguir os fatos que se sucederam uns aos outros, numa sequência vertiginosa que mal lhe dera tempo de respirar.

Ela permaneceu sozinha no grande salão por algum tempo, andando lentamente, sem rumo certo, enquanto observava os lotes numerados. Havia lido a reportagem no jornal sobre o testamento do barão Von Kessel. Lera também a entrevista de Ulrich Wachtel e, pelo tom de suas palavras, era evidente que ele continuaria à frente da galeria e da Coleção Von Kessel. Se antes Araci se perguntava se Ulrich estava ou não mancomunado com Fatima Hajiran e se ele conhecia as motivações dela quando, naquela tarde, estivera no Hotel Des Bergues à sua procura, naquele momento teve a certeza de que ele de nada sabia, pois, caso fosse um aliado de Fatima, Ulrich dificilmente teria permanecido na curadoria da Coleção Von Kessel, agora que o comando do império do barão mudara de mãos.

Araci foi interrompida pelo ranger das dobradiças de uma porta distante. Viu o pai aparecer na sala, vindo do escritório.

— Já foram todos embora? — indagou Emílio.

Araci fez que sim com a cabeça:

— Acabei de trancar a porta.

— O que faz aí, então? Estamos à sua espera no escritório. Venha logo.

— Dê-me só mais um minuto.

O pai aquiesceu e retirou-se. Araci continuou a percorrer o salão, observando uma a uma as peças expostas, enquanto imergia nas últimas indagações. O que, afinal, acontecera à Fatima Hajiran? Para onde teria ido? Quem, agora, estaria em poder da "Enciclopédia"? Que perigos o mundo correria dali em diante com uma Azadi ressuscitada? Por muito tempo, ela seria assombrada por aquelas dúvidas e sabia que as respostas, se surgissem, viriam de uma maneira dramática. Era melhor, portanto, não esperar por elas.

Mas havia outros fatos. Fatos que diziam respeito mais diretamente a Araci e que continuavam sem explicação. Araci estava intrigada, muito intrigada. E tudo indicava que permaneceria assim por um longo tempo. Talvez, para sempre.

Ela apagou as luzes do salão e dirigiu-se ao seu gabinete, onde Emílio e Bartô conversavam normalmente. O exemplar de *O Globo* estava aberto sobre a escrivaninha na página da matéria sobre o barão Von Kessel. Araci entrou e sentou-se em sua cadeira atrás da mesa, mirando longamente a fotografia impressa do velho banqueiro alemão em destaque no centro da página:

— O que será que aconteceria caso revelassem que ele está morto há mais de um ano? — perguntou ela.

Pego de surpresa pela pergunta, Bartô olhou a fotografia no jornal antes de responder, com muita convicção:

— Sinceramente, acredito que muito pouco. Você não leu a reportagem? O testamento foi lavrado em maio do ano passado. O barão ainda estava vivo. Havia testemunhas que confirmaram. O máximo que poderia acontecer seria a Justiça querer interrogar o responsável pelo ocultamento do óbito. Mas Fatima Hajiran, pelo que você disse, desapareceu depois do encontro que vocês tiveram no tal castelo perto de Berna.

— Ela declarou ter sido casada com o barão Von Kessel, mas pelo visto era mentira.

— Eles não devem ter se casado oficialmente. Apenas foram viver juntos — supôs Emílio. — Isso talvez explique porque ela escondeu a morte dele por tantos meses. Fatima devia saber que não tinha direitos sobre a herança e que só poderia usufruir do patrimônio enquanto o barão estivesse vivo aos olhos da lei.

— A Justiça, então, um dia poderá querer interrogá-la...

— É muito improvável — observou Bartô. — É o tipo de

situação que não interessa a ninguém. Não interessa a ela, não interessa à Fundação Von Kessel, aos seus advogados e tampouco à Justiça, que vai acabar concluindo que se trata de um crime sem grande importância. Um mero detalhe.

— Não, se descobrirem que o barão foi assassinado...

— Pela lógica, ele não foi — argumentou Emílio. — Acabei de dizer que a Fatima interessava o barão vivo. Um assassinato deliberado não faz o menor sentido no caso dela. Von Kessel estava velho. Depois que ficou viúvo, sua saúde ficou abalada. Ele tinha pouco tempo de vida. Não era preciso adiantar o serviço.

Araci recostou-se na cadeira, pensativa, e disse:

— Vocês podem me achar louca, mas eu tenho pensado muito em Fatima, apesar de tudo o que ela me fez. Fatima é um exemplo de como o sofrimento pode destruir a índole de uma pessoa. De vez em quando fico me perguntando onde ela estará agora.

— Com certeza, bem longe e bem escondida — supôs Bartô, alisando o bigode. — Houve uma troca de poderes na Union Bancaire Genevoise. Fatima estava com os dias na Villa Saint-Benoît contados. Aníbal tinha previsto isso e ele estava certo.

Araci soltou o ar dos pulmões e inclinou-se para frente, cruzando as mãos sobre a mesa, meditativa.

— Aníbal...

— O que é que tem? — perguntou Bartô, recostando-se na cadeira e, lentamente, esticando as pernas.

— Sinto tanta pena dele, pelo rumo extremado que foi obrigado a dar à própria vida. Será que, um dia, ele vai aparecer novamente aqui e retomar seu trabalho?

Emílio franziu o cenho.

— Não sei e vai levar muitos anos até que nós tenhamos notícias dele novamente. Até lá você segue como sua procuradora.

— Aníbal tinha um dossiê com informações sobre a Azadi...

— disse Araci, virando-se para Bartô. — Ele chegou a revelar que essas informações eram a única maneira de ele se salvar?

Bartô mexeu os lábios, antes de responder:

— Chegou, sim.

— Você leu o dossiê?

— Ele disse que o dossiê foi roubado da Pinacoteca Fluminense pelos mesmos homens que tentaram matá-lo — Bartô fez uma pausa e lançou um olhar interrogativo a Araci: — Mas por que está perguntando isso?

— Porque eu estive pensando: o atentado à Casa Quintanilha, o roubo de *O Véu*, o assassinato do professor Mohsen Khajepour, nossa ida para Genebra... Tudo isso estava a serviço de um plano maior: o de ressuscitar a Azadi — Araci olhou alternadamente para Bartô e Emílio. — Mas há algumas coisas nessa trama que eu ainda não consegui compreender.

— O quê? — indagou Emílio.

— Por que explodiram aquela bomba no telhado aqui da Casa Quintanilha na véspera do leilão? Por que picharam a parede da casa com a assinatura da Azadi, se a Azadi estava inativa? E, principalmente, por que o professor Mohsen Khajepour precisou ser assassinado?

Bartô e Emílio entreolharam-se. Araci acrescentou:

— Pois se o objetivo era simplesmente roubar o quadro para se apoderar do livro com os dados vitais da Azadi escondido dentro dele, não havia a necessidade de se arquitetar um plano tão complexo. Vocês não concordam?

A expressão de Bartô tornou-se, subitamente, preocupada.

— Você tem razão — declarou ele. — Eu e Aníbal, aliás, chegamos a comentar sobre isso. A troco de que Gholam Mortezavi e Behdad Zakeri mataram o professor Khajepour? Se eles pretendiam assumir o comando da Azadi e do império de Von Kessel, o que a eliminação do professor tinha a ver com isso? E tem também o atentado e as pichações... É, realmente, muito estranho. Não faz mesmo nenhum sentido.

— Estes, talvez, sejam nossos maiores pontos de interrogação — disse Emílio. — Mas não sejam ingênuos: a morte de Khajepour teve uma razão. Só não sabemos qual.

Bartô levantou-se. Foi até a cristaleira, onde serviu três taças de licor de jenipapo, entregando uma para cada um. Era hora de relaxar um pouco.

— Khajepour talvez soubesse de alguma coisa que pudesse arruinar o plano — opinou ele, sentando-se novamente. — Se o professor era tão leal a Von Kessel como contam, é provável que fosse leal também a Fatima e resolvesse ter ficado do lado dela.

— Pode ser — concordou Emílio. — Nesse caso, o professor devia saber do interesse de Fatima pelo quadro e foi traído pelo dr. Gholam que o eliminou antes que Khajepour pudesse se comunicar com Fatima revelando o que havia acontecido com a "Enciclopédia".

Araci tomou um gole do licor.

— Não sei se acredito nisso — rebateu ela. — É evidente que o assassinato foi premeditado. Meses antes de ser executado, já devia estar planejado. Até mesmo, com data marcada. Não foi uma decisão tomada no calor dos acontecimentos. A impressão que eu tenho é de que a morte de Khajepour era parte fundamental do plano — ela terminou o licor e depositou a taça vazia na mesa. Mais relaxada pela ação do álcool, ela complementou: — A pergunta que fica é: por que ele foi morto?

— Aníbal não tinha mesmo nenhuma resposta para isso? — indagou Emílio a Bartô. — Nem depois de ter investigado tudo e redigido os tais relatórios?

— Segundo ele, não. Nós tivemos uma conversa semelhante a esta. Ele também parecia intrigado com o mistério em torno de Khajepour.

Araci desligou-se momentaneamente da conversa. A imagem de Fatima voltara-lhe à mente e ela conseguiu reconstituir na memória os olhos frios e implacáveis daquela jovem mulher, ao mesmo tempo em que buscava, em vão, a resposta para uma pergunta que há dias vinha ganhando forma e volume, a ponto de lhe atormentar o sono nas últimas noites.

Bartô perguntou:

— Algum problema, Araci?

Araci despertou e fitou o marido, hesitante.

— Sim... Uma dúvida que não me sai da cabeça.

— O quê? — indagou Emílio.

— Será que, depois de termos passado por todas essas coisas, nós estaremos livres daqui para a frente? Será que não tentarão, no futuro, nos envolver num novo plano?

Bartô e Emílio ainda não haviam refletido sobre isso. Eles trocaram um olhar tenso.

— Não se esqueçam de que nós fomos mais do que testemunhas — acrescentou Araci. — Fomos personagens dessa trama maquiavélica. Seja quem estiver no comando da Azadi agora, pode achar que nós sabemos além do que deveríamos saber e querer nos silenciar.

— É melhor não pensarmos nisso, minha filha — ponderou Emílio. — Eu prefiro acreditar que não nos acontecerá mais nada, se soubermos conservar o silêncio e a discrição. Nada de contar por aí o que presenciamos ou descobrimos. Vamos fazer de conta que não houve nada e tocar nossas vidas naturalmente.

Mais tarde, ao deixarem a Casa Quintanilha, de carro, pelas ruas vazias de Botafogo em direção ao apartamento deles, em Copacabana, Araci concluiu que pelo menos para uma coisa tudo aquilo servira: para desfazer o mito de que Lourenço fora morto por fanáticos muçulmanos ofendidos por sua obra-prima, *O Véu*. Ela sentiria, para sempre, saudades imensas do sobrinho. Mas saber que todos os crimes e desgraças direta ou indiretamente ligados ao quadro tiveram motivações pessoais relacionadas a Fatima deixava Araci bem mais tranquila em relação à sua própria segurança. Ela agora poderia dormir mais sossegada, ainda porque o que restara de *O Véu* se fora para sempre e ela tinha a certeza de que nunca mais poria os olhos naquele quadro o que, por si só, já era um reconfortante alívio.

* * *

Uma multidão ruidosa e agitada concentrava-se em torno do vasto Complexo Judiciário Imã Khomeini, ao lado do Grande Bazar de Teerã. Era quarta-feira, 12 de agosto. O céu cinzento e o vento quente e constante pareciam realçar a pesada atmosfera de tensão nas ruas. Jaffar Jalaipour era o inimigo comum, o alvo das palavras de ordens, o ponto de consenso entre todas as vertentes partidárias, o patrono involuntário da ilusão da união coletiva. Seria o primeiro dia de um julgamento que prometia se arrastar sobre muita polêmica e protestos por várias cidades do país.

Quando Mitra Rahmani, acompanhada de *Sevda Ter-Gevondian* e das duas irmãs de Jaffar, desceu do táxi no parque Shahr, e elas avançaram, escoltadas por policiais, em direção ao prédio, a gritaria pareceu aumentar. Mitra duvidava que todas aquelas pessoas conhecessem seu rosto e, por isso, preferiu imaginar que os gritos não lhe eram dirigidos e que tudo não passava de pura impressão motivada pela tensão e pelo desconforto que a acompanhavam há semanas. Grades de ferro e uma barreira de soldados armados separavam os manifestantes do complexo judiciário, que também abrigava o Ministério da Justiça. Era virtualmente impossível alguém furar o bloqueio, mas um homem, completamente fora de si, conseguiu. No momento em que Mitra, suas cunhadas e Sevda cumpriam os últimos cinco metros de calçada e já se preparavam para, enfim, cruzar a entrada do prédio, ele, num lance que não durou mais que alguns segundos, colocou-se no caminho delas e, segurando Mitra por seu chador preto, gritou em desespero:

— Escute-me, pela misericórdia de Deus! Fomos todos traídos! É tudo uma conspiração suja! É uma conspiração!

Mitra olhou-o assombrada. O homem, que devia ter cerca de 40 anos, soltou dois gemidos agudos e desabou sobre a calçada. Duas grossas manchas de sangue brotaram das costas de seu paletó cinza. Mitra agarrou, em pânico, o braço de Sevda e escondeu o rosto, enquanto o homem agonizava. Três soldados acercaram-se e, antes que pudessem pedir socorro, constataram que ele já estava morto. Eles vasculharam a multidão com os olhos, mas era virtualmente impossível descobrir, em meio a toda aquela gente, quem havia disparado os tiros.

Mitra relutou em seguir adiante. Queria desaparecer. Recriminava-se por haver vindo. Não queria tomar parte daquele teatro ridículo da condenação de Jaffar. Não queria se expor numa plateia de um tribunal, diante dos olhares curiosos das pessoas, para fingir compaixão por um homem pelo qual, agora, só sentia desprezo e repulsa. Não queria ter assistido a uma cena bárbara como aquela.

"Quem era aquele homem? De onde vieram os tiros?"

Mitra não sabia e, provavelmente, jamais viesse a saber que durante meses ele fora um dos homens de confiança de Fatima Hajiran na Villa Saint-Benoît. E que havia sido enviado por ela a Teerã para participar, com Hamidreza Kadivar, do plano para incriminar Jalaipour. E, o mais importante: que ele se chamava Parham Razaghi e que, antes de trabalhar na Villa Saint-Benoît, fora, por anos, secretário particular do professor Mohsen Khajepour.

"O que ele quis dizer com 'Fomos todos traídos! É tudo uma conspiração suja!'?"

Mitra recobrou o fôlego e, amparada por Sevda e pelas cunhadas, entrou no edifício do tribunal. O julgamento, que seria televisionado, começaria dali a vinte e cinco minutos. O homem estendido na calçada tinha mais a dizer. E os tiros se apressaram em calá-lo, antes que ele falasse demais.

* * *

Conforme o previsto, Jaffar Jalaipour foi condenado e seguiu para sua confortável prisão domiciliar numa bela fazenda perto de Shiraz, enquanto, para a opinião pública, era divulgada a notícia de que ele ocupava uma cela individual no presídio de Evin. A pena, originalmente de dez anos de detenção e vinte anos sem ocupar cargos públicos, acabaria reduzida para quatro anos de detenção e uma quarentena política de oito anos. Com dois anos da sentença cumpridos, no entanto, Jaffar foi, sigilosamente, posto em liberdade. Nessa época, Mitra Rahmani já não morava mais no Irã. Ela havia se mudado para a França, onde conseguira um bom emprego num instituto que promovia um intercâmbio cultural entre a França e o Irã.

Duas semanas depois da libertação, Jaffar fora convocado para uma reunião no Ministério do Exterior, que decidiu enviá-lo para fora do país. Jalaipour foi nomeado primeiro-secretário da embaixada do Irã em Tbilisi, capital da República da Geórgia, e, três anos mais tarde, foi mandado à Europa. Ele e Mitra Rahmani, no entanto, nunca mais voltariam a se ver ou, mesmo, a conhecer o paradeiro um do outro.

O governo iraniano, após exaustivas investigações, não conseguiu rastrear e recuperar o dinheiro desviado da Bonyad. A caçada a Fatima Hajiran levaria mais de uma década, sem que uma única pista dela fosse encontrada. A mulher havia desaparecido e, em certo dia, as autoridades iranianas deram por encerradas as buscas, arquivando de vez o caso, que ficou conhecido nos altos gabinetes de Teerã como "A lenda da mulher-fantasma".

EPÍLOGO

Baku, capital do Azerbaijão.

A maior e mais próspera cidade do Cáucaso. Um dos centros sagrados do zoroastrismo. Quinta cidade da extinta União Soviética, hoje coração político de uma nação relativamente recente, ainda aprendendo a conviver com a autonomia. Seara urbana onde a opulência de um passado pujante insistia em sobreviver nas esquinas decadentes.

Baku panorâmica, de vistas exuberantes, de passeios arborizados embalados pelo vento da costa. Onde o imaculado mar azul-turquesa explodia em reflexos luminosos.

Baku histórica, de mesquitas medievais e ricos museus. Da torre de Maiden e da porta de Samaxi Das luxuriantes, mansões do boom do petróleo do século XIX e das monstruosas construções legadas pelo período soviético. Baku, a pérola do mar Cáspio, um tapete de contas incrustado no inesperado e inflamável cruzamento de civilizações.

Baku, chocante e imprevisível, refúgio de idealistas delirantes e nefastas maquinações. Do alto da moderna torre azulada de vidro, o olhar agudo contemplava a cidade magnífica, estendida aos seus pés, dominada pelo céu cinzento e revolto do inverno. O horizonte clareava, as nuvens pareciam sorrir, o mar Cáspio resplandecia em saudações aos dias de glória que se anunciavam. Era a grande jornada que se aproximava. A contagem regressiva estava em curso. Baku era a última fronteira.

* * *

O VENTO era forte na costa e aumentava a sensação de frio intenso. Eram quatorze horas daquele dia opressivo de princípio de março, os termômetros marcavam cinco graus, e o homem corpulento envergando chapéu e sobretudo pretos percebeu que não havia se agasalhado adequadamente. Segurando um guarda-chuva fechado, que usava como uma bengala, ele caminhou solene pela orla à beira da baía de Baku, apreciando o movimento no parque Primorsky e dos imensos navios ancorados ao longe, no mar tangido pela névoa, onde os olhos mal alcançavam. Ele deixara uma barba grossa crescer e recobrir boa parte do rosto. Era virtualmente impossível reconhecer o dr. Gholam Mortezavi em seu novo visual.

A caminhada desde o bairro do boom não fora longa. O vento frio reforçado pela umidade do mar, porém, tornara-a extenuante. O dr. Gholam segurou firme na outra mão a maleta que continha a escritura da bela mansão que acabara de adquirir e atravessou a avenida Neftchilar, seguindo depois a pé em direção à praça da Fonte, coração da capital azerbaijana. Percorreu sem pressa as calçadas apinhadas de gente, parou rapidamente diante das pequenas lojas que expunham quadros, livros e bugigangas, oferecendo-os a preços convidativos. Na praça, crianças com luvas e gorros de lã brincavam ruidosas em torno dos chafarizes, observadas por mulheres sóbrias, cujos cabelos negros realçavam seus olhares pesados e taciturnos.

Gholam não se deteve e continuou andando na direção do moderno ISR Plaza, um faustoso arranha-céu de dezessete andares, fachada azul envidraçada e linhas arquitetônicas arrojadas que praticamente ofuscava as sóbrias e antigas construções circundantes. O Radisson SAS Plaza Hotel ocupava os últimos andares do edifício. Gholam dirigiu-se ao recepcionista e falou-lhe num azerbaijano ainda incipiente, porém inteligível:

— *Sabahin xeyir.* Poderia me anunciar ao sr. Eldar Mudarov?

— Seu nome?

— Andrei Ilich Travkin — respondeu Gholam.

— Russo?

— Sim.

— O sr. Mudarov está à sua espera.

— *Taşakkur ediram!* — agradeceu Gholam.

Gholam tomou o elevador e quando, afinal, viu-se diante da porta da suíte, ele retirou o chapéu quase em reverência e sentiu um frio na espinha. Nem precisou tocar a campainha. A porta se abriu e ele sorriu para o jovem valete azerbaijano, que recolheu, polidamente, seu chapéu e sobretudo.

— Onde está Mudarov?

— No quarto, lendo — respondeu o valete.

O silêncio ali era absoluto, a ponto de a respiração de ambos ser claramente audível, mesmo a alguém distraído. Eles caminharam sobre o carpete fofo até o quarto. O valete deu duas batidinhas na porta e abriu-a em seguida, mas somente Gholam entrou. Um homem lia um livro, sentado numa poltrona larga, de costas para a janela envidraçada que se debruçava sobre os poucos quarteirões entre o edifício e o mar. A porta se fechou atrás de Gholam e o homem fechou o livro na página marcada, retirando os óculos. Gholam falou, com vacilação:

— Professor Mohsen Khajepour?

Khajepour virou-se para Gholam e fitou-o enérgico:

— De novo, o mesmo erro. Esse nome não existe mais, quantas vezes terei de repetir? Pela última vez, esqueça-o, sr. Andrei Ilich Travkin.

Gholam corou com a gafe e baixou os olhos.

— Perdão, sr. Mudarov.

Khajepour deixou o livro de lado e fez um gesto para Gholam sentar-se na poltrona em frente. Ficaram cara a cara, e Gholam pôde ver, mais uma vez, o impressionante resultado da cirurgia de transplante de rosto à qual Khajepour se submetera ainda no Rio de Janeiro, numa clínica indevassável em Jacarepaguá, logo depois de haver aplicado o grande golpe de sua vida. A barba que o acompanhara desde a juventude não existia mais. O nariz fora reduzido na espessura e alongado, as orelhas foram diminuídas, os lábios afinados e as bolsas de gordura que aumentavam a cada dia sob seus olhos, extirpadas. Os cabelos finos e em rarefação foram substituídos por outros, fartos e de textura grossa. Todos os sinais em seu rosto desapareceram e foram substituídos pelos de Behdad Zakeri. Os resultados eram surpreendentes. Khajepour parecia ter remoçado alguns anos e sua fisionomia em absolutamente nada lembrava o pacato professor que fora visto pela última vez entrando num Honda prateado em frente ao restaurante de Bartô Saraiva, no Rio de Janeiro. O Khajepour de hoje, após ter recebido o novo rosto, poderia passar, no máximo, por um parente próximo de Zakeri. Talvez um irmão.

O transplante de rosto havia saído das páginas da ficção científica e tinha se tornado realidade desde 2005, quando a francesa Isabelle Dinoire, então com 38 anos, submetera-se a uma cirurgia pioneira em Amiens, na França, após ter o rosto dilacerado pelo ataque feroz de um cão. A doadora fora uma pessoa que havia sofrido morte cerebral. No caso de Khajepour, a cirurgia foi ainda mais ousada, pois houve uma troca completa de rostos entre ele e Zakeri. O cirurgião era um dos melhores do mundo e, quatro anos após a operação pioneira em Amiens, as técnicas haviam evoluído sensivelmente.

Alguns dias depois, o corpo de Zakeri foi encontrado boiando no mar do Rio de Janeiro, com as roupas e as feições de Khajepour. Graças à ação devastadora da água salgada, o corpo estava inchado e corroído e no rosto, bastante desfigurado, não era possível detectar que ele havia acabado de ser operado. As cicatrizes foram confundidas com feridas, como se ele houvesse levado uma surra, e o restante das marcas foi atribuído à imersão prolongada no mar.

Khajepour perguntou:

— Conseguiu, afinal?

Gholam acenou com a cabeça.

— Sim — ele deitou a maleta no colo e girou o segredo. — Está aqui — ele retirou um envelope da maleta. — Uma mansão de 1905 no bairro do boom a cem metros do parque Ali Aga Vahid e da cidade velha.

Gholam estendeu a Khajepour uma fotografia da fachada principal do casarão de três andares. Uma bela construção de linhas rebuscadas, que mesclava influências neoclássicas e mouriscas.

— Ela terá de passar por uma reforma grande — prosseguiu Gholam, enquanto Khajepour examinava a fotografia. — Se nos esforçarmos, poderemos aprontar os primeiros dois andares em nove meses.

— Incumba-se disso — sorriu Khajepour, satisfeito. — Não tenho pressa em me mudar. Vou me retirar daqui a alguns dias para a casa que comprei no vale do Damiraparançay e ficar por lá até o outono. Enquanto isso, o senhor permanece em Baku, cuidando do que é preciso.

— Como farei para me comunicar com o senhor?

— Eu vou lhe passar o número de um telefone e um endereço de e-mail. Mas o senhor só deverá entrar em contato se o assunto for realmente muito importante — Khajepour fez uma breve pausa, mirando Gholam profundamente: — O senhor precisa se preparar. Temos uma batalha difícil pela frente. Não basta reformar a mansão onde iremos nos instalar. Logo começaremos a pôr em prática nossa estratégia revolucionária. O mundo se engana ao achar que a Azadi acabou quando Abu al-Horiah foi morto na Arábia Saudita. Vamos deixá-lo por enquanto pensando assim. Vai ser uma surpresa quando nosso cerco começar. Vão descobrir que a Azadi apenas mudou de mãos e que está ainda mais sólida do que antes. E, então, o mundo conhecerá nossa força.

Khajepour tinha segurança nas próprias palavras e gabava-se delas. Tudo começou há cerca de dez anos quando, já estabelecido em Genebra, ele conheceu o barão Von Kessel e tornaram-se amigos. Khajepour passou a frequentar a Villa Saint-Benoît e estreitou laços com o pequeno círculo de relações do banqueiro biliardário. Passou a desfrutar da confiança de todos, e sua atividade política e acadêmica ganhou um importante patrocinador. Quando o barão uniu-se a Fatima Hajiran e ela começou a preparar sua vingança contra Jaffar Jalaipour, ideias nebulosas insinuaram-se na mente de Khajepour. O barão não tinha herdeiros, já que não era casado com Fatima oficialmente.

Numa noite de verão, cerca de um mês após a morte do barão, Fatima, num de seus frequentes dias de intensa melancolia e após se exceder um pouco no vinho, resolveu desabafar com Khajepour que, além de ser alguém em quem ela confiava totalmente, era professor de psicanálise e saberia, como ninguém, dirigir-lhe algumas palavras de consolo e ânimo. Foi então que ela, numa genuína relação paciente-psicanalista, contou-lhe sobre a *Dayeret ul Muarif*, a "Enciclopédia", o livro secreto e vital da Azadi, e deixou escapulir onde ele fora escondido: num quadro inspirado nela, que, provavelmente, havia sido destruído no incêndio que matara o homem que ela amara. Quando Khajepour soube, por intermédio de Ulrich Wachtel — com quem Aníbal Monte Mor tinha um amigável e permanente contato —, que *O Véu* estava intacto no Rio de Janeiro, Khajepour, imediatamente, tornou-se obcecado pela ideia de apoderar-se dele. E do livro. E começou a pensar em como fazer isso.

Entre os seguranças da Villa Saint-Benoît, um homem havia

trabalhado no serviço de inteligência do Irã, com qualificações de sobra para desempenhar a tarefa: Behdad Zakeri que, além de tudo, tinha um tipo físico muito semelhante ao de Khajepour. Foi Gholam quem entrou em contato com ele e lhe fez a proposta: assassinar Mohsen Khajepour, alegando que o professor havia roubado e matado o barão Von Kessel e que se preparava para acabar também com Fatima. Zakeri tinha verdadeira devoção por Fatima, que o ajudara a fugir do Irã e ainda lhe dera um emprego, e aceitou a proposta de Gholam de imediato. Gholam disse que a operação era sigilosa e prometeu-lhe o céu, pois Fatima, a "baronesa Von Kessel", saberia recompensá-lo regiamente depois que o serviço estivesse concluído e ela fosse posta a par de suas nobres motivações. Até que isso acontecesse, porém, Fatima não deveria saber de nada. A operação seria sigilosa e seu único objetivo era protegê-la do perigo que representava Khajepour. Zakeri, imediatamente, foi mandado ao Rio de Janeiro com a missão de adquirir *O Véu* e levá-lo a leilão. Seu proprietário era o pai de Lourenço, Aníbal Monte Mor. Após muita insistência e algumas ameaças, Zakeri conseguiu convencer Aníbal a leiloar o quadro. Foi também por intermédio de Aníbal, sócio de Reinaldo Camargo Branco na editora Boavista, que ficou acertada a publicação no Brasil do último livro de Khajepour, *Le Grand Parjure*, cuja tradução para diversos idiomas, inclusive o português, já havia sido feita, graças a um financiamento da Fundação Von Kessel. Khajepour marcou o lançamento de seu livro no Brasil de maneira a coincidir com a data do leilão fixada pela Casa Quintanilha. O cenário para Khajepour representar seu último ato estava montado. Sua viagem ao Brasil deveria soar natural, mais uma entre tantas que fazia pelo mundo para divulgar seus livros e suas ideias.

Também este último livro de Khajepour, escrito às pressas em dois meses, fazia parte da estratégia. *Le Grand Parjure* em nada se assemelhava às obras anteriores de Khajepour.

Se ele, historicamente ressaltara, em seus trabalhos e em sua trajetória intelectual, a necessidade de uma presença maior e mais ativa da religião para os governos, em *Le Grand Parjure* ele lançava um manifesto contrário à fusão entre religião e Estado, usando a República Islâmica iraniana como exemplo. Embora não acreditasse em uma única linha que redigira nesse livro, Khajepour conseguiu, com ele, angariar a simpatia de muitos intelectuais europeus, os quais, até então, o acusavam de retrógrado e antissecularista, e ofereceu um excelente pretexto para que seu assassinato por fanáticos extremistas, defensores das teocracias islâmicas, soasse convincente aos olhos da opinião pública internacional, o que, de fato, aconteceu.

Tudo foi muito bem calculado por Khajepour para dar a impressão de que havia extremistas ferreamente empenhados em sua morte. Para isso, Zakeri enfrentou uma missão complexa. Na véspera do leilão de *O Véu*, ele foi instruído a instalar uma bomba no telhado da Casa Quintanilha e a pichar uma das fachadas externas do palacete com dizeres em persa, sugerindo uma participação direta da obscura Azadi que, supostamente, seria patrocinada pelo Irã. O fato de as pichações serem em persa — idioma falado apenas no Irã —, e não em árabe, servia como uma evidência a mais de que os terroristas eram, de fato, iranianos. Para conseguir acesso à Casa Quintanilha, Zakeri havia sequestrado os netos do chefe da segurança, Nivaldo, e, com isso, obtido, a fórceps, sua ajuda e cumplicidade. Foi Nivaldo quem, segundo orientações de Zakeri, retirou *O Véu* da Casa Quintanilha poucos instantes antes do início do leilão, substituindo-o por um quadro de uma pintora iraniana, que pertencia à pequena coleção de Khajepour, forjando, assim, uma negociação sigilosa que teria sido acertada entre Khajepour e os Quintanilha. Mas as crianças acabaram sendo mortas depois de encontrarem o passaporte original de Zakeri, mostrarem ao avô e, assim, descobrirem seu nome verdadeiro. Isso forçou Zakeri a assassinar Nivaldo em plena noite do leilão, depois que este lhe entregou *O Véu*, que havia acabado de retirar do depósito do casarão. Zakeri tinha prometido entregar os netos a Nivaldo naquela noite, mas, diante da evidente ausência das crianças, sentiu-se no dever de revelar o que acontecera. Nivaldo descontrolou-se. Ameaçou denunciá-lo à polícia e contar tudo o que sabia à leiloeira Araci Quintanilha e teve de ser silenciado ali mesmo, antes que pusesse o plano a perder.

Estava tudo preparado para a fatídica noite seguinte, quando Khajepour lançaria seu livro e faria a conferência no Palácio Gustavo Capanema. Era o aguardado Dia D, em que seria dada a cartada final de um jogo que se desenrolava há meses. No fim daquela tarde fria e úmida do outono carioca, Gholam apanhou Zakeri em seu prédio e foram os dois ao encontro de Khajepour, que os esperava no escritório da editora Boavista, na praia de Botafogo. O carro onde estavam foi levado a um terreno baldio, na estrada do Joá. Ao chegarem lá, o combinado seria Zakeri dar um tiro em Khajepour, mas no meio do caminho ele foi surpreendido. Khajepour dopou-o, com amoníaco, e Zakeri perdeu os sentidos. O carro seguiu para a clínica, onde o cirurgião plástico suíço e sua equipe já se encontravam a postos. A operação de transplante de rosto levou dezenove horas. Dois dias depois, Gholam vestiu em Zakeri o impecável terno que Khajepour usava no dia em que desapareceu e levou-o, em plena madrugada, até um terreno nas imediações da clínica, onde, munido de um facão, cortou metade do pescoço de Zakeri e decepou-lhe as duas mãos, mutilando-as com ácido. A mutilação das mãos com ácido era uma técnica de vingança antiga da Azadi, mas, naquele caso, servia também para impossibilitar a verificação das impressões digitais da vítima.

Em seguida, Gholam dirigiu-se ao costão do Joá, atirou o cadáver de Zakeri ao mar e depositou, nas pedras, junto à arrebentação, um saco plástico com as mãos e *O Véu*, com uma mensagem em três idiomas, que era destinada a Fatima Hajiran. Polícias de diversos países deviam estar, naquele momento, à procura de Behdad Zakeri, o principal suspeito de ter matado o venerando professor Khajepour. Mal sabiam elas onde poderiam encontrá-lo: enterrado em Genebra, sob uma lápide onde se leria eternamente o nome de Mohsen Khajepour.

Quando a notícia do assassinato se espalhou, o pacto com o advogado Georges Laville já se encontrava firmado havia mais de um ano. Laville concordara que era mesmo melhor "esquecer" o testamento anterior de Von Kessel e arregimentar testemunhas e tabelião novos para a redação de outro, no qual o dinheiro seria muito mais bem empregado, em vez de ser todo canalizado para o mecenato. Fatima Hajiran não precisava nem deveria saber de nada referente à herança até o momento em que se visse encurralada e forçada a se retirar. O trono da Union Bancaire Genevoise, então, estaria vago para seus novos ocupantes.

Khajepour estava fascinado com as perspectivas que o destino lhe reservara. Era agora o senhor absoluto de todo o patrimônio que antes pertencia ao barão Von Kessel e, também, da estrutura da Azadi, habilmente esquematizada na "Enciclopédia": células espalhadas pela Europa, pelas Américas, pela África, pelo Oriente Médio e por diversos outros países asiáticos. Contatos estratégicos dentro de diversos governos e serviços de inteligência. Campos de treinamento de guerrilha no Egito, no Sudão e no Irã. E uma vintena de contas secretas recheadas com bilhões de dólares que, somados aos bilhões deixados pelo barão Von Kessel, tornavam a Azadi a organização terrorista mais rica do mundo. Uma equipe especial — a mesma que dera um fim ao cirurgião suíço e à sua equipe poucos dias após a operação de transplante de rosto — já estava incumbida de localizar e silenciar Aníbal Monte Mor, que descobrira parte de seus planos e redigira aquele famigerado dossiê, felizmente, roubado a tempo por Behdad Zakeri. Para Khajepour, Aníbal continuava sendo uma ameaça permanente, mesmo sem o dossiê. Afinal, se ele decidisse revelar o que sabia para algum governo, poderia haver graves estragos nos novos e auspiciosos planos da Azadi. Por isso, ele precisava ser encontrado. Por isso, teria de ser eliminado. E Khajepour não ficaria totalmente tranquilo enquanto isso não acontecesse.

— Como pode ver, sr. Eldar Mudarov — disse Gholam a Khajepour —, a primeira etapa do plano está cumprida. Estou curioso para saber que planos o senhor tem, exatamente, agora que todo o monumental poder da Azadi está em suas mãos.

— É tão óbvio! — Khajepour levantou-se e caminhou até o armário. Abriu-o e retirou um pequeno embrulho de veludo preto. — Darei prosseguimento aos trabalhos da antiga Azadi — ele desfez o embrulho, revelando o livro de couro vermelho, com sinuosas letras persas gravadas em relevo dourado na capa: a "Enciclopédia". — Só que com outro enfoque. Nós vamos transformar o mundo. Finalmente, poderei pôr em prática tudo aquilo que preguei durante minha vida inteira.

Khajepour abriu o livro e folheou-o cuidadosamente, como se manuseasse a mais delicada e opulenta joia.

— Sabe, meu caro — prosseguiu Khajepour, diante de um Gholam que mantinha os olhos fixos no livro —, a atividade intelectual é muito intensa, muito estimulante, mas traz poucos resultados concretos. Nas últimas décadas, escrevi livros, ensaios, artigos... Dei palestras, conferências... Expus minhas ideias... Dediquei minha vida a uma causa, uma causa divina... Consegui mudar alguma coisa? Consegui fazer com que o mundo se transformasse naquilo que eu desejo? Naquilo que eu acho certo? A resposta é: não. Então, fui forçado a optar por uma postura mais pragmática, mais direta. Agora, o mundo será transformado. Por bem ou pela força.

— E de que maneira faremos isso? Como essa transformação de um mundo laico para um mundo religioso será operada?

— Nós vamos começar a fortalecer, em cada país, as forças políticas diretamente ligadas às agremiações religiosas. Não todas, apenas as mais sérias, o que inclui os ramos mais tradicionais do cristianismo, do islamismo e do judaísmo. Vamos usar nosso dinheiro para patrocinar essas legendas e pessoas da sociedade civil dispostas a colaborar e, ao mesmo tempo, instruir os agentes da Azadi para eliminar os opositores à ideia, os defensores incondicionais da laicidade. Vamos desmoralizar toda essa noção espúria de que o Estado deve estar separado da religião, de que a religião é um mal que aliena as pessoas. Faremos com que todos os que hoje se abstêm de cumprir suas obrigações religiosas voltem a frequentar os templos e os transformem no centro de suas existências. Afinal, a vida na Terra é só uma passagem breve. A verdadeira vida é outra, é a vida espiritual, perto de Deus e de seus ensinamentos. Somente quando a religião voltar a ser o elemento principal da convivência humana, teremos um planeta melhor e realmente habitável. Não será fácil. Muita gente irá se opor. Teremos de sacrificar muitas vidas em nome de nosso ideal. Mas quando nosso objetivo estiver cumprido e as pessoas olharem à volta e virem que o mundo se transformou num lugar pacificado e espiritualizado, elas vão nos agradecer. E não irão conceber outra maneira de viver. Só as religiões, unidas e fortalecidas dentro das sociedades, poderão tornar o mundo melhor. E é o que nós vamos fazer.

— Isso levará quanto tempo?

— É difícil prever — Khajepour fechou a "Enciclopédia" e ficou alisando a capa, passando o dedo indicador nas letras douradas. — Talvez leve alguns anos. Talvez leve uma ou duas décadas. Não tenho pressa, desde que saibamos trabalhar com afinco e precisão. Deus está de nosso lado, meu caro. É só ver o que ele nos ajudou a conseguir. Armamos um plano fantástico sem que ninguém suspeitasse de nós. Juntamos o patrimônio da Azadi com o de Von Kessel. Foram feitos extraordinários. É a vontade de Deus. É claro que foi sua ajuda providencial que nos fez chegar onde chegamos. Agora eu tenho certeza de que nós somos os enviados dele para cumprir a sagrada missão na

Terra. Fazer da humanidade uma grande comunidade religiosa, devotada a Deus e livre das imundícies trazidas pelo iluminismo, pelo marxismo, pelo capitalismo, pelo secularismo e por toda a degradação moral e familiar das últimas décadas. Se nós não agirmos, as sociedades voltarão à barbárie. Será um mundo condenado eternamente à promiscuidade, às guerras, à sujeira, ao uso de drogas, à ganância e à bestialidade. As pessoas irão se devorar umas às outras. A natureza será irremediavelmente dizimada. Viveremos tempos terríveis. Somente um retorno maciço e intenso à fé poderá resgatar e salvar a humanidade, livrando-a dessa loucura desenfreada em que ela se encontra mergulhada. E nós seremos os agentes dessa benfazeja e sagrada transformação.

Vendo o professor falar, Gholam percebeu mais uma vez que, apesar das transformações físicas, sua retórica continuava tão eloquente e afiada quanto antes.

— Será uma missão difícil... — opinou Gholam. — A resistência das pessoas em fazer com que a religião se torne o centro das sociedades, sobretudo no Ocidente, será enorme.

— As pessoas resistem porque estão viciadas na devassidão da modernidade. Estão fora de si, não sabem o que pensam, não sabem o que fazem nem o que querem. Como aquele traidor maldito que fomos obrigados a matar na frente do tribunal em Teerã, no dia do julgamento de Jaffar Jalaipour. Não entendo como ele descobriu que eu estava vivo.

— Parham Razaghi? Ele foi seu secretário durante anos...

— Pois é. E, assim que marcamos nossa viagem ao Brasil, eu sugeri a Fatima que o mandasse de volta para o Irã para trabalhar junto com Hamidreza Kadivar na conspiração contra Jaffar Jalaipour. Ela conseguiu até um emprego para ele lá.

Gholam coçou a cabeça, meio constrangido pelo que iria dizer:

— Lembra-se daquela tarde em que estávamos em seu apartamento em Genebra conversando sobre a Azadi, a

"Enciclopédia" e o plano de simular sua morte e Parham apareceu na sala de repente? Eu alertei o senhor de que ele devia estar ali há muito tempo, escutando, mas o senhor não me deu ouvidos, alegando que ele sempre lhe fora leal e fiel e que, pelo pouco que ouvira ali, não seria capaz de conceber a magnitude do plano. A notícia da morte de Von Kessel repercutiu no mundo inteiro, inclusive no Irã. Parham deve ter ligado os fatos, levantado algumas informações e resolveu agir para descobrir a verdade.

— É bem possível — Khajepour envolveu a "Enciclopédia" novamente no veludo preto e levantou-se para guardar o livro de volta no armário. — Parham não era burro, muito pelo contrário. Se fosse, não teria trabalhado para mim durante tanto tempo. Eu gostava dele. Foi uma pena ter sido obrigado a eliminá-lo.

— Não tivemos escolha nesse caso. Mas e se vierem outros?

— Não virão. E se vierem, nós descobriremos. Pouco a pouco estamos contatando as células da Azadi mundo afora. Agora eu sou o novo Abu al-Horiah e a Azadi segue como uma organização liderada por um iraniano. Tenho certeza de que se um novo traidor aparecer, ele será rapidamente localizado por nossos homens e, então, agiremos para silenciá-lo — Khajepour voltou a sentar-se na poltrona, recolocou os óculos e tornou a abrir o livro que estava lendo antes da chegada de Gholam. — Agora, se me dá licença, vou voltar à leitura. Apareça aqui amanhã, neste horário, e conversaremos mais.

Gholam assentiu. Dirigiu-lhe uma palavra cortês de despedida, para a qual não teve resposta, e saiu do quarto, fechando a porta suavemente. O tom das palavras proferidas por Khajepour soou como uma maldição vinda das profundezas da Terra. O professor estava verdadeiramente fanatizado pela ideia de transformar o mundo ou, ao menos, boa parte dele, por meio da religião. Gholam, que ainda conservava alguma sanidade, desde logo percebeu que aquilo seria impossível. O mundo jamais mudaria como Khajepour esperava. Hitler almejara isso, assim como os bolcheviques na Rússia, os norte-americanos no Oriente Médio e os próprios revolucionários islâmicos. Nenhum deles tivera êxito. Mas, no curso de suas lutas, derramaram rios de sangue por onde passaram e disseminaram o ódio, a desgraça e a destruição.

Gholam sentiu um calafrio. Como somente agora fora cair em si? Por que não se afastara de Khajepour assim que ele lhe comunicara seus planos pela primeira vez? Ele sabia que não tinha, agora, o direito de arrepender-se do que fizera e, muito menos, de desistir. Suspirou melancólico. Era um caminho sem volta. A um guerrilheiro ou mafioso não era permitido desertar, e ele, agora, era um misto dos dois. A doce vida na Europa, na Suíça pacata e florida que tanto adorava, ficou para trás. Naquele momento, tudo o que se apresentava era uma promessa de um futuro turbulento, onde estaria engajado numa causa que não era a sua, lutando por um ideal do qual não partilhava e ao lado de um homem misterioso e imprevisível, que apertaria o gatilho contra sua cabeça sem pensar duas vezes, caso julgasse necessário para a consumação da sua meta "divina".

Gholam caminhou até a janela e, contemplando o mar estendido além dos quarteirões do centro histórico, pensou em Lourenço Monte Mor. Ao se aliar ao primeiro Abu al-Horiah e, posteriormente, ter um caso com Fatima Hajiran e reproduzi-la numa tela a óleo, ele, bem ou mal, começou a costurar essa estranha aliança que agora avançava rumo a uma guerra mundial, que Khajepour chamava de "libertação da humanidade". No dia em que a Azadi avançasse com sua revolução religiosa e os estados laicos fossem confrontados com a versão deturpada de Deus na qual Khajepour acreditava, o mundo poderia cair em desgraça para sempre.

Gholam arrepiou-se ao vislumbrar um futuro conturbado. Com sua retórica violentamente antissecularista, Khajepour não percebia que havia se convertido num fanático tão ou mais perigoso como o mais sanguinário terrorista. E não compreendia que seu desejo de destruição era muito mais doentio do que seu apregoado sonho de pacificar o mundo. Gholam jurara lealdade a Khajepour. Mas talvez fosse o momento de quebrar o juramento, antes que as coisas saíssem definitivamente de controle. Ele enfiou a mão no bolso do paletó e puxou a pequena pistola que sempre o acompanhava. Respirou fundo, engoliu em seco e encaminhou-se novamente para o quarto fechado. Um tiro. Apenas um tiro e estaria tudo terminado. A "Enciclopédia" seria destruída e o mundo se veria livre da ameaça da Azadi.

Gholam pensou bastante. Suas mãos estavam suadas e geladas. Khajepour era seu amigo. Não queria fazer aquilo. Mas era necessário. Ele deu três batidinhas na porta e girou a maçaneta. Khajepour continuava sentado na poltrona, compenetrado no livro. Trêmulo, Gholam apontou-lhe a pistola. Khajepour virou-se lentamente para ele. Seu olhar era sereno. Ouviu-se o som de um tiro. Um único tiro e gotas de sangue respingaram no tapete, antes que um silêncio mortificante tornasse a dominar o quarto. Um homem havia acabado de morrer.

TÍTULO O véu

Equipe editoral LOURDES MAGALHÃES, SOLANGE MONACO E TÂNIA LINS
Revisão RENATA DEL NERO E ISNEY SAVOY
Capa, projeto gráfico e diagramação CITTÁ ESTÚDIO

Dados Internacionais de Catalogação na Publicação (CIP)
(Câmara Brasileira do Livro, SP, Brasil)

Matta, Luis Eduardo

O véu / Luis Eduardo Matta. --
1ª edição, 2ª tiragem
São Paulo : Primavera Editorial, 2009.

Bibliografia
ISBN 978-85-61977-12-2

1. Ficção brasileira I. Título.

09 -10983 CDD -869.93

Índice para catálogo sistemático:
1. Ficção : Literatura brasileira 869.93

PRIMAVERA
EDITORIAL

Rua Ferreira de Araújo, 202 - 8º andar
05428-000 – São Paulo – SP
Telefone: (55 11) 3034-3925
www.primaveraeditorial.com.br
contato@primaveraeditorial.com.br

O VÉU

foi impresso em São Paulo
pela gráfica Prol Editora Gráfica LTDA,
para Primavera Editorial em
abril de 2010.